ullstein

Das Buch

Solveig gibt ihrer schwer kranken Großmutter Agneta ein Versprechen: Sie wird den Löwenhof bewahren. Nur wie sie das anstellen
soll, weiß die junge Studentin der Tiermedizin nicht. Die Glanz-
zeiten des Gestüts sind lange vorbei, die 60er-Jahre verlangen nach
neuen Ideen. Aber Solveig ist bereit für den Aufbruch, immerhin
fliegen Menschen bereits zum Mond. Die Pferde vom Löwenhof
sollen auf internationalen Turnieren starten. Die Olympischen
Spiele 1972 in München fest im Blick, beginnt Solveig mutig, das
jahrhundertealte Gut der Familie auf Vordermann zu bringen.

Die Autorin

Corina Bomann ist in einem kleinen Dorf in Mecklenburg-Vorpom-
mern aufgewachsen und lebt mittlerweile in Berlin. Sie schreibt
seit Jahren Romane, mit denen sie immer auf der Bestsellerliste
landet. Das Schreiben und ihre Figuren sind ihre große Leidenschaft.

Von Corina Bomann sind in unserem Hause bereits erschienen:

Die Schmetterlingsinsel · *Der Mondscheingarten*
Die Jasminschwestern · *Die Sturmrose* · *Das Mohnblütenjahr*
Sturmherz · *Agnetas Erbe. Die Frauen vom Löwenhof 1*
Mathildas Geheimnis. Die Frauen vom Löwenhof 2
Ein zauberhafter Sommer · *Eine wundersame Weihnachtsreise*
Winterblüte · *Winterengel*
Ein Zimmer über dem Meer (unter dem Pseudonym Dana Paul)

Corina Bomann

Die
FRAUEN
vom
LÖWENHOF

SOLVEIGS VERSPRECHEN

Ullstein

Besuchen Sie uns im Internet:
www.ullstein-buchverlage.de

Originalausgabe im Ullstein Taschenbuch
1. Auflage Januar 2019
© Ullstein Buchverlage GmbH, Berlin 2019
Umschlaggestaltung: bürosüd° GmbH, München
Titelabbildung: plainpicture / © Dave and Les Jacobs (Tür),
Arcangel Images / © Malgorzata Maj (Frau),
www.buerosued.de (Landschaft, Fliesen)
Satz: LVD GmbH, Berlin
Gesetzt aus der Quadraat Pro
Druck und Bindearbeiten: CPI books GmbH, Leck
ISBN 978-3-548-28999-1

ERSTER TEIL

1967

1. Kapitel

»Das wäre alles für heute, meine Herrschaften!«

Professor Kersten schlug sein Buch zu und wischte ein imaginäres Stäubchen vom Revers seines weißen Kittels. Niemand wusste, warum er ihn in der Vorlesung trug, gab es hier doch nichts, was wir sezieren mussten. Aber es war eine Angewohnheit von ihm, die er wohl nie ablegen würde.

Das Klopfen Dutzender Fingerknöchel auf den Tischen des Hörsaals folgte seinen Worten wie Donnergrollen einem Blitz. Wenig später kam in den Bankreihen Bewegung auf.

Auch Kitty neben mir erhob sich. Eigentlich hieß sie Katrina Vaderby, aber so wurde sie nur von den Professoren gerufen. Sie selbst nannte sich Kitty, ebenso wie ihre Kommilitonen und Freunde. Eine braune Locke fiel ihr ins Gesicht, als sie sich ihren Schal um den Hals schlang. Sie war meine Freundin, mit der ich mir ein Zimmer im Studentenwohnheim teilte. Früher hatte meine Mutter ein Haus in Stockholm besessen, doch dieses war verkauft worden, um dem Löwenhof nach dem Krieg wieder auf die Beine zu helfen.

»He, Solveig, wie wäre es, wenn ich bei Kersten mit dem Thema ›Geschlechtskrankheiten bei Pferden‹ promovieren würde?«, sagte sie kichernd, während sie ihre Schreibuten-silien zusammenraffte.

»Wahrscheinlich würde er einen Schock erleiden. Das kannst du nicht tun.« Lachtränen stiegen mir in die Augen. Sie hatte immer solche Bemerkungen auf Lager. Das war einer der Gründe, wieso ich sie so sehr mochte.

Professor Kersten war noch von der alten Garde, er hatte bereits während des Weltkrieges gelehrt und stand mittler-weile kurz vor seiner Pensionierung. Ob er uns noch durch unsere Doktorandenzeit begleiten würde, war fraglich. Aber Kittys Vorschlag brachte mich zum Schmunzeln.

»Die Beschälseuche ist ein ernstes Thema!«, ahmte sie sei-nen Tonfall nach. »Du hast das doch letzte Woche bei Pro-fessorin Rubinstein gehört! Ich meine, dass Pferde deswegen getötet werden müssen …«

»Dann solltest du besser bei ihr promovieren«, gab ich zurück und packte ebenfalls meine Sachen. »Ich halte das ohnehin für eine gute Idee. Die Professorin hat moderne An-sichten. Wenn ich meinen Doktor mache, dann bei ihr.«

Damit verließen Kitty und ich den Hörsaal der Veterinär-högskolan. Überall standen kleine Grüppchen plaudernd zusammen, einige trotz des kalten Wintertags in schrillbun-te Kleider und Pullover gehüllt. Dagegen wirkte ich ein wenig farblos mit meinem grauen Wollmantel und den groben braunen Stiefeln. Der einzige Farbtupfer an mir war eine lindgrüne Wollmütze, die ich mir im Kaufhaus zugelegt hatte. Kitty fand, dass sie mir stand und meine grünen Au-gen, die ich von meinem Vater geerbt hatte, gut zur Geltung brachte.

»Was hast du eigentlich in den Semesterferien vor?«, frag-te ich, wohl wissend, wohin mich meine freie Zeit führen würde. Seit den Weihnachtsferien war ich nicht mehr auf dem Löwenhof gewesen. In den kommenden Wochen würde ich endlich wieder Zeit haben, auszureiten und anschließend im warmen Salon meiner Großmutter zu sitzen, um ein Buch zu lesen.

»Wenn ich ehrlich bin, weiß ich es noch nicht genau«, antwortete Kitty. »Eigentlich wollten wir zum Skifahren, aber Marten will nach Frankreich. Bei dem Wetter, kannst du dir das vorstellen?«

»Im Süden ist es sicher sonnig und warm.« Ich wusste nicht, warum sie sich beschwerte. Marten Ingersson trug sie auf Händen, und eine Reise nach Frankreich klang sehr romantisch. Vielleicht wollte er ihr dort einen Heiratsantrag machen?

»Nur ist Frankreich eher was für den Sommer, nicht wahr? Außerdem will Marten mit dem Auto dorthin fahren.«

»Aber eine Flugreise wäre doch viel einfacher.«

»Und teurer.« Kitty seufzte. »Ich sehe mich schon in seinem klapprigen Fiat durch Dänemark tuckern, dann durch Deutschland und Luxemburg ... Ehe wir dort sind, sind die Semesterferien um.« Sie sah mich an. »Du hast da mehr Glück.«

»Inwiefern?«

»Sören würde sich eine Flugreise leisten können. Und wenn nicht er, dann du.«

»Da wäre ich mir nicht so sicher.« Ich fragte mich, wann Kitty endlich einsah, dass mit einem Adelsnamen nicht auch automatisch Reichtum kam. Der Löwenhof mochte vielleicht ein berühmtes Gut sein, aber für meine Mutter und Großmutter war es in diesen Zeiten eine Herausforderung, den Betrieb aufrechtzuerhalten. Pferde wurden nur noch selten in größeren Mengen gekauft. Die einstmals lukrativen Verträge mit dem Königshaus existierten nicht mehr. Außerdem war meine Mutter stark eingespannt durch die Lenkung unseres zweiten Gutes. Ekberg lief immerhin gut genug, dass sie einen Verwalter anstellen konnte. Das Geschäft führen wollte Mathilda Lejongård aber allein.

»Außerdem bin ich sehr gern auf dem Hof«, fuhr ich fort. »Das Reiten fehlt mir in der Stadt richtig.«

»Dann solltest du hier einen Joggingklub gründen, wie es sie seit einiger Zeit in Amerika gibt.«

»Haha«, machte ich. Ich mochte es, mich zu bewegen, aber selbst laufen und mit einem Pferd über die Wiesen preschen war nicht dasselbe.

Kitty schaute auf ihre Armbanduhr. »Na gut. Ich muss jetzt erst mal zum Hansen. Du hast Glück, dass du in den Kurs von Professor Harland gekommen bist.«

»Der ist nicht viel besser als Hansen, was die Anforderungen angeht.«

»Aber er sieht wesentlich besser aus.« Sie schnalzte mit der Zunge und grinste, dann zog sie von dannen.

Ich trat vor die Tür und reckte die Nase gen Himmel. Noch war es Winter, doch das Wetter hatte sich in den vergangenen Tagen etwas gebessert. Vielleicht bildete ich es mir ein, aber irgendwie lag Frühling in der Luft – und das im Februar! Ich stellte mir vor, wie der Campus aussehen würde, wenn das erste Grün erschien.

Obwohl es jedes Jahr das Gleiche war, fühlte man sich zu Beginn des Frühlings, als würde man die Pracht zum ersten Mal in seinem Leben sehen. Es war schon seltsam, wie der Winter einen die Schönheit vergessen lassen konnte.

Eine Berührung riss mich aus meinen Gedanken fort. Eine

Hand legte sich sanft um meine Taille. Erschrocken riss ich die Augen auf, und bevor ich aufschreien konnte, blickte ich in die braunen Augen von Sören Lundgren.

»Hallo, du Schöne, träumst du?«, fragte er, und ehe ich antworten konnte, gab er mir einen Kuss. Die Wärme seiner Lippen ließ mich vergessen, dass wir auf dem Campus standen, wo jeder uns sehen konnte.

Erst hatten wir es nicht an die große Glocke hängen wollen, aber inzwischen ertappte ich mich dabei, wie stolz es mich machte, einen Mann wie ihn an meiner Seite zu haben. Aus anfänglichen Heimlichkeiten und gestohlenen Küssen war mehr geworden, und mittlerweile kümmerte es mich nicht mehr, wenn wir gesehen wurden. Ich wollte sogar, dass man uns zusammen sah und beneidete.

»Hey«, sagte ich. »Was suchst du denn hier? Ich dachte, du musst heute in die Praxis.«

Sören war bereits im zehnten Semester und stand kurz vor seinem Abschluss. Derzeit absolvierte er ein Praktikum bei einem Tierarzt am Stadtrand von Stockholm, wo er vorrangig Hunde und Katzen untersuchte.

»Der Doktor ist krank und hat die Praxis geschlossen. Meinen Einwand, dass ich die Arbeit für ihn übernehmen könnte, hat er nicht gelten lassen.«

»Du bist schließlich noch nicht approbiert.«

»Aber ich führe die Praxis praktisch. Ein wenig mehr Vertrauen hätte ich durchaus verdient.«

»Ich habe Vertrauen in dich«, sagte ich und küsste ihn neckend.

»Das bedeutet mir alles.« Er zog mich wieder dichter an sich. »Du hast nicht zufällig Zeit für mich?«

Ich schüttelte den Kopf. »Seminar bei Professor Harland.«

»Ah, bei dem Beau!«, erwiderte er lachend.

»Er ist kein Beau. Was ihr nur alle habt. Ich sehe in ihm bloß einen fachlich kompetenten Professor.«

»Auf den alle Mädchen der Veterinärschule fliegen – außer dir, wie es scheint.«

»Ich habe ja dich. Außerdem ist Harland bereits vierzig! Meinst du nicht, er wäre ein bisschen zu alt für mich?«

»Die anderen scheint es nicht zu interessieren. Außerdem bekommt er als Professor sicher ein gutes Gehalt.«

»Und ich bin adelig!«, sagte ich und reckte gespielt die Nase in die Luft. »Mit Geld kann man mir nicht imponieren.«

»Womit dann?« Er schlang die Arme um meine Hüften.

»Das weißt du genau!« Ich küsste ihn und warf ihm ein vielsagendes Lächeln zu. Es war wirklich zu dumm, dass ich jetzt zum Seminar musste.

»Wie sieht es denn heute Abend aus?«, fragte Sören.

»Kofferpacken für die Fahrt nach Hause«, sagte ich. »Du möchtest mich nicht zufällig begleiten?«

Sören legte den Kopf schief. »Das hängt davon ab, wie der heutige Abend verläuft.«

Ich zog die Augenbrauen hoch. »Willst du mich davon abhalten, die Koffer zu packen?«

»Vielleicht.«

»Und warum willst du das tun? Hast du andere Pläne für die Ferien?«

»Triff dich heute Abend hier auf dem Campus mit mir«, sagte er ausweichend. »Dann werde ich es dir zeigen.«

»Willst du Sternschnuppen anschauen?«, fragte ich und blickte wieder nach oben. Wolkenschleier trieben über das winterliche Blau. Es konnte leicht passieren, dass es sich ganz bezog, und dann würde es eine sehr schwarze Nacht werden.

»Besser. Lass dich einfach darauf ein.« Er lächelte mir aufmunternd zu. Mein Herz klopfte. Ich mochte es sehr, wenn er eine Überraschung für mich plante. Gleichzeitig hasste ich es, dass er mir nicht einmal den geringsten Hinweis gab. Wenn er eine Reise vorhatte, musste ich zu Hause Bescheid geben. Großmutter vertrug es gar nicht, wenn ich plötzlich wegblieb.

»Okay«, sagte ich, denn ich spürte, dass auch das innigste Flehen ihn nicht dazu bewegen würde, etwas von seiner Überraschung zu verraten.

Sören runzelte leicht die Stirn. Ich musste ein wenig verstimmt geklungen haben, denn er fragte: »Ist alles in Ordnung?«

»Ja, natürlich«, erwiderte ich und lächelte. »Ich bin nur neugierig, das ist alles.«

»Gut«, sagte er erleichtert. »Ich verspreche dir, es wird eine schöne Überraschung.«

»Daran habe ich keinen Zweifel.«

Ich legte meine Hände um seinen Nacken, und wir küssten uns erneut. Von irgendwoher pfiff jemand anzüglich, doch das ignorierten wir. In diesem Augenblick waren wir unbesiegbar.

Mit klopfendem Herzen fand ich mich kurz vor acht Uhr auf dem Campus ein. Nur noch wenige Fenster in dem großen Gebäude waren beleuchtet. Natürlich gab es hin und wieder späte Vorlesungen, aber um diese Zeit war hier größtenteils Ruhe eingekehrt. Bald würden nur noch die Reinigungskräfte in den Fluren unterwegs sein.

Ich fragte mich immer noch, warum mich Sören gerade hier treffen wollte. Normalerweise gingen wir in ein Lokal, in der Nähe des Campus fand man etliche Cafés und Restaurants.

Die Kälte kroch mir unter den Mantel, und neben meiner Verwirrung stieg leichter Ärger in mir auf. Wo blieb er? Ich blickte auf meine Armbanduhr. Fünf vor acht. Noch hatte er ein wenig Zeit. Warum war ich eigentlich so früh hergekommen?

Möglicherweise, weil ich vor Kittys Fragen fliehen wollte. Als sie erfahren hatte, dass Sören eine Überraschung für mich plante, hatte sie sich in wilden Spekulationen ergangen. »Vielleicht entführt er dich nach Davos«, sagte sie. »Oder ihr fahrt nach Italien.«

»Wenn dem so wäre, hätte er mir doch sicher geraten, andere Garderobe mitzunehmen.«

»Vielleicht hat er alles schon da. Deinen Körper kennt er sicher schon gut genug, um deine Größe abzuschätzen.«

»Kitty!«, hatte ich empört ausgerufen, aber sie hatte recht. Sören und ich genossen unsere Körper, wann immer wir konnten und Lust hatten. Dass wir beide nicht zusammenwohnten, schien unser Begehren nur noch anzuheizen. Wenn wir dann, meist am Wochenende, in seiner Wohnung waren, wollte ich oft nicht mehr fort.

Ich blickte mich um. Unruhe wühlte in mir. Ob meine Finger vor Aufregung kalt waren oder ich einfach nur fror, konnte ich nicht unterscheiden.

Dann hörte ich Schritte hinter mir.

»Da bist du ja!«, sagte Sören, als hätte ich mich verspätet. »Bist du bereit?«

»Bereit wofür?«

Sören zog etwas aus seiner Tasche. Auf den ersten Blick sah es wie eine dunkle Herrensocke aus. Ich schreckte zurück.

»Keine Angst, ich will dir nur die Augen verbinden«, sagte er.

»Mit einer deiner Socken?«

»Das ist keine Socke. Tu mir den Gefallen. Bitte.«

»In Ordnung.« Ich wandte mich um und spürte im nächsten Augenblick, dass die vermeintliche Socke ein seidiges Stück Stoff war. Sören verknotete es hinter meinem Kopf. Dann legte er seine Hand auf meinen Arm.

»Du willst mich doch hoffentlich nicht entführen.«

»Nicht wirklich«, antwortete er. »Aber du sollst die Überraschung erst dann sehen, wenn du dort bist.«

Er geleitete mich über Schnee und schließlich über etwas, das sich unter meinen Schuhen wie ein Gehweg anfühlte. Unsere Schritte hallten von einem Gebäude wider, dann machte er plötzlich halt.

»Da wären wir«, sagte er.

Als er mir die Augenbinde wieder abnahm, blickte ich in ein Meer von Kerzen, die auf dem Boden ein großes Herz bildeten.

Schnee glitzerte in ihrem Licht, und es beleuchtete auch ein paar künstliche Rosenblätter.

»Was hat das zu bedeuten?«, fragte ich.

»Das wirst du gleich sehen.«

Er führte mich in das Herz aus Kerzen, dann kniete er sich vor mich hin wie jemand, der den Ritterschlag erhalten wollte.

Jetzt zog er noch etwas aus der Jackentasche. Kein Stoffstück, sondern eine kleine Schachtel. Er klappte sie auf, entnahm etwas und streckte es mir hin.

»Solveig Lejongård«, begann er, »du bist die Liebe meines Lebens. Seit ich dich kennenlernte, kann ich mir ein Leben ohne dich nicht mehr vorstellen. Jeder Tag, an dem wir nicht zusammen sind, schmerzt mich zutiefst. Bitte, beende meine Pein, und werde meine Frau!«

Für einen Moment hielt ich die Luft an. Mein Herz pochte wie wild. Ich konnte nicht glauben, dass er das tat. Wir hatten noch nie wirklich darüber gesprochen zu heiraten. Und jetzt machte er so etwas.

»Du bist verrückt!«, presste ich hervor.

»Mag sein. Aber eigentlich weißt du das ja.« Er sah mich hoffnungsvoll an. »Also, was sagst du? Willst du einen verrückten Ehemann?«

Wollte ich? Ich liebte es, mit Sören zusammen zu sein. Ich konnte mir keinen liebevolleren und aufmerksameren Mann vorstellen. Keinen anderen Mann. Auch wenn meine Eltern meinten, dass ich mich nicht zu früh auf jemanden einlassen sollte.

»Ja!«, platzte es aus mir heraus. »Ja, ich will.« Ich schluchzte auf und beugte mich zu ihm hinunter, um ihn zu küssen.

»Warte«, sagte er und nahm meine Hand. »Ich will dir erst einmal den Ring anstecken.«

Er schob ihn mir auf den Ringfinger meiner linken Hand und küsste sie. Eine Welle des Glücks schwappte durch meinen Körper. Ich würde schon bald seine Frau sein! Endlich gab er meine Hand frei. Ich beugte mich zu ihm hinunter und küsste ihn leidenschaftlich.

Wenig später saßen wir eng aneinandergeschmiegt auf der Treppe und blickten auf die Kerzen, die nacheinander erloschen. Mein Kopf lag auf seiner Schulter, und eigentlich hätten wir über unsere Zukunftspläne reden sollen, aber in diesem Augenblick wollte ich einfach nur seine Nähe spüren. Ich wollte das Glück genießen, das mir zuteilwurde.

Als die Tür hinter uns ging, zuckten wir zusammen. Ich wandte mich um und sah eine der Putzfrauen, die missbilligend auf die Kerzen im Schnee blickte.

»Ich hoffe, das schaffen Sie wieder weg!«, murrte sie.

»Keine Sorge, das kriegen wir hin. Ich habe extra einen Müllsack mitgebracht.« Sören zog eine Tüte aus der Jackentasche. Ich musste mir das Lachen verkneifen. Augenbinde, Ring, Mülltüte.

»Na gut, aber ich schaue nach! Wenn es morgen noch da ist, melde ich Sie dem Rektor.«

Ich fragte mich, wie sie das machen wollte. Kannte sie alle Gesichter und Namen der Studierenden? Das war eher unwahrscheinlich und ihre Bemerkung nur eine leere Drohung.

»Wie romantisch, nach einem Heiratsantrag aufzuräumen«, sagte ich, als die Frau wieder hinter der Tür verschwunden war.

»Oh, für die echte Romantik sorge ich zu Hause«, entgegnete er.

»Und warum hast du mir den Antrag nicht zu Hause gemacht?«

»Weil ich wollte, dass es etwas Besonderes ist. Und ich mir nicht sicher war, wie du reagieren würdest. Ich wollte nicht riskieren, dass du mir die Wohnung demolierst.«

Ich lachte auf. Ich war von ihm einige Sprüche gewöhnt, aber heute schien er besonders gut drauf zu sein.

»Hast du jemals erlebt, dass ich etwas bei dir kaputt gemacht hätte?«, fragte ich. »Du warst doch derjenige, der die Vase von deiner Tante Clara runtergeworfen hat.«

»Ich konnte diese Vase nicht leiden.«

»Dafür hast du aber ziemlich erschüttert gewirkt.« Ich reckte den Hals und gab ihm einen Kuss auf den Mund. »Danke. Das war einer der besten Heiratsanträge, die ich je bekommen habe.«

»Dann hoffe ich mal, du hast niemals Lust, diesen mit einem anderen Antrag zu vergleichen.«

»Ich glaube nicht, dass dich jemand übertreffen könnte.«

»Da bin ich ja beruhigt.«

Er legte seinen Arm um meine Schultern, und wieder fanden sich unsere Lippen zu einem langen, innigen Kuss. Ich spürte, wie Lust in mir aufwallte. Wenn wir in seiner Wohnung gewesen wären, hätte ich ihn womöglich gleich zum Bett gezerrt. Aber er hatte recht, dieser Antrag war etwas Besonderes. Und er passte gut zu uns.

Wir waren uns auf dem Campus begegnet. Damals war ich im ersten Semester und hatte noch Mühe, mich in Stockholm zurechtzufinden. Da ich mein bisheriges Leben auf dem Löwenhof verbracht hatte, war die Stadt so aufregend neu für mich. Kitty und ich hatten uns gerade erst kennengelernt, und ich wusste nicht, ob ich sie im Wohnheim länger als einen Monat ertragen konnte.

Eines Tages lief mir dieser Mann über den Weg. Er war kein Junge mehr, sondern ein richtiger Mann. Ich wusste noch nicht, dass er nur zwei Jahre älter war als ich, obwohl er erfahrener aussah. Er lächelte mich an mit solch einem Strahlen auf seinem Gesicht, dass ich wie angewurzelt stehen blieb. Auch Minuten später konnte ich an nichts anderes denken als an dieses Lächeln. Es verwirrte mich dermaßen, dass ich beinahe meine Vorlesung versäumt hätte. Es verfolgte mich auch danach noch, sodass ich den Bus verpasste, mit dem ich zum Wohnheim zurückfahren wollte.

Und sogar in der Nacht dachte ich daran.

Ich machte mir keine Hoffnungen, dass ich ihn wiedersehen würde. Und selbst wenn: Möglicherweise war er ein Dozent. Jemand, der sich nicht mit einer kleinen Studentin abgeben würde. Dennoch hielt ich Ausschau nach ihm. Diese kurzen Augenblicke hatten gereicht, um mir sein Gesicht einzuprägen. Doch er tauchte nicht auf. Nach und nach verlor ich die Hoffnung.

Wider Erwarten freundete ich mich aber mit Kitty an, und der Mann mit den braunen Augen und dem wunderbaren Lächeln rückte aus meinem Bewusstsein.

Und dann stand er plötzlich vor mir. Er wartete vor der Treppe, auf der wir jetzt saßen, und lächelte mich an. Mir fiel vor Schreck mein Rucksack aus der Hand.

»Hej«, sagte er. »Hättest du vielleicht Lust auf einen Kaffee?«

»Ich ... wieso ... ähm ...« Etwas anderes kam nicht über meine Lippen. Mein Herz begann zu rasen, und augenblicklich stieg Hitze in mir auf. So viele Wochen hatte ich versucht, ihn zu finden. Und jetzt war er hier, als hätte mein Wunsch ihn geleitet.

Er lachte auf. Sofort schoss mir das Feuer in die Wangen. Warum verhielt ich mich nur so dumm? Kitty hätte einfach Ja gesagt, sich bei ihm untergehakt und wäre dann mit ihm von dannen gezogen.

»Habe ich dich erschreckt?«, fragte er. »Das war nicht meine Absicht. Ich dachte mir nur, dass heute ein guter Zeitpunkt wäre, dich anzusprechen, nachdem ich dich wochenlang nicht aus dem Kopf bekommen habe.«

Nahm er mich auf den Arm? Ich konnte nicht glauben, dass mir das hier passierte.

»Nein, ich ... ich bin nur überrascht.« Allmählich hatte ich mich wieder unter Kontrolle. Was war schon dabei, dass ein junger Mann mich ansprach? Außerdem hatte ich von einem Moment wie diesem schon lange geträumt!

»Und, was meinst du? Hättest du Zeit für einen Kaffee, oder wartet jemand auf dich?«

»Nein, ich meine, ja. Ich hätte Zeit. Und es wartet niemand auf mich. Höchstens meine Zimmergenossin.«

Er lächelte und blickte mich versonnen an. Dann schien ihm etwas einzufallen.

»Oh, verzeih, ich habe mich noch gar nicht vorgestellt. Mein Name ist Sören Lundgren.«

»Solveig Lejongård«, gab ich zurück und streckte ihm ungelenk die Hand entgegen. Er ergriff sie, und ich spürte, dass seine Finger eiskalt waren. Er schien genauso aufgeregt zu sein wie ich. Das war mir irgendwie sympathisch.

Wir gingen in ein kleines Lokal, bestellten zwei Kaffee und saßen uns im ersten Moment ziemlich beklommen gegenüber. Was sollte ich mit ihm reden? In den vergangenen Wochen war ich so damit beschäftigt gewesen, nach ihm Ausschau zu halten, dass ich mir keine Gedanken darüber gemacht hatte, wie es sein würde, wenn wir uns endlich trafen.

»Ich glaube, du warst nicht der Einzige, der jemanden nicht aus dem Kopf bekommen hat«, begann ich schließlich. »Ich habe eigentlich schon nach dir gesucht, seit wir uns das erste Mal gesehen haben. Leider habe ich dich nicht gefunden.«

»Ich war eine ganze Weile krank«, antwortete er. »Du weißt doch, die Grippe, die hier grassierte.«

Ich erinnerte mich. Einer nach dem anderen um mich herum hatte Fieber und musste hustend im Bett bleiben. Es war mir wie ein Wunder erschienen, dass Kitty und ich in einem Wohnheim, in dem mindestens die halbe Bewohnerschaft krank war, verschont geblieben waren.

»Jedenfalls habe ich eine Weile gebraucht, um wieder auf die Beine zu kommen. Und dann musste ich sehr viel nachholen. Meine Freunde haben mich schon für einen Einsiedler gehalten.«

»Und ich dachte schon, du wärst nur zufällig auf dem Campus gewesen.«

Er lächelte mir zu. »Dann war das wohl Schicksal, was?«

»Ja. Schicksal«, antwortete ich und blickte ein wenig verlegen in meinen Kaffee.

Nachdem wir – ganz die braven Studenten – die verloschenen Kerzen eingesammelt hatten, gingen wir zu Sören. Er wohnte in einer kleinen Wohnung unweit des Campus. Sie gehörte einem Onkel, doch der war für einige Jahre in Amerika, und wie es aussah, trug er sich mit dem Gedanken, dort zu bleiben. Ich liebte diese Räume. Sören hatte sie in Gelb und Orange gestrichen, sodass sie selbst im Winter einen Hauch Sommer verströmten.

Wenn wir erst einmal verheiratet waren, konnten wir hier wohnen, jedenfalls in der ersten Zeit. Ich wusste, dass Sören vorhatte, eine Kleintierpraxis zu eröffnen. Wir hatten noch nicht darüber geredet, aber vielleicht wäre er damit einverstanden, in Kristianstad zu beginnen. Ich könnte dort mitarbeiten, solange Mutter noch in der Lage war, das Gut zu führen. Sie war im November dreiundfünfzig geworden und wirkte immer noch ziemlich jugendlich. Danach, das stand

21

für mich fest, würde ich die Geschicke des Löwenhofes leiten.

Aber das war alles noch Zukunftsmusik. Ich hatte den besten Mann der Welt gefunden und war nun eine Braut. Alles andere würde sich finden.

Kaum waren wir durch die Tür, trat ich auf ihn zu und küsste ihn.

»Was ...«, begann er ein wenig verwirrt.

»Du hast doch davon gesprochen, dass du hier für Romantik sorgen möchtest«, sagte ich. »Vielleicht sollten wir gleich damit beginnen.«

»Aber ich muss dazu noch etwas vorbereiten.«

»Ich brauche keine Vorbereitungen dazu. Ich brauche nur dich.« In diesem Augenblick wollte ich nur eines: ihn bis zur völligen Erschöpfung lieben. Ob Rosenblätter auf dem Bett lagen, war mir völlig egal.

Sören ließ den Sack mit den Kerzen fallen und drückte mich fest an sich. Ich spürte deutlich, dass es ihm ähnlich ging wie mir. Wir küssten uns leidenschaftlich, und wenig später zog ich ihn mit mir ins Schlafzimmer, zum Bett, das mir schon so vertraut war.

»Vielleicht sollten wir besser bis zur Hochzeitsnacht warten«, witzelte er, während ich ihm den Pullover über den Kopf zog.

»Ich glaube, mit dem Wunsch, eine Jungfrau zu heiraten, kommst du zu spät. Außerdem, wer weiß, wie lange das dauert.«

Bevor er antworten konnte, verschloss ich seinen Mund mit einem Kuss, dann sanken wir auf die Matratze.

2. Kapitel

Am folgenden Morgen erwachten wir erst spät. Ich fragte mich, was Kitty wohl darüber dachte, dass ich nicht nach Hause gekommen war. Aber wahrscheinlich ahnte sie, dass ich zu Sören gegangen war. Es war in der letzten Zeit nicht unüblich, dass ich auch unter der Woche bei ihm schlief.

Jetzt floss das Sonnenlicht durch die Fenster, und ich spürte seine Wärme an meiner Haut. Ich blickte zur Seite und sah sein Gesicht. Die Augenlider mit den dunklen Wimpern waren geschlossen, eine Haarsträhne fiel ihm ins Gesicht. Instinktiv streckte ich die Hand aus, um sie beiseitezuschieben. Als meine Fingerkuppen seine Haut berührten, schlug er die Augen auf.

»Guten Morgen«, sagte er, viel zu munter für jemanden, der gerade erst erwachte.

»Guten Morgen«, erwiderte ich. »Wie lange bist du schon wach?«

»Eine Weile. Genug, um meine schöne Verlobte beim Schlafen zu betrachten.«

»Und warum hast du dich dann schlafend gestellt?« Ich strich ihm über die Wange. Sie fühlte sich stoppelig an. Ich mochte das, besonders, wenn er mich küsste. Ob ich ihn wohl je dazu bewegen konnte, sich einen Bart wachsen zu lassen?

»Um dir die Gelegenheit zu geben, mich zu betrachten, wie du es manchmal tust. Ich wusste ja nicht, dass du gleich übergriffig werden würdest.«

»Du wirkst so, als würdest du es nicht mögen.«

»Oh doch, ich mag das. Sehr sogar. Und nicht nur an der Stirn.« Er legte seinen Arm unter der Decke um meine Taille.

Seine Berührung ließ meinen Körper kribbeln. Begehren wallte in mir auf. Ich hätte nichts dagegen gehabt, den ganzen Tag mit ihm im Bett zu verbringen. Aber ich hatte meiner Mutter zugesagt, noch heute auf den Löwenhof zu kommen. Und ich wollte, dass sie die tolle Nachricht so schnell wie möglich erfuhr.

»Auf dem Löwenhof werden wir viel Zeit für Berührungen haben«, entgegnete ich und küsste ihn. »Aber jetzt sollten wir aufstehen.«

»Nur noch einen Kuss«, sagte er und zog mich in seine Arme.

Wir holten mein Gepäck aus dem Wohnheim und machten uns dann auf den Weg.

Kitty war zum Glück nicht da, sonst hätte ich womöglich ein Dutzend Fragen über mich ergehen lassen müssen.

Bis zum Löwenhof waren es etwa sechseinhalb Stunden Fahrt. Wir hatten beschlossen, die Strecke zwischen uns aufzuteilen. Ich fuhr die ersten drei Stunden, Sören übernahm den Rest.

Ich genoss es, hinter dem Steuer zu sitzen. In Stockholm hatte ich wenig Gelegenheit, meine Fahrkünste anzuwenden, denn die meisten Wege legte ich mit dem Bus zurück. Außerdem besaß ich kein eigenes Auto. Sören vertrat glücklicherweise nicht die Ansicht seines Vaters, dass Frauen hinter dem Steuer nichts zu suchen hatten.

Auf ungefähr halber Strecke hielten wir auf einem Rastplatz. Zu dieser Jahreszeit pausierten hier nur wenige andere.

»Was hältst du davon, wenn wir eine große Rundreise machen?«, fragte ich Sören, während wir unseren Proviant aus den Taschen holten. »Vielleicht als Hochzeitsreise?«

»Da hatte ich eher an das Mittelmeer gedacht. Südfrankreich. Wir könnten in Nizza und St. Tropez wohnen und uns die Herrschaften der feinen Gesellschaft anschauen.«

Ich lächelte. »Das wäre schön.« Ich verkniff mir die Bemerkung, dass ich eigentlich ebenfalls zu dieser »feinen Gesellschaft« gehörte. Auch wenn unser Gut seine glanzvollsten Zeiten hinter sich hatte. Doch von den Damen, die in den Magazinen mit großen Sonnenbrillen, Designerkleidern und Juwelen abgebildet wurden, unterschied ich mich ziemlich. Ich fühlte mich eher als einfache Frau.

»Wenn der Termin unserer Hochzeit feststeht, werde ich mich nach einer Reise umschauen.« Sören strahlte. »Was meinst du, wann wird es so weit sein?«

»Das kommt ganz darauf an, was meine Eltern sagen.«

»Meinst du, sie haben etwas dagegen?«

Ich schüttelte den Kopf. »Nein, das sicher nicht. Für meine Mutter bist du der ideale Schwiegersohn.«

»Oh Gott, hat sie das gesagt?«

Ich lachte auf. »Nein, aber ich weiß die Zeichen zu deuten. Bei einer Hochzeit wie der unsrigen müssen viele Dinge beachtet werden. Es gab schon lange kein richtig großes Fest mehr auf dem Löwenhof. Viele Gäste müssen eingeladen werden, unsere Verwandten, Freunde, Geschäftspartner ...«

»Was, die auch noch?«

»Sie wären sonst beleidigt. Außerdem deine Familie, Freunde.«

»Geschäftspartner«, setzte er spöttisch hinzu. »Ich frage mich, ob Dr. Larsen kommen würde.« Larsen war der Tierarzt, bei dem er assistierte.

»Wenn du willst, laden wir ihn ein. Außerdem wäre es mir lieb, wir könnten unsere Hochzeit draußen feiern. Du weißt, wie traumhaft unser Garten im Sommer ist.«

»Oh ja, das weiß ich.«

»Und du weißt, dass ich in der Hinsicht sehr altmodisch bin.«

Sören nickte. »Zum Glück bist du in vielen anderen Dingen sehr modern.«

»Dann wäre es doch angebracht, über einen Termin in diesem Sommer nachzudenken. Juni oder Juli vielleicht?«

»Juni oder Juli?« Sören stieß ein erleichtertes Lachen aus. »Das ist großartig! Ich habe schon befürchtet, dass ich eine mehrjährige Verlobungszeit mit dir einhalten müsste.«

»So etwas gab es seit meiner Urgroßmutter Stella nicht mehr«, antwortete ich.

»Diese streng dreinblickende Frau auf dem Gemälde in eurer Eingangshalle?«

Meine Großmutter redete nicht häufig über sie, doch das Porträt in der Halle vermittelte dem Betrachter eine Ahnung, wie es zu damaligen Zeiten zugegangen war. Mehrjährige Verlobungen waren da wahrscheinlich ebenso üblich gewesen wie das Tragen eines Korsetts.

»Kannst du es ihr verübeln? In der Blüte ihres Lebens hat

sie ihren Ehemann und ihren Sohn verloren. Da kann man schon ein wenig griesgrämig dreinschauen. Obwohl ich ja finde, dass sie eigentlich sehr würdevoll wirkt.«

»Und altmodisch.«

»Das werden wir in hundert Jahren auch sein, mein Lieber.«

Ich sah ihm tief in die Augen. Wie würde es sein, mit ihm alt zu werden? Wie würden uns unsere Kinder sehen? Ich wünschte mir Kinder, mindestens zwei. Auch wenn es vielleicht anstrengend sein würde, die Arbeit dann mit dem Muttersein zu verbinden, wollte ich unbedingt beides.

Nach der kurzen Rast setzten wir unseren Weg fort. Hier und da gab es noch ein paar Schneehaufen, aber sonst waren die Straßen frei.

Wir hatten die Plätze gewechselt, und ich war froh, mich ein wenig ausruhen zu können, denn mein Nacken fühlte sich steif an. So lange zu fahren war ich nicht gewohnt.

Das Brummen des Wagens machte mich schließlich schläfrig. Ich kuschelte mich in die Kapuze meiner Jacke und schloss die Augen. Gedanken an meine Hochzeit tauchten vor mir auf. Was für ein Kleid sollte ich tragen? Ein langes oder ein kürzeres? Meine Mutter würde eindeutig für ein langes Kleid sein, aber mir persönlich gefiel die Vorstellung, ein Kleid zu wählen, das im Schnitt denen ähnelte, die Fürstin Gracia Patricia von Monaco bei hohen Anlässen trug. Damit würde ich sicher auffallen.

Mit dem Bild des Hochzeitskleids vor Augen versank ich in tiefen Schlaf.

3. Kapitel

Ich stand auf einer grünen Wiese. Die Sonne schien, und in der Luft lag ein süßer Duft. Bienen summten über mich hinweg, gefolgt von einem Schmetterling, der gen Himmel strebte. Ich beobachtete kurz, wie sie ins Sommerblau verschwanden, dann schaute ich an mir herunter.

In meinen Händen hielt ich einen Strauß mit weißen Lilien. Der Rock meines Kleides war glockig und mit feiner Spitze besetzt. Ich sah es nicht, aber ich wusste, dass weiße Bänder in mein Haar geflochten waren. Mir war schon recht früh klar gewesen, dass ich bei meiner Hochzeit keinen Schleier wollte. Der Schleier war ein archaisches Symbol für Jungfräulichkeit, das mir völlig unpassend erschien für eine Braut, die schon etliche Male mit ihrem Geliebten geschlafen hatte.

Der Tag meiner Hochzeit. Das Glück öffnete sich in meiner Brust wie der Blütenkelch einer Rose. Ich blickte nach vorn und sah die kleine Kirche vor mir. Sie gehörte ins Gutsdorf, auch wenn sie sich ziemlich verändert hatte. Einen weißen Turm hatte sie zuvor nicht gehabt. Vielleicht waren während meiner Abwesenheit Umbauarbeiten erfolgt. Aber an diesem Tag war es mir egal, wie die Kirche aussah. Ich würde heiraten.

Als das Glockengeläut begann, schritt ich auf das Gotteshaus zu. Zahlreiche Leute hatten sich dort versammelt. Ich erkannte allerdings keinen Einzigen von ihnen. Müsste meine Familie nicht dort sein? Kitty?

Wahrscheinlich warten sie drinnen, sagte ich mir und blickte zur Seite. Eigentlich war es Brauch, dass der Brautvater seine Tochter zum Altar führte, doch neben mir war niemand. Hatte er es vergessen?

Kurz wallte der Impuls in mir auf, ihn zu suchen, doch dann sagte ich mir, dass es zu spät war. Von drinnen hörte ich Orgelklang. Ich durfte Sören vor dem Altar nicht warten lassen.

»Solveig?«, rief da plötzlich jemand. Ich blickte mich um, doch in dem Gewirr unbekannter Gesichter konnte ich niemanden ausmachen, dem diese vertraute Stimme gehörte.

Ich richtete meinen Blick wieder nach vorn, doch die Kirche war verschwunden. Und auch der Rest der Landschaft löste sich langsam in Weiß auf. Dann wurde die Welt um mich herum schwarz.

»Solveig!« Wieder diese Stimme.

Langsam tauchte ich aus der Dunkelheit auf. Das Atmen schmerzte ein wenig. Kehle und Mund fühlen sich furchtbar trocken an. Meine Augen öffneten sich, doch im ersten Moment konnte ich nichts weiter erkennen als eine leuchtende Kugel an der Zimmerdecke.

Dann sah ich noch etwas anderes. Eine Eisenstange über meinem Kopf, an der eine Art Griff befestigt war. Im Hintergrund ertönte ein Piepen, weit entfernt.

»Solveig, Gott sei Dank!«

Ich wollte meinen Kopf zur Seite drehen, doch das gelang

mir nicht. Mein Hals schien in etwas eingespannt zu sein. Außerdem wollten die Schlieren vor meinen Augen nicht weichen. Was war nur los mit mir? Wo war ich?

Das Letzte, an das ich mich erinnern konnte, war, dass ich mit Sören in Richtung Löwenhof gefahren war. Wir hatten auf halber Strecke die Plätze getauscht, und ich hatte mir ein kleines Nickerchen gegönnt ...

Warum war ich jetzt hier und nicht mehr im Wagen?

Neben mir hörte ich, wie ein Stuhl beiseitegeschoben wurde. Das Geräusch machte mir eine Gänsehaut. Kurz darauf zog ein Schmerz durch meinen Arm, als hätte mir jemand einen Stromschlag verpasst.

»Solveig, hörst du mich?«, fragte die Stimme, dann verdunkelte etwas das Licht über mir. Zunächst sah ich nur einen Schatten, dann bekam er langsam Konturen.

Nur einen Augenblick später realisierte ich, dass es das Gesicht von Mathilda Lejongård war, meiner Mutter. Sie war noch immer sehr hübsch, auch wenn sich die weißen Strähnen in ihrem Haar langsam mehrten. Sie trug sie halblang, zu einem modernen Schnitt geformt. Eine tiefe Sorgenfalte hatte sich zwischen ihre Augenbrauen in die Haut gegraben.

»Mama«, formten meine Lippen, doch der Ton, der ihnen entwich, war kaum zu verstehen.

»Mein Kind.« Ihre Augen füllten sich mit Tränen. »Wie schön, dass du wieder bei uns bist.«

Ich verstand nicht. Wo sollte ich gewesen sein? Warum weinte sie?

Das Piepen wurde lauter. Dann hörte ich meinen Herzschlag. Meine Mutter streckte die Hand nach mir aus und strich mir ganz vorsichtig über die Stirn. Ihre Berührung merkte ich kaum.

»Wo ... bin ... ich?«, fragte ich. Die Wörter auszusprechen erschien mir so anstrengend. Doch mein Verstand wurde mit jedem Augenblick wacher. Mein Herz klopfte ängstlich in meiner Brust. Warum war auf einmal alles so seltsam? Was war geschehen?

»Du bist in Kristianstad, Liebes«, antwortete meine Mutter. »Im Hospital.«

Kristianstad war der Ort, an dem ich geboren worden war. Nicht weit davon entfernt lag unser Gut.

Aber das Hospital? Was hatte ich dort zu suchen?

Ich schaffte es nicht, die Worte zu formulieren, doch meine Mutter schien mir die Frage von den Augen abzulesen.

»Ihr hattet einen Unfall, in einem Waldstück nahe Kristianstad. Zum Glück war ein Autofahrer dicht hinter euch, der Hilfe holen konnte.«

Ihre Worte trafen mich wie kalter Regen. Ein unangenehmer Schauer kroch mein Rückgrat hinauf.

Wir sollten einen Unfall gehabt haben? Aber warum erinnerte ich mich dann nicht? War es passiert, als ich geschlafen hatte? Hatte ich das Gedächtnis verloren?

»Was ist mit ihm?«, fragte ich leise.

»Mit wem?«, fragte meine Mutter und blickte auf, als wäre noch jemand im Raum. War das tatsächlich der Fall?

Noch immer konnte ich meinen Kopf nicht rühren. Etwas Hartes verhinderte das.

»Sören«, sagte ich. »Er ist auch verletzt, nicht wahr?«

Jemand erhob sich und kam auf mich zu.

»Ja, das ist er«, hörte ich meine Großmutter sagen. Ihr Gesicht erschien nun ebenfalls über mir. Ihr silbernes Haar war zu ordentlichen Locken onduliert, und ihre schmale Gestalt steckte in einem blauen Kostüm. Die Farbe der Agneta Lejongård. Mittlerweile war sie achtzig, doch sie hatte sich gut gehalten. Wenn sie redete, konnte man ihr Alter für einen Irrtum halten. »Aber du solltest dir jetzt keine Sorgen um ihn machen. Er ist in guten Händen. Wichtig ist, dass du erst einmal wieder gesund wirst.«

»Was ist mit mir geschehen?«, fragte ich. Mehr als den dumpfen Schmerz im Arm spürte ich nicht. Es kam mir so vor, als hätte ich überhaupt keinen Körper, von meinem pochenden Herzen abgesehen.

»Du hast eine Gehirnerschütterung erlitten«, antwortete meine Mutter. »Außerdem ist eines deiner Beine gebrochen und der Arm. Drei Rippen sind ebenfalls in Mitleidenschaft gezogen worden, und dein Nacken hat eine Stauchung erlitten, weshalb du jetzt eine Halskrause trägst.«

Deshalb konnte ich den Kopf nicht drehen.

»Aber ich spüre nichts«, hörte ich mich antworten. »Bis auf den Arm ...«

»Das kommt von den Schmerzmitteln, die sie dir gegeben haben. Drei Tage lang warst du bewusstlos ...«

Das Geräusch einer sich öffnenden Tür unterbrach sie.

»Meine Damen, es tut mir leid, aber ich muss Sie jetzt bitten, das Zimmer wieder zu verlassen.« Die Männerstimme klang dunkel und sehr bestimmt. Ein Arzt, schoss es mir durch den Kopf.

»Sie ist aufgewacht«, erklärte meine Mutter. Indem sie sich aufrichtete, verschwand sie aus meinem Sichtfeld. »Und sie sagt, sie spürt ihren Arm.«

Der Arzt trat neben mich. Sein Gesicht war das eines Endvierzigers mit leicht ergrauten Schläfen in seinem ansonsten braunen Haar. Mit seinen blauen Augen musterte er mich aufmerksam. Ich versuchte, ein Lächeln hinzubekommen. Ich wusste nicht, ob es mir gelang.

»Fräulein Lejongård?«, fragte er.

»Das bin ich«, gab ich zurück.

Ein Lächeln huschte über sein Gesicht, dann holte er eine kleine Lampe aus der Brusttasche seines Kittels. Mit dieser leuchtete er mir in die Augen. Ein scharfer Schmerz durchzog meinen Kopf und zwang mich, die Augen zuzukneifen.

»Schon gut, Sie können die Augen wieder öffnen«, sagte der Arzt. »Hat Ihnen Ihre Mutter schon mitgeteilt, was passiert ist?«

»Ja, der Unfall«, antwortete ich. »Mein …«

Ich stockte. Um ein Haar hätte ich »Mein Verlobter« gesagt. Sollten Mutter und Großmutter auf diese Weise erfahren, dass wir uns verlobt hatten? Nein, das würde ich mir für den Zeitpunkt aufheben, wenn es Sören und mir wieder besser ging.

»Ja?«, fragte der Arzt.

»Mein Freund … Geht es ihm gut?«

Der Arzt blickte kurz zu meiner Mutter. »Den Umständen entsprechend. Er ist wesentlich schwerer verletzt worden als Sie. Aber machen Sie sich keine Sorgen. Er wird so gut versorgt, wie es uns möglich ist.«

Sören war schwer verletzt. Mein Magen krampfte sich zusammen. Am liebsten hätte ich aufgeschrien, doch ich hatte keine Kraft dafür.

»Die Schwester wird gleich nach Ihnen sehen und Ihnen etwas zu trinken bringen. Leider müssen Ihre Mutter und Ihre Großmutter Sie jetzt wirklich verlassen. Sie brauchen Ruhe.«

Als ob ich nicht tagelang geschlafen hätte! Doch der Arzt hatte recht, je mehr ich meinen Körper wieder spürte, desto mehr fühlte er sich an, als bestünde er aus Blei.

»Mach es gut, mein Liebling«, sagte meine Mutter und beugte sich über mich, um mir einen Kuss auf die Stirn zu geben. »Morgen komme ich wieder.«

»Danke, Mama.«

Auch meine Großmutter trat noch einmal neben mich und streichelte mir übers Haar. »Gib auf dich acht, mein Mädchen. Heute werde ich immerhin etwas ruhiger schlafen können.«

»Ich komme schon wieder in Ordnung, Mormor«, sagte ich und versuchte mich abermals an einem Lächeln, das wahrscheinlich misslang.

Als alle gegangen waren, strömten die Gedanken nur so auf mich ein.

Wie hatten wir einen Unfall haben können? Sören war doch ein geübter Fahrer. Und die Straßen waren nicht mehr glatt gewesen. Ich blickte zum Fenster. Mehr als grauen Himmel und kahle Äste sah ich dort allerdings nicht. Wie meine Eltern wohl Bescheid bekommen hatten? Wahrscheinlich hatte die Polizei angerufen, vielleicht war sie auch persönlich erschienen. Mein Herz wurde mir schwer, wenn ich mir vorstellte, wie meine Familie reagiert hatte. Sicher hatte Mutter sofort zu mir fahren wollen. Und Großmutter ... Sie würde sicher für einen Moment wie erstarrt gewesen sein. Mutter hatte mir erzählt, dass sie eine Zeit lang sehr mit Depressionen zu kämpfen hatte. Besonders schlimm soll es kurz vor meiner Geburt gewesen sein.

Doch seit ich auf der Welt war, hatte sich ihr Zustand gebessert. »Du warst das Licht der Hoffnung, Solveig«, sagte sie mir, nachdem sie mir wieder einmal erklärt hatte, dass mein Name »Weg der Sonne« bedeutete. »Du bist die Sonne für den Löwenhof. Die Zukunft.«

Ich konnte nur hoffen, dass meine Großmutter, Mormor, wie ich sie nannte, nicht wieder erstarrte.

Nachts konnte ich lange nicht schlafen. Immer wieder kreisten meine Gedanken darum, wie es Sören jetzt wohl ging. Ob seine Eltern Bescheid wussten? Saßen sie ebenso an seinem Krankenbett wie Mama und Großmutter bei mir?

Jetzt wünschte ich, wir hätten sie zuvor noch aufgesucht, um ihnen von der Verlobung zu erzählen. Mir war schleierhaft, warum Sören nicht darauf bestanden hatte. Aber wahrscheinlich wollte er meine Pläne nicht durchkreuzen. Und möglicherweise hatten seine Eltern schon von seiner Absicht gewusst.

Irgendwann versank ich doch in den Schlaf und erwachte erst, als die Schwester kam, um mich neu zu lagern und mir das Frühstück zu bringen. Hunger hatte ich keinen besonders großen. Noch immer bekam ich Schmerzmittel, aber mein Gipsarm und mein Gipsbein behinderten mich ziemlich. Doch ich zwang mich zu essen und wurde dafür von der Schwester gelobt, die das Tablett wieder abholte.

»Können Sie mir vielleicht sagen, wie es Sören Lundgren geht?«, fragte ich. »Er ist mit mir eingeliefert worden. Er ist mein Freund.«

»Ich werde mal nachfragen, Schätzchen«, sagte sie in mütterlichem Ton und verließ das Zimmer wieder.

Minuten verstrichen. Wie lange mochte es dauern, bis sie etwas herausfand? Natürlich musste sie sich noch um andere Patienten kümmern.

Ich versuchte, meine Ungeduld beiseitezudrängen. Sie wird schon kommen, sagte ich mir.

Doch die Schwester erschien nicht.

Dafür stellte sich die Visite ein. Einige Männer und eine Frau in Weiß traten durch die Tür. Die meisten von ihnen trugen ein Stethoskop um den Hals. Ein wenig erinnerte mich die Gruppe an meine Kommilitonen, wenn sie aus dem Sektionssaal kamen, wo sie ein Pferd oder ein anderes Tier seziert hatten.

»Guten Morgen, Fräulein Lejongård, wie fühlen Sie sich heute?«, fragte der Arzt von gestern, der sich als Dr. Marold vorstellte.

»Gut«, antwortete ich. »Na ja, den Umständen entsprechend. Aber die Schmerzmittel wirken.«

»Das freut uns zu hören«, antwortete Dr. Marold und holte eine kleine Lampe aus der Tasche. »Ich mache mit Ihnen jetzt einige Tests. Keine Bange, es geht ganz schnell. Wir wollen nur feststellen, wie es um Ihre Gehirnerschütterung steht.«

Am Nachmittag kam Mutter wieder zu Besuch, diesmal in Begleitung von Vater. Dieser schien jetzt noch mehr graue Haare zu haben als sonst.

»Kind, was machst du nur für Sachen«, sagte er, als er mir vorsichtig über die Wange streichelte. Ich roch den Duft von frisch gesägtem Holz. Offenbar hatte er wieder etwas repariert. Früher einmal hatte er bei seinem Vater in einer Möbelfirma gearbeitet. Ich erinnerte mich nur schwach daran, dass wir mal in Stockholm bei meinen Großeltern väterlicherseits gewesen waren. Das war sehr lange her, und ich wusste nicht, was zwischen ihnen und meinem Vater vorgefallen war, doch es musste gravierend gewesen sein. Danach waren wir nie mehr bei ihnen. Später erfuhr ich, dass sie im Abstand von einem Jahr gestorben waren.

Ich erinnerte mich kaum noch an sie. Aber der Geruch von Holz rief immer die kleine Erinnerung an sie in meinen Verstand zurück. Er gehörte zu meinem Vater wie das Tweedjackett und die Krawatte, die er trug.

»Du hast uns zu Tode erschreckt!«

Und dabei sollte es doch ein fröhlicher Tag werden.

Ich rang mit mir. Sollte ich ihnen von der Verlobung erzählen? Unter diesen Umständen und ohne Sören? Ich entschied, dass ich noch eine Weile warten würde.

»Ich weiß nicht einmal, was passiert ist«, antwortete ich. »Habt ihr mit der Polizei gesprochen?« Ich blickte zu meiner Mutter. Sie hatte mir beim Aufwachen etwas erzählt, doch mehr, als dass unser Wagen im Wald gelandet war, hatte ich nicht behalten.

»Wie es aussieht, hattet ihr einen Wildunfall. Unweit des Wagens hat der Förster einen verendeten Hirsch gefunden. Seine Verletzungen lassen darauf schließen, dass euer Wagen ihn gerammt hat.« Tränen stiegen meinem Vater in die Augen. Bisher hatte ich ihn höchst selten weinen sehen. »Sören hat offenbar versucht, ihm auszuweichen, dabei habt ihr einen Baum gestreift und seid in den Graben gestürzt.«

Ich seufzte auf. »Warum erinnere ich mich nicht daran? Ich habe geschlafen, aber das hätte ich doch mitbekommen müssen!«

»Der Arzt meint, dass du einen Gedächtnisverlust erlitten hast. Das wäre in solch einer Situation nicht ungewöhnlich.«

»Möglicherweise ging es auch zu schnell«, sagte meine Mutter. »Ehe du wach wurdest, warst du schon bewusstlos. Vielleicht ist es besser so, dass du dich nicht daran erinnerst.«

Ich nickte. Doch wenn ich ehrlich war, wäre es mir lieber

gewesen zu wissen, wie der Moment vor dem Unfall ausgesehen hatte.

»Ich soll dich von Svea grüßen. Sie war in der vergangenen Woche bei uns. Das Rheuma plagt sie ein wenig, aber sonst ist sie noch sehr rüstig.«

Die ehemalige Köchin unseres Hauses war vor ein paar Jahren in Rente gegangen. Ich erinnerte mich noch gut daran, wie sie mir immer Kekse zusteckte, wenn ich durch die Küche lief.

Manchmal hatte sie mir auch erzählt, wie es früher war, als meine Urgroßmutter noch lebte. Diese Geschichten kamen mir vor, als wären sie einem Märchenbuch entsprungen. Aber welchen Grund hätte Svea haben sollen, etwas zu erfinden?

»Das freut mich«, sagte ich. »Danke. Sie kann vom Löwenhof nicht lassen, nicht wahr?«

»Als ich in deinem Alter war, vielleicht etwas jünger, habe ich mich gefragt, warum das so ist. Heute weiß ich, dass dieses Haus die Menschen an sich bindet. Auch wenn man einen Weg einschlägt, der einen vom Löwenhof wegführt, kommt man doch früher oder später dorthin zurück. Selbst wenn man denkt, dass einem die Umstände keine Wahl lassen, kehrt man zurück, weil man es will.« Ein versonnener Ausdruck erschien auf ihrem Gesicht.

Ich wusste, dass auch ihr Weg sie vom Löwenhof fortgeführt hatte. Und sie war zurückgekehrt. Agneta hatte sie um Hilfe gebeten, doch als sie mir davon erzählte, gestand sie mir, dass sie insgeheim eine tiefe Sehnsucht nach diesem Ort gehabt hatte.

Ich sehnte mich ebenfalls nach dem Löwenhof. Das Krankenzimmer ödete mich an. Ich wollte durch den Wald reiten, über die Wiesen. Sicher, zu dieser Jahreszeit war dort noch kein Grün zu sehen, aber ich wollte frei sein. Und mehr als alles andere wollte ich in der Lage sein, Sören zu besuchen. Ihm zu sagen, dass es mir gut ging.

Ein Klopfen ließ uns verstummen. »Herein«, sagte mein Vater.

Eine Schwester erschien. »Hier ist ein Herr von der Polizei, der Sie sprechen möchte. Wäre das in Ordnung?«

Mein Vater sah mich an. »Fühlst du dich danach?«

Mein Magen krampfte sich zusammen. Polizei. Wahrscheinlich wollte er wissen, wie es zu dem Unfall gekommen war. Ich nickte. Jetzt oder später, welchen Unterschied machte es schon?

Der Beamte war noch recht jung, vielleicht etwas älter als Sören. Er trat neben das Bett. »Guten Tag, ich bin Wachtmeister Ole Nilsson von der Polizei in Kristianstad«, stellte er sich vor. »Ihr behandelnder Arzt teilte mir mit, dass Sie wieder ansprechbar seien. Wenn Sie nichts dagegen haben, würde ich Ihnen ein paar Fragen bezüglich des Unfalls stellen.«

»Fragen Sie ruhig«, antwortete ich.

»Können Sie eine Aussage zum genauen Zeitpunkt des Vorfalls machen? Wir gehen davon aus, dass es sieben Uhr abends war, als Ihr Fahrzeug mit einem Hirsch kollidierte.«

»Ich kann mich nicht erinnern«, sagte ich. »Ich habe geschlafen. Als ich wach wurde, lag ich in diesem Bett.«

»Haben Sie eine Ahnung, ob der Fahrer Alkohol zu sich genommen hat oder übermüdet wirkte?«

Ich schüttelte den Kopf. »Sören hat nichts getrunken. Und ob er müde war ... Wir sind gegen Mittag aus Stockholm losgefahren. Die erste Hälfte der Strecke bin ich gefahren, dann haben wir uns abgelöst.«

Der Bleistift des Polizisten kratzte über das Papier.

»Aber ein Zusammenprall mit einem Hirsch kann doch auch jemandem passieren, der hellwach ist, oder?«

»Wir haben Anzeichen gefunden, dass Herr Lundgren sehr spät reagiert hat«, sagte der Polizist. »In welchem Verhältnis steht Herr Lundgren zu Ihnen? Ist er ein Bekannter?«

»Er ist mein Freund.« Ich blickte auf meine linke Hand. Der Verlobungsring fehlte, aber ich meinte, mich zu erinnern, dass die Schwester in meiner ersten Nacht hier gesagt hätte, mein Schmuck liege im Nachttischchen.

»Im Sinne von einfach befreundet, oder haben Sie ein intimes Verhältnis?«

»Herr Wachtmeister, ich muss doch bitten!«, brauste meine Mutter auf. »Was hat das mit dem Unfall zu tun? Glauben Sie vielleicht, Herr Lundgren wollte meine Tochter umbringen?«

Der Polizist wurde rot. »Nein, keinesfalls, aber ... Ich bin angewiesen worden, diese Informationen zu sammeln.«

»Wir sind schon lange zusammen«, sagte ich. »Und ich bin sicher, dass er mir nicht schaden wollte. Das Ganze muss ein dummer Zufall gewesen sein. Als angehende Veterinärin weiß ich, dass sich Damwild vorwiegend am Abend auf Futtersuche befindet. Besonders im Winter kommen die Tiere dabei auch Straßen nahe. Es ist also nichts Geheimnisvolles daran, es sei denn, Sie verschweigen uns etwas.«

Der Polizist steckte verlegen sein Schreibzeug in die Tasche. »Es tut mir leid, ich wollte Sie nicht verärgern. In Fällen mit Personenschaden müssen wir Ermittlungen anstellen und herausfinden, ob der Fahrer fahrlässig gehandelt hat.«

»Dann sollten Sie vielleicht warten, bis der Fahrer wieder ansprechbar ist.« Meine Stimme klang schärfer, als ich es beabsichtigte. Es regte mich auf, dass Sören ein Verfahren wegen fahrlässiger Körperverletzung bekommen sollte. Er war bei dem Unfall schwer verletzt worden! »Ich versichere Ihnen, Sören Lundgren hat keineswegs verantwortungslos gehandelt«, sagte ich. »Wir lieben uns. Keiner würde dem anderen fahrlässig irgendeinen Schaden zufügen.«

Der Polizist zog eine kleine Karte aus der Brusttasche seiner Jacke. »Vielen Dank. Wenn Ihnen noch etwas einfallen sollte, melden Sie sich bitte unter dieser Telefonnummer.«

Ich nahm die Karte an mich. »Das werde ich tun.«

Der Polizist nickte, und bevor er sich der Tür zuwandte, sagte er: »Gute Besserung. Es wird sich alles klären.« Er verabschiedete sich von meinen Eltern und ging.

Ich starrte ihm wütend hinterher. »Sören und fahrlässig gehandelt«, murrte ich. »Als ob er so etwas tun würde.«

»Es kann aber durchaus sein, dass er müde gewesen ist«, wandte mein Vater behutsam ein.

»Er war nicht müde. Nicht um sieben Uhr und nachdem ich die ersten drei Stunden gefahren bin.«

»Aber du hast auch geschlafen. Möglich wäre es.«

»Glaubst du wirklich, Sören wäre so verantwortungslos?«

»Solveig, beruhige dich«, sagte meine Mutter beschwichtigend. »Die Polizei muss diesen Dingen nachgehen. Du wurdest verletzt. Schon allein aus versicherungstechnischen Gründen muss einwandfrei klar sein, ob das Ereignis unausweichlich war oder ob der Fahrer müde war.«

»Aber was ändert das schon? Wir haben beide was abbekommen, und der Hirsch kann nicht belangt werden.«

»Bei einem so großen Unfall müssen sie Ermittlungen anstellen. Irgendwer muss den Schaden zahlen.«

»Sörens Versicherung.«

Mutter nickte. »Darauf wird es hinauslaufen.«

Plötzlich fühlte ich mich so unendlich müde. Ich starrte an meinen Eltern vorbei. Daran, dass man Sören die Schuld geben könnte, hatte ich vor dem Besuch des Polizisten nicht gedacht.

»Ich glaube, es ist besser, wenn wir dich jetzt ausruhen lassen«, sagte meine Mutter und streichelte mir übers Haar. »Was meinst du?«

Ich nickte schwach. Eigentlich hatte ich mich auf den Besuch gefreut, aber die Befragung hatte mich sehr mitgenommen.

»Gut. Ich komme morgen wieder«, sagte meine Mutter. »Und Großmutter vielleicht auch. Mach es gut, mein Schatz.«

Die Schwester, bei der ich mich nach Sören erkundigt hatte, hatte ich schon beinahe vergessen, als sie am Abend wieder in meinem Zimmer erschien.

»Entschuldigen Sie, dass es so lange gedauert hat«, begann sie und trat neben mein Bett, um die Kissen für die Nacht aufzuschütteln. »Wir hatten kurz nach dem Frühstück Schichtwechsel.«

»Konnten Sie etwas herausfinden?«, fragte ich.

Die Schwester nickte, doch ihr Gesicht nahm einen bekümmerten Zug an. »Ja. Er ist gestern nach Stockholm verlegt worden.«

»Warum?«, fragte ich erschrocken.

»Seine Verletzungen sind sehr schwer, er liegt im Koma. Die Universitätsklinik in Stockholm hat ganz andere Möglichkeiten als wir.«

»Und ist er gut in Stockholm angekommen?« Tränen stiegen in meine Augen. Jetzt war er so weit weg. Ich hatte mir vorgenommen, ihn zu besuchen, sobald ich einigermaßen mit Krücken humpeln konnte. Doch nun war er fort.

»Soweit wir wissen, ist alles in Ordnung, jedenfalls seinem Zustand entsprechend. In Stockholm wird man ihn gut betreuen, da bin ich sicher.«

»Das hoffe ich«, sagte ich und begann zu weinen. Es erschien mir alles so furchtbar, so unglaublich. Eben noch waren wir das glücklichste Paar der Welt, und nun lag ich in diesem Krankenhaus und Sören in Stockholm. Und niemand wusste, was aus ihm werden würde. Ich mochte vielleicht nur eine angehende Tierärztin sein, doch ich wusste, was Koma bedeutete.

»Wir wollen heiraten«, schluchzte ich auf. »Eigentlich wollten wir zu meinen Eltern, um ihnen von unserer Verlobung zu erzählen.«

Die Schwester legte ihre Hand auf meinen Arm. »Das tut mir so leid, Schätzchen. Aber ich bin sicher, dass man ihn in Stockholm wieder hinbekommt. Und ehe Sie es sich versehen, ist er wieder bei Ihnen und wird Sie heiraten.«

Ich nickte, auch wenn mir klar war, dass die Schwester das nur sagte, um mich zu beruhigen.

4. Kapitel

Zwei Wochen lang war ich zur Reglosigkeit verdammt. Abwechselnd erschien meine Mutter in Begleitung meiner Großmutter oder meines Vaters, manchmal auch allein. Beinahe täglich saß sie neben mir auf dem kleinen weißen Stuhl.

»Du musst doch nicht jeden Tag kommen«, sagte ich. »Du hast doch mit Gut Ekberg zu tun und mit dem Löwenhof. Es gibt so viel Arbeit.«

»Aber ich habe nur eine Tochter, nicht wahr?«, entgegnete sie darauf. »Ich will sicherstellen, dass sie dich hier gut behandeln.«

»Das tun sie doch, Mutter. Sie behandeln mich wie ein rohes Ei.« Ich machte eine kurze Pause. »Wenn ich doch nur wüsste, wie es Sören geht.«

Mathilda seufzte. »Sie können dir nichts sagen, nicht wahr?«

Ich schaute sie an. »Dürfte ich dich um etwas bitten?«

»Um alles, mein Schatz.«

»Würdest du vielleicht nach Stockholm fahren und nach ihm schauen?«

»Ich fürchte, sie werden mich nicht zu ihm lassen. Immerhin ist er nicht mit mir verwandt.«

Aber bald würde er es sein. Wenn wir erst einmal geheiratet hatten.

»Mama, ich muss dir etwas erzählen.«

Mathilda zog die Augenbrauen hoch, als würde sie etwas Schlechtes erwarten. »Ja, mein Kind?«

Ich presste die Lippen zusammen. Eigentlich hätte alles anders sein sollen. Wir wären auf dem Löwenhof angekommen, Mutter hätte sich über die Anwesenheit von Sören gewundert, dann aber gefreut, weil sie ihn seit dem vergangenen Jahr nicht mehr gesehen hatte. Und dann hätten wir beim Abendessen die frohe Botschaft verkündet. Meine Eltern und Großmutter hätten uns zunächst angesehen, als wäre der Blitz eingeschlagen. Doch dem wäre pure und überschwängliche Freude gefolgt. Dieser Moment würde niemals stattfinden.

Und jetzt machte es vielleicht einen Unterschied, wenn ich es ihr beichtete.

»Er hat um meine Hand angehalten.«

»Wie bitte?«

»Sören hat mir einen Heiratsantrag gemacht. Und ich habe ihn angenommen. Wir sind verlobt, Mama.«

Ich blickte auf meine linke Hand. Den Ring hatte ich bislang nicht aus dem Schubfach nehmen können.

»Schau in den Nachtschrank hier, wenn du mir nicht glaubst.«

Mutter wirkte wie erstarrt. War es doch keine gute Idee gewesen, ihr davon zu erzählen? Sie zog die Schublade auf. Der kleine goldene Ring schimmerte im Licht der Neonröhren über mir.

»Wir wollten euch damit überraschen. Ich dachte, ihr würdet euch freuen.«

»Ich freue mich ja auch.« Mutter bemühte sich um ein Lächeln. »Das ist einfach wunderbar. Aber ...«

Sie stockte, und ich sah, dass ihre Augen feucht zu glänzen begannen.

»Was?«, fragte ich sanft.

»Ich wünschte ... ihr wärt angekommen.«

Jetzt schossen mir ebenfalls die Tränen in die Augen. »Das wünschte ich mir auch. So sehr ...«

Mutter beugte sich über mich und schloss mich in ihre Arme. Wir beide weinten, doch ich spürte, wie sich dabei auch ein Stück meiner inneren Spannung löste.

»Vielleicht lassen sie dich zu ihm, wenn du ihnen sagst, dass wir verlobt sind«, sagte ich, nachdem wir uns wieder beruhigt hatten. Mit der gesunden Hand wischte ich mir übers Gesicht.

Meine Mutter nahm den Ring und steckte ihn mir an. »Du solltest ihn tragen. Wenn du eine Braut bist, dürfen das auch alle wissen.«

Er spannte ein wenig, wahrscheinlich waren meine Hände durch das Liegen geschwollen. Doch ich fühlte mich jetzt wieder vollständig.

»Wirst du es Großmutter sagen?«

»Soll ich?«, fragte Mutter. »Vielleicht möchtest du es ihr auch selbst mitteilen.«

»Nein, sag du es ihr ruhig. Ich weiß ja, wie ungern du Geheimnisse hast.«

Mutter zog die Stirn kraus. »Das ist wohl wahr.«

»Wenn Sören und ich wieder gesund sind, können wir feiern.« Ich griff nach der Hand meiner Mutter. »Sören. Wirst du ihn besuchen?«

»Ich glaube, ich rufe lieber erst die Klinik an. Sollten

sie mir die Erlaubnis geben, werde ich hinfahren.« Sie machte eine Pause, dann fragte sie: »Wissen es Sörens Eltern schon?«

»Ich habe keine Ahnung. Wir wollten erst zu euch. Man hält ja bei den Eltern der Braut um die Hand an.«

»Eigentlich schon.« Mutter strich lächelnd über meine Hand. »Aber die Zeiten ändern sich, wie ich sehe.«

»Ich wusste, dass ihr nichts dagegen haben würdet. Sonst hätte ich gewartet.«

»Und Sörens Eltern haben auch nichts dagegen?«

»Ich glaube nicht. Sie waren mir gegenüber niemals ablehnend. Ganz im Gegenteil.«

»Dann sollte ich auch seine Eltern kontaktieren. Sie können mir sicher sagen, wie es ihrem Sohn geht. Klingt das gut?«

Ich nickte. »Das klingt gut.«

»Fein. Möglicherweise erreiche ich sogar heute Abend noch jemanden.«

Sie machte eine kurze Pause und wirkte, als müsste sie sich etwas im Geiste notieren. Dann sah sie mich an. »Und? Was für ein Kleid möchtest du auf deiner Hochzeit tragen?«

Ich erinnerte mich wieder an diesen seltsamen Traum. Dort hatte ich ein langes Kleid angehabt. Vielleicht sollte ich gerade jetzt auf ein kurzes bestehen? Eine kleine Stimme sagte mir, dass ich besser noch abwarten sollte, aber ich hörte nicht auf sie.

»Ein kurzes Kleid. Der Rock darf höchstens eine Handbreit vorm Knie enden.«

Mutter lächelte. »Die älteren Damen werden vor Schreck in Ohnmacht fallen. Eine Braut zeigt ihre Knie nicht vor der Hochzeitsnacht.«

»Ich fürchte, Sören hat meine Knie schon gesehen«, antwortete ich lächelnd. »Und das mehr als einmal.«

Am nächsten Nachmittag kam Mutter nicht. Ich hoffte, dass die Klinik oder die Lundgrens ihr den Zugang zu Sören gestattet hatten. Vielleicht ging es ihm ja mittlerweile so gut, dass er Besuch empfangen konnte.

Die Ungewissheit nagte an mir, aber ich klammerte mich an die Hoffnung, dass die Ärzte in Stockholm ein kleines Wunder bewirkt hatten.

Erst einen Tag später erschien Mutter wieder. Sie wirkte sehr ernst. Angst stieg in mir auf. Hatte sie schlechte Nachrichten?

»Konntest du die Lundgrens erreichen?«, fragte ich.

»Ja«, antwortete sie, nachdem sie sich niedergelassen hatte. »Sörens Eltern sind wirklich sehr nette Leute. Allerdings befindet er sich nach wie vor im Koma und auf der Intensivstation. Die Ärzte sagen, er sei stabil, aber noch weit entfernt davon, wieder aufzuwachen.«

Diese Worte senkten sich wie eine Steinplatte auf meine Brust. Er war immer noch bewusstlos. Ein stabiler Zustand war dabei kein Grund, erleichtert zu sein. So etwas konnte sich sehr schnell ändern.

»Hast du ihnen von der Verlobung erzählt?«

»Ja. Ich habe gefragt, ob sie von der Absicht ihres Sohnes gewusst hätten. Sie sagten, er hätte in den Tagen vor dem Unfall kaum von etwas anderem geredet. Sörens Mutter wollte dir schon den Verlobungsring seiner Großmutter anbieten, aber Sören hatte darauf bestanden, selbst einen zu kaufen, von seinem eigenen Geld.«

Ich blickte auf meine Hand. Der Ring hatte einen kleinen

48

Stein und funkelte wunderschön. Ich hatte gestern und heute Morgen viele Augenblicke damit verbracht, ihn mir anzusehen.

»Ich fürchte, wir müssen uns noch ein wenig gedulden«, setzte meine Mutter hinzu. »Aber ich bin sicher, alles wird gut.«

»Das hoffe ich.« Gedanken schwirrten durch meinen Kopf. Wie fühlte man sich im Koma? Konnte Sören etwas hören? Etwas spüren?

»Großmutter ist übrigens sehr erfreut über eure Verlobung«, zerrte mich die Stimme meiner Mutter zurück in die Wirklichkeit. »Sie meinte, ihr werdet ein schönes Paar sein.«

Werdet. Wenn Großmutter optimistisch war, warum sollte ich dann so schwarzsehen? Agneta hatte in ihrem Leben so viel erlebt. Wenn eine das Schicksal kannte, dann sie.

»Was hat sie zu dem kurzen Hochzeitskleid gesagt?«

»Davon habe ich ihr noch nichts erzählt. Ein Schreck pro Tag reicht.« Sie griff nach meiner Hand und drückte sie. »Ich wäre gern zu Sören gefahren. Aber ich muss den Willen der Ärzte respektieren. Wir müssen das.«

Es fiel mir schwer, das zu tun, trotzdem nickte ich. »Vielleicht werde ich ja bald entlassen«, sagte ich, doch gleichzeitig wusste ich, dass Knochen nicht in wenigen Tagen heilten. Der Bruch war kompliziert, wenn ich Pech hatte, würde ich noch an Krücken an die Universität zurückkehren. Aber das war mir in diesem Augenblick egal. Hauptsache, Sören ging es besser. Hauptsache, er erwachte wieder. Notfalls würde er mich auch mit Gipsbein über die Schwelle seiner Wohnung tragen.

»Das hoffe ich«, entgegnete meine Mutter. »Zu Hause könntest du dich wesentlich besser erholen. Die Pferde vermissen dich auch schon.«

»Grüße sie bitte von mir«, sagte ich mit einem schwachen Lächeln und griff nach ihrer Hand. »Und danke, dass du es versucht hast.«

»Ich werde mich auf jeden Fall weiter nach Sören erkundigen. Wenn ich etwas in Erfahrung bringe, sage ich es dir.«

Mutter küsste mich auf die Stirn und blieb dann noch eine Weile schweigend neben mir sitzen.

Eine Woche später ging es zumindest meinem Nacken gut genug, dass man mir die Halskrause entfernen konnte. Dazu schob mich die Schwester in einem Rollstuhl in die chirurgische Abteilung, weil ich mit meinem Gips noch nicht laufen konnte.

»Ihre Rippen werden noch eine Weile brauchen«, erklärte mir Dr. Marold, nachdem er mich erneut untersucht hatte.

»Bis zum nächsten Semester ist es noch etwas hin«, entgegnete ich mit einem schiefen Lächeln. »Aber mit einem Ausritt wird es wohl nichts, oder?«

»Abgesehen davon, dass Sie mit dem Gips an Arm und Bein unmöglich auf ein Pferd kommen werden, sollten Sie auch nach der Entlassung Erschütterungen vermeiden. Aber bis dahin vergeht noch etwas Zeit.«

Dessen war ich mir bewusst. Die Kratzer und Schürfwunden mochten inzwischen heilen, doch Knochen brauchten mehr als eine neue Schicht Haut. Drei Wochen waren seit dem Unfall vergangen. Was Sören jetzt wohl machte? War er inzwischen wieder wach? Fragte er sich, wo ich war? Wie es mir ging? Ach, wenn ich doch bloß zu ihm fahren könnte!

Der Arzt schob sein Stethoskop zurück in seine Tasche. Ich spürte, dass er noch etwas auf dem Herzen hatte.

»Fräulein Lejongård, ich muss Sie leider noch wegen einer

anderen Sache sprechen«, begann er und warf einen Blick auf die Schwester. Der Arzt wirkte, als müsste er sich erst einmal sammeln. »Heute Morgen haben wir einen Anruf erhalten. Wir sind von Herrn Lundgrens Mutter gebeten worden, Ihnen eine Nachricht zu überbringen.«

Eine Nachricht von Sören? Warum hatte Sörens Mutter mich nicht direkt zu sprechen verlangt? Ein diffuses Angstgefühl breitete sich in mir aus. Schweiß benetzte meine Handflächen. Ich rieb ihn an meinem Nachthemd ab.

»Leider ist Ihr Verlobter gestern Nacht verstorben.«

Ich starrte ihn an. Die Welt um mich herum begann, sich zurückzuziehen. Mein Verstand weigerte sich zu glauben, was ich da hörte.

»Das ist nicht möglich!«

»Ich fürchte, schon. Frau Lundgren war nicht sicher, wie Sie es verkraften würden, deshalb wollte sie es Ihnen auch nicht persönlich mitteilen. Aber ...«

Er stockte, als ich den Kopf schüttelte. »Ich habe doch nur leichte Verletzungen. Warum ist er überhaupt ins Koma gefallen?«

»Sie hatten sehr großes Glück«, antwortete der Arzt. »Der hauptsächliche Aufprall fand auf der Fahrerseite statt. Herr Lundgren hat massive Kopfverletzungen erlitten, die schließlich zum Hirntod führten. Meine Kollegen in Stockholm haben versucht, ihn durch eine Operation zu retten, und zunächst sah es aus, als würde er sich erholen. Doch dann ist von einem Moment zum anderen sehr viel Hirngewebe abgestorben ...«

Der Arzt sah mich an. Seine braunen Augen verschwammen vor mir. Mein Körper fühlte sich steif an, ich spürte nicht einmal mehr das Jucken unter meinem Gips. Meine

51

Rippen schmerzten wieder, diesmal, weil mein Körper von einem Schluchzen gebeutelt wurde.

Ich solle Erschütterungen meiden, hatte mir der Arzt ans Herz gelegt. Und dann riss er im nächsten Augenblick meine Welt in Stücke.

Dr. Marold sagte etwas zu mir, aber seine Worte erreichten mich nicht. Mein Blick glitt ab zum Fenster, von dem man eine gute Sicht auf den Hof hatte. Sören war nicht tot. Ich hatte ihn doch neben mir gehabt, und auch wenn er in einem anderen Krankenhaus war, meinte ich immer noch, ihn zu spüren. Es war einfach nicht möglich. Er konnte nicht fort sein.

»Fräulein Lejongård?«, fragte Dr. Marold. Sein Gesicht schob sich wieder in mein Blickfeld. Seine Augen wirkten besorgt.

»Ja?«, sagte ich abwesend. Es war, als würde ich aus einem Traum erwachen. Nur dass die Realität bedeutete, dass Sören tot war.

Der Arzt legte mir die Hand auf den Arm. »Es tut mir leid. Ich wünschte, wir hätten bereits hier mehr tun können, aber das war uns nicht möglich. Wenn Sie mögen, schicke ich Ihnen unsere Seelsorgerin.«

»Die brauche ich nicht«, sagte ich schroff und wischte mir die Feuchtigkeit von den Wangen. Erst jetzt merkte ich, dass es Tränen waren. Seltsam, dass ich nicht spürte, wie ich weinte. Mein Inneres fühlte sich taub an, als hätte ich keinen Körper mehr.

»Wirklich nicht?«, fragte der Arzt. »Sie können es sich natürlich gern überlegen. Wenn Sie Hilfe brauchen, sind wir für Sie da.«

»Ist gut«, sagte ich, obwohl es mich sehr viel Kraft kostete, überhaupt etwas hervorzubringen.

Irgendwann erschien die Schwester. Ein Ruck ging durch meinen Rollstuhl, dann wurde ich aus dem Raum geschoben. Der Flur kam mir plötzlich wie ein endloser Tunnel vor, von dessen Wänden immer wieder die Stimme des Arztes widerhallte.

Leider ist Ihr Verlobter gestern Nacht verstorben ... verstorben ... verstorben ...

Schließlich erreichten wir das Krankenzimmer. Eine zweite Schwester half, mich zu lagern, stellte das Rückenteil nach oben und deckte mich zu. »Wenn Sie etwas brauchen, klingeln Sie ruhig.«

Ich hörte, wie die Tür klappte, und richtete meinen Blick auf das Fenster. Die kahlen Bäume reckten sich in den bleigrauen Winterhimmel. Ein paar Spatzen flogen vorbei. Alles schien wie immer, und doch war alles anders geworden.

Sören sollte gestorben sein. Ich konnte es einfach nicht glauben. Er war mir doch so nahe. Ich wusste, wie er sich angefühlt, wie seine Haut gerochen hatte. Seine Küsse waren mir immer noch präsent. Es war alles so unwirklich. Er sollte fort sein? Für immer?

Ein scharfer Schmerz durchzog meine Brust, dann konnte ich endlich richtig weinen.

Am Nachmittag kam Mutter mit Großmutter. Ich starrte aus dem Fenster, den Kopf leer und das Herz voller Tränen. Zunächst schenkte ich Mathilda und Agneta kaum Beachtung, denn ich fühlte mich noch immer wie eingefroren.

»Solveig?«, fragte Mutter, während sie leise die Tür des Krankenzimmers schloss. Ich hörte, wie Großmutter sich auf den Stuhl neben meinem Bett niederließ. »Schatz? Geht es dir gut?«

Sie trat ans Bett. Ich roch ihr zartes Lavendelparfüm, das

sie zu besonderen Anlässen trug. Als ich mich ein wenig zur Seite drehte, sah ich, dass ihr Ärmel schwarz war. Sie wusste es. Warum war sie nicht diejenige gewesen, die es mir gesagt hatte? Doch letztlich änderte es nichts an der Tatsache, dass ich den liebsten Menschen verloren hatte. Und mit ihm meine Zukunft.

»Ich wünschte, ich hätte eher kommen können«, sagte sie. »Ich weiß, dass der Arzt es dir mitgeteilt hat. Ich wünschte, Frau Lundgren hätte nicht hier angerufen, sondern nur bei mir.«

Ich blickte sie an. Ihre Haut wirkte fahl, und ihre Augen waren rot. Sie hatte Sören gemocht.

»Es macht keinen Unterschied, nicht wahr?« Meine Stimme klang, als hätte ich Schlafmittel genommen.

»Es tut mir so leid, mein Schatz.« Ihre Arme umfingen mich. Für einen Moment noch hatte ich mich unter Kontrolle, doch als ich ihre Wärme spürte, schluchzte ich auf. »Komm her«, sagte sie sanft, und ich ließ mich in ihre Arme fallen.

Als ich mich wieder beruhigt hatte, setzte sich meine Mutter zu mir auf die Bettkante.

»Wann ist es passiert?«, fragte ich. Der Arzt hatte mir bereits gesagt, dass Sören gestern Nacht gestorben wäre, doch in mir wühlte der Wunsch, mehr zu erfahren. Auch wenn es nichts änderte, wollte ich wissen, wie es geschehen war und ob sein Schicksal irgendwie hätte vermieden werden können.

»Ist das denn wichtig?«, fragte Großmutter. »Du solltest dich nicht damit quälen.«

Ich wollte mich quälen. Ohnehin tat mir schon alles weh, mein Herz fühlte sich mindestens so roh an wie meine Kehle und meine Augen.

»Ich möchte es wissen, Mormor«, sagte ich leise. »Meine Qual ändert sich dadurch nicht.«

»Kurz nach Mitternacht«, antwortete Mutter nun. »Die Lundgrens sind ins Krankenhaus gerufen worden. Die Ärzte hatten bereits vor zwei Tagen bemerkt, dass die Hirnströme immer schwächer wurden. Frau Lundgren sagte, dass auf dem EEG keine Aktivität mehr gesehen wurde. Sörens Körper lebte noch, denn er wurde ja beatmet, aber sein Gehirn war tot. Also wollten sie den Lundgrens die Möglichkeit geben zu entscheiden, was mit ihm geschehen sollte, und Abschied zu nehmen. Sie beschlossen, die Geräte abstellen zu lassen, weil es keine Hoffnung mehr gab. Kurz darauf ist er dann sanft eingeschlafen.«

Jedes einzelne dieser Worte traf mich wie ein Nadelstich. Ich sah es deutlich vor mir: Sören, angeschlossen an Schläuche und Nadeln, auf dem Bett. Der Körper umwickelt mit Verbänden. Die Haut blass.

Ein Zittern rann durch meinen Körper, als ich tief durchatmete. Bislang war Sörens Tod für mich abstrakt gewesen, jetzt hatte er ein Gesicht bekommen. Ein Bild des Schreckens, aber ich hatte nun eine Vorstellung.

»Danke«, sagte ich und griff nach der Hand meiner Mutter.

Eine Pause entstand. Ich sah zu Großmutter, die mit den Tränen rang. Sie zog ein Spitzentaschentuch aus dem Ärmel und betupfte sich die Augen.

»Hat Frau Lundgren gesagt, wann die Beerdigung stattfinden soll?«

»Nein, sie wollte nur, dass du Bescheid weißt. Sie war noch viel zu aufgewühlt.« Mutter machte eine Pause, dann fügte sie hinzu: »Und selbst wenn sie es mir gesagt hätte, wahrscheinlich könntest du ohnehin nicht teilnehmen.« Sie blickte auf meinen Gips. »Die Ärzte werden dich nicht gehen lassen, du bist immer noch nicht genesen.«

Ich starrte sie erschrocken an. »Aber ich muss dabei sein! Ich bin seine Verlobte!«

»Dein gesundheitliches Wohl wird den Ärzten wichtiger sein. Du hast einen schweren Unfall gehabt. Wenn dein Bein aus dem Gips herauskommt, wirst du erst wieder laufen lernen müssen. Deine Rippen sind auch noch nicht verheilt ...«

»Du könntest mich im Rollstuhl hinschieben. Es muss doch einen Weg geben.« Das Zittern kehrte zurück. Mein Innerstes fühlte sich an, als würde es ein weiteres Mal zerrissen werden.

»Ich werde den Arzt fragen«, sagte meine Mutter, aber ich spürte deutlich, dass es ihr nicht recht sein würde, wenn ich zu Sörens Beerdigung reiste. »Wenn er zustimmt, werden wir eine Möglichkeit finden. Aber versprechen kann ich es nicht.«

Ich nickte, denn was sollte ich anderes tun? Ich war hier gefangen.

5. Kapitel

»Die Beerdigung wird nächsten Freitag stattfinden«, berichtete meine Mutter, nachdem sie atemlos durch die Tür getreten war. »Mehr konnte ich leider aus Frau Lundgren nicht herausbekommen. Die Arme weint in einer Tour, ein Gespräch ist kaum möglich.«

Freitag. Das war schon in vier Tagen. So schnell. Ich wusste aus den Gesprächen mit den Ärzten, dass ich noch mindestens zwei Wochen hierbleiben musste. Mein Bein wuchs zwar wieder gut zusammen, brauchte aber noch Zeit, um zu heilen. Das gesunde Bein hatte vom Liegen wenig Kraft und zitterte furchtbar, wenn ich versuchte, auf ihm zu stehen. Ich fühlte mich schlapp. Dennoch wollte ich unbedingt bei Sören sein. Ihn ein letztes Mal sehen. Mir war es egal, wie er aussah. Ich wollte ihn nur noch einmal sehen.

»Ich habe auch mit Dr. Marold gesprochen«, fuhr Mutter fort.

»Und was meint er?«

Mutter presste die Lippen zusammen. »Solveig ...«

»Ich weiß schon«, sagte ich. »Mein Zustand ist zu schlecht. Ich merke es ja selbst. Trotzdem ... Ich will ihn einfach noch einmal sehen. Ich will dabei sein.«

Mutter strich mir übers Haar. »Das kann ich verstehen. Aber Sören würde nicht wollen, dass du Schaden nimmst, nicht wahr? Sören würde es verstehen, und Frau Lundgren versteht es auch.«

Wieder war sie da, die Wut, brennend wie Feuer. Sicher, Sören würde es verstehen. Doch er war tot. Und was war mit seinen Eltern? Ich hatte überlebt, wäre es also nicht anständig, sich blicken zu lassen?

Bis Mittwoch brütete ich über meinen Gedanken. Ich spielte alle möglichen Szenarien durch und fragte auch Dr. Marold immer wieder, ob nicht doch die Möglichkeit bestünde, mich kurz nach Stockholm zu lassen. Sicher, der Weg dorthin war weit, und wahrscheinlich war es nicht möglich, noch am selben Tag zurück zu sein. Aber der Wunsch brannte fast schon verzweifelt in meiner Brust.

»Sehen Sie, ich kann Ihnen noch nicht einmal normalen Ausgang gewähren«, versuchte der Arzt mir zu erklären. »Ich kann es unmöglich verantworten, Sie nach Stockholm reisen zu lassen, auch wenn Ihre Mutter Ihre Begleitperson ist. Sie brauchen noch immer starke Medikamente, und auch der Zustand Ihres Kreislaufs ist, bedingt durch das lange Liegen, nicht sehr stabil. Ich verstehe natürlich, dass Sie an der Beerdigung Ihres Verlobten teilnehmen wollen. Aber aus ärztlicher Sicht kann ich es Ihnen nicht gestatten.«

Tränen stiegen mir in die Augen. Verdammt, warum musste Stockholm so weit weg sein? Warum waren wir bloß gefahren? Ein Tag, eine Stunde später, und das alles wäre vielleicht nicht passiert.

Am Donnerstag war ich dann wild entschlossen, es auf eigene Faust zu versuchen. Alles, was ich brauchte, waren ein

Rollstuhl und ein Taxi. Als die Visite durch war und die Schwester das Mittagstablett abgeräumt hatte, wollte ich meinen Plan in die Tat umsetzen. Ohnehin würden die Schwestern erst am Abend wieder nach mir sehen, und von meiner Mutter wusste ich, dass sie an dem Tag nicht zu Besuch kam. Ich würde sie anrufen, sobald ich bei den Lundgrens war.

Aber nun stand ich vor der größten Schwierigkeit dieses Unternehmens. Ich musste zum Schrank gelangen und mich einigermaßen warm anziehen. Und dann den Rollstuhl erreichen, um das Zimmer zu verlassen.

Ich richtete mich auf und begann, mein Gipsbein aus der Schlinge zu heben. Innerhalb weniger Augenblicke war ich schweißgebadet. Ich hatte unterschätzt, wie schwer mir diese kleine Handlung fallen würde. Jetzt stand mir der Weg zum Schrank bevor. Dazu musste ich erst einmal vom Bett herunter. Ich spürte ein schmerzhaftes Zerren in meinem Bein, und mein vergipster Arm wirkte wie ein Fremdkörper. Schweiß lief mir nun auch den Rücken hinab, und mein Herz klopfte wie wild.

Gleichzeitig wuchs aber auch meine Entschlossenheit. Ich musste es schaffen!

So gut es ging, schob ich meine Beine über die Bettkante und versuchte, mich aufzurichten. Einen Moment lang war ich davon überzeugt, dass ich es schaffen könnte. Doch dann wurde mir unwohl. Meine Hüfte schmerzte, und Schmerz zog auch durch meine Magengrube. Plötzlich rückten die Geräusche in der Umgebung von mir weg, nur noch das Donnern meines Herzschlags war in meinen Ohren.

Dann wurde mir schwarz vor Augen. Ich versuchte noch instinktiv, mich irgendwo festzuhalten, doch etwas zerrte mich nach unten.

Als ich wieder zu mir kam, beugte sich Dr. Marold über mich. »Fräulein Lejongård?«, fragte er, während er mir mit einer Lampe in die Augen leuchtete. »Hören Sie mich?«

»Was ist passiert?«, fragte ich benommen.

»Sie sind ohnmächtig geworden. Wo um Himmels willen wollten Sie denn hin? Auf die Toilette? Sie hätten nach der Schwester klingeln können.«

Ich hätte der Einfachheit halber leicht Ja sagen können, doch ich war in diesem Augenblick zu schwach zum Lügen.

»Zur Beerdigung meines Verlobten«, antwortete ich ehrlich.

Dr. Marold schnaufte. »Fräulein Lejongård, glauben Sie wirklich, Sie wären nach Stockholm gekommen, ohne gesundheitlichen Schaden zu nehmen?«

Ich presste die Lippen zusammen. Meine Gesundheit war mir in diesem Augenblick völlig egal gewesen. Ich wollte nur zu Sören. Ich wollte bei ihm sein, wenn er begraben wurde.

Zwei Schwestern traten ein.

»Es ist so weit alles in Ordnung«, sagte Dr. Marold zu ihnen. »Helfen Sie mir bitte, sie wieder ins Bett zu bringen.«

Die Schwestern fassten mich unter den Armen, während Marold meine Beine anhob. Gemeinsam legten sie mich aufs Bett.

Zorn wütete in mir. Doch auf wen sollte ich ihn richten? Auf meinen Körper, der mir nicht gehorchte? Auf die Ärzte, die es nicht geschafft hatten, mich rechtzeitig wieder hinzubekommen, damit ich Sören auf seinem letzten Weg begleiten konnte?

»Fräulein Lejongård, was Sie vorhin erlebt haben, war ein plötzlicher Abfall des Blutdrucks. Ich hatte ja schon erwähnt, dass Ihr Kreislauf im Moment nicht der stärkste ist. Ehrlich gesagt ist es mir ein Rätsel, wie Sie es überhaupt aus dem Bett geschafft haben.«

»Manchmal versetzt der Wille Berge«, hörte ich mich sagen. In diesem Augenblick hätte ich am liebsten über mich selbst gelacht. Ich war ein Wrack und hatte trotzdem vorgehabt, nach Stockholm zu fahren. Wenn ich überhaupt bis zum Taxi gekommen wäre, hätte ich wahrscheinlich dort das Bewusstsein verloren. Der Fahrer hätte mich dann schnurstracks wieder hergebracht.

Ein Lächeln spielte um den Mund des Arztes, doch er unterdrückte es schnell. »Sie werden keine weiteren Fluchtversuche unternehmen, hören Sie? Ich kann Sie natürlich auf eigenes Risiko entlassen, aber ich bin Ihrer Familie verpflichtet. Sie wissen sicher, dass die Lejongårds Sponsoren dieses Hauses sind?«

»Und das schon seit vielen Jahrzehnten«, antwortete ich. »Ich bin mit der Geschichte aufgewachsen.«

Dr. Marold atmete tief durch. »Ich sage es Ihnen noch einmal: Ich verstehe, dass Sie der Beisetzung Ihres Verlobten beiwohnen wollen, aber das ist nicht möglich. Sobald ich es für angemessen halte, Sie zu entlassen, werde ich es tun. Es ist eine medizinische Entscheidung. Ich will nicht, dass Sie noch größeren Schaden nehmen, haben wir uns verstanden?«

Ich nickte. »Herr Doktor?«, fragte ich dann.

»Ja?«

»Wäre es möglich, dass wir etwas gegen die Schwäche tun können?«, fragte ich. »Ich möchte mich so gern wieder bewegen. Und das sage ich jetzt nicht, weil ich einen neuen Fluchtversuch wagen will. Das Liegen im Bett macht mich mürbe. Ich bin es nicht gewohnt, so lange untätig zu sein.«

Der Arzt betrachtete mich einen Moment lang, dann nickte er. »Ich werde dafür sorgen, dass Sie ab der kommenden Woche ein leichtes Training erhalten, für die gesunden Gliedmaßen. Sie sind eine sportliche junge Frau, vielleicht tut das Ihrem Kreislauf gut. Aber Sie werden das Bett erst verlassen, wenn ich es Ihnen sage!«

»Versprochen, Herr Doktor«, sagte ich und ließ mich dann tiefer in die Kissen sinken.

Die Ohnmacht und das Erwachen daraus hatten mich kurz aufgerüttelt, doch als der Arzt und die Schwestern weg waren, überfiel mich Verzweiflung. Ich würde mich von Sören nicht verabschieden können. Ihm nicht ein letztes Mal nahe sein können.

Die folgenden Tage verbrachte ich wie in einem Nebel. Gehorsam nahm ich meine Medikamente, ich aß, was mir hingestellt wurde, allerdings, ohne zu schmecken, was es war. Angesichts der Krankenhauskost war das vielleicht ein Glück.

Bei der Visite schaffte ich es, mit den Ärzten zu reden, doch kaum waren sie fort, versank ich wieder in Lethargie. Ihre Worte blieben nie lange in meinem Verstand. Dieser suchte verzweifelt nach Sören, konnte ihn aber durch den Nebel nicht finden.

Wenn meine Eltern oder meine Großmutter kamen, bemühte ich mich, mir nichts anmerken zu lassen, obwohl mich das unglaublich anstrengte. Ich liebte sie, doch an diesen Tagen war ich froh, wenn sie wieder gingen und ich meinen Gedanken nachhängen konnte.

Die einzigen Lichtblicke waren die Stunden mit meiner Physiotherapeutin. Sie machte leichte Übungen für meinen gesunden Arm und für das gesunde Bein. Das Liegen hatte meine Muskeln ziemlich geschwächt, aber in diesen Augenblicken, so mühevoll sie auch waren, konnte ich ein wenig vergessen, und gleichzeitig hatte ich die Hoffnung, Sören bald besuchen zu können.

Mittlerweile war er schon begraben.

Bis auf ein Mal hatten wir nie über den Tod gesprochen. Damals, nachdem ich Sören tief beeindruckt von meiner ersten Sektion berichtet und gefragt hatte, was mit den Überresten des Tiers passieren würde, hatte er geantwortet, dass man sie einäschern würde. Und hinzugefügt, dass er sich dasselbe wünschte. »Ich möchte nicht bei den Würmern in der Erde liegen. Lieber fliege ich mit der Asche gen Himmel oder sorge dafür, dass ein Baum gut wächst.«

»Hör auf damit, das ist gruselig«, hatte ich gesagt. »Wir haben noch ein ganzes Leben vor uns.«

»Aber der Tod gehört zum Leben, nicht wahr? Eines Tages werden wir alle den letzten Weg gehen.« Er hatte mich in seine Arme genommen.

»Was wäre dein Wunsch?«, fragte er dann.

Zum Glück war da seine Wärme, sonst wäre die Kälte, die meinen Körper durchzog, unerträglich gewesen.

»Ich weiß nicht. Auf dem Friedhof des Gutsdorfes gibt es diese gespenstische Gruft, in der sie alle liegen. Meine ganze Familie, seit dem 17. Jahrhundert. Ich habe ehrlich gesagt ein wenig Angst davor, dort zu landen.«

»Nun, vielleicht machen sie bei dir eine Ausnahme.«

Ich schüttelte den Kopf. »Jeder kommt dorthin. Dabei wäre es mir lieber, irgendwo unter einem Baum begraben zu werden. In der Natur.«

Er hatte meinen Scheitel geküsst und einen Moment lang

nachdenklich innegehalten. »Aber wir sind ja noch jung«, hatte er gesagt, und dann waren wir gemeinsam hinaus in die Sonne gegangen. Danach kam das Thema nicht wieder auf.

Meine Eltern hatten an Sörens Beerdigung teilgenommen, und sie erzählten, dass Sören, wie er es sich gewünscht hatte, in einer Urne bestattet worden sei. Der Gedanke, dass nur noch Asche von ihm geblieben war, ließ mich in Tränen ausbrechen. Erneut marterte mich die Frage, ob ich wirklich nichts hätte tun können, um dabei zu sein. Aber ich kannte die Antwort nur zu gut. Es gab nichts, was ich hätte tun können, mein Körper hätte die Reise nicht zugelassen.

6. Kapitel

Eines Morgens erschien der Arzt und teilte mir mit, dass ich einen Gehgips erhalten würde. Das bedeutete, dass ich entlassen werden konnte.

Schon Tage zuvor hatte ich mit meiner Therapeutin das Laufen mit Krücken geübt. Mittlerweile wurde mir nicht mehr schwarz vor Augen, wenn ich mich aufsetzte oder wagte, mich auf das gesunde Bein zu stellen. Auch mit dem Gips kam ich schon viel besser zurecht.

Mittlerweile hatte ich mich sogar damit abgefunden, dass Sören ohne mich beerdigt worden war. Doch seinen Tod selbst hatte ich nicht verkraftet.

»Ihr Bein verheilt erwartungsgemäß, und ich bin sicher, dass Ihnen die häusliche Umgebung guttun wird«, erklärte mir Dr. Marold lächelnd. »Eine Schwester bringt Sie nachher noch einmal in die Chirurgie, um den Gips zu erneuern, und anschließend können Sie nach Hause. Gibt es jemanden, den wir benachrichtigen sollen?«

»Meine Mutter. Auf dem Löwenhof.« Ich nannte ihm die Nummer.

Als das Eingipsen erledigt war, schob mich eine Schwester ins Zimmer zurück und half mir beim Anziehen. Die Hose,

die ich während des Unfalls getragen hatte, war unbrauch-
bar, denn man hatte sie aufgeschnitten. Doch vorausden-
kend, wie meine Mutter war, hatte sie eine Reisetasche mit
dem Nötigsten gepackt. Darunter auch eine lange Sporthose
meines Vaters, die mir viel zu groß war. Darin sah ich nicht
gerade schick aus, aber wen sollte das jetzt noch kümmern?
Sören würde mich so niemals zu Gesicht bekommen.

Eine Stunde später fuhr meine Mutter mit dem Auto vor.
Ich saß bereits mit meiner Tasche und allen nötigen Unterlagen versehen im Foyer. Als sie mich sah, leuchtete auf Mathildas Gesicht ein Lächeln auf. »Endlich!«, sagte sie und
nahm mich in ihre Arme. Diesmal trug sie ein blaues Kostüm
und duftete nach Maiglöckchen. Offenbar hatte sie noch
einen Geschäftstermin. Bei diesen wählte sie immer Maiglöckchen.

»Großmutter wird außer sich sein vor Freude. Frau Johannsen backt zur Feier des Tages einen ganzen Haufen Gebäck. Ich habe dein Zimmer persönlich vorbereitet und sogar
ein paar Blumen aufgetrieben.«

»Danke, Mama«, sagte ich, wohl wissend, dass all das meinen Herzschmerz nicht lindern konnte.

Ich hievte mich an meinen Krücken hoch, wie es mir die
Therapeutin gezeigt hatte, belastete mein gesundes Bein und
schob mir die Griffe der Krücken unter die Achseln.

Mutter sah mich stolz an. »Du hast große Fortschritte gemacht! Du wirst sehen, schon bald kannst du wieder auf einem Pferd sitzen!«

»Die Gymnastik war wirklich gut«, gab ich zu. »Allerdings
sollten wir jetzt gehen. Lange halte ich es so noch nicht aus.«

Mutter nickte und nahm mit beherztem Griff meine Tasche. Langsam schritten wir die Rollstuhlrampe hinunter.

Am Auto angekommen, half Mutter mir in den Fond und nahm dann hinter dem Steuer Platz. Der Motor erwachte mit einem lauten Brummen. Vater hatte den alten Volvo auf dem Gebrauchtmarkt erworben und verbrachte so manches Wochenende damit, ihn instand zu halten. Noch vor fünfzig Jahren wäre das wahrscheinlich undenkbar gewesen für den Ehemann der Gräfin Lejongård. Aber mittlerweile bedeuteten Titel immer weniger, und es gab auch bei verhältnismäßig gut situierten Familien kein Geld mehr für Chauffeure.

Das Motorengeräusch des Wagens hatte sonst oft eine einschläfernde Wirkung auf mich, doch jetzt fühlte ich mich hellwach, ja beinahe schon alarmiert. Meine Hände wurden kalt und schweißnass, und mein Körper verspannte sich so sehr, dass auch mein Arm und mein Bein wieder zu pochen begannen. Meine Mutter war eine gute Fahrerin, bisher hatte sie nie einen Unfall. Dennoch schien mein Unterbewusstsein zu erwarten, dass jeden Augenblick etwas passieren würde. Ich versuchte, mich abzulenken, indem ich nach draußen schaute, auf die Häuser und schließlich die Bäume, die die Straßen säumten. Doch das machte es nicht besser.

Erst als das große Tor in Sicht kam, begann die ängstliche Unruhe, sich wieder zu legen. Ich atmete tief durch.

»Geht es dir gut, mein Schatz?«, fragte Mutter nach einem Blick in den Rückspiegel. Hatte sie bemerkt, dass ich Angst hatte?

»Ja, es geht schon, Mama«, sagte ich.

Auf dem Löwenhof schien die Zeit stillzustehen. Nichts hatte sich verändert, seit ich nach den Weihnachtsferien abgereist war. Der Schnee war geschmolzen, aber noch immer war die Luft scharf und kalt. Die steinernen Löwenköpfe an den Wänden des Herrenhauses schienen mich mit einem Brüllen zu begrüßen. Großmutter hatte mir von Sture und Bror erzählt, den beiden Löwen, über die sie sich als Kind zusammen mit ihrem Bruder Geschichten ausgedacht hatte. Eine handelte davon, dass die beiden auf einem Mittsommerfest die Gäste beurteilt und ihre Reden mit lustigen Kommentaren bereichert hatten. Welchen Kommentar hätten sie dazu, dass meine Welt völlig aus den Angeln gehoben worden war?

Mit dem Gehgips kam ich mittlerweile gut zurecht, und die Armschiene, die ich immer noch trug, war wesentlich angenehmer als der Gips, unter dem es quälend gejuckt hatte. Die Ärzte waren zuversichtlich, dass ich die Schiene schon bald würde ablegen können.

»Soll ich dir helfen?«, fragte Mutter besorgt.

»Nein, ich schaffe das schon.«

Es war sehr mühsam, die Freitreppe zur Haustür mit Krücken und Gips zu erklimmen, doch ich wollte es versuchen. Ich wollte die Anstrengung spüren, den Schmerz.

Allerdings ging mir schon nach ein paar Stufen die Puste aus. Ich blieb stehen, atmete durch, was mir immer noch ein wenig schwerfiel, weil meine Rippen von Zeit zu Zeit piksten. Dann wandte ich mich um. »Vielleicht brauche ich doch Hilfe.«

Meine Mutter, die mich besorgt ansah, nickte und kam zu mir, um mich zu stützen. Auf diese Weise schaffte ich es endlich nach oben.

»Vielleicht sollten wir dir doch einen Rollstuhl besorgen. Dann kannst du dich freier bewegen.«

Ich schüttelte den Kopf. »Nein, das ist nicht nötig. Der Arzt meinte, dass ich gehen soll. Ich will nicht schwach sein.«

»Gut«, sagte meine Mutter. »Du bist sehr tapfer.«

»Ich versuche nur, wieder zu Kräften zu kommen, das ist alles«, gab ich zurück und spürte, wie bitter mir die Worte im Mund lagen. Doch diese Bitterkeit kam nicht davon, dass ich mich schwach und eingeschränkt fühlte. Ich hatte Mutter nichts von dem Vorfall erzählt, als ich mich auf eigene Faust nach Stockholm aufmachen wollte und zusammengebrochen war. Auch Dr. Marold hatte es ihr wohl verschwiegen. Dafür war ich ihm dankbar.

Im Foyer wurde ich bereits von Großmutter erwartet. Sie hatte ihre Haare diesmal zu einem Dutt zusammengesteckt, keine einzige Strähne wagte es, sich aus ihrer Frisur zu lösen. Sie trug einen grau karierten Rock und einen dunkelblauen Pullover, in dem sie sehr modern wirkte. Ich war froh, dass das schwarze Kostüm verschwunden war.

»Solveig, meine Kleine«, rief sie aus und kam auf mich zu. Sie nahm mich in die Arme, und auch wenn sie ein Stückchen kleiner war als ich, spürte ich deutlich ihre Kraft. »Wie schön, dass du wieder da bist! Jetzt kann ich wieder ruhiger schlafen.«

»Aber Großmutter, im Krankenhaus konnte mir doch nichts passieren.«

»Das stimmt, dennoch fühle ich immer so eine Unruhe, wenn jemand aus der Familie dort ist. Ich mag es lieber, wenn meine Angehörigen gesund und munter sind.«

Das konnte ich verstehen. Das Krankenhaus hatte für unsere Familie stets eine zwiespältige Bedeutung gehabt. Doch letztlich war nur einer der Lejongårds je dort gestorben: Großmutters Bruder.

»Denk immer dran, im Krankenhaus in Kristianstad sind mehr von uns geboren worden«, sagte ich. »Es ist ein Ort des Lebens, nicht des Todes.«

Letztlich war auch Sören nicht dort gestorben. Hätte sein Tod verhindert werden können, wenn er nicht nach Stockholm gebracht worden wäre? Ich versuchte, diesen Gedanken jetzt nicht in meinen Verstand dringen zu lassen.

»Vielleicht solltest du dich erst einmal ein wenig ausruhen«, sagte Großmutter. »Dein Zimmer ist bereit. Wenn du etwas brauchst, klingele einfach. Ich habe der Köchin gesagt, dass sie uns dann benachrichtigen soll.«

»Danke, Großmutter«, sagte ich und gab ihr einen Kuss.

Ich dachte wieder an die alten Geschichten von früher, als auf ein Klingeln hin ein Dienstmädchen erschienen war, das einem jeden Wunsch erfüllte. Jetzt gab es hier nur noch Frau Johannsen, die Köchin, und dreimal in der Woche kamen drei Reinigungsfrauen, um die Räume auf Vordermann zu bringen. Das meiste Personal war in den Ställen beschäftigt. Dort waren sie notwendig. Im Haus selbst versorgten wir, was wir konnten. Seit Mutter eine Waschmaschine für die Waschküche angeschafft hatte, wuschen wir unsere Kleider selbst oder brachten sie nach Kristianstad in die Reinigung. Eigentlich waren wir ein ganz normaler Haushalt, nur mit dem Unterschied, dass unser Haus riesig war.

Mutter begleitete mich die Treppe hinauf. Leider hatten Häuser wie dieses keinen Aufzug. Mit den Krücken war es ziemlich beschwerlich, aber eine andere Möglichkeit gab es nicht. Unten waren der Salon, das Esszimmer, der riesige Ballsaal, der eigentlich kaum noch genutzt wurde, das Rauchzimmer, ein weiteres Empfangszimmer und weiter hinten die Kleiderkammer. Selbst wenn meine Mutter gewollt hätte, hätte sie mir unten keinen Raum einrichten können, den ich vorübergehend bewohnen konnte. Glücklicherweise lag mein Zimmer in der ersten Etage.

Oben musste ich erst einmal verschnaufen. »Wird es gehen?«, fragte meine Mutter besorgt.

Ich nickte. »Ja, keine Sorge, ich schaff das schon. Wenn ich das jetzt andauernd mache, werde ich bald wieder fit.«

Mutter wollte darauf etwas sagen, doch da rief es von unten: »Mathilda, hättest du einen Moment?«

»Geh schon«, sagte ich. »Den Rest schaffe ich allein.«

»Bist du sicher?«

»Mutter, bitte. Ich bin schon fast wieder die Alte.«

Mutter nickte ein wenig zweifelnd. »Also gut. Ich sehe nach dir, sobald ich fertig bin.«

Sie löste sich nur widerwillig von mir, und ich setzte mich wieder in Bewegung. Es wirkte sicher nicht elegant, aber hier oben sahen es nur die toten Augen der Porträts von Familienmitgliedern, die in den Gängen hingen.

Ich war froh, dass Großmutter gerufen hatte. So konnte ich ein wenig meinen Gedanken nachhängen und brauchte nicht darauf zu achten, welches Gesicht ich zog.

Ich kam ganz gut voran, musste dann aber doch kurz innehalten, weil mein Herz raste und mein ganzer Körper von einem Schweißfilm überzogen wurde. Ich blickte zur Seite. Was sich hinter dieser Tür befand, wusste ich nur zu gut.

Der Raum war einer der wenigen im Haus, die immer noch in dem Zustand waren wie vor mehr als zwanzig Jahren. Ingmar hatte hier gewohnt. Von der Geburt her war er Mutters Cousin, jetzt vor dem Gesetz eigentlich ihr Adoptivbruder. Die Zugehörigkeit meiner Mutter zu dieser Familie war ein wenig verwirrend, denn eigentlich war Agneta meine Großtante, durch die Adoption aber war sie zu meiner Großmutter geworden. Als nichts anderes sah ich sie.

Hier hatte Ingmar einen Großteil seiner Kindheit verbracht und auch die Semesterferien. Alles war so wie an dem Tag im Jahr 1941, als er das Haus zum letzten Mal verlassen hatte. Sogar sein Rasierpinsel lag noch in der Schale am Fenster. Tage später stürzte er dann mit seinem Flugzeug ab.

Großmutter hütete diesen Raum wie ein Museum. Betreten durfte man ihn, aber man durfte nichts verändern. Er war wie ein Totenschrein. Als mir das bewusst wurde, hatte ich kein Verlangen mehr danach, ihn aufzusuchen. Nur Großmutter kam hin und wieder her, um ihren verlorenen Sohn zu betrauern. An diesen Tagen mied ich sie, denn ihre Trauer war wie ein Schatten, der ihr an jeden Ort folgte und diesen verdüsterte. Meist ging sie dann auch nur noch in ihr Zimmer und ließ sich erst am Abend oder am folgenden Tag blicken.

Nachdem ich wieder Atem geschöpft hatte, setzte ich meinen Weg fort. Eine andere Tür etwas weiter hinten war ebenfalls geschichtsträchtig, aber nicht, weil Großmutter den Raum dahinter sorgsam verwahrt haben wollte.

Ingmar hatte auch noch einen Bruder, Magnus. Er war sein Zwilling, sein Ebenbild. Ich hielt es eigentlich für Unsinn, dass es bei Zwillingspaaren eine dunkle und eine helle Seite gab. In Stockholm hatte ich ein Zwillingspaar kennengelernt, beides wunderbare Frauen. Aber bei Ingmar und Magnus schien das Klischee zu stimmen.

Magnus hatte ich nur ein paarmal in meinem Leben gesehen. Er verdiente seinen Lebensunterhalt als Schriftsteller in Stockholm. Er war ein sehr stiller und brütender Mensch, der zu boshaften Ausfällen neigte. Agneta hatte ihn enterbt, dennoch tauchte er von Zeit zu Zeit hier auf. Manchmal mit seinem Sohn Finn, den ich schon als Kind nicht ausstehen konnte. Er hatte nicht nur das Aussehen seines Vaters geerbt, sondern auch seinen Charakter. Wenn die beiden hier erschienen, dann nur, um meiner Mutter und mir das Leben schwer zu machen. Ich verdrängte den Gedanken an Magnus und nahm meine Kraft zusammen, um zu meinem Zimmer zu gelangen.

Es lag ganz am Ende des Ganges. Ich konnte nicht sagen, wem es früher gehört hatte, denn es war gründlich renoviert worden, bevor ich geboren wurde. Einige Norweger, die vor den Faschisten in ihrem Land geflohen waren, hatten es gestrichen. Die Wände waren mit einer Motivwalze bemalt worden. Dadurch entstand der Eindruck, als hätten sie einen Sockel, der über und über mit Blumen übersät war.

Vor einigen Jahren hatte mich meine Mutter gefragt, ob ich nicht lieber neue Tapeten haben wollte. Was zur Zeit meiner Geburt Mangelware war, gab es jetzt im Überfluss. Doch ich liebte den Anstrich, die sorgsam aufgetragenen Farbschichten. Motivrollen mussten sehr sorgfältig aneinandergesetzt werden, um ein ebenmäßiges Muster zu ergeben.

Wer auch immer mein Zimmer gestaltet hatte, hatte es mit sehr viel Hingabe getan. Schade, dass ich diesen Mann, der die Walzen im Flüchtlingsgepäck mit sich getragen hatte, nie kennengelernt hatte. Er war – wie viele andere auch – wieder in sein Heimatland zurückgekehrt. Ich wusste nur, dass er Maler war und dass die Situation in Norwegen ihm so wenig Hoffnung gemacht hatte, dass er die Walzen, die er von seiner Großmutter geerbt hatte, mitnahm für den Fall, dass er sich hier eine neue Existenz aufbauen musste. Das war glücklicherweise nicht nötig gewesen.

Ich strich mit dem Finger über die Farbe, die sich ein wenig erhaben anfühlte, dann schloss ich die Tür hinter mir. Dieses Zimmer war schon immer mein Rückzugsort gewesen, der Ort, an dem ich tun konnte, was ich wollte. Meine

Eltern und auch meine Großmutter hatten stets angeklopft, wenn sie zu mir wollten. Ich hatte immer das Gefühl gehabt, dass dies mein Königreich war, das ich allein verwaltete.

Ich schleppte mich zu dem Bett, auf dem eine rosenholzfarbene Decke lag, und setzte mich seufzend. Der Gehgips war wesentlich angenehmer als der schwere, der mich ans Bett gefesselt hatte, aber die Tage der Reglosigkeit hatten an meiner Kraft gezehrt. Ich ließ mich hintenüberfallen. Ein protestierendes Stechen zog durch meinen Arm, verebbte aber schnell wieder. Ich starrte an die Decke. Die Gipsrosette oberhalb der Kugellampe stammte noch aus jenen Zeiten, als ein Kronleuchter mit Kerzen diesen Raum erhellte. Ich fand sie noch immer schön und war froh, dass sie nicht der Renovierung zum Opfer gefallen war. Ansonsten kam mir die Einrichtung meines Zimmers doch ein wenig altmodisch vor.

Die Lejongårds mochten früher einmal eine reiche Familie gewesen sein, aber schon seit einiger Zeit wurde wiederverwertet, was ging. Selbst das Zimmer im Wohnheim, das ich mit Kitty teilte, wirkte neuer. Hier schien die Zeit zwischen Korsetten, Reifröcken und Federhüten stehen geblieben zu sein. Das war mir früher nicht so aufgefallen, aber jetzt bemerkte ich es. Vielleicht sollte ich das Zimmer ein wenig auffrischen? Modernere Möbel kaufen? Großmutter würde es vielleicht nicht gefallen, aber in diesem Raum bestimmte ich.

Vor zwei Jahren hatte in Stockholm ein großes Möbelhaus namens IKEA geöffnet, und die Möbel sahen nicht einmal schlecht aus. Sören hatte damals gemeint, dass sie gut geeignet seien, um eine erste Wohnung auszustatten. Erst jetzt fiel mir auf, wie viele Hinweise er mir gegeben hatte, dass er es ernst mit mir meinte. Warum hatten wir uns nur nicht schon eher entschlossen zu heiraten?

Der Gedanke an Sören ließ meine Einrichtungseuphorie verschwinden. Abgesehen davon, dass Vater sich eine Zeit lang furchtbar über IKEA aufgeregt hatte, weil der Konzern kleine Möbelhersteller in den Ruin trieb, würden mich die Möbel nur an jenen Tag mit Sören erinnern. An das Glück, das wir beinahe gehabt hätten. Tränen stiegen mir in die Augen, und ich griff nach dem Ring an meiner Hand. Ich hätte ihn ablegen sollen, denn eine Hochzeit würde es nicht geben. Aber das konnte ich nicht tun. Nicht jetzt. Der Schmerz war plötzlich wieder da, und ich krümmte mich weinend zusammen.

Obwohl jeder sehr rührig um mich bemüht war, verfinsterte sich mein Gemüt mit jedem Tag mehr. Das Angebot meiner Mutter, mit ihr nach Stockholm zu fahren, um Sörens Grab zu besuchen, schlug ich aus. Ich erklärte es damit, dass ich mich zu schwach fühlte, doch dem war eigentlich nicht so. Ich wollte nur nicht die Außenwelt sehen. Ich reagierte sehr empfindlich auf alles Mögliche. Schien die Sonne, schloss ich die Vorhänge. Regnete es, vergrub ich mich im Bett. Ich zog mich in mein Innerstes zurück, um die Erinnerungen festzuhalten.

Zwischendurch erschien der Dorfarzt, ein junger Mann namens Erik Hansson, der die Praxis vor einigen Jahren von dem steinalten Dr. Bengtsen jr. übernommen hatte. Hansson war sehr nett, doch auch er wirkte angesichts meines Zustandes ein wenig hilflos. Einmal hörte ich meine Mutter vor der Tür meines Zimmers mutmaßen: »Ob sie vielleicht eine Depression ausgebildet hat?«

»Das glaube ich nicht«, antwortete er. »Eine depressive Verstimmung ist angesichts ihres Verlustes allerdings nicht ungewöhnlich. Geben Sie ihr Zeit.« Für diese Antwort bekam er immerhin einen Pluspunkt von mir.

Ich hatte keine Depression. Mein Herz war nur gebrochen. Meine ganze Zukunft, mein Leben, alles hatte sich durch Sörens Tod gravierend verändert. Ich wusste nicht mehr, wo ich hin sollte. Ich wusste nicht einmal, ob es sich lohnte, mit dem Studium weiterzumachen. Alles war anders geworden. Ich spürte, wie alles, was früher einmal wichtig für mich war, von mir wegrückte.

Zwei Wochen später fuhren wir noch einmal nach Kristianstad, um mir den Gips an Arm und Bein abnehmen zu lassen. In der Klinik herrschte reger Betrieb. So hektisch war sie mir gar nicht in Erinnerung geblieben. Wahrscheinlich hatte man einen anderen Eindruck, wenn man ein Krankenhaus nur besuchte, anstatt darin zu liegen.

Ich humpelte auf meinem Gehgips die Treppe hinauf und freute mich, ihn endlich loszuwerden. Plötzlich glaubte ich, Sören vor mir zu sehen. Ich spürte einen Knoten in meinem Magen, wie immer, wenn mir der Gedanke an ihn unvermittelt in den Sinn kam. Wenn ich mit anderen Leuten zu tun hatte, versuchte ich zu verschleiern, dass mein gebrochenes Herz alles andere als verheilt war, dass es weiterhin blutete und schmerzte. Meiner Trauer gab ich mich nur dann hin, wenn ich allein war. Aber manchmal konnte ich es nicht kontrollieren, und dann traf es mich so heftig wie ein Magenkrampf.

In der chirurgischen Station nahmen wir auf den Wartestühlen Platz. Deutlich spürte ich Mutters Blick. Sie schien zu ahnen, dass mir etwas durch den Kopf ging, doch sie hielt sich zurück. Die Frage, ob mit mir alles in Ordnung sei, würde ich nur dann mit Nein beantworten, wenn wirklich etwas nicht in Ordnung war. Etwas Außergewöhnliches. Meine Trauer war mittlerweile zu einem Normalzustand für mich geworden.

»Fräulein Lejongård!«, rief die Stimme der Schwester schließlich.

»Willst du allein gehen?«, fragte Mutter, als wäre ich ein kleines Mädchen.

»Ja«, antwortete ich. »Ich schaffe das.«

Dr. Marold erwartete mich hinter der Tür. »Fräulein Lejongård, schön, Sie wiederzusehen. Setzen Sie sich doch!« Er deutete auf die Untersuchungsliege. Auf einem Tablett sah ich eine furchterregend aussehende elektrische Säge.

Auf einmal verschwand der Krampf in meiner Magengrube und wurde durch ein leichtes Angstgefühl ersetzt.

»Wie geht es Ihnen?«, fragte er, nachdem ich seiner Aufforderung Folge geleistet hatte.

»Gut«, antwortete ich. »Und wenn der Gips erst einmal herunter ist, wird es mir noch besser gehen.«

Der Arzt blickte mich prüfend an. »Und wie geht es Ihrem Inneren?« Er tippte sich aufs Herz.

Ich senkte den Kopf. Also handelte es sich nicht nur darum, den Gips zu entfernen. Der Arzt wollte wissen, wie es in meiner Seele aussah.

»Es ist jetzt beinahe sechs Wochen her«, antwortete ich. »Es ist noch zu früh, um darüber hinweg zu sein, finden Sie nicht?«

Dr. Marold nickte, und ich bemerkte, dass er besorgt meinen Verlobungsring fixierte. »Doch, natürlich. Deshalb frage ich Sie ja. Kommen Sie zurecht? Ein Erlebnis wie dieses ist sehr einschneidend.«

Ich hätte ihm über die Zweifel berichten können, die mich plagten. Über die Tage, die ich ausnahmslos auf meinem Zimmer verbrachte und an denen ich die Vorhänge oder die Walzenmalereien an den Wänden betrachtete. Doch ich wollte nicht darüber reden. Auch nicht darüber, ob ich noch einen Sinn darin sah, das Studium fortzuführen. Das ging den Arzt, der mich wieder zusammengeflickt hatte, nichts an.

»Es ist natürlich schwer, aber meine Familie ist mir eine große Hilfe«, antwortete ich. »Und es ist noch ein bisschen Zeit bis zum Beginn des nächsten Semesters.«

Dr. Marold nickte. »Wenn Sie Hilfe brauchen, scheuen Sie sich bitte nicht davor zu fragen. Wir haben an dieser Klinik gute Psychologen.«

»Vielen Dank, ich weiß das zu schätzen. Aber es ist absolut nicht notwendig. Und wenn, dann werde ich herkommen.«

»Gut!« Dr. Marold betrachtete mich noch eine Weile und wandte sich schließlich meinem Bein zu. »Dann werde ich Sie mal von dem Ungetüm befreien. Anschließend sollten wir das Bein und auch den Arm noch einmal röntgen, um zu sehen, wie die Heilung verlaufen ist.«

Dagegen hatte ich nichts einzuwenden, und ich war froh, als der schrille Klang der Säge ertönte.

Vom Gips befreit und mit der Bestätigung, dass die Brüche ordnungsgemäß abgeheilt waren, verließ ich das Sprechzimmer schließlich wieder.

Es war noch ein wenig ungewohnt, ohne den Gips zu laufen. Da das Bein immer noch sehr schwach war, behielt ich fürs Erste eine Krücke. Durch die lange Zeit der Schonung war es dünner als das andere und weiß wie ein frisch angeschnittener Käse.

»Ist alles in Ordnung?«, fragte Mutter, als ich auf sie zukam.

»Ja, wie du siehst«, sagte ich. »Die Krücke bleibt noch zur Unterstützung, bis ich wieder richtig laufen kann.«

Ich machte eine kleine Pause, dann blickte ich Mutter an. »Hast du dem Arzt gesagt, dass ich depressiv bin?«

»Nein, warum hätte ich das tun sollen?« Mutter schüttelte den Kopf. »Was ist da drinnen passiert?«, fragte sie dann. »Soll ich mit jemandem reden? Hat er dich unter Druck gesetzt?«

»Nein, er interessierte sich nur sehr für mein Seelenleben.«

»Nun, Dr. Marold war von Anfang an dein behandelnder Arzt. Ich könnte mir denken, dass er sich Gedanken um dich gemacht hat. Nach einem Unfall wie diesem sind sicher viele Menschen nicht nur körperlich versehrt.«

Ich ergriff Mutters Hand. »Mama, hör mir zu«, sagte ich leise. »Ich bin nicht depressiv. Mir geht es nicht so wie Großmutter damals. Alles, was ich brauche, ist Zeit. Schau, mein Bein ist auch nicht von heute auf morgen verheilt. Ich muss erst verdauen, dass ich einen der wichtigsten Menschen in meinem Leben verloren habe. Sören und ich wollten heiraten.« Ich hielt meine beringte Hand hoch. »Wir wollten eine Familie gründen. Jetzt wird es diese Familie niemals geben.«

Ich bemerkte, dass Mutter etwas auf der Zunge lag. Wollte sie sagen, dass ich eines Tages eine neue Liebe finden würde? Dass ich eine Familie gründen würde?

»Du sollst alle Zeit haben, die du brauchst«, sagte sie nach einer Weile. »Aber glaube bitte nicht, dass ich etwas hinter deinem Rücken tun würde. Keiner von uns tut etwas, das dich in Verlegenheit bringen würde. Dazu haben wir nicht das Recht, denn du bist eine erwachsene Frau.«

Ich nickte. Das war ich. Aber besonders jetzt, nach dem Unfall, fühlte ich mich manchmal, als wäre ich auf den Status eines Kindes zurückgefallen.

»Entschuldige bitte, Mama«, sagte ich. »Ich habe es nicht böse gemeint. Diese Fragen haben mich nur verwirrt. Können wir jetzt nach Hause? Das Krankenhaus ... Ich muss nur dauernd an den Unfall denken und an Sören.«

»Natürlich. Wir fahren«, sagte meine Mutter und zog die Autoschlüssel aus der Tasche. »Und wenn du magst, sage ich der Köchin Bescheid, dass sie dir etwas Schönes zum Abendessen zaubern soll.«

Ich nickte, obwohl ich mich jetzt wieder wie ein Kind fühlte: Du hast dir das Knie gestoßen? Hier ist eine Tasse Heiße Schokolade, dann ist alles wieder gut.

Aber auch wenn sie mich immer noch gern bemutterte, wusste Mathilda, dass ich erwachsen war. Sie wusste nur nicht, wie sie mir den Schmerz und die Erinnerungen nehmen sollte, die auch dann in mir waren, wenn wir nicht durch die Flure dieses Krankenhauses schritten.

7. Kapitel

Der Frühling hielt mit strahlendem Sonnenschein und Teppichen aus leuchtenden Krokussen auf dem Löwenhof Einzug. In wenigen Wochen würde das neue Semester beginnen. Ich fragte mich, wo die Zeit geblieben war. Ich konnte mich kaum an etwas erinnern, denn die Tage waren ineinander verschwommen wie die Aquarellfarben, die Großmutter manchmal zu Papier brachte.

An diesem Morgen bemerkte ich, dass sich das Licht, das in mein Zimmer fiel, verändert hatte. Es wirkte irgendwie ... grüner. Verwundert und gleichzeitig neugierig erhob ich mich aus dem Bett und ging ans Fenster. Ich zog die Vorhänge vollends auseinander und sah, dass das Gut seine alten Farben zurückbekommen hatte. Der graue Schleier, mit dem alles überlagert gewesen war, war verschwunden.

Ich bemerkte jetzt auch wieder das Rosé der Steppdecke auf meinem Bett, das satte Rot der Möbelpolsterungen und das leuchtende Rosa der Blumen auf dem kleinen Bild an der Wand. Auch das Muster des Teppichs trat wieder deutlicher hervor. Minutenlang starrte ich auf den Boden, als würde ich ihn zum ersten Mal sehen.

Dann schaute ich auf meine Hände. Der Arm, der den Gips

getragen hatte, war immer noch dünner als der andere, aber nun nahm ich ihn wieder wahr. Dasselbe galt für mein Bein. Es war noch schwächer, aber ich spürte es! Ich spürte meinen gesamten Körper!

War es so weit? Hatte ich den ersten Schmerz überwunden? War ich wieder ins Leben zurückgekehrt? Ich griff nach meiner Krücke und humpelte damit ins Bad. Ich spürte, dass mein Bein langsam kräftiger wurde, und als das Wasser über meinen Körper rann, ertappte ich mich dabei, dass ein Lächeln über mein Gesicht huschte. Ich genoss das Wasser! Etwas, worauf ich nie so sehr geachtet hatte wie in diesem Augenblick.

Anschließend schlüpfte ich in meinen schwarzen Pullover und meine schwarze Hose, und beim Blick in den Spiegel bemerkte ich, wie verhärmt ich aussah. Dunkle Schatten lagen unter meinen Augen, obwohl ich viel geschlafen hatte, und mein Haar wirkte struppig. Seufzend band ich es zu einem Zopf zusammen und ging mit der Krücke nach unten.

Als ich das Esszimmer betrat, saßen meine Eltern und Großmutter bereits auf ihren Plätzen. In den vergangenen Tagen war ich immer sehr spät gekommen, weil ich lange geschlafen hatte.

Jetzt blickten sie mich verwundert an.

»Solveig, du bist schon da?«, fragte Großmutter.

»Guten Morgen«, antwortete ich. »Ja, ich bin heute etwas früher wach geworden.«

Mutter und Vater sahen sich an. Offenbar waren sie verwundert darüber, dass ich heute mal einen ganzen Satz sagte.

»Wie geht es dir, mein Schatz?«, fragte Mutter, während sie sich erhob und mir Kaffee einschenkte.

»Gut«, antwortete ich. »Besser.«

Wieder wechselten alle überraschte Blicke. Was glaubten sie? Dass ich meine Trauer schlagartig vergessen hätte? Das war nicht der Fall. Tief in meinem Innern spürte ich sie. Aber sie verschleierte mir nicht mehr die Sicht und überlagerte alle Empfindungen.

»Ich möchte zu der Stelle fahren, an der es passiert ist«, sagte ich, nachdem ich Platz genommen hatte. Ich wusste nicht genau, woher dieser Wunsch plötzlich kam. Ich sprach ihn einfach aus.

Es war das erste Mal seit Langem, dass ich mich bei Tisch äußerte. Zwar wünschte ich den Anwesenden einen guten Morgen, setzte mich dann aber nur an meinen Platz und trank meinen Kaffee. Meist aß ich auch etwas, weil ich nicht ständig von Großmutter vorgehalten bekommen wollte, dass ich ohne etwas im Magen den Tag nicht gut durchstehen würde. Doch weder schmeckte ich richtig, was ich mir da in den Mund schob, noch schenkte ich dem, was bei Tisch gesprochen wurde, große Beachtung. Deutlich bemerkte ich nur die sorgenvollen Blicke, mit denen man mich bedachte.

Dementsprechend erregte mein Wunsch einiges Aufsehen. Meine Eltern und meine Großmutter sahen mich verwundert an, als wäre ich plötzlich, nach langer Unsichtbarkeit, wieder aufgetaucht.

Heute roch sogar der Kaffee gut, und beim Duft der Brötchen lief mir das Wasser im Mund zusammen.

Ich war so weit.

»Meinst du wirklich, dass das gut sein wird?«, fragte Mutter.

»Ich möchte die Stelle einfach sehen. Ich möchte die fehlenden Puzzleteile endlich zusammenbekommen.«

Mutter blickte zu Vater und dann zu Großmutter. Diese nickte ihr leicht zu.

»Weißt du denn überhaupt, wo die Stelle ist?«, fragte sie dann.

»Nun ja, irgendwo vor Kristianstad, nehme ich an.«

»Etwa zehn Kilometer vor Kristianstad«, schaltete sich mein Vater ein. »Ich kann dich hinbringen, wenn du willst.«

Agneta und Mathilda starrten ihn ein wenig vorwurfsvoll an. Er zuckte mit den Schultern.

»Warum soll sie es nicht wissen?«, fragte er. »Sie hat viel zu verarbeiten. Und vielleicht hilft es ihr, den Ort zu sehen. Manchmal ist es besser, die Realität zu betrachten, als sich unnötig zu schonen.«

»Das ist lieb von dir, Papa«, sagte ich.

Mein Vater nickte mir zu und aß dann weiter. Ich spürte, dass meiner Mutter etwas auf dem Herzen lag, doch sie presste die Lippen zusammen, als müsste sie sich die Worte verkneifen. Ich wusste, dass sie sich Sorgen machte. Doch was würde es bringen, wenn ich mit meinen Gedanken in meinem Zimmer brütete? Ich wollte endlich etwas tun. Endlich Klarheit bekommen. Kurz noch spielte ich mit Sörens Ring, dann nahm ich mir ein Brötchen aus dem Brotkorb.

»Hast du alles?«, fragte mein Vater, als ich neben ihn auf den Beifahrersitz kletterte. Für die Besorgungen, die auf dem Hof zu machen waren, hatte er einen kleinen Transporter gekauft.

»Ich brauche doch nichts Besonderes«, antwortete ich. Mehr als die Tasche mit den Papieren benötigte ich nicht.

»Gut, dann fahren wir.« Er drehte den Zündschlüssel, und der Motor erwachte scheppernd. Wie Mutters Wagen war auch der Transporter alles andere als neu. Aber er funktionierte noch recht gut, auch wenn das Getriebe ein wenig protestierte, als Vater den Gang einlegte.

»Ich habe dir noch nie von Ingrid erzählt, nicht wahr?«, fragte er, nachdem wir den Löwenhof hinter uns gelassen hatten.

»Deine erste Frau? Du hast sie einmal kurz erwähnt.«

»Möglicherweise. Aber die ganze Geschichte kennst du nicht. Ich war damals in Norwegen, als der Krieg ausbrach und auch dorthin gelangte. Natürlich haben die Nazis sofort mit der ›Säuberung‹ begonnen, wie sie es nannten. Juden und Kommunisten wurden verfolgt, gejagt. Ich war der Meinung gewesen, dass Ingrid bei mir sicher sein würde, obwohl sie jüdisch war. Aber das war ein Trugschluss. Die Nazis kamen und wollten sie mitnehmen. Als sie sich gewehrt hat, haben sie sie an Ort und Stelle erschossen.«

Ich schaute ihn erschrocken an. »Das ist ja furchtbar!«

»Ja, das war es. Lange Zeit habe ich mir dafür die Schuld gegeben. Ich hätte bei Kriegsbeginn mit ihr nach Schweden fliehen sollen. Ich hätte es wissen müssen, dass sie bei uns genauso vorgehen würden wie in ihrem eigenen Land. Aber ich habe es nicht getan. Das schlechte Gewissen verfolgt mich manchmal noch heute.«

»Aber es war nicht deine Schuld. Woher hättest du das denn wissen sollen?« Tiefes Mitgefühl mit meinem Vater erfüllte mich. Ich hatte gewusst, dass irgendwas im Krieg vorgefallen war, aber diese Geschichte war nie zur Sprache gekommen.

»Ich frage mich hin und wieder, ob es gut gewesen wäre, nach dem Krieg noch einmal zurückzukehren. Sich den Ort anzuschauen, wo es geschehen war. Leider habe ich nicht den Mut aufgebracht, das zu tun. Ich fürchtete, einem Verwandten zu begegnen. Ich fürchtete, vorgeworfen zu bekommen, nicht gut genug auf sie aufgepasst zu haben.« Er starrte einen Moment schweigend auf die Straße, dann fügte er hinzu: »Aber möglicherweise hätte das mein Gedankenkarussell beendet.«

»Kannst du das nicht nachholen? In der jetzigen Zeit ist das Reisen einfacher und ...«

Vater schüttelte den Kopf. »Nein. Als ich meine Möbelfabrik in Oslo zurückerhielt, habe ich sie sofort verkauft. Ich wollte sie nicht mehr sehen. Der Schmerz hätte mich auseinandergerissen.«

Das konnte ich verstehen. Aber das waren andere Umstände, sagte ich mir. Ingrid war nicht bei einem Unfall ums Leben gekommen. Ein Uniformierter hatte geschossen. Es war nicht Vaters Schuld. Aber war es meine? Ich fühlte mich schuldig. Ich hätte vielleicht nicht schlafen sollen. Doch ich hatte Sören vertraut. Ich hatte unser beider Leben in seine Hände gelegt. War das egoistisch gewesen?

»Auf jeden Fall finde ich es gut, dass du endlich damit anfängst, die Sache aufzuarbeiten. Ich hatte in den vergangenen Wochen große Angst um dich.«

»Hast du geglaubt, dass es mir so wie Großmutter ergehen würde?«

Vater nickte. »Ja. Agneta ist eine sehr starke Frau, doch Stärke allein nützt nichts, wenn die Dunkelheit kommt. Wenn sie tief in einem Menschen lauert und nur darauf wartet, ihn zu zerstören. Auch Agneta hatte die Dunkelheit nicht im Griff. Dass sie jetzt stabil ist, ist den Medikamenten zu verdanken. Als wir die Nachricht von deinem Unfall erhielten, fürchtete Mathilda, es wäre wieder so weit.«

»Aber sie hat durchgehalten.«

»Das hat sie. Doch wahrscheinlich nur, weil du am Leben geblieben bist. Die Hoffnung hat ihr Kraft gegeben.«

Ich blickte auf meine Hände. Der Verlobungsring steckte immer noch an meiner linken Hand. Ich brachte es einfach nicht über mich, ihn abzunehmen. Manchmal wachte ich am Morgen mit dem Vorhaben auf, Sören anzurufen. Das hatte ich so oft gemacht, wenn ich auf dem Löwenhof war und er in Stockholm. Doch dann fiel mir wieder ein, dass er nicht mehr da war. Dass der Ring nur noch ein Andenken an ihn war.

»Ich bin nicht wie Großmutter«, sagte ich. »Dass ich allein sein wollte ... Ich brauchte Zeit für mich. Ich musste mich an den Gedanken gewöhnen, dass Sören nicht mehr da ist. Er bedeutet mir noch immer so viel, dass ich es kaum in Worte fassen kann.«

»Und das ist auch keine Schande.«

»Ich werde eine Möglichkeit finden, damit klarzukommen«, sagte ich. »Nur kann ich nicht sagen, wann das sein wird. Und genauso unsicher bin ich, was meinen weiteren Weg angeht. Sören hat mir eine Richtung gegeben, ein Ziel. Jetzt, fürchte ich, verliere ich es aus den Augen.«

»Du wirst es nicht aus den Augen verlieren, da bin ich sicher.«

Vater ließ kurz das Lenkrad los, um nach meiner Hand zu greifen. Sofort erstarrte ich.

»Keine Angst«, sagte er, als er die Hand wieder auf das Steuer legte. »Ich passe schon auf.«

Wir fuhren durch Kristianstad, das ebenfalls schon frühlingshaft wirkte mit den Schneeglöckchen, die an den Wegrändern die Köpfe reckten. Als Kind war ich sehr oft hier gewesen.

Als wir uns dem Wald näherten, wurden meine Hände schweißfeucht. Mein Herz pochte schnell, und mein Magen krampfte sich zusammen. Ich war mir inzwischen sicher, die ganze Zeit über geschlafen zu haben. Ohne meinen Vater würde ich die Stelle sicher nicht erkennen. War er hier gewesen? Hatte er zugesehen, wie man das Autowrack aus dem Graben gezogen hatte?

Für einen Moment wünschte ich mir, dass wir immer weiterfahren würden, doch schließlich verlangsamte mein Vater das Tempo. Er setzte den Blinker und hielt an. Zu sehen war hier nichts, aber ich hatte das Gefühl, dass mein Vater nur eine günstige Stelle gesucht hatte, um anzuhalten.

»Die Stelle ist ein Stückchen weiter vorn«, erklärte er und stieg aus. Ich zögerte ein wenig. Wollte ich es jetzt noch sehen? Was, wenn mich dann Bilder übermannten, derer ich mir nicht bewusst war? Doch genau deswegen war ich hier. Ich wollte wissen, ob ich etwas hätte tun können, um den Unfall zu verhindern.

»Geht es dir gut?«, fragte Vater, während er mich prüfend anblickte.

»Ja natürlich«, antwortete ich, obwohl mir das Herz bis zum Hals schlug und ich mich alles andere als wohlfühlte. Doch wenn er nur den kleinsten Anhaltspunkt gesehen hätte, dass es mir schlecht ging, hätte mein Vater sicher darauf bestanden, wieder zurückzufahren.

»Gut. Dann komm.«

Er schob die Hände in die Taschen und stapfte voran. Ich folgte ihm und schaute dabei ängstlich auf die Straße. Wie viele Meter trennten uns von der Fahrbahn? Einer? Vielleicht nur ein halber. Als zwei Fahrzeuge auf uns zukamen, erstarrte ich. Die Wagen hatten keine Ähnlichkeit mit dem von

Sören, und doch konnte ich nicht anders, als sie ängstlich anzustarren. Würden auch sie ins Rutschen geraten? Aber die Autos fuhren an uns vorbei und spritzten lediglich ein paar Wassertropfen gegen unsere Beine.

Wenig später erreichten wir die Unfallstelle. Obwohl es zwischendurch wieder etwas geschneit hatte, konnte man die Stelle, wo sich die Räder ins Gras gegraben hatten, gut sehen. Der Graben lag ein gutes Stück tiefer und war von Bäumen gesäumt. Einem von ihnen fehlte ein großes Stück Rinde. Das Gestrüpp im Graben war niedergemäht worden. Auch auf dem Asphalt waren noch immer Bremsspuren sichtbar. Sören musste reagiert haben. Aber offenbar zu spät.

Ich erschauerte. Fotos von dem zerstörten Wagen hatte ich bisher nicht gesehen, und ich war mir auf einmal nicht mehr sicher, ob ich es wollte. Bilder schossen durch meinen Kopf, allerdings keine aus meiner Erinnerung. Es war die Vorstellung des Geschehens. Ich sah einen Hirsch aus dem Wald schießen, Sören erschrocken zusammenzucken. Ich meinte, das Quietschen von Reifen zu hören, ein hässliches Schaben und schließlich ein dumpfes metallisches Krachen. Splitter flogen umher. Reifen drehten durch. Lief der Motor noch? Kreischte er? Oder war alles still? Der Motor erstorben, und wir ...

Sörens Gesicht tauchte vor mir auf. Die Stirn blutverschmiert, die Augen offen, aber blicklos. Klebte sein Blut an dem verletzten Baum? Plötzlich wurde mir übel. Sosehr ich auch versuchte, dagegen anzuatmen, es klappte nicht. Mein Magen krampfte sich zusammen, und Galle sammelte sich in meinem Mund. Panisch krallte ich mich in die Jacke meines Vaters.

»Lass uns wieder fahren«, keuchte ich. »Ich … ich kann nicht mehr.«

Mein Vater wandte sich um und schirmte meinen Blick von der Unfallstelle ab. Doch das half nichts. Ich beugte mich vor und würgte. Meine Knie waren weich wie Butter, und mein rechtes Bein schmerzte.

»Ist schon gut, Liebes«, hörte ich meinen Vater sagen. Beruhigend strich er über meinen Rücken. »Wir fahren. Sobald du dich besser fühlst, fahren wir.«

Aber ich fühlte mich nicht besser, und ich hatte das Gefühl, dass es niemals wieder besser werden würde. Ich kniff die Augen zusammen, um die Bilder auszusperren, doch das war unmöglich, denn sie waren in meinem Kopf.

Schließlich zog sich das würgende Gefühl dennoch wieder zurück. Während weitere Autos an uns vorbeirasten, bugsierte mich mein Vater in den Transporter zurück und setzte mich auf den Beifahrersitz.

»Wird es gehen?«, fragte er, während er für den Fall der Fälle die Tür offen ließ.

Die ganze Fahrt über schwiegen wir. Ich spürte, dass mein Vater liebend gern etwas gesagt hätte, aber er schwieg. Ich konnte mir denken, was es war. Dass es normal sei, so zu reagieren, wenn man an einen Ort kam, an dem man beinahe gestorben war. Doch ich hielt mein Verhalten auch nicht für unnormal. Ich fragte mich nur, ob es nicht zu früh gewesen war. Als Wissenschaftlerin schätzte ich Fakten und bohrte auch gern nach, aber jetzt spürte ich, dass ich eine persönliche Grenze überschritten hatte.

Als wir uns dem Löwenhof näherten, hielt mein Vater am Tor an.

»Ich weiß, das alles ist schrecklich für dich«, begann er.

»Aber ich stehe dazu, es war gut, dass du es dir angeschaut hast. Es ist wichtig für dich. Ich hoffe, du hast erkannt, dass es nicht deine Schuld war.«

»Wäre ich wach gewesen ...«, setzte ich an.

Vater schüttelte den Kopf. »Auch dann nicht. Die Stelle ist tückisch. Du hast sie ja gesehen. Sören hatte keine andere Wahl. Entweder hätte er den Hirsch gerammt oder wäre direkt in den Graben gefahren. Er hat eine Entscheidung getroffen. Eine Entscheidung, um dich zu schützen.«

»Aber ...«, begann ich, doch Vater hob die Hand.

»Ich habe nach dem Unfall mit dem Förster gesprochen. Das Tier ist von der linken Seite gekommen. Es ist dann verletzt die Böschung hinuntergetaumelt und noch ein paar Meter weit gekommen. Der Wagen hat es an der Brust gestreift und seinen Nacken verletzt. Wärt ihr voll mit dem Hirsch kollidiert, wer weiß, was dann passiert wäre. Sören hat versucht, dich zu schützen. Und ob du wach warst oder nicht, hätte keinen Unterschied gemacht. Du hättest ihm nicht ohne Folgen ins Lenkrad greifen können. Du hättest nichts geändert. Ich will, dass du dir das immer vor Augen hältst. Niemand gibt dir die Schuld. Weil du ganz einfach keine hattest.«

Ich blickte meinen Vater durch einen Tränenschleier an. Dann beugte ich mich vor und umarmte ihn. Das Karussell der Selbstvorwürfe war zwar noch nicht stehen geblieben, aber es drehte sich ein wenig langsamer.

Da der Anblick der Unfallstelle mich verfolgte, beschloss ich, eine Runde über den Hof zu drehen. Die Hände in den Taschen meines Wollmantels vergraben, schritt ich ziellos durch den Garten. Unruhe tobte in mir. Indem ich auf die matschigen Wege, das noch braune Gras und die aufblühenden Krokusse schaute, versuchte ich, die Bilder in meinem Kopf zu ordnen.

Schließlich ließ ich mich auf eine Steinbank nieder. Der englische Garten ging auf Urgroßmutter Stella zurück. Agneta behauptete, dass sie ihn so anlegen ließ, weil es damals Mode gewesen sei. Mittlerweile wirkte er eher verwildert, weil Gärtner teuer waren und wir das Geld dringender für die Instandhaltung der Stallungen benötigten.

»Na, mein Mädchen?«, fragte eine Stimme hinter mir. Ich wandte mich um. Großmutter stand hinter mir, in einen dicken Mantel gehüllt, der ein wenig antiquiert aussah. »Wie geht es dir nach dem kleinen Ausflug mit deinem Vater?«

»Nicht gut«, antwortete ich ehrlich. »Die Stelle zu sehen … Es war schrecklich.«

»Hast du dich an irgendwas erinnern können?«

»Nein, aber … alles lief plötzlich wie ein Film vor mir ab. Ein Film aus Bildern, die ich nicht mal erlebt habe. Dabei habe ich mir die Stelle gar nicht so genau angesehen. Ich meine, ich war nicht unten. Ich habe mir nicht den Baum angeschaut …«

»Das war sicher auch nicht nötig«, sagte Großmutter und setzte sich neben mich. »Es reicht, wenn man den Schrecken von Weitem sieht.«

Ich nickte. »Es hat gereicht, um mir zu zeigen, was passiert sein könnte. Ich möchte nie wieder an diesen Ort zurück.«

»Das musst du auch nicht, wenn du nicht willst. Aber vielleicht gibt es einen anderen Ort, zu dem du irgendwann fahren möchtest.« Sie blickte mich vielsagend an.

Ich ahnte, worauf sie hinauswollte: Sörens Grab. Bisher hatte ich mich geweigert, es zu besuchen. Ich wusste, dass er nicht mehr lebte, aber seinen Grabstein zu betrachten hatte so etwas Endgültiges. Würde es nicht heißen, dass ich mich abgefunden hatte? Dass ich es akzeptierte?

»Er fehlt mir so sehr«, sagte ich und brach wieder in Tränen aus. Großmutter legte den Arm um mich und zog mich an sich.

»Das glaube ich.« Sie ließ ein paar Augenblicke verstreichen, dann fügte sie hinzu: »Ich glaube jedoch auch, dass er nicht wollen würde, dass du immer nur weinst.«

Ich nickte. »Vielleicht bin ich ja doch schon bereit, Sörens Grab zu besuchen«, sagte ich, nachdem ich mir die Tränen aus den Augen gewischt hatte.

»Das ist gut«, sagte Agneta. »Das ist sehr gut. Gräber haben etwas Beruhigendes, weißt du? Aus der Ferne besehen wirken sie wie Schreckensorte, aber wenn man dort ist und fühlt, dass man dem nahe ist, den man gerngehabt hat, breitet sich eine angenehme Ruhe in einem aus. Man kann demjenigen alles erzählen und weiß, dass Geheimnisse sicher sind.«

»Deshalb gehst du einmal in der Woche zur Gruft, nicht wahr? Dort, wo sie alle sind.«

»Ja«, antwortete sie, und ihr Blick richtete sich auf den Wald, der sich hinter unserem Anwesen erhob. »Ich habe im Laufe meines Lebens so viele Menschen verloren. Mit jedem von ihnen hat sich mein Gemüt ein wenig mehr verdunkelt. Ich hoffe so sehr, dass ich das alles nicht noch einmal durchmachen muss. Dass ich diejenige sein darf, die geht.«

»So alt bist du doch nun auch noch nicht«, protestierte ich.

»Das ist es, was junge Leute wie du glauben. Aber ich bin alt. Steinalt. Und ich habe nicht die Kraft, noch einmal einen Verlust durchzustehen.« Sie griff nach meiner Hand. »An dem Abend, als der Polizist bei uns auftauchte, um uns Bescheid zu geben, dachte ich, jetzt ist es so weit. Jetzt verlierst du auch noch das Liebste, was du hast. Ich habe mit deiner Mutter an deinem Bett gesessen, ganze drei Tage. Die Ohnmacht, in die du gefallen warst, war tief. Mit der Dunkelheit in mir ist es seltsam. In den ersten Tagen funktioniere ich noch. Doch dann schleicht sie sich an wie ein langsam wirkendes Gift und zieht mich mit sich. Ich habe sie schon gespürt, aber du hast die Augen aufgeschlagen. Der Arzt hat Entwarnung gegeben. Gerade zum richtigen Zeitpunkt.«

Wind strich über unsere Gesichter und trug ihre Worte fort. Sie barg meine Hand an ihrer Wange.

»Als du auf die Welt gekommen warst, spürte ich zum ersten Mal seit Langem wieder etwas Glück. Ingmars Tod hatte meiner Welt die Farbe genommen, sosehr deine Mutter sich auch um mich bemühte. Jeder Farbton trug einen schwarzen Schleier.«

»Du hattest zuvor auch schon deinen Mann verloren«, gab ich zu bedenken.

»Ja, aber da war es anders. Ich habe ihn geliebt, doch Ingmar war meine Hoffnung. Es ist für einen Menschen furchtbar, die Hoffnung zu verlieren.«

»Sören war auch meine Hoffnung«, entgegnete ich. »Meine Hoffnung auf eine Familie. Auf Zukunft.«

»Nun, es mag sich dumm anhören, aber die Zukunft liegt immer noch vor dir«, sagte Agneta. »Du wirst in diesem Mai zweiundzwanzig. In meinen Jugendzeiten wärst du noch für ein Kind gehalten worden. Du hast dein Studium noch nicht beendet. Du kannst noch so viel tun.«

»Großmutter«, begann ich.

»Was?«, fragte Agneta. »Habe ich etwa unrecht? Schau

mich an! Als ich damals meine erste Liebe verlor – oder besser gesagt, als er mich verließ, weil ich reicher zu werden drohte als er –, dachte ich, ich würde nie mehr lieben können. Doch die Liebe kam wieder und ging auch wieder. Als Lennard schließlich starb, wusste ich, dass es keine neue Liebe für mich geben würde, aber da war ich bereits auf dem Weg, eine alte Frau zu sein. Ich hatte ein halbes Leben hinter mir. Aber schau dich an: Du bist jung, schön und klug. Auch wenn dein Leben nicht mehr so verläuft, wie du es geplant hast, wird es ein anderes Leben für dich geben. Und wer weiß, vielleicht wird es ebenso gut wie das vorherige.«

Ich senkte den Kopf. »Nur fällt es mir schwer, mir vorzustellen, dass es dieses Leben für mich geben wird.«

»Das ist verständlich. Es ist noch so frisch …« Sie machte eine Pause. »Als mein Sohn starb, war alles für mich so seltsam … surreal ist wohl das beste Wort. Ich habe nicht gesehen, wie es passiert ist. Sein Sarg wurde nicht mehr geöffnet, weil man uns den Anblick ersparen wollte. Es war immer ein wenig Unglaube mit dabei.« War das der Grund, warum sie sein Zimmer unverändert ließ? »Auch du hast nicht gesehen, wie es passiert ist. Du hast ihn danach nicht gesehen.« Sie blickte mich an. »Dein Verstand weigert sich vielleicht noch, die Tatsache zu akzeptieren.«

»Aber ich weiß, dass er tot ist. Man würde mich doch in dem Punkt nicht belügen, nicht wahr?«

»Nein, das würde niemand tun, der noch bei Verstand ist. Doch das heißt noch lange nicht, dass du die Tatsache akzeptierst. Vielleicht ist es auch dein Herz, das sich weigert.«

Das war möglich. Mein Herz weigerte sich. Warum sonst schmerzte es noch so sehr?

»Wenn du wirklich abschließen möchtest, solltest du den

Ring abnehmen.« Sie legte ihre Hand sanft auf meine. »Und Sörens Grab aufsuchen. Sonst verharrt dein Geist in der Schwebe und in dem Glauben, dass er nur eine lange Reise gemacht hat und wiederkehren wird. Wenn du dir selbst beweist, dass er tot ist, hast du die Möglichkeit, diesen Umstand zu verarbeiten.«

»Es ist nicht mein Geist, der zweifelt«, sagte ich. »Es ist mein Herz.«

»Dann beweise ihm, was unumgänglich ist. Zeige ihm, dass es einen Ort gibt, an dem dein Liebster ist. Gehe zu diesem Ort, rede mit ihm. Auch wenn du keine Antwort von ihm bekommst, ist er da.«

»Mormor, kannst du ein Geheimnis für dich behalten?«

Ein Lächeln huschte über ihr Gesicht. »Wenn es nach deiner Mutter geht, kann ich das viel zu gut.«

»Ich habe versucht, zu seiner Beerdigung zu gehen. Ich wollte mich auf eigene Faust auf den Weg machen, bin aber leider nicht mal bis zum Kleiderschrank gekommen. Ich fiel einfach um, weil mich mein Kreislauf im Stich gelassen hat.«

»Und die Ärzte haben deine Mutter nicht davon unterrichtet?«, fragte Großmutter erschrocken.

»Offenbar nicht. Und wenn doch, so hat sie sich bisher nichts anmerken lassen. Mir ist ja nichts passiert.« Ich machte eine Pause und schaute auf meine Hände. »Ich wollte so gern bei ihm sein. Doch jetzt … Ich weiß auch nicht, warum ich so lange zögere, sein Grab zu besuchen.«

»Vielleicht, weil du fürchtest, deine Hoffnung würde versiegen?« Großmutter legte den Arm um mich. »Hab keine Angst davor. Ein Grab hilft. Es ist ein Anlaufpunkt. Du kennst doch unsere Gruft. Sie sind alle dort, versammelt an einem

96

Ort. Das mag ein wenig gruselig erscheinen, aber für mich ist es ein Trost. Meine Eltern sind dort, mein Bruder, mein Sohn. Eines Tages werde ich bei ihnen sein.«

»Großmutter, sag doch nicht so was!«, protestierte ich, obwohl ich kein Kind mehr war, das an die Unsterblichkeit der eigenen Angehörigen glaubte.

»Warum nicht? Es ist die Wahrheit. Eines Tages werden wir alle dort vereint sein. Dieser Gedanke tröstet mich.«

»Aber ich werde nicht bei Sören sein können«, gab ich zurück.

»Nein, das wirst du nicht. Doch möglicherweise öffnet sich dein Herz einer neuen Liebe. Und mit etwas Glück werdet ihr für immer zusammen sein.«

Sie gab mir einen Kuss auf die Schläfe und drückte mich kurz, dann erhob sie sich. »Ruf seine Mutter an. Und dann fährst du zu ihm. Vielleicht geben dann auch die schrecklichen Bilder von der Unfallstelle Ruhe. Bilder, die gar nicht der Realität entsprechen, weil du es ja nicht wissen kannst.«

»Danke, Mormor«, sagte ich leise, griff nach ihrer Hand und drückte sie an meine Wange.

Meine Hände waren schweißfeucht, als ich im Arbeitszimmer stand und das Telefon fixierte. Da ich wusste, dass die Lundgrens beide arbeiteten, hatte ich mich entschieden, am frühen Abend anzurufen, wenn sie ganz sicher zu Hause waren.

Der schwarze Apparat auf dem Schreibtisch meiner Mutter hatte das uralte Gerät ersetzt, das früher hier seinen Dienst versehen hatte. Irgendwo im Haus wurde es noch aufbewahrt, als würden wir eines Tages ein Museum eröffnen. Als Kind hatte ich mit dem alten Telefon gespielt. Ich hatte mich mit imaginären Gesprächspartnern unterhalten und sie zum Teetrinken ins Herrenhaus eingeladen. Ich hatte nie Scheu gehabt zu telefonieren. Doch jetzt kam ich mir vor, als stünde ich vor einer ganz neuen Technologie, von der ich fürchtete, dass sie mir bei falscher Benutzung um die Ohren flog.

Wie würden die Lundgrens reagieren? Die Erwartung grub sich angstvoll in meinen Magen, als ich mein Telefonbüchlein aus der Tasche zog. Durch mein lautes Herzklopfen drang das Klingelzeichen nur wie aus weiter Ferne zu mir.

»Lundgren«, meldete sich eine Frauenstimme nach einem Knacken.

»Edda?«, begann ich vorsichtig. »Ich bin es, Solveig.«

Schon bei meinem ersten Besuch bei den Lundgrens hatte Frau Lundgren mir das Du angeboten.

Jetzt herrschte Schweigen am anderen Ende der Leitung. Angst breitete sich in meiner Brust aus. »Solveig! Wie schön, dass du anrufst«, sagte Sörens Mutter schließlich und zerstreute meine Zweifel. Sie klang so unendlich müde, aber nicht unfreundlich. Ihre Worte riefen mir das Bild einer dunkelhaarigen, etwas rundlichen Frau ins Gedächtnis, die ich häufig mit einer Kittelschürze in ihrem Haus gesehen hatte. Meist trug sie ihr Haar zu einem Knoten gebunden. Das typische Bild einer Mutter, dem Mathilda, meine Mutter, so gar nicht entsprach.

»Es ... es tut mir so furchtbar leid«, sagte ich. »Ich wünschte, alles wäre anders gekommen.«

»Das wünsche ich mir auch«, sagte Edda.

»Ich ... ich wollte fragen ... Sören ... Ich würde gern sein Grab besuchen.«

»Das kannst du doch jederzeit tun, Solveig«, gab Edda zurück. »Du musst mich nicht fragen.«

»Ich weiß, aber ...« Ich verstummte, denn ich wusste nicht, was ich sagen sollte.

»Wie wäre es, wenn wir uns dort treffen würden?«, sprang Edda ein. »Wir könnten vielleicht ein wenig reden.«

»Dürfte ich ihn erst einmal allein besuchen?«, fragte ich mit zitternder Stimme. »Bitte sei mir nicht böse, ich würde dich liebend gern sehen. Aber ... es ist noch zu früh ...«

»Oh.«

»Wir sprechen später miteinander, ja?«

»Ja«, antwortete Edda. »Wir sprechen miteinander.«

Ich spürte, dass sie enttäuscht war. Und hätte ich sie nicht eigentlich längst kontaktieren sollen? Aber mein Innerstes blieb dabei, ich war nicht bereit für ein Treffen. Erst einmal musste ich das Grab sehen. Erst einmal musste ich meine Seele und mein Herz davon überzeugen, dass Sören wirklich tot war.

Als ich meiner Mutter von dem Telefonat und meiner Absicht erzählte, sah sie mich ein wenig überrascht an. Sie saß nach der Arbeit und vor dem Abendessen immer gern in der Bibliothek, die seit jeher ihr Lieblingsplatz war. Auf ihrem Schoß lag eines der alten Bücher aus den hohen Schränken. Den Titel sah ich nicht, aber einige Kupferstich-Illustrationen.

»Bist du sicher?«, fragte sie. »Dein Vater hat erzählt, dass es dir nicht gut ging, als du die Unfallstelle besichtigt hast.«

Wahrscheinlich würde das noch Thema des Tischgesprächs werden. Aber ich war gewappnet. Und nachdem der erste Schock vorbei war, fühlte es sich gut an. Wie ein Weckruf. Ich fühlte mich, als würde ich aus einem dunklen Loch herauskriechen. Der Besuch der Unfallstelle war der erste

Schritt, jetzt benötigte ich einen zweiten, um wieder Licht zu sehen. So schwierig es auch werden würde.

»Ich bin sicher«, sagte ich. »Ich habe mit Großmutter gesprochen, und sie hat mir klargemacht, dass meine Seele und mein Herz sehen wollen, was ich weiß. Sie wollen einen Beweis, und den werde ich ihnen geben.«

Mutter dachte einen Moment nach, dann nickte sie und sagte: »Ich würde dich gern begleiten.«

»Das wäre vielleicht keine gute Idee«, entgegnete ich. »Ich würde lieber mit Sören allein sein.«

»Dein Vater war mit dir bei der Unfallstelle.«

»Das war etwas anderes. Es ist sein Grab. Es ist … als würde ich mich ein letztes Mal mit ihm treffen. Du warst doch auch bei unseren Verabredungen nicht zugegen.«

»Ich habe nichts davon gesagt, dass ich dich zu seinem Grab begleiten möchte«, gab sie zurück. »Wie du weißt, liegt deine andere Großmutter dort begraben. Ich muss unbedingt nach dem Grab schauen, sonst meldet sich noch die Friedhofsverwaltung bei mir.«

Das war eine Ausrede, denn das Grab von Großmutter Susanna war sehr gut gepflegt. Nach wie vor sorgte ein Gärtner dafür, dass die Bepflanzung zu den wechselnden Jahreszeiten ausgetauscht wurde.

»Mutter, muss das sein?«

Mathilda zog die Augenbrauen hoch. »Wovor hast du Angst, mein Kind? Ich bezweifle, dass Sörens Grab neben dem von Susanna liegt. Ich bin an dem einen Ende und du an dem anderen. Wir können einen Treffpunkt ausmachen.«

Ich seufzte schwer. Wahrscheinlich wollte sie nur sicherstellen, dass mir nichts geschah.

»Edda wollte sich mit mir treffen, aber ich habe ihr abgesagt. Sie meinte zwar, das wäre in Ordnung, aber sie klang ziemlich enttäuscht.«

»Das wäre ich auch, wenn du mir verwehren würdest, dich nach Stockholm zu begleiten«, sagte Mutter. »Aber ich glaube nicht, dass du ein schlechtes Gewissen haben musst, wenn ich mitkomme. Wir beide können während der Zugfahrt ein wenig reden oder Karten spielen. Dann ist alles nicht so langweilig.«

»Mutter, ich bin nicht mehr fünf.«

»Man muss kein Kind sein, um Bahnfahren langweilig zu finden.«

Ich seufzte tief. Mutter griff nach meiner Hand. »Solveig, bitte. Ich möchte dich bei dem Gang nicht allein lassen. Dein Vater hat mir erzählt, wie sehr dich das Betrachten der Unfallstelle mitgenommen hat. Ich möchte nur dafür sorgen, dass du jemanden hast, an den du dich anlehnen kannst, wenn die Verzweiflung dich übermannt. Oder du einfach jemanden brauchst, der dir nahe ist. Nicht alles muss man allein durchstehen.«

Tief in meinem Innern wusste ich, dass sie recht hatte. Mein Vorhaben war alles andere als leicht. Ich würde zusammenbrechen, wenn ich das Grab sah. Aber genauso tief war mein Wunsch, dabei allein zu sein. Ich wollte verloren sein.

Doch meine Mutter würde das nicht zulassen.

Auch sie hatte sich in ihrem Leben einmal sehr verloren gefühlt. Das war, als sie erfuhr, wer sie wirklich war. Solche Prüfungen hatte ich nicht zu bestehen gehabt. Von Anfang an hatte mir meine Mutter gesagt, dass sie keine Geheimnisse vor mir haben würde. Ob das stimmte, wusste ich nicht. Menschen hatten immer irgendwelche Geheimnisse. Möglicherweise meinte sie, dass sie keine Geheimnisse vor mir hatte, die mein Leben betrafen. Dafür war ich ihr dankbar.

»In Ordnung«, sagte ich. »Komm mit.«

Mutter atmete erleichtert auf. »Danke.«

»Ich habe zu danken«, entgegnete ich und erwiderte nun den Druck ihrer Hand. »Danke, dass du nicht aufgibst, was mich betrifft.«

»Niemals«, sagte sie, erhob sich lächelnd und küsste mich auf die Stirn.

8. Kapitel

Eine Woche später machten wir uns auf den Weg. Das Wetter war inzwischen etwas angenehmer geworden, die Sonne schien von einem blauen Himmel, der eher zum Sommer als zu einem wechselhaften April gepasst hätte.

Mit uns im Zug fuhren Geschäftsleute und ein paar ältere Paare, die sich einen Ausflug in die Hauptstadt gönnen wollten. Einige von ihnen musterten uns neugierig, denn wir beide waren ganz in Schwarz gekleidet. Meine Mutter trug einen schwarzen Wollmantel mit Schal über ihrem schwarzen Pullover und dem schwarzen Wollrock, ich hatte mich für einen schwarzen Rollkragenpullover, eine schwarze Hose und meinen schwarzen Trenchcoat entschieden. Vielleicht war der Aufzug noch ein wenig zu dünn für das herrschende Wetter, aber es waren die besten Sachen, die ich in der Farbe hatte.

»Es ist schon etwas her, dass ich zum letzten Mal Zug gefahren bin«, sagte Mutter, nachdem sie eine Weile aus dem Fenster geblickt hatte. Das stimmte: Wenn sie mich in Stockholm besucht hatte, dann immer im Auto. »Es ist schon seltsam, welche Dinge in einem hochkommen, wenn man in einem Zug sitzt.«

»Was für Dinge?«, fragte ich. Ich hatte ihr angesehen, dass sie in Gedanken versunken war.

»Dinge aus meiner Jugend. Ich bin einmal vom Gut geflohen, auf dem Pferd, auf dem ich reiten gelernt hatte. Ich dachte, wenn ich nur den Zug erreiche, könnte ich alles hinter mir lassen. Aber geklappt hat das natürlich nicht.«

»Großmutter hat dich zurückgeholt.«

Die Geschichte war schon sehr alt, aber ich erinnerte mich noch gut an sie. Damals, in meinen störrischen Jahren, hatte ich angedroht wegzulaufen, wenn ich meinen Willen nicht bekommen würde. Da hatte Mutter es mir erzählt und gesagt: »Du solltest es dir besser überlegen, ob du weglaufen willst, Großmutter wird dich überall finden.« Das war keine Drohung gewesen, sondern eine reine Feststellung.

»Ja, genau.« Sie lächelte versonnen. »Ich habe schon lange nicht mehr daran gedacht, aber jetzt ist alles wieder da.« Sie verweilte einen Moment bei ihrer Erinnerung, dann schüttelte sie den Kopf. »Ich sollte mich nicht in Vergangenem verlieren. Ich habe Glück gehabt in meinem Leben. Es hätte alles anders kommen können.«

»Schlechter meinst du?«

»Ja. Zum Glück war das nicht der Fall. Auch wenn ich manchmal geglaubt habe, dass es nicht mehr schlimmer werden kann.«

Wir schwiegen eine Weile, dann fragte ich: »Wie lange wird Großmutter noch in dieses Zimmer gehen? In das von Ingmar.«

Mutter sah mich überrascht an. Dann zuckte sie mit den Schultern. »Ich weiß nicht. Wahrscheinlich noch ihr ganzes Leben lang. Genauso gut könnte sie aber morgen verkünden, dass sie darin ein Musikzimmer haben will. Manche Trauer dauert für immer, auch wenn sie einem keine akuten Wunden mehr zufügt.«

Sie blickte mich an. »Auch deine Trauer wird irgendwann nachlassen. Und ich glaube kaum, dass du einen Raum dazu brauchst, nicht wahr?«

»Der Raum ist in mir drin«, antwortete ich. »Sören wird immer einen Platz in meinem Herzen haben.«

»So soll es auch sein. Ich wünschte, Agneta hätte ebenfalls solch einen Raum in sich. Das Zimmer … Es lässt mir immer einen Schauer über den Rücken laufen, weil es einem das Gefühl gibt, Ingmars Geist wäre noch da.«

»Was wird damit passieren? Ich meine später …«

»Daran will ich lieber noch nicht denken«, sagte sie schnell. »Großmutter geht es gut, das ist alles, was jetzt für mich zählt.«

»Aber eines Tages werden wir uns Gedanken darüber machen müssen.« Ich sah sie an. Wollte sie selbst dieses Zimmer nicht gehen lassen? Sie hatte mir einmal erzählt, wie viel ihr Ingmar bedeutet habe. Er war wie ein Bruder zu ihr. Und wenn diese verwandtschaftlichen Bande zwischen ihnen nicht gewesen wären, hätte vielleicht auch mehr aus ihnen werden können.

Nachdem sie es mir erzählt hatte, hatte ich eine ganze Nacht darüber nachgedacht.

Wenn meine Mutter keine Lejongård gewesen wäre, hätte sie Ingmar vielleicht geheiratet. Vielleicht wäre er dann nicht nach Norwegen gegangen. Vielleicht wäre er mein Vater geworden. Oder der eines anderen Kindes, das nicht ich war. Dieses Kind hätte möglicherweise aber auch seinen Vater verloren.

»Das werden wir, wenn es so weit ist«, unterbrach sie meine Gedanken. »Möglicherweise werden wir zum Andenken etwas aus diesem Zimmer behalten. Aber der Raum selbst … Ich glaube, den werden wir nicht erhalten. Es kommt nicht darauf an, einem Verstorbenen ein sichtbares Denkmal zu setzen, auch wenn einige das tun. Ich glaube daran, dass das beste Denkmal, der beste Raum für das Andenken an einen Verstorbenen, das Herz ist.« Sie blickte mich an. »Sören würde es sicher lieben, in deinem Herzen zu sein.«

Diese Worte ließen Tränen in meine Augen steigen. Ja, ich war sicher, dass er es lieben würde. Und er war tief in meinem Herzen, so tief wie kaum jemand sonst, den ich kannte. »Ich werde ihn auch immer dort behalten«, sagte ich nur und schaute dann aus dem Zugfenster, wo die grünen Wälder langsam den Feldern und Ortschaften wichen.

Vogelgezwitscher empfing uns, als wir ein paar Stunden später den Waldfriedhof betraten. Die Bäume waren noch kahl, doch an einigen Ästen erschienen bereits die ersten dicken Knospen. Noch ein bisschen Zeit und Sonnenschein, und die Gräber würden von einem dichten Laubdach geschützt sein.

Wir verharrten an der Pforte, als wären wir beide unschlüssig, wohin wir uns wenden sollten.

»Soll ich nicht besser mitkommen? Für den Fall, dass du es nicht findest?«

»Sörens Mutter hat mir gesagt, in welcher Reihe es ist. Ich finde es ganz sicher.«

»Gut«, sagte Mathilda und legte mir ihre Hand auf den Rücken. »Dann sollten wir besser gehen, nicht wahr?«

Ich nickte und setzte mich in Bewegung. Eine Weile begleitete Mathilda mich noch, dann bog sie in die Richtung ab, in der sich das Grab ihrer Mutter befand.

Ich schlug den entgegengesetzten Weg ein. Ein seltsamer Schmerz erwuchs in meiner Brust, kein körperlicher, sondern ein seelischer. All die Namen auf den Steinen, die ich passierte, gehörten zu Menschen. Menschen, die geliebt und gehasst, die gelacht und geweint hatten. Menschen, die gelebt hatten. Jetzt waren nur noch ihre Namen geblieben und Erinnerungen, verborgen in den Herzen.

Einige von ihnen waren sehr alt geworden, andere waren recht jung gestorben. Was für eine Verschwendung. Manche hatten keine Gelegenheit gehabt, eine eigene Familie zu gründen. So wie Sören.

Tränen rannen mir über die Wangen. Ich wischte sie hastig weg. Noch nicht, sagte ich mir. Ich musste meine Tränen für Sören aufheben.

Es dauerte eine ganze Weile, bis ich schließlich den Namen Lundgren fand. Sören war neben seinen Großeltern begraben, ein schmales Grab, das noch keinen Stein hatte. Der Hügel über der Urne war nicht besonders groß und von verwelkenden Blumen bedeckt, einer der Kränze trug die Aufschrift »Meinem lieben Sohn«, ein anderer »Unserem Freund und Kommilitonen«. Am Kopfende, wo das Holzkreuz mit seinem Namen als Platzhalter für den Stein steckte, entdeckte ich einen weiteren Kranz. Die Rosen waren schon ziemlich zerfallen, aber an einigen Stellen konnte man noch erkennen, dass sie rot gewesen waren.

Mein Herz raste, als ich die Aufschrift »In Liebe« las. Wer sollte ihm einen derartigen Kranz schicken? Ich beugte mich vor und zog den Rest der Schleife hervor, die der Wind unter den Kranz geschoben haben musste. Da sah ich meinen eigenen Namen.

Erstaunt wich ich zurück. Ein Kranz mit meinem Namen?

Hatten den meine Eltern zu der Beerdigung mitgenommen? Warum hatte Mutter mir nichts davon erzählt? Hatte sie angesichts meines Weinkrampfes, als sie mir von der Beisetzung berichtete, davon abgesehen? Oder es vergessen?

Ich brauchte eine Weile, um mich zu fangen. Auf einmal überkam mich eine furchtbar große Sehnsucht danach, ihn zu berühren. Ich legte meine Hand auf die Erde, aber alles, was ich spürte, waren Steine und Erdkrumen. Einen Moment lang ging es mir durch den Sinn, dass es vielleicht doch besser gewesen wäre, ihn in einem Sarg zu bestatten. Dann hätte ich gewusst, dass er unter meiner Hand war. Aber das hätte gegen seinen Wunsch verstoßen.

Meine Brust zog sich zusammen, und ich seufzte leise, doch Tränen wollten mir jetzt nicht kommen. Warum nicht? Hatte ich alle, die ich besaß, bereits vergossen? Oder war es Sörens Art, mir klarzumachen, dass ich nicht weinen sollte? Er hatte immer gesagt, dass er mich lieber lachen sah. Doch diesen Wunsch konnte ich ihm nicht erfüllen. Noch nicht.

»Was soll ich nur tun?«, fragte ich. »Wie soll ich weitermachen ohne dich?«

Eine Antwort erhielt ich nicht. Nur der Wind rauschte an mir vorbei und ließ ein paar trockene Blätter über den Boden tanzen.

Ich verbrachte eine halbe Stunde an Sörens Grab. Schließlich verabschiedete ich mich von ihm. Ich komme wieder, sagte ich tonlos. Ich wagte nicht zu sprechen, denn ich fürchtete, irgendwer könnte mich sehen und für verrückt halten.

Am verabredeten Treffpunkt in der Nähe des Tors ließ ich mich auf einer kleinen Bank nieder. Mutter war noch nicht zu sehen, also schaute ich einfach in die Ferne und lauschte dem Raunen des Windes und dem Rascheln alter Blätter, die über den Friedhofsweg geweht wurden.

»Du wirst nicht glauben, wie das Grab ausgesehen hat«, hörte ich plötzlich eine Stimme hinter mir. Mutter klopfte sich den Sand von den Händen und setzte sich neben mich. »Alles voller Laub, Ästen und Zweigen. Ich weiß ja, der Gärtner schaut erst wieder in einigen Wochen nach, aber ich konnte es nicht so lassen.«

»Ich habe den Kranz gesehen«, sagte ich. »Er muss wirklich hübsch gewesen sein.«

Mutter sah mich an. »Ich habe vergessen, es dir zu erzählen.«

Ich nickte.

»Das tut mir leid. Du warst so erschüttert, dass du nicht an der Trauerfeier teilnehmen konntest ... Ich bin irgendwie davon abgekommen.«

»Danke«, sagte ich und griff nach ihrer Hand.

»Das war das Mindeste, was ich tun konnte.« Sie nahm mich in die Arme und hielt mich so fest sie konnte, während ich endlich in Tränen ausbrach.

Bei meiner Rückkehr auf den Löwenhof trat ich vor die Kommode, in der ich meine Besitztümer aufbewahrte. Großmutter hatte gemeint, dass ich mein Herz davon überzeugen müsse, dass Sören nicht mehr lebte. Das hatte ich heute getan. Doch konnte ich den Ring einfach ablegen? »Bis dass der Tod euch scheidet«, hieß es bei der Vermählung. Der Tod war der Einzige, der wahre Liebe trennen konnte. Jedenfalls räumlich. Im Herzen konnte sie immer weiterbestehen.

Sosehr mich der Gedanke auch schmerzte und sosehr ich mich dagegen sträubte, ich konnte nichts tun. Der Ring würde Sören nicht ins Leben zurückrufen können. Das Recht, ihn zu tragen, hatte ich nicht mehr. Das Einzige, was ich tun konnte, war, diesen Ring als Andenken an ihn und unsere glückliche Zeit aufzubewahren.

Ich atmete tief durch, dann zog ich ihn mir vom Finger. Kurz betrachtete ich ihn noch im Lampenschein, dann legte ich ihn in die Schublade.

9. Kapitel

Am Ende der Semesterferien waren die Zugwaggons nach Stockholm voller als sonst. Ich entdeckte viele Reisende in meinem Alter, die aussahen, als kehrten sie an ihre Universitäten zurück. Vertraute Gesichter waren nicht darunter, aber auf dem Löwenhof hatte ich dermaßen behütet gelebt, dass ich kaum junge Leute aus Kristianstad kannte.

Ich wollte mir eigentlich die Zeit mit Lesen vertreiben, aber ich konnte mich nicht konzentrieren. Ich war nervös und spürte ein leichtes Stechen in der Magengrube. Es war, als müsste man mit einer schlechten Nachricht vor den gesamten Jahrgang treten.

Dabei war ich sicher, dass außer Kitty kaum jemand von der Beziehung zwischen Sören und mir gewusst hatte. Doch auch er selbst hatte Kommilitonen und Freunde gehabt, Letztere in größerer Anzahl als ich. Hin und wieder war ich dabei gewesen, wenn sie sich trafen. Besonderen Eindruck hatten sie nicht auf mich gemacht, aber das mochte daran liegen, dass ich nur Augen für Sören gehabt hatte. Wie hatten sie auf die Nachricht reagiert? Wie würden sie sich verhalten, wenn wir uns zufällig über den Weg liefen?

Über mein Grübeln bemerkte ich beinahe nicht, wie wir die Stadtgrenze von Stockholm passierten.

Erst die Ankündigung des Zugbegleiters riss mich aus meinen Gedanken. Ich sah die vertrauten Häuser, die Autos auf den Straßen, die Passanten, die Besorgungen machten. Nichts schien sich in Stockholm verändert zu haben.

Der Frühling hatte die Hauptstadt ein wenig milder werden lassen. Strahlender Sonnenschein begrüßte mich vor dem Bahnhofsgebäude und brachte die alten weißen Fassaden zum Leuchten. Auf einer Bank saß ein Musiker und spielte auf seiner Gitarre. Tauben kreisten über den Köpfen der Leute in der Hoffnung, ein paar Brotkrumen zu bekommen. Auf der anderen Straßenseite hörte ich eine Kindergruppe, die offenbar gerade einen Ausflug unternahm. Für einen Moment konnte ich vergessen, dass für mich die Stadt nicht mehr so war wie früher.

Mit dem Bus fuhr ich raus zum Waldfriedhof. Ich wollte das neue Semester in Stockholm nicht beginnen, ohne Sören vorher besucht zu haben. Beim Öffnen des Tores überkam mich Traurigkeit. Nachts weinte ich noch immer um ihn, wenn der Schlaf nicht schnell genug kam und ich Zeit zum Nachdenken hatte. Manchmal holte ich den Verlobungsring hervor und betrachtete ihn. Doch tagsüber spürte ich, dass der schwere Kloß, den ich in meiner Brust trug, zumindest dann erträglich wurde, wenn ich zu tun hatte.

Die Steine knirschten unter meinen Schuhen, als ich den Weg zu seinem Grab entlangging. Hier und da war jemand damit beschäftigt, die Gräber seiner Lieben von Laub und Tannengrün zu befreien und neue Blumen zu pflanzen. In den Zweigen sangen die Vögel.

Das Grab von Sören war mittlerweile mit einem Stein versehen worden. Ich vermutete, dass es schwedischer Granit war. Der Schriftzug war sehr einfach und modern, darüber war eine kleine Taube eingraviert worden. Der Grabhügel war verschwunden und durch eine kleine Umrandung aus Buchsbaum ersetzt worden. In der Vase davor stand ein frischer Blumenstrauß. Langsam ging ich in die Hocke und legte meine Hand auf den Stein. Seine Kälte durchdrang meine Haut sofort.

»Ich bin wieder da«, begann ich leise. »Ich … ich wollte dich wissen lassen, wie sehr du mir fehlst.« Ich wollte, dass er meine Stimme hörte. Auch wenn es wahrscheinlich Unsinn war. »Ich weiß nicht, wie ich weitermachen soll. Ehrlich nicht. Einen Moment lang habe ich schon mit dem Gedanken gespielt, das Studium sausen zu lassen. Doch dann ist etwas passiert. Diese Stute … Ich habe ihr geholfen, weißt du! Es war großartig und gleichzeitig beängstigend. Du wärst stolz auf mich gewesen, dass ich das geschafft habe. Und dabei bin ich noch nicht mal fertig mit meinem Studium.«

Ich spürte, dass mir die Tränen kamen, doch auf meinen Lippen lag ein leichtes Lächeln. Es fühlte sich so befreiend an, mit ihm zu reden.

Ich erzählte ihm jetzt mehr: wie einsam und dunkel die Nächte und meine Gedanken gewesen waren, wie langsam das Licht wieder in meine Seele eintauchte. Es klang ein wenig, als würde ich mich dafür rechtfertigen, dass ich noch lebte. Aber im Grunde genommen wusste ich, dass Sören nichts anderes gewollt hätte. Was auch immer in dem Moment geschah, als der Hirsch auftauchte, möglicherweise hatte er eine Reaktion gewählt, die mir das Leben rettete.

»Also gut«, wisperte ich. »Das war's für heute. Ich komme

wieder, versprochen.« Ich drückte zwei Finger an meine Lippen und berührte damit den Stein. Dann wandte ich mich um.

Am Wohnheim blickte ich die alte Ziegelsteinfassade hinauf. Angst wühlte in mir. Kitty wusste noch nichts von dem Unfall. Während der Semesterferien hatte ich eine Postkarte aus Frankreich von ihr erhalten, diese aber nicht beantwortet, weil ich wusste, dass sie die ganze Zeit über mit ihrem Freund zusammen und ohnehin nicht daheim sein würde. Außerdem wollte ich ihr von meinem Unglück nicht schreiben, sondern es ihr erzählen.

Seltsamerweise fürchtete ich, dass dies noch schwerer werden würde, als mit einem Grabstein zu reden. Kitty würde bis ins Mark erschüttert sein.

Als ich die Tür öffnete, sah ich sie auf dem alten grauen Sofa sitzen, das sie von zu Hause mitgebracht hatte. Ansonsten waren die Zimmer möbliert, sehr karg zwar, aber es gab alles, was man brauchte: ein altes hölzernes Buchregal, zwei Schreibtische, Betten, die wirkten, als wären sie kurz nach dem Krieg gebaut worden. Ein Sammelsurium aus Stilen.

Das Sofa bedeutete für sie Individualität und Gemütlichkeit, und ich liebte es ebenfalls, dort zu sitzen.

Kitty schien glücklich zu sein. Mit einem versonnenen Lächeln blickte sie hinaus in die Nachmittagssonne, die zu dieser Zeit wieder etwas länger über dem Horizont blieb. Ganz offensichtlich war die Reise mit ihrem Freund ein großer Erfolg gewesen.

»Hej, Solveig!«, rief sie, sprang auf und kam auf mich zugelaufen. »Ich habe ja schon Ewigkeiten nichts mehr von dir gehört!« Sie umarmte mich stürmisch, dann stockte sie, ließ mich los und sah mich von oben bis unten an. »Was ist denn passiert, wieso trägst du Schwarz?«

Ich rang mit meiner Fassung und konnte nicht sofort antworten.

»Ist etwas mit deiner Großmutter?«

Ich schüttelte den Kopf. »Nein. Sören und ich ... wir hatten einen Autounfall, als wir zu mir nach Hause fahren wollten. Er ist ...« Ich brachte es nicht über mich, es auszusprechen. Stattdessen brach ich in Tränen aus.

Kitty starrte mich entsetzt an. »Das ist doch nicht möglich ... Warum habe ich nichts davon gehört?«

»Du warst im Urlaub«, schluchzte ich. »Und ich hatte nicht die Kraft, dir zu schreiben.«

Im nächsten Augenblick umfingen mich ihre Arme fest und tröstend. »Das tut mir so leid«, sagte sie, während sie mein Haar streichelte. »Du glaubst gar nicht, wie sehr.«

Eine ganze Weile weinte ich und fühlte mich dabei, als hätte ich die Nachricht selbst gerade erst erfahren. Bisher hatte ich die Tatsache, dass Sören nicht mehr da war, in mich eingeschlossen. Meine Familie wusste davon, aber sie gehörte zu meinem inneren Kreis. Kitty war die erste Außenstehende, der ich es sagte. Es fühlte sich an, als würde es dadurch erst real werden.

Als meine Tränen langsam verebbten, führte mich Kitty zum Sofa. Hier hatten wir schon etliche lange Nächte gesessen und geredet. Meine Freundin war eine Meisterin darin, mir Zweifel auszureden oder Mut zu machen. Sie fragte nicht, aber ich erzählte ihr, wie es geschehen war. Beginnend von seinem Heiratsantrag bis zu dem Moment, an dem ich es erfuhr. Jetzt schimmerten auch in ihren Augen Tränen.

»Warum muss diese Welt nur so verdammt ungerecht

sein?«, fragte sie und wischte sich über die Wangen. »Ich würde dir so gern helfen, aber ich kann es nicht. Ich weiß nicht, wie ich das machen soll.«

»Du musst nichts tun«, sagte ich. »Es ist nett von dir, dass du mir zuhörst, das hilft mir schon sehr.«

»Es ärgert mich trotzdem, dass ich nichts tun kann. Vielleicht hätten wir den Urlaub gemeinsam planen sollen. Vielleicht hättet ihr mitkommen sollen.«

»Vielleicht«, sagte ich, obwohl ich wusste, dass wir nicht von unserem ursprünglichen Plan abgewichen wären. »Aber jetzt kann man es nicht mehr ändern. Sosehr ich mir auch wünschen würde, dass ich es könnte.«

Kitty nickte und sah mich dann besorgt an. »Hast du dir schon Gedanken gemacht, wie es nun weitergeht?«

»Wie soll es schon weitergehen?«, fragte ich traurig. »Ich dachte erst, dass ich das Studium nicht fortsetzen kann, aber ich habe mich entschieden, es doch zu tun. Der Hof braucht mich, wahrscheinlich werde ich nach dem Studium dorthin zurückkehren. Und dann werden wir sehen.«

»Das klingt ein wenig, als hättest du mit deinem Leben abgeschlossen.«

Ich blickte sie an. »Was soll mich denn noch erwarten? Ich weiß einfach nicht, was auf mich zukommen wird. Ich weiß nur, dass ich dieses Studium beenden werde. Alles andere liegt im Dunkeln.« Ich schwieg einen Moment, dann fügte ich hinzu: »Ich glaube nicht, dass ich je wieder einen Mann wie Sören finden werde. Aber vielleicht soll das auch nicht sein.«

»Ach was.« Kitty zog mich erneut in ihre Arme und drückte mich. »Es klingt wahrscheinlich dumm, aber ich sage dir, du wirst dich wieder verlieben. Du wirst eine Zukunft haben.«

116

»Du redest wie meine Großmutter«, gab ich schluchzend zurück.

»Und du liebst deine Großmutter, nicht wahr?«

»Ja, das tue ich. Aber es fällt mir momentan noch schwer zu glauben, dass es jemals wieder besser wird.«

»Das kann ich verstehen«, sagte sie und strich mir übers Haar. »Wie wäre es, wenn ich dir einen Tee mache? Und dann können wir den ganzen Abend reden oder schweigen. Ganz wie du willst.«

Ich nickte. »Danke.«

Kitty erhob sich und verschwand aus dem Zimmer. Im Wohnheim gab es eine Gemeinschaftsküche, in der sich ein Herd und Töpfe befanden.

Mein Blick blieb auf Kittys Seite des Zimmers hängen. Sie hatte bereits ausgepackt, auf dem etwas windschiefen Nachttisch neben ihrem Bett lagen ein paar neue Bücher. Meine Seite war noch verwaist.

Aber es fühlte sich richtig an, hier zu sein. Ich hatte die richtige Entscheidung getroffen.

Nach einigen Minuten kehrte sie zurück. In ihrer Hand hielt sie einen Kaffeebecher, in dem ein Tee-Ei hing. Der Duft von Pfefferminze strömte mir entgegen. »Hier. Trink das. Das wird dich wärmen.« Sie stellte den Becher vor mich auf den kleinen Tisch, der bedeckt war mit Magazinen und Büchern. Dann setzte sie sich neben mich und legte mir den Arm um die Taille.

So saßen wir eine ganze Weile schweigend und starrten in die Luft oder auf den Teppich.

Am nächsten Morgen war Kitty schon verschwunden, als ich wach wurde. Die Vorlesung begann erst um neun, aber wahrscheinlich wollte sie vorher noch etwas erledigen. Neben meinem Bett stand ein kleines Plastiktablett mit einem Teller, auf dem eine Zimtschnecke lag. »Guten Morgen, Liebes, wir sehen uns nachher in der Uni«, stand in Kittys Handschrift auf einem Zettel. Wahrscheinlich hatte ihre Mutter sie wieder reichlich mit Köstlichkeiten aus ihrer Küche eingedeckt.

Eigentlich war es nicht nötig, dass sie mir etwas abgab, denn ich hatte selbst haufenweise Kuchen und anderes mit, aber diese Geste wärmte mein Herz.

Auch wenn es unwahrscheinlich war, dass jemand im Wohnheim mitbekommen hatte, was passiert war, hatte ich Angst, dass sie mich anstarren und tuscheln würden. Ich erhob mich und ging mit meinen Klamotten ins Gemeinschaftsbad. Ein Mädchen hängte seine Haare gerade ins Waschbecken, das Wasser in einer der Duschkabinen lief.

Ich grüßte kurz und war froh, dass ich in eine andere Kabine verschwinden konnte. Als ich fertig war, waren die anderen beiden weg. Erleichtert atmete ich auf. Doch warum war ich so unruhig?

Zurück in meinem Zimmer, packte ich die Zimtschnecke in meine Brotdose und verstaute diese in meiner Tasche. Welche Fächer hatten wir heute? Egal, das würde ich mitbekommen.

Als ich das Wohnheim verließ, wartete der Bus bereits an der Haltestelle. Ich beeilte mich und schaffte es gerade noch, durch die Tür zu huschen, bevor diese sich zischend hinter mir schloss. Während ich zwischen den Angestellten und Studenten stand, wurde mir klar, dass ich für einige Augenblicke nicht an Sören gedacht hatte. Es tat mir gut, eine Routine zu haben, ein Ziel. Auf dem Löwenhof war die Zeit oft verschwommen, weil ich keine wirkliche Aufgabe hatte. Alles dort wurde erledigt, wenn es notwendig war. Lediglich meine Eltern hatten ihre festen Termine.

Hier in Stockholm würde ich vielleicht nicht dazu kommen, viel zu grübeln, auch wenn Sören ein Teil des Campus für mich gewesen war. Ich würde ihn vermissen, möglicherweise würde ich manchmal hoffen, dass er wieder um die Ecke biegen oder mich anderweitig überraschen würde. Aber hier hatte ich ein Ziel, und ich nahm mir vor, mich diesem vollständig zu verschreiben. Vielleicht würde das den Schmerz ein wenig lindern.

Auf dem Campus trat mir eine schwarz gekleidete Frau entgegen. Ich erstarrte. Es war Sörens Mutter. Edda Lundgren hielt einen Beutel in der Hand. Siedend heiß fiel mir ein, dass ich ihr versprochen hatte, mich mit ihr zu treffen. Und dass ich dieses Versprechen bisher nicht in die Tat umgesetzt hatte.

Das schlechte Gewissen überkam mich, aber ich konnte sie jetzt nicht ignorieren.

Ich atmete tief durch und sagte dann: »Guten Morgen, Edda.«

»Guten Morgen, Solveig. Schön, dich zu sehen.«

Ihre Miene wirkte verhärmt und traurig, und trotzdem schaffte sie es, sich ein Lächeln abzuringen.

»Ich ...«, sagte sie, stockte dann. Verlegenheit erschien in ihrem Blick.

»Entschuldige, dass ich mich nicht mehr gemeldet habe ...«, sagte ich schnell, denn ich war mir meiner Schuld durchaus bewusst.

»Das macht nichts, du brauchtest Zeit, ebenso wie wir.«

»Aber ich hätte dennoch zu euch kommen sollen.« Verlegen blickte ich auf meine Schuhspitzen. Beinahe wünschte ich mir, dass ich heute etwas früher losgefahren wäre.

»Schon gut. Ich weiß, wie viel dir Sören bedeutet hat.«

Wir sahen uns einen Moment lang an, dann fielen wir uns in die Arme.

»Es tut mir so leid!«, wiederholte ich unter Tränen. »Ich wünschte mir, dass er noch hier wäre. Ich vermisse ihn so sehr.«

»Ich vermisse ihn auch«, sagte Edda, ebenfalls weinend.

Wir hielten uns eine Weile, dann blickte ich sie an. Wir mussten miteinander reden. Dringend. Die Vorlesung würde gleich beginnen, aber möglicherweise war es nicht schlimm, wenn ich etwas später kam.

»Darf ich dich auf einen Kaffee einladen?«, fragte ich, während ich mir mit dem Handrücken die Tränen vom Gesicht wischte. Sören hatte für solche Fälle immer ein Taschentuch dabeigehabt. Vielleicht vergaß ich deshalb notorisch, eines mitzunehmen.

»Ja, gern. Wenn du Zeit hast. Eigentlich bin ich nur hier, um dir etwas zu geben.«

»Ich habe Zeit«, sagte ich schnell. Dem Professor würde ich erzählen, was passiert war, und er würde Verständnis zeigen. Hoffentlich. Und wenn nicht, würde ich eben die Strafarbeiten auf mich nehmen.

Wir gingen in ein kleines Café in der Nähe. Es war nicht besonders hübsch, hatte gekachelte Wände, was mich manchmal an unseren Sektionsraum denken ließ. Aber um diese Zeit war es nur wenig frequentiert, und der Kaffee hier wirkte wie ein Wunderelixier. Egal, wie müde oder abgeschlagen man war, er belebte einen rasch wieder. Nachdem wir bestellt hatten, holte Edda etwas aus ihrer Tasche. Das Päckchen war recht groß und in braunes Papier eingeschlagen.

»Hier, ich möchte, dass du das bekommst.«

Mein Herzschlag beschleunigte sich. »Was ist das?«, fragte ich.

»Bücher«, antwortete sie.

»Bücher?«, fragte ich begriffsstutzig.

»Nun, ich weiß, dass Bücher für Studenten ziemlich kostspielig sind, und da dachte ich ... Ich dachte, ich gebe dir Sörens Studienmaterialien. Er war ja beinahe fertig, und du hast noch ein Jahr vor dir.«

Sie wollte mir Sörens Bücher vermachen? Ich starrte sie erschrocken an.

»Aber ... das kann ich nicht annehmen«, sagte ich.

»Bitte«, sagte Edda, die meine Zweifel sah. »Ich weiß nicht, was ich sonst tun kann. Als wir von Sörens Unfall hörten ... Ich dachte an ihn, aber auch an dich. Ich hoffte so sehr, dass du nicht allzu schwer verletzt sein würdest. Dann rief deine Mutter an, und als sie sagte, dass es dir besser ging, war ich sehr erleichtert. Immerhin hatte er dich nicht mit sich in den Tod gerissen. Es war, als hätten wir wenigstens eine Tochter behalten.«

Ich schüttelte verwirrt den Kopf. Mein schlechtes Gewissen wurde nun noch größer. Ich war nicht einmal zu ihr gefahren, um sie zu trösten, und sie schenkte mir Sörens Bücher.

»Es war nicht seine Schuld«, sagte ich. »Er war nicht übermüdet, es war lediglich ein Hirsch. Wenn ich gefahren wäre, hätte es mir genauso ergehen können.«

»Die Polizei meinte, dass er vielleicht eingeschlafen sein könnte.«

»Das ist er sicher nicht«, gab ich zurück. »Ich war müde. Ich habe geschlafen. Aber Sören war sehr verantwortungsvoll. Wenn er erschöpft gewesen wäre, hätte er angehalten. Er hätte uns nicht in Gefahr gebracht. Er hätte mich geweckt.«

Eddas Blick war zweifelnd. Was hatte ihr die Polizei bloß erzählt? Dass es Sörens Schuld war?

»Nun, es wird niemand mehr erfahren, nicht wahr?«, sagte sie traurig.

»Ich wünschte wirklich, ich wäre wach gewesen«, sagte ich. »Ich wünschte, ich hätte es verhindern können. Ich ... ich habe die Stelle gesehen, an der es passiert ist ...«

Edda seufzte tief und griff nach meiner Hand. »Mach dir keine Gedanken. Niemand gibt dir eine Schuld. Aber bitte tu mir den Gefallen, und nimm die Bücher an. Sie gehören zu den letzten Dingen, die von ihm geblieben sind.«

Erst jetzt kam es mir in den Sinn, dass seine Wohnung aufgelöst werden musste. Wahrscheinlich war Frau Lundgren gerade dabei, alles auszuräumen. Sollte ich ihr vielleicht meine Hilfe anbieten?

Während ich noch mit mir rang, erschien der Kellner mit dem Kaffee. Das würzige Aroma durchströmte mich, und ich gierte danach, einen Schluck zu trinken.

»Bist du sicher, dass du sie mir schenken willst?«, fragte ich. »Sie sind eine Erinnerung ...«

»Ja, aber wäre es nicht besser, wenn du sie nutzen könntest? Ohne jemanden, der sie liest, sind sie nur gebundenes Papier. Hier und da hat Sören kleine Randnotizen gemacht. Vielleicht bringen sie dir etwas Trost.« Sie griff nach meinen Händen. »Bitte, nimm dieses Geschenk an. Wir können dir nichts anderes geben.«

»Das wäre auch nicht nötig«, erwiderte ich.

»Aber die Bücher sind nötig. Du brauchst sie. Wenn einen die Verzweiflung überkommt und man den Sinn des gesamten Lebens hinterfragt, braucht man einen Anker, an dem man sich festhalten kann. Vielleicht sind diese Bücher dein Anker. In deinem Alter sollte es noch kein Grabstein sein, an den du dich halten musst.«

Ich betrachtete Edda eine Weile, dann blickte ich auf die Bücher.

»Danke«, sagte ich schließlich und legte meine Hände auf das Paket. »Ich nehme sie sehr gern an.«

»Und ich freue mich, dass sie bei dir einen guten Platz finden.«

Wir beide sahen uns ein wenig unbehaglich an.

»Ich wäre sehr gern deine Schwiegertochter geworden«, sagte ich schließlich.

»Und ich hätte dich sehr gern als Schwiegertochter gehabt. Vielleicht können wir ja Freunde bleiben? Du bist das Einzige, was wir noch haben. Die einzige Verbindung zu unserem Sohn.«

»Natürlich«, sagte ich und drückte ihre Hand.

Noch immer ein wenig erschüttert von dem Zusammentreffen und dem Geschenk, wäre ich am liebsten wieder zum Wohnheim gefahren und hätte mich in den Kissen vergraben. Doch ich dachte an das, was ich mir vorgenommen hatte. Das, was ich Sören an seinem Grab versprochen hatte. Ich würde weitermachen, für uns beide. Also klemmte ich mir die Bücher unter den Arm und schritt durch die Tür des Universitätsgebäudes.

»Wo warst du denn?«, fragte mich Kitty, als ich den Hörsaal betrat. Die zweite Vorlesung des heutigen Tages hatten wir gemeinsam. »Ich wollte dich abholen, aber du warst nicht dort.«

»Du wirst nicht glauben, was passiert ist«, sagte ich und zog das Bücherpaket aus der Tasche. »Sörens Mutter war hier und hat mir das hier gegeben.«

»Ein Päckchen? Hat Sören dir etwas vermacht?«

Ich schüttelte den Kopf. »Nein ... Es sind seine Bücher aus den höheren Jahrgängen.«

Kitty starrte mich erschrocken an. »Seine Bücher.«

»Ja«, antwortete ich. »Sie meinte, dass sie bei mir gut aufgehoben wären.«

»Das sind sie. Gleichzeitig sind sie aber auch ein ständiges Mahnmal dafür, was passiert ist. Du wirst keine Möglichkeit haben, darüber hinwegzukommen, wenn du sie ständig vor dir siehst.«

»Aber ich will doch nicht darüber hinwegkommen. Jedenfalls noch nicht jetzt. Es war eine sehr nette Geste.«

Kitty sah mich zweifelnd an. »Nett ist, wenn man jemandem ein Stück Kuchen zum Trost schenkt. Oder eine Karte für den Zirkus. Die Bücher seines verstorbenen Verlobten sind gruselig. Du wirst ihn immer bei dir haben.«

Ich lächelte. »Das will ich. Ich werde wahrscheinlich ohnehin nie wieder einen Mann so lieben wie ihn, also kann doch ein Teil von ihm bei mir sein.« Ich sah sie eine Weile an, dann schloss ich sie in meine Arme. »Danke für die Zimtschnecke. Du bist wirklich die beste Zimmergenossin der Welt.«

Den ganzen Abend lang saß ich über Sörens Büchern. Seite um Seite blätterte ich um, auf der Suche nach Spuren. Kittys Idee, dass sich zwischen den Seiten ein Brief befinden würde, bewahrheitete sich allerdings nicht. Hier und da fand ich kleine Randnotizen, aber sie waren alle fachlicher Natur. Was hatte ich auch erwartet? Eine geheime Liebesbotschaft?

Ich legte ein Buch beiseite, als mir beim nächsten auffiel, dass etwas zwischen den Seiten hervorlugte. Ich nahm es zur Hand und schlug es auf. In einem Kapitel über Kleintierkrankheiten steckte ein Foto. Es war schon etwas abgegriffen und nicht beschriftet. Es zeigte Sören und mich am Strand. Es war eines der ersten Fotos, die jemals von uns geschossen worden waren. Der Schwarz-Weiß-Film bildete die Farben nicht ab, aber ich wusste genau, dass ich einen orangefarbenen Bikini getragen hatte. Sören hatte eine blaue Badehose an. Mit der Sonnenbrille auf der Nase wirkte er beinahe wie ein Filmstar.

Auf einmal waren all die Eindrücke von damals wieder da. Es war, als wäre ich aus dieser Zeit in die Vergangenheit gesogen worden. Ich roch das Sonnenöl und den angespülten Tang, ich roch die heißen Würstchen, die am Strand verkauft wurden, und meinte, das Eis auf der Zunge zu schmecken, das wir uns zur Abkühlung geholt hatten. Und ich spürte ihn. Spürte die Wärme seiner Haut, seine Berührung, seinen Kuss. Ich sah seine Augen, und eine lange nicht gekannte Wärme durchflutete mich. Für einen Moment war es so, als wäre er nie weg gewesen.

Mit pochendem Herzen drückte ich das Bild an meine Brust. Die Wirkung war beinahe schon unheimlich, aber sie war auch wunderschön. Auf diese Weise würde ich Sören immer bei mir haben können. Immer, wenn mir danach war. Vielleicht würde das, was ich beim Betrachten fühlen würde, schwächer werden. Aber es war ein Halt. Es war besser als jeder Grabstein. Ob Edda wusste, was sie mir zum Geschenk gemacht hatte?

Ich war jedenfalls froh, es zu haben. Und ich schwor mir, dass ich dieses Bild für immer verwahren würde.

ZWEITER TEIL

1968

10. Kapitel

»Du solltest die Stute nicht so antreiben«, rief meine Mutter vom Weidezaun her. »Die Wege sind glatt, wenn sie ausrutscht, fallt ihr beide und brecht euch womöglich etwas.«

Ich zügelte mein Pferd und legte den Rest des Weges im lockeren Trab zurück. Am Zaun angekommen, tätschelte ich ihr den Hals und stieg ab.

»Ach, Mama, keine Sorge. Auf den Waldwegen liegt kaum Schnee. Und ich bin doch immer vorsichtig.«

»Ja, aber dennoch gibt es dumme Zufälle. Und ich habe keine Lust, dich erneut im Krankenhaus besuchen zu müssen, Solveig.«

Ich stieg aus dem Sattel und führte Mira am Zügel weiter.

»Warum bist du eigentlich hier?«, fragte ich. Für gewöhnlich hatte Mathilda Lejongård anderes zu tun, als ihre Tochter beim Reiten zu beobachten.

»Ich wollte ein wenig spazieren gehen. Die Jahresinventur ist anstrengend, und ich habe das Gefühl, dass die Wände mich erdrücken.«

Ich schaute sie fragend an. »Ist alles in Ordnung? Du würdest es mir doch sagen, wenn etwas nicht in Ordnung wäre?«

»Natürlich. Ich habe keine Geheimnisse vor meiner Tochter. Es sind die üblichen Schwierigkeiten, die uns eigentlich schon seit Jahrzehnten verfolgen. Nach dem Krieg haben sich die Geschäfte nur kurzzeitig erholt. Dass das Königshaus uns von der offiziellen Lieferantenliste gestrichen hat, weil wir keine Pferde an die Nazis verkaufen wollten, hat uns am schlimmsten getroffen.«

»Aber der Krieg ist doch mittlerweile schon über zwanzig Jahre her.«

Ich war einen Tag vor dem offiziellen Kriegsende geboren. Und ich kannte auch die Geschichte um Clarence von Rosen. Der damalige Hofstallmeister war ein glühender Anhänger der faschistischen Idee gewesen. Die Weigerung meiner Großmutter, den Deutschen Pferde zu verkaufen, hatte dazu geführt, dass er uns bei Hof in Misskredit brachte. Als Hofstallmeister war er außerdem dafür zuständig, Pferde zu erwerben. Wir standen schon bald nicht mehr auf der Liste. Und das war so geblieben, auch wenn Clarence von Rosen schon seit zehn Jahren tot war.

»Dennoch werde ich das Gefühl nicht los, dass die Konflikte von damals nachwirken«, sagte meine Mutter. »Und wenn ich an die Zeit der großen Bälle denke ...« Mutter schaute mich ein wenig verklärt an. »Sie müssen wundervoll gewesen sein. Ich habe nur noch einen schwachen Abglanz davon mitbekommen, aber ich wünschte, du hättest wenigstens das noch miterlebt.«

»Die Zeiten haben sich geändert. Jagden sind nicht mehr zeitgemäß, und auf unserem Hof gibt es immer noch das Mittsommerfest und seit einiger Zeit das Krebsessen.«

»Und das Lucia-Fest«, fügte Mutter hinzu.

»Das hätte ich beinahe vergessen.« Das Lucia-Fest war eines meiner liebsten, obwohl es ziemlich altmodisch war.

»Dennoch feiern die Leute, die es sich leisten können, lieber Partys.«

»Ja, aber was ist daran das Besondere? Jeder kann eine Party geben.«

»Ja, sogar das Königshaus. Jedenfalls habe ich das in einem der Magazine gelesen, die Kitty immer anschleppt.«

»Großmutter würde jetzt sagen, dass es noch Zeiten waren, als die Lejongårds an den Königshof eingeladen wurden. Ich fürchte, man hat uns dort vergessen.«

»Ach Mutter, nun sei doch nicht so pessimistisch. Es ist auch von Vorteil, nicht ständig antanzen zu müssen, wenn irgendein Mitglied des Königshauses Geburtstag oder sonst was feiert. Und wir sollten uns freuen, dass wir nicht ständig daran erinnert werden, die treuesten Unterstützer des Königshauses zu sein. Soweit ich weiß, haben wir schon lange nicht mehr den Verteidiger der Monarchie spielen müssen. Und auch der Dreißigjährige Krieg liegt lange zurück.«

Mutter blickte mich an. Auf ihrem Gesicht spielte ein Lächeln, und ihre Augen funkelten schelmisch.

»Großmutter würde davon nichts hören wollen.«

»Wirklich nicht?«, fragte ich. »Wo sie doch nicht müde wird, uns zu erzählen, dass sie lieber Malerin geworden wäre?«

»Sei nicht ungerecht«, sagte sie. »Deine Großmutter mochte vielleicht andere Pläne im Leben gehabt haben, aber das heißt nicht, dass sie sich nicht der Familie verpflichtet gefühlt hat. Sie hätte damals durchaus die Möglichkeit gehabt, das Erbe abzulehnen.«

»Tatsächlich? Wer hätte dann das Gut führen sollen?«

»Es gibt immer Alternativen«, entgegnete meine Mutter. Ich spürte, dass ich bei ihr auf brüchiges Eis geriet. Wenn es um ihre Adoptivmutter ging, konnte Mathilda Lejongård ziemlich beschützend reagieren.

»Ich habe jedenfalls nie etwas anderes machen wollen, als mit Pferden zu arbeiten«, sagte ich schnell. »Und ich bin froh, dass Großmutter mich dazu gebracht hat, meinen Weg beizubehalten.«

Eine Weile gingen wir schweigend nebeneinanderher. Ein wenig Eis rieselte von den Bäumen. Überall knackte und raschelte es geheimnisvoll. Es mochte noch Winter sein, aber das Leben regte sich wieder.

»Wie geht es dir?«, fragte Mutter schließlich. Eine Gänsehaut legte sich auf meinen Nacken, obwohl die Kälte ihn unter dem dicken Tuch nicht erreichen konnte.

Ich wusste, worauf meine Mutter hinauswollte. Heute, auf den Tag genau, vor einem Jahr hatte sich der furchtbare Unfall ereignet. Um den Gedanken daran zu entfliehen, war ich schon am Morgen losgeritten. Wenn ich auf einem Pferd saß, verschwand die Welt rings um mich herum. Es gab nur mich und den Körper des Tieres. Seine Kraft und Anmut. Und die Natur ringsherum. Auch wenn sie derzeit unter Schnee erstarrt war.

»Gut«, antwortete ich. Eigentlich wusste ich nicht genau, wie ich meinen Zustand beschreiben sollte. Körperlich ging es mir bestens, das hatte mir der Ritt bewiesen. Von den Verletzungen, die ich erlitten hatte, spürte ich nichts mehr. Doch da war diese Narbe tief in meinem Herzen. Sie schmerzte nur noch ab und zu so schlimm wie am ersten Tag. Heute spürte ich sie ganz besonders, und ich sah ein, dass es keinen Ort gab, an den ich hätte reiten können, um dieser Empfindung zu entgehen.

»Aber ich vermisse ihn immer noch so sehr. Ich wünschte ...« Ich senkte den Kopf. Meist versuchte ich, nicht daran zu denken, was gewesen wäre, hätte der Hirsch nicht unseren Weg gekreuzt. Doch nun strömte es auf mich ein. Wir wären jetzt mehr als ein halbes Jahr verheiratet gewesen ...

Meine Mutter legte ihre Hand auf meine. Offenbar hatte sie mir meine Gedanken angesehen, denn sie sagte: »Tut mir leid. Ich hätte dich nicht fragen sollen.«

»Ist schon in Ordnung«, antwortete ich. »Ich habe auch daran gedacht. Und es war ja nicht gelogen, dass es mir gut geht. Mir geht es gut. Aber manchmal kehrt die Trauer zurück.« Ich dachte wieder an das Foto aus Sörens Buch, das ich ständig mit mir herumtrug. Vom vielen Hervorziehen aus meiner Geldbörse war es schon ganz abgegriffen. Aber die Wirkung war immer noch stark, wenn ich es betrachtete. Es half mir voranzugehen.

»Dein Körper ist wieder in Ordnung«, hörte ich meine Mutter sagen. »Aber ich kann sehen, dass deine Seele ein ganz anderer Fall ist.«

»Es wird schon«, entgegnete ich. »Irgendwann wird der Schmerz verschwinden.«

»Der Schmerz einer verlorenen Liebe verschwindet nie«, sagte sie. »Er wird nur erträglicher. Deine Großmutter hat lange um deinen Großvater und ihren Bruder getrauert. Sehr lange. Wahrscheinlich tut sie es noch. Das Zimmer von Ingmar ist ein deutlicher Beweis dafür.«

Ich blickte sie an. Mathilda Lejongård hatte das große Glück gehabt, ihre Liebe nie zu verlieren. Es hatte einiger Umwege bedurft, bis sie meinen Vater Paul heiraten konnte. Aber sie war die Glückliche von uns dreien.

Am Gutshaus erwartete uns ein blaues, ein wenig überdimensioniertes Fahrzeug. Ein Cadillac, wie man ihn nur aus amerikanischen Filmen kannte. War James Dean wiederauferstanden und stattete uns einen Besuch ab?

»Wer ist das denn?«, hörte ich meine Mutter fragen.

»Keine Ahnung«, antwortete ich. »Einer deiner Geschäftspartner?«

»Die haben keine solchen Wagen.«

»Vielleicht ist es ein Vertreter, der die alte Rostlaube aus der Scheune kaufen will?«

»Der Wagen ist eine Antiquität, die bereits deine Großmutter gefahren ist«, entgegnete Mutter empört.

»Nun, vielleicht hat Großmutter sie inseriert. Der Cadillac ist ja auch nicht mehr der neueste Schrei …«

Mutter schnaufte. »Dann schaue ich mir unseren mysteriösen Besucher mal an.«

»Ich reibe Mira ab, dann komme ich auch.«

Während meine Mutter die Freitreppe erklomm, führte ich meine Stute in den Stall.

Wer mochte dieser geheimnisvolle Autofahrer sein? Oder war es eine Frau? Hatte sich vielleicht eine von Großmutters Bekannten, mit denen sie sich manchmal zum Kartenspielen und Kaffeetrinken traf, einen extravaganten Wunsch erfüllt?

Im Stall hörte ich die Stimme des Stallmeisters Sven Bergmann, der gerade eine Besprechung mit seinen Leuten abhielt. Ich grüßte die Männer kurz, führte mein Pferd in den Stall und nahm ihm den Sattel ab.

Großmutter hatte mir erzählt, dass es hier früher einmal vor Stallburschen gewimmelt habe. Sie hatte ihr Pferd nie selbst abreiben müssen. Mir machte das allerdings Spaß. In

134

Stockholm hatte ich meist nur mit kranken Pferden zu tun, da tat es gut, gesunde Tiere vor sich zu haben.

Als ich fertig war, eilte ich ins Haus. Die Tür zum Esszimmer stand sperrangelweit offen. Doch der Besucher war dort nicht. Ich eilte die Treppe hinauf. In meinem Reitanzug wollte ich nicht aufkreuzen; wenn es etwas Geschäftliches war, repräsentierte ich unser Haus wie Mutter und Großmutter selbst.

In meinem Zimmer riss ich mir die Kleider vom Leib. Schon seit einigen Wochen trug ich nicht mehr ausschließlich Schwarz, doch die Pullover, die ich mir während der Trauerzeit gekauft hatte, nutzte ich noch. Lust, mir eine neue Garderobe zuzulegen, verspürte ich außerdem auch nicht.

Aber der Besuch brachte etwas in mir zum Klingen und ließ mich beinahe bereuen, keine repräsentableren Kleidungsstücke zu haben. Eine seltsame Erregung erfasste mich. Wer waren die Leute in diesem wunderbaren Auto?

Ich griff nach einer weißen Bluse, warf sie mir über und trat dann auf den Gang.

Tatsächlich fand ich sie im Arbeitszimmer. Männerstimmen drangen an mein Ohr. Sie sprachen englisch. War der Wagenbesitzer doch ein Amerikaner? Vielleicht ein Filmstar, der sich verirrt hatte und nach dem Weg fragen wollte? Unwahrscheinlich, dann wäre er wohl kaum ins Arbeitszimmer geführt worden. Private Besucher wurden im Salon empfangen.

Ich strich meine Bluse glatt und öffnete die Tür. Sofort verstummte das Gespräch, und vier Augenpaare sahen mich an.

Meine Mutter und Großmutter saßen mit zwei Männern zusammen auf der Sitzgruppe. Die beiden unterschieden sich wie der Tag von der Nacht. Der ältere hatte blondes Haar, ein breites Lächeln wie von einer Zigarettenreklame und sonnengebräunte Haut. Doch die Sonne schien ihren Tribut zu fordern. Zahlreiche Falten umrahmten seine Augen, und seine Haut wirkte wie gegerbt. Ein wenig erinnerte er mich an den US-Präsidenten John F. Kennedy, der vor vier Jahren erschossen worden war. Der andere war jünger und etwas blasser, hatte dunkles, leicht lockiges Haar, ein markantes Kinn und braune Augen, die in ihrem Farbton denen von Sören glichen.

Ich erstarrte, bis die Stimme meiner Mutter mich zurückholte. »Darf ich vorstellen?«, fragte sie auf Englisch. »Meine Tochter Solveig.«

Die beiden Männer erhoben sich und reichten mir nacheinander die Hand.

»Michael Roscoe der Fünfte«, stellte sich der Ältere vor. Er sprach mit amerikanischem Akzent. »Aber Sie können mich ruhig Mike nennen, wenn Sie mögen. In unserer Familie ist es Tradition, den ersten Sohn Michael zu nennen, mit meinem Ururgroßvater fing es an.«

»Ist das nicht ein bisschen verwirrend?«, fragte ich.

»Ja schon, aber wir haben uns daran gewöhnt. Wenn meine Mutter uns ruft, unterscheiden wir einfach den Tonfall in ihrer Stimme.« Er lächelte gewinnend, und ich konnte nicht umhin, sein Lächeln zu erwidern. »Das ist mein Freund Jonas Carinsson«, stellte er seinen Begleiter vor.

Carinsson reichte mir die Hand. »Sehr erfreut, Fräulein Lejongård«, sagte er auf Schwedisch. Ich zog erstaunt die Augenbrauen hoch, denn eigentlich hatte ich mit einem weiteren Amerikaner gerechnet.

»Mr Roscoe ist den weiten Weg aus Amerika gekommen,

um sich unsere Pferde, von denen er schon viel gehört hat, anzusehen«, erklärte meine Mutter nun.

Wie konnte er jenseits des »Großen Teiches« von unseren Pferden gehört haben?

Mutter schien mir meine Frage anzusehen. »Er hat einen Beitrag in einer Zeitschrift über Pferdezucht gelesen«, setzte sie hinzu und bedeutete mir, Platz zu nehmen. Ich setzte mich neben meine Großmutter auf das kleine Sofa. Dabei fiel mir auf, wie aufmerksam Agneta die Männer musterte.

»Wir wären unendlich dankbar, wenn wir einen Blick auf die Tiere werfen dürften«, sagte Roscoe langsam, als müsste er darauf Rücksicht nehmen, dass wir ihn verstanden. Das war nicht nötig. Meine Mutter hatte Englisch auf der Handelsschule gelernt und ich ganz normal im Schulunterricht. Wir hatten sogar einige englische Kommilitonen in unserem Veterinärinstitut.

»Das dürfte kein Problem sein«, antwortete Mutter.

Ich spürte, dass der Blick des Schweden auf mir ruhte, doch ich wollte ihn nicht erwidern. Er war attraktiv und schien das genau zu wissen. Doch ich war nicht interessiert. Auch wenn Mr Roscoe begeistert einige unserer Pferde kaufen würde, er würde wieder verschwinden. Es brachte nichts, irgendwelche Gedanken oder Emotionen an diesen Jonas Carinsson zu verschwenden.

»Meine Tochter Solveig kann Ihnen die Stallungen zeigen.«

Ich? Ich blickte sie erschrocken an. Warum ich? Ich war doch nicht die Gutsherrin, sondern sie. Beziehungsweise meine Großmutter.

»Das wäre wirklich sehr freundlich«, wandte sich Carinsson an mich. Am liebsten hätte ich meiner Mutter gesagt, dass ich keine Lust hatte, aber vor Besuchern wagte ich es nicht. Jeder von uns repräsentierte den Löwenhof, auch ich.

»In Ordnung«, sagte ich. »Wollen wir jetzt gleich runtergehen?«

»Sehr gern!«, antwortete der Amerikaner. »Ich kann es kaum erwarten!«

Wir verließen das Arbeitszimmer, und die Männer folgten mir nach unten. Ich wusste nicht so recht, was ich mit ihnen reden sollte. Genauso wenig wusste ich, warum meine Mutter ihnen die Ställe nicht selbst zeigte. Die einzige Erklärung, die ich dafür hatte, war die, dass sie wollte, dass ich mich wieder einmal mit Männern abgab.

Im vergangenen Jahr war ich bewusst allen Anlässen aus dem Weg gegangen, bei denen ich von einem Mann hätte angesprochen werden können. Ich wollte keinen neuen Freund, ich wollte nur mein Examen so gut wie möglich machen.

»Unser Hof hat eine sehr lange Geschichte, wie man an den Bildern hier sehen kann.« Ich deutete auf eine Abbildung, die das alte Gutshaus zeigte, das unser Urahn von der Königsfamilie erhalten hatte. »Da Schonen früher einmal dänisch war, setzte man, um die Bevölkerung unter Kontrolle zu halten, loyale schwedische Lehensleute ein, die das Land verwalteten. Die Lejongårds haben sogar schon Gustav Adolph I. im Dreißigjährigen Krieg gedient. Wir erschienen ihnen also loyal genug, um mit den aufrührerischen Schonen fertig zu werden.«

»Die Rebellen sollen Freischützen gewesen sein«, merkte Carinsson an. »Ich wette, sie haben versucht, den Landsitz zu überfallen.«

Ich blickte ihn überrascht an. »Das ist richtig. An der Rückseite des Hauses finden sich noch ein paar Einschusslöcher von ihnen. Aber den Lejongårds ist es schließlich gelungen, die Sympathien der Menschen hier zu gewinnen. Es heißt, dass einer von ihnen einen Waffenstillstand mit den Rebellen ausgehandelt hat – Pferde gegen Frieden.«

»Das erscheint mir ein guter Tausch zu sein«, wandte Roscoe ein. »In Texas haben Ranches auf ähnliche Weise Frieden geschlossen. Pferde waren schon immer eine gute Währung.«

»Nur leider ändern sich die Zeiten gerade. Kaum jemand braucht noch Pferde. Selbst das Königshaus fährt eher Auto als Kutsche – außer bei offiziellen Anlässen natürlich.«

»Und wie halten Sie sich über Wasser?«, fragte Carinsson.

»Durch Zucht, und natürlich haben wir Stammkunden, die Pferde für ihre Gestüte brauchen. Unsere Hengste werden schon seit Anbeginn des schwedischen Zuchtbuches dort eingetragen, die Qualität der Pferde ist, wie Sie sehen werden, ausgezeichnet.«

Es hörte sich furchtbar nach Selbstlob an, aber irgendwie reizte mich Carinssons Frage dazu. Was ging es ihn an, wie wir unser Brot verdienten? Wollte er, dass ich zugab, dass der Löwenhof einen Großteil seines Glanzes verloren hatte? Das würde ich angesichts eines Amerikaners, der eventuell einige Pferde erwerben wollte, niemals tun.

Wir verließen das Haus und gingen zu den Stallungen.

Um diese Uhrzeit waren sie sauber und gepflegt, und die Pferde knabberten seelenruhig ihren Hafer. Der Duft nach Stroh und Heu lag in der Luft, gemischt mit dem typischen Aroma der Pferde.

Ich führte Roscoe zuerst in den Stall mit den Zuchthengsten.

»Wundervoll!«, schwärmte Roscoe, während er seinen Blick über die frisch gestriegelten Tiere schweifen ließ. »Solche prächtigen Pferde! Meine Nachbarn werden neidisch sein, wenn ich sie ihnen zeige.«

Ich blickte zu Carinsson und bemerkte, dass er kritisch die Balken des Stalls betrachtete. Hatte er etwas daran auszusetzen? Sie waren alt, aber tadellos!

Roscoe bestand darauf, die Pferde näher anzusehen und eine der Boxen zu betreten, in der einer unserer besten Zuchthengste stand. Er fragte mich nach dem Namen und der Anzahl der Fohlen, die er gezeugt hatte.

»Sein Name ist Sonnenkönig, er ist ein Urenkel von Abendstern, einem Pferd, das meiner Großmutter sehr am Herzen gelegen hat.«

»Oh, ein sehr königlicher Name!«

»Es ist auch ein wunderbarer Hengst. Mittlerweile wurden zwanzig Fohlen von ihm gezogen. Einige von ihnen stehen in bekannten Reitställen in Italien und Frankreich.«

»Wunderbar! Solch einen Hengst wie diesen könnte ich gut gebrauchen.«

Seine Worte durchzogen mich heiß. Hieß das, dass er unseren Sonnenkönig kaufen wollte? Das musste ich ihm ausreden!

»Ich freue mich sehr über Ihre Begeisterung, Mr Roscoe«, begann ich. »Aber wie wäre es, wenn wir noch in die anderen Ställe gingen? Dort sind einige der Abkömmlinge dieses Hengstes zu sehen. Ich bin sicher, dass sie eines Tages ebenso gute Zuchthengste sein werden wie er.«

»Und wenn ich diesen hier will?«

»Sonnenkönig steht nicht zum Verkauf. Er ist ein zu großes Kapital für das Gut.«

Der Amerikaner schien zu überlegen, welchen Preis er ansetzen sollte, als Herr Carinsson ihn am Arm berührte. »Wir sollten der jungen Dame zu den anderen Stallungen folgen. Dort wirst du bestimmt fündig werden.«

»Okay!«, sagte er und warf noch einen sehnsuchtsvollen Blick auf Sonnenkönig. Der schnaubte und schüttelte den Kopf, als wollte er ihm sagen: Mit dir gehe ich nicht!

Ich führte unsere Besucher zum nächsten Stall, und wieder fiel mir auf, dass Herr Carinsson das Gebäude gründlich musterte.

»Diese Ställe sind noch älter als der vorherige«, erklärte ich. »Sie wurden im Jahr 1750 errichtet, als unser Hof begann, sich ernsthaft mit der Pferdezucht zu befassen. Vorher waren die Herren eher ackerbaulich orientiert. Pferde wurden zwar gezüchtet und an das Militär verkauft, aber das war nicht der Hauptzweck des Gutes. Das verkehrte sich im 18. Jahrhundert ins Gegenteil.«

Roscoe schien fasziniert. »Ich glaube, zu der Zeit waren meine Vorfahren gerade in Amerika angekommen. Sie waren bettelarm, haben es aber mit der Zeit zu etwas gebracht.«

»Das ist beeindruckend.«

»Danke, sehr freundlich von Ihnen. Aber wirklich beeindruckend ist die Tatsache, dass trotz aller Kriege solche historischen Bauten noch erhalten geblieben sind in Good Old Europe.«

»Bei den Kriegen, die Schweden betrafen, ging es nicht so sehr darum, Gebäude zu zerstören«, entgegnete ich. »Die Heere sind auf die Felder gezogen, und Schweden war eher auf der anderen Seite der Ostsee aktiv. Außerdem haben sich die Schweden seit dem 19. Jahrhundert nicht mehr an Kriegen beteiligt. Es ist unserem alten König zu verdanken, dass auch der letzte Krieg nicht auf unser Territorium getragen wurde.«

Ich spürte, dass ein gewisser Stolz in meinen Worten mitschwang. Wir waren ein friedliches, ein modernes Land. Und der Löwenhof konnte mit Fug und Recht behaupten, dass er mit seinen Pferden keine Kriege unterstützt hatte – selbst wenn uns das damals zum Nachteil gereicht hatte.

Der Amerikaner betrachtete auch die in diesem Stall untergebrachten Pferde genau. Er wusste, wie er sich den Pferden nähern musste, und machte einen sehr liebevollen Eindruck gegenüber den Tieren. Ich hatte das Gefühl, dass sie gut bei ihm aufgehoben wären. Was mich besorgte, war die lange Reise in die Staaten.

»Gesetzt den Fall, Sie möchten Pferde von uns erwerben, wie würde der Transport aussehen?«, fragte ich Roscoe. Im Studium hatten wir uns auch damit beschäftigt, welchen Belastungen Pferde dabei ausgesetzt waren. Besonders im Fall von Seetransporten erlitten die Tiere sehr oft Atemwegserkrankungen und Fieber, weil die Luft unter Deck sehr schlecht war.

»Ich würde die Pferde natürlich einfliegen lassen«, antwortete Roscoe ganz selbstverständlich. »Vor zehn Jahren haben wir unsere Pferde noch verschiffen lassen, aber dabei wurden sie häufig krank. Bei sehr wertvollen Tieren kann man einen möglichen Verlust nicht einfach so hinnehmen.«

»Da haben Sie recht«, sagte ich. »Im Studium haben wir auch darüber gesprochen, dass der Lufttransport für die Tiere viel schonender ist, allein schon wegen der geringeren Dauer der Reise.«

Aus dem Augenwinkel heraus bemerkte ich ein Lächeln bei Carinsson. Fand er das, was ich sagte, albern? Dann konnte er genauso gut meinen Professor belächeln, der die Vorlesung über Stress bei Pferdetransporten gehalten hatte.

»Ja, dasselbe meinen meine Tierärzte auch. Die Kosten sind zwar höher, aber in meinem Fall sollte das nicht von Interesse sein. Wir transportieren hier immerhin Edelsteine auf vier Beinen.«

»Edelsteine auf vier Beinen klingt gut, das werde ich mir merken. Wie wäre es, wenn wir uns den nächsten Stall anschauen? Vielleicht finden Sie dort etwas, das Sie mögen.«

»Am liebsten würde ich den Sonnenkönig haben, aber wenn der nicht verkäuflich ist ...«

»Es tut mir wirklich leid«, sagte ich so liebenswürdig ich konnte.

»Okay, dann lassen Sie uns die anderen Tiere begutachten.«

Nach unserem Rundgang kehrten wir ins Haus zurück, wo Mutter bereits auf uns wartete.

»Ich würde liebend gern fünfzehn Ihrer Tiere kaufen«, verkündete Roscoe mit einer theatralischen Geste, die wohl seine Begeisterung untermalen sollte. »Fünf Hengste und zehn Stuten. Sie wären eine Bereicherung für mein Gestüt. Sehr gutes Blut und starke Gliedmaßen. Es ist ein Jammer, dass ich nicht schon früher auf Sie gekommen bin.«

Mutters Augen strahlten, als hätte ihr jemand ein kostbares Geschenk gemacht. Doch sofort wurde sie wieder professionell.

»Dann lassen Sie uns über die Details sprechen. Haben Sie schon eine Auswahl getroffen, oder möchten Sie das nach unserem Gespräch tun?«

»Nachher wäre genau richtig«, entgegnete er und schloss sich meiner Mutter an.

Herr Carinsson schien nicht die Absicht zu haben, ihm zu folgen.

»Hätten Sie etwas dagegen, mir den Garten zu zeigen?«, fragte er stattdessen.

Ich sah ihn erstaunt an. Warum sollte ich das? Er hatte doch eigentlich schon genug von dem Gut besichtigt.

»Ich habe da ein paar ganz reizende Figürchen gesehen. War das früher mal ein englischer Garten?«

»Ja, meine Urgroßmutter Stella hat ihn anlegen lassen. Leider ist er verwildert.«

»Lassen Sie uns trotzdem mal schauen, ja? Ich verspreche, ich beiße nicht.«

Glaubte er wirklich, dass ich Angst vor ihm hätte? Ich wusste, mit welchem Griff ich einen störrischen Hund zur Räson bringen konnte, und ich hatte auch keine Angst vor Tieren, die wesentlich größer waren als ich selbst. Warum sollte ich mich vor ihm fürchten?

»Also gut«, sagte ich. »Aber erwarten Sie nicht zu viel. Die meisten ›Figürchen‹, wie Sie sie nennen, sind in keinem guten Zustand. Wenn im Sommer alles grünt und blüht, sind sie kaum noch zu sehen. Meine Großmutter hat es lieber etwas natürlicher rings ums Herrenhaus.«

»Natur ist gut«, entgegnete er. »Auch in Schlossgärten zieht allmählich die Moderne ein. Ich habe gehört, dass die königliche Familie gerade dabei ist, einem der besten Landschaftsgärtner Schwedens den Auftrag zu geben, einen Teil der Schlossgärten umzugestalten. Es wird auch wirklich Zeit, dass der alte Muff mal verscheucht wird.«

Die königlichen Gärten nannte er »alten Muff«? Was die Bernadottes dazu wohl meinten? Ich verkniff mir eine Bemerkung und führte ihn in den Garten.

Unser englischer Garten machte tatsächlich einen erbärmlichen Eindruck. Wie ein Friedhof, der vergessen worden war. Ich konnte es kaum erwarten, dass das Grün zurückkehrte. Carinsson ließ seinen Blick aufmerksam von einer Ecke zur anderen wandern.

»Sie haben vorhin gelächelt, als es um die Flugtransporte ging«, bemerkte ich. »Habe ich da in Ihren Augen etwas Falsches gesagt?«

Carinsson schüttelte den Kopf. »Nein, keineswegs«, antwortete er. »Ich war nur verwundert, dass Sie sich um den Transport der Pferde sorgen.«

»Das ist doch selbstverständlich für einen Züchter«, gab ich zurück. »Außerdem bin ich zukünftige Tierärztin. Da macht man sich schon Gedanken darüber, wie es den Pferden geht, die man von der Geburt an begleitet hat.«

Carinsson nickte und dachte einen Moment lang nach. »Wussten Sie eigentlich, dass der erste Lufttransport eines Pferdes bereits im Jahr 1924 stattgefunden hat?«

»Nein«, sagte ich. »Wir konzentrieren uns im Studium eher auf die medizinischen Aspekte der einzelnen Transportarten.«

»Nun, dann wissen Sie es jetzt. 1924 wurde ein Jockey mitsamt seinem Pferd von Frankreich nach England geflogen. Das Tier wurde morgens verladen, lief mittags das Rennen und fraß abends sein Heu wieder im heimatlichen Stall. Faszinierend, nicht wahr?«

»In der Tat.« Warum erzählte er mir das? Nicht, dass es uninteressant war, aber ich hätte nicht erwartet, dass er sich in der Geschichte der Pferdetransporte auskannte. »Ich finde es gut, dass man mittlerweile schneller reisen und den Pferden viel Stress ersparen kann.«

Carinsson rieb sich mit dem Finger über die Nase. Irgendwie verhielt er sich merkwürdig.

»Es ist schon ein wenig seltsam zu sehen, dass Sie sich für moderne Pferdetransporte begeistern«, sagte er schließlich, »wo Ihre Stallungen noch aus der Zeit vor 1924 stammen.«

Ich blieb stehen. »Was hat das denn miteinander zu tun?«

»Nun, Sie reden von Fortschritt, aber hier scheint die Zeit stehen geblieben zu sein.«

»Sie ist nicht stehen geblieben. Wir lassen in die Zucht moderne Erkenntnisse einfließen, und auch medizinisch sind wir auf dem neuesten Stand. Ich weiß das zu beurteilen, auch wenn ich noch nicht approbiert bin.«

»So? Mit Verlaub, aber Ihre Ställe sehen ein wenig altmodisch aus«, merkte Carinsson an, und wieder war das beinahe schon mokante Lächeln auf seinem Gesicht. Offenbar machte er sich doch über mich lustig. »Haben Sie schon mal darüber nachgedacht zu modernisieren?«, fuhr er fort, während ich nach Worten rang. »So werden Sie kaum noch Kundschaft für Ihre Tiere anlocken. Und man wird Ihnen auch nicht abnehmen, dass Ihnen Flugtransporte am Herzen liegen.«

Seine Worte gingen mir durch Mark und Bein. Ich wusste, dass unsere Stallungen überholungsbedürftig waren. Aber uns fehlte das Geld für Neubauten. Allerdings bedeutete das nicht, dass hier die Zeit stehen geblieben war. Seine Aussage kratzte an meinem Stolz. Unsere Stallungen waren sauber und die Pferde in bestem Zustand. Er dagegen tat so, als wären die Ställe vollkommen verlottert und die Tiere darin verhungerte und verfilzte Schindmähren.

»Ich glaube eher, das Fehlen der Kundschaft liegt daran, dass niemand mehr mit Kutschen fährt.«

»Und was gedenken Sie zu tun, um hier frischen Wind reinzubringen?«

Ich zog die Augenbrauen hoch. »Frischen Wind?«, fragte ich ein wenig begriffsstutzig. »Was soll man dagegen tun, dass die Leute keine Pferde mehr brauchen? Sagen Sie es mir!«

»Nun, mittlerweile fliegen Menschen ins Weltall. Es würde dem schwedischen Adel sicher nicht schaden, auch ein wenig mit der Zeit zu gehen.«

»Das tun wir durchaus«, entgegnete ich und hatte Mühe, mich zu zügeln. Dieser Carinsson brachte diesen Amerikaner hierher, den das alles nicht zu stören schien, und nun begann er, mir zu erklären, dass es für schwedische Adelshäuser nötig wäre, sich zu modernisieren?

»Dazu würde in meinen Augen aber gehören, dass Sie die Stallungen erneuern. Hier sieht es noch immer aus wie nach der Jahrhundertwende.«

Ich blickte zurück zum Haus. Am liebsten hätte ich den Spaziergang sofort abgebrochen. Wie es schien, hatte Carinsson nur in den Garten gehen wollen, um mich zum Opfer seines Spotts zu machen.

»Mit modernen Stallanlagen zeigen Sie der Welt, dass Sie mitspielen können«, fuhr er fort. »Ich fürchte, Einträge in einem uralten Zuchtbuch werden Sie nicht mehr lange über Wasser halten. Viele Gestüte in Schweden können mittlerweile hervorragende Hengste aufweisen.«

»Und diese Gestüte haben alle hochmoderne Ställe?«

»Die meisten. Und viele bemühen sich auch, neue Kundenkreise aufzutun. Käufer aus Übersee zum Beispiel.«

»Warum haben Sie denn überhaupt Mr Roscoe zu uns gebracht?«

»Das habe ich nicht«, sagte er. »Er hatte von Ihrem Hof

gehört. Genau genommen hatte er einen Artikel in einer alten Zeitschrift gefunden. Er meinte, er könnte hier Perlen ausgraben. Nachdem Mr Roscoe so begeistert von dem Artikel war, wollte ich ihn begleiten. Wenn ich geahnt hätte, dass hier noch nichts modern ist ...«

»Hätten Sie ihm abgeraten herzukommen?« Es kribbelte in meinen Fingerspitzen. Am liebsten hätte ich ihn geohrfeigt. Ich rang mit meiner Beherrschung.

»Nein, aber ich wäre vorbereitet gewesen.«

Vorbereitet? Worauf hätte er denn vorbereitet sein sollen? Er besuchte ein Landgut, was hatte er denn erwartet?

»Ihr Freund scheint jedenfalls von unseren Pferden begeistert zu sein.«

»Ja, das ist er. Aber er hat auch einen Tunnelblick, wenn es um Pferde geht. Seinetwegen könnten die Tiere hinter einem wackligen Drahtzaun zwischen Kakteen und Stachelbüschen grasen. Er erkennt einen guten Hengst ganz genau, und er weiß auch, was er braucht, um seine eigene Zucht immer wieder aufzufrischen. Ihr Sonnenkönig würde da hervorragend passen.«

»Das mag sein, aber er ist auch der Grundstock unserer Züchtung. Meine Mutter müsste nicht ganz bei Trost sein, wenn sie ihm unseren besten Hengst verkaufen würde.«

»Davon gehe ich auch nicht aus«, sagte Carinsson. »Doch um auf die Ställe zurückzukommen ... Ich betrachte das Gesamtbild. Und ich bin ziemlich überrascht, dass ein Gut wie der Löwenhof immer noch in der Vorkriegszeit schlummert. Bedenken Sie stets, dass der äußere Eindruck entscheidend sein kann. Für manche Leute tun es gute Pferde nicht. Sie wollen auch sichergehen, dass diese Pferde nach neuesten Erkenntnissen gezogen werden.«

Ich presste die Lippen zusammen. Einerseits, weil ich fürchtete, ihm aus Zorn etwas an den Kopf zu werfen, das ich später bereuen könnte. Andererseits, weil ich nicht wusste, mit welchem Argument ich seine Worte entkräften sollte.

»Sie meinen also, die Leute gehen heutzutage nur noch nach dem schönen Schein?«

»Das ist nun mal der Lauf der Dinge, junge Gräfin«, sagte Carinsson. »Wer mithalten will, muss auch danach aussehen, als könnte er mithalten. Unter meinen Freunden gibt es ein Sprichwort: Kleide dich wie ein Geschäftsführer, wenn du einer werden willst. Und es trifft zu.«

Diese Worte begleiteten mich zurück zum Haus. Kaffeeduft erfüllte das Foyer. Es war gerade die richtige Zeit für die Fika, die Kaffeestunde. Unsere Köchin hielt nicht mehr die traditionellen sieben Sorten Gebäck parat, aber sie buk im Voraus Zimtschnecken und andere Leckereien, die man im Ofen wieder aufwärmen konnte.

Im Arbeitszimmer trafen wir auf meine Mutter und einen breit lächelnden Roscoe. Welche Pferde er genau nehmen würde, würden die beiden sicher noch bereden. Aber das Geschäft schien besiegelt zu sein.

»Ihre Mutter ist wirklich wunderbar!«, schwärmte der Amerikaner in seiner überschwänglichen Art.

Ich war froh, ihn zu sehen, denn so wurde ich endlich diesen furchtbaren Kerl los, der mir einzureden versuchte, dass wir nur neue Ställe bräuchten, damit das Geschäft wieder so richtig lief.

»Denken Sie darüber nach«, sagte Carinsson, bevor er sich seinem Freund zuwandte. Ich sah ihm wütend hinterher. Was bildete er sich nur ein?

»Ich würde mich freuen«, sagte Mutter, »die Herren zu unserer Fika einladen zu dürfen.«

»Fika?«, wunderte sich der Amerikaner.

»Kaffeepause«, übersetzte sein Begleiter. »In Schweden nimmt man sich viel Zeit dafür, Kaffee zu trinken und sich dabei zu unterhalten.«

Er blickte zu mir rüber. Ich hatte jedoch keine Lust mehr, die Fika mitzumachen.

»Entschuldigen Sie mich bitte, ich habe noch etwas zu tun«, sagte ich, und ohne die Reaktion meiner Mutter abzuwarten, wandte ich mich um. Ich brauchte jetzt eine sehr große Runde um den Hof.

Die Verabschiedung der beiden Männer hätte ich am liebsten ebenfalls ausgelassen, aber wir hatten gerade fünfzehn Pferde verkauft, und ich hatte schon die Kaffeestunde geschwänzt. Ich reichte beiden Männern die Hand und verband diese Geste mit dem stillen Wunsch, Carinsson niemals wiederzusehen. Wenn er uns für so altmodisch hielt, konnte er meinetwegen bleiben, wo der Pfeffer wuchs.

»Ist das nicht ein Glück?«, strahlte meine Mutter, nachdem die Männer mit ihrem protzigen Wagen außer Sichtweite waren. »Fünfzehn Pferde für eine amerikanische Zucht. Und Mr Roscoe ist bereit, einen überaus großzügigen Preis zu bezahlen.«

»Das ist wirklich toll«, sagte ich. »Ich hoffe nur, dass Mr Roscoe auch dabei bleibt.«

Mutter zog überrascht die Augenbrauen hoch. »Wie meinst du das?«

Ich presste die Lippen zusammen. Sollte ich ihr von dem Gespräch erzählen?

»Solveig, was ist los?«, fragte Mama. »Du warst schon bei der Fika nicht dabei. Ist etwas vorgefallen?«

»Nun, möglicherweise redet Herr Carinsson ihm den Kauf gerade in diesem Augenblick wieder aus.«

»Warum sollte er das tun?« Zwischen Mutters Augenbrauen erschien eine kleine Falte. Durfte ich ihr diesen Augenblick der Freude verderben? Außerdem wäre es möglich, dass sich dieser Kerl auch nur einen Spaß erlaubt hatte. Er wusste, dass ich nicht die eigentliche Chefin hier war. Und dann hatte er mich auch noch »junge Gräfin« genannt ... Doch meine Mutter und ich hatten ein stummes Abkommen, dass wir uns stets alles erzählten, was den Hof anging.

»Er meinte, wir wären nicht mehr zeitgemäß«, sagte ich. »Er findet unsere Ställe altmodisch und glaubt, dass wir deshalb nicht mehr viele Pferde verkaufen.«

Mutters Miene verfinsterte sich. »Das ist doch Unsinn. Unsere Ställe sind vollkommen in Ordnung. Ja, die Gebäude sind alt, aber das ist ja auch logisch, immerhin hat das Gut schon gut dreihundert Jahre auf dem Buckel.«

»Das habe ich ihm auch gesagt, und dann sagte er, wir müssten wenigstens so tun, als wären wir erfolgreich.«

»Aber das sind wir doch! Nur sind die Zeiten andere. Um richtig viel Geld zu machen, müsste man schon eine Automobilfabrik bauen.« Mutter schüttelte den Kopf.

»Nun, er meinte, dass wir noch in der Jahrhundertwende stecken würden.«

»Was für eine Frechheit!«, erwiderte Mutter aufgebracht. »Das hätte er mir sagen sollen!«

»Wahrscheinlich fehlte ihm der Mut dazu. Er nahm sich lieber die Tochter des Hauses vor.«

Mutter schnaufte wütend und ballte die Fäuste. »Und dabei schienen die beiden so nett.« Sie blickte zu den Porträts oberhalb der Treppe auf, dann sah sie mich wieder an. »Bist du sicher, dass du es richtig verstanden hast? Möglicherweise wollte er sich nur einen Scherz erlauben.«

»Ich glaube nicht, dass es ein Scherz war. Obwohl er gegrinst hat. Wahrscheinlich erzählt er seine Erkenntnisse jetzt diesem Roscoe.«

»Das bedeutet aber noch nicht, dass er ihm den Kauf der Pferde ausreden will.«

»Er meinte auch, dass es Roscoe egal sei, wie die Pferde gehalten werden, und dass er ein gutes Pferd auch dann erkennen würde, wenn es zwischen Dornenbüschen stünde.«

Mutter begann, unruhig auf und ab zu laufen. Jetzt tat es mir fast leid, dass ich die Wahrheit gesagt hatte. »Mama, ich glaube nicht, dass wir einen Nachteil haben werden. Dieser Kerl ist einfach ein Blödmann, und wahrscheinlich sehen wir ihn nicht wieder.«

Mutter schüttelte den Kopf. »Nein, so leicht sollten wir das nicht nehmen. Solche Männer lassen irgendwelche Bemerkungen fallen, und man glaubt, es hätte nichts zu bedeuten. Und dann versetzen sie einem einen Stich in den Rücken.«

Das hatten einige bereits getan und dazu beigetragen, dass der Löwenhof seinen Glanz verloren hatte. Der Verkauf von Mutters Elternhaus hatte zwar die Finanzen etwas aufgebessert, aber wir freuten uns über jeden Kauf, sei er auch noch so klein. Denn oft geschah es nicht, dass jemand fünfzehn oder mehr Pferde kaufte.

Mutters Worte stimmten mich nachdenklich. Ich hätte nur zu gern gesagt, dass Carinsson uns nicht schaden konnte, aber wer garantierte uns das? Wie es sich angehört hatte,

152

bewegte er sich in Züchterkreisen und kannte sich auch mit Pferdetransporten aus. Eine Lästerei bei einem anderen Kunden konnte die Runde machen und auch an die Ohren potenzieller Neukunden dringen. Wenn dann niemand das Gerücht entkräftete, würde man schon bald davon absehen, uns überhaupt als Verkäufer in Erwägung zu ziehen.

»Nun gut, uns bleibt nichts anderes übrig, als abzuwarten«, sagte Mutter schließlich. »Wir können Carinsson wohl kaum hinterherfahren und ihm Konsequenzen androhen, sollte er sich über uns das Maul zerreißen.«

Ich schüttelte den Kopf. »Das können wir leider nicht. Hoffen wir das Beste.«

Ich ging zu Mutter und zog sie in meine Arme.

»Es wird alles gut«, sagte ich und versuchte, die kleine Stimme zu ignorieren, die mir sagte, dass Carinsson vielleicht recht haben könnte. Dass wir dabei waren, von der modernen Zeit abgehängt zu werden.

Die Sorgen meiner Mutter schienen allerdings unbegründet zu sein. Vier Wochen, nachdem Mr Roscoe seine Auswahl getroffen hatte, kamen zwei riesige Lastwagen, um die Pferde zum Flughafen zu transportieren. Die schweren Fahrzeuge waren beeindruckend. Ich hatte größten Respekt vor ihnen, denn es erschien mir unmöglich, dass ein Fahrer die gesamte Länge seines Anhängers überblicken konnte. Was, wenn er jemanden übersah? Diese Männer trugen enorme Verantwortung. Auf der Plane des Anhängers stand der Name einer Spedition, die sich auf Tiertransporte spezialisiert hatte. Ein wenig wünschte ich mir, dass ich mitfahren könnte, um sicherzustellen, dass die Tiere wohlbehalten ankamen. Aber Mr Roscoe hatte sie gekauft, und von dem Augenblick an, in dem ihre Hufe den Boden des Anhängers berührten, gehörten sie dem Amerikaner.

Mr Roscoe erschien im Schlepptau der Lastwagen, diesmal glücklicherweise ohne Carinsson, aber wieder in seinem riesigen Cadillac. Herzlich und breit lächelnd wie auch schon beim ersten Mal stieg er aus dem Wagen. Wenn Carinsson ihn auf unsere Stallungen aufmerksam gemacht hatte, ließ er es sich nicht anmerken.

»Meine Damen, ich grüße Sie!«, sagte er und kam mit ausgebreiteten Armen auf uns zu, als wollte er uns umarmen. Doch dann reichte er uns artig die Hand.

»Schön, dass Sie da sind, Mr Roscoe«, sagte meine Mutter. »Wie ich sehe, haben Sie keine Kosten gescheut, um unsere Pferde gut über das Meer zu bringen.«

»Das habe ich in der Tat nicht«, entgegnete er geschmeichelt. »Aber die Investition wird sich lohnen, da bin ich sicher.«

»Wir freuen uns sehr, dass das Geschäft zustande gekommen ist«, gab meine Mutter zurück, und ich wusste genau, was ihr jetzt durch den Kopf ging.

»Es sind wunderbare Pferde, und ich werde jedem, der es hören will, von Ihrem bezaubernden Gut erzählen.« Er war nur höflich, das wusste ich, doch ich rechnete es ihm hoch an.

Wir fuhren in seinem Cadillac zu den Weiden. Dort hatten wir die verkauften Tiere auf einer speziellen Koppel separiert. Die Sonne schien, und überraschenderweise wirkten unsere Pferde sehr gelassen. Das war vor Transporten nicht immer so. Einige Tiere spürten offenbar, dass sie ihre Heimat verlassen mussten, und reagierten entsprechend nervös.

»Wie werden sie im Flugzeug untergebracht sein?«, fragte

ich, während unsere Stallburschen begannen, die Pferde zu verladen.

»Wir haben spezielle Transportboxen, aus Aluminium, damit wir das Verletzungsrisiko minimieren. In der Luft kann es zu Turbulenzen kommen, und auch wenn die Reise wesentlich weniger Zeit in Anspruch nimmt als mit dem Schiff, passiert es manchmal, dass die Pferde kippen. In den neuen Boxen wird ihnen aber nichts geschehen.«

»Auf Schiffen ist es wesentlich schlimmer«, bemerkte meine Mutter. »Nach dem Krieg haben wir ein paar Pferde nach Norwegen verkauft. Die Überfahrt war die Hölle, weil der Seegang recht rau war. Neben zahlreichen Abschürfungen, die die Tiere sich unter Deck geholt haben, wurden einige von ihnen im Nachhinein krank, und es dauerte lange, bis sie dort eingesetzt werden konnten, wo sie gebraucht wurden.«

»Das wird uns nicht passieren. Das Einzige, womit die Tiere konfrontiert werden, sind höhere Temperaturen. Und Klapperschlangen. Aber ich bin sicher, dass sie sich schnell daran gewöhnen werden.«

»Klapperschlangen?«, fragte ich erschrocken. »Sie meinen, Sie haben viele davon auf Ihrem Anwesen?«

Der Amerikaner lachte. »Viele nicht, aber wir sind in Texas! Da tauchen ab und zu welche auf. Wir hatten mal zehn Pferde aus Montana, die hatten es innerhalb weniger Wochen drauf, welchen Schlangen sie nicht zu nahe kommen sollten.« Er schien unsere Besorgnis zu sehen, denn er fügte hinzu: »Aber wir haben natürlich genügend Antiserum. Und meine Leute haben ständig ein Auge auf die Pferde. Sie sind in den besten Händen, das versichere ich Ihnen.«

Eigentlich war das nicht mehr unsere Sache, wenn die Tiere erst einmal abtransportiert waren. Roscoe hatte bezahlt und konnte mit ihnen machen, was er wollte. Dennoch blieb eine gewisse Sorge um sie.

»Ihr Freund, der damals bei Ihnen war«, begann Mutter, während die Pferde über die Rampe im Lkw verschwunden waren. »Wieso begleitet er Sie diesmal nicht auch?« Ich erstarrte ein wenig bei Carinssons Erwähnung. Worauf wollte Mutter hinaus?

»Sie meinen Jonas?«, fragte Roscoe. »Oh, der hat heute zu viel zu tun. Er war bei mir, weil wir auf anderem Gebiet bereits zusammengearbeitet hatten. Aber jetzt glaube ich, dass ich mich gut allein in Ihrem schönen Land zurechtfinde.«

Mutter warf mir einen vielsagenden Blick zu. Ein wenig klang seine Erklärung nach Ausflucht. Hatte es Streit zwischen den beiden gegeben? Hatte Roscoe genauso wenig Verständnis für Carinssons Vorwürfe gehabt wie ich?

Während die restlichen Pferde auf die Fahrzeuge geladen wurden, unterhielten sie sich über Roscoes Heimat und die sich immer schneller verändernde Welt. Schließlich hatten die Männer ihre Arbeit beendet.

»Darf ich Sie noch zu einem Abendessen einladen?«, fragte meine Mutter, eine höfliche Geste, denn sie wusste, dass Roscoe die Pferde begleiten würde.

»Vielen Dank, aber ich muss leider zum Flughafen. Ich möchte meine neuen Schätze nicht aus den Augen lassen.«

»Das kann ich gut verstehen.« Die beiden reichten sich die Hände, dann wandte sich der Amerikaner mir zu.

»Leben Sie wohl, Miss Lejongård.«

»Sie auch, Mr Roscoe«, entgegnete ich. »Haben Sie eine gute Reise. Wir würden uns freuen, wenn Sie uns eine kleine Nachricht zukommen lassen würden, wie der Transport verlaufen ist.«

»Das mache ich gern.«

Mit diesen Worten verabschiedete er sich. Mutter und ich entschieden uns, noch eine Weile bei der leeren Koppel zu bleiben und den Lastwagen nachzuschauen, die sich langsam in Richtung Straße bewegten. Roscoe folgte in seinem Cadillac.

»Schade, dass wir nicht jeden Tag solche Kunden wie Roscoe haben«, sagte Mutter mit einem tiefen Seufzen. »Was er uns bezahlt, ist natürlich viel wert, aber es wird nicht reichen, um den Hof ohne Hilfe von Gut Ekberg am Leben zu halten.« Sie legte den Arm um meine Schultern. »Lass uns zum Haus zurückkehren.«

»Ja, aber wir sollten nicht versäumen, diesen Verkauf ein wenig zu feiern. Immerhin ist er der erste größere Auftrag seit dem vergangenen Jahr.«

Damit machten wir uns zu Fuß auf den Rückweg.

11. Kapitel

Die ersten Monate meines letzten Semesters vergingen, und die Abschlussprüfungen rückten näher. Auf dem Löwenhof wurde Mittsommer gefeiert, doch diesmal konnte ich nicht lange bleiben.

Mutter war entsprechend enttäuscht. »Kannst du denn nicht hier auf dem Hof lernen?«, fragte sie, was ich verneinte.

»Hier würde ich nur dazu verleitet werden, den ganzen Tag zu reiten. In der Stadt kann ich bestenfalls Bus fahren, und das macht nur halb so viel Spaß.«

Mutter hatte Verständnis dafür, dennoch tat es mir leid, dass ich sie enttäuschen musste. Aber, so sagte ich mir, ich würde noch viele Mittsommerfeste und Sommer auf dem Gut erleben, wenn ich erst einmal das Examen in der Tasche hatte.

Unser gesamter Jahrgang war aufgeregt und die Stimmung entsprechend explosiv. Manche trugen ihre Notizen pausenlos mit sich und lernten sogar, wenn sie irgendwo hingingen.

Die Einzige, die es etwas lockerer zu nehmen schien, war Kitty. »Nun mach dich doch nicht verrückt«, sagte sie, als ich bei bestem Sonnenwetter in unserem Zimmer saß, umringt von Bücherbergen und Ordnern, in denen ich meine

Mitschriften aufbewahrte. »Du verpasst doch das schöne Wetter!«

»Das schöne Wetter wird mir beim Examen nichts nützen«, sagte ich, ohne aufzublicken.

Heute hatte sie schon einmal versucht, mich von der Arbeit abzubringen, aber ich verweigerte strikt jedes längere Gespräch, denn ich wusste, dass ich dann nur schwer zurück in meinen Lernstoff fand.

»Doch, wenn du raus in den Park gehst und dort lernst«, entgegnete sie. »Los, pack deine Tasche, und such dir ein schattiges Plätzchen unter einem Baum.«

»Im Park ist es um diese Zeit zu laut«, sagte ich. »Ständig läuft jemand vorbei.«

»Dann such dir eine Stelle, an der es ein wenig leiser ist. Und jetzt mach schon, ich kann nicht sehen, wie du zur Einsiedlerin wirst.« Da ich wusste, dass Kitty nicht lockerlassen würde, erhob ich mich seufzend und packte meine Tasche.

»Warum willst du mich eigentlich so schnell loswerden?«, fragte ich, denn ich spürte, dass hinter Kittys Drängeln noch etwas anderes stecken musste als die Sorge um mich. »Kommt Marten etwa her?«

Kitty wurde rot, dann grinste sie verlegen. »Du kennst mich wirklich zu gut, dagegen muss ich etwas tun.«

»Zu spät«, antwortete ich, dann schnappte ich mir meine Tasche.

Unweit des Campus gab es einen kleinen Park, in dem sich besonders am Nachmittag die Studenten niederließen, um ihre Hausaufgaben zu machen oder sich einfach nur zu unterhalten. Es war nicht leicht, dort eine ruhige Ecke zu finden.

Doch diesmal hatte ich Glück. Am Rand des Parks, unter einer knorrigen Eiche, war niemand. Ich nahm meine Tasche von der Schulter und setzte mich zwischen zwei große Wurzeln, wodurch der Platz beinahe wie ein Sessel mit niedrigen Armstützen wirkte. Ich holte meinen Hefter hervor und schlug ihn auf. Über mir rauschte der Wind durch die Blätter, und ein paar Vögel zwitscherten. Eine Idylle gegenüber dem am Nachmittag ziemlich lauten Wohnheim, wo die Wände dünn waren und sich einige zum Musiker berufen fühlten.

Während ich mich in den Stoff vertiefte und versuchte, mir die lateinischen Begriffe einzuhämmern, vergaß ich die Welt ringsherum. Ich war ganz für mich, ein Gefühl, das ich bisher noch nie so richtig zu schätzen gewusst hatte. Doch es war einfach großartig!

»Wussten Sie eigentlich, dass man im Jahr 1943 Maultiere per Fallschirm nach Burma geliefert hat?«, fragte mich da plötzlich eine Stimme, und aus dem Augenwinkel heraus sah ich eine Gestalt. Ich dachte, dass es einer meiner Kommilitonen war, denn die kamen manchmal auf solche Ideen. Doch als ich den Kopf hob, wanderte mein Blick an einem sandfarbenen Anzug hinauf zu einem weißen Hemd mit grüner Krawatte. Und wenig später zu dem lockenumkränzten Gesicht von Jonas Carinsson. Vor Schreck wäre mir beinahe der Bleistift aus der Hand gefallen.

»Was machen Sie hier?«, entfuhr es mir.

»Ich wollte nach einem Geschäftstermin ein wenig spazieren gehen, und da sehe ich Sie, einsam und verloren unter einem Baum.«

Ich zog die Augenbrauen hoch. Warum sprach er mich überhaupt an? Hatte er wegen der Sache auf dem Gut ein

160

schlechtes Gewissen? Genauso gut hätte er mich doch vergessen können!

»Ich bin weder einsam noch verloren«, entgegnete ich. »Ich lerne für mein Examen.«

»Ah, stimmt! Sie werden ja Tierärztin!«

Er lächelte, und ich begann, daran zu zweifeln, dass sein Auftauchen ein Zufall war.

»Weshalb sind Sie wirklich hier, Herr Carinsson?«, fragte ich.

»Um Sie zu fragen, ob Sie vielleicht eine Minute für mich haben, Fräulein Lejongård.«

Ich hatte den Mann beinahe vergessen gehabt, nachdem Mr Roscoes Pferde heil angekommen waren und sich gut eingelebt hatten.

»Woher wussten Sie, wo ich bin? Stockholm ist groß, und an Ihrer Stelle hätte ich zuerst auf dem Löwenhof gesucht.«

»Oh, ich habe es bei Ihnen zu Hause probiert«, entgegnete er und zog die Stirn kraus. »Ihre Großmutter war so freundlich, mir mitzuteilen, dass Sie an der Universität sind und sich auf Ihr Examen vorbereiten. Da dachte ich, schaue ich doch mal beim Campus vorbei. Und siehe da, hier finde ich Sie.«

Ein wenig verfluchte ich Kitty dafür, dass sie mich aus dem Wohnheim vertrieben hatte. War unser Zimmer wirklich so romantisch für ein Stelldichein mit ihrem Marten? Aber jetzt aufzustehen und wegzulaufen wäre auch falsch gewesen. Carinsson hatte ohnehin schon keine gute Meinung von unserer Familie.

»Nur leider habe ich zu tun, wie Sie sehen«, sagte ich, denn ich hatte wirklich keine Lust, meine Zeit mit ihm zu verschwenden.

»Nun, das sehe ich, aber auch jemand wie Sie legt doch sicher mal eine Pause ein.«

»Was wollen Sie von mir?«, fragte ich. »Mir wieder vorhalten, wie rückschrittlich wir sind? Und wie überholt das ganze Adelssystem?«

Er blickte mich ein wenig verwundert an, dann senkte er verlegen den Blick. »Ich hatte keine Ahnung, dass Sie sich darüber noch immer ärgern.«

»Ich habe leider keine bessere Erinnerung an Sie«, gab ich zurück, obwohl das nicht so ganz stimmte. Es hatte durchaus Momente gegeben, in denen er mir fast sympathisch erschienen war. Doch seine Äußerungen über unsere Ställe hatten mich doch ziemlich erzürnt.

»Das bedaure ich. Dann werde ich wohl dafür sorgen müssen, dass Sie einen wesentlich besseren Eindruck von mir bekommen.« Er schaute mich erwartungsvoll an. »Also? Darf ich Sie einladen?«

»Und zum Kaffee gibt es anstelle von Gebäck Tipps, wie die Stallungen bei uns auszusehen haben? Diese Vorschläge sollten Sie dann lieber meiner Mutter unterbreiten.«

»Nein, ich möchte sie Ihnen unterbreiten.«

»Ich bin nicht die Besitzerin des Gutes. Das ist faktisch noch immer meine Großmutter, aber meine Mutter ist die Geschäftsführerin.«

»Sosehr ich Ihre Mutter schätze, auch wenn ich sie noch nicht gut kenne: Ich möchte meine Idee lieber mit jemandem besprechen, der die Zukunft seines Hauses ist. Oder planen Sie, einen anderen Weg einzuschlagen als den der Gutsherrin? In Adelsfamilien ist es doch gang und gäbe, dass die Kinder den Eltern folgen.«

Am liebsten hätte ich diesen Kerl verjagt. Was ging ihn

unser Hof an? Was ging ihn meine Zukunft an? Warum konnte er nicht lockerlassen? »Ja, ich werde irgendwann das Gut übernehmen.«

»Wenn es dieses dann noch gibt.«

Ich schnaufte wütend.

»Kommen Sie!«, sagte er und versuchte sich an einem gewinnenden Lächeln. »Ich verspreche, brav zu sein. Ich möchte Ihnen wirklich nur helfen. Der Löwenhof ist ein sehr traditionsreiches Unternehmen, und es wäre ein Jammer, wenn es von der Bildfläche verschwinden würde.«

Ich blickte ihn zornig an. Von der Bildfläche würde der Löwenhof ganz sicher nicht verschwinden! Doch ich spürte, dass er mich nicht in Ruhe lassen würde. Ich hatte wohl keine andere Wahl. »In Ordnung«, sagte ich und schlug seufzend mein Buch zu. Die Zeit hätte ich lieber mit Lernen verbracht, aber möglicherweise gelang es mir, Carinsson dadurch endgültig loszuwerden. »Schießen Sie los!«

»Sollten wir dazu nicht an einen anderen Ort gehen? Ein Café vielleicht? Da redet es sich doch viel gemütlicher.«

Ich seufzte. »Also gut, gehen wir in ein Café. Aber nur kurz, denn ich muss lernen.«

Carinsson lächelte. »Ich wusste, dass Sie ein vernünftiger Mensch sind, Gräfin Lejongård.«

Ich verstaute meine Bücher und folgte Carinsson. Doch statt zu einem der Cafés in der Umgebung führte er mich zu seinem Wagen.

Er war nagelneu, ein rotes Cabrio mit cremefarbenen Ledersitzen. Glänzend wie direkt aus einer Autoausstellung stand er neben einer Straßenlaterne.

»Was ist das?«, rutschte es mir raus.

»Mein Wagen.«

»Und wofür brauchen Sie den?«

»Zum Fahren!« Er grinste mich verschmitzt an.

»In der Gegend gibt es haufenweise kleine Lokale. Wir könnten einfach um die nächste Ecke gehen.«

»Ich finde, das ist nicht der richtige Rahmen für ein Vorhaben wie meines.«

Ich zog die Augenbrauen hoch.

»Bitte, ich möchte Sie gern auf einen Kaffee einladen. Auch wenn Sie sich vielleicht etwas Besseres vorstellen können, als mir zuzuhören. Selbst wenn Ihnen das, was ich zu sagen habe, nicht gefallen sollte, haben Sie immerhin einen Kaffee und eine gute Geschichte zu erzählen.« Er öffnete die Beifahrertür.

Ich rang mit mir. Was sollte das alles? Wollte er vielleicht unser Gut kaufen? Warum sonst sollte er darauf aus sein, mir zu imponieren?

Ein wenig widerwillig ließ ich mich auf den Beifahrersitz sinken. Ich war noch nie in einem Cabrio gefahren. Wahrscheinlich würde meine Frisur aussehen wie ein Besen, wenn wir am Ziel ankamen. Aber was machte das schon aus? Carinsson stieg ebenfalls ein und ließ den Motor an.

Wir fuhren in die Innenstadt. In der Nähe einer der schönsten Geschäftsstraßen von Stockholm parkte Carinsson seinen Wagen und ging dann auf die Beifahrerseite, um mir galant die Tür zu öffnen. »Sehen Sie, so schlimm war es doch gar nicht«, kommentierte er.

»Nein, aber wir sind ja auch noch nicht in dem Lokal.«

Ich blickte mich um. Schaufenster zeigten die neue Frühjahrsmode und glänzenden Schmuck, Cafés lockten mit Sitzplätzen unter strahlender Sonne. Eine Touristengruppe zog an uns vorbei, die Frauen in bunten Kleidern und mit Sonnenhüten auf dem Kopf, die Männer hemdsärmelig und mit roten Gesichtern von der Wärme.

Es erschien mir wie eine Ewigkeit, seit ich das letzte Mal hier war. Mit Sörens Tod war mir der Wunsch nach neuen Kleidern ebenso abhandengekommen wie das Verlangen nach Vergnügen. Dementsprechend fühlte ich mich in meiner blauen Hose, meiner weißen Bluse und der grauen Strickjacke ein wenig altbacken und unmodern. Aber vielleicht gehörte das ja zu Carinssons Taktik? Erst den Gegner verunsichern und dann zuschlagen.

Wir gingen in ein kleines, aber nobel aussehendes Café, dessen Fassade aus dem 18. Jahrhundert stammte. Nach dem, was er gesagt hatte, hatte ich eher mit einem schicken modernen Lokal gerechnet.

»In Burma hat man also Maultiere aus dem Flugzeug geworfen. Mit einem Fallschirm«, begann ich, nachdem wir Platz genommen hatten. »Ich hoffe, den Tieren ist nichts passiert.« Die Vorstellung eines Maultiers, das an einem Fallschirm gen Boden schwebt, hätte witzig sein können, wäre sie nicht von Carinsson gekommen.

»Nun, leider kann ich Ihnen nicht sagen, was aus den Tieren geworden ist. Aber da man diese Methode, lebende Fracht abzuladen, nicht weiterverfolgt hat, hat sie wohl nicht besonders gut funktioniert.«

Ich nickte und wusste nicht so recht, was ich jetzt sagen sollte. Der Zorn, den ich bei meinem ersten Zusammentreffen mit ihm gefühlt hatte, blühte langsam wieder auf. Auch wenn er sich bisher benommen hatte.

Glücklicherweise erschien wenig später der Kellner und fragte uns nach unseren Wünschen.

»Sie müssen den Kuchen hier probieren«, empfahl mir Carinsson. »Ich glaube, der würde Ihnen auch helfen, sich aufs Lernen zu konzentrieren.«

»Der Kaffee wird reichen«, gab ich zurück und nickte dem Kellner zu.

Carinsson bestellte sich ein Stück Prinzessinnentorte.

»Wollen Sie die nicht auch versuchen? Ich sage Ihnen, besser hätte es auch Jenny Åkerström nicht hinbekommen.«

Seit wann interessierte sich ein Mann wie er für die Erfinderin der Prinzesstårta? Ich hatte bislang noch kein männliches Wesen getroffen, das davon wusste.

»Danke, aber darauf habe ich keinen Appetit«, sagte ich, obwohl ich diese grüne Torte mit Marzipandecke sehr liebte. Unsere Köchin buk eine hervorragende Prinzesstårta. Aber ich wollte mich nicht länger mit Carinsson aufhalten, als es notwendig war. Notfalls konnte ich mit dem Bus sehr schnell zur Universität zurückkehren.

»Haben Sie Ahnung vom Reitsport?«, fragte Carinsson, als der Kellner wieder gegangen war.

Ich warf ihm einen konsternierten Blick zu. »Wir züchten Pferde. Und ich weiß aus dem Studium auch, was Sport Tieren antun kann, wenn die Reiter es übertreiben. Sehnenverletzungen, Brüche, starker Verschleiß …«

»Das schon, aber haben Sie sich schon mal eingehender mit Reitsport befasst? Neben den Pferderennen, bei denen die Damen immer so ausladende Hüte und meist genauso blaues Blut wie Sie in den Adern tragen?«

Ich war kurz davor aufzuspringen. »Herr Carinsson«, sagte ich. »Ich habe keine Ahnung, worauf Sie hinauswollen. Reden Sie bitte Klartext mit mir, und vermeiden Sie irgendwelche Unterstellungen.«

»Unterstellungen? Ich bitte Sie, ich habe Ihnen nichts unterstellt.«

»Und was ist mit der Behauptung, wir wären unmodern?«

»Sind Sie das denn nicht?«

Ich presste die Lippen zusammen, dann erhob ich mich. »Leben Sie wohl, Herr Carinsson. Meinen Kaffee können Sie trinken.«

Ich wollte gerade an ihm vorbei, als er aufsprang und mich am Handgelenk festhielt. »Warten Sie bitte! Ich bin nicht hier, um Sie vor den Kopf zu stoßen. Ich möchte Ihnen nur einen Vorschlag unterbreiten. Bitte, setzen Sie sich wieder.« Er sah mich an. »Sie werden von dem, was ich zu sagen habe, begeistert sein, das verspreche ich Ihnen.«

Widerwillig ließ ich mich auf meinen Platz sinken. Dabei spürte ich die Blicke der Leute ringsherum. Es würde wahrscheinlich nicht so gut sein, Carinsson bei einem weiteren Anflug von Impertinenz eine Ohrfeige zu verpassen.

»Also, noch mal: Ich behaupte vorsichtig, dass Sie sich zwar mit Sportverletzungen auskennen, aber ich glaube nicht, dass Sie den Pferdesport richtig kennen. Stimmt das?«

»Das ist korrekt«, gab ich steif und angesäuert zurück. »Aber was hat das mit meinem Hof zu tun?«

»Nun, ich habe gesehen, dass Sie Probleme haben. Sie mögen nicht öffentlich sein, und wenn man es genau nimmt, könnten Sie den Betrieb so auch noch einige Jahre weiterführen. Aber das ist es doch nicht, was Sie wollen, nicht wahr? Wenn Sie am Ruder wären, würden Sie doch sicher gern dafür sorgen, dass das Gut selbst für Ihre Enkel noch ein guter Ort zum Leben ist.«

»Natürlich will ich das«, entgegnete ich. »Doch was soll der Pferdesport mit meinem Hof zu tun haben?«

»Liegt das nicht auf der Hand?«, fragte Carinsson. »Sie haben hervorragende Pferde. Michael Roscoe meinte, dass viele amerikanische Züchter grün vor Neid werden würden. Reitsportler suchen immer nach guten Tieren. Die meisten von ihnen besitzen eigene Gestüte oder werden von ihnen gesponsert. Und da kommt der Löwenhof ins Spiel.«

»Sie meinen also, wir sollten beim Pferderennen antreten?« Ich schüttelte den Kopf. »Wissen Sie, wie die Leute dort mit den Pferden umgehen?«

»Hören Sie, ich rede nicht von Pferderennen. Ja, das mag auch Reitsport sein, und ich gebe zu, dass ich hin und wieder dort bin und ein bisschen Geld verwette. Aber mir geht etwas anderes durch den Sinn.«

»Und was?«

»Springreiten oder Dressur.«

Ich schüttelte den Kopf. »Das ist nichts für uns.«

»Warum denn nicht?«, fragte Carinsson.

»Wir haben uns mit dieser Art Sport noch nie beschäftigt«, antwortete ich. »Ich bezweifle allerdings auch, dass einer von den heutigen Reitern für uns antreten könnte. Und ich habe weder Brüder noch Schwestern.«

»Was ist mit Ihnen selbst?«

»Glauben Sie, ich hätte mich für das Studium der Veterinärmedizin entschieden, wenn ich Ambitionen gehabt hätte, bei Weltmeisterschaften zu reiten?«, fragte ich.

»Und wenn Sie nun einen Sportler ins Haus holen? Wenn Sie den Löwenhof zu einem Dressurstall machen würden oder zu einem, der fürs Springreiten bekannt ist?«

»Und woher sollten wir die entsprechenden Trainer bekommen? Und die Sportler?«

Wir wurden vom Kellner unterbrochen, der den Kaffee

brachte. Diesmal schnürte mir der Geruch den Magen zu. Carinsson mochte ja vielleicht etwas Gutes im Schilde führen, aber er wurde mir trotzdem nicht sympathischer. Seine Vorschläge klangen absurd. Wie sollten wir zu einem sportlich relevanten Pferdestall werden?

»Unsere Pferde sind Gebrauchspferde. Man spannt sie vor Kutschen. Auf dem Gestüt hat niemand Ahnung vom Springreiten oder von der Dressur.«

»Wenn Sie sich die entsprechenden Fachleute holen würden …«

Ich schüttelte den Kopf und fragte mich, warum mir davon noch nicht das Genick wehtat. »Ich habe keine Erfahrungen mit Turniersport. Wir bräuchten einen Sportler, jemanden, der unseren Hof vertritt. Wir bräuchten ganz andere Anlagen. Einen Reitplatz und eine Reithalle.«

»Dann finden Sie meinen Vorschlag also gut?«

»Natürlich ist er nicht schlecht«, gab ich zu. »Ich sehe nur nicht, wie wir das schaffen sollen. Wir haben nicht genug Geld. Was meinen Sie, warum wir das, was wir haben, so sorgsam pflegen? Uns bleibt keine andere Wahl.«

»Sie haben noch ein zweites Gut, habe ich mir sagen lassen.«

Ich blickte ihn überrascht an. Hatte Mutter ihm davon erzählt, oder hatte er über unsere Familie Erkundigungen eingezogen?

»Ja, das haben wir. Zum Glück, sonst hätten wir den Löwenhof schon längst verkaufen müssen.« Ich staunte über mich selbst, dass ich jetzt tatsächlich ernsthaft mit ihm zu reden begann.

Carinsson nickte, nahm einen Schluck von seinem Kaffee und überlegte kurz. Dann sagte er: »Stellen Sie sich vor, Sie könnten ein weltweit bekanntes Gestüt werden. Mit eigener Deckstation und international agierenden Pferden, sei es im Spring- oder Dressursport. Erste Anklänge dazu finden sich bereits in Deutschland. Stellen Sie sich vor, dass Europa- oder Weltmeister Ihre Pferde kaufen und zum Sieg führen. Der Löwenhof würde dann wieder zu altem Glanz zurückkehren.«

Ich konnte mir denken, dass dieser Gedanke meine Mutter und Großmutter in Verzückung versetzen würde. Mir gefiel er auch. Aber wie sollten wir so etwas aufbauen? Wir waren nicht mehr die Günstlinge des Königshauses. Wir hatten keine Beziehungen zu Pferdesportlern. Wir waren auf dem ständigen Weg nach unten.

»Das klingt tatsächlich sehr gut«, sagte ich. »Aber ich fürchte, es wird sich nicht in die Tat umsetzen lassen.«

»Warum denn nicht?«, fragte Carinsson.

»Meine Mutter ist dermaßen damit beschäftigt, den Löwenhof und Gut Ekberg über Wasser zu halten, dass sie keine Zeit hat, Verbindungen zu irgendwelchen Sportlern aufzubauen.«

»Und was ist mit Ihnen? Sie sind jung! Sie werden bald eine examinierte Tierärztin sein. Sie sind nicht mit der Leitung des Hofes belastet. Sie könnten seine Botschafterin sein!«

Ich blickte ihn zweifelnd an. »Warum versuchen Sie das?«, fragte ich dann.

»Was?«

»Unserem Gut zu helfen. Warum machen Sie sich all diese Mühe, sich Ihren Kopf über eine Sache zu zerbrechen, die Sie eigentlich gar nichts angeht?«

Carinsson ließ sich Zeit mit seiner Antwort. »Ich bin ein Mensch, dem es gegen den Strich geht, dass wertvolle Ressourcen verschwendet werden. Ihr Hof ist so eine wertvolle Ressource. Und ein schwedisches Kulturgut.«

»Da übertreiben Sie aber.«

»Glauben Sie nicht, dass es so ist?«, fragte er. »Sie selbst haben uns all die Bilder gezeigt und von der Geschichte des Hofes erzählt. Das Gut ist eine Goldgrube! Und nebenbei auch von nationalem Interesse. Man muss die Aufmerksamkeit nur wieder auf den Hof lenken.«

»Sie meinen, rauschende Bälle veranstalten wie zu Zeiten meiner Großmutter?« Ich senkte den Kopf und bemerkte, wie traurig ich mich anhörte. »Diese Zeiten sind vorbei.«

Carinsson lehnte sich schnaufend zurück. Ich spürte, dass er frustriert war. Er hob die Hand, massierte sich die Nasenwurzel.

»Fräulein Lejongård«, sagte er. »Ich bin nicht Ihr Feind, auch wenn Sie das nach meinen Worten damals glauben.«

»Unser Hof hat Erfahrung damit, was üble Nachrede anrichten kann. Vielleicht schadet uns unser Traditionsbewusstsein, aber ganz sicher haben uns Leute geschadet, die meinten, dass wir etwas tun sollen, wozu wir nicht bereit waren. Deshalb sind wir vorsichtig gegenüber Vorschlägen, die wir nicht aufgreifen können.«

»Sie glauben also, ich würde üble Nachrede betreiben?«

Ich presste die Lippen zusammen. Es wäre wohl nicht klug gewesen, ihm mitzuteilen, welche Sorgen wir wegen seiner Bemerkung gehabt hatten. Welche Gedanken wir uns darüber gemacht hatten, dass er seinen Freund Roscoe von dem Kauf abbringen könnte.

»Glauben Sie mir, nicht die Menschen sind Ihre Feinde, die Ihnen ins Gesicht sagen, welche Fehler Sie haben«, sagte er, als ich ihm eine Antwort schuldig blieb. »Es sind jene, die

171

schweigen. Denn sie behalten das, was sie denken, für sich und breiten es anderswo aus. Ich bin ein anderer Mensch. Ich nenne meine Kritik. Ich trete das, was ich denke, nicht breit, sondern sage es denen, die es angeht.«

Er machte eine kurze Pause, dann fuhr er fort: »Ihnen sage ich, dass Ihr Unternehmen dabei ist unterzugehen. Sie brauchen neue Ideen, Sie müssen sich der neuen Zeit anpassen. Es mag sein, dass der Löwenhof früher in der Gunst des Königshauses stand und sich deshalb keine Sorgen machen musste, aber die Zeiten haben sich geändert. Das Königshaus verliert an Bedeutung. Andere Menschen erringen die Bewunderung der Welt. Sportler sind die kommenden Könige. Und wenn Sie weiterhin Pferde züchten wollen, wenn Sie nicht wollen, dass der Löwenhof in der Geschichte versinkt, müssen Sie etwas tun. Sie müssen aktiv werden. Und vor allem aufhören zu glauben, dass die ganze Welt Ihnen schaden will. Sehen Sie ein, dass Sie gar nicht mehr die Bedeutung haben, dass jemand das tun will.«

Er erwartete von mir eine Erwiderung, doch ich konnte sie ihm nicht geben.

Ich spürte, wie Tränen in mir aufstiegen. Jedes Wort hatte mich geschnitten wie eine Glasscherbe. Vielleicht lag es an seinem Ton, vielleicht daran, dass er recht hatte, ich es mir aber nicht eingestehen wollte. Möglicherweise tat es mir auch leid, dass ich seine Vorschläge nicht umsetzen konnte. Fest stand jedenfalls, dass ich nicht vor ihm in Tränen ausbrechen wollte. Und dass er mit seiner Ansprache zu weit gegangen war.

Minutenlang saßen wir schweigend da. Ich starrte in meine Kaffeetasse und kämpfte um Beherrschung. Wieder wünschte ich mir, dass er mit diesen Worten auf meine Mutter getroffen wäre. Sie hätte ihm eher Paroli bieten können. Wenn meine Mutter verhandelte, hatten die Männer Respekt und sahen sie nicht als dummes Mädchen an, das sie belehren konnte.

»Ich glaube, ich muss jetzt wieder zurück«, sagte ich steif und erhob mich. Diesmal würde mich seine Hand nicht zurückhalten können. »Danke für den Kaffee.«

Carinsson wirkte enttäuscht. »Dann werden Sie sich meine Ratschläge also nicht zu Herzen nehmen?«

»Doch, das werde ich«, sagte ich. »Aber ich wiederhole mich, wenn ich sage, dass es nicht in meiner Macht steht, etwas zu ändern. Vielleicht versinken wir in der Geschichte, vielleicht auch nicht. Wir werden sehen.«

Damit nahm ich meine Tasche und verließ das Café. Mit erhobenem Kopf und langen Schritten sah ich zu, dass ich von den Fenstern des Lokals wegkam, damit er nicht bemerkte, wie mir die Tränen übers Gesicht liefen. Damit er nicht bemerkte, wie tief er mich mit der Wahrheit getroffen hatte.

Noch gut eine Stunde lang lief ich ziellos durch die Stadt und ging in Gedanken das Gespräch mit Carinsson durch. Bei meiner Rückkehr ins Wohnheim riss Kitty die Tür auf, bevor ich den Zimmerschlüssel ins Schloss gesteckt hatte.

»Ah, wusste ich doch, dass du es bist!«, sagte sie, griff nach meinem Arm und zerrte mich ins Zimmer.

»Was ist denn los?«, fragte ich erschrocken und schaute hinter sie. Marten schien nicht mehr da zu sein. Es war eigentlich nicht die Art meiner Zimmergenossin, mir aufzulauern. Es sei denn, es war irgendetwas vorgefallen. »Hast du mit Marten Streit gehabt?«

»Nein, wieso denn?«, fragte sie mich entgeistert. »Es geht hier nur um dich!«

Hatte ich vielleicht unter dem Baum etwas vergessen oder etwas auf dem Weg verloren? Ein heißer Schreck durchzog mich.

»Du bist mir ja eine«, sagte sie mit einem vieldeutigen Lächeln.

»Was habe ich denn angestellt?«, fragte ich. »Hat jemand nach mir gefragt?«

»Und ob! Ein gut aussehender Mann mit Schlips und Kragen. Er wollte wissen, ob hier eine Solveig Lejongård wohnt.«

Mann mit Schlips und Kragen? Da fiel mir nur einer ein. Ein kalter Schauer rann über meinen Rücken. »Hat er seinen Namen genannt?«

»Ja, und er hat mir das hier für dich gegeben. Er meinte, für den Fall, dass du es dir noch einmal überlegst.«

Sie reichte mir einen winzigen Umschlag, der gerade reichte, um eine Visitenkarte darin zu verstauen. Jonas Carinsson – Werbeagentur Carinsson & Partner stand auf der Vorderseite, auf der Rückseite eine Adresse in Hafennähe und eine Telefonnummer.

»Wie ist es dir gelungen, so einen Mann an Land zu ziehen?«, fragte Kitty mit leuchtenden Augen. »Wenn ich Marten nicht hätte, wäre ich neidisch.«

»Ich habe ihn nicht an Land gezogen«, sagte ich und legte die Visitenkarte auf den Tisch neben dem Schrank. »Er ist zu mir gekommen. Oder besser gesagt zu uns auf den Löwenhof. Er hat einen Amerikaner begleitet, der Pferde kaufen wollte. Und bildet sich anscheinend ein, dass wir eine Marketingkampagne brauchen.«

»Marketing?«, fragte Kitty. »Auf mich hat er eher so gewirkt, als wollte er mit dir ausgehen.«

»Ach, Kitty«, sagte ich seufzend. »Das wird er sicher nicht.
Ich habe ihm auch klargemacht, dass seine Ideen ein wenig
zu hoch gegriffen sind für unseren Hof. Aber wie es aussieht,
ist er von der hartnäckigen Sorte.«

»Nun, vielleicht bemüht er sich so, weil er etwas an dir
findet.«

»Aber ich finde nichts an ihm«, erwiderte ich rasch. »Und
jetzt brauche ich dringend einen Kaffee, sonst fallen mir über
der ›Physiologie des Pferdes‹ die Augen zu.«

Mit diesen Worten verschwand ich in die Gemeinschaftsküche. Mir war klar, dass Kitty sich die Karte jetzt näher anschauen und vielleicht nach versteckten Hinweisen suchen
würde. Aber da gab es nichts. Carinsson hatte anscheinend
nicht vor aufzugeben, aber ich würde ihn nicht anrufen.

12. Kapitel

Während der Examenszeit hatte ich mehr und mehr das Gefühl, von meinen Büchern und Aufzeichnungen gefressen zu werden. An manchen Tagen lebte ich nur von Haferkeksen und Kaffee in rauen Mengen. Um Ruhe zu haben, passte ich die Zeiten ab, in denen im Wohnheim nichts los war. Manchmal lernte ich nachts und schlief am Tag. Meine Augenringe wurden immer dunkler, und ich hatte das Gefühl, dass sämtliches Wissen, das ich mir angeeignet hatte, jeden Moment wieder aus meinem Kopf fallen könnte.

Kitty schien damit wesentlich besser zurechtzukommen. Trotz allem ging sie abends aus und wirkte insgesamt wacher und ausgeschlafener.

»Warum machst du dich eigentlich so verrückt?«, fragte sie mich, als ich einmal beim Frühstück jeden Moment einzuschlafen drohte. »Du bist doch klug, und vieles von dem, was du dir in den Kopf prügelst, ist bereits da.«

»Ich will eben eine möglichst gute Note bekommen«, antwortete ich und versuchte, mich an meiner Kaffeetasse festzuhalten.

»Wozu? Um eine Tierarztpraxis zu eröffnen, brauchst du nur dein Diplom!«

176

»Aber ich möchte irgendwann vielleicht auch noch einen Doktortitel haben. Dazu wäre es hilfreich, nicht nur gerade so durchzurutschen. Mein zukünftiger Mentor könnte sich womöglich fragen, ob es die Sache wert ist, wenn ich mich bei ihm vorstelle.« Ich machte eine Pause. Es gab auch noch einen zweiten Grund. »Und meiner Mutter liegt ein guter Abschluss auch am Herzen. Immerhin hat sie die Schule mit einem MVG abgeschlossen.«

»Deine Mutter war auf der Handelsschule in Kristianstad. Da ist es leicht, ein ›sehr gut‹ zu bekommen. Aber das kann man unmöglich mit einer Hochschule vergleichen.«

»Dennoch, sie ist sehr ehrgeizig und möchte, dass ich wenn möglich noch besser abschneide. Wenn ich wieder mit einem ›genügend‹ nach Hause komme, reißt sie mir die Ohren ab. Ein ›gut‹ muss mindestens drin sein.«

Ich wusste noch genau, wie sie reagiert hatte, als ich bei meiner ersten Prüfung nur ein »G« wie »genügend« unter der Arbeit stehen hatte. Da hatte sie tagelang auf mich eingeredet, ob meine Studienrichtung auch das Richtige für mich wäre. Aber ich hatte mich gefangen, und mein erstes Mycket Väl Godkänd hatten wir sogar mit Champagner gefeiert.

»Na ja, wenn das unbedingt sein muss ...«, sagte Kitty. »Meinen Eltern ist der Abschluss egal, solange ich ihn nur mache. Wenn ich fertig bin, werde ich mit Marten zusammenziehen und eine eigene Praxis eröffnen. So einfach ist das. Nach meinem Abschluss wird niemand fragen.«

Kitty und eine eigene Praxis – das konnte ich mir gut vorstellen, und so wie ihre Augen leuchteten, schien sie begeistert und vollkommen davon überzeugt zu sein.

Die Arbeiten gingen vorüber, und große Erleichterung überkam mich, als wir die ersten Ergebnisse erhielten. Ich war
zwar nicht die Beste des Jahrganges, aber mit den Ergebnissen brauchte ich mich nicht zu verstecken. Schließlich blieb
nur noch eine mündliche Prüfung übrig.

Obwohl ich die Situation bereits kannte, saß ich mit zitternden Händen vor dem Raum, in dem die Prüfungskommission tagte. Vor lauter Nervosität hatte ich schon angefangen, die Blumen auf dem Kleid des anderen Mädchens zu
zählen, das neben mir am Zipfel seiner Strickjacke nestelte.
Dabei ging ich immer wieder die Themen durch, die ich mir
in den vergangenen Tagen in den Kopf gehämmert hatte.

Dies hier war meine letzte Prüfung. Ich hatte keine Ahnung, wie ich die vorherigen bewältigt hatte. Wie ich das
Wissen aus mir herausbekommen hatte. Jetzt stand ich kurz
vor dem Ziel. Nervös griff ich in meine Hosentasche und zog
das Bild von Sören hervor. Ich strich über sein Gesicht und
bemerkte, dass das Foto mittlerweile schon ziemlich verblasst wirkte.

»Ist das dein Freund?«, fragte meine Nachbarin. Ich hatte
sie ein paarmal in den Vorlesungen gesehen, aber gesprochen hatten wir noch nie miteinander.

»Ja«, antwortete ich der Einfachheit halber, denn ich wollte ihr nicht die Geschichte des Unfalls auftischen. Ich wollte
meine Gedanken nicht davon kompromittieren lassen.

»Er sieht wirklich gut aus«, bemerkte sie. »Ihr werdet sicher bald heiraten, nicht wahr?«

Die Worte schnitten in meine Seele. Meine Kommilitonin
wusste es nicht besser, und war es nicht das Erste, das man
vermutete, wenn man jemanden liebevoll ein Bild betrachten
sah?

»Ich weiß es nicht«, antwortete ich und versuchte, die Tränen, die in meiner Brust aufstiegen, wieder unter Kontrolle zu bekommen. Ich durfte jetzt nicht weinen, durfte mich nicht von neu aufkommender Trauer überwältigen lassen. »Wir werden sehen.«

Meine Nachbarin schaute mich ein wenig überrascht an. Jetzt schien sie nicht so recht zu wissen, was sie sagen sollte.

Als sich die Tür öffnete, zuckte ich zusammen. »Solveig Lejongård!«, rief eine Männerstimme. Als ich aufsah, erkannte ich Professor Kersten. Ich verstaute das Bild hastig in meiner Hosentasche, atmete tief durch und blickte zu meiner Sitznachbarin.

»Viel Glück«, wünschte sie mir mit einem schüchternen Lächeln.

»Danke, dir auch«, entgegnete ich und trat dann durch die Tür.

Mein Herz raste, als ich die Prüfungskommission sah, doch alle Gedanken an Sören fielen glücklicherweise von mir ab. Jetzt war ich nur noch die Studentin, die so kurz davor stand, ihr Examen zu beenden.

Im Prüfungsraum verlor ich jegliches Gespür für Raum und Zeit. Die Luft war abgestanden und geschwängert vom Rasierwasser der Professoren. Ein seltsames Duftgemisch strömte mir in die Nase. Aber ich musste mich jetzt auf die Fragen konzentrieren. Ich betete die Antworten herunter und wagte nicht, meine Gedanken in eine andere Richtung schweifen zu lassen, weil ich fürchtete, den passenden Anschluss nicht zu finden.

Doch Sörens Bild in meiner Hosentasche brachte mir Glück. Erleichtert verließ ich schließlich das Gebäude der

Veterinärhochschule mit dem Wissen, mein letztes Examen bestanden zu haben.

Gleichzeitig fühlte ich mich seltsam. Mein Blick schweifte über den Campus zu dem Ort, an dem Sören mir den Heiratsantrag gemacht hatte. Wie hätte dieser Tag ausgesehen, wenn er noch am Leben gewesen wäre? Hätte er dann mit einer Überraschung auf mich gewartet?

Wehmut machte sich in meinem Herzen breit. Wir hatten immer davon gesprochen, wie es sein würde, wenn wir beide endlich das Studium beendet hatten und beginnen konnten, ein eigenes Leben aufzubauen.

Aber jetzt hörte ich nur das Raunen des Windes, der frische Seeluft vom Hafen her mitbrachte. Ich hörte das Rascheln einer Papiertüte, die über den Zement geweht wurde. Und aus dem Sekretariat des Dekans das Klappern einer Schreibmaschine.

Ich zog das Foto wieder aus meiner Tasche. Mein Verstand wanderte zurück zu dem Tag, an dem ich die erste Prüfung meiner Studentenzeit geschrieben hatte. Sören hatte mich vor dem Tor erwartet und wirkte aufgeregter als ich selbst. Er hatte diese Prüfung schon lange hinter sich, aber er wusste, welche Tücken die Pharmakologie haben konnte.

»Und?«, fragte er. »Wie ist es gelaufen?«

»Ganz gut«, antwortete ich. »Es war ziemlich hart, aber ich glaube, ich habe die meisten Fragen richtig beantwortet.«

»Die meisten?«, fragte er. »Ich habe dich zwei Wochen lang nicht gesehen. Dafür müssen deine Antworten aber grandios ausgefallen sein, um meinen Verlust auszugleichen.«

Er strich mir eine Haarsträhne aus dem Gesicht und streichelte mit den Fingerspitzen ganz sanft über meine Wange.

Ein Schauer durchlief mich. Für diese Berührung hätte ich jede falsche Antwort in Kauf genommen. Aber Sören wollte, dass ich gut war. Deshalb hatte er auch nicht gemurrt, als ich mich zurückgezogen hatte.

»Ich denke, ich bin recht gut gewesen«, antwortete ich. »In ein paar Tagen bekommen wir die Ergebnisse.«

»Nun, was hältst du davon, wenn wir ein bisschen feiern?«

»Aber du weißt doch noch gar nicht, ob ich bestanden habe.«

»Ich habe das im Gefühl. Du stellst dein Licht gern unter den Scheffel. Möglicherweise ist das deine aristokratische Erziehung, aber ich sage dir, du bist viel besser, als du vielleicht denkst.«

Und dann küsste er mich. Er zog mich gern damit auf, dass ich blaues Blut in den Adern hatte, vor allem, weil ich immer so tat, als wäre das nicht der Fall. Ich versank in der Berührung seiner Lippen und seiner Arme, die mich warm und beschützend umfingen.

»Hej, du!«, rief da eine Stimme und ließ meine Erinnerung verschwinden.

Für einen Moment glaubte ich, Sören zu hören, doch als ich mich erschrocken umwandte, bemerkte ich Kitty. Diese kam mit langen Schritten über den Rasen gelaufen.

Ich musste mich erst einmal fangen, denn meine Gedanken an Sören hatten sich beinahe real angefühlt. Rasch steckte ich das Foto wieder ein. Wie hatte ich ihre Stimme nur für die eines Mannes halten können? Hatte mein Verstand mir einen Streich gespielt, nachdem ich ihn mit all dem Wissen über Tierheilkunde so vollgestopft hatte?

»Na, wie sieht es aus? Darf ich der frischgebackenen Veterinärin gratulieren?«

Ich blickte sie ein wenig verwirrt an, doch dann kehrte die Wirklichkeit vollends zu mir zurück.

»Ja«, sagte ich. »Wie es aussieht, habe ich bestanden. Mit welcher Note, müssen wir erst sehen, aber die Prüfung ist gut gelaufen. Sehr gut sogar.«

Kitty klatschte in die Hände, gab einen Quietschlaut von sich und fiel mir ungestüm um den Hals. »Das ist wunderbar! Wir sollten das feiern!«

»Da habe ich nichts dagegen«, entgegnete ich aus vollem Herzen, denn wir hatten es beide verdient. Kitty hatte ihre Prüfung einige Stunden zuvor abgelegt, und nun standen wir kurz davor, die Universität zu verlassen.

»Gut, dann gehen wir doch heute Abend aus, richtig schick! Ich habe gehört, dass im Wintergarten des Hotel Hellsten eine tolle Jazzband auftreten soll. Wir machen uns hübsch und verbringen einen Abend wie in den Zwanzigern.«

»Du weißt aber schon, dass es nicht nötig ist, sich wie in den Zwanzigern anzuziehen, wenn man Jazz hören will«, bemerkte ich scherzhaft.

»Aber es macht großen Spaß! Die Leute werden uns anstarren, als kämen wir aus einer anderen Welt.«

»Dazu müssten wir uns schon kleiden wie in einem Film über fliegende Untertassen. Du hast nicht zufällig einen Haufen Alufolie in deinem Schrank?«

»Nein, aber ein paar Kleider, die glatt in die Zwanziger passen würden. Dass du nach Hause fährst und etwas aus der Kleiderkammer eures Schlosses holst, kann ich nicht verlangen, oder?«

»Das wäre doch ein wenig spontan«, gab ich zurück. »Aber abgesehen davon, dass meine Großmutter nicht mit Federstirnband und Fransenkleid im Jazzklub getanzt hat, wären mir die Sachen sicher zu klein. Ich bin viel größer als meine Mormor.«

Ein warmes Gefühl durchflutete mich plötzlich. Ich musste meine Eltern und Großmutter anrufen. Sie warteten sicher auch schon auf den Bericht zu meiner Prüfung.

»Gut, dann versuchen wir es mit meinen Sachen. In die passt du ganz sicher.« Das stimmte, denn ich hatte mir, wenn ich zu Verabredungen mit Sören ging, hin und wieder etwas von ihr ausgeliehen.

»Also gut«, sagte ich. »Amüsieren wir uns einen Abend lang. Wir haben es schließlich verdient.«

»Und ob wir das haben!«, sagte Kitty und hakte sich bei mir ein. »Und jetzt sollten wir uns ein Stück Kuchen gönnen.«

Erst spät am Nachmittag kehrten wir ins Wohnheim zurück. Wir trafen auf einige Kommilitonen, die ebenfalls ihre Prüfungen abgelegt hatten. Eine junge Frau saß in der Ecke und weinte. Offenbar hatte sie es nicht geschafft. Auch wenn Prüfungen wiederholt werden konnten, war es im ersten Moment ein Schock, durchgefallen zu sein.

Gegen Abend begann unsere Verwandlung. Kitty, die in einer Bibliothek einen Bildband über frühere Zeiten aufgetrieben hatte, versuchte, aus den Kleidern, die wir schon besaßen, eine Garderobe aus den Zwanzigerjahren zu kreieren.

Schließlich steckten wir beide in schmalen Schlauchkleidern, trugen lange Ketten aus Kunstperlen und versuchten, unsere ondulierten Locken mit Haarklammern in den Griff zu bekommen.

»So wirklich die Zwanziger sind das nicht«, sagte ich, während ich versuchte, in Kittys schmale Satinhandschuhe zu kommen, die sie sich zugelegt hatte, nachdem wir einen Audrey-Hepburn-Film gesehen hatten.

»Du wolltest ja nicht zu dir nach Hause fahren und im Fundus räubern.«

»Das hätten wir nicht mal mit einem Flugzeug geschafft.« Ich betrachtete mich im Spiegel. Das dunkle Flaschengrün meines Kleides machte mich ein wenig blass, aber es sah auch nicht so schlecht aus, dass ich mich nicht vor die Tür wagen würde. Außerdem gab es niemanden, den ich beeindrucken musste. Wir würden uns einfach einen netten Freundinnenabend machen.

Als es an der Tür klopfte, hielt ich inne. »Erwartest du jemanden?«, fragte ich Kitty.

»Ja natürlich!«, rief sie freudig aus und lief zur Tür. »Marten wird uns begleiten!«

Würde er das? Ich wusste nicht, warum, aber irgendwie traf mich diese Ankündigung wie ein Schlag. Ich hatte damit gerechnet, dass Kitty und ich eine schöne Zeit miteinander verbringen würden – ohne Männer.

Kitty fiel ihm um den Hals und küsste ihn leidenschaftlich. Ich schaute betreten zur Seite und tat, als würde ich es nicht sehen. Früher hatten mich küssende Paare nicht gestört. Jetzt war es mir peinlich, und ein wenig stach mich auch die Eifersucht.

»Hallo, Solveig«, rief er, als Kitty wieder von ihm abgelassen hatte. »Wie ich sehe, sind die Damen schon fertig.«

»Hallo, Marten«, murmelte ich und rang mit meiner Fassung. Ich wünschte, Kitty hätte mir früher gesagt, dass er uns begleiten würde. Dann wäre ich darauf gefasst gewesen. Oder hätte abgesagt.

»Ja, das sind wir!«, antwortete Kitty und riss freudig die

Arme nach oben. »Na, wie findest du uns? Sehen wir aus, als gehörten wir in die Zwanziger?«

»Ihr seid beide wunderschön!«, sagte er und zwinkerte mir zu.

Ich spürte, wie mein Lächeln missglückte. Ich wollte meine Mundwinkel heben, aber sie gehorchten nicht. Doch er schien es vor lauter Freude nicht zu bemerken. Er legte seinen Arm um Kitty, die sich sogleich an ihn schmiegte und ihn verliebt ansah. Ich richtete meinen Blick wieder auf den Spiegel vor mir. Ich hätte weinen können. Jeder anderen hätte ich eine böse Absicht unterstellt, doch ich wusste, dass meine Freundin es nur gut meinte. Jetzt versuchte ich, mein Gesicht dazu zu bringen, fröhlich auszusehen.

»Na, dann können wir wohl los?«, fragte sie, und ich nickte.

»Ja. Gehen wir«, sagte ich und riss mich von meinem Spiegelbild los.

Im Taxi redeten beide über die Prüfungen und ihren nächsten Urlaub. Auch wenn Kitty versuchte, mich in das Gespräch einzubinden, und Marten mir Fragen stellte, spürte ich, dass die Situation irgendwie seltsam war. Ich fühlte mich wie das fünfte Rad am Wagen. Kitty hätte diesen Abend genauso gut mit ihm allein verbringen können.

Aber jetzt waren wir auf dem Weg, und vielleicht tat ich besser daran, eine frohe Miene zu machen. Möglicherweise wurde es ja doch ganz lustig. Ich musste mir wahrscheinlich nur vorstellen, dass Marten eine weitere Freundin war, die mit Kitty herumscherzte, weil sie sie viel besser kannte als mich.

Endlich stiegen wir aus und begaben uns in das noble Gebäude. Ich musste daran denken, dass meine Mutter in einem vergleichbaren Hotel gearbeitet hatte. Wenn sie von der Zeit damals erzählte, leuchteten ihre Augen, und wenig später folgte dann die Geschichte, wie das Hotel ihr meinen Vater zurückgebracht hatte, nach all den Jahren, in denen sie sich nicht mehr gesehen hatten.

Während Marten die Billetts für uns besorgte, gingen wir zur Garderobe. Wir hatten nur Capes mitgenommen, die uns aber gut vor der etwas kühleren Luft beschützten und uns obendrein das Gefühl gaben, Prinzessinnen zu sein.

»Er ist wirklich toll, findest du nicht?«, schwärmte Kitty. »Ich habe großes Glück, so einen Mann kennengelernt zu haben.«

»Das hast du tatsächlich«, sagte ich und versuchte, nicht allzu neidisch oder traurig zu klingen. »Habt ihr denn schon einmal über Hochzeit gesprochen?«

»Und ob wir das haben! Marten wollte mir nur ein wenig Zeit für meinen Abschluss geben. Jetzt ist es endlich so weit, und wir können über einen Termin nachdenken. Oh, du musst unbedingt meine Brautjungfer werden!«

»Das würde ich sehr gern«, sagte ich. Ich lächelte, doch mein Herz schmerzte. Wenn alles so gelaufen wäre, wie Sören und ich es uns gedacht hatten, wäre ich jetzt schon seit einem Jahr verheiratet. Vielleicht hätte ich sogar schon schwanger vor der Prüfungskommission gestanden ...

»Ah, hier seid ihr!«, sagte Marten und wedelte mit den Tickets. »Ich habe sogar noch Tischplätze bekommen!«

»Wie hast du denn das geschafft?«, fragte Kitty.

»Ich habe meinen Charme spielen lassen.«

»Hoffentlich nicht zu sehr!«, entgegnete sie gespielt eifersüchtig.

»Keine Sorge, du weißt doch, ich liebe nur dich. Außerdem ist Ove nicht mein Typ.« Er deutete auf den Mann am Hotelempfang, der gerade einem älteren Ehepaar die Karten aushändigte. Dann bot er Kitty seinen Arm an.

»Wie wäre es, wenn du dich auch bei mir einhakst, Solveig?«, fragte er dann. »Hier sind so viele fremde Männer, und ich biete mich gern als Beschützer an.«

»Danke, aber ich glaube, das ist nicht nötig«, gab ich lächelnd zurück. »Ich folge euch.«

Während Kitty und Marten vorangingen, schaute ich mich um. Die meisten Gäste waren mit Partner gekommen. Alleinstehende Frauen sah ich so gut wie gar nicht. Selbst Frauen, die schwarze Witwenkleider trugen, hatten jemanden bei sich. Das versetzte mir einen zusätzlichen Stich.

Und ich wusste nicht, warum, aber plötzlich dachte ich wieder an diesen Carinsson. Weder er noch ich hatten Anstalten gemacht, uns ein weiteres Mal zu treffen. Die Visitenkarte hatte ich mir allerdings aufgehoben. Was ich damit anfangen sollte, wusste ich nicht, aber ich brachte es auch nicht über mich, sie wegzuwerfen. Möglicherweise, weil ich wollte, dass sie mich daran erinnerte, dass auf unserem Gut etwas getan werden musste.

Kitty hätte sich natürlich gefreut, wenn ich ihn wiedergesehen hätte. Eine ganze Woche lang kannte sie fast kein anderes Gesprächsthema als den attraktiven Werbemann. Doch schließlich hatte sie eingesehen, dass ich nicht über ihn reden wollte.

Tatsächlich hatte man im Wintergarten ein wenig den Eindruck, in einer früheren Zeit gelandet zu sein. Das Hotel musste irgendwann im späten 19. Jahrhundert errichtet worden sein, und obwohl es Modernisierungen erfahren hatte, strahlte es noch immer den alten Charme aus. Die Stühle waren mit einem fein gemusterten, rot glänzenden Stoff gepolstert, die Tische mit schweren Glasplatten versehen. Das Parkett ähnelte dem des großen Festsaals auf dem Löwenhof. Im Salon meiner Großmutter gab es uralte riesige Palmen und andere Gewächse, einige von ihnen waren damals direkt aus ihren tropischen Heimatländern importiert worden.

Die Gäste waren natürlich modern gekleidet, aber so elegant, dass wir darunter nicht groß auffielen.

Auf einem Podest waren die Instrumente aufgebaut. Ein junger hemdsärmeliger Mann brachte gerade eine weitere Gitarre, die er auf einen Halter stellte. Um uns herum schwirrten Gelächter und Gemurmel. Die Erwartung des Publikums konnte man beinahe mit bloßen Händen greifen.

Als ein Mann im eleganten Smoking erschien und die Band ankündigte, wurde es schlagartig leise. Doch dann erschienen die Musiker in ihren blauen Jacketts und die Sängerin in einem schulterfreien, ebenfalls blauen Kleid, und Applaus brandete auf. Ihre Ohrringe glitzerten, als sie in das Scheinwerferlicht trat.

Die ersten Akkorde ertönten, und als die rauchige Stimme der Sängerin folgte, vergaß ich beinahe, dass der Abend noch schöner geworden wäre, wenn ich Sören neben mir gehabt hätte.

Ich ließ mich von der Musik forttragen. Es waren viele moderne Songs dabei, aber auch Lieder, die ich von Mutters alten Schellackplatten kannte. Sie wäre begeistert gewesen.

Ich fragte mich, ob so auch die Bälle ausgesehen hatten, die damals in unserem Herrenhaus gefeiert wurden. Auf einmal packte mich die Sehnsucht. Diesmal nicht nach Sören, sondern nach dem Löwenhof. Es war schön, dass ich ihn bald wiedersah. Dort würde ich meinen Frieden finden und nicht ständig mit Pärchen konfrontiert werden, die alle wesentlich mehr Glück im Leben hatten als ich.

In der Pause wurde dann das Buffet eröffnet. Appetit hatte ich nicht wirklich, doch weil ich mich nicht fragen lassen wollte, ob etwas nicht in Ordnung sei, holte ich mir ein paar hübsch angerichtete Häppchen und etwas Obst. Während ich daran knabberte, versuchte ich zu überspielen, dass ich mich furchtbar verloren fühlte. Kitty war mit Marten irgendwohin verschwunden. Der vierte Platz an unserem Tisch war leer geblieben, niemand sonst schien allein hergekommen zu sein.

Mein Blick fiel auf ein Paar, bei dem die Frau mindestens zwanzig Jahre jünger war als ihr Begleiter. Sie turtelten noch schlimmer als Kitty und Marten. Die Leute ringsherum taten, als würden sie das nicht bemerken. Ich sah lachende Gesichter, Menschen, die die Köpfe zusammensteckten. Alle schienen sich zu amüsieren. Ich wünschte mir im Stillen, ein Buch mitgenommen zu haben, damit ich wenigstens etwas zu tun hätte.

Als Kitty und Marten zurückkehrten, hatte er leichte Lippenstiftspuren an seinem Kragen. Meine Freundin wirkte beschwipst.

»Schade, dass Sören nicht mehr da ist«, bemerkte Marten, als die Musiker wieder die Bühne betraten. »Ich mochte ihn wirklich gern. Wir hätten zu viert verreisen können, das wäre ein Spaß gewesen.«

Ich bemerkte, dass Kitty ihm einen Knuff in die Seite versetzte, doch ich tat so, als hätte ich es nicht gesehen. »Danke, das ist lieb von dir. Aber die Welt dreht sich weiter, nicht wahr?«

Das hörte sich ein wenig ungeschickt an, doch sollte ich ihm wirklich auf die Nase binden, wie ich mich fühlte? Dass auch anderthalb Jahre später nichts in Ordnung war? Dass mein Herz immer noch gefangen war und ich es für unwahrscheinlich hielt, mich je wieder zu verlieben?

Glücklicherweise begann die Kapelle wieder zu spielen. Doch die Musik klang in meinen Ohren verzerrt. Martens Worte setzten mir zu. Wenn Sören da wäre ...

Als die Sängerin schließlich einen Song über eine verlorene Liebe anstimmte, hielt ich es nicht mehr aus. In meiner Brust schien etwas zu bersten, und ich hatte das Gefühl, gleich meine Beherrschung zu verlieren. Ich wollte Kitty und Marten den Abend nicht verderben, aber wie lange würde ich noch durchhalten?

»Entschuldigt mich bitte, ich muss mal nach draußen«, sagte ich und erhob mich. Aus dem Augenwinkel heraus bemerkte ich, dass Kitty mich verwundert ansah, aber ich wollte nicht abwarten, bis sie etwas sagte. Ich schlängelte mich zwischen den Tischen hindurch und strebte dem Ausgang zu.

Vor dem Wintergarten war es leiser, und kühle Luft umfing mich. Mein Blick wanderte zur Garderobe. Und wenn ich jetzt mein Cape holte und nach Hause fuhr? Kitty würde im ersten Moment böse sein, doch wenn ich es ihr erklärte ... Ich trat einen Moment lang unschlüssig auf der Stelle, dann entschloss ich mich, einfach nur so nach draußen zu gehen. Ich trat auf die Terrasse, die dem Wintergarten angeschlossen war. Die Tische dort waren verwaist. Aus der Dunkelheit konnte man durch die großen Scheiben des Wintergartens blicken.

Das passte dazu, wie ich mich jetzt fühlte. Die Leute da

drinnen waren glücklich, hatten einander, konnten dem Leben froh entgegensehen. Ich war allein und fühlte mich zwischen den Paaren unwohl. Am schlimmsten jedoch war, dass ich eine von denen dort hätte sein können. Ich hätte auch glücklich sein können.

Ein Schluchzen stieg in mir auf. Würde es immer so sein? Würde ich das nie vergessen können? Aber wie sollte ich, bei der tiefen Wunde, die der Tod in mir gerissen hatte?

Ein Knirschen holte mich aus meinen Gedanken. Ich blickte zur Seite. Eine Gestalt schälte sich aus der Dunkelheit. Das Licht des Wintergartens fiel auf cremefarbenen Satin.

Kitty trat zu mir. »Alles in Ordnung?«, fragte sie und strich mir sanft über den Rücken.

»Ja«, sagte ich und bemühte mich um ein Lächeln, aber irgendwie wollte es mir nicht gelingen. Ich dumme Kuh war eifersüchtig auf meine Freundin! So was konnte es doch nicht geben. »Ja, es geht schon. Ich brauchte nur ein wenig frische Luft.«

Kitty legte den Arm um meine Schultern. »Ich glaube, du brauchst viel mehr als das. Bitte entschuldige, dass ich Marten eingeladen habe. Er ist immer so witzig, und ich dachte, das würde dir gefallen. Aber jetzt geht mir auf, dass ich dir damit nur wieder vor die Nase gehalten habe, dass du allein bist.«

Ich sah Kitty aus tränenfeuchten Augen an. Es wäre leicht gewesen, das abzustreiten, doch es stimmte. Das Glück der beiden verletzte mich.

»Mir tut es leid«, entgegnete ich. »Es ist nicht so, dass ich dir dein Glück nicht gönne, das tue ich aus ganzem Herzen. Aber ich frage mich immer wieder …«

»Wie es gewesen wäre, wenn er noch leben würde?«

»Ja.« Tränen kullerten über meine Wangen und tropften auf mein Kleid.

»Nun, es wäre sicher noch schöner geworden.« Auch Kittys Augen glitzerten nun tränenfeucht. »Marten wäre nicht so allein gewesen. Er hätte jemanden zum Bereden von Männerkram gehabt. Aber so …«

Ich griff nach Kittys Hand. Jetzt, wo wir unser Examen in der Tasche hatten, würden sich unsere Wege trennen. Wir würden uns natürlich versprechen, Kontakt zu halten, aber würde es uns gelingen? Kitty hatte Marten und die Praxis, die sie aufbauen wollte, und ich würde auf den Löwenhof zurückkehren, ohne eine Ahnung, ob ich nun eine Praxis eröffnen oder auf dem Gut arbeiten sollte.

Ich wollte nicht, dass der Abend auf so einer traurigen Note endete, also riss ich mich zusammen.

»Immerhin hast du mir keinen Tischherrn besorgt«, sagte ich. »Das hätte ich dir übel genommen, aber alles andere …«

Kitty lachte auf. »So gemein kann ich zu dir nicht sein. Schließlich weiß ich doch, wie du es hasst, mit irgendwem verkuppelt zu werden. Du bist sehr gut imstande, dir selbst einen Mann zu suchen.« Sie machte eine kurze Pause, dann fügte sie hinzu: »Und ich bin sicher, dass du eines Tages eine neue Liebe findest. Vielleicht ist es ja dieser gut aussehende Werbemann.«

Ich schüttelte den Kopf. »Auf gar keinen Fall! Er interessiert sich nur für unser Gut. Und ich kann seine Ratschläge leider nicht beherzigen, weil sie zu utopisch sind.« Ich blickte Kitty an. »Wenn ich jemand Neues finde, wirst du die Erste sein, die es erfährt. Aber lass mir Zeit. Ich kann Sören nicht einfach beiseitekehren. Beinahe hätte ich mit ihm ein Leben aufgebaut. Beinahe.«

»Komm her«, sagte Kitty und zog mich in ihre Arme.

Wir hielten einander einen Moment lang, dann sahen wir uns an. »Wollen wir nach Hause?«

Ich schüttelte den Kopf. »Nein. Die Band spielt doch noch. Gehen wir, und genießen wir den Abend. Ich reiße mich zusammen, versprochen.«

»In Ordnung. Und ich verspreche, dass ich mit Marten nicht mehr herumknutsche.«

»Mach das ruhig«, sagte ich. »Ich werde es schon aushalten.«

Das würde ich nicht, ohne dass mir ein Schmerz durch die Brust schoss, aber sie war meine Freundin. Ich hatte kein Recht, ihr die Freude zu nehmen.

13. Kapitel

Am Morgen meiner Rückkehr aus Stockholm wunderte ich mich, dass nicht wie sonst Mutter vor dem Bahnhof wartete, sondern einer der Männer, die im Stall arbeiteten. Olaf Persson war schon seit einigen Jahren bei uns.

»Guten Morgen, Herr Persson«, grüßte ich ihn. »Was machen Sie denn schon so früh am Bahnhof?«

»Ihre Mutter schickt mich«, antwortete er, während er mir den Koffer abnahm, der ein paar Habseligkeiten aus Stockholm enthielt. »Ich soll Sie zum Gut bringen.«

»Warum fährt sie nicht selbst?«, fragte ich.

»Sie hat heute einen geschäftlichen Termin, bei dem auch Ihr Vater zugegen sein muss. Deshalb haben sie mich geschickt.«

Ein geschäftlicher Termin? Warum hatte Mutter mir davon nichts am Telefon berichtet?

Unwohlsein erfasste mich. War etwas mit dem Rechnungswesen nicht in Ordnung? Gab es Schwierigkeiten mit dem Veterinäramt? Ich dachte wieder an die seltsame Begegnung mit diesem Carinsson. Die Mängel, die er meinte, gesehen zu haben ... Hatte er uns jemanden geschickt, der die Ställe überprüfen sollte? Zorn ballte sich in mir zusammen.

Dieser Kerl hatte mir seine Karte hinterlassen, irgendwo musste ich sie noch haben. Wenn er wirklich dahintersteckte, konnte er sich auf etwas gefasst machen!

»Haben Sie etwas dagegen, wenn ich fahre?«, fragte ich, denn noch immer fühlte ich mich sehr unwohl, wenn ich als Beifahrerin in einem Auto saß.

»Nein, keineswegs«, sagte Olaf.

Mein Herz klopfte während der ganzen Fahrt. Es fiel mir schwer, mich zu konzentrieren. Vielleicht hätte ich doch lieber Olaf fahren lassen sollen? Der hatte ein Heft aus seiner Tasche gezogen und schrieb etwas auf. Wahrscheinlich war er schon wieder bei seiner eigentlichen Arbeit. Aber in meinem Kopf kreisten die Gedanken, und mein Magen zwickte vor lauter Ungewissheit.

Als das Gutstor schließlich auftauchte, waren meine Hände schweißnass. Mein Nacken fühlte sich verspannt an, und das Blut rauschte in meinen Ohren. Wir fuhren den Weg hinauf. Kurz vor der Rotunde bemerkte ich einen großen schwarzen Wagen. Im ersten Moment erschrak ich, weil ich ihn für einen Leichenwagen hielt, doch selbst als ich sah, dass es sich um eine Limousine handelte, wurde mir nicht leichter zumute.

»Vielen Dank, Olaf«, sagte ich und entließ den Mann aus dem Volvo, bevor ich ihn in die Garage fuhr, die sich neben den Stallungen befand. In der benachbarten Remise stand noch eine uralte Kutsche, zusammen mit dem allerersten Auto, das der Hof jemals angeschafft hatte, doch beides hatte schon lange kein Sonnenlicht mehr gesehen.

Als ich die Garage verließ, traf ich auf unseren Stallmeister.

Sven Bergmann war Mitte dreißig und hochgewachsen,

sodass selbst ich, die nicht besonders klein war, zu ihm auf-schauen musste.

»Guten Tag, Herr Bergmann«, grüßte ich ihn.

»Guten Tag, Fräulein Solveig«, sagte er und reichte mir die Hand. »Es ist schön, dass Sie wieder zurück sind. Läuft es gut in Stockholm?«

»Ich habe mein Examen gerade bestanden«, antwortete ich.

»Herzlichen Glückwunsch! Dann werden Sie ab sofort wie-der öfter hier sein?«

»Fürs Erste ja. Ich plane noch, meinen Doktor zu machen, aber jetzt möchte ich den Sommer genießen.« Ich deutete auf den schwarzen Wagen. »Wer ist das?«

Auf der Stirn des Stallmeisters erschienen tiefe Falten. »Keine Ahnung«, antwortete er. »Er kam heute Morgen hier an mit einem dicken Aktenordner.«

»Vielleicht ist es ein Kunde oder ein Lieferant.«

Bergmann schüttelte den Kopf. »Dann wären sie wohl in den Stall gegangen. Doch seit seiner Ankunft – nichts. Sie bleiben alle im Haus.«

Ein Gefühl von Sorge überkam mich. »Danke«, sagte ich zu dem Stallmeister. »Ich werde mal nachschauen, was das zu bedeuten hat.«

Auf der Treppe nahm ich zwei Stufen auf einmal. Noch im Laufen öffnete ich meine Jacke und stürmte nach oben. Im Gang begegnete mir Großmutter. Sie wischte sich übers Ge-sicht, und wenig später erkannte ich, dass sie weinte.

»Mormor, was ist los?«, fragte ich.

Ertappt sah sie mich an. »Solveig, du bist ja schon da!«

»Ja, Olaf Persson hat mich gefahren«, antwortete ich. »Er sagte, Mama hätte einen Geschäftstermin.«

196

Großmutter presste die Lippen zusammen.

»Wer ist der Mann mit dem schwarzen Auto?«

Agneta zögerte.

»Großmutter?«, hakte ich nach.

»Er kommt von der Bank«, sagte sie. »Sie ist nicht bereit, uns einen weiteren Kredit zu gewähren. Die Steuerzahlungen sind fällig, aber wir haben das Geld nicht. Deshalb hat Mathilda einen Termin mit ihm vereinbart. Und jetzt das.«

Ich wusste, dass die Grundsteuern für unser Land sowie der Steuerwert unseres Hauses sehr hoch waren. Bisher waren die Steuerzahlungen kein Problem gewesen, aber offenbar hatte das vergangene Jahr nicht genug Geld eingebracht.

»Wie es aussieht, werden wir entweder den Löwenhof oder Ekberg verkaufen müssen«, setzte Großmutter hinzu.

Die Worte trafen mich wie eine Ohrfeige. Den Löwenhof verkaufen? Den Stammsitz unserer Familie? Und Ekberg? Es war das Gut von Agnetas Ehemann, bevor es in den Besitz meiner Mutter übergegangen war. Wir waren bestenfalls ein paar Wochen im Jahr dort, denn die Familie, der wir die Verwaltung übergeben hatten, kümmerte sich ganz hervorragend darum.

»Angesichts der schlechten Situation kannst du dir ja vorstellen, dass der Löwenhof eher für einen Verkauf infrage käme. Ekberg sichert immerhin unsere Einnahmen.« Großmutter schluchzte auf. »Ich hätte mir nie träumen lassen, dass mein Elternhaus jemals unter den Hammer kommt!« Jetzt brach sie richtig in Tränen aus. Ich nahm sie in meine Arme. Der Schock ließ meine Gliedmaßen prickeln, als wäre ich in einen Schneesturm geraten.

»Nun weine doch nicht, Großmutter, vielleicht findet sich ein anderer Weg.«

»Aber welcher?«, fragte sie verzweifelt. »Niemand will unsere Pferde kaufen! Niemand braucht Pferde! Und die Einnahmen aus dem Decken reichen nicht aus.«

Ich spürte, wie sie am ganzen Leib zitterte. Oder war ich das vielleicht auch selbst? Mit allem hätte ich gerechnet, aber nicht damit, dass wir eines Tages von hier fortgehen würden. Was war eine Lejongård ohne den Löwenhof?

Da das Weinen meiner Großmutter durch das ganze Haus hallte und sicher auch für die Köchin und den Mann von der Bank hörbar war, entschloss ich mich, Großmutter zu ihrem Zimmer zu bringen. Während sie schluchzte, führte ich sie durch den Gang und redete beruhigend auf sie ein. Doch wenn ich ehrlich war, wusste ich nicht, welchen Vorschlag ich machen sollte, um das Blatt zu wenden. Gut Ekberg zu verkaufen würde sehr lukrativ sein, doch dann würden wir unsere Lebensgrundlage verlieren. Es sei denn, es fand ein umfassender Umschwung auf dem Löwenhof statt.

Carinsson fiel mir wieder ein, und ich wusste nicht, ob ich mich darüber freuen oder wütend sein sollte. Er hatte so hochfliegende Pläne gehabt, doch sie würden für uns nicht umsetzbar sein. Nicht ohne Kredit. Und erst recht nicht ohne den Löwenhof. Wie würde sich meine Mutter entscheiden?

Ich bugsierte Großmutter aufs Bett und strich ihr sanft übers Haar. Noch immer schluchzte sie. Das war aber besser, als wenn sie gänzlich in Schweigen verfiel. In dem Fall würde die Dunkelheit sie wieder umfangen.

»Wir werden eine Lösung finden«, wiederholte ich, nicht nur für sie, sondern auch für mich. Ich wollte daran glauben, dass es eine andere Lösung gab, als den Hof zu verkaufen. Der Hof war mein Zuhause, mein Märchenland aus Kindheitstagen. Ihn zu verlieren würde ähnlich schmerzvoll sein wie der Verlust von Sören.

Der Mann von der Bank saß noch weitere zwei Stunden im Arbeitszimmer. So neugierig ich auch war auf das, was er mit meinen Eltern beredete, so konnte ich es doch nicht über mich bringen, dort aufzutauchen.

Nachdem sich Großmutter zu einem kleinen Nickerchen hingelegt hatte, schlich ich in mein Zimmer und begann, unruhig auf und ab zu gehen. Noch immer kreisten meine Gedanken. Und immer wieder kamen sie zu dem Moment, als Jonas Carinsson bei mir auftauchte.

Jedes Detail des Gesprächs stand mir wieder vor Augen. Hätte ich netter sein müssen? Doch wie hätte ich nett sein sollen zu einem Mann, der meiner Familie Versagen vorwarf? Hätte ich mich seinen Ideen gegenüber vielleicht aufgeschlossener zeigen sollen? Aber das wäre einer Lüge gleichgekommen. Ich wusste schon seit ich ein Teenager war, dass unser Gutshof nicht mehr den einstigen Rang hatte. Dass wir nicht mehr über Berge von Geld verfügten.

Und jetzt ging das Geld endgültig zur Neige. Wir steckten in großen Schwierigkeiten. Wir würden, selbst wenn wir wollten, nichts tun können, um die Ställe zu modernisieren und Sportler für uns zu begeistern. Es sei denn, Ekberg wurde verkauft. Aber darauf würden sich meine Eltern sicher nicht einlassen.

Und wenn ich diesen Carinsson doch noch einmal kontaktierte? Wahrscheinlich würde der nichts mehr von mir wissen wollen. Ich musste ihm wie eine verzogene Göre vorgekommen sein, die seine Ratschläge hochnäsig abschmetterte.

Es klopfte an der Tür.

»Herein«, rief ich. Im Türspalt erschien das müde Gesicht meiner Mutter.

»Solveig, hast du einen Moment Zeit?«, fragte sie.

»Natürlich, Mama«, sagte ich. »Wie ist es mit dem Bankmann gelaufen?«

»Großmutter hat dir davon erzählt, nicht wahr?«

»Ein wenig. Sie war ziemlich verzweifelt.«

»Und das zu Recht. Die Steuerzahlungen stehen an, aber im vergangenen Jahr hatten wir einen massiven Rückgang an Einnahmen zu verzeichnen.«

»Trotz des Verkaufs an Roscoe?«, wunderte ich mich.

»Das war nur ein Tropfen auf den heißen Stein. Die Bank ist nicht mehr gewillt, uns einen weiteren Kredit zu geben. Sie droht uns sogar damit, den jetzigen Kredit platzen zu lassen.«

»Sind wir in Zahlungsverzug?«

»Leider ja. In gut einer Woche müssen wir die nächste Rate begleichen, sonst ...« Tränen stiegen Mutter in die Augen, und sie presste ein Taschentuch vor ihre Nase. »Ich habe so gehofft, das Ruder herumreißen zu können!«, schluchzte sie. »Aber es ist mir alles über den Kopf gewachsen.«

Ich ging zu ihr und nahm sie in meine Arme. Dabei hallten mir die Worte von Carinsson wieder durch die Ohren. Er hatte recht, wir waren altmodisch. Aber was sollten wir tun ohne Geld? Und jetzt auch noch ohne den Rückhalt der Bank!

»Können wir den Kredit denn irgendwie umschulden?«, fragte ich, als sich meine Mutter wieder ein wenig beruhigt hatte.

»Wir werden uns bemühen, aber man hat uns ans Herz gelegt, den Hof zu verkaufen.«

»Das geht doch nicht!«, brauste ich auf. »Es ist unser Stammsitz! Unser Zuhause!«

»Erinnerst du dich an das gelbe Haus in Stockholm, das ich dir gezeigt habe?«

»Das du verkauft hast?«

»Genau. Ich habe es verkauft, obwohl es für siebzehn Jahre meines Lebens mein Zuhause war. Ich habe es verkauft, um mein anderes Zuhause retten zu können.«

»Und jetzt willst du dieses andere Zuhause auch verkaufen?«

Mein Magen zwickte, und mein Herz raste. Ich konnte es mir einfach nicht vorstellen, von hier fortzugehen. Ekberg war mir fremd geblieben. Ich hatte mein Herz niemals so daran hängen können wie an den Löwenhof.

Seufzend ließ ich mich auf meinen Stuhl sinken. Minutenlang herrschte Schweigen zwischen meiner Mutter und mir.

»Was wirst du tun?«, fragte ich schließlich.

»Ich weiß es nicht«, antwortete Mutter. »Wenn wir das Gut behalten wollen, werde ich zunächst einigen Angestellten kündigen müssen. Dann müssen wir sehen, was wir aus dem Herrenhaus zu Geld machen können. Vielleicht verkaufe ich auch das Ackerland, das zum Löwenhof gehört.«

Ihre Stimme klang müde. Nichts von dem, das sie vorhatte, würde irgendwen glücklich machen. Ohne das Ackerland würden wir auskommen, aber wenn Leute entlassen wurden, wer kümmerte sich dann um die Pferde?

»Eine andere Möglichkeit wäre auch, die Pferde versteigern zu lassen. Einige der Hengste sind sehr wertvoll.«

Ich erinnerte mich daran, welches Interesse Mr Roscoe an unserem Sonnenkönig gehabt hatte. Ihn würde Mutter vielleicht für einen großen Betrag verkaufen können. Aber das

Geld würde gerade mal den Kredit bedienen, und dann standen wir wieder am Anfang. Früher oder später würde der Löwenhof am Ende sein.

»Vielleicht sollten wir erst einmal eine Nacht über die Sache schlafen«, sagte ich und erhob mich wieder. Ich fühlte mich ähnlich betäubt wie nach der Nachricht, dass Sören gestorben war. Warum ließ das Unglück nicht von uns ab?

14. Kapitel

Beim Abendessen herrschte gedrückte Stimmung. Mutter rührte gedankenverloren in ihrer Suppe, Vater hatte einen Stift und einen Block neben sich liegen und notierte etwas. Großmutter löffelte vollkommen appetitlos, und ich spielte mit der Serviette. Nicht, dass ich die Suppe nicht mochte, doch ich hatte keinen Hunger. Immer wieder dachte ich daran, dass ich Herrn Carinsson nicht so einfach hätte sitzen lassen sollen. Er hatte uns helfen wollen. Zwar mit hochtrabenden Ideen, aber es wäre eine Möglichkeit gewesen, den Verkauf abzuwenden. Und jetzt hatten wir richtige Schwierigkeiten. Ich wünschte, ich hätte Carinsson eine Chance gegeben. Vielleicht war ja doch etwas dran an dem, was er sagte.

Das Klirren eines Löffels holte alle aus ihrer Lethargie.

Großmutter hatte sich kerzengerade aufgesetzt. Sie war kreidebleich, und ich meinte, Schweißtröpfchen auf ihrer Stirn glitzern zu sehen.

»Agneta, was ist mit dir?«, fragte Mutter.

»Ich bin müde. Ich will mich ein wenig hinlegen«, antwortete Großmutter.

»Ist alles in Ordnung, Mormor?«, fragte ich, als ich sah, wie mühsam sie sich erhob.

»Ja, es wird schon wieder, mein Kind. Die Sache mit dem Bankier hat mich nur ziemlich mitgenommen.«

»Ich komme mit dir«, sagte ich und erhob mich.

»Nein, lass nur, ich schaffe das schon«, sagte sie. »Ich habe immer alles geschafft.« Großmutter hielt sich eine Weile an der Lehne ihres Stuhls fest, als müsste sie gegen einen Schwindel ankämpfen, dann setzte sie sich in Bewegung.

Mein Körper spannte sich. Ich wollte Großmutter nicht noch mehr aufregen, indem ich etwas tat, was sie nicht wollte, aber ich hatte kein gutes Gefühl und beschloss, ihr zu folgen. Ich verließ das Esszimmer und sah sie an der Treppe stehen. Sie schwankte einen Moment lang, dann krümmte sie sich plötzlich mit einem schmerzvollen Stöhnen zusammen.

»Mormor!«, rief ich und rannte zu ihr. Sie kauerte auf der Stufe und hielt sich die Brust. Als ich sie berührte, merkte ich, wie stark sie zitterte. Und dass ihre Haut eiskalt und schweißfeucht war.

»Mama! Papa!«, rief ich, doch da kamen die beiden schon um die Ecke.

»Was ist passiert?«, fragte mein Vater. »Ist sie gestürzt?«

»Nein, sie ist vor der Treppe zusammengesunken.«

Ich tastete nach ihrem Puls. Zunächst fand ich ihn kaum, was mich sogleich in Panik versetzte. Als ich ihn schließlich doch spürte, merkte ich, wie ihr Herz raste.

»Ich ... kriege ... kaum ... Luft«, japste sie. »Mein ... Herz ... Es ... wie bei ... meiner ... Mutter.«

»Oh mein Gott!«, rief Mutter aus. »Wir brauchen einen Arzt!«

»Wir sollten den Krankenwagen rufen«, sagte Vater. »Sie muss in die Klinik. Der Hausarzt wird bei einer Herzsache nichts ausrichten können.«

»Bis der Krankenwagen hier ist, geht wertvolle Zeit verloren«, rief Mutter. »Wir werden sie hinfahren.«

»Aber ist das nicht gefährlich?«, fragte ich. »Es könnte schlimmer werden, und dann seid ihr auf der Straße allein!« Ich fühlte wieder nach Großmutters Puls. Noch immer war er sehr flach und schnell.

»Der Notarzt würde viel zu lange brauchen«, rief Mutter panisch. »Wir müssen fahren. Solveig, ruf schon mal die Klinik an!« Mit diesen Worten rannte sie los, um den Schlüssel zu holen.

»Ich will mitkommen«, sagte ich, doch Vater schüttelte den Kopf. »Einer muss hier sein und der Klinik Bescheid sagen.« Damit lief auch er davon.

Ich hob Großmutters Oberkörper ein wenig an. Schweißperlen standen auf ihrer Stirn, und ihre Wangen waren aschfahl. Ich vermutete, dass sie einen Infarkt hatte, doch ich kannte mich nur mit Tieren aus und nicht mit Menschen.

»Solveig«, keuchte Großmutter leise. Ihre Lippen wirkten ein wenig bläulich, was meine Annahme bestätigte. »Das schwache Herz ... liegt wohl in der Familie. Wenn ich sterbe ...«

»Sag doch so was nicht«, presste ich ängstlich hervor. »Du hast dich wegen des Guts aufgeregt, nichts weiter.«

Sie griff nach meiner Hand. »Versprich mir, dass du den Löwenhof nicht verkaufen wirst.«

Mein Innerstes zog sich zusammen. Ich hatte das nicht zu entscheiden, denn nach ihr würde meine Mutter das Gut erben. Aber um sie zu beruhigen, nickte ich.

»Wir werden den Löwenhof nicht verkaufen«, sagte ich, während ich mich bemühte, nicht in Tränen auszubrechen. »Ich verspreche es dir.«

»Gut«, sagte sie, und ein kleines Lächeln erschien auf ihrem Gesicht, dann schloss sie die Augen.

»Großmutter!«, schrie ich panisch auf.

Da öffnete sie die Augen wieder. »Was ist denn, mein Schatz?«, fragte sie.

»Mach bitte die Augen nicht zu, Mormor! Bitte, schau mich an. Mama und Papa werden dich in die Klinik nach Kristianstad bringen. Du wirst wieder gesund!«

»Das hoffe ich«, sagte sie und streichelte mir mit der freien Hand zittrig übers Haar, bis sie erneut schmerzvoll das Gesicht verzog.

Glücklicherweise hörte ich draußen bereits das Auto brummen. Vater erschien wenig später mit Mutter im Schlepptau.

»Sollten wir sie nicht besser umziehen?«, fragte Mutter, doch Papa schüttelte den Kopf. »Es geht so. Solveig kann eine Tasche für sie packen. Wir bringen sie ihr dann später.«

Mit diesen Worten beugte er sich über Großmutter. Er redete kurz mit ihr, dann hob er sie auf seine Arme. Es wirkte, als hätte sie überhaupt kein Gewicht.

»Ruf die Klinik an«, wandte sich meine Mutter drängend an mich, dann zog sie mich in die Arme. Es war schwer zu sagen, wer von uns beiden in diesem Augenblick mehr Trost brauchte. »Ich melde mich, so schnell es geht, ja?«

Ich nickte und ließ sie wieder los. Gemeinsam liefen wir zur Tür. Vater hatte Großmutter bereits auf den Rücksitz des Wagens gebettet.

»Fahrt vorsichtig!«, rief ich ihnen nach.

Vater winkte und ließ den Motor an. Mutter stieg ein. Ich hörte die Beifahrertür zuschlagen, dann fuhren sie los.

Mit rasendem Herzen sah ich ihnen nach, bis die Rücklichter des Wagens in der Abenddämmerung verschwanden. Dann taumelte ich zurück ins Haus und schloss die Tür.

Ob Großmutter wirklich einen Herzinfarkt hatte? Was, wenn sie unterwegs starb? Sollten ihre Worte die letzten gewesen sein, die sie mit mir gesprochen hatte? Diese Vorstellung trieb mir die Tränen in die Augen und ließ mich klagend aufschluchzen.

Doch dann fing ich mich wieder. Ich sollte die Klinik anrufen. Noch war sie am Leben, und ich musste dafür sorgen, dass sie es blieb. Mit langen Schritten lief ich nach oben ins Arbeitszimmer. Die Nummer des Krankenhauses hatte Mutter in der Zeit meines Aufenthaltes dort an die lederne Schreibtischunterlage geheftet.

Mit zitternden Fingern wählte ich. Es dauerte ein Weilchen, bis sich jemand meldete. Die Worte, dass meine Eltern auf dem Weg nach Kristianstad waren, sprudelten nur so aus mir heraus. »Bitte bereiten Sie alles für meine Großmutter vor, ja? Meine Eltern müssten bald bei Ihnen sein.«

Bald? Bis nach Kristianstad war es ein gutes Stück. Aber eine andere Möglichkeit gab es nicht.

»In Ordnung, wir werden uns um sie kümmern«, versprach die Schwester. »Ich sage Dr. Runesson Bescheid. Ist bei Ihnen so weit alles in Ordnung?«

»Ja, mir geht es gut, ich bin nur besorgt«, antwortete ich. »Haben Sie vielen Dank.«

Sie legte auf, doch ich behielt den Hörer noch einen Moment in der Hand und starrte auf das Gemälde, das an der Wand des Arbeitszimmers hing. Es zeigte den Löwenhof, kurz bevor ein Gewitter losbrach. Es war eines der wenigen Bilder aus dem Frühwerk meiner Großmutter, die sie behalten hatte. Vor vielen Jahren hatte sie mir mal erzählt, dass sie

207

sich damit bei der Kunstakademie beworben hatte. Man sah deutlich, warum man sie angenommen hatte.

Das Tuten im Hörer brachte mich in die Realität zurück. Ich legte auf und erhob mich. Die Zeiger meiner Armbanduhr rückten auf Viertel vor neun. Meine Eltern mussten jetzt zehn Minuten unterwegs sein, vielleicht eine halbe Stunde, genau wusste ich es nicht. Würde es sich lohnen, das Arbeitszimmer zu verlassen, oder sollte ich auf ihren Anruf warten?

Mein Blick fiel auf die Sitzgruppe, auf der auch der Amerikaner und Carinsson gesessen hatten. Carinsson. In letzter Zeit wanderten meine Gedanken ständig zu ihm. Hätte er wirklich helfen können?

Nachdem ich eine Weile auf und ab gegangen war, kehrte ich in mein Zimmer zurück. Seine Visitenkarte musste noch irgendwo in meiner Geldbörse stecken.

Tatsächlich fand ich sie zwischen einem Packen Kassenzettel. Keine Ahnung, warum ich die Kassenzettel stets behielt, aber sie hatten dafür gesorgt, dass die Karte aussah wie neu. Ich betrachtete sie eine Weile.

Mittlerweile waren ein paar Monate vergangen, seit ich ihn das letzte Mal gesehen hatte. Ob er mich abweisen würde, wenn ich mich bei ihm meldete?

Ich nahm die Karte mit ins Arbeitszimmer und legte sie auf die Schreibtischunterlage. Meine Gedanken wanderten hin und her. Was konnte ich sonst tun? Um die Misere abzuwenden, hätten wir schon viel eher reagieren müssen. Vielleicht wäre uns dann dieser schreckliche Moment vorhin erspart geblieben.

Schließlich merkte ich, wie meine Lider immer schwerer wurden. Ich sagte mir, dass ich warten und wach bleiben müsste, doch nach einer Weile konnte ich dem Drang, die

Augen zu schließen, nicht mehr widerstehen. Stille umfing mich, und ich spürte, wie ich in die Tiefe sank. In die Dunkelheit.

Das Läuten des Telefons holte mich aus dem Schlaf. Ich schreckte hoch und griff panisch nach dem Hörer.

»Lejongård?«

»Hier ist deine Mutter«, tönte es vom anderen Ende der Leitung.

»Seid ihr angekommen?«, fragte ich und blickte auf meine Uhr. Mittlerweile waren zwei Stunden vergangen. Hatte es Komplikationen gegeben? »Wie geht es Großmutter?«

»Sie ist noch in der Notaufnahme«, antwortete sie. »Tut mir leid, dass es so lange gedauert hat, bis ich mich melde. Es ist um diese Uhrzeit beinahe unmöglich, Kleingeld für das Münztelefon aufzutreiben.«

»Dann ist also unterwegs nichts passiert?« Ich hätte Erleichterung spüren sollen, aber mein gesamter Körper spannte sich noch immer an wie eine festgezogene Uhrfeder.

»Nein, es ist alles in Ordnung. Großmutter ging es zwar nicht gut, als wir ankamen, aber es scheint auch nicht schlechter geworden zu sein. Paul wartet jetzt auf der Station. Hach, solch eine Aufregung, nicht wahr? Als wenn wir nicht schon genug Ärger hätten.«

»Großmutter geht vor«, sagte ich, und mein Blick fiel wieder auf die Visitenkarte. »Alles andere wird sich schon finden.«

»Das hoffe ich«, sagte Mutter und schwieg einen Moment, bevor sie fortfuhr: »Geh am besten ins Bett, Solveig. Wir werden hier wahrscheinlich noch eine Weile bleiben müssen. Morgen früh sind wir sicher zurück.«

»Ist gut«, sagte ich. »Grüße Großmutter bitte von mir, ja?«

»Das mache ich. Gute Nacht, mein Liebes!«

»Gute Nacht!«

Ich legte auf und nahm die Karte zur Hand. Mittlerweile war es beinahe elf Uhr, um diese Zeit rief man nur noch an, wenn es sich nicht vermeiden ließ. Außerdem war mir immer noch nicht klar, ob ich ihn wirklich kontaktieren sollte. Vielleicht würde der Morgen mir mehr Klarheit bringen.

In der Nacht drehte ich mich unruhig in meinem Bett herum. Die kleinsten Geräusche irritierten mich und rissen mich aus dem Schlaf. Einmal glaubte ich, meine Eltern seien zurückgekehrt. Als ich zum Fenster lief, um nachzuschauen, sah ich niemanden, und mir wurde klar, dass irgendwo etwas umgefallen oder ein offenes Fenster zugeschlagen sein musste.

Ganz allein in dem Herrenhaus zu sein kam mir unheimlich vor. Als Kind hatte ich mir ausgemalt, dass nachts die Geister unserer Ahnen Bälle im großen Tanzsaal feierten. Ich hatte durchsichtige Gestalten in wunderschönen Roben vor mir gesehen, die sich miteinander drehten oder Menuette aufführten. Diese Vorstellung hatte damals etwas ungemein Romantisches und Abenteuerliches für mich, doch mittlerweile beunruhigte es mich, mit den Geistern dieses Hauses allein zu sein. Es hatte hier so viele tragische Schicksale gegeben, so viele Menschen waren hier gestorben.

Geräusche im Haus konnten auch bedeuten, dass jemand versuchte, hier einzusteigen. Auf dem Löwenhof war dergleichen noch nicht passiert, aber im Wohnheim war es bereits probiert worden. Der Gedanke, dass ein Fremder im eigenen Haus herumschlich, war sehr bedrohlich. Doch in diesem Augenblick war ich viel zu müde und erschöpft, um nachzusehen. Die Augen fielen mir zu, und ich sank in einen tiefen, traumlosen Schlaf.

Ich erwachte, als eine Hand mich an der Schulter berührte.

»Guten Morgen, Solveig.« Es war Vaters Stimme, die zu mir drang.

»Papa?«

»Entschuldige, wenn ich dich erschreckt habe«, sagte er. »Ich wollte dir nur Bescheid sagen, dass ich wieder da bin.«

»Wie geht es Großmutter?«

»Nun, nicht gut«, antwortete er und ließ sich auf die Bettkante nieder. »Sie hatte tatsächlich einen Herzinfarkt. Jetzt versuchen die Ärzte, ihr Blut flüssig zu halten, damit sich kein weiterer Blutpfropfen bilden kann.«

»Aber sie ist am Leben.«

»Ja, und sie ist auf der Intensivstation. Mathilda ist dageblieben, sie wollte einfach nicht mit nach Hause.«

»Sie muss hundemüde sein.«

»Das ist sie. Aber du weißt ja, wie sie ist. Sie will nicht eher von dort weg, bis sichergestellt ist, dass es Großmutter besser geht.«

»Aber sie wird es nicht aushalten«, sagte ich besorgt.

»Wir werden sie nachher holen«, versprach Vater. »Hast du die Tasche für deine Großmutter gepackt?«

»Oh nein, das habe ich vergessen!«, rief ich aus und schlug erschrocken die Hand vor den Mund.

Vater legte mir die Hand auf die Schulter. »Wir haben noch ein bisschen Zeit. Jetzt sollten wir wohl erst mal frühstücken.«

Ich nickte, dann umarmte ich meinen Vater. »Ich habe Angst um Großmutter«, sagte ich.

»Ich auch. Aber sie wird schon wieder, da bin ich sicher. Eine Lejongård gibt nicht so schnell auf, nicht wahr?«

Als mein Vater gegangen war, huschte ich ins Bad. Dort verbrachte ich eine gute halbe Stunde, denn die Müdigkeit, die mir bleiern in den Knochen saß, wollte einfach nicht weichen.

Als ich schließlich fertig und angezogen war, ging ich nach unten. Ich hörte Vater in der Küche mit der Köchin reden. Im Esszimmer war bereits der Tisch gedeckt, aber wäre es nicht schöner, wenn wir in der Küche frühstücken würden? Im Esszimmer würde nur umso mehr auffallen, dass Großmutter fehlte. Ich stieg also die Treppe hinunter in den Dienstbotentrakt.

Vater kam mir auf halbem Weg entgegen. »Ich muss nur noch mal kurz nach draußen, dann komme ich«, sagte er.

»Ist gut«, rief ich ihm zu und betrat die Küche, die von wunderbarem Kaffeeduft erfüllt war. Frau Johannsen begann ihren Dienst immer gegen sechs Uhr und ging am Nachmittag, nachdem sie das Abendessen vorbereitet hatte, sodass wir nur noch alles hinauftragen mussten. Es war kaum zu glauben, dass früher einmal eine Köchin unter diesem Dach gewohnt hatte und rund um die Uhr verfügbar gewesen war.

»Guten Morgen, Frau Johannsen«, grüßte ich die Köchin. »Hatten Sie eine gute Nacht?«

»Danke, ja, wie es aussieht eine bessere als Sie. Ihr Vater hat mir bereits erzählt, was passiert ist, schrecklich.«

»Ja«, sagte ich, »aber ich bin sicher, dass meine Großmutter sich wieder erholt.«

»Das hoffe ich. Ihre Großmutter ist eine großartige Frau. Im Dorf hält man große Stücke auf sie.«

»Danke, das ist sehr nett von Ihnen.«

Ich fragte mich, ob sie Bescheid wusste, was das Gut anging. Mutter war zu den Angestellten eigentlich immer sehr offen. Aber würde sie ihnen sagen, dass wir kurz vor der Pleite standen? Und was sollte dann aus ihnen werden? Unsere Reinigungskräfte verließen sich auf uns, ebenso die Leute, die in den Ställen arbeiteten. Und Frau Johannsen ebenfalls.

Nein, sie wusste noch nichts, sonst hätte sie nicht so dienstbeflissen gewirkt. »Ich bringe Ihnen das Frühstück gleich nach oben.«

»Ich denke, das ist nicht nötig«, sagte ich. »Mein Vater und ich können doch bei Ihnen in der Küche essen.«

»Am Dienstbotentisch?«, fragte Frau Johannsen überrascht. »Ihre Großmutter würde das sicher nicht gut finden.«

»Leider ist sie nicht hier, und meine Mutter ist immer noch in Kristianstad. Ich denke, für meinen Vater und mich ist es in Ordnung. Und Sie sind herzlich eingeladen, ebenfalls einen Kaffee zu trinken und ein paar Happen zu essen, wenn Sie mögen.«

»Dazu sage ich nicht Nein. Danke sehr!«

Ich nickte ihr zu, dann ging ich nach oben, um Vater Bescheid zu sagen.

»Wie in alten Zeiten«, sagte er.

Nach dem Frühstück packte ich Großmutters Tasche und legte ihr auch noch ein Buch aus der Bibliothek hinein. Ich wusste nicht, ob sie jetzt schon lesen durfte, aber wenn, konnte sie sich ein wenig die Langeweile vertreiben. Diesmal nahmen wir den Transporter, denn Vater wollte in Kristianstad noch ein paar Dinge besorgen. Es erinnerte mich ein wenig an den Tag, als er mit mir zur Unfallstelle gefahren war. Mein Magen zwickte auch diesmal, allerdings vor Sorge um Großmutter. Doch wenn sich etwas gravierend verändert hätte, hätte Mutter sicher angerufen.

»Mach dir keine Sorgen, es wird alles gut«, sagte Vater wie aus heiterem Himmel, als wir die Hälfte des Weges zurückgelegt hatten. Es klang beinahe, als spräche er zu sich selbst.

»Das hoffe ich«, gab ich zurück und dachte wieder an die Visitenkarte. Würde ich mich bei meiner Rückkehr durchringen können, mit Carinsson zu sprechen? Am Telefon wäre das sicher nicht so schlimm.

Dann wurde mir klar, dass ein Telefongespräch nicht angebracht war. Wenn ich das wirklich durchziehen wollte, musste ich nach Stockholm. Ihm gegenüberzutreten und um Hilfe zu bitten würde mich sicher vor Scham in den Boden versinken lassen. Aber mehr als ablehnen konnte er nicht.

In Kristianstad setzte Vater mich vor dem Krankenhaus ab.

»Bis später«, sagte er. »Sieh zu, dass du deine Mutter überredest, die Klinik zu verlassen, ehe sie hier selbst noch ein Bett braucht.«

»Keine Sorge, das gelingt mir schon«, sagte ich, schloss die Beifahrertür und winkte meinem Vater zu, während dieser sich in den laufenden Verkehr einfädelte.

Als ich mich dem Eingang zuwandte, schnürte sich mir das Herz zusammen.

Anderthalb Jahre, nachdem ich selbst hier eingeliefert worden war, musste ich schon wieder hierher. Und wieder ging es auch um einen Menschen, den ich gernhatte.

Der vertraute Geruch nach Desinfektionsmitteln schlug mir entgegen. Ich fragte nach meiner Großmutter, worauf die Schwester auf eine Tür deutete.

»Sie können dort warten, aber ob Sie in das Zimmer hineinkönnen, entscheidet das Personal.«

»Danke«, sagte ich und durchquerte das Foyer. Auf der

Tafel der Sponsoren, die an einer der Wände hing, fand ich den Namen unserer Familie. Wir unterstützten dieses Haus schon seit es erbaut worden war, deshalb standen wir ganz oben. Unter uns reihten sich Unternehmer und auch einige Privatpersonen. Im nächsten Augenblick öffnete sich die Stationstür. Zwei Schwestern schoben ein großes weißes Bett heraus. Die Frau, die darin lag, hielt ich im ersten Moment für meine Großmutter, aber dann erkannte ich, dass sie es nicht war.

Ich schlüpfte durch die offene Tür und ging den Gang hinunter. Auf einem der Wartestühle fand ich die zusammengesunkene Gestalt meiner Mutter. Sie hielt ihren Kopf mehr schlecht als recht auf ihre Hand gestützt, doch im Schlaf sank sie immer weiter zur Seite.

»Mama«, sprach ich sie an und berührte sie sanft am Arm.

Sie schreckte hoch. »Ja?«, fragte sie und schaute sich verwirrt um. Dann erkannte sie mich. »Du bist es, Schatz. Was machst du denn hier?«

»Ich bin mit Papa gefahren.« Ich hob die Reisetasche meiner Großmutter hoch. »Ich habe Mormors Sachen. Und ich soll dir ausrichten, dass du nachher ja mit ihm mitkommen sollst. Papa macht sich Sorgen.«

Mutter wischte sich über das Gesicht. »Das ist lieb von ihm. Und von dir. Es war eine harte Nacht.«

»Hast du wenigstens ein bisschen geschlafen?« Ich bemerkte, wie abgespannt sie aussah. Die dunklen Ringe unter ihren Augen wirkten, als wäre ihre Schminke verlaufen.

»Was man so Schlaf nennen kann an diesem Ort.« Mutter seufzte. »Zwischendurch bin ich eingenickt, aber niemals so tief, dass ich nicht mehr registriert hätte, was hier vorgeht.«

»Dann solltest du mit Vater nach Hause fahren und dich

ein wenig ausruhen«, sagte ich. »Ich werde hierbleiben und wachen.«

»Das hört sich gut an«, sagte sie und tätschelte meine Hand. Im nächsten Augenblick öffnete sich eine Tür, und ein Mann in grüner Chirurgenkleidung kam nach draußen.

»Doktor Runesson!«, sagte Mutter und erhob sich. »Haben Sie einen Moment Zeit?«

»Guten Tag, Frau Lejongård. Ich war gerade auf dem Weg zu Ihnen.«

Er reichte Mutter die Hand, worauf sie mich vorstellte. »Das ist meine Tochter Solveig.«

»Ah, die Tierärztin!«, bemerkte er, während er auch meine Hand schüttelte. »Ihre Großmutter hat viel von Ihnen gesprochen.«

Wenn Großmutter von mir erzählte, konnte es nicht allzu schlimm um sie stehen.

»Wie geht es ihr, Herr Doktor?«, fragte ich.

»Nun, den Umständen entsprechend. Wie es aussieht, hatte sich aus ihren Beinen ein Blutgerinnsel gelöst, das in den Herzgefäßen stecken blieb. Dadurch hat sie einen Infarkt erlitten. Aber Sie waren glücklicherweise schnell genug hier.«

Nicht auszudenken, wenn das nachts passiert wäre!

»Wir haben sofort die Therapie eingeleitet«, fuhr Runesson fort. »Sie wird noch ein paar Tage auf der Intensivstation bleiben müssen, dann verlegen wir sie auf die Innere Station.«

»Dann hat sie kein schwaches Herz wie ihre Mutter?«

»Hat sie das behauptet?«

»Als sie zusammengebrochen ist, ja.«

Dr. Runesson schüttelte den Kopf. »Nein, ihr Herz ist an

und für sich nicht schwach. Aber das Blutgerinnsel hat dafür gesorgt, dass das Gewebe geschädigt wurde. Sie wird sich ab sofort schonen müssen. Und sie erhält Blutverdünner, damit so etwas nicht noch einmal vorkommt. Das wird ihr Leben ein wenig ändern, aber mit etwas Glück hat sie noch einige Jahre vor sich.«

Ich atmete erleichtert auf und sah auch, dass aus Mutters Körper ein wenig die Spannung entwich. »Haben Sie vielen Dank, Herr Doktor!«, sagte sie.

»Können wir sie besuchen?«, fragte ich. »Ich würde ihr gern ein paar Sachen bringen.«

»Besuchen ja, wenn Sie sich Schutzkleidung anziehen. Die Sachen nimmt Ihnen eine Schwester ab. Wir müssen darauf achten, dass die Patienten möglichst keimfrei bleiben, damit sich keine Komplikationen ergeben.«

Ich nickte und blickte dann zu Mutter. Auf deren Gesicht lag ein müdes Lächeln. »Nochmals vielen Dank, Herr Doktor«, sagte sie. »Wenn noch irgendetwas zu besprechen ist ...«

»Im Moment läuft alles so, wie es soll. Wenn es Neuigkeiten gibt, melde ich mich bei Ihnen.« Mit diesen Worten verabschiedete sich Dr. Runesson.

Ich fiel Mutter um den Hals. »Ich bin so froh, dass es nicht schlimmer geworden ist«, sagte ich.

»Und ich erst, mein Schatz. Bei all dem Ärger, den wir sonst haben, hätte es noch gefehlt, dass sie uns wegstirbt.«

»Sie wird uns nicht wegsterben«, sagte ich. »Komm, lass sie uns kurz besuchen.«

»Geh du nur allein«, sagte sie. »Ich werde draußen ein wenig Luft schnappen.«

Und sicher auch versuchen, die Spannung, die sie in sich trug, abzureagieren. Ich nickte und nahm sie noch einmal in die Arme, dann begab ich mich zum Schwesternzimmer, um meinen Besuch anzukündigen.

Wenig später stand ich in der Intensivstation, einem großen Raum, der etwa sechs Betten fasste, die voneinander mittels Vorhängen getrennt waren. Ein eisiger Schauer überlief meinen Rücken. Hatte ich hier während meiner Bewusstlosigkeit auch gelegen? Das Zimmer, in dem ich erwacht war, hatte anders ausgesehen, aber möglicherweise war ich zunächst hierhergekommen.

Im mittleren Bett auf der rechten Seite fand ich meine Großmutter. Ihr Kleid war einem Kliniknachthemd gewichen, über ihrem Bett hing ein Monitor. In ihrem Arm steckte eine Infusionsnadel. Die klare Flüssigkeit aus der Flasche am Halter über ihr war beinahe leer.

»Mormor«, sagte ich leise, worauf sie die Augen öffnete.

»Solveig«, sagte sie überrascht. »Was machst du denn hier?«

»Ich wollte nach dir sehen. Dr. Runesson meinte, dass du kurz Besuch empfangen dürftest.« Ich senkte meine Stimme, denn ich wollte die anderen Patienten jenseits der Vorhänge nicht stören.

»Das ist lieb von dir. Wie du siehst, lebe ich noch.«

Ich nickte. »Du glaubst gar nicht, wie sehr ich mich darüber freue!«, sagte ich und griff nach ihrer Hand.

»Vorsicht, Vorsicht!«, sagte Großmutter. »Nicht, dass du mir die Nadel aus der Vene reißt. Es war schon schwierig genug, sie da reinzubekommen. Meine Haut ist anscheinend wie altes Leder.«

Ich streichelte vorsichtig über ihren Arm. »Entschuldige. Ich würde dich ja am liebsten drücken, aber bei all den Kabeln ...«

»Das holen wir nach«, sagte Großmutter und überlegte einen Moment lang. »Es ist schon komisch, nicht wahr?«

»Was denn?«

»Wie sich die Medizin entwickelt hat in den paar Jahren. Als ich herkam, um meine Söhne zu gebären, war alles noch ganz anders. Jetzt piept es über einem, und Flüssigkeiten laufen durch Schläuche in einen hinein. Ich hätte nicht gedacht, dass ich so einen Fortschritt noch miterlebe.«

»Du bist doch noch nicht so alt«, sagte ich.

»Das ist wohl die Meinung aller Enkelinnen, die ihre Großmutter lieben. Aber du kannst mir glauben, ich bin alt. Richtig alt.« Jetzt griff sie nach meiner Hand. »Ich habe euch einen ziemlichen Schrecken eingejagt, wie?«

»Ja, das hast du«, gab ich zu. »Aber die Hauptsache ist, du wirst wieder gesund.«

»Ich werde mich bemühen.« Und nach einer kleinen Pause fügte sie hinzu: »Das, worum ich dich gestern Abend gebeten habe ...«

»Ach Mormor, mach dir doch keine Gedanken über den Hof«, sagte ich. »Wir werden schon einen Weg finden.«

»Bitte, verkauft den Löwenhof nicht«, sagte sie. »Ich weiß nicht, wie deine Mutter es sieht, aber ich bin sicher, dass du diejenige sein wirst, die ihm zu neuem Glanz verhilft.«

Wenn ich doch nur gewusst hätte, wie ich das anstellen sollte ...

»Du bist ein Kind der neuen Zeit«, fuhr Großmutter fort. »Du kannst mit alldem leichter umgehen als deine Mutter oder ich. Mathilda mag eine gute Geschäftsführerin sein, doch sie ist noch zu sehr in der alten Zeit verwurzelt. Mit dem Krieg hat sich alles komplett geändert. Jetzt sind Dinge machbar, die wir nicht für möglich gehalten haben.«

»Ich werde einen Weg finden, das verspreche ich dir. Aber nun denke nicht mehr an den Hof. Deine Gesundheit hat Vorrang.«

»Ach, die wird schon wieder. Der Arzt meinte, ich hätte ein Blutgerinnsel gehabt. Da kann man mal sehen, was Ärger anrichtet, er klumpt einem das Blut zusammen.«

»Ich bin sicher, dass es nicht der Ärger war«, entgegnete ich. »Wahrscheinlich hattest du das Gerinnsel schon lange. Es hat sich nur einen blöden Zeitpunkt ausgesucht, um auf Wanderschaft zu gehen.«

»Meinetwegen hätte es überhaupt nicht da sein müssen.« Sie seufzte. »Wenn man hier liegt, kommen einem alle möglichen Sachen in den Sinn. In der Nacht habe ich von Lennard und Ingmar geträumt. Mit kam es vor, als stünde ich mit einem Bein im Himmel.«

»Es war nur ein Traum, Großmutter«, sagte ich. »Etwas, das sich dein Kopf unter Stress zusammengereimt hat.«

»Aber wäre das nicht schön?«, fragte sie. »Wenn Lennard und Ingmar da oben auf mich warten würden?«

»Das wäre es, aber hast du schon mal daran gedacht, dass dann da oben auch Menschen auf dich warten, die du nicht so mochtest? Dieser von Rosen zum Beispiel. Oder andere, die dir in deinem Leben übel mitgespielt haben.«

»Die wiederzutreffen wäre natürlich überhaupt nicht schön«, gab sie zu. »Aber ich glaube ohnehin, dass diese Leute in der Hölle gelandet sind. Und ich habe nicht vor, dort hinzugehen. Lennard und Ingmar werden ein gutes Wort für mich einlegen.« Ein Lächeln zog über ihr Gesicht. Ich hatte ihren Ehemann ebenso wenig kennengelernt wie Ingmar. Doch Letzterer hatte noch ein Zimmer in unserem Haus. Sein Erbe war lebendig. »Ich wünschte allerdings, König Gustav

220

V. im Himmel zu treffen. Ihn könnte ich dann fragen, was er sich dabei gedacht hat, uns fallen zu lassen.«

»Ich glaube nicht, dass er daran erinnert werden möchte«, sagte ich. »Und du solltest es auch gut sein lassen. Heutzutage sind Könige doch eher schlechte Kunden. Besser wäre es, wenn wir irgendwelche Geschäftsleute an der Hand hätten. Solche wie diesen Mr Roscoe.«

»Das ist es, was ich meine«, sagte meine Großmutter, hob die Hand, die nicht mit einer Nadel versehen war, und streichelte mir über die Wange. »Du denkst anders als wir. Du bist nicht belastet von der alten Zeit.«

Ich stand noch eine Weile neben ihrem Bett, und wir unterhielten uns über alles Mögliche. Auch über die Patienten in den anderen Betten. Das war mir ein wenig peinlich, doch Großmutter ließ sich nicht davon abhalten, im Flüsterton zu erzählen, dass die Frau neben ihr einen Schlaganfall und einer der Männer auf der gegenüberliegenden Seite Probleme mit seinem Katheter hatte.

»Du siehst, meine Welt ist hier drin mächtig klein geworden. Jeder Besuch der Schwester ist ein Erlebnis.«

Als hätte sie uns gehört, öffnete sich die Tür, und wenig später erschien die Schwester, mit der ich wegen des Besuchs gesprochen hatte. Zehn Minuten hatte sie mir zugesagt. Ich blickte auf meine Uhr. Waren die etwa schon um?

»Tut mir leid, ich muss Sie bitten, sich von Ihrer Großmutter zu verabschieden«, sagte die Schwester. »Sie braucht Ruhe.«

»Ich brauche etwas weniger Langeweile«, entgegnete Großmutter, doch dann nickte sie mir zu. »Ist schon gut. Geh nur. Ich werde dafür sorgen, dass dieser alte Körper wieder in Schwung kommt. Und du sorgst für den Löwenhof. Lass nicht zu, dass deine Mutter irgendwelche Dummheiten damit anstellt.«

»Sie hat sicher nicht vor, Dummheiten anzustellen, aber ich werde wegen des Verkaufs mit ihr reden«, versprach ich. »Mach dir keine Sorgen.« Ich beugte mich über sie und gab ihr einen Kuss auf die Stirn. »Bis bald. Werde wieder gesund. Ich schaue so schnell ich kann wieder nach dir.«

Großmutter nickte und versuchte sich an einem Lächeln. »Bis bald, mein Schatz! Grüß deine Mutter und deinen Vater von mir.«

»Das werde ich.« Ich nickte der Schwester zu und verließ die Station. Ich fühlte mich verwirrt, dabei hatte ich mit Großmutter doch gar nichts Schlimmes besprochen. Immerhin schien es ihr besser zu gehen. Wenn sie sich schon wieder Gedanken um den Hof machen konnte …

Draußen vor der Station sah ich meine Mutter. Sie saß auf einer der Bänke, die Hände auf dem Schoß gefaltet, den Blick auf eines der Bilder gerichtet, die die Wände des Klinikfoyers zierten.

Als sie mich sah, unterbrach sie ihre Betrachtung. »Wie geht es ihr?«, fragte sie.

»Schon wieder recht gut, würde ich sagen. Sie hat mir ein paar Geschichtchen von den anderen Patienten erzählt.«

»Ach, von dem Katheter von Herrn Nieström?«, fragte sie. »Er macht immer ein ziemliches Theater, wenn sie ihn wechseln wollen. Gestern haben wir es miterlebt. Deiner Großmutter ging es schlecht, doch als sie in die Station gerollt wurde, begann er gleich zu lamentieren, warum sich niemand um ihn kümmert. Das Krankenhaus ist schon ein seltsamer Ort.«

»Das stimmt. Leider kann man es nicht vermeiden, hier

zu sein.« Sören kam mir wieder in den Sinn. Ich war überrascht, dass das nicht schon früher der Fall gewesen war. Aber da hatte die Sorge um meine Großmutter überwogen. »Wollen wir ein wenig nach draußen gehen?«, fragte ich. »Im Park ist es sicher viel schöner als hier drin.«

Mutter seufzte. »Ich habe irgendwie das Gefühl, dass ich hierbleiben sollte. Aber wahrscheinlich hast du recht. Bis dein Vater wieder herkommt, können wir uns ja noch ein wenig die Sonne auf die Nase scheinen lassen.« Mutter erhob sich und zog mich mit sich nach draußen.

Untergehakt schlenderten wir um das Gebäude herum, das in den vergangenen Jahrzehnten zahlreiche neue Flügel und Anbauten erhalten hatte. Wir strebten dem kleinen Park zu, der der Erholung der Patienten dienen sollte, die ihr Zimmer bereits verlassen konnten. Vögel zwitscherten in den Trauerweiden und Linden, die die Wege säumten, dazwischen lockten üppig blühende Rhododendren die Bienen an, während die Rosen ihre vollen Kelche in die Sonne reckten.

Als wir eine Weile gegangen waren, stellte ich ihr die Frage, die mir schon gestern auf der Seele gebrannt hatte. »Ob wir Onkel Magnus benachrichtigen sollten?«

Augenblicklich versteifte sich der Körper meiner Mutter. »Nein«, antwortete sie wie aus der Pistole geschossen.

»Aber er ist ihr Sohn. Hat er nicht das Recht zu erfahren, wie es ihr geht?«

Mutter blieb stehen und sah mich an. »Hast du sie nach ihm fragen hören?«

»Nein, aber ...«

»Dann sollten wir es auch besser dabei belassen«, sagte sie. Ihre Stimme klang hart. Und ich war mir durchaus dessen bewusst, wie er war. Nichts in mir sehnte sich danach, ihn wiederzusehen, und auch Finn konnte mir gestohlen bleiben. Dennoch war er ihr Sohn. Und wer konnte schon sagen, ob Mormor sich nicht doch nach ihm sehnte?

»Es ist jetzt schon so lange her«, sagte ich. »Wer weiß, vielleicht hat er sich inzwischen geändert.«

»Jemand wie Magnus ändert sich nie. Wahrscheinlich würde er tatsächlich hier auftauchen und dann irgendwas Pietätloses von sich geben wie: ›He, du bist noch am Leben? Und deshalb hast du mich rufen lassen?‹« Mutter schüttelte den Kopf. »Nein, wir werden es ihm nicht sagen. Irgendwann hat er mir mal an den Kopf geworfen, dass er sich erst wieder auf dem Gut blicken lassen wird, wenn Agneta die Augen für immer schließt. Sollte ...« Sie stockte. Allein schon der Gedanke, Agneta für immer zu verlieren, nahm sie furchtbar mit. Da erging es ihr nicht anders als mir. »Sollte es so weit kommen und Agneta sterben, werde ich ihn benachrichtigen. Keinen Tag eher.« Sie presste die Lippen zusammen, als hätte sie Angst, ihr könnte ein unbedachtes Wort entschlüpfen.

»Gegen sein blödes Versprechen hat er allerdings schon öfter verstoßen«, sagte ich. »Denk nur an all die Male, an denen er bei uns war, um uns um Geld zu bitten.« Der letzte Besuch lag mittlerweile zehn Jahre zurück, wofür wir alle dankbar waren. Aber man konnte angesichts dessen nicht behaupten, dass er konsequent war.

»Ich bin froh, dass es ihm finanziell so gut geht, dass er nicht bei uns betteln muss. Hoffen wir, dass dieser Zustand noch lange anhält. Ich habe wirklich keine Lust, ihn zu sehen oder mit ihm zu sprechen.« Sie blickte mich an. Schmerz flackerte in ihren Augen. »Und ich habe auch keine Lust, ihn sehen zu lassen, wie schlecht es um das Gut steht. Soll er in seiner Blase leben. Wenn alles zu Bruch geht, kann er sich früh genug über mein Versagen freuen.«

Ich atmete tief durch. Ich hätte besser nicht fragen sollen. Aber seit dem Unfall hatten sich einige meiner Ansichten geändert. So seltsam es für mich selbst klang, aber ich hoffte auf das Gute im Menschen. Auch in Magnus. Doch wahrscheinlich hatte meine Mutter recht.

»Wer weiß, wie lange wir noch als Sponsor der Klinik auftreten können«, meinte meine Mutter unvermittelt, als wir den Rand des Parks erreicht hatten. Von hier aus hatte man einen guten Blick auf das gesamte Klinikgebäude. »Angesichts der aktuellen Entwicklung ...«

»Großmutter hat mir gestern ein Versprechen abgenommen. Und heute wieder«, entgegnete ich.

»Was für ein Versprechen?«

»Dass der Löwenhof nicht verkauft wird.«

Mutter seufzte. »Dazu sollten wir gegenüber Großmutter keine Zugeständnisse machen.«

»Willst du denn wirklich in Erwägung ziehen, das Gut zu verkaufen?«, fragte ich. »Es gehört Großmutter immerhin noch.«

Mutter seufzte. »Irgendeine Entscheidung müssen wir treffen, nicht wahr? Ich finde es auch nicht gut, vor die Wahl gestellt zu werden, aber Ekberg bringt schließlich Gewinn.«

Da hatte sie recht, doch ich spürte deutlich meinen Widerwillen, mich mit dem Gedanken anzufreunden, nach Gut Ekberg zu ziehen. Den Löwenhof hinter mir zu lassen.

»Und wenn es nun eine andere Möglichkeit gäbe? Eine, die wir noch nicht in Betracht gezogen haben?«

Mutter blieb stehen und sah mich an. »Was meinst du?«

»Nun, ich wüsste vielleicht etwas. Ich weiß nicht, ob es

klappt und ob der Betreffende mit mir reden wird, aber einen Versuch wäre es wert.«

»Welcher Betreffende?«, fragte Mutter.

»Das kann ich dir jetzt noch nicht sagen. Es kann sein, dass es nicht klappt, und dann ärgerst du dich.«

»Dann solltest du solch eine Sache nicht ins Auge fassen«, sagte sie. »Wir brauchen nicht noch mehr Unsicherheiten in unserem Leben.«

»Es ist keine Unsicherheit. Nur ein Besuch in Stockholm. Ich möchte es versuchen, Mutter.« Ich sah sie an und wusste noch nicht einmal selbst, woher ich den Mut dazu nahm, es auszusprechen. »Bitte unternimm wegen des Hofs noch nichts. Lassen wir die Woche verstreichen. Wenn ich ohne Ergebnis zurückkehre, dann versuchen wir etwas anderes. Aber wenn es ein Ergebnis gibt, werden wir möglicherweise einen Ausweg aus der Misere finden.«

»Ich wünschte, du würdest es mir sagen.«

»Wenn es erledigt ist, werde ich das sehr gern tun. Du weißt ja, wir haben keine Geheimnisse voreinander.«

Mutter nickte und zog mich dann in ihre Arme. »Ich wünsche mir so sehr, dass alles wieder gut wird. Dass alles wieder so wird wie früher.«

»Du weißt, dass das nicht geht«, sagte ich, während ich ihren Rücken streichelte. »Aber vielleicht ist ein neuer Weg genauso gut. Wir werden es schaffen!«

15. Kapitel

Mit zitternden Händen stand ich vor dem modernen Büro-
haus in der Nähe des Stockholmer Hafens. Hier merkte man
nichts mehr von dem königlichen Pomp der Altstadt. Diese
Straße, in der sich ein graues Viereck an das andere reihte
und in deren Fenstern sich die vorbeiziehenden Wolken spiegelten, hätte sich genauso gut auch in New York oder London
befinden können.

Ich fürchtete, dass Carinsson nicht mehr aus dem Lachen
herauskommen würde, wenn ich ihn wegen des Löwenhofs
aufsuchte. Dennoch fühlte ich in mir eine grimmige Entschlossenheit. Ich hatte meiner Mutter versprochen, dass wir
es versuchen würden. Ich hatte meiner Großmutter versprochen, dass wir den Löwenhof nicht verkaufen mussten. Wenn
das bedeutete, dass ich mich vor Carinsson erniedrigen
musste, dann sollte das eben so sein.

Als ich um die Hausecke bog, stieß ich beinahe mit einer
Gruppe Männern zusammen, die aus der Mittagspause kamen. Ich entschuldigte mich und wollte schon weitergehen,
als ich hinter mir eine Stimme fragen hörte: »Fräulein Lejongård?«

Ich erstarrte. Die Stimme war mir nur zu gut bekannt.

Während ich die Blicke der anderen Männer wie Ameisenkrabbeln auf meiner Haut spürte, wandte ich mich um.

»Herr Carinsson«, sagte ich und klammerte meine Hände um meine Tasche.

»Na, das ist ja ein Zufall!«, sagte er. »Was machen Sie denn hier?«

Mich überlief es heiß und kalt. »Ich ... ich wollte ...«, stammelte ich. Wenn ich ihm allein gegenübergestanden hätte, hätte ich leicht zugeben können, dass ich zu ihm wollte. Jetzt fiel es mir schwer, denn ich befürchtete, dass er vor den anderen ablehnen und sich anschließend mit ihnen über mich lustig machen könnte. Doch wenn ich nichts sagte, stand ich wie eine Idiotin da. »Ich wollte eigentlich zu Ihnen«, sagte ich.

»Oh.« Er blickte sich zu seinen Begleitern um. »Geht doch schon mal vor, ich bin gleich bei euch.«

Die Männer wandten sich um, einige mit einem recht anzüglichen Grinsen. Dass er mich nicht vor den anderen herunterputzen würde, erleichterte mich immerhin ein wenig.

»Was ist passiert?«, fragte er, nachdem seine Kollegen außer Hörweite waren. »Sie sehen so blass aus. Es ist doch hoffentlich nichts Schlimmes.«

»Wie man es nimmt«, sagte ich. »Unser Hof ...« Die Worte steckten wie ein dicker Kloß in meiner Kehle. »Jemand von der Bank war letzte Woche da. Der Löwenhof ist bankrott. Uns werden keine neuen Kredite gewährt. Die Bank drängt jetzt darauf, dass wir den Löwenhof abstoßen sollen, damit er Gut Ekberg nicht in Gefahr bringt. Meine Großmutter hat deswegen einen Herzanfall erlitten.«

»Das tut mir leid«, sagte Carinsson, während er sich ein wenig ratlos umsah. »Wollen wir uns einen Ort suchen, an dem wir in Ruhe reden können? Mein Büro vielleicht?«

Ich nickte. »Aber Sie haben doch sicher einen Termin?«

»Mit dem bin ich fertig. Kommen Sie mit mir.«

Er legte seine Hand vorsichtig auf meinen Rücken und schob mich etwas voran. Das war genau das, was ich jetzt brauchte. Meine Beine setzten sich in Bewegung.

Ich war verwirrt von seiner Reaktion. Er hätte mir auch genauso gut böse sein können. Stattdessen war er freundlich und wollte sich anhören, was ich zu sagen hatte. Wir betraten das hohe Gebäude und gingen durch das Foyer, in dem ein Portier in einem dunkelblauen Anzug wartete.

»Hallo, Herr Nielsen, ich bin wieder da!«, sagte Carinsson zu ihm. »Ich werde jetzt erst einmal zu tun haben, also wäre es schön, wenn Sie Besucher für einen Moment vertrösten könnten.«

»Geht in Ordnung«, antwortete der Mann und warf mir einen vielsagenden Blick zu. Was er sich wohl unter »zu tun haben« vorstellte? Aber das konnte mir egal sein.

Wir betraten einen Fahrstuhl, der uns in die zweite Etage brachte. Von dort aus strebten wir einer Glastür zu, auf der in dicken Lettern »Werbeagentur Carinsson & Partner« stand.

Die Dame am Empfang hatte kurze schwarze Locken, und ihr schlanker Körper steckte in einem rot-weißen Sommerkleid, das in der Taille von einem schmalen roten Gürtel zusammengehalten wurde.

»Hallo, Herr Carinsson«, grüßte sie freundlich und richtete dann ihren Blick auf mich.

»Fräulein Lejongård und ich haben etwas Wichtiges zu besprechen«, sagte mein Begleiter. »Wenn Sie so freundlich wären und alle Anrufe fürs Erste verschieben würden. Ach ja, und ein Kaffee wäre sehr nett.«

»Gern, Herr Carinsson«, sagte sie dienstbeflissen und erhob sich.

Ich schaute ihr fasziniert nach. So eine Bürogehilfin wäre auch etwas für meine Mutter. Warum hatte sie sich nie eine genommen? Sicher, wir hatten finanzielle Schwierigkeiten, aber eine derartige Angestellte würde sicher mehr Geld einbringen als kosten. Zumal Mutter sich dann auch um andere Angelegenheiten kümmern könnte. Doch in diesem Augenblick ging es darum, ob es in der Zukunft unserer Familie noch einen Löwenhof gab, den wir verwalten mussten.

Carinssons Büro war sehr modern und hell eingerichtet. Die hohen Fenster waren mit weißen Jalousien versehen, mit denen man jederzeit die Sonne aussperren konnte. Ich war fasziniert von der Freundlichkeit, die der Raum verströmte.

Er bot mir einen Platz auf dem bunt gemusterten Sofa in der Sitzecke an. Während ich meinen Blick über die farbenfrohen Plakate schweifen ließ, die seine Agentur entworfen haben musste, erschien die Sekretärin mit dem Kaffee.

»Das mit Ihrer Großmutter tut mir sehr leid«, bemerkte Carinsson, als sie wieder gegangen war. »Sie schien eine recht nette ältere Dame zu sein.«

»Das ist sie«, sagte ich. »Aber ihre Gesundheit ist schon seit einiger Zeit nicht mehr die beste.«

»Sie liebt den Hof sehr, nicht wahr?«

Ich nickte. »Ja. Er ist ihr Zuhause. Und dass sie es verlieren soll, hat ihr anscheinend das Herz gebrochen.«

Ich schilderte ihm das Erscheinen des Bankangestellten und welche Auswirkungen es auf unser Gut haben würde. »Ich kann mir schon denken, was Ihnen durch den Kopf geht«, schloss ich. »Erst zeigt sie sich beratungsresistent, und dann kommt sie her ... Aber es ist auch weiterhin so, dass wir kein Geld haben. Und einen neuen Kredit werden wir nicht erhalten. Nicht für den Löwenhof.« Ich spürte, wie die Tränen mir den Hals zuschnürten. Doch ich fasste mich schnell wieder.

»Ehrlich gesagt denke ich nichts Schlechtes von Ihnen«, sagte Carinsson. »Ich habe so einige Klienten, die meine Vorschläge nicht beim ersten Mal annehmen. Entweder haben sie Angst vor Veränderungen, oder sie glauben, sie könnten es besser machen. Bis sie dann einsehen, dass der Weg eigentlich nicht an mir vorbeiführt.«

Das klang ziemlich eingebildet, doch in einem Punkt hatte er recht: Der Weg führte in meinem Fall nicht mehr an ihm vorbei. Sicher, wenn wir uns niemals begegnet wären, hätte ich mir etwas anderes einfallen lassen müssen. Aber es war so gekommen und nicht anders, eine alternative Version meines Lebens gab es nicht.

»Ich bin niemand, der einen Hilfesuchenden von seiner Türschwelle weist«, fuhr Carinsson fort. »Allerdings glaube ich, dass ich mich zunächst bei Ihnen entschuldigen muss.«

Ich zog überrascht die Augenbrauen hoch. »Entschuldigen? Wofür?«

»Als ich Ihnen damals die Vorschläge machte, bin ich davon ausgegangen, dass Ihre finanzielle Situation besser sei. Aber so ... Dass Sie dermaßen tief in der Krise stecken, hätte ich nicht gedacht.«

»Ich habe es Ihnen gesagt«, entgegnete ich. »Wir hatten keinerlei Gelder übrig für neue Stallungen.« Ich seufzte. »Es ist nichts zu machen, nicht wahr? Wir werden den Stammsitz unserer Familie verlieren.«

»Nun, das würde ich nicht sagen. Möglichkeiten gibt es immer. Allerdings wäre es besser, einige finanzielle Mittel an der Hand zu haben. Sie hingegen müssen erst einmal sehen, wie Sie den Löwenhof aus der Kreide bekommen.«

»Wie es scheint, muss sich unsere Familie entscheiden, welcher von beiden Höfen verkauft werden soll. Ekberg hat für uns nicht so eine hohe emotionale Bedeutung wie der Löwenhof. Allerdings bringt Ekberg stabile Erträge. Nicht genug, um ein anderes Gut zu tragen, aber doch reichlich für sich selbst.« Ich senkte den Kopf. »Vielleicht hätte ich Wirtschaft studieren sollen.«

»Das glaube ich nicht«, sagte Carinsson. »Sie brauchen nur die richtigen Berater. Sie brauchen jemanden, der Sie in die Spur bringt. Alles andere können Sie dann auch mit Ihrem Studium der Veterinärmedizin bewältigen. Übrigens, Sie müssten das Examen doch mittlerweile hinter sich haben.«

»Ja, das habe ich.«

»Und?«

»Cum laude«, antwortete ich.

»Das ist ja wunderbar«, rief er aus. »Gratuliere!«

»Danke«, gab ich zurück, war allerdings nicht gewillt, mit ihm über meinen Abschluss zu reden. Mein gesamter Körper pulsierte vor Anstrengung. Ich wollte die Sache nur noch hinter mir haben. Ich wollte wissen, was ich tun musste. Doch dieses Wissen würde Carinsson sicher nicht so leicht hergeben.

»Aber kommen wir doch zu der finanziellen Misere zurück«, sagte ich. »Auch wenn ich hier bin und Sie um Hilfe bitte, bezweifle ich, dass ich mir Ihre Dienste leisten kann. Ein Mann wie Sie …« Ich blickte mich im Raum um. »Ein offensichtlich erfolgreicher Mann hat es eigentlich nicht nötig, einem Landgut in Schonen zu helfen.«

»Eigentlich nicht, das ist richtig«, sagte er. »Aber für manche Klienten arbeite ich auf Provisionsbasis. Wenn ein Auftrag Erfolg hat, bezahlen sie mich. In Ihrem Fall würde ich es genauso halten. Immerhin bin ich auf Sie zugekommen und nicht umgekehrt. Es würde mich freuen, diesem wunderschönen alten Gut in die neue Zeit zu helfen.«

»Vor einigen Monaten deuteten Sie noch an, dass es die besten Jahre hinter sich hätte.«

»Das ist auch richtig. Aber das bedeutet nicht, dass wir nicht wieder ein bisschen Leben hineinbringen können, stimmt's?« Carinsson sah mich einen Moment lang an, dann sagte er: »Beginnen wir doch gleich heute Abend.«

»Heute Abend?«, fragte ich. Eigentlich hatte ich da schon wieder im Zug nach Kristianstad sitzen wollen.

»Ich würde vorschlagen, dass wir uns treffen und dann die Möglichkeiten ausloten, die wir haben.«

»Möglichkeiten.« Ich sah ihn prüfend an. Welche Möglichkeiten meinte er? Und warum wollte er sich heute Abend mit mir treffen?

»Wir essen etwas und unterhalten uns. Ganz entspannt. Ich werde mir inzwischen Gedanken machen, was für Ihr Gut angemessen wäre.«

»Und die Bezahlung dafür?«, fragte ich. »Sollten wir nicht erst einmal einen Vertrag machen?«

»Den machen wir erst, wenn Sie mit meinen Vorschlägen zufrieden sind. Und sollte das der Fall sein, werden wir gemeinsam Ihre Eltern aufsuchen und mit ihnen reden. Es sei denn, Ihre Großmutter hat Ihnen das Gut inzwischen überschrieben.«

»Nein, warum sollte sie?« Meine Gedanken wanderten zu meiner Großmutter in ihrem Krankenbett. Wie mochte es ihr gehen? Eigentlich hatte ich vorgehabt, sie morgen zu besuchen.

»Gut«, sagte er und klatschte in die Hände. »Dann sind wir uns einig, ja? Sie müssen mir jetzt nur noch sagen, wo ich Sie abholen soll.«

»Im Wohnheim«, sagte ich, denn das war der erste Ort, der mir einfiel.

»Kein Hotel?«

»Ich habe kein Geld, wissen Sie?«, gab ich zurück. »Außerdem habe ich das Zimmer im Wohnheim noch für ein paar Wochen angemietet. Meine Mitbewohnerin zieht erst Ende August aus.«

Carinsson nickte. »Also gut, dann hole ich Sie dort ab«, sagte er und erhob sich. Das war das Zeichen für mich zu gehen. »Dann bis heute Abend, Fräulein Lejongård.«

»Bis heute Abend«, sagte ich und reichte ihm die Hand. »Danke für Ihre Zeit.«

Carinsson nickte und begleitete mich noch zur Tür.

Als ich wieder draußen stand, pochte mir das Herz bis zum Hals. Der Gedanke, mit Carinsson auszugehen, beunruhigte mich ein wenig. Was würde er vorschlagen? Was würde er verlangen? Würde Mutter dem zustimmen können?

Gleichzeitig war ich stolz auf mich, dass ich es gewagt hatte. Und ich freute mich, dass er nicht abweisend reagiert hatte. Auf wackligen Beinen schritt ich am Portier vorbei. Draußen schaute ich kurz in den Himmel. Ein paar Federwolken huschten über das Blau. Eine Schar Spatzen flatterte über die Dächer.

Der Anblick ließ meinen Herzschlag ruhiger werden. Die Aufregung blieb allerdings. Was würde der heutige Abend bringen?

Kitty staunte nicht schlecht, als ich durch die Tür unseres Zimmers trat. Zuvor hatte ich auf dem Gut angerufen und Papa benachrichtigt. Der war ein wenig überrascht gewesen, doch er versicherte mir, dass alles seinen Gang gehen würde.

»Was suchst du denn hier?«, fragte sie verwundert.

Ich blickte mich um. Meine Zimmergenossin war gerade dabei, ihre Sachen zusammenzupacken. Das meiste hatte sie bereits in großen Kisten verstaut. Die Möbel gehörten bis auf das graue Sofa dem Wohnheim. Ich hoffte sehr, dass Kitty ihre Kleider noch dahatte. Wenigstens eines, das ich bei der Verabredung tragen konnte, denn nach Einkaufen stand mir nicht der Sinn. Und mir fehlte auch das Geld.

»Ich habe heute Abend einen Termin«, antwortete ich und zog die Tür hinter mir ins Schloss. »Und ich wollte fragen, ob du mir eines deiner Abendkleider leihen kannst.«

»Ein Abendkleid für einen Termin?« Ein schelmischer Ausdruck trat in ihren Blick, dann flammte ein wissendes Lächeln auf ihrem Gesicht auf.

»Nicht, was du denkst«, sagte ich. »Es geht um unser Gut. Ich treffe mich mit jemandem.«

»Und dieser Jemand ist nicht zufällig der attraktive Werbemann?«

»Das ist er, aber ich habe wirklich nicht vor, ihn an Land zu ziehen.«

»Aha, dann möchtest du also eher von ihm an Land gezogen werden?«

»Nein, so ist es nicht. Er will mir einen Vorschlag unterbreiten, wie man unserem Gut auf die Sprünge helfen kann. Kaum war ich wieder zu Hause, herrschte Land unter.«

Wir gingen zum Sofa, und dort berichtete ich ihr von dem Zusammenbruch meiner Großmutter. »Ich habe ihr versprochen, dass das Gut nicht verkauft wird. Die einzige Möglichkeit, die ich habe, ist dieser Carinsson.«

»Das tut mir leid«, sagte Kitty mitfühlend und griff nach meiner Hand. »Du bekommst natürlich das schönste Kleid, das noch hier ist. Hoffentlich ist es dir nicht zu groß, so dünn, wie du geworden bist.« Sie erhob sich und öffnete ihren Kleiderschrank. Aus diesem holte sie wenig später ein schmales schwarzes Kleid. »Mir selbst ist es ein wenig zu klein, vielleicht probierst du es mal?«

Es war wirklich sehr hübsch und angemessen für ein geschäftliches Abendessen. Nicht zu tief ausgeschnitten und auch nicht zu kurz. »Danke, gern!«, sagte ich, erhob mich ebenfalls und begann, mich umzuziehen.

Eine Stunde später drehte ich mich nervös vor dem Spiegel. Es ist doch nur ein Geschäftsessen, sagte ich mir. Dennoch flatterte meine Bauchdecke, als wären Schmetterlinge darunter. Vorsichtig betastete ich meine Frisur.

»Wenn ich es nicht besser wüsste, würde ich glauben, dass du ein Rendezvous hast.«

»Oh bitte, nicht schon wieder!«, sagte ich. »Wahrscheinlich wird mich Carinsson in irgendein sehr angesagtes oder nobles Restaurant führen. Da will ich sicher sein, dass alles perfekt ist.«

»In noble Restaurants führt man Frauen, von denen man etwas will«, sagte Kitty. Es machte ihr offenbar Spaß, mich ein wenig zu ärgern.

»Möglicherweise ist es auch eines dieser Lokale, in denen sich die Handelsreisenden treffen. Er hat nicht gesagt, wohin es gehen soll, aber ich will für alle Eventualitäten vorbereitet sein.«

Ich warf noch einen Blick in den Spiegel, dann schaute ich auf meine Armbanduhr.

»Sollte sich dieser Carinsson nicht besser mit deiner Mutter treffen?«, fragte Kitty plötzlich ernst. »Du bist nicht die Herrin des Gutes und kannst nichts entscheiden.«

»Ich weiß, aber ich habe meiner Großmutter versprochen, einen Weg zu finden.«

»Natürlich«, gab Kitty zurück. Plötzlich wirkte sie besorgt. »Gib acht auf dich. Möglicherweise will dieser Carinsson noch etwas anderes.«

»Keine Sorge«, sagte ich und griff nach dem Tuch, das Kitty mir ebenfalls lieh. Es war auch schwarz, hatte jedoch ein feines eingewebtes Muster. »Aber was soll er schon wollen? Es kann gut sein, dass er es mir abkaufen will oder einen Investor an der Hand hat. Ich muss es versuchen.«

Ich machte eine Pause und überlegte, wie ich meine Freundin davon abbringen konnte, ständig daran zu denken, dass ich einen neuen Mann brauchte. »Außerdem hat er sicher Frau und Kinder. Du hättest sein Büro sehen sollen! Wahrscheinlich gehören dazu auch noch ein schickes Haus auf dem Land und eine Frau, die nur darauf wartet, dass er wieder nach Hause kommt.«

»In Ordnung«, sagte sie. »Hab einen guten Abend. Und sei leise, wenn du zurück bist. Ich brauche meinen Schönheitsschlaf.«

Ich grinste. »Du bist schon schön genug. Morgen erzähle ich dir alles, ja?«

»Wehe nicht!«, erwiderte sie und gab mir einen Kuss auf die Wange.

Ich verließ das Wohnheim viel zu früh, aber ich wollte mich nicht länger von Kitty verrückt machen lassen. Ihre Worte hatten Zweifel in mir geweckt. Was, wenn Carinsson wirklich etwas anderes wollte? Vielleicht eine Gegenleistung für das, was er tat? Ich hatte ihm gesagt, dass ich kein Geld hatte. Wenn er nun ...

Ich schob den Gedanken beiseite. Das war ganz sicher nicht der Fall. Wenn mir Carinsson zu nahe getreten war, dann mit seiner Meinung über das Gut. Mir gegenüber hatte er nichts versucht.

Das Brummen eines Wagens ließ mich aufschauen. Tatsächlich erblickte ich Carinssons rotes Cabrio. Auch er war zu früh, wahrscheinlich, um einen Parkplatz zu finden.

Ich zog das Tuch fester um meine Schultern, dann trat ich auf den Gehweg. Der Wagen war verschwunden, aber sicher würde es nicht lange dauern, bis er ihn irgendwo abgestellt hatte. Mein Blick wanderte auf die Spitzen meiner Pumps. Wie lange schon hatte ich keine mehr getragen! Wie lange schon war ich nicht mehr aus gewesen. Ich hoffte nur, dass ich nicht stolperte oder umknickte.

Nach einigen Minuten bog er um die Hausecke. Er zog sich das Jackett glatt, das an diesem Abend sehr elegant ausfiel.

»Ah, da sind Sie ja schon!«, sagte er und streckte mir die Hand entgegen. »Guten Abend, es freut mich, dass Sie da sind.« Er hatte Aftershave aufgelegt, und an seinem Handgelenk glitzerte eine teure Uhr. Um den Hals trug er eine Fliege, was mich in dem Gedanken bestätigte, dass wir ein besonders nobles Lokal aufsuchen würden.

»Wohin hätte ich gehen sollen?«

»Nach Hause. Sie hätten es sich überlegen können.«

»Ich hätte Sie nicht aufgesucht, wenn ich es mit meiner Bitte nicht ernst gemeint hätte.«

»Umso mehr freut es mich, dass wir nun endlich Gelegenheit haben werden, die Sache ins Rollen zu bringen. Kommen Sie, mein Wagen steht dort drüben.«

»Wohin fahren wir?«, fragte ich nach einigen Schritten. Meine Hände waren eiskalt, und ich hatte das Gefühl, dass mir jeden Augenblick einer der schmalen Absätze abbrechen würde.

»Zu einer Party«, antwortete er.

Ich zog die Augenbrauen hoch. »Zu einer Party?«

»Ja. Hin und wieder laden bedeutende Sportfunktionäre zu Partys ein. Es geht um Sponsoring, aber auch darum, neue Kontakte zu knüpfen. Wir haben großes Glück, dass heute einer der Männer in Feierlaune ist, die für den schwedischen Dressursport verantwortlich sind.«

»Sie wollen, dass ich Reiter für mich gewinne?« Ich konnte es nicht fassen. Ich hatte gedacht, dass wir uns zu einem Abendessen treffen und er mir irgendwelche Pläne präsentieren würde. Stattdessen schleppte er mich zu einer Party, zu der ich nun absolut nicht gehörte.

»Nein, ich möchte, dass Sie Sponsoring machen.«

»Sponsoring?«, fragte ich verwundert.

»Ja. Sie kommen für die Kosten eines Reiters auf, stellen ihm alles, von der Reitkluft bis zum Futter seines Pferdes.«

»Das ist nicht Ihr Ernst!«

Carinsson lachte auf. »Es ist doch immer wieder verblüffend, wie schnell man Sie auf die Palme bringen kann«, bemerkte er dann.

»Wie wäre es, wenn Sie es nicht drauf anlegten? Ich bin

dünnhäutig, wenn es um den Löwenhof geht, das müssen Sie doch schon gemerkt haben.«

»Oh ja, das habe ich«, sagte er. »Also gut, dann mal im Ernst. Wir sind uns doch darüber einig, dass man sich für eine Sache nur interessieren kann, wenn man überhaupt weiß, dass sie existiert.«

»Stimmt«, sagte ich und versuchte, wieder ruhiger zu werden. Wie schaffte er es nur, mich immer von Neuem aus der Fassung zu bringen?

»Wie Sie wissen, bin ich zufällig jemand, der sich recht gut mit Werbung auskennt. Bei Ihnen geht es natürlich nicht um Butter oder ein hübsches Handtäschchen, aber Sie haben einen Namen, den man zu einer Marke ausbauen kann. Heutzutage ist es nicht mehr so, dass Menschen sich rein von Produkten leiten lassen. Sie wollen Marken. Und der Löwenhof ist so eine Marke, beziehungsweise er könnte es wieder werden. Die Leute sind begierig nach Neuem, und wenn Sie ihnen das bieten, sehe ich gute Chancen für Sie.«

»Wir verkaufen Pferde. Wenn uns nicht gerade eine Züchtung mit Flügeln oder einem Horn gelingt, ist das wohl nichts aufregend Neues.«

»Nun, Pferde können leistungsfähiger gemacht werden, oder nicht?«

»Doch, schon, aber einige dieser Mittel sind nicht gerade gut für die Gesundheit des Tiers.«

»Ich dachte nicht an Mittel, sondern an Zucht. Es ist doch möglich, durch genaue Auswahl der beiden Elterntiere Fohlen zu ziehen, die ihre Eltern an Kraft, Intelligenz oder Schnelligkeit übertreffen, nicht wahr?«

»Natürlich.«

»Und als Tierärztin dürften Sie wohl auch über so was wie Vererbung Bescheid wissen.«

»Auch das ist korrekt«, sagte ich und spürte schon wieder eine Diskussion aufkommen, wie wir sie vor einigen Wochen hatten.

»Nun, dann ist heute der erste Tag, an dem wir beginnen, den Namen Lejongård in den Köpfen von Menschen zu verankern, die an Ihrem Produkt, also den Pferden, interessiert sein könnten. Ich wette, von den Gästen auf dieser Party hat noch niemand den Namen Lejongård gehört.«

»Meinen Sie wirklich, dass wir so unbekannt sind?«, fragte ich.

»Wie sieht denn die Gästeliste bei Ihren Feiern auf dem Gut aus?«

»Nun, es sind Geschäftspartner und ein paar Bekannte.«

»Sehen Sie! Wahrscheinlich handelt es sich bei den Geschäftspartnern um Lieferanten und Käufer.«

»Wir sind Patrone des Krankenhauses in Kristianstad«, gab ich zurück, worauf mich Carinsson belustigt ansah.

»Also habe ich recht, Sie haben keinen Kontakt zu Menschen, die im Pferdesport aktiv sind. Bestenfalls sind einige von ihnen Hobbyreiter, aber die kaufen sich höchstens ein Pferd, um vor den Nachbarn anzugeben oder die Ehefrau und die Kinder draufzusetzen. Wir brauchen aber Leute, die in Pferden eine wertvolle Ware sehen. So wie diese Scheichs, von denen es auf der arabischen Halbinsel in Kürze immer mehr geben wird. Die haben Ställe voller Pferde und setzen sie gewinnbringend im Sport ein.«

Mir schwirrte der Kopf. »Und was soll ich tun?«, fragte ich.

»Sie werden einfach da sein. Lächeln, den Leuten die Hand schütteln. Und jenen, die es wissen wollen, von der Geschichte Ihrer Familie erzählen. Und nebenbei das Zuchtbuch erwähnen, auf das Sie so stolz sind.«

»Ich soll versuchen, den Leuten dort unsere Pferde zu verkaufen?«

»Nicht ganz. Ich möchte, dass Sie sich ins Gespräch bringen. Sagen Sie ja nichts darüber, dass Sie Ihre Pferde verkaufen. Seien Sie einfach nur präsent. Mit Ihrem Aussehen würde ich meinen, dass sich die Leute von ganz allein für Sie interessieren.«

Er sagte das, als wäre es das Leichteste der Welt. Aber ich hatte keine Übung darin, mich ins Gespräch zu bringen. Es sei denn, es ginge um fachliche Dinge. Doch auf der Party würde es sicher niemanden interessieren, dass ich meine Doktorarbeit über Erkrankungen von Pferdegelenken schreiben wollte.

Ich wollte fast schon wieder eine Bemerkung machen, doch dann rief ich mich selbst zur Ordnung. Ich hatte Carinsson gebeten, mir zu helfen. Nun musste ich seine Ratschläge auch annehmen.

In seinem Cabrio, bei dem er jetzt das Verdeck hochgeklappt hatte, fuhren wir ins Herz von Stockholm. Unweit des königlichen Schlosses, das hell erleuchtet in den Abend strahlte, hielt Carinsson vor einem dreistöckigen Gebäude.

Es war einer jener klassizistischen Bauten, die man aus der Ferne bewunderte, bei denen man aber nie genau wusste, was darin untergebracht war. Verwaltungen und Ministerien saßen in solchen Häusern, aber auch Botschaften. Früher waren sie mal die Palais von Adeligen.

Es war schon seltsam, wie ich mich fühlte, wenn ich an Adelige dachte. Ich selbst war es auch, der Spross einer alten

Landadelsfamilie, aber ich fühlte mich nicht so. Was sollte auch das Besondere an einem Adeligen sein? Sein Blut war nicht blau, sondern genauso rot wie das jedes anderen Menschen. Nur die Tradition der Familie machte aus ihm etwas Besonderes. Aber solche Traditionen gab es in alten Handwerkerfamilien beispielsweise auch.

Wir fuhren vor den Eingang, wo livrierte Burschen warteten, um die Autos der Gäste einzuparken. Wir stiegen aus, und Carinsson reichte einem der jungen Männer seinen Autoschlüssel.

An der Tür erwartete uns ein Concierge im Frack, der uns mit leicht arroganter Miene musterte. Carinsson setzte ein gewinnendes Lächeln auf.

»Jonas Carinsson mit Begleitung«, sagte er.

Der Mann schaute kurz in seine Gästeliste und nickte dann. »Herzlich willkommen, Herr Carinsson. Fräulein.«

Es schien ihn nicht zu interessieren, was für ein Fräulein ich war, und da Carinsson mich gleich wegzog, kam ich auch nicht dazu, mich vorzustellen. Nur einen Augenblick später fühlte ich mich schrecklich unpassend angezogen. Überall schimmerten Kleider in Rosa-, Blau- und Grüntönen, die Frisuren der Frauen waren mit viel Haarspray in Form gebracht, und nahezu alle standen auf silberfarbenen Stöckelschuhen. Ich hingegen sah in meinem schwarzen Kleid aus, als wollte ich an einer Beerdigung teilnehmen.

»Sie hätten mir sagen sollen, dass wir zu einem Ball gehen«, sagte ich vorwurfsvoll, während wir den Saal betraten. Schwere kristallene Lüster spendeten strahlendes Licht, und von überall her glänzte es golden. Unser eigener Ballsaal auf dem Löwenhof kam mir auf einmal mickrig vor. »Ich hätte dann etwas anderes anziehen können.«

»Das ist kein Ball, das ist eine Gala«, korrigierte er mich. »Und ich finde, Sie sehen ganz reizend aus. Ein wenig wie Audrey Hepburn, wenn auch mit blonden Haaren.«

»Ich sehe nicht wie Audrey Hepburn aus!«, gab ich zurück. »Eher wie die Garderobiere. Die Leute werden versuchen, ihre Mäntel bei mir abzugeben.«

Carinsson lachte auf. »Da übertreiben Sie aber! Außerdem, warum können Sie nichts ohne Widerspruch lassen? Wenn ich Ihnen sage, Ihr Gut hat eine Zukunft, sagen Sie Nein, wenn ich Ihnen sage, Sie sehen wie ein amerikanischer Filmstar aus, widersprechen Sie auch da. Nehmen Sie es doch einfach mal hin!«

»Auch, wenn es nicht der Wahrheit entspricht?«

»Woher wollen Sie denn wissen, dass es nicht der Wahrheit entspricht? Man neigt doch meist dazu, sich schlechter zu beurteilen, als es andere Leute tun würden.«

»Das kann ich bei Ihnen aber nicht feststellen.«

»Vielen Dank, doch ich versichere Ihnen, ich habe auch so meine Momente.«

Carinsson führte mich weiter in den Raum hinein. Hin und wieder schaute sich jemand verwundert nach uns um, doch niemand schien sich wirklich um uns zu kümmern.

Mein Begleiter strebte offenbar einem bestimmten Ziel zu, ohne nach links oder rechts zu schauen. Vor einem großen Mann, der sich gerade lebhaft mit zwei anderen unterhielt, machte er halt.

Ich wusste, wer das war. Prinz Bertil von Schweden. Seit Ende des Krieges war kein Mitglied des Königshauses mehr auf dem Löwenhof gewesen. Mutter hatte mir mal von einer Jagd erzählt, bei der der alte König Gustav zugegen gewesen war. Und Großmutter wusste zahlreiche Geschichten über die Königsfamilie, denn das Kronprinzenpaar war regelmäßig im Sommer bei uns zu Gast gewesen. Ich hingegen hatte noch kein einziges Mitglied des Königshauses getroffen.

»Guten Abend, Eure königliche Hoheit«, sagte mein Begleiter und verneigte sich.

»Carinsson!«, rief Prinz Bertil erfreut aus. »Wie schön, Sie zu sehen! Ich hoffe, Ihren Geschäften geht es gut!«

»Bestens. Ich kann nicht klagen.«

»Das freut mich sehr zu hören«, sagte Bertil, dann fiel sein Blick auf mich. »Und wer ist diese reizende junge Dame?«

Mein Herz begann zu flattern. Wie begegnete man einem Mitglied des Königshauses? Als Kind hatte ich vor dem Spiegel den Hofknicks geübt.

»Das ist Solveig Lejongård«, stellte mich Carinsson vor. »Den Namen haben Sie sicher schon gehört.«

Bertils Miene wurde ernst. Das war wohl kein gutes Zeichen.

Ich wusste nicht, ob ein Hofknicks heutzutage noch angebracht war, dennoch machte ich ihn. »Freut mich, Sie kennenzulernen, Eure königliche Hoheit«, sagte ich, als er mir die Hand reichte.

Einen Moment lang schien es rings um mich still zu werden. Die Männer, mit denen sich der Prinz eben noch unterhalten hatte, sahen mich an, als käme ich aus einer anderen Zeit. Das Blut schoss mir in die Wangen.

»Sie sind die Erbin des Löwenhofes, nicht wahr?«, fragte der Prinz, worauf ich nickte.

»Ja, Eure Hoheit. Wenngleich es meiner Mutter und meiner Großmutter noch immer prächtig genug geht, um den Hof zu führen.«

Bertil nickte. »Das freut mich«, sagte er, doch frohgemut

sah er nicht aus. Offenbar hatte Großmutter nicht übertrieben, als sie behauptete, wir seien beim Königshaus in Ungnade gefallen. »Ich erinnere mich an Ihre Großmutter. Meine Eltern waren oft bei Ihnen auf dem Hof und haben Ferien gemacht. Es waren wundervolle Sommer.«

»Vielen Dank, Eure Hoheit«, sagte ich.

»Meine Mutter war Ihrer Großmutter sehr verbunden. Hat sie Ihnen davon erzählt?«

»Ja, und sie war am Boden zerstört, als sie starb. Die alten Geschichten werden bei uns immer noch am Leben erhalten.«

Bertil nickte. Jetzt wirkte er, als wäre er bei etwas ertappt worden, was ihm peinlich war. Doch nicht ich hatte mit den Ferien auf dem Löwenhof angefangen. »Richten Sie Ihrer Großmutter meine besten Grüße aus«, sagte er schließlich. »Vielleicht ergibt sich eine Gelegenheit für ein Wiedersehen.«

»Das werde ich sehr gern tun«, entgegnete ich.

Beklommenes Schweigen folgte meinen Worten. Noch immer starrten mich die Männer an. Ich fühlte mich, als würde ich bei lebendigem Leib verbrennen, so heiß war mir. Hilfe suchend blickte ich zu Carinsson. Dessen Miene wirkte ebenfalls ernst. Hatte ich mich so sehr danebenbenommen?

»Wollen wir uns eine kleine Erfrischung holen?«, wandte sich Carinsson an mich, und ich nickte dankbar.

»Entschuldigen Sie uns bitte, Eure Hoheit«, wandte er sich an den Prinzen, dann bot er mir den Arm an. Meine Beine fühlten sich wacklig an, also hakte ich mich bei ihm unter, bevor ich auf meinen Schuhen umknickte.

»Das ist doch ganz hervorragend gelaufen«, sagte Carinsson, als wir aus der Hörweite von Prinz Bertil waren. »Die Herren waren offensichtlich beeindruckt von Ihnen.«

»Wenn Sie das sagen ...«, gab ich zurück, während ich darauf hoffte, dass sich mein Herzschlag bald wieder beruhigte.

»Ich bin davon überzeugt. Bertil ist immer etwas schüchtern zu Anfang. Vielleicht ist er auch von Kindheitserinnerungen übermannt worden.«

»Möglicherweise war es auch schlechtes Gewissen. Das Königshaus hat uns fallen lassen wie eine heiße Kartoffel.«

»Da muss Bertil aber noch ein Kind gewesen sein«, entgegnete Carinsson.

»Das macht es nicht besser.« Ich atmete tief durch. »Ich sollte diese alten Geschichten ruhen lassen. Ich grolle über etwas, das ich nicht einmal miterlebt habe!«

»Die Meinungen von Eltern und Großeltern sind sehr stark. Sie sind in uns, begleiten uns, und es fällt uns schwer, sie loszulassen. Aber Sie müssen sich lösen, um einen offenen Blick für Chancen zu haben.«

»In Ordnung«, sagte ich. »Ich werde einen offenen Blick behalten.«

»Gut, dann sollten wir uns jetzt etwas von dem wunderbaren Kaviar holen. Und Champagner wäre auch nicht schlecht, nicht wahr?«

»Sie meinen, mit einem leichten Schwips kann ich meine Unsicherheit eher vergessen?«

»Es gibt absolut nichts, weshalb Sie unsicher sein müssten«, erwiderte Carinsson. »Sie werden sehen, die meisten hier sind ganz nett. Besonders zu einer hübschen Frau wie Ihnen.«

Angesichts des Kompliments begannen meine Wangen zu kribbeln. Wurde ich rot?

Ich war froh, als wir beim Buffet angekommen waren. Ein riesiger Hummer prangte auf einem der Tische, rot und glänzend, als wäre er aus Porzellan.

»Wir haben im Herrenhaus ein Gemälde, auf dem der Hummer beinahe wie der hier aussieht«, sprach ich meinen nächsten Gedanken laut aus.

»Wirklich?«, fragte Carinsson, während er einen Teller mit Kaviar und Krebsfleisch belud.

»Das Bild hängt in einem der Gästezimmer«, antwortete ich.

»Oh, wenn ich mal bei Ihnen übernachte, möchte ich genau dieses Zimmer haben. Das Bild ist sicher sehr appetitanregend.«

Ich lachte auf. »Ja, das ist es. Oder war es jedenfalls für einen der Hofmarschälle des Königs. Er liebte Hummer über alles, und wenn er bei Tisch war, mussten ihm gleich zwei oder drei serviert werden. Lästermäuler behaupten, dass sich sein Haar nur deshalb rot verfärbt hätte, weil er immer so viele Hummer aß. Und wenn man in Betracht zieht, dass Flamingos ihre Farbe vom Konsum einer bestimmten Garnelenart bekommen ...«

Carinsson sah mich eine Weile an, dann lächelte er. »Sie sind eine sehr interessante Frau, Fräulein Lejongård.«

»Danke, aber ich glaube, ich kenne einfach nur zu viele Geschichten. Unser Haus ist voll davon, und mit jeder Generation kommen neue hinzu.«

»Und welche Geschichte gedenken Sie hinzuzufügen?«

»Am liebsten eine vom kometenhaften Comeback des Löwenhofes.«

»Nun gut«, sagte er und reichte mir den Teller. »Essen Sie etwas, dann schauen wir, was sich machen lässt.«

Ich blickte entsetzt auf den Berg Kaviar mit Krebsfleisch. »Ich dachte, der wäre für Sie! Wie soll ich das alles schaffen?«

»Nun, die Fülle des Tellers ist nicht größer als die Aufgabe,

die vor Ihnen liegt. Am besten, Sie gehen Stück für Stück vor.«
Er zwinkerte mir zu, dann nahm er sich einen neuen Teller.

Als ich die Portion geschafft hatte, fühlte ich mich, als würde ich aus Kittys Kleid platzen. Doch ich verspürte auch Zufriedenheit und Zuversicht. Außerdem schien das Essen meinen Puls ein wenig beruhigt zu haben.

Wir machten nun die Runde durch den Saal. Nacheinander stellte mich Carinsson verschiedenen Männern vor, deren Namen ich unmöglich alle behalten konnte. Einige von ihnen hatten selbst große Reitställe, andere waren Trainer oder Sportler. Während ich mich mit einem Mann unterhielt, der damit prahlte, die Geschwindigkeit seiner Rennpferde um zwanzig Prozent gesteigert zu haben, bemerkte ich eine Gruppe Frauen, aus denen eine immer wieder zu mir rüberschaute.

»Wer ist diese Frau?«, fragte ich Carinsson, nachdem ich mich von dem Züchter verabschiedet hatte. »Sie schaut mich an, als würde sie mich kennen.«

»Maud von Rosen«, antwortete er, worauf ich beinahe den Champagner wieder ausgespuckt hätte.

»Von Rosen?«, fragte ich erschrocken. »Die Tochter von Clarence von Rosen?«

»Die Enkeltochter«, korrigierte mich Carinsson. »Warum reagieren Sie so erschrocken? Und woher kennen Sie den alten Clarence?«

»Ich kenne ihn nicht, aber meine Eltern und meine Großmutter. Während wir zu Kriegszeiten norwegische Flüchtlinge aufgenommen haben, die von den Nazis verfolgt wurden, hat er seine Stellung ausgenutzt, um uns beim König in Misskredit zu bringen.«

»Und welchen Grund hatte er? Nun gut, jeder weiß, dass er ein Freund der Nazis war und Hitler gern als unseren Verbündeten gesehen hätte, aber ...«

»Tja, da haben wir den Grund«, sagte ich. »Soweit ich weiß, hatte er ein Problem damit, dass wir keine Pferde an die Nazis liefern wollten.«

»Ich bitte Sie!«, gab Carinsson zurück. »Hitler hat eher auf die Reichsautobahn und schwere Fahrzeuge gesetzt.«

»Dennoch brauchte und wollte er Pferde. Für seine Paraden und Fackelzüge und was auch immer. Auf dem Löwenhof gilt allerdings, dass Pferde nicht in Kriegsgebiete verkauft werden. Das hat Großmutter im Jahr 1914 so gehalten, und beim nächsten Krieg war es genauso. Wir haben nicht damit gerechnet, doch kurz nach Kriegsbeginn teilte man uns mit, dass wir keine Hoflieferanten mehr seien. Von da an ging es bergab.«

Ich spürte, wie sich der Zorn in meiner Magengrube zusammenballte. Jetzt fand ich mich einer von Rosen gegenüber! Ihre Familie hatte uns geschadet und selbst die Nachkriegszeit bestens überstanden. Und ich, eine Lejongård, versuchte hier, mich irgendwelchen Sportfunktionären anzubiedern, damit diese ja in Erwägung zogen, mit unseren Pferden zu arbeiten!

Carinsson schien meine Aufregung zu spüren. Er rieb sich die Augenbraue, als hätte er ein Stechen im Kopf. Er fixierte Maud von Rosen, dann wandte er sich wieder mir zu.

»Ich kann Ihren Ärger verstehen«, sagte er. »Aber wäre es nicht eine schöne Genugtuung, Maud von Rosen für den Löwenhof zu gewinnen?«

Ich starrte Carinsson entsetzt an. »Das ist nicht Ihr Ernst!«

»Warum denn nicht? Die Geschichte mit ihrem Großvater

liegt lange zurück. Und zufällig weiß ich, dass Maud eine sehr nette Frau ist. Also kommen Sie, stellen wir Sie einander vor.«

Er zog mich nicht an der Hand wie ein kleines Mädchen, allerdings folgte ich ihm dennoch widerwillig.

»Wie ich sehe, ist die Crème de la Crème des Dressursports auch hier«, begann Carinsson. »In Abendkleidern erkennt man Sie fast nicht wieder!« Tatsächlich sahen die Frauen in ihren Kleidern bezaubernd aus. Eine von ihnen trug ein zartes Blau, eine andere Violett und die Dritte ein leichtes Rosé.

»Ach, hören Sie auf!«, sagte eine Frau mit einem kurzen dunklen Lockenschopf und hoher Stirn. »Wir haben uns schon bei so vielen Gelegenheiten getroffen, da müssen Sie uns doch erkennen, Herr Carinsson.«

Ich spürte, wie sich Maud von Rosens Blick intensivierte. Sie wirkte in ihrem violetten Kleid wie eine englische Gräfin. Die Verwandtschaft zu ihrem Großvater Clarence war nicht zu übersehen, außer der Nase schien sie auch seine Augen geerbt zu haben. Großmutter hatte mir ein Bild von ihm in einem Buch über Pferdesport gezeigt. Es war seltsam, dass der Löwenhof nicht schon früher auf die Idee gekommen war, Kontakt zum Reitsport zu suchen.

»Wer ist Ihre Begleiterin?«, fragte Maud schließlich.

»Das ist Solveig Lejongård, frischgebackene Tiermedizinerin und Besitzerin des wohl reizendsten Landguts, das mir jemals untergekommen ist.«

»Der Löwenhof«, bemerkte Maud von Rosen und reichte mir die Hand. Die Erwähnung unseres Gutes ließ einen Schauer über meinen Rücken rinnen. »Mein Großvater hat oft von dem Gut erzählt. Leider hatte ich noch nicht die Gelegenheit, es selbst zu besichtigen. Maud von Rosen, ich bin sehr erfreut.«

»Ich auch«, sagte ich und versuchte, meine Nervosität so gut wie möglich zu verbergen. »Und es ist schade, dass Sie noch nicht bei uns waren.«

»Nun, das kann sich vielleicht ändern, nicht wahr?«, sprang Carinsson ein, dann wandte er sich den anderen Frauen zu. »Das sind Ulla Håkansson und Ninna Swaab.«

»Freut mich, Sie kennenzulernen.« Ich gab auch den anderen beiden Frauen die Hand und wünschte mir insgeheim, dass Großmutter hätte anwesend sein können. Sie würde mir nicht glauben, dass ich die Enkelin von Clarence von Rosen getroffen hatte.

»Was für Pferde züchten Sie auf Ihrem Gut?«, fragte Ulla Håkansson mit ehrlichem Interesse. Alle Frauen hatten dunkles Haar und ähnelten sich auch ein wenig in der Statur, sodass man sie von Weitem besehen für Schwestern halten konnte.

»Schwedisches Warmblut«, antwortete ich. »Unsere Hengste haben bisher immer einen Platz im schwedischen Zuchtbuch gefunden.«

»Nun, vielleicht sollte ich mich bei Ihnen mal umschauen. Ich suche noch Ersatzpferde für Training und Turnier. So ein Pferd wie meinen Ajax findet man natürlich kein zweites Mal, aber ich bin sicher, dass es noch viele unentdeckte Talente gibt.«

Ich bemerkte, dass Maud von Rosen ein wenig die Augen verdrehte. Allerdings war diese Regung innerhalb von Sekundenbruchteilen wieder vorbei.

»Wussten Sie, dass das Schwedische Warmblut ursprünglich als Kavalleriepferd gezüchtet worden war?«, warf Maud ein.

Ich versteifte mich ein wenig. »Ja, das wusste ich«, sagte

ich. »Meine Vorfahren haben im 18. Jahrhundert Tausende Pferde für die schwedische Armee geliefert. Glücklicherweise hat sich das Land besonnen und war später nicht mehr bereit, die Tiere in sinnlosen Schlachten zu verheizen.«

Maud sah mich einen Moment lang an, dann erschien ein feines Lächeln in ihren Mundwinkeln. »Diese Umstellung hat sicher Probleme für Ihr Gut mit sich gebracht.«

»Ja, aber wir haben immer einen Weg gefunden, unsere Erträge zu sichern.« Unter meinem Abendkleid brach mir der Schweiß aus. Maud gab mir das Gefühl, dass sie wesentlich mehr Geschichten über meine Familie kannte als ich über ihre. Das war alles andere als angenehm.

»Ist es nicht außerdem besser, Pferde für friedliche Zwecke zu nutzen?«, fuhr ich fort. »Es bräche mir das Herz, wenn ich wüsste, dass unsere Pferde durch Feuer und Geschossdonner laufen müssten. Menschen, die so etwas befürworten, müssen wohl immer noch der Meinung sein, dass Pferde keine Seele haben.«

Stille folgte meinen Worten. Maud von Rosen schwieg betreten. Ninna Swaab nickte mir zu, und schließlich sagte Ulla Håkansson: »Das sehe ich genauso wie Sie. Pferde sind die friedlichsten und sanftesten Wesen der Welt. Warum sollten sie Kanonendonner ausgesetzt werden? Wir können von Glück reden, dass wir gerade in friedlichen Zeiten leben. Ich würde meinen Ajax jedenfalls nicht in eine gefährliche Situation bringen.«

Ich lächelte. War es möglich, dass ich in ihr eine Seelenverwandte finden konnte? Ihre Worte stimmten mich jedenfalls hoffnungsvoll. Und in diesem Moment war ich froh, dass Herr Carinsson mich hergebracht hatte.

Die folgenden Stunden vergingen wie im Fluge. Mein Kopf flirrte von all den Gesprächen, die mich umgaben, und als Carinsson von einem der Männer in Beschlag genommen wurde, entschuldigte ich mich und machte mich auf die Suche nach einem ruhigen Ort. Diesen fand ich auf einem der Balkons, die vom Festsaal abgingen.

Während ich in die Nacht hinausblickte, versuchte ich, das Erlebte zu verarbeiten. Das Gespräch mit Maud von Rosen und den anderen Reiterinnen war recht gut verlaufen, aber die Reaktion von Prinz Bertil beschäftigte mich noch immer. Als Präsident des Schwedischen Olympischen Komitees kannte er sicher zahlreiche Spitzensportler – auch die Reiter. Wenn er etwas gegen unseren Hof sagte, würde niemand sich unsere Pferde auch nur ansehen. Natürlich war er freundlich gewesen, aber Begeisterung sah anders aus.

»Hier sind Sie«, sagte Carinsson hinter mir. »Schauen Sie sich die Schönheit der Nacht an?«

»Ich brauchte ein wenig Ruhe«, erklärte ich. »Ich bin es nicht gewohnt, an solchen Festen teilzunehmen.«

Carinsson stellte sich neben mich. »Das kann ich verstehen. Aber wenn es Sie tröstet: Soweit ich es höre, haben Sie eine sehr gute Figur gemacht.«

»Möglicherweise«, sagte ich traurig und erschöpft.

»Möglicherweise?«

»Ich weiß nicht, ob das alles viel Sinn hat«, entgegnete ich. »Die Leute kennen nun meinen Namen, und den Prinzen haben wir auch wieder daran erinnert, dass es unsere Familie gibt. Leider wirkte er, als hätte er seinen schlimmsten Albtraum gesehen.«

Carinsson überlegte eine Weile. »Zugegeben, Bertil ist eigentlich wesentlich herzlicher«, sagte er dann. »Bei Ihnen wirkte er wie erstarrt. Aber ich nehme nicht an, dass Antipathie der Grund ist. Und schon gar nicht diese dumme Geschichte mit der Weigerung, den Nazis Pferde zu verkaufen. Wie die Geschichte gezeigt hat, haben Ihre Mutter und Großmutter genau die richtige Entscheidung getroffen. Was Sie bei den Dressurdamen gesagt haben, war bewundernswert und hat Ihnen mindestens eine Freundin eingebracht. Ulla Håkansson setzt sich sehr für das Wohl von Pferden ein.«

Carinsson machte eine Pause, dann nahm er meine Hand. »Sehen Sie doch bitte nicht alles so negativ. Die Zeiten ändern sich. Sie werden sehen. Der kometenhafte Aufstieg wird kommen.«

Ich blickte ihn an. Meine Lider waren schwer, und ich fühlte mich aufgequollen. Ich wollte eigentlich nur noch schlafen. Er hingegen wirkte so frisch, wie aufgeladen von der Energie ringsherum. Er war wie Sören damals. Der Gedanke versetzte mir einen Stich.

»Ich wünschte, ich könnte etwas positiver denken«, gab ich zu. »Aber seit dem Unfall ...« Ich stockte. Carinsson war ein Fremder, den ich zuvor noch für ziemlich aufdringlich und nervig gehalten hatte. Und jetzt war ich drauf und dran, ihm meine Geschichte zu erzählen!

»Was für ein Unfall?«, fragte er.

»Mein Verlobter und ich ... Wir wollten zum Löwenhof fahren, um meiner Familie die frohe Botschaft von der Verlobung zu bringen. Doch ein Hirsch lief vor unseren Wagen. Sören starb, und ich ...«

Ich stockte. Viele würden sagen, dass ich riesengroßes Glück gehabt hatte. Dass ich die Chance bekommen hatte weiterzumachen. Aber jetzt wurde mir klar, dass ich diesem Glück schon seit mehr als einem Jahr die Tür verschloss.

»Das tut mir sehr leid«, sagte er, und noch immer hielt er meine Hand. »Es war sicher schwer, seine große Liebe zu verlieren.«

»Das ist es immer noch«, sagte ich. »Und nicht nur das. Offenbar habe ich auch die Fähigkeit verloren, positiv in die Zukunft zu schauen. Hinter allem vermute ich gleich das Schlimmste. Ich glaube nicht mehr daran, dass irgendwas gut werden kann.«

»Nun, das sollten Sie aber«, entgegnete er. »Denn wenn Sie es nur zulassen, werden die Dinge wieder besser. Heute Abend haben Sie den ersten Schritt getan. Sie haben sich gezeigt und sich sehr gut geschlagen. Sie haben das Königshaus an Ihre Familie erinnert. Offenbar hatte man Sie vergessen, weil Sie alle so nette, ruhige Leute sind.«

Da hatte er meine Mutter noch nicht gesehen, wenn sie wütend wurde. Und auch Agneta konnte recht launisch sein. Aber er hatte recht, wir gingen nicht mit unserem Namen oder unserem Hof hausieren.

»Warum machen Sie das alles?«, fragte ich. »Der Löwenhof könnte Ihnen doch eigentlich egal sein.«

Carinsson schaute kurz auf seine Schuhe. Zum ersten Mal schien ihm eine Antwort schwerzufallen. »Ehrlich gesagt, wegen Ihnen.«

»Wegen mir?« Ich zog die Stirn kraus.

Carinsson nickte. »Sie haben etwas an sich, was mich sehr interessiert. Sie wirken einerseits störrisch, dann aber wieder schutzbedürftig. Sie sind sehr klug und so bescheiden, wie es heutzutage nur noch Menschen vom Land sind. Sie sind ganz anders als die Leute hier in Stockholm.«

»Sie meinen die Frauen.«

»Ja.«

Wir sahen uns lange an. Ich wusste nicht so recht, was ich von seinem Bekenntnis halten sollte.

»Fräulein Lejongård, vom ersten Moment an, als ich Sie gesehen habe, kam in mir das Bedürfnis auf, Ihnen zu helfen. Ich habe viele Stunden über Sie nachgedacht, Ihr Bild ging mir einfach nicht aus dem Kopf. Als Sie damals nach meinem Angebot das Lokal verlassen haben, war ich sicher, dass ich Sie nie wiedersehen würde. An Sie gedacht habe ich trotzdem. Und als Sie mich um Hilfe gebeten haben, war für mich klar, dass ich Ihnen helfen würde.«

»Und was wollen Sie als Gegenleistung?«, fragte ich. »Wir sprachen doch heute Nachmittag von einer Provision.«

»Nichts möchte ich«, antwortete er. »Meine Arbeit für das Schwedische Olympische Komitee ist ebenfalls ehrenamtlich, und ich glaube, es könnte ein gutes neues Hobby für mich sein, mich dem Löwenhof zu verschreiben. Allerdings hoffe ich darauf, dass wir beide vielleicht Freunde werden können.«

»Freunde?« Ich blickte ihn zweifelnd an. All das, was er gesagt hatte, deutete darauf hin, dass er mehr wollte als das. Welcher Mann gestand schon einer Frau, dass er oft an sie dachte? Und auch dann noch, wenn sie ihm eine Abfuhr erteilt hatte?

»Ja, Freunde. Was meinen Sie?«

»Nun, ich muss darüber nachdenken ...«

»Sie müssen sich nicht gleich entscheiden. Freundschaft ist ein Prozess, sie muss sich entwickeln. Und wenn Sie mich in Ihr Leben lassen, verspreche ich, alles zu tun, um Ihnen zu helfen. Dazu sind Freunde da, nicht?«

»Aber Freundschaft beruht auch auf Gegenseitigkeit«, warf ich ein. »Ich habe nicht das Gefühl, dass ich Ihnen viel zurückgeben kann.«

»Das werden wir sehen«, erwiderte er. »Vielleicht könnten Sie mich zu weiteren Galas begleiten? Das wird ein Spaß, wenn die Leute rätseln, wer Sie sind. Möglicherweise kommen wir damit sogar in die Presse.«

»Sind Sie etwa noch etwas anderes als ein Werbefachmann?«, fragte ich. »Ein Filmstar oder der uneheliche Sohn eines amerikanischen Millionärs?«

»Nun, ich kenne einen amerikanischen Millionär, aber unsere Beziehung reicht nicht, um es damit in die Klatschspalten der Zeitungen zu schaffen. Doch vielleicht klappt es, wenn sich herausstellt, dass ein Olympiasieger im Springreiten vom Löwenhof kommt?«

»Glauben Sie wirklich, dass das jemals möglich sein wird?«

»Träumen Sie ruhig mal ein wenig, Fräulein Lejongård. Manchmal hilft das, um seine Ziele zu verwirklichen.«

Ich lächelte, und ein warmes Gefühl durchströmte mich. Vielleicht war es ja doch ganz schön, einen Freund wie Jonas Carinsson zu haben.

»Und wie soll es jetzt weitergehen?«, fragte ich. »Ich meine, mit dem Hof. Die Party kann doch noch nicht alles gewesen sein.«

»Das ist es in der Tat nicht. Wir müssen dringend darüber reden, wie wir den Umbau finanzieren können.«

»Zuvor muss der Löwenhof erst einmal zurück in die schwarzen Zahlen«, sagte ich.

»Ja, und deshalb möchte ich Sie bitten, mich in den nächsten drei Tagen jeweils um vierzehn Uhr in meinem Büro zu treffen. Da besprechen wir alles genau und arbeiten einen Plan aus, wie man Ihrer Mutter die Ideen schmackhaft machen kann.«

»Drei Tage?«, fragte ich erschrocken. »Eigentlich wollte ich morgen zurück.«

»Wollen Sie denn mit leeren Händen zurückkehren, nachdem Sie sich in die große Stadt gewagt haben?«

»Sie vergessen, ich habe hier einige Jahre gelebt. Und faktisch habe ich mein Zimmer noch.«

»Gut, dann brauchen Sie sich ja keine Sorgen um eine Unterkunft zu machen. Kommen Sie zu den Terminen, und ich verspreche Ihnen, dass wir einen Plan ausarbeiten, der alle auf dem Löwenhof begeistern wird. Inklusive Ihrer reizenden Großmutter.«

»Meine reizende Großmutter wird sich wundern, dass ich nicht wie versprochen auftauche«, gab ich zurück.

»Ihre Mutter wird es ihr erklären. Und es wird eine weitaus größere Freude für sie sein, wenn Sie mit der Lösung erscheinen. Also?«

Ich blickte ihn an. Seine Miene wirkte ehrlich, und seine braunen Augen leuchteten dermaßen begeistert, dass ich gar nicht anders konnte, als zuzustimmen.

»In Ordnung«, sagte ich. »Morgen, vierzehn Uhr.«

Carinsson reichte mir die Hand. »Abgemacht!«

Während der Fahrt zum Wohnheim blickte ich schweigend aus dem Fenster, zunächst auf Leuchtreklamen, dann auf die meist dunklen Fenster der Wohnhäuser. Kurz nach Mitternacht war kaum noch jemand wach. Auch das Wohnheim war weitgehend unbeleuchtet.

»Soll ich Sie begleiten?«, fragte Carinsson.

»Nein, vielen Dank, Sie haben heute schon genug getan. Nachts streifen hier bestenfalls Katzen umher, aber keine Unholde.«

Wir sahen einander einen Moment lang an, dann reichte ich ihm die Hand. »Vielen Dank für alles, Herr Carinsson.«

Er nickte, ergriff meine Hand und gab mir einen Handkuss. »Gute Nacht, Gräfin Lejongård.«

»Gute Nacht.« Ich entzog mich ihm, dann stieg ich aus.

Als er abfuhr, winkte ich ihm hinterher. Ich fühlte mich müde, gleichzeitig pulsierte es in meinem Innern. Die Berührung von Carinssons Lippen prickelte auf meiner Haut. Was für ein Abend!

An der Haustür zog ich mir die Pumps aus und schlich auf Zehenspitzen die Treppe hinauf zu unserem Zimmer. Hinter einer der Türen brannte noch Licht, ich hörte jemanden schluchzen. Irgendwie klang es nach Liebeskummer. An unserer Tür angekommen, versuchte ich, so leise wie möglich hineinzuschleichen, als plötzlich das Licht aufflammte. Kitty hatte es sich auf dem Sofa bequem gemacht, wahrscheinlich, um mich nicht zu verpassen.

»Du bist schon wieder hier?«, fragte sie ein wenig vorwurfsvoll.

»Was heißt schon?«, fragte ich zurück. »Es ist nach Mitternacht!«

»Eigentlich habe ich später mit dir gerechnet.« Sie lächelte mich breit an. »Wie war es denn?«

»Sehr interessant. Und auch anstrengend. Wir hatten kein Abendessen, wir waren auf einer Party. Genau genommen auf einer Gala für Sportfunktionäre. Ich habe einige interessante Leute kennengelernt.«

»Du nimmst mich auf den Arm!« Kitty schüttelte fassungslos den Kopf. »Er sagt zu dir, dass er mit dir essen gehen will, und dann schleppt er dich zu einer Sportparty?«

»Ich sagte dir doch, es geht hier rein um den Löwenhof.

Wir wollten eine Strategie besprechen, und ich glaube, mittlerweile verstehe ich, worauf er hinauswill.«

»Ach, wirklich?« Kitty seufzte. »Wie langweilig.«

»Was hast du denn gedacht?«, fragte ich, während ich mich auf das Sofa fallen ließ und die Pumps von mir schleuderte. »Dass er mich über die Schwelle seines Hauses trägt und wir eine leidenschaftliche Nacht verleben?«

»Ich habe so etwas gehofft, ja.«

»Im Leben geht es doch nicht nur darum. Er hat mir heute einen großen Gefallen getan. All diese Leute ... Ich habe erkannt, dass wir schon viel eher hätten handeln müssen. Ich habe Prinz Bertil getroffen und die besten schwedischen Reiter, dazu noch Trainer und Entscheider im Reitsport.«

»Du hast Prinz Bertil getroffen?«, fragte Kitty erstaunt.

»Ja, ich habe sogar mit ihm geredet! Früher einmal war er Gast auf unserem Hof, aber daran scheint er sich nicht mehr besonders gut zu erinnern.«

»Warte mal, auf eurem Landgut geht die Königsfamilie ein und aus? Davon hast du mir ja noch gar nichts erzählt! Der jetzige Kronprinz ist wirklich schnuckelig!«

»Früher, Kitty. Die Familie hat uns früher besucht. Mittlerweile haben wir kein so gutes Verhältnis mehr zum Königshaus. Aber das Treffen mit dem Prinzen ... Ich habe zunächst gedacht, dass es schlimm gewesen sei, aber im Nachhinein ... Es war gut, dass ihm unsere Familie wieder ins Gedächtnis gerufen wurde.«

»Damit er ein schlechtes Gewissen bekommt?«

»Unter anderem.« Ich gähnte heftig, und meine Lider wurden auf einmal bleischwer. »Können wir morgen weiterreden? Ich glaube, ich schlafe jeden Moment ein.«

»Ist denn wirklich nichts anderes mit diesem Carinsson passiert? Ich meine, er legt sich ja schwer ins Zeug für dich.«

Ich hätte ihr von unserem Gespräch auf dem Balkon erzählen können, von seinem Angebot, dass wir Freunde sein könnten, aber ich wusste, dass sie dann nicht mehr von mir ablassen würde. Dass ich einen neuen Mann fand, wünschte sie sich fast mehr als ich selbst.

»Nein, allerdings werde ich noch drei Tage länger bleiben. Ich habe jeden Tag einen Termin mit ihm in seinem Büro. Mit etwas Glück können wir den Löwenhof retten.«

»Das hoffe ich für dich.« Kitty umarmte mich und gab mir einen Kuss auf die Stirn. »Gute Nacht.«

»Dir auch«, sagte ich und ging zu meinem Bett.

Nach einer tiefen und traumlosen Nacht erwachte ich gegen Mittag und wunderte mich, dass ich nicht auf dem Löwenhof war. Doch dann fiel mir die gestrige Party wieder ein und dass ich Carinsson heute Nachmittag wiedersehen würde.

Obwohl es um die Rettung des Hofs ging, hatte ich ein schlechtes Gewissen, als ich die Telefonzelle aufsuchte, meine Eltern anrief und verkündete, dass ich erst in drei Tagen zurückkehren würde.

»Du meine Güte, was machst du denn in Stockholm?«, fragte Mutter.

»Das kann ich dir noch nicht sagen. Nur so viel: Ich glaube, es gibt einen Weg, den Löwenhof zu erhalten.«

»Du glaubst«, sagte Mutter zweifelnd.

»Ich bin mir sicher«, gab ich zurück. »Herr Carinsson und ich ...«

»Carinsson?«, fragte sie argwöhnisch. »Hieß so nicht der Kerl, der unseren Hof schlechtgemacht hat?«

»Er hat ihn nicht schlechtgemacht, er hat nur angemerkt, wo es bei uns kriselt.«

Mutter schnaufte. »Ihn hast du also kontaktiert? Wo du doch eigentlich sauer auf ihn warst? Und wir annehmen mussten, dass er uns in ganz Schweden diskreditiert.«

»Ich habe ihn nicht kontaktiert. Jedenfalls nicht zuerst. Er ist schon vor Wochen auf mich zugekommen und hat mir seine Hilfe angeboten. Damals habe ich seine Vorschläge für utopisch gehalten, aber jetzt ... Uns steht das Wasser bis zum Hals, Mama! Wir müssen etwas tun.«

»Und da verbündest du dich mit dem Feind.«

»Herr Carinsson ist kein Feind unseres Hofs. Obwohl ich glaube, dass wir in der Vergangenheit so einige Feinde erworben haben. Aber darüber zu sprechen ginge jetzt zu weit. In den folgenden Tagen werde ich mit Carinsson an einem Plan arbeiten. Alles Weitere erfährst du, wenn ich wieder zurück bin.«

Mutter seufzte. »Mir ist dabei überhaupt nicht wohl. Wenn er nun nicht ehrlich ist? Wenn er etwas anderes von dir will ...«

»Keine Sorge, Mutter, ich habe die Sache im Griff. Und Carinsson ist wirklich bestrebt, uns zu helfen. Das habe ich zunächst nicht erkannt, weil die Art, wie er seine Argumente vorgebracht hat, etwas rüde war. Aber wir werden mittlerweile warm miteinander. Ich bin davon überzeugt, dass er uns unterstützen möchte.«

Am liebsten hätte ich angebracht, dass ich Prinz Bertil getroffen hatte, aber das wollte ich mir für meine Rückkehr aufsparen. Außerdem hatte mich Carinsson gebeten, noch nichts über unsere Strategie preiszugeben.

»Also gut, versuche, was du kannst. Wir müssen der Bank

erst in der kommenden Woche mitteilen, wie unsere Entscheidung aussieht, daher haben wir noch ein bisschen Zeit.«

Drei Tage waren nicht viel, aber ich hoffte, dass die Termine bei Carinsson reichen würden, um einen Plan zu erarbeiten, der auch die Bank überzeugen konnte.

»Wie geht es Großmutter?«, fragte ich.

»Besser, wie es scheint. Der Arzt meinte, das Blutgerinnsel hätte sich mittlerweile aufgelöst. Allerdings wird sie noch ein paar Tage im Krankenhaus bleiben müssen. Sie hat nach dir gefragt.«

»Das habe ich mir gedacht«, sagte ich. »Ich hatte ihr ja versprochen, sie so bald wie möglich zu besuchen.«

»Wenn du erst in drei Tagen zurückkommst, ist sie möglicherweise schneller wieder zu Hause als du bei ihr.« Der Vorwurf in ihrer Stimme war nicht zu überhören.

»Grüße sie bitte von mir«, entgegnete ich. »Sollte sie bei meiner Rückkehr noch nicht entlassen sein, werde ich sie sofort besuchen. Oder wenigstens vom Krankenhaus abholen.«

»Ist gut«, sagte Mutter, die jetzt unendlich müde klang. Ich konnte mir nur vage vorstellen, welch schwere Last sie im Moment auf ihren Schultern spürte. »Gib auf dich acht, ja? Und lass dich auf kein Geschäft mit diesem Carinsson ein, ohne mich vorher gefragt zu haben.«

»Mutter«, sagte ich. »Soweit ich weiß, ist immer noch Großmutter die Besitzerin des Löwenhofs, und du bist die Geschäftsführerin. Es steht überhaupt nicht in meiner Macht, irgendwelche Geschäfte abzuschließen. Ich möchte helfen, das ist alles. Und auch nur darum geht es bei unseren Gesprächen.« Ich seufzte schwer. »Bitte vertrau mir. Es wird alles gut werden.«

»Das hoffe ich. Bis bald, mein Schatz.«

»Bis bald, Mutter.«

Ich legte wieder auf und starrte noch einen Moment lang auf den Apparat, bis hinter mir jemand gegen die Scheibe klopfte und rief: »He, andere Leute wollen auch telefonieren.«

Ich wandte mich um und verließ die Telefonzelle. Jetzt brauchte ich einen ruhigen Ort. Es wurde Zeit, dass ich Sören besuchte.

16. Kapitel

»Herr Carinsson ist gleich für Sie da, nehmen Sie doch bitte ein Weilchen Platz«, empfing mich die Sekretärin am Nachmittag und deutete auf eine Sitzgruppe unterhalb eines grellbunten Kunstdruckes.

Ich fragte mich, wie meine Großmutter die heutige Kunst sah, wo sie doch damals sehr klassisch ausgebildet worden war. Wir hatten uns über moderne Kunst noch nie unterhalten. Vielleicht sollte ich das nachholen, wenn sie wieder zu Hause war.

Ich nahm Platz und ließ meinen Blick aus dem Fenster schweifen. Nach dem Besuch von Sörens Grab war ich sehr ruhig gewesen, doch jetzt spürte ich, wie die Aufregung in mir aufstieg wie das Wasser nach der Ebbe. Im Hintergrund hörte ich Stimmen, konnte aber nicht erfassen, worüber geredet wurde. Wahrscheinlich war Carinsson noch mit einem anderen Kunden beschäftigt. Die Minuten zogen sich in die Länge. Die Sekretärin nahm einen Anruf an, in dem es um einen dringenden Termin ging. Der Kunde schien anstrengend zu sein, denn einmal verdrehte sie die Augen.

Kurz nachdem sie wieder aufgelegt hatte, öffnete sich die Tür von Carinssons Büro. Das Klacken von Stöckelschuhen hallte durch den Raum. Die Frau, die in Begleitung eines Mannes herauskam, trug ein elegantes blaues Etuikleid, das wunderbar zu ihren strohblonden Haaren passte. Auch sonst sah sie aus, als würde sie gleich zu einer Party gehen. So elegant wie sie würde ich mich wahrscheinlich nie auf so hohen Hacken bewegen können.

»Es war mir eine Freude, Fräulein Eklund«, sagte Carinsson. »Herr Viström.« Er reichte dem Mann die Hand und küsste dann die der Frau.

Einen Moment noch schaute Carinsson ihnen nach, dann wandte er sich mir zu. »Ah, da sind Sie ja schon!«, sagte er und kam zu mir.

Schon? Ich blickte auf die Uhr. Es war zehn Minuten nach vierzehn Uhr. War er es etwa gewöhnt, dass seine Kunden unpünktlich waren?

»Freut mich, Sie wiederzusehen, Fräulein Lejongård.« Jetzt wirkte er wesentlich förmlicher als gestern.

»Die Freude ist ganz auf meiner Seite«, gab ich zurück, während ich bemerkte, dass die Sekretärin uns eindringlich musterte.

»Dann wollen wir doch mal schauen, was wir tun können.« Er führte mich ins Büro und bot mir einen Platz auf dem Sofa an. Dort stand noch das Tablett von den Klienten zuvor.

»Entschuldigen Sie die Verspätung«, sagte er, während er das Tablett beiseitestellte. »Fräulein Eklund ist Mannequin und soll das neue Gesicht einer bekannten Kosmetikfirma werden. Leider redet ihr Agent mehr, als er sollte, und ich fürchte, die Dame wird für die Fotografen nicht ganz einfach werden. Aber ihr Look ist angesagt. Die Leute glauben, so wie sie sieht eine typische Schwedin aus.«

»Ach herrje«, platzte es aus mir heraus. »Glauben die Leute das wirklich?«

»Ja, strohblond, blaue Augen, breites Lächeln. Das ist das Bild, das die Menschen in der Welt von uns haben. Sie würden übrigens auch sehr gut da reinpassen.«

»Ich bin kein Mannequin«, erwiderte ich. »Und mein Haar ist eher goldblond.«

»Aber immer noch blond genug für das Bild einer typischen Schwedin. Jedenfalls, was das Marketing angeht. Wenn Sie mich einen Moment entschuldigen?« Er trug das Tablett nach draußen und kam wenig später wieder.

»Sybilla wird uns gleich neuen Kaffee bringen.« Er atmete tief durch, dann griff er nach einer Mappe auf seinem Schreibtisch. »Kommen wir nun zu Ihnen und dem Löwenhof.«

»Sie haben eine Akte über uns angelegt?«, fragte ich, als ich die Beschriftung sah. Wann hatte er das getan? In der vergangenen Nacht? Oder schon früher?

»Natürlich, das mache ich bei allen Klienten so. Jeder Kunde bringt mir neues Wissen und neue Erfahrungen. Ich halte das alles gern fest, um später auswerten zu können, was gut oder was schlecht gelaufen ist.« Er schlug die Mappe auf, in der sich tatsächlich schon einige Blätter befanden. »Sie sollten so etwas für Ihre Kunden auch führen.«

»Das tun wir«, entgegnete ich. »Das Büro meiner Eltern ist voll mit Ordnern über die Kundschaft der vergangenen Jahre.«

»Wie alt ist die älteste Akte?«, fragte er.

»Das müssten die Geschäftsbücher meines Urgroßvaters sein.«

»Ha!«, machte er daraufhin. »So etwas habe ich fast erwartet. Ich kann nur sagen, trennen Sie sich von dem alten Krempel, er hält Sie nur auf.«

»Die Akten meines Großvaters sind historisch!«, protestierte ich.

»Ja, genau! Und deshalb gehören sie vielleicht in ein Archiv oder Museum, aber nicht ins Arbeitszimmer. Dort sollten nur die Vorgänge der vergangenen zehn Jahre zu finden sein. Mehr nicht. Die Historie erstickt Sie sonst irgendwann.«

Noch vor einigen Wochen hätte ich heftig protestiert. Doch wenn ich mir Carinssons Büro anschaute, musste ich ihm recht geben. Das Büro im Herrenhaus wirkte düster und vollgestopft, seines hingegen luftig und freundlich. Es fiel einem nicht schwer, sich vorzustellen, dass man hier auf wesentlich bessere Ideen kam.

»Ich werde es meiner Mutter ausrichten«, sagte ich, worauf Carinsson erstaunt die Augenbrauen hob.

»Kein Protest?«, fragte er. »Ich glaube, das muss ich rot im Kalender anstreichen.«

»Ich bin lernfähig«, gab ich zurück. »Heute Morgen habe ich Sie gegenüber meiner Mutter schon vehement verteidigt.«

»Warum war das denn nötig? Wir haben uns doch nur einmal gesehen.«

»Ich habe ihr damals erzählt, was Sie gesagt hatten. Davon war sie nicht so angetan.«

»Nun, da ist der Apfel wohl nicht weit vom Stamm gefallen, wie?«, sagte er lachend. »Aber wenn Sie viel von Ihrer Mutter geerbt haben, dann habe ich Hoffnung, dass ich auch sie überzeugen kann.«

Während er sich seinen Unterlagen zuwandte, betrachtete ich ihn. Er schien mir die Bemerkung mit meiner Mutter nicht übel genommen zu haben. Überhaupt schien er sich nicht viel daraus zu machen, wenn man von seinen Ideen nicht angetan war. Offenbar war er der Meinung, dass er nur andere Wege einschlagen musste, um ans Ziel zu gelangen.

»Ich habe mich ein wenig umgehört, ganz diskret natürlich«, sagte er schließlich, als er aufblickte. »Einem Großteil der Leute sind Sie sehr gut im Gedächtnis geblieben. Allerdings wusste kaum jemand etwas mit dem Löwenhof anzufangen. Der Imageschaden muss schon weit vor dem Verlust der Verträge mit dem Königshaus eingetreten sein. Man hat nichts von dem Gut gehört, und somit ist es in Vergessenheit geraten.«

Ich fragte mich, an welcher Stelle wirklich etwas schiefgegangen war.

»Aber das ist kein Grund, so trübe dreinzuschauen«, sagte Carinsson, als er sah, was für ein Gesicht ich zog. »Wenn sie nicht von Ihnen wissen, können sie auch keine schmutzigen Geschichten erzählen. Ich würde sagen, das sind nicht mal schlechte Voraussetzungen für einen Neuanfang.«

»Die Geschäftsleute damals müssen es gehasst haben, dass das Gut von einer Frau geführt wurde«, sagte ich. »Großmutter wurden nie wirklich große Steine in den Weg gelegt, jedenfalls nicht öffentlich. Aber im Hintergrund war sicher einiges im Gange. Dinge, die sie nicht mitbekommen hat. Mutter meinte einmal, dass sie ein wenig überfordert war mit der Führung des Guts.«

»Das ist gut möglich«, sagte Carinsson. »Nicht immer sagen einem die Menschen, was sie wirklich denken. Diese Leute rammen einem kein Messer in den Rücken, sie versetzen einem kleine Schnitte, die fortwährend bluten. Irgendwann fällt man dann vor Blutverlust um. Verzeihen Sie meinen bildhaften Vergleich, aber so könnte es bei Ihrer Großmutter gewesen sein. Zuerst sind es nur Gerüchte, dann ist man bei irgendwelchen Ausschreibungen angeblich zu spät dran, oder es wird jemand anderer vorgezogen, wieder und wieder. Immer gibt es scheinbar logische Erklärungen. Man sei nicht gut genug oder der andere eben besser. Sosehr man sich auch bemüht, man kommt nicht mehr voran. Man fragt sich, welche Fehler man macht, doch eigentlich liegt es an den anderen, die einen nicht mehr vorankommen lassen. Irgendwann ergibt man sich und wird gleichgültig.«

»Meiner Großmutter ist das Gut nicht gleichgültig«, entgegnete ich.

»Sicher nicht, aber sie und auch Ihre Mutter scheinen davon überzeugt zu sein, dass sich nichts an Ihrer Lage ändern lässt. Aus diesem Denkmuster werden wir sie herausholen.«

In den folgenden Stunden analysierten wir gründlich, was zum Misserfolg des Löwenhofs geführt haben konnte. Die Ergebnisse waren dermaßen erschreckend, dass ich spontan in Tränen ausbrach. Mit einem guten Berater hätte Großmutter den Schaden abwenden können, doch den hatte sie nicht. Stattdessen musste sie sich Kämpfe mit ihrer eigenen Mutter liefern und hatte zunehmend den Weitblick verloren.

»Das dürfen wir ihr nicht sagen«, meinte ich, während ich meine Augen abtupfte. »Sie würde sonst einen weiteren Infarkt erleiden.«

»Keine Sorge, ich bin diskret«, versprach Carinsson. »Allerdings sollten wir Ihre Mutter darauf hinweisen. Es ist nicht damit getan, die Bücher des Löwenhofes zu führen. Das Marketing wurde seit jeher vernachlässigt. Auch in den Dreißigern und Vierzigern gab es schon Reklame.«

»Sie vergessen den Krieg.«

»Glauben Sie wirklich, dass der Krieg alles gelähmt hat?«

Er schüttelte den Kopf. »Mal davon abgesehen, dass auf schwedischem Boden keine Kampfhandlung stattgefunden hat, ging das Leben weiter. Sicher gab es Rationierung, und Importe aus den kriegsführenden Ländern gingen gegen null. Dennoch lief die Wirtschaft weiter. Ein Großteil der alten Firmen hatte unter dem Krieg nicht sonderlich zu leiden. Der größte Schrecken des Krieges fand hier in den Köpfen der Menschen statt, die fürchteten, jeden Augenblick könnte das Unglück über sie hereinbrechen. Wenn Sie wüssten, was für Geschichten meine Mutter erzählt hat. Keinen Zucker zu bekommen war für sie das größte Unglück.« Er schüttelte den Kopf.

»Der Löwenhof hat norwegische Flüchtlinge aufgenommen«, sagte ich. »Auf diesem Weg hatte meine Mutter meinen Vater wiedergetroffen.«

»Er ist Norweger?«

Ich schüttelte den Kopf. »Nein, Schwede. Aber er war nach Norwegen gegangen, um dort eine Möbelfirma aufzubauen. Der Krieg hat ihm alles genommen, auch seine erste Frau.«

»Das tut mir leid«, sagte Carinsson und machte eine angemessene Pause. »Wenn man sich um Flüchtlinge kümmert, tritt die Betriebsführung natürlich in den Hintergrund. Ich verstehe allerdings nicht, warum Ihre Mutter in den Fünfzigerjahren nicht begonnen hat, Werbung für den Hof zu machen.«

»In den Fünfzigern haben wir noch gut verkauft, weil man jenseits der Ostsee Pferde benötigte. Außerdem haben die Gestüte drüben die Arbeit wieder aufgenommen.«

Carinsson nickte und machte sich eine Notiz.

»Also gut«, sagte er dann. »Ich glaube, ich habe jetzt ein gutes Bild von den beiden Gütern. Ekberg steht sehr gut da und könnte Ihrer Familie ohne Weiteres das Überleben sichern. Der Löwenhof, der sich nicht im Geringsten selbst tragen kann, ist allerdings das Herz Ihrer Familie. Und welcher gute Arzt würde aus einem Patienten schon das Herz herausschneiden?«

»Sie scheinen ein Faible für medizinische Vergleiche zu haben«, sagte ich.

»Mein Vater war Arzt«, sagte er. »Vielleicht kommt es daher. Er hatte sich immer gewünscht, dass ich in seine Fußstapfen trete. Leider habe ich eine Faszination für die Reklame entwickelt.«

»Das tut man als Kind?«, fragte ich.

»Wie war es denn bei Ihnen?«, fragte er zurück. »Seit wann wussten Sie, dass Sie Tierärztin werden wollen?«

»Vielleicht seit ich elf oder zwölf Jahre alt war. Ich habe Pferde immer schon geliebt, aber das bringt meine Herkunft wohl mit sich.«

»Und was war der Auslöser? Nur die Liebe zu den Pferden oder etwas anderes?«

Ein Nachmittag im Herbst stand mir plötzlich wieder vor Augen. Kurz zuvor war einer unserer Stallburschen aufgeregt ins Haus gekommen und hatte meiner Mutter irgendwas gesagt. Diese lief daraufhin sofort los. Neugierig folgte ich ihr. Die Blätter der Bäume leuchteten gelb und rot in der Sonne, über den Wiesen hing schon leichter Dunst. Meine Mutter war bereits im Stall verschwunden, als ich vorsichtig an die offen stehende Tür trat. Der Laut, den ich kurze Zeit später hörte, war grauenvoll.

»Eines unserer Pferde hatte eine Darmverschlingung erlitten«, setzte ich meinen Gedanken laut fort. »Die Pfleger hatten das nicht bemerkt. Das Tier quälte sich furchtbar und schrie. Ich habe noch nie zuvor solch einen Laut gehört. Niemand konnte etwas tun, und es hat beinahe eine Stunde gedauert, bis der Tierarzt aus Kristianstad kam. Da war es zu spät. Wir mussten das Pferd einschläfern lassen. Es war eine unserer besten Stuten, die zudem noch ein Fohlen hatte. Ich habe die ganze Nacht kein Auge zubekommen. Einige Tage später wusste ich, was ich tun konnte, damit so etwas nicht wieder passiert.«

»Sie wollten als Tierärztin auf dem Gut vor Ort sein, wenn sich wieder so etwas ereignet.«

»Ja«, antwortete ich. »Natürlich habe ich da übersehen, dass es noch einige Jahre dauern würde, bis ich als Tierärztin arbeiten konnte.«

»Aber der Traum hat sich erhalten.«

Ich nickte. »Und wie Sie sehen, habe ich es geschafft.«

Ich dachte auch wieder an den Tag, als ich im Stall des Bauern der Stute geholfen hatte. Der Tag, an dem mir klar wurde, dass ich mein Studium fortsetzen wollte. Doch das behielt ich für mich, denn es hätte nur wieder Sören aufgebracht. Es war schon genug, dass ich Carinsson gestern von ihm erzählt hatte.

Er nickte mir zu. »Das ist wirklich eine sehr anrührende Geschichte.«

»Und was ist mit Ihnen?«, fragte ich. »Sie haben mir noch nicht gesagt, warum Sie sich für Werbung interessierten.«

»Nun, diese Geschichte ist nicht ganz so dramatisch wie Ihre. Mein Vater hatte ein Faible für Antiquitäten. Um dieses Hobby an seinen Sohn weiterzugeben, nahm er mich am Wochenende immer mit in diese verschrobenen Läden. Manchmal sind wir auch auf Flohmärkte gegangen. Eines Tages entdeckte ich in einem Laden einen Karton voller alter Blechschilder. Es waren Reklametafeln für alles Mögliche.

Mundwasser, Pomade, Bartkämme, Heiltonika, Marmelade. Alles, was der Mensch so braucht. Ich war fasziniert von diesen bunten Schildern, die auf so kleinem Raum so viel ausdrückten. Die Bilder regten meine Fantasie an, brachten mich dazu, darüber nachzudenken, wie sie entstanden waren und welche Wirkung sie auf die Menschen hatten. Irgendwann habe ich begonnen, die Schilder zu sammeln, und den Entschluss gefasst, selbst welche herzustellen.«

»Wie alt waren Sie damals?«

»Acht oder neun.«

»Sie nehmen mich auf den Arm!«

»Nein, keineswegs«, entgegnete Carinsson. Dann ging er zum Schreibtisch und zog die größte Schublade auf. »Ich war noch sehr jung, als ich wusste, dass ich nicht den Beruf meines Vaters ergreifen würde. Die Medizin war mir immer ein wenig unheimlich. Kommen Sie und schauen Sie.«

Ich erhob mich und trat zu ihm. In der Schublade befand sich eine Hängeregistratur. Aus einer der Mappen zog Carinsson ein Blechschild. Der Hintergrund war dunkelgrün, und im Vordergrund hielt eine Frau mit weißer Kittelschürze ein Waschmittelpäckchen. Das Lächeln wirkte wie das eines Stummfilmstars.

»Das war das erste Schild, das ich mir von meinem Taschengeld auf einem Flohmarkt gekauft habe. Die Frau darauf wirkt so fröhlich, auch wenn Wäschewaschen alles andere als leichte Arbeit ist.«

»Hat Ihre Mutter auch so ausgesehen beim Waschen?«, fragte ich.

»Nein, wir hatten Dienstmädchen, die die Wäsche erledigt haben. Meine Mutter hatte mehr damit zu tun, ihre Migräne zu kurieren.«

»Das klingt, als würden Sie sie nicht mögen.«

»Meine Mutter war, wie sie war. Ich kann ihr keinen Vorwurf machen. Außerdem redet man nicht schlecht über Verstorbene.«

»Oh, Ihre Mutter ist …« Ich stockte.

»Meine beiden Eltern sind vor fünf Jahren gestorben«, antwortete er. »Es war ein Bootsunfall. Sie waren zu einer Segelregatta in Dänemark unterwegs, als sie in einen Sturm gerieten. Das Schiff kenterte. Tage später sind die beiden an der dänischen Küste angeschwemmt worden.«

»Das ist ja furchtbar«, sagte ich, während mich das Grauen packte. »So ein schlimmer Tod.«

»Das stimmt. Ich war am Boden zerstört, als ich es hörte. Damals habe ich noch studiert und geglaubt, meine Welt würde untergehen.«

»Das kann ich verstehen. Nach Sörens Tod fühlte ich mich ebenso.« Ich sah ihn an und stellte fest, dass ich nun doch von meinem Verlobten erzählte. Ich hatte keine Ahnung, warum, aber irgendwie gelang es Carinsson, mein Vertrauen zu erringen. »Was haben Sie gemacht?«, fragte ich. »Ich meine, danach.«

»Nun, nachdem ich mich eine Weile eingeigelt hatte, kam ich zu der Einsicht, dass es nichts gab, das sie wiederbringen würde. Mir blieb nur eines: Ich musste weitermachen und versuchen, ihrem Andenken gerecht zu werden. Auch wenn es in einem Bereich war, den mein Vater missbilligt hat.« Er breitete die Arme aus. »Wie Sie sehen, ist mir das einigermaßen gelungen.«

»Ich würde sagen, dass Ihnen das sehr gut gelungen ist!«

»Danke. Ich bin sicher, es wird Ihnen auch gelingen«, sagte er. »Und ich bin sicher, Ihr Verlobter wäre stolz auf Sie.«

»Nur leider ist er nicht mehr da, um das zu sehen.«

»Ist das denn wichtig?«, fragte Carinsson. »Was zählt, ist doch, wie es Ihnen geht und ob Sie auf sich selbst stolz sein können. Sie sind mittlerweile Tierärztin und auf dem Weg, den Löwenhof in eine neue Zeit zu führen.«

»Sie meinen, meine Mutter.«

»Nein, Sie«, gab er zurück. »Lassen Sie uns erarbeiten, auf welchem Weg Sie das erreichen können.«

17. Kapitel

Am Morgen nach der letzten Sitzung wollte ich mich eigentlich auf den Weg zum Bahnhof machen. Doch Carinsson erwartete mich vor dem Wohnheim. Lässig lehnte er an seinem Wagen. »Guten Morgen, Fräulein Lejongård!«

»Was machen Sie denn hier?«, fragte ich verwundert.

»Sie abholen, was sonst?«

Wir waren übereingekommen, angesichts des drohenden Zahlungstermins umgehend zum Löwenhof zu fahren, um meinen Eltern unseren Plan zu präsentieren. Ich war nicht ganz sicher, ob er auf Gegenliebe stoßen würde, denn in einem Punkt war er ziemlich radikal. Allerdings war nicht die Rede davon gewesen, uns vorher noch mal zu treffen. Ich war davon ausgegangen, früher anzukommen, um Mutter vorbereiten zu können.

»Sie wollen mich zum Bahnhof bringen?«

»Nein, zum Löwenhof. Was meinen Sie denn, warum ich vollgetankt habe?«

»Ich fahre lieber mit dem Zug«, sagte ich, doch Carinsson schüttelte den Kopf.

»Ach, kommen Sie! Ich bin ein guter Fahrer, es liegt nirgendwo Schnee, und ich glaube auch nicht, dass ich Sie langweilen werde.« Er atmete tief durch. »Ich weiß, beim letzten Mal, als Sie mit einem Mann diese Fahrt unternommen haben, ist alles furchtbar geworden. Aber so muss es nicht jedes Mal sein.«

Panik durchflutete mich. »Wenn ich ehrlich bin, habe ich Angst, mit Ihnen zu fahren«, sagte ich ihm geradeheraus.

»Nun, das sollten Sie auch beim Zugfahren haben. Züge können entgleisen, und dann werden Sie in einem Waggon mit fünfzig anderen Reisenden und ihren Koffern durcheinandergewürfelt.«

»Vielen Dank, dass Sie mir auch noch das Zugfahren verderben wollen«, murrte ich, worauf er lachte.

»Nein, das möchte ich nicht. Aber wäre es nicht ein guter Vertrauensbeweis, wenn ich Sie heil nach Hause brächte? Sie könnten sich ein Stück Ihres früheren, unbeschwerten Lebens zurückerobern!«

Glaubte er, dass ich das nötig hatte? Wirkte ich so verhärmt? Ich knetete meine Hände. Sie waren noch immer eiskalt, und das ängstliche Wühlen in meinem Magen war auch noch da. Gleichzeitig ärgerte ich mich darüber, dass ich furchtsam war wie eine alte Frau. Es war doch nichts dabei, zu Carinsson in den Wagen zu steigen. Ich war ja auch schon vorher mit ihm gefahren. Allerdings waren wir da in der Stadt gewesen ...

»Nun kommen Sie schon. Geben Sie mir Ihre Tasche, und ich verspreche Ihnen, dass es eine amüsante Fahrt wird. Ich habe ein Autoradio, da können Sie zwischendurch Musik hören, wenn Sie mein Geplapper nicht mehr ertragen.«

Los, sei kein Hasenfuß, sagte ich mir. Überwinde dich. »Also gut«, hörte ich mich sagen.

»Wirklich?«

Ich nickte.

»Bestens!« Carinsson nahm mir die Tasche ab. Ich schaute mich zum Wohnheim um und bemerkte, dass Kitty sich die Nase an der Scheibe platt drückte. Als sie meinen Blick gewahrte, hob sie den Daumen. Ich winkte ihr.

»Wer ist das?«, fragte Carinsson.

»Meine Mitbewohnerin.«

»Ah, das hübsche Mädchen, dem ich meine Karte gegeben habe!«

»Ganz genau.«

»Nun, sie wird denken, dass Sie einen Verehrer haben.«

»Ich habe ihr von Ihnen erzählt«, gab ich zurück. »Sie war enttäuscht, weil sie uns beide wohl schon als das nächste Traumpaar gesehen hat.«

»Sie scheint ziemlich romantische Vorstellungen zu haben.«

»Ja, das hat sie, und vor allem glaubt sie, dass ich einen neuen Mann brauche.«

»Nun, bei einer Frau wie Ihnen ... Ich frage mich ohnehin, warum die Männer nicht bei Ihnen Schlange stehen.«

»Weil ich es nicht will«, entgegnete ich, während ich auf dem Beifahrersitz Platz nahm. »Und nun sollten wir fahren, sonst überlege ich es mir noch und lasse mich am Bahnhof absetzen.«

»Keine Chance«, sagte er, stieg ein und startete den Motor.

Obwohl ich während der gesamten Fahrt ein wenig angespannt war, musste ich zugeben, dass sie gar nicht mal so schlecht war. Carinsson sprach nicht viel, er überließ dem Radio die Unterhaltung. Außerdem hatte ich das Gefühl, dass er langsamer fuhr als sonst, um auf mich Rücksicht zu nehmen.

Als wir am Nachmittag Kristianstad hinter uns gelassen hatten, fühlte ich ein wenig Erleichterung in mir aufsteigen. Die Unfallstelle hatten wir passiert, und nun floss das Blut wieder in meine eiskalten Hände zurück. Carinsson hatte recht gehabt, es war nichts Schlimmes passiert.

»Wenn Sie möchten, fahre ich das letzte Stück«, sagte ich, als ich bemerkte, dass Carinsson gähnte.

»Sie haben einen Führerschein?«, fragte er.

»Natürlich!«, gab ich zurück.

»Und warum besitzen Sie kein Auto?«

»Meine Familie hat eines. In Stockholm brauche ich es nicht, da gibt es genügend Busse. Für lange Strecken nehme ich sonst immer die Bahn.« Ich machte eine kurze Pause, dann fügte ich hinzu: »Außerdem habe ich kein Geld dafür. Aber ich kann fahren. Wenn ich zu Hause bin, fahre ich manchmal sogar den Transporter meines Vaters.«

»Nun gut.« Carinsson hielt am Straßenrand. »Dann lassen Sie uns tauschen. Aber vorsichtig, dieser Wagen verhält sich anders als ein Transporter.«

Wir tauschten die Plätze.

»Vielen Dank für Ihr Vertrauen«, sagte ich, als ich den Gang einlegte. Tatsächlich reagierte das Cabrio ganz anders als der Transporter oder unser alter Wagen. Als er mit grimmigem Brummen voranschoss, jauchzte ich auf.

»Nur langsam mit den jungen Pferden!«, sagte Carinsson, der ein wenig blass um die Nase geworden war.

»Ich muss ein Gefühl für den Wagen bekommen, das ist alles.« Mein Herz pochte, aber nicht vor Angst. Eher vor Aufregung. Das erstaunte mich, denn ich war schon lange nicht mehr gefahren, und eigentlich hatten mich auf dieser Straße sonst immer die Erinnerungen eingeholt. Die dunkle Stelle in meinem Gedächtnis war gefüllt worden von Gedanken und Vorstellungen, wie sich der Moment des Unfalls abgespielt haben könnte. Aber jetzt spürte ich nichts davon. Nur Freude, als ich langsam ein Gespür für das Fahrzeug entwickelte.

Als die Einfahrt zum Gut erschien, verlangsamte ich und setzte den Blinker. Ich lenkte den Wagen vorsichtig auf den Sandweg und blickte dann zu Carinsson. Der hatte jetzt wieder ein wenig Farbe bekommen, wirkte aber immer noch angespannt.

»Sie fahren wie der Henker«, sagte er. »Ich hätte nicht damit gerechnet, dass Sie so viel Gas geben.«

»Habe ich das?«, fragte ich zurück.

»Oh ja, das haben Sie.« Dann lächelte er. »Es ist aber sehr faszinierend, Sie so zu sehen.«

»Wie?«, fragte ich.

»Mutig«, sagte er. »Als wir uns das erste Mal trafen, waren Sie zwar voller Stolz, aber gleichzeitig hat Sie ein wenig Angst umgeben.«

»Angst?«

»Angst vor Veränderungen. Vor etwas Neuem. Jetzt haben Sie etwas Neues gemacht: einen Wagen mit zweihundert PS gelenkt. Und Sie sind auch ein bisschen gerast.«

Da hatte er recht. Was er nicht wusste, war, wie gut ich mich in diesem Augenblick fühlte. Es war, als wäre eine Kruste rings um mich aufgebrochen.

Ich fuhr den Weg entlang zur Rotunde vor dem Haus. Die Nachmittagssonne strahlte, und der Duft von gemähtem Gras und Stroh lag in der Luft. Darauf hatte ich schon lange nicht mehr geachtet. Ich brachte den Wagen zum Stehen und war sicher, dass Mutter gleich auftauchen würde. Das löwengleiche Brüllen des Cabrios war sicher nicht zu überhören gewesen. Und ich täuschte mich nicht.

Mutter trug ein rostrotes Kostüm mit weißer Bluse. Sie wirkte, als wäre sie gerade von einem Termin gekommen.

»Hej, Mama!«, rief ich und erklomm die Treppen. »Ich bin wieder da!«

»Das sehe ich«, sagte sie mit einem leicht verwirrten Ausdruck in den Augen. Dann schloss sie mich in die Arme. »Wie schön, dass du da bist. Und du hast deinen Besuch gleich mitgebracht.«

»Er war so freundlich, mich mitzunehmen. Es war eine tolle Fahrt!«

Ich löste mich von ihr und wandte mich um. Carinsson reichte meiner Mutter die Hand. »Es freut mich, Sie wiederzusehen, Frau Lejongård.«

»Die Freude ist ganz auf meiner Seite«, entgegnete Mutter höflich, doch mir entging nicht, dass sie ein wenig reserviert wirkte. Als ich am Vortag bei ihr anrief, um Carinssons Besuch anzukündigen, war sie nicht besonders erfreut gewesen. »Meinst du nicht, dass wir es mit dem Gut allein schaffen?«, hatte sie gefragt. Doch es war mir gelungen, sie davon zu überzeugen, dass es sich lohnen würde, ihn anzuhören.

»Sie sind früher hier, als wir es erwartet hatten«, sagte Mutter und bat Carinsson ins Haus.

»Das liegt daran, dass Ihre Tochter eine rasante Fahrerin ist«, erklärte er lächelnd und blickte dann zu mir. »Ich hätte für den Weg zwischen Kristianstad und dem Gut sicher mehr als zwanzig Minuten gebraucht.«

»So schnell sind wir nun auch nicht gefahren«, entgegnete ich, denn ich wollte nicht, dass meine Mutter sich nachträglich Sorgen machte.

Während Carinsson sich in seinem Zimmer einrichtete – ich hatte darum gebeten, ihm den Raum mit dem Hummerbild zu geben –, sprach ich mit meiner Mutter.

»Wo ist Vater?«, wunderte ich mich. »Besucht er Großmutter?«

Mutter schüttelte den Kopf. »Nein, er ist auf Ekberg. Es gibt Probleme mit den Erntemaschinen dort. Er muss mit der Werkstatt reden und noch ein paar andere Dinge organisieren.«

»Und wie geht es Großmutter?«

»Sie war ein wenig besorgt wegen dir, aber sonst ist zum Glück alles in Ordnung.«

Ich spürte, wie nervös sie wirkte. »Was ist los, Mama?«, fragte ich. »Du wirkst so aufgelöst.«

»Nichts«, antwortete sie. »Es ist nur ... Ich bin gerade von einem Termin gekommen.«

»War es denn etwas Unangenehmes?«

»Nein ... Ich weiß nur nicht, ob wir die Dienste von Herrn Carinsson noch benötigen.«

Ich zog die Augenbrauen hoch. »Warum das?«

»Nun ja.« Sie rieb nervös die Hände. »Eigentlich wollte ich es erst verlauten lassen, wenn dein Vater wieder da ist, aber das kann ein paar Tage dauern. Ich möchte nicht, dass wir die Zeit unseres Besuchers überstrapazieren.«

Ich schüttelte den Kopf. »Das klingt ein wenig merkwürdig, Mutter. Was ist los?«

»Setzen wir uns doch nachher mit Herrn Carinsson zusammen«, schlug sie vor. »Wenn er sieht, dass wir ihn nicht brauchen, kann er gleich morgen wieder den Heimweg antreten.«

»Seit wann sind wir so ungastlich?«, fragte ich verwundert. »Eigentlich könnten wir das, was wir zu besprechen haben, auch morgen klären.«

»Nun, ich fürchte, dazu haben wir nicht die Zeit. Bei dem Angebot, das ich erhalten habe, muss ich mich schnell entscheiden. Eigentlich hätte ich schon heute unterschreiben sollen, aber ich muss noch Großmutter fragen.«

»Und was ist das für ein Angebot? Du scheinst nicht besonders glücklich darüber zu sein.«

»Das erzähle ich euch nachher«, gab Mutter fahrig zurück. »Ich muss mich selbst noch ein bisschen sammeln.«

Ich seufzte. Was war nur mit meiner Mutter los? Was hatte sie angestellt?

»Pack ruhig noch deine Sachen aus, dann treffen wir uns im Arbeitszimmer, ja?«, sagte sie und wandte sich um.

Ich schaute ihr nach. Was würde jetzt kommen? Eine ungute Ahnung ließ mein Herz klopfen.

Eine halbe Stunde später begaben wir uns ins Arbeitszimmer. Mutters Nervosität schien noch gestiegen zu sein. Sie wirkte, als hätte sie etwas getan, das mir nicht gefallen würde.

Wir nahmen auf den alten Ledersofas Platz, und Mutter schenkte Kaffee ein. Das Gebäck dazu duftete köstlich, doch ich hatte keinen Hunger. Beunruhigt fragte ich mich, was Mutter zu sagen haben würde. Und ein klein wenig ärgerte ich mich auch. Sie hatte gewusst, dass ich an einer Lösung arbeitete. Warum hatte sie nicht gewartet?

»Ich habe vorhin das Angebot einer Hotelgruppe erhalten«, eröffnete sie uns. »Der Besitzer möchte das Gut in einen Reiterhof umwandeln. Ein Großteil der Pferde könnte bleiben, den Rest würden wir mit nach Ekberg nehmen.«

Ich starrte meine Mutter schockiert an. Also das war das große Geheimnis? Ein Hotel? Dabei hatte ich Mutter doch von Agnetas Wunsch erzählt.

»Das kannst du nicht machen!«, fuhr ich sie an. »Der Löwenhof soll ein Hotel werden? Das kommt nicht infrage.«

»Solveig, versteh doch. Andere Möglichkeiten bleiben uns nicht!«

»Doch, die bleiben uns«, gab ich zurück. »Herr Carinsson und ich haben die vergangenen drei Tage damit verbracht, eine Lösung zu finden. Und du gehst los und verhökerst dein Haus an einen Hotelkonzern! Großmutter wird dazu niemals ihre Zustimmung geben.«

Mutter presste die Lippen zusammen. Ich blickte zu Carinsson. Der schien ein wenig betreten angesichts meines Ausbruchs. Oder war er enttäuscht, dass meine Mutter nicht hatte warten können?

»Und was ist damit, dass du das Angebot gleich unterschreiben sollst?«, fragte ich weiter. »Bist du sicher, dass diese Leute seriös sind? Solch eine schwerwiegende Entscheidung kann man doch nicht nach einem ersten Gespräch treffen. Ich sage dir, das sind Betrüger!«

»Darf ich einen Blick auf das Angebot werfen?«, meldete sich Carinsson zu Wort. Er wirkte äußerlich sehr ruhig, was mich erstaunte.

Mutter blickte ihn verwundert an, reichte ihm dann aber das schmale Papierbündel, das wohl auch gleich den Kaufvertrag beinhaltete.

Carinsson bedankte sich höflich und begann, es gründlich zu studieren. Ich kochte innerlich vor Wut. Eigentlich hatte

Mutter immer alles mit mir besprochen. Und jetzt das! Sie hätte gestern am Telefon etwas sagen können, dann hätte ich vielleicht die Gelegenheit gehabt, es ihr wieder auszureden.

Und was war mit Carinsson? Er hatte sich all die Mühe gemacht, nur um mit solch einem Alleingang konfrontiert zu werden!

Ich blickte sie an und versuchte, meine Emotionen in den Griff zu bekommen.

Nach einer Weile legte Herr Carinsson die Papiere auf den Tisch vor sich und sinnierte einen Moment lang. Dann blickte er auf. »Entschuldigen Sie, wenn ich das so deutlich sage, aber dieses Angebot ist kompletter Unsinn.«

»Unsinn?«, fragte meine Mutter verdutzt.

»Siehst du?«, platzte ich heraus. »Ich sage doch, dass daran etwas faul ist!«

»Man versucht eindeutig, Ihre Notlage auszunutzen. Sie haben ihnen von der Situation Ihres Gutes berichtet, nicht wahr?«

Mutter nickte.

»Das erklärt, warum man Ihnen die Pistole auf die Brust setzt und sofort eine Unterschrift will. Diese Leute wissen, dass Sie das Geld nötig haben. Und die Kaufsumme mag vielleicht die Restschuld abdecken, die Sie aufbringen müssen, aber darüber hinaus werden Sie davon nichts weiter haben als die Reue, die in Ihnen aufkommt, wenn Sie feststellen, dass es einen anderen Weg gegeben hätte.«

Mutter zog das Papier heran und betrachtete es, als hätten sich in den vergangenen Minuten auf mysteriöse Weise die Zahlen geändert.

»Wir haben keine andere Wahl«, sagte sie dann. »Der Löwenhof ist bankrott, er ist nicht mehr zu retten.«

»Doch, das ist er. Aus diesem Grund bin ich hier.« Er machte eine kleine Pause, dann fügte er hinzu: »Aber bevor wir damit anfangen, will ich Ihnen noch einmal verdeutlichen, was an dem Angebot konkret faul ist, damit Sie nicht glauben, ich agiere hier zu meinem Vorteil und will Ihnen nur deshalb eine gute Gelegenheit madig machen.«

Er griff noch einmal nach den Papieren und zog dann einen Kugelschreiber hervor. Mit diesem schrieb er etwas auf das oberste Blatt.

»Der Hotelier ist ein ganz gerissener Fuchs«, kommentierte er. »Er will Ihnen den Preis für das Haus zahlen, aber zum Löwenhof gehören zahlreiche Hektar Ackerland. Die sind ohne die Bewirtschaftung durch das Gut nutzlos. Den Bauern ringsherum würden sie zupasskommen, doch nur dann, wenn man das Land in kleinen Happen an sie verkauft. Ich schätze mal, dass der Hotelier genau das vorhat.« Er zeigte meiner Mutter die neue Berechnung. »Das hier wäre der Preis, den Sie tatsächlich von ihm fordern könnten.«

Mutter schnappte nach Luft. »Das wird er mir unmöglich geben!«

»Das weiß ich. Aber ich möchte Ihnen zeigen, dass Sie sich unter Wert verkaufen.«

»Und wie soll ich einen Käufer finden, der diese Summe zahlt?«

»Gar nicht«, erwiderte Carinsson. »Stattdessen sollten Sie sehen, dass Sie sich den Kredit vom Hals schaffen und das Gut behalten.«

»Und wie soll das gehen?«

»Indem Sie sich der Ackerflächen entledigen, die zum Löwenhof gehören. Für die Pferdezucht sind sie nicht relevant, denn Futtermittel können Sie aus Ekberg importieren. Wir sollten den Betrieb hier so schlank wie möglich halten.«

Wieder griff er nach dem Zettel. Diesmal drehte er ihn auf die Rückseite. »Das dürfte der zu erwartende Betrag aus dem Verkauf des Landes sein. Damit können Sie das Geld für eine Modernisierung aufbringen. Alles, was Sie brauchen, ist ein wenig Mut und Vertrauen in Ihre Tochter.«

Mutter blickte mich an. Sie wirkte, als würde sie gleich anfangen zu weinen, allerdings nicht vor Glück. Eher vor Zorn. Ich war mir jedoch nicht sicher, ob sie auf Carinsson wütend war, auf die Inhaber der Hotelkette oder auf mich.

»Um noch etwas mehr Geld zu bekommen und sich vielleicht umfassendere Sanierungsarbeiten leisten zu können, wäre es auch denkbar, einen Teil der Ackerfläche von Gut Ekberg zu verkaufen.«

Mutter sah ihn an, als hätte er ihr eine Ohrfeige versetzt. »Gut Ekberg ist unsere Lebensgrundlage!«

»Das ist es doch sicher auch mit ein paar Hektar weniger.«

»Aber dadurch werden die Erträge verringert.«

»Das stimmt«, pflichtete Carinsson ihr bei. »Nur überlegen Sie, wie viel wertvoller es wäre, den Löwenhof zu einer internationalen Marke im Sport und in der Pferdezucht zu machen. Schon heute werden Starpferde für sechs- bis siebenstellige Summen verkauft.« Er ließ meiner Mutter etwas Zeit, die Worte sacken zu lassen, dann setzte er hinzu: »In den vergangenen Tagen haben wir einige wichtige Schritte unternommen, was die Positionierung des Löwenhofes angeht.«

»Wichtige Schritte?« Meine Mutter blickte aufgebracht zu mir.

»Wir haben eine Sportgala besucht«, sagte ich. »Ich habe Funktionäre und Sportreiter kennengelernt, die prinzipiell

Interesse daran hätten, sich unsere Pferde anzuschauen und vielleicht auch zu kaufen.«

Eine Falte erschien zwischen ihren Augenbrauen.

»Ich weiß, was dir durch den Kopf geht«, sagte ich. Die Wut auf meine Mutter war immer noch ein bisschen da, doch Carinssons ruhige Worte hatte sie in den Hintergrund treten lassen. »Aber willst du denn wirklich den Löwenhof an einen Hotelier verkaufen? Das haben unsere Vorfahren nicht verdient. Großmutter würde sich damit nicht wohlfühlen. Nein, der Verkauf würde sie umbringen. Du weißt doch, welches Versprechen sie mir abgenommen hat.«

»Ja, ein Versprechen, das du nicht erfüllen kannst.«

»Wenn Sie etwas Land verkaufen, könnten Sie es«, wandte Carinsson ein. »Es wäre kein einfacher Weg, denn Käufer für die Ländereien müssten erst einmal gefunden werden. Aber ich habe Bekannte, die sich mit dem Immobilienverkauf bestens auskennen. Möglicherweise möchte ein Getreideproduzent eine Zweigstelle in Schonen aufbauen.«

»Wir könnten auch eine Pferdeklinik eröffnen«, warf ich ein, denn davon, hier auf dem Gut eine Praxis zu haben, träumte ich schon lange. Warum nicht gleich etwas Größeres planen? Carinsson hatte doch gemeint, wir sollten größer denken. »Vielleicht würden ja Pferdebesitzer aus der Gegend zu uns kommen«, fuhr ich fort und bemerkte, dass Carinsson nickte. »Oder noch besser, Patienten aus ganz Schonen. Wir könnten eine sehr bekannte Klinik werden.«

»Das halte ich für eine gute Idee, Fräulein Lejongård«, sagte Carinsson. »Eine Pferdeklinik könnte den Gewinn und auch die Bekanntheit Ihres Hauses steigern.«

»Aber wir sind ein Gestüt«, warf Mutter ein.

»Das Geschäft mit Pferden ist heutzutage nicht allein

davon abhängig, wie gezüchtet wird, sondern welche Neben-
leistungen erbracht werden«, erklärte Carinsson. »Eine
Pferdeklinik könnte Ihre Expertise auf dem Gebiet unterstrei-
chen. Das Schwedische Olympische Komitee sucht seine
Partner danach aus, welche Innovationen geboten werden,
mit deren Hilfe man die ausländische Konkurrenz übertrumpfen kann.«

»Eine Klinik wäre solch eine Nebenleistung«, sagte ich.
»Und vielleicht könnte auch irgendwann eines unserer Pferde
bei Turnieren starten.«

»Du weißt, was ich von diesen unseligen Pferderennen
halte«, gab Mutter zurück.

»Ich meine nicht die Pferderennen. Dressurreiten. Springreiten.«

Mutter schüttelte den Kopf. »Das ist mir alles zu unsicher.«
Ihre Hand legte sich auf das Angebot des Hoteliers. Nach den
Ausführungen, die Carinsson gemacht hatte, konnte sie
doch wohl nicht mehr ernsthaft erwägen, es anzunehmen!

»Ich verstehe, dass Sie Bedenken haben. Aber denken Sie
daran, die momentane Unsicherheit wird sich in einigen Jahren und auf lange Sicht auszahlen.« Carinsson deutete auf
den Papierstapel. »Hier und da werden Sie ein paar Federn
lassen müssen, aber ich glaube, Sie werden strahlender denn
je wieder auferstehen. Und die Idee Ihrer Tochter, eine Pferdeklinik zu eröffnen, ist geradezu genial.«

»Ich weiß nicht.« Mutter klang ein wenig überfordert.
»Ich … Es ist alles so kompliziert geworden. Es ist schwer,
jemanden zu finden, der den Verwalter ersetzen kann. Ekberg wird mich in nächster Zeit voll einnehmen …«

Ich sah sie überrascht an. Die Kündigung des Verwalters
letzten Monat hatte sie zwar kurz erwähnt, aber dass sie kei-

nen Ersatz fand, hatte ich noch nicht gewusst. »Dann übergib mir doch die Leitung des Guts«, sagte ich entschlossen.

Mutter schaute mich erschrocken an. »Du bist Tierärztin, keine Geschäftsführerin!«

»Aber eines Tages werde ich das Gut ohnehin führen. Warum nicht schon jetzt?«

»Viele Gestütsinhaber sind von der Ausbildung her etwas anderes«, pflichtete Carinsson mir bei. »Ich kenne einen Mann, der eine Spedition besitzt und gleichzeitig Pferde züchtet. Einige sind auch approbierte Tierärzte. Ich sehe keinen Hinderungsgrund. Ihre Tochter ist mit dem Gut aufgewachsen, sie ist ein Teil von ihm. Geben Sie ihr eine Chance.«

Mutter blickte mich an. Um ihre Mundwinkel zuckte es verräterisch. Sie stand kurz davor, in Tränen auszubrechen.

»Vielleicht sollten wir eine kleine Pause machen«, schlug ich vor, denn ich fühlte, dass sie ein bisschen Zeit brauchte.

»In Ordnung«, sagte Carinsson. »Wenn Sie wollen, gehe ich ein wenig spazieren, und Sie können miteinander sprechen.«

»Das ist eine gute Idee. Allerdings werden wir auch eine Runde drehen«, sagte ich. »Aber der Park ist groß, das wissen Sie ja.«

»Oh ja, ich erinnere mich noch lebhaft an Ihre Führung.« Mit diesen Worten und einem breiten Lächeln verließ er den Raum.

Wir folgten ihm wenig später.

Im Garten sangen die Vögel, und eine leichte Brise ließ die Blätter an den Bäumen rascheln. Mittlerweile senkte sich die Sonne dem Horizont entgegen. Noch stand sie hoch genug, um Licht zu spenden, aber in wenigen Stunden würde die

Nacht kommen. Die Abkühlung tat mir gut. Mein gesamter Körper pulsierte. Die Verkaufspläne hatten mir einen ziemlichen Schrecken versetzt.

»Warum hast du dich an diesen Mann gewandt?«, fragte mich Mutter, als wir ein Stück weit in Richtung Pavillon gegangen waren. Sie wirkte jetzt ein wenig ruhiger, doch sie war blass um die Nase.

»Er hat sich an mich gewandt«, sagte ich. »Vor einigen Monaten. Ich hatte dir davon erzählt.«

»Ja, und du hast auch erzählt, wie sehr dir seine Vorschläge missfallen haben.«

»Ich glaube, damals habe ich das, was er gesagt hat, falsch eingeschätzt. Ich habe mich persönlich angegriffen gefühlt. Doch jetzt ... Ich habe eingesehen, dass wir etwas tun müssen. Und dass er möglicherweise recht hatte mit dem, was er sagte.«

»Das kannst du noch nicht sagen«, gab Mutter zurück. »Das Land muss erst einen Käufer finden.«

»Das wird es. Das Land wegzugeben ist besser, als unseren Stammsitz einem Hotelier zu überlassen. Was würde er daraus machen? Einen Ponyhof für gestresste Städter?« Ich hielt kurz inne, pflückte einen Grashalm ab und setzte dann hinzu: »Und was würde aus unseren Pferden werden? Sie sind sehr wertvoll, aber erkennt ein neuer Besitzer das? Werden die Pferde vielleicht an den Zirkus verkauft oder an die Touristen vermietet?« Allein schon beim Gedanken daran drehte sich mir der Magen um. »Wenn du mich fragst, haben unsere Pferde, die sogar im Schwedischen Hengstbuch verzeichnet sind, das nicht verdient.«

Mutter zog ihr Tuch um die Schultern enger. »Nein, das haben sie nicht. Aber wir haben keine andere Wahl.«

»Wir haben eine Wahl. Außerdem dürfte das Land einen guten Preis bringen. Und wir können beide Güter behalten!«

Mutter sagte nichts dazu, sondern marschierte eine Weile schweigend neben mir her.

»Du hast also mit Prinz Bertil gesprochen?«, fragte sie.

Ich sah sie verwundert an. Wie kam sie nun darauf? »Ja, das habe ich.«

»Er war sicher erschrocken, dass ihm eine Lejongård unter die Augen trat.«

»Er wirkte schon ein wenig überrascht«, antwortete ich.

»Wenn man daran denkt, dass er früher zu Besuch hier war … Dieser von Rosen hat wirklich großen Schaden bei uns angerichtet.«

»Ich habe mit seiner Enkelin gesprochen.«

»Bertil hat eine Enkelin?«

»Nein, von Rosen. Maud heißt sie, und es wird gemunkelt, dass sie zum olympischen Kader von Schweden gehört. Sie reitet Dressur.«

»Ja, solche wie sie fallen immer wieder auf die Füße. Wir hätten damals den König überzeugen müssen, dass nicht wir die Bösen in der Sache sind.«

»Ihr hattet anderes zu tun«, entgegnete ich. »Ihr musstet euch um die Flüchtlinge kümmern. Und bereits vom Krieg davor hätte der König wissen müssen, dass die Lejongårds Kriegsparteien nicht unterstützen. Gustav V. hat doch auch auf die Neutralität Schwedens gepocht!«

Mutter presste die Lippen zusammen. Ihre Augen suchten zornig nach einem Punkt, an dem sie sich festhalten konnten, und fanden ihn an einer kleinen verwitterten Statue.

»Ich hätte mir gewünscht, dass das Königshaus uns nicht

komplett vergessen hätte.« Sie lachte traurig auf. »Schon komisch, nicht wahr? Damals habe ich nichts darauf gegeben, dass wir mit dem Königshaus befreundet waren. Und jetzt frage ich mich, ob für uns nicht alles anders gekommen wäre, wenn wir immer noch in der Gunst des Königshauses stünden.«

»Mutter, wir sind nicht mehr im 19. Jahrhundert«, gab ich zurück. »Wir brauchen die Gunst eines Königs nicht mehr. Wir müssen nach vorn schauen, etwas Neues wagen.«

»Etwas wie das, was dieser Herr Carinsson vorschlägt?«

»Wie das, was ich vorschlage. Übertrage mir die Leitung.«

»Du hast keine betriebswirtschaftliche Ausbildung.«

»Die hatte Großmutter auch nicht!«, erwiderte ich. »Außerdem kann ich lernen. Von dir. Meinetwegen auch an der Abendschule.« Dafür würde ich sogar bereit sein, meinen Doktortitel hintanzustellen.

»Das würde dir einen anderen Weg aufzwingen als den, den du ursprünglich einschlagen wolltest.«

»Das sehe ich nicht so. Ich werde eine Pferdeklinik aufbauen. Ich könnte andere Ärzte gewinnen, die für uns arbeiten. Ich hätte dennoch Zeit, mich ums Geschäft zu kümmern. Das Gut wird zu neuem Leben erwachen.« Ich machte eine kurze Pause, dann fügte ich hinzu: »Ich werde das hinbekommen. Das schwöre ich dir.«

Mutter sah mich an, dann lächelte sie. »Du hast recht. Es wird Zeit, dass die Lejongårds eigenständig werden und nicht mehr auf das Königshaus warten.«

»Heißt das, du überträgst mir die Leitung?«

»Es ist nicht an mir, sondern an deiner Großmutter, das zu tun. Aber wenn du unbedingt willst, werde ich es ihr empfehlen.«

»Ich will«, antwortete ich und spürte ein erregtes Kribbeln in meiner Brust.

Am Abend kehrte Vater heim, früher als erwartet, und wunderte sich ein wenig über den Besucher. Mutter setzte ihn rasch ins Bild, verschwieg aber zunächst, dass sie vorgehabt hatte, das Herrenhaus zu verkaufen. Wir aßen draußen zu Abend und plauderten noch eine Weile. Carinsson gab einige Anekdoten aus der Werbebranche zum Besten, die wirkten, als kämen sie von einem anderen Planeten. Wieder einmal wurde mir klar, wie verschlafen wir hier lebten, wie weit entfernt wir von der Moderne waren.

Am nächsten Morgen schickte sich Carinsson an, wieder abzureisen. Meinen Vorschlag, noch bis zum Frühstück zu bleiben, schlug er mit der Begründung aus, am frühen Nachmittag einen wichtigen Termin zu haben. »Das war doch ein ziemlicher Erfolg, nicht wahr?«, sagte er zu mir, während er seine Tasche zum Wagen trug. »Ihre Eltern sind großartige Menschen. Ich freue mich sehr, dass wir sie überzeugen konnten. Die Idee mit der Tierklinik ist großartig.«

»Ich habe mich von Ihnen inspirieren lassen.«

Im nächsten Augenblick erschien meine Mutter mit einem kleinen Päckchen in der Hand. »Da Sie nicht zum Frühstück bleiben können, hat Ihnen unsere Köchin ein kleines Proviantpaket geschnürt«, sagte sie.

»Das ist überaus freundlich, vielen Dank!«, antwortete Carinsson, als er das Päckchen entgegennahm.

»Sie sollten anwesend sein, wenn die Besitzerin des Guts aus dem Krankenhaus kommt«, sagte meine Mutter. »In ein paar Tagen dürfte es so weit sein. Würden Sie dann vielleicht erneut unser Gast sein?«

»Das würde ich sogar sehr gern. So weit ist die Strecke hierher nun auch nicht, und wie ich von Ihrer Tochter weiß, gibt es nach Kristianstad eine gute Zugverbindung. Wenn Sie es mich wissen lassen, wann die Matriarchin des Hauses wieder anwesend ist, werde ich gern noch einmal vorbeikommen.«

»Meine Tochter wird sich bei Ihnen melden«, antwortete Mutter und schüttelte ihm dann die Hand. »Alles Gute. Ich freue mich, wieder von Ihnen zu hören.«

»Tja, dann werde ich mal wieder«, sagte er zu mir, nachdem er das Päckchen neben sich auf den Beifahrersitz gelegt hatte. »Es war mir wirklich ein Vergnügen. Und ich hoffe, wir treffen uns bald wieder.«

»Das hoffe ich auch«, gab ich zurück. Wir reichten uns die Hände und sahen uns eine ganze Weile an. Dann stieg Carinsson ins Auto, und als ich ihm nachblickte, während er zum Gutstor fuhr, fühlte ich ein Sehnen in meiner Brust, an das ich mich fast schon nicht mehr erinnern konnte.

18. Kapitel

Einige Tage später war es so weit: Wir konnten Großmutter aus dem Krankenhaus holen. Wir hatten sie bereits vorsichtig darauf vorbereitet, dass der Löwenhof eine Veränderung erfahren würde. Mutter hatte ihr dabei tunlichst verschwiegen, dass sie das Gut hatte verkaufen wollen. Als ich ihr von der Pferdeklinik erzählte, hatten ihre Augen gestrahlt, und sie hatte nach meiner Hand gegriffen.

»Ich wusste, dass dir etwas einfallen wird«, flüsterte sie mir zu.

Dennoch sah ich ihrem Zusammentreffen mit Carinsson mit Herzklopfen entgegen. Würde sie ihn mögen? Und warum war mir das so wichtig?

Kurz vor unserer Abfahrt nach Kristianstad rief ich ihn an.

»Jetzt wird es ernst«, sagte ich zu ihm. »Sie bringen besser genügend Munition mit, das Gefecht mit meiner Großmutter könnte recht hartnäckig werden.«

»Hartnäckiger als mit Ihrer Mutter?«, fragte er, während ich hinter ihm das leise Klirren von Geschirr vernahm. Wahrscheinlich holte die Sekretärin das Kaffeeservice ab.

»Meine Großmutter kann sehr eigen sein. Sie wird Ihnen

natürlich zustimmen, was den Erhalt des Gutes angeht, aber alles andere sollten Sie ihr sehr detailgetreu vorlegen.«

»Nun, die Führung des Guts an ihre Enkelin abzugeben, wird ihr wohl nicht schwerfallen.«

Ich lächelte in mich hinein. Nein, das würde ihr sicher nicht schwerfallen. Als wir ihr von diesem Plan erzählten und sie um ihre Erlaubnis baten, hatte sie ohne großes Zögern zugestimmt.

»Also, dann bis übermorgen? Dann habe ich noch genug Zeit, um Ihr Zimmer vorzubereiten.«

»Bekomme ich wieder das mit dem Hummerbild? Es war tatsächlich sehr appetitanregend.«

»Wenn Sie möchten.«

»Ich möchte«, gab er zurück.

»Gut, dann sollen Sie es haben«, sagte ich, und nach dem Auflegen ertappte ich mich dabei, dass ich breit lächelte.

Am Morgen des Tages, an dem Carinsson eintreffen sollte, bekam ich kaum die Augen auf. Die ganze Nacht über hatte ich mich im Bett herumgewälzt und war den möglichen Verlauf des Gesprächs im Geist durchgegangen. Das rächte sich jetzt, indem sich mein Verstand wie in Watte gepackt anfühlte.

Um den Kopf freizubekommen, ritt ich nach dem Frühstück ins Dorf. Ein paar Krähen riefen in den Bäumen, als wollten sie den Herbst herbeibitten. Das Laub war noch grün, verblasste aber an einigen Stellen bereits. Tau glitzerte in Spinnweben, die sich überall im Gebüsch spannten.

Am Friedhof band ich mein Pferd fest und trat durch das Tor. Die scheltenden Rufe einer Drossel ertönten, während sie empört an mir vorüberflatterte. Wobei mochte ich sie gestört haben?

Ich ging an den Gräbern vorbei zur Gruft unserer Familie. Als Kind hatte ich Besuche hier immer als furchtbar langweilig empfunden. Ich wollte lieber zwischen den Grabreihen herumtoben, doch der strenge Blick meiner Mutter hatte mich davon abgehalten. Während Mutter und Großmutter in der Gruft verschwanden, um dort frische Blumen zu verteilen, hatte ich mich davongeschlichen und die Grabsteine betrachtet. Der Tod war damals noch sehr abstrakt. Ich konnte mir nicht so recht vorstellen, dass unter den Grabhügeln Menschen lagen. Doch diese Zeit war längst vorbei.

An der Gruft angekommen, holte ich den Schlüssel aus seinem Versteck unter einem der am Boden liegenden Steine und schloss auf. Elektrisches Licht gab es hier drinnen nicht, dafür aber eine Taschenlampe und eine Laterne, die Licht spendeten. Ich nahm die Taschenlampe und leuchtete damit durch den Vorraum. Die Blumen in der Vase waren verwelkt, der Wind hatte etwas Laub durch die Ritze unterhalb der Tür hereingeweht.

Die Luft hier drinnen war eisig, doch nicht nur sie sorgte dafür, dass mir ein Schauer über den Rücken lief. Auch im Herrenhaus war ich von der Geschichte und von den Gesichtern meiner Vorfahren umgeben, aber hier spürte ich ihre Präsenz noch deutlicher. Die Knochen in den Grabfächern waren teilweise mehr als dreihundert Jahre alt. Und die Stimmung, die hier herrschte, fühlte sich an, als würden tausend Augen auf mich blicken.

Ich ging mit meiner Taschenlampe noch ein Stück weiter voran bis zu Ingmars Grab.

»Hej«, sagte ich. Meine Stimme hallte dumpf von den Wänden und den Grabplatten zurück. »Ich weiß, ich war schon lange nicht mehr hier, und eigentlich kennt ihr mich auch nicht, aber ... Ich wollte euch nur sagen, dass ich dabei bin, in eure Fußstapfen zu treten. Wenn es so was wie einen Himmel gibt, dann wäre es schön, wenn ihr mir ein wenig Unterstützung schicken könntet. Und wenn ihr auf Großmutter achtgeben könntet. Wir brauchen sie alle so sehr.«

Ich wandte mich um. Eine Antwort würde ich nicht erhalten, aber wer weiß ... Meine Besuche bei Sören hatten mir auch sehr geholfen. Ich hatte immer das Gefühl gehabt, dass er bei mir war. Selbst noch bei meiner Abschlussprüfung.

Ich blieb noch eine Weile und berichtete leise von den vergangenen Monaten, von Großmutters Krankheit und dem drohenden Ruin des Hofes. Schließlich verabschiedete ich mich und strebte der Tür zu. Beim Hinausgehen nahm ich die verwelkten Blumen mit. Draußen flatterte eine Taube auf und streifte mich um ein Haar. Mit lautem Flügelschlag verschwand sie in den dicht belaubten Bäumen.

War das ein Zeichen? Daran wollte ich nicht glauben. Aber der Besuch hatte immerhin eines bewirkt: Die dunkle Wolke in meinem Kopf war verschwunden.

Bei meiner Rückkehr kam mir ein Taxi entgegen. Im ersten Moment fragte ich mich, wer das sein könnte, doch dann wurde mir klar, dass Carinsson geflogen und von Kristianstad aus mit dem Taxi gefahren sein musste. Etwas in der Art hatte er angedeutet. Sehen konnte ich ihn nicht mehr, als ich auf die Rotunde ritt. Offenbar hatte Mutter ihn schon in Empfang genommen. Ein warmes Gefühl durchströmte mich, als ich an ihn dachte. Vorfreude kitzelte meinen Magen. Ich stürmte die Treppe hinauf und eilte durch das Foyer. Sicher hatte Mutter ihn erst einmal in den Salon gebeten, um ihn zu bewirten.

Überraschenderweise kamen ihre Stimmen aber aus dem Esszimmer. Offenbar hatte Mutter geglaubt, er hätte noch kein Frühstück bekommen, so früh, wie er aus Stockholm losgeflogen war. Tatsächlich fand ich ihn vor einem Kaffeegedeck, umringt von Körben mit Brot, Schalen voll Marmelade und Butter sowie Gebäck.

»Guten Morgen, ich hoffe, es schmeckt«, sagte ich und trat ein. »Sie sind ziemlich früh hier.«

»Fräulein Lejongård«, sagte Herr Carinsson, zog sich die Serviette vom Schoß und erhob sich. Er sah in seinem hellgrauen Anzug einfach umwerfend aus. »Ich habe den ersten Flieger genommen, der aus Stockholm nach Kristianstad ging. Ihre Mutter sagte, Sie seien ausgeritten?«

»Ich war auf dem Friedhof und habe mir etwas Unterstützung von meinen Ahnen geholt«, antwortete ich.

»Dann muss ich wohl mein Bestes geben.«

»Das tun Sie doch immer«, sagte ich. »Genießen Sie Ihr Frühstück, ich bin gleich wieder bei Ihnen.«

Ich stürmte nach oben in mein Zimmer. Irgendwie hatte ich heute Lust, etwas Besonderes zu tragen. Ich riss die Schranktür auf und ging meine Kleider durch. Der Tag war warm, aber nicht zu heiß. Ich entschied mich für ein grünes Kleid mit kurzen Ärmeln und knielangem Rock. Zarte Blütenranken zogen sich über den Stoff. Dieses Kleid hatte ich am Tag meiner Abschlussfeier getragen. Ich war sicher, dass es Sören gefallen hätte.

Dann kehrte ich nach unten zurück. Carinsson war noch immer im Speisezimmer. Ich ging zu Großmutter in den Salon.

»Dein Freund ist da«, bemerkte sie.

»Mutter hat ihn genötigt, erst einmal zu frühstücken«, sagte ich.

»Er wird die Stärkung brauchen.« Sie erhob sich von ihrem Sofa. »Vielleicht sollte ich mir einen Gehstock zulegen. Seit dem Krankenhaus fühle ich mich, als würden die Kräfte der Erde stärker an mir ziehen.«

»Du bist von dem Aufenthalt dort noch ein bisschen erschöpft«, antwortete ich. »Das gibt sich wieder. Einen Stock brauchst du bestimmt noch nicht.«

»Das sagt sich in deinem Alter so leicht. Aber wenn du mal so alt bist wie ich, wirst du dich auch nach etwas sehnen, auf das du dich stützen kannst.«

»Dann nimm meinen Arm. Ich stütze dich gern, Mormor.«

Sie blickte mich an, wobei ihre Augen von oben nach unten und wieder zurück wanderten. »Du hast dich ziemlich herausgeputzt. Dieser Mann scheint dir wichtig zu sein.«

»Er ist wichtig für den Hof.«

»Aha«, sagte Großmutter. »Nun gut, dann führe mich mal zu unserem Retter.«

Wir verließen den Salon und strebten dem Esszimmer zu. Carinsson diskutierte lebhaft mit meinem Vater über Möbel und die Werbestrategie von IKEA.

»Ah, Agneta, schön, dass du kommst!«, sagte meine Mutter und sprang auf, als hätte sie die Freiheitsglocken gehört. Wenn Vater über IKEA wetterte, war sie immer drauf und dran zu flüchten.

»Herr Carinsson, meine Adoptivmutter kennen Sie ja bereits.«

Carinsson erhob sich, knöpfte sein Jackett zu und trat Großmutter entgegen. Mit einer kleinen Verneigung gab er ihr einen Handkuss. »Es freut mich sehr, Sie wiederzusehen.«

»Sie waren der junge Mann in Begleitung dieses Amerikaners, der uns im vergangenen Jahr Pferde abgekauft hat«, sagte sie.

»Ganz recht.«

»Wie geht es Ihrem Freund? Roscoe war sein Name, wenn ich mich nicht irre.«

»Es geht ihm gut, danke der Nachfrage. Die Pferde fühlen sich bei ihm sehr wohl. Eine der Stuten hat bereits Nachwuchs bekommen.«

»Pferde vom Löwenhof in Amerika«, sagte Großmutter. »Mein Vater hat von so etwas geträumt, aber es ist ihm leider nicht gelungen, Tiere nach Übersee zu verkaufen. Nun ja, ich freue mich, dass Sie da sind. Mathilda und Solveig haben mir schon viel von den neuen Plänen erzählt, aber ich brenne darauf, aus Ihrem Mund zu hören, welche Chancen wir haben.« Ein Lächeln huschte über ihr Gesicht. »Wissen Sie, beim ersten Mal ist es mir noch nicht aufgefallen, aber wenn ich Sie jetzt so anschaue, erinnern Sie mich an jemanden aus meiner Jugendzeit.«

»Oh, Sie kannten nicht zufällig meinen Vater?«

»Das kommt wohl darauf an, wer Ihr Vater ist.«

»Er war Arzt in Stockholm.«

Großmutter schob die Unterlippe vor und neigte den Kopf ein wenig zur Seite. »Nein, dann, glaube ich, kenne ich ihn nicht. Aber Sie haben Ähnlichkeit mit einem ... Freund, den ich mal hatte. Es ist schon sehr lange her ...« Sie versank einen Moment in Gedanken, dann schüttelte sie den Kopf. »Wie alte Leute nun mal sind«, sagte sie. »Wir haben so viele Gesichter in unserem Leben gesehen, dass wir in jedem eine Ähnlichkeit vermuten. Lassen Sie sich dadurch nicht verwirren.«

»Das werde ich keineswegs«, versprach Carinsson. »Ich

304

hoffe nur, dass Sie gute Erinnerungen an die mir ähnliche Person haben.«

»Sehr gute. Aber auch sehr traurige. Doch Sie sind nicht derselbe Mann, deshalb habe ich Hoffnung.«

In den folgenden Stunden wogen wir gemeinsam das Für und Wider unserer Pläne ab. Man merkte deutlich, dass Carinsson in der Werbebranche arbeitete, denn die Begeisterung, mit der er die Änderungen beschrieb, erinnerte mich an Reklamefilmchen im Fernsehen. Nur dass er nicht freudig in Kittelschürze auf einem Waschbrett herumschrubbte.

Großmutter hörte ihm sehr aufgeschlossen zu, und in diesen Augenblicken sah man ihr nicht an, wie krank sie gewesen war. Sie stellte interessiert Fragen und erzählte hin und wieder eine Anekdote aus ihrer Zeit, »als Reklame sich mehr um Mundwasser und Haarpomade gekümmert hat als um Gestüte«.

Gegen Mittag dann merkte ich aber, dass ihre Kraft zur Neige ging. Sie entschuldigte sich schließlich und zog sich zurück.

»Ich schätze, wir sollten auch eine Pause machen«, stellte Mutter mit einem Blick auf ihre Uhr fest.

Wir zogen uns in den Garten zurück, um zu Mittag zu essen. Großmutter ließ sich dabei leider nicht blicken. Ging es ihr vielleicht nicht gut?

»Ich werde einmal kurz nach Großmutter schauen«, entschuldigte ich mich und bemerkte, dass Carinssons Blick mir folgte. Irgendwie freute ich mich über seine Aufmerksamkeit. Seit Sörens Tod hatte ich nicht mehr so empfunden.

In Agneta Lejongårds Zimmer war es ruhig. Schlief sie vielleicht? Ich konnte mir vorstellen, dass Carinssons Vorschlag sie ziemlich aufgeregt hatte. Ich klopfte, und als keine Antwort kam, öffnete ich die Tür einen kleinen Spaltbreit. »Großmutter?«, fragte ich in das leicht abgedunkelte Zimmer hinein. »Möchtest du gar nicht mit uns zu Mittag essen?«

»Nein, ich habe keinen Hunger«, entgegnete sie. Ich vernahm das Quietschen des Bettes, dann hörte ich Schritte. Wenig später zog meine Großmutter den Vorhang vom Fenster zurück. Strahlende Mittagssonne flutete den Raum. »Ich hatte mich nur ein wenig hingelegt«, erklärte sie. »Es macht mich müde, wenn neue Menschen ins Haus kommen.«

»Dann war es also nicht so sehr das, was Herr Carinsson gesagt hat?« Dass sie gar nichts essen wollte, beunruhigte mich.

»Dieser Carinsson scheint ein recht patenter Bursche zu sein«, erwiderte Großmutter. »Der Einfall mit dem Verkauf des Landes ist nicht schlecht, ich habe Ekberg schon seit einer Weile als zu groß empfunden, um nur durch eine Familie verwaltet zu werden. Und der Löwenhof ... Wenn ich ehrlich bin, braucht er das Ackerland nicht.«

»Dann sind wir uns ja einig.«

»Im Kern ging es bei uns immer um Pferdezucht. Mein Vater bewirtschaftete die Felder nur, weil er sie nicht verkaufen wollte. Und damals waren es auch andere Zeiten, man hat sich selbst versorgt.«

Sie sah mich einen Moment lang an, dann sagte sie: »Der Gedanke, eine Pferdeklinik zu errichten, gefällt mir wirklich. Und auch die Sache mit dem Reitsport. Ich habe es im Gefühl, dass wir da auf dem richtigen Weg sind. Schade nur, dass ich nicht selbst darauf gekommen bin. Insgeheim habe ich vielleicht immer noch auf die Gunst des Königshofes gewartet.«

»Wir brauchen die Bernadottes nicht. Wir schaffen es allein. Ich werde dafür alles tun, was nötig ist.«

Sie ergriff meine Hand. »Das weiß ich, mein Kind.« Einen Moment lang blickte sie mich an, dann sagte sie: »Du solltest besser zurückgehen. Als neue Geschäftsführerin musst du wissen, was geredet wird.«

»Ich wollte nur nach dir sehen, das ist alles. Wir pausieren gerade.«

»Nun, was soll mir schon passieren? Ich bin eine alte Frau, ja, aber den Tod habe ich fürs Erste vertrieben. Agneta Lejongård kriegt er nicht so schnell klein.«

Ich lächelte. Meine Großmutter hatte schon oft mit dem Tod zu tun gehabt, und manchmal hatte er sie auch in die Dunkelheit geführt. Aber sie hatte recht, kleingekriegt hat er sie auch mit dem Infarkt nicht.

Sie blickte mich direkt an. »Ich bin froh, dass du dich so sehr für das Gut einsetzt.«

»Es ist mein Elternhaus«, antwortete ich. »Und ich habe es dir versprochen.«

»Wenn man glaubt, dem Tod auf der Schaufel zu sitzen, verlangt man alle möglichen Dinge.«

»Ich glaube nicht, dass der Wunsch nur aus Todesangst geboren wurde. Du wünschst dir aus ganzem Herzen, dass das Gut nicht verkauft wird. Und ich werde dafür sorgen.« Ich umarmte meine Großmutter und drückte ihr einen Kuss auf die Wange.

»Geh nur, ich komme gleich nach. Nur noch ein wenig durchatmen, dann bin ich bereit fürs Mittagessen.«

Ich nickte und löste mich dann von ihr. »Aber du kommst wirklich, versprochen? Ich möchte nicht, dass dein Blutzucker fällt und du uns bei der Besprechung umkippst.«

»Keine Sorge, ich habe eine Natur wie ein Pferd.«

Ihr Lachen, das so gar nicht wie das einer alten Frau klang, folgte mir auf den Gang.

Am Abend ging ich mit Carinsson noch eine Runde über den Hof. Die Sonne tauchte alles in ein strahlend rotes Licht.

»Das waren aufregende Tage, nicht wahr?«, fragte er. »Erst die Sache mit dem Verkauf an den Hotelier und jetzt das Aufteilen des Landes. Ich habe gemerkt, wie es Ihrer Mutter an die Nieren ging zu entscheiden, welcher Teil von Ekberg verkauft werden soll.«

»Ekberg ist ihr Erbe«, antwortete ich. »Eigentlich hätte sie es mit ihrem Cousin Ingmar gemeinsam verwalten sollen, aber er starb während des Krieges.«

»War er in Deutschland?«

Ich schüttelte den Kopf. »Norwegen. Er ist mit seinem Flugzeug abgestürzt.«

»Das tut mir leid.«

Ich winkte ab. »Es ist lange her. Auch wenn Großmutter die Erinnerung an ihn wachhält. Sein Zimmer ist noch immer unberührt.«

»Sie meinen, hier gibt es ein Zimmer, das schon mehr als zwanzig Jahre keinen Bewohner mehr hat?«

»Es sind sogar schon siebenundzwanzig Jahre. Meine Großmutter hat ihren Sohn über alle Maßen geliebt. Manchmal sitzt sie dort und hängt ihren Erinnerungen nach. Das braucht sie, verstehen Sie?«

Carinsson überlegte einen Moment lang. »Es ist schon seltsam, was der Verlust eines geliebten Menschen mit uns macht, nicht wahr?«

»Das ist es«, entgegnete ich.

»Wir halten an dem Bild, das wir von dem Verstorbenen haben, fest. Wir halten an der Liebe zu ihm fest. Doch letztlich geht diese Liebe ins Leere. Wir lieben und lieben, wissen aber, dass diese Liebe nirgendwo ankommt.«

»Glauben Sie nicht an einen Himmel?«, fragte ich.

»Nicht an einen, den es da oben gibt«, antwortete er. »Ich glaube, die Menschen müssen ihren Himmel selbst schaffen, im Hier und Jetzt. Darauf zu warten, dass man mit denen wiedervereint wird, die man verloren hat, ist sinnlos.«

»Das ist eigentlich eine sehr deprimierende Vorstellung.«

»Aber es ist die Realität. Die Augen davor zu verschließen ist einfach falsch.«

»Die Erinnerung zu bewahren halte ich allerdings für sinnvoll. Auch wenn ich mit dem Zimmer nicht einverstanden bin.«

»Das Zimmer sorgt dafür, dass Ihre Großmutter nie über den Verlust hinwegkommen wird. Soweit ich sehe, hat sie eine wunderbare Adoptivtochter, einen Schwiegersohn und eine vollkommene Enkelin. Mehr, als manch andere ihr Eigen nennen können. Das Zimmer raubt ihr nur Energie. Aber wahrscheinlich würde sie davon nichts hören wollen.«

Ich schüttelte den Kopf. »Das Zimmer ist tabu. Wir reden nicht darüber, sondern lassen sie gewähren.«

Am Rand des Parks blieben wir stehen. Der Himmel über dem Wald leuchtete in verschiedenen Rot- und Lilatönen. Darüber, im Blau, funkelte der erste Stern. »Es ist wunderschön hier«, bemerkte Carinsson. »Wenn ich daran denke, dass man in Stockholm nur von Häuserfassaden umgeben ist, die einem wichtige Teile des Himmels verheimlichen ...«

»Nun, dank des Waldes kann man auch hier nicht bis zum

Horizont sehen. Aber Sie haben recht, hier fühlt sich der Himmel anders an. Weiter.«

Carinsson legte mir die Hand auf den Arm. Ich spürte seine Wärme und wandte mich ihm zu. Wir sahen uns an, beschienen von dem milden Licht, und plötzlich war es, als flammte etwas zwischen uns auf. Sein Blick schien auf meiner Haut zu brennen. Ich hatte das Gefühl, als könnte er in die Tiefen meiner Seele blicken. Seine Hand griff sanft nach meiner, und alles in mir schrie danach, mich an ihn zu lehnen. Mich von ihm halten zu lassen.

»Fräulein Lejongård, ich …«, sagte er, doch bevor er weitersprechen konnte, schoss die Erinnerung an Sören wie ein Blitz in meinen Verstand. Ich sah sein Gesicht vor mir, meinte, sein Lachen zu hören.

Ich schreckte zurück und riss meine Hand aus seiner. Im nächsten Augenblick stolperte mein Herz, und es kam mir vor, als würde ich eine Panikattacke erleiden.

»Ist alles in Ordnung?«, fragte Carinsson besorgt. »Fehlt Ihnen etwas? Sie sind so blass.«

»Nein, ich …« Ich konnte nicht zugeben, dass ich in diesem Augenblick an Sören gedacht hatte. »Mir ist nur ein wenig schwindelig, das ist alles.«

»Habe ich Sie zu sehr in Anspruch genommen?«

»Nein, es war einfach nur ein langer Tag. Vielleicht sollten wir zum Haus zurückkehren.«

»In Ordnung«, sagte Carinsson ein wenig betreten. »Sie sagen es mir aber, wenn ich Ihnen zu nahekomme, nicht wahr?«

»Sie sind mir nicht zu nahegekommen«, antwortete ich. »Es liegt auch nicht an Ihnen, es ist nur … mein Verstand spielt mir manchmal einen Streich.«

»Inwiefern?«

»Das möchte ich Ihnen lieber nicht erzählen. Noch nicht. Auf jeden Fall bin ich Ihnen sehr dankbar für alles und freue mich auf die Zusammenarbeit mit Ihnen.«

Ich konnte ihm ansehen, dass er sich mehr als Zusammenarbeit mit mir wünschte. Auch wenn ich seit Sören keinen Freund mehr gehabt hatte, erkannte ich, wenn ein Mann etwas von mir wollte. Aber ich konnte nicht. Mein Körper und mein Verstand hatten mir soeben deutlich signalisiert, dass es keine gute Idee wäre, Carinsson noch näher an mich heranzulassen. Als Freund ja, aber nicht als das, was er im Sinn hatte.

»In Ordnung«, sagte er und schaute ein wenig ratlos auf seine Schuhspitzen. »Aber Sie sollen wissen, dass ich für Sie da bin. Immer.«

»Danke, darüber bin ich auch sehr froh«, antwortete ich. »Wir sind Freunde, ja?«

»Wir sind Freunde«, sagte er und lächelte.

DRITTER TEIL

1969

19. Kapitel

Der Beginn des Jahres 1969 läutete die Wende auf dem Löwenhof ein. Die Bank hatte dem Sanierungsplan für den Löwenhof zugestimmt, was uns allen einen großen Stein von der Seele nahm. Es war zwar nicht ganz einfach gewesen, Käufer für das Land zu finden, doch kurz vor dem Lucia-Fest schaffte es Herr Carinsson, einen Unternehmer zu begeistern, der ein kleines Hotel auf dem Grund bauen wollte. Das überschüssige Land von Ekberg ging an einen unserer Nachbarn, worüber meine Mutter sehr froh war. Einer der Großbauern, zu denen sie ein gutes Verhältnis pflegte, wollte seine Ackerflächen erweitern. Somit wurde zum Jahresanfang genügend Geld in die Kasse gespült, um mit den Umbauten anzufangen.

All diese freudigen Nachrichten führten dazu, dass sich auch die Stimmung im Herrenhaus änderte. Zwar war man im Dorf zunächst bestürzt, als man hörte, dass wir die Landwirtschaft größtenteils aufgeben würden, doch diese Bestürzung wurde zu Freude, als wir bei einer Betriebsversammlung bekannt gaben, dass alle Stellen im Stall fürs Erste gesichert waren. Viele Familien aus dem Dorf hatten einen Vater oder einen Sohn bei uns in Anstellung.

Mit Beginn des Jahres wurde ich zur neuen Geschäftsführerin. Wir feierten dies mit einer Flasche Champagner und einem wunderbaren Dinner, das Frau Johannsen uns zauberte. Mittlerweile hatte ich mich in der Abendschule für einen Wirtschaftskurs eingeschrieben. Mein Vorhaben, zu promovieren, hatte ich auf unbestimmte Zeit verschoben. Meinen Doktor würde ich machen, wenn der Löwenhof sicher war, wenn alles so lief, wie es sollte.

Wir verkauften wieder Pferde, und auch die Einsätze unserer Zuchthengste waren gestiegen. Jonas Carinssons Bemühungen, uns bei Sportlern ins Gespräch zu bringen, fruchteten ebenfalls. Es waren keine großen Namen, die bei uns anklopften, aber es gab Reitställe, die Nachwuchstalente förderten und dazu Pferde von uns kauften.

Ein Höhepunkt war auch Kittys Hochzeit mit Marten Ingersson. Beim Anlegen ihres Brautschleiers verriet sie mir, dass sie im dritten Monat schwanger war. Seit ein paar Monaten arbeitete sie in der Praxis eines Tierarztes mit, von ihrem Traum, eine eigene Praxis zu eröffnen, war sie noch weit entfernt, aber das schien ihr nichts auszumachen. Ohnehin würde sie sich in der nächsten Zeit erst einmal um das Kind kümmern. So wie sie strahlte, hätte es nicht besser kommen können.

Ich hatte immer schon gewusst, dass das Leben besonders nett zu meiner Freundin sein würde, und ich gönnte ihr das Glück aus ganzem Herzen. Als sie zum Altar schritt, wo ich als Brautjungfer auf sie wartete, zerriss mir der Gedanke, dass Sören nicht mehr da war, allerdings beinahe das Herz. Ich dachte wieder an den Traum von meiner eigenen Hochzeit, den Traum, der den furchtbaren Unfall verschleiert hatte. Wie gern hätte ich Sören jetzt bei mir gehabt!

Die Tränen, die ich weinte, waren allerdings mehr Freudentränen, denn Kitty strahlte so schön, dass meine Trauer in den Hintergrund trat. Wir feierten ein lustiges, buntes Fest, an dessen Ende Kitty mir versprach, mich zur Patin ihres Kindes zu machen. Beim Abschied hätte ich sie am liebsten nicht mehr losgelassen. Ich ahnte, dass wir uns von nun an immer weniger sehen würden, auch wenn wir uns das Gegenteil versprachen. Aber vielleicht gelang es uns doch, unsere Freundschaft aufrechtzuerhalten.

Im Sommer, einen Monat nach dem großen Mittsommerfest, das wir wie immer mit Nachbarn und den Dorfbewohnern feierten, bat ich Großmutter, mir die Mondlandung im Fernsehen ansehen zu können. Den Fernseher hatten wir in ihr Schlafzimmer gestellt, damit sie ein wenig Unterhaltung hatte, wenn sie abends wach lag oder am Nachmittag ausruhen wollte. Sie machte sich nicht viel aus dem Gerät, aber hin und wieder ertappte ich sie dabei, dass sie sich eine Sendung und manchmal sogar einen Film anschaute.

»Muss das sein?«, murrte Großmutter. »Zu nachtschlafender Zeit! Du könntest das Geschehen doch auch am Radio verfolgen. Vielleicht kriegst du die BBC rein, die berichten wesentlich ausführlicher.«

»Woher willst du das wissen?«, fragte ich.

»Ich habe es in der Zeitung gelesen.«

»Unsere Zeitung berichtet über die BBC?« Ich spürte deutlich, dass meine Großmutter schwindelte. Sie wollte einfach ihre Ruhe haben, aber ich wollte die Landung sehen und nicht nur hören.

»Schau mal, Großmutter, eine Mondlandung ist so etwas Großartiges! Noch nie war ein Mensch auf dem Mond! Ich will sehen, wie die Astronauten aussteigen und herumlaufen. Es nur anzuhören ist doch nur das halbe Vergnügen. Außerdem wette ich, dass du so etwas Beeindruckendes noch nie gesehen hast.«

»Ich habe schon Astronauten gesehen – in den Nachrichten.« Großmutter seufzte. »Aber gut, wenn du willst ... Schlafen kann ich auch noch, wenn ich tot bin.«

»Sag so was nicht! Du wirst sicher noch etliche Mondlandungen miterleben. Aber die erste ist etwas Besonderes. Davon kannst du dann deiner Freundin Marit schreiben.«

»Die wird selbst gucken. Das Altenheim, in dem sie wohnt, hat auch einen Fernseher angeschafft.«

Ich griff nach ihrer Hand. »Du wirst es nicht bereuen«, sagte ich. »So etwas ist ein einmaliges Erlebnis. Etwas, wovon die Leute früher nur träumen konnten.«

»Das stimmt, dass Menschen auf den Mond fliegen würden, konnte man wirklich nicht glauben. Man hat die Phantasien von Schriftstellern gelesen, aber nicht gedacht, dass sie eines Tages Realität werden könnten.«

»Gut, dann treffen wir uns übermorgen Nacht bei dir.«

»In Ordnung«, sagte sie. »Aber wehe, du schläfst ein!«

»Das werde ich schon nicht!«

So aufgeregt, als hätte ich ein Rendezvous, erhob ich mich zwei Tage später um kurz nach zwei Uhr nachts und schlich ins Zimmer meiner Großmutter. Wie ich feststellte, hatte sie offenbar bisher kein Auge zugetan.

»Ah, da kommt ja die Mondfahrerin«, begrüßte sie mich.

»Es wäre schön, wenn ich selbst in den Weltraum fliegen könnte, aber ich glaube, das wird nichts mehr.«

»Warum nicht?«, fragte Großmutter, die sich ein paar Kissen unter den Rücken gelegt hatte, um besser sitzen zu können.

»Weil es dazu eines langen Trainings bedarf. Außerdem schicken sie ausnahmslos Männer.«

»Das stimmt nicht so ganz. Was ist mit dieser Russin? Valentina irgendwas.«

Ich zog die Augenbrauen hoch. »Seit wann interessierst du dich für Raumfahrt?«

»Ich lese Zeitung, weißt du? Ich finde, es ist eine Schande, dass die Menschen die Zeitung heutzutage nicht mehr richtig würdigen und sich nur hier und da einen Artikel herauspicken. Ich lese alles.«

Das stimmte: Was die Zeitung anging, war Großmutter sehr gründlich. Wenn es gerade nichts anderes für sie zu tun gab, konnte sie stundenlang über den Blättern sitzen.

»Du kannst es offenbar auch gar nicht erwarten«, sagte ich und schaltete das Fernsehgerät ein. Es brauchte eine Weile, bis die Röhre warm war.

»In meinem Alter plagen einen manchmal so viele Gedanken, dass man gar nicht mehr zum Schlafen kommt. Warum also so tun, als ob?«

»Liegst du denn oft nachts wach?«

»Zuweilen. Aber dann schlafe ich auch wieder wie ein Murmeltier. Es kommt und geht.«

Die Fernsehröhre war nun warm und zeigte ein Bild, allerdings war es nichts anderes als ein Testbild, begleitet von einem markerschütternden Piepen. Ich drehte die Lautstärke herunter.

»Siehst du, sie übertragen es gar nicht«, rief Großmutter aus.

»Geduld, ich finde garantiert einen Sender, der es zeigt.«

Ich drehte den Sendersuchknopf eine Weile, doch es sah nicht so aus, als gäbe es eine Ausstrahlung. Dabei wurde schon damals an der Universität heiß über die Raumfahrt diskutiert, weil vor den Menschen Affen und Hunde ins Weltall geschickt worden waren.

Schließlich wurde ich doch fündig.

»Der Empfang ist miserabel«, murrte Agneta. »Bei dem Gekrissel kann man fast schon glauben, sie würden live aus dem Weltall übertragen.«

Ja, das Bild war tatsächlich sehr schlecht, und es würde sicher auch noch eine Weile dauern, bis wirklich etwas passierte. Ein etwas müde wirkender Moderator erklärte gerade irgendwas. Ich machte lauter, aber es rauschte nur.

»Ich versuche, es besser hinzukriegen«, sagte ich und rückte an der Antenne. Doch egal, wie ich sie drehte, das Bild wurde nur minimal klarer. Das weiße Flirren und Rauschen blieb.

»Und wenn wir den Kasten in einen anderen Raum bringen?«, fragte Großmutter.

»Dazu ist er zu schwer. Wir hätten ihn auf einen Rolltisch stellen sollen.«

»Das hat man nun davon, wenn man hinter dem Mond lebt«, brummte Großmutter. »Ich frage mich, ob der Empfang in Kristianstad auch so schlecht ist.«

»Das weiß ich nicht«, sagte ich. »Vielleicht sollten wir doch eine Antenne auf dem Dach anbringen lassen.«

»Damit sie uns das Gehirn aufweicht?«

»Glaubst du, mit der Zimmerantenne ist es besser? Wenn sich eines Tages herausstellt, dass Radiowellen schädlich fürs Gehirn sind, wird es wohl für uns alle schlecht aussehen, denn wir hören schon seit Jahrzehnten Radio.« Ich versetzte dem Gerät einen kleinen Klaps, worauf das Bild plötzlich klar war.

»Was hast du gemacht?«, tönte Großmutter.

»Keine Ahnung.« Erschrocken hob ich die Hände. »Aber schau, jetzt ist es plötzlich gut.«

»Dann komm vorsichtig her, wer weiß, ob die nächste Erschütterung nicht wieder zu diesem weißen Rauschen führt.«

Ich hatte keine Ahnung, ob Erschütterungen wirklich Auswirkungen auf die Bildqualität haben konnten, aber ich war froh, dass das Bild und auch der Ton so blieben, als ich neben Großmutter auf das große Himmelbett kletterte. »Soll ich uns ein paar Kekse holen?«, fragte ich. »Im Moment scheint noch nicht viel zu passieren.«

»Und wenn du den Raum verlässt, wird der Empfang wieder schlechter.«

»Dann gebe ich dem Apparat wieder einen Klaps.« Ich erhob mich und schlich vorsichtig aus dem Schlafzimmer.

Ein wenig wünschte ich mir, dass meine Eltern im Haus wären, aber sie waren nach Ekberg gefahren, um dort ein paar Dinge zu regeln. Auf Ekberg hatten wir kein Fernsehgerät, aber es gab ein Radio. Ein Ereignis wie dieses würden meine Eltern bestimmt nicht verschlafen!

Als ich zurückkehrte, diskutierten ein paar Männer im Studio darüber, was es bedeutete, dass ein Mensch den Mond betrat. Zwischendurch wurde immer wieder auf eine Kamera umgeschaltet, die vom Raumschiff auf die Mondoberfläche schaute. Alles sah so unwirtlich aus. Man konnte sich direkt fragen, was Menschen an solch einem Ort zu suchen hatten. Aber wer wusste es schon: Vielleicht wurden die Städte auf dem Mars, die man sich in manchen Filmen ausmalte, irgendwann Wirklichkeit.

Viel passierte nicht. Da offenbar nicht klar war, wann die

Astronauten landen würden, wurden Archivbilder und dann wieder das Kontrollzentrum gezeigt.

»Dein Onkel Ingmar hätte diese Aufnahmen vom Mond geliebt«, sagte Großmutter leise. »Er war begeistert von jeglichem Fortschritt. Wahrscheinlich hätte er sich in den Kopf gesetzt, ebenfalls mit solch einem Raumschiff zu fliegen.«

»Er wäre jetzt vierundfünfzig Jahre alt, nicht wahr?«

»Ja. Und es vergeht kein Tag, an dem ich ihn nicht vermisse.«

Ich legte meinen Arm um Großmutter. »Ich weiß.«

»Wenn ich irgendwann nicht mehr bin, werdet ihr dann dafür sorgen, dass sein Andenken erhalten bleibt?«

Meinte sie sein Zimmer? Wie kam sie gerade jetzt darauf?

»Natürlich werden wir das«, antwortete ich.

Großmutter nickte und sinnierte noch einen Moment lang.

»Da, schau mal, jetzt landen sie!«, sagte ich schließlich. Die Moderatoren dolmetschten nun wieder den Funkverkehr, während wir beobachteten, wie ein metallisches Bein auf dem staubigen Boden aufsetzte.

Eigentlich war das nichts Aufregendes, aber dennoch war es das Unglaublichste, das ich bisher gesehen hatte. Allein die Vorstellung, dass Menschen dort oben auf dem Mond waren! Als Kind hatte ich immer geglaubt, der Mond sei eine große Laterne, die an das Gewebe des Himmels gehängt wurde, damit es nachts nicht ganz so dunkel war.

»Oh, man sieht ja gar nichts«, sagte Großmutter, während der Sprecher den Funkverkehr zwischen Houston und dem Astronauten übersetzte.

»Was erwartest du von einer Kamera an einer Raumkapsel? Es ist ein Wunder, dass von dort überhaupt Bilder gesendet werden können!«

»Dennoch würde ich mir wünschen, man könnte mehr erkennen«, murrte Großmutter.

»Vielleicht ändert sich das Bild noch. Wenn die Astronauten aussteigen, werden sie sicher ein wenig filmen.«

»Dann sollten sie sehen, dass sie nach draußen kommen. Eine alte Frau wie ich hat nicht viel Zeit.«

Ich schmunzelte. »Großmutter, die Männer sind in völlig luftleerem Raum. Sie wissen noch nicht, was sie erwartet. Möglicherweise schweben sie ins All, weil es keine Erdanziehungskraft gibt. Außerdem müssen sie sich an die Anweisungen von der Erde halten.«

Ein wenig kam ich mir vor wie Neil Armstrong und seine Kameraden. Auch wir betraten mit dem Löwenhof neuen Boden. Auch wir wussten noch nicht, was uns erwartete. Und ob es Erfolg haben würde. Nur eines war gewiss – dass wir die Erde unter unseren Füßen hatten. Dass wir nicht einfach ins All gezerrt wurden. Darauf konnten sich die Astronauten jetzt nicht verlassen.

»Ah, nun tut sich endlich etwas«, bemerkte Großmutter. »Es sieht zwar aus, als hätte ich den grauen Star, aber da bewegt sich etwas.«

Ich kniff die Augen zusammen. »Das muss einer der Astronauten sein. Er kommt raus!«

Wir beobachteten, wie der verwaschene Umriss die Treppe hinunterstieg. Die Moderatoren redeten unablässig, man spürte deutlich, dass sie aufgeregt waren. Wie würden sie reagieren, wenn etwas schiefging?

Nach einer Weile stockte der Astronaut, kletterte die Treppe wieder hinauf.

»Hat er es sich überlegt?«

Schließlich kam er doch zurück, verharrte kurz und setz-

te den Fuß auf den Boden. Über dem Rauschen sagte Neil
Armstrong etwas von einem »small step for man« und dann
etwas von »mankind«, was man aber nicht verstand, weil der
Moderator wieder plapperte.

»Na, siehst du? Er steht auf dem Boden«, sagte ich. Und
er wurde nicht ins All gehoben. Ich fragte mich, wie er sich
in diesem Augenblick wohl fühlte.

»Und wo sind die anderen?«, fragte Großmutter.

»Sie warten noch im Raumschiff. Ich denke, für den Fall,
dass es gefährlich wird.«

»Sie lassen ihn also vorgehen?«

»Einer muss den ersten Schritt machen, nicht? Ich glaube,
sie haben ausgelost, wer der Erste ist.«

»Nun, dann weiß ich nicht, ob ich den Burschen da benei-
den oder bemitleiden soll«, gab sie zurück. »Immerhin könnte er sterben.«

Die Bilder waren sehr verwaschen, und die Perspektive
änderte sich nicht. Dennoch starrten wir fasziniert und voller Erwartung auf die Aufnahme, die vom Funkverkehr kommentiert wurde.

»Ich finde es gut, dass du einen neuen Weg mit dem Hof
gehen willst«, sagte meine Großmutter und griff nach meiner
Hand. »Jahrelang habe ich gedacht, dass Veränderung gefährlich sei. Obwohl ich doch in jungen Jahren nichts mehr
ersehnt habe. Aber wenn man alt wird, bekommt man es mit
der Angst zu tun. Man versucht, Sicherheit zu erlangen, und
merkt nicht, dass man sich selbst einmauert.« Sie machte
eine Pause und sah mich an. »Du bist unsere Zukunft, unsere
neue Sonne. Der Löwenhof wird noch da sein, wenn du selbst
eine Großmutter bist wie ich.«

Würde ich einmal Großmutter sein? Bisher sah es nicht

so aus, als würde ich überhaupt heiraten. Aber es würde immer eine neue Generation geben, egal, auf welche Weise.

Wir saßen noch bis zum Morgengrauen vor dem Fernsehapparat und beobachteten die Astronauten bei ihren Schritten auf dem Mond. Irgendwann fielen mir die Augen zu, und als ich wieder erwachte, war das Schlafzimmer meiner Großmutter lichtdurchflutet.

Großmutter schien schon längst auf den Beinen zu sein. Während ich noch versuchte, meine Augen aufzubekommen, schritt sie voll bekleidet um das Bett herum. »Gut, du bist wach«, sagte sie. »Da ist ein Anruf für dich.«

»Ein Anruf?«, fragte ich benommen. »Wie spät ist es?«

»Es ist gleich zwölf Uhr.«

Zwölf! Ich fuhr in die Höhe. Meine Augen fühlten sich verklebt an und meine Knochen schwer. »Warum hast du mich nicht schon eher geweckt?«, rief ich und strampelte die Decke weg. »Der halbe Tag ist doch schon rum.«

»Ja, aber vergiss nicht, dass wir uns die Mondlandung angesehen haben.«

Ich angelte mit den Füßen nach meinen Pantoffeln. »Wer ruft denn an?«

»Dieser Carinsson. Er sagte, er müsse dich dringend sprechen.«

»Dringend?« Das klang nicht gut. War vielleicht etwas schiefgegangen? Oder hatte er etwas gehört, das unsere Pläne durchkreuzen könnte? »Wie hat er geklungen?«

»Keine Ahnung. Ganz neutral, denke ich.«

Offenbar war es sinnlos, aus meiner Großmutter etwas herauszubekommen zu wollen. Hastig lief ich zum Arbeitszimmer.

»Hallo?«, meldete ich mich und hoffte nur, dass er nicht inzwischen aufgelegt hatte.

»Hallo, Fräulein Lejongård«, sagte Jonas in einem Tonfall, der darauf schließen ließ, dass er lächelte. »Wie geht es Ihnen? Sie klingen ein wenig schläfrig.«

»Neil Armstrong hat mich wach gehalten«, erklärte ich und unterdrückte ein Gähnen.

»Sie haben sich die Mondlandung angesehen?«

»Natürlich! So was lässt sich der Löwenhof doch nicht entgehen!«

»Sie scheinen also doch an der modernen Zeit interessiert zu sein«, neckte er mich. Doch mittlerweile wusste ich, wie er es meinte.

»Haben Sie das noch nicht bemerkt? Wir sind dabei, alles auf den Kopf zu stellen. Praktisch unsere eigene Mondlandung zu inszenieren.«

»Der Vergleich ist mir noch gar nicht in den Sinn gekommen«, sagte er. »Aber es ist eine schöne Überleitung zu dem, was ich Ihnen mitteilen wollte. Ich bin in den Kader für das Olympiateam berufen worden.«

»In welcher Sportart?«, fragte ich.

»In der schwierigsten namens Marketing. Ich habe heute den Auftrag bekommen, für eine positive PR zu sorgen. Aus diesem Grund hat man mich wieder einmal zu einer Party eingeladen. Nächsten Freitag.«

»Damit Sie von dort berichten?«

»Nein, damit ich Leute treffe.«

»Na dann ... herzlichen Glückwunsch!«, sagte ich.

»Danke. Und ich rufe nicht nur an, um Ihnen das zu erzählen, sondern auch deswegen, weil ich Sie fragen wollte, ob Sie mich nicht wieder begleiten möchten.«

»Meinen Sie nicht, dass das auffällt?«

»Warum sollte es das?«

»Nun ja … die Leute könnten denken, dass wir ein Paar seien.«

Schweigen folgte meinen Worten. Hatte ich Carinsson damit überrumpelt?

»Wäre Ihnen das denn peinlich?«, fragte er schließlich.

»Nein, keineswegs … Bitte entschuldigen Sie, wenn das so geklungen hat, aber ich …«

»Es wird eine größere Angelegenheit, also sollten Sie sich schon mal die Familienjuwelen aushändigen lassen.«

»So etwas haben wir gar nicht. Und falls doch, dann verstauben sie in der Kleiderkammer. Meine Urgroßmutter hatte so einigen Schmuck, aber weder Großmutter noch Mutter tragen etwas davon.«

»Nun, wenn das so ist, sollten Sie ihn tragen. Das heißt, wenn er noch nicht zu sehr angelaufen ist.«

»Bei uns verliert nichts seinen Glanz«, gab ich zurück. »Manchmal muss man nur ein wenig entstauben.«

»Das werde ich mir merken, es ist ein guter Spruch. Also, sind Sie dabei?«

»Ich werde wohl nicht darum herumkommen, oder?«, fragte ich. »Aber den Schmuck lasse ich hier.«

»Nein, bringen Sie ihn mit! Sie sind doch eine Lejongård! Das sollte man auch sehen können.«

»In Ordnung, ich entstaube die Grafenkrone.«

Damit brachte ich Carinsson für einen Augenblick zum Schweigen.

»So was haben Sie?«, fragte er dann. »Ich glaube, Sie müssen mich mal in die Gewölbe unter Ihrem Haus führen. Ich wüsste gern, was Sie noch so für Geheimnisse haben.«

»In unserem Keller lagern wir die nicht, dazu ist es dort zu feucht. Aber auf dem Dachboden kann man so einiges finden.« Ich ertappte mich dabei, dass ich so breit lächelte, dass mir fast schon die Wangen schmerzten. Dann kam mir eine Idee. »Ich mache Ihnen eine Gegeneinladung«, sagte ich.

»Oh, wozu?«, fragte Carinsson überrascht. »Feiern Sie etwa schon die Einweihung der neuen Anlagen?«

»Nein, wo denken Sie hin? Die Handwerker haben doch erst im Frühjahr angefangen.« Ich holte tief Luft. Würde er sich überhaupt für solch ein vergleichsweise kleines Fest interessieren? »Ich würde Sie gern zu unserem jährlichen Krebsessen einladen.«

»Krebsessen?«, fragte er verwundert.

»Ja. Haben Sie noch nie davon gehört?«

»Doch, natürlich. Aber mich wundert, dass der Löwenhof ein Krebsessen ausrichtet. Sie haben doch keinen Fluss in der Nähe, soweit ich weiß.«

»Einen See«, sagte ich. »Krebse gibt es da zwar nicht, aber was soll's. Die Menschen hier feiern gern, und jede Gelegenheit ist willkommen. Es ist eine vergleichsweise neue Tradition, die durch meine Mutter ins Leben gerufen wurde. Da wir keine Jagd mehr veranstalten, laden wir Mitte, Ende August auf unseren Hof zum Krebsessen ein. Also, was sagen Sie?«

»Werden viele Prominente dort sein?«

»Nun, der Klinikleiter aus Kristianstad, Geschäftspartner, Freunde und das gesamte Dorf samt Pastor.«

»Oh, na dann ... Wenn der Pastor Ihres Dorfes erscheint, darf ich ja wohl nicht Nein sagen.«

»Das heißt, Sie kommen?«, fragte ich. »Auch wenn sich der König und der Kronprinz hier nicht sehen lassen?«

»Dann muss ich tatsächlich mal überlegen«, sagte er und machte eine kleine Pause, dann lachte er. »Natürlich komme ich! Es wäre mir eine Freude. Bislang habe ich ja nur das Haus gesehen und die Stallungen. Vielleicht könnten Sie mir nun auch ein bisschen die Gegend zeigen.«

»Das werde ich sehr gern tun!«

»Dann ist es abgemacht. Wir treffen uns am Freitag in Stockholm, und Ende August sehen wir uns dann zum Krebsessen.«

»Ich bringe Ihnen noch eine Einladung mit. Meine Eltern und meine Großmutter werden sich freuen, Sie wiederzusehen.«

Wir verabschiedeten uns voneinander, und ich legte den Hörer wieder auf die Gabel. Für einige Augenblicke starrte ich vor mich hin. Das Lächeln war noch immer auf meinem Gesicht, und eine unglaubliche Wärme durchflutete mich.

Beim ersten Mal hatte mich Carinsson mit dem Besuch der Gala überrumpelt. Ich hatte das Gefühl, nicht richtig vorbereitet zu sein. Doch jetzt hatte ich die Möglichkeit, mich vorzubereiten. Aber das war es nicht, was mich freute. Mein Herz hüpfte, weil er an mich gedacht hatte. Weil er mich wieder mitnehmen wollte. Ich hatte keine Ahnung, warum, aber es bedeutete mir viel.

Als ich das Arbeitszimmer verließ, kam mir Großmutter entgegen.

»Nanu, du strahlst ja so«, bemerkte sie. »Das muss ein sehr angenehmer Anruf gewesen sein.«

Ich räusperte mich verlegen. »Das war es. Herr Carinsson will mich kommende Woche zu einer Party mitnehmen. Es geht um die Olympischen Spiele. Er ist dazu berufen worden, eine Werbekampagne für unsere Sportler zu entwickeln.«

»Die Olympischen Spiele brauchen Reklame?«, fragte Großmutter verwundert. »Und was sollst du da? Will er dich als Reklamegirl?«

Ich kicherte wie ein kleines Mädchen. »Nein, das wohl nicht. Aber die Pferdesportler werden wieder vor Ort sein. Und neben Prinz Bertil auch andere Funktionäre. Möglicherweise lässt sich für den Löwenhof etwas herausschlagen.«

»Herausschlagen«, wiederholte Großmutter ein wenig empört. »Du redest wie einer dieser Bankiers.«

»Das kommt vom Wirtschaftskurs«, sagte ich lachend. »Warte mal ab, im kommenden Jahr übertrumpfe ich Mutter noch in den Redeweisen.«

»Oh, bloß das nicht! Wenn sie mitten in der Inventur ist, hält man ihre Begriffe gar nicht aus.«

Ich lachte auf, dann kam mir eine Idee. »Hättest du etwas dagegen, wenn ich mir ein Stück aus dem Familienschmuck ausleihe? Ich weiß, du magst ihn nicht tragen, aber nur dieses eine Mal ...«

Großmutter sah mich an. »Du weißt, dass der Schmuck deiner Urgroßmutter gehört hat.«

»Natürlich weiß ich das«, sagte ich. »Und es ist auch nicht so, dass ich deren Geschichte nicht kenne. Aber Herr Carinsson meinte, dass ich mich wie eine Lejongård präsentieren sollte.«

»Als ob er davon Ahnung hätte, wie es ist, eine Lejongård zu sein«, erwiderte Großmutter. »Wir sind nicht dafür bekannt, dass wir uns wie Weihnachtsbäume behängen!«

»Nun, aber ein bisschen Glanz darf durchaus sein, nicht wahr? Ich will ja nicht so funkeln wie Urgroßmutter Stella auf dem Bild unten. Ich möchte einfach nur auf ein Kompliment zu meinem Schmuck sagen können: ›Das ist ein Familienerbstück meiner Urgroßmutter.‹ Das hört sich doch wesentlich besser an, als wenn ich antworte: ›Ich habe die Kette aus dem Kaufhaus.‹«

»Da hast du recht.« Großmutter seufzte, als würde ich sie zwingen, die Tür zu einem Zimmer zu öffnen, das sie nie wieder betreten wollte. »Dann bringen wir das am besten gleich hinter uns, was?«

»Gleich?«, wunderte ich mich. Mein Magen meldete sich lautstark. Sie bekam es mit und nickte mir zu.

»In Ordnung, nach dem Essen.«

»Danke, Großmutter, vielen Dank!«, sagte ich begeistert und drückte ihr einen Kuss auf die Wange.

Der Dachboden wirkte staubiger, als ich ihn in Erinnerung hatte. Früher hatten die Dienstmädchen hier oben Ordnung gehalten für den Fall, dass irgendwas von dem, was hier gelagert wurde, wieder gebraucht wurde. Jetzt waren keine Dienstmädchen mehr da, und uns allen fehlte die Zeit, mal richtig aufzuräumen.

»Sollten wir uns nicht von einigen Stücken trennen?«, fragte ich mich, während ich mich umsah. »Viele der Sachen hier könnten einen guten Preis auf dem Antiquitätenmarkt bringen.«

»Wenn du die Zeit hast, Händler dafür zu finden, bitte«, sagte Großmutter. »Aber nach meinen letzten Informationen besuchst du gerade einen Wirtschaftskurs und baust das Gut um.«

»Das tue ich«, gab ich zurück. »Aber ich könnte mich tatsächlich darum kümmern. Viele dieser Stücke werden vielleicht gut genug sein, um sie zu versteigern.«

Großmutter ließ einen traurigen Blick über die Dinge

schweifen. »Das sind sie sicher. Aber an vielen hängen auch Erinnerungen. Einige der Stücke waren schon alt, als ich noch ein Kind war. Mein Bruder und ich haben viel Zeit auf dem Dachboden zugebracht und uns Geschichten erzählt. Damals war es hier oben noch nicht so voll.«

»Dass du viele Erinnerungen daran hast, kann ich verstehen. Dennoch sollten wir einiges verkaufen. Dinge, die wir unten nicht mehr brauchen. Ich glaube kaum, dass die Zeiten sich noch einmal dahingehend verändern werden, dass Stühle im Stil von Louis XIV. wieder modern werden. Aber die Museen werden sich freuen, diese schönen Stücke zu bekommen. Sie können auch wesentlich leichter für die Restaurierung sorgen als wir. Und es ist ja nicht so, dass ich dir den Stuhl unter dem Hintern wegnehmen möchte.«

»Ich werde darüber nachdenken.« Großmutter ging zu einer der alten Anrichten und zog eine Schublade heraus. Darin befand sich ein Kästchen, das schon wesentlich mehr als hundert Jahre auf dem Buckel zu haben schien. Früher musste es einmal silbern gewesen sein, doch mittlerweile war es angelaufen und beinahe schwarz. Großmutter blies eine dünne Staubschicht vom Deckel.

»Stammt das von deiner Mutter?«, fragte ich, worauf sie nickte.

»Ja«, antwortete sie. »Meine Mutter hatte eine Schwäche für Kästchen und Schatullen. Wahrscheinlich deshalb, weil sich darin so gut Geheimnisse aufbewahren lassen.«

»Und da ist der Schmuck drin?«, fragte ich verwundert. »Warum hebst du ihn nicht unten auf? Oder in einem Tresor?«

»Weil es sich mit diesem Schmuck so verhält wie mit den Möbeln. Es sind wunderschöne Stücke, für die man keine

Verwendung hat. Es sind nun keine Kronjuwelen wie die der Königin von England, sie bedürfen keines besonderen Schutzes. Das Vergessen beschützt sie.«

Sie stellte das Kästchen vor sich hin und öffnete es. Auf den ersten Blick war darin nichts weiter als ein untrennbares Gewirr aus Ketten, Anhängern und Ringen. Im Gegensatz zu dem Kästchen selbst waren diese allerdings noch in bestem Zustand. Eine Kette, die obenauf lag, weckte mein Interesse.

»Was ist mit diesem Medaillon?«, fragte ich und griff nach dem Schmuckstück.

»Oh nein!«, kam es wie aus der Pistole geschossen. Blitzschnell nahm sie es mir aus der Hand. »Dieses Medaillon war einer der intimsten Gegenstände, die sie besaß.«

»Und was enthält es?«

Großmutter schloss die Hand fester um das Medaillon, als fürchte sie, dass ich es ihr entreißen könnte. »Nichts«, antwortete sie.

»Nichts? Dafür wirkst du ziemlich aufgebracht. Nun komm schon, Urgroßmutter hätte sicher nichts dagegen, wenn ich es mir mal ansehe.«

»Es ist eine Sache, die ihr unangenehm wäre. Ich möchte nicht, dass du es siehst. Es würde dich nur durcheinanderbringen.«

»Ach, Großmutter«, sagte ich. »Was kann das denn schon sein?«

Doch Agneta blieb eisern. »Wir sind hier, um nach dem Schmuck zu sehen«, sagte sie ein wenig barsch, während sie das Medaillon in ihrer Rocktasche verschwinden ließ. »Such dir etwas aus, aber frage mich nicht mehr hiernach. Das hätte eigentlich gar nicht mehr da sein sollen.«

Ich schaute Großmutter verwundert an. Es passierte selten, dass sie mir einen Wunsch abschlug. Dass sie es diesmal mit solch einer Bestimmtheit tat, erschreckte mich ein wenig. Was mochte dieses Medaillon enthalten? Das Bildnis einer verflossenen Liebe? Eines Kindes, von dem niemand etwas erfahren durfte? Es war wohl besser, nicht mehr daran zu rühren.

»Gut«, sagte ich und räusperte mich. Irgendwie war die Situation jetzt unangenehm geworden. »Vielleicht kannst du mir dabei helfen, etwas Geeignetes auszuwählen.«

Großmutter hielt noch einen Moment lang den Kopf gesenkt, dann seufzte sie tief.

»Mormor, bitte«, sagte ich und legte meine Hand auf ihren Arm. »Es tut mir leid, dass ich dich gedrängt habe.«

»Ist schon gut«, antwortete sie mit leicht kratziger Stimme. »Du konntest es nicht wissen.« Großmutter wühlte ein wenig in dem Kästchen herum und zog schließlich einen kleinen mausgrauen Samtbeutel hervor.

»Öffne ihn«, sagte sie. »Meine Mutter hat diesen Schmuck von deinem Urgroßvater geschenkt bekommen, doch so recht mochte sie ihn nie.«

Ich zog die Stirn kraus. »Du gibst mir ein Schmuckstück, das Urgroßmutter nicht gefallen hat?«

»Öffne den Beutel, und du wirst sehen, warum.«

Er enthielt eine altertümlich wirkende Silberkette mit grünen Steinen.

»Die ist ja wunderschön«, sagte ich verwundert, während ich sie vorsichtig durch die Finger gleiten ließ. Die Kettenglieder erschienen beim näheren Hinsehen wie ineinander verschlungene Blätter, die Steine dazwischen waren wie kleine grüne Blütenknospen, die kurz vor dem Aufbrechen standen. »Sind die Steine echt?«

»Das sind sie. Es handelt sich wohl um Peridot, wenn man dem Juwelenhändler glauben kann. Vater brachte sie von einem Treffen mit einem befreundeten Geschäftsmann mit. Dieser hatte Pferde von uns gekauft und aus Dankbarkeit meinem Vater diese Kette für seine Ehefrau geschenkt. Allerdings hatte der Mann nicht gewusst, dass meine Mutter blaue und nicht grüne Augen hatte.«

»Deine Mutter mochte das Schmuckstück nicht, weil es nicht zu ihrer Augenfarbe passte?«

»Ja, genau so war es. Sie trug gern weiße Steine und blaue, manchmal schwarze, weil diese eher mit ihrer Kleidung harmonierten. Aber Grün gefiel ihr nicht sonderlich. Besonders nicht dieser Farbton. Sie meinte, es würde wie billiges Glas aussehen.«

»Das klingt ziemlich unfreundlich dafür, dass einem jemand ein so wertvolles Geschenk macht«, sagte ich. Ich kannte etliche Geschichten über Urgroßmutter Stella, und diese hier passte gut zu dieser komplizierten Frau.

»Mein Vater hat ihr danach nie wieder ein Schmuckstück mit grünen Steinen geschenkt.« Großmutter betrachtete die Kette versonnen, dann fügte sie hinzu: »Siehst du, alles braucht seine Zeit. Dieses Schmuckstück hat offenbar auf dich gewartet. Du bist die erste Frau bei uns, die grüne Augen hat, ein Erbe, das wir deinem Vater zu verdanken haben.« Sie nickte mir zu. »Wenn du irgendwann anfängst, den Kram hier oben zu verkaufen, versuche dir vorzustellen, was deine Enkelin oder dein Enkel zu diesen Dingen sagen würde. Sicher, vieles hier wird niemand mehr anrühren, aber sei bei deiner Auswahl dennoch vorsichtig. Was jetzt wertlos und überflüssig erscheint, könnte eines Tages Wert erhalten.«

»Das werde ich, Großmutter«, sagte ich, obwohl ich mir

nicht denken konnte, dass junge Leute von heute etwas mit diesen Möbeln anfangen konnten. Und dass die Kette, die so gut zu meinen Augen passte, hier noch lag, war wahrscheinlich auch eher der Nachlässigkeit geschuldet. Aber ich war froh, etwas gefunden zu haben, das ich auf der Party herzeigen konnte. Und die Kette hatte eine recht gute Geschichte, die ich erzählen konnte.

20. Kapitel

Am Freitagabend drehte ich mich nervös vor dem Spiegel des Hotelzimmers. Ich trug ein grünes, beinahe schulterfreies Kleid mit einem weiten Tüllrock, der am Saum mit winzigen Pailletten besetzt war. Die Farbe passte bestens zu meinen Augen. Mein Haar hatte Mutter mir gesteckt, ganz so, wie sie es vor vielen Jahren von der Zofe meiner Großmutter gelernt hatte. Dass Großmutter eine Zofe gehabt hatte wie eine Königin, kam mir noch immer sehr merkwürdig vor, wie eine Erzählung aus dem Märchen.

»Du siehst wunderschön aus«, sagte Mutter zu mir, während sie den kleinen Beutel öffnete. Sie legte mir das Schmuckstück um den Hals. Die Steine funkelten im Schein der Deckenlampe.

Es hatte sich ein wenig seltsam angefühlt, Mutter mit nach Stockholm zu nehmen. So wirkte es, als wäre sie meine Anstandsdame. Da ich jetzt kein Zimmer mehr im Wohnheim hatte, brauchte ich eine andere Unterkunft. Mutter hatte darauf bestanden, im Grand Hotel abzusteigen, in dem sie für einige Jahre Assistentin der Geschäftsleitung gewesen war.

Wie ihre Augen geleuchtet hatten, als wir durch die Tür

getreten waren! Mittlerweile arbeitete hier anderes Personal als früher, aber Mutter machte es Freude, mir das ganze Haus zu zeigen und Geschichten dazu zu erzählen.

»Das hier solltest du auch mitnehmen, für den Fall, dass es kalt wird«, sagte sie und reichte mir ein großes grünes Wolltuch. Ich hatte es vielleicht zwei- oder dreimal an ihr gesehen. Eigentlich mochte sie Tücher und Umhänge nicht.

»Meinst du nicht, dass es für das Kleid ein wenig zu rustikal ist?«, fragte ich.

»Das stimmt, aber wenn es kühl wird, wirst du froh sein, es dabeizuhaben. Die Lejongårds sind Landadel, wir haben keine Seidencapes. Nicht mehr.«

»Gut, ich nehme es mit«, sagte ich, hoffte aber, dass ich es nicht brauchen würde. »Mach dir einen schönen Abend, Mama.« Ich umarmte sie und gab ihr einen Kuss auf die Wange.

»Du dir auch, mein Kind.«

Ich fuhr mit dem Fahrstuhl nach unten und war überrascht, Jonas Carinsson in einem der Sessel in der Lobby zu entdecken. Er steckte die Nase in die Zeitung. Was suchte er schon hier?

Ich trat leise an ihn heran. Er war so vertieft in seine Lektüre, dass er mich zunächst nicht bemerkte. Erst als ich mich räusperte, blickte er auf.

»Guten Abend, Herr Carinsson«, sagte ich. »Ich hoffe, Sie haben die Zeitung genossen.«

»Nicht so sehr, wie ich Ihren Anblick genieße.« Er erhob sich und küsste meine Hand. »Sie sehen bezaubernd aus, Fräulein Lejongård.«

»Warten Sie, bis Sie erst einmal das Tuch sehen, das meine Mutter mir mitgegeben hat.«

»Ihre Mutter ist also als Anstandsdame dabei?«, fragte er.

»Nein, sie hat für heute ihre eigenen Pläne. Sie will mit einer alten Freundin ausgehen. Wahrscheinlich wird sie später zurück sein als ich.«

»Nun, dann sollten wir keine Zeit verlieren und uns ins Vergnügen stürzen. Ich bin sicher, dass schon der Ort der Party einiges in Ihnen auslösen wird.«

»Das klingt nebulös«, antwortete ich. »Wohin fahren wir denn?«

Carinsson hatte mich zwar eingeladen, aber nicht gesagt, wo die Feier stattfinden würde.

Wir kurvten eine Weile durch die Stadt, bis wir in eine Straße einbogen, die von hochherrschaftlichen Häusern gesäumt wurde – jedenfalls sahen sie danach aus. »Ganz in der Nähe haben die von Rosens ihren Palast«, erklärte er. »Jedenfalls ihren ehemaligen Palast.«

»Und dort findet die Party statt?«, fragte ich. Ein heißer Schauer rann über meinen Nacken.

»Nein, keine Sorge. Aber er liegt auf dem Weg, und ich möchte, dass Sie ihn einmal sehen. Zur Erbauung.«

»Erbauung?«, fragte ich. »Wie soll mich das bitte schön erbauen?«

»Ich werde Ihnen etwas dazu erzählen, und Sie können daraus einen Nutzen ziehen oder auch nicht.«

»Sollten wir nicht schon längst bei der Party sein?«, fragte ich.

»Nun haben Sie doch keine Angst. Der Geist des alten Clarence wird uns sicher nicht heimsuchen.«

Vor einem der Häuser machten wir halt. Es war sehr groß, hatte fünf Stockwerke und ein Dachgeschoss. Zwei Etagen waren mit Balkons versehen, die Fenster der anderen reich verziert. An einem der Fenster entdeckte ich das Familienwappen der von Rosens: drei Rosen auf einem Schild.

»Es ist ziemlich imposant«, sagte ich.

»Und das ist nur eine der Fassaden«, sagte Carinsson. »Auf der anderen Straßenseite wirkt es ganz anders. Ein Prachtstück, finden Sie nicht? Hier waren sogar von Rosens teure Reitpferde untergebracht. Das Personal betrat das Haus über die parallel liegende Straße.«

»Erstaunlich.«

»Und nun kommt es: Von Rosen musste dieses Haus im Jahr 1905 wegen finanzieller Schwierigkeiten verkaufen.«

Das überraschte mich. »Wirklich?«

Carinsson nickte. »Ja, er verkaufte es damals an seinen Bruder. 550 000 Kronen betrug allein die Steuer für dieses Anwesen.«

»Ein Vermögen«, wisperte ich, während ich nacheinander die Fenster betrachtete, die alle irgendwie anders aussahen.

»Ja, die hohen Steuern in diesem Land sind keine Erfindung der jetzigen Zeit«, sagte Carinsson lachend. »Von Rosen konnte diese Steuerlast nicht tragen. Im Jahr 1940 wurde es umgebaut und wird seitdem als Mietshaus genutzt.«

Ich schüttelte ungläubig den Kopf. »Kaum zu glauben, dass von Rosen wirtschaftliche Schwierigkeiten hatte.«

»Ich glaube, die erlebt jeder erfolgreiche Geschäftsmann einmal«, gab Carinsson zurück. »Sie sollten sich eines vor Augen halten: Von Rosen hat sein privates Herrenhaus verloren. Der Löwenhof steht allerdings noch. Und er ist weiterhin in den Händen Ihrer Familie. Das haben Sie von Rosen voraus. Sie haben die Chance, etwas zu ändern. Sie besitzen Ihr Haus noch. Wenn wir jetzt den Saal betreten, in dem auch Maud sein wird, werden Sie schreiten wie eine

Königin, denn Sie vertreten Ihr Haus, das noch nie wegen Steuerschwierigkeiten verkauft werden musste. Darauf können Sie stolz sein.«

Ich ließ meinen Blick noch eine Weile auf der Fassade des Von-Rosen-Palastes ruhen. Wie mochte er innen ausgesehen haben, bevor der Umbau stattfand?

Wenn ich daran dachte, dass ein ähnliches Schicksal unserem Herrenhaus gedroht hatte ... Wenn nur noch ein Wappen oder in unserem Fall die Löwenköpfe daran erinnert hätten, dass es einst im Besitz der Lejongårds war?

»Danke, dass Sie mich hergebracht haben«, sagte ich. »Ich habe von Rosens Palast nie zuvor gesehen. Nicht einmal meine Großmutter kennt diese Geschichte, soweit ich weiß.«

»Ich hoffe, der Anblick begleitet Sie noch eine Weile. Das Scheitern eines Feindes zu sehen ist eine ziemlich gute Inspiration, sich nicht unterkriegen zu lassen. Aber jetzt sollten wir wirklich fahren, sonst wird das Buffet ohne uns eröffnet.«

Ein paar Straßen weiter hielten wir vor einem Hotel, das der Fassade nach zu urteilen kaum jünger war als der Von-Rosen-Palast. Musik tönte nach draußen, durchmischt mit den Stimmen der Gäste und zeitweiligem Gelächter. In der Lobby wurden wir von einem Herrn in einem eleganten Anzug in Empfang genommen. Er suchte unsere Namen auf der Gästeliste und bat uns anschließend in den Saal.

An der Garderobe war kaum Betrieb, denn die meisten Gäste hatten auf Mäntel oder Ähnliches verzichtet. Ich dachte an mein Wolltuch, das ich auf dem Rücksitz des Cabrios hatte liegen lassen. Gut, dass ich es nicht dabeihatte, denn die Luft war bereits ziemlich aufgeheizt.

Der Saal war prachtvoll geschmückt mit gelben Rosen und

blauen Bändern, die sich über die Tische zogen. Schwedens Nationalfarben. An einem Vierertisch nahmen wir Platz.

»Unsere Tischgesellschafter sind die Bikelunds. Der Mann ist im Sattlergeschäft tätig und fertigt Geschirre und Sättel für die Nationalmannschaft. Er ist ein recht fröhlicher Mann, wenngleich man ihm nicht ganz so genau zuhören sollte, wenn er etwas getrunken hat.«

»Sie kennen ihn?«

»Er hat für seine Firma Reklame bei mir bestellt.«

»Offenbar hält man im Olympischen Komitee viel von Beziehungen.«

»Sie sind das Salz unserer Welt!«, entgegnete Carinsson.

Nacheinander strömten die Gäste in den Saal. Unsere Gesellschaft ließ sich recht spät blicken, doch als sie da war, konnte ich mich davon überzeugen, dass Herr Bikelund tatsächlich ein fröhlicher Mensch war.

»Carinsson, mein Junge, wie geht es Ihnen?«

»Sehr gut, und Ihnen, Herr Bikelund? Ihre werte Gattin scheint ja immer jünger zu werden!«

Die Frau betastete geschmeichelt ihre ondulierten Locken. Ein wenig erinnerte sie mich an meine Mathelehrerin, wenngleich diese einen wesentlich strengeren Blick hatte. Ob sie wirklich jünger aussah, konnte ich natürlich nicht beurteilen, aber offenbar hatte Carinsson den richtigen Ton getroffen.

»Und Sie, Carinsson? Hat man Sie endlich unter die Haube bekommen?«

»Da muss ich Sie leider enttäuschen«, gab er zurück. »Das hier ist Solveig Lejongård, die Enkelin von Gräfin Agneta Lejongård.«

»Nie gehört«, platzte der Mann ehrlich heraus. »Was aber

nicht bedeutet, dass Sie keine überaus reizende Dame sind. Ich freue mich, Ihre Bekanntschaft zu machen.«

»Ich ebenso«, entgegnete ich.

»Eine Grafentochter sind Sie also«, fuhr Bikelund fort. »Nun, da sage noch mal einer, dass der Adel degeneriert. Sie könnten bei Hof wirklich alle Frauen neidisch machen.«

Eine solche Schmeichelei angesichts seiner Ehefrau machte mich ein wenig verlegen. Während mir das Blut in die Wangen schoss, bemerkte ich Carinssons Grinsen.

»Danke, aber ich glaube, dass die Damen bei Hofe böse auf Sie sein dürften, wenn sie davon erfahren«, erwiderte ich und hoffte sehr, dass es nicht den ganzen Abend so weitergehen würde.

Glücklicherweise sprang mir Frau Bikelund bei. »Harald, nun schau doch, du bringst die junge Dame in Verlegenheit.«

»Oh, das wollte ich auf keinen Fall«, sagte er schnell. »Es ist nur so lange her, dass ich mit einer jungen Gräfin am Tisch sitzen durfte.«

Ich blickte zu Carinsson. Wahrscheinlich hatte er keinen Einfluss auf die Sitzordnung gehabt, aber ich wünschte mir, wir hätten einen weniger geschwätzigen Tischpartner bekommen.

Bikelund begann sogleich, Carinsson auf den neuesten Stand der Dinge zu bringen. »Ich habe gehört, dass sie in Amerika neue Halfter entwickeln. Ich glaube, ich muss einen Spion hinschicken, damit die Fabrikanten dort mir nicht die Butter vom Brot nehmen.« Er lachte auf, und ich sah deutlich, dass es seiner Ehefrau ein wenig peinlich war. Sie lächelte zwar, aber mit ihren Blicken schien sie ihren Gatten anzuflehen, nicht zu reden, wie ihm der Schnabel gewachsen war.

Schließlich waren alle Gäste versammelt, und auf einem Podest, das ebenfalls in den schwedischen Landesfarben gehalten war, erschien Prinz Bertil, in Frack mit Kummerbund und einer blau-gelb-weißen Schärpe. Er war eine imposante Erscheinung, und es war das erste Mal, dass ich ihn in offizieller Position sah.

»Meine Damen und Herren, ich freue mich, Sie im Namen des Schwedischen Olympischen Komitees begrüßen zu dürfen«, begann er seine Rede. »Wie Sie wissen, liegt eine große Aufgabe vor uns.«

Er begann nun, von der Olympiade in Deutschland zu sprechen, aber auch von anderen Wettbewerben, die in den kommenden Jahren anstanden. Ich begann zu träumen. Wenn eines Tages ein Pferd und ein Reiter vom Löwenhof Medaillen für Schweden holen könnten ... Warum hatte meine Mutter nie diesen Traum gehegt? »Besonders erwähnen wollen wir in diesem Zusammenhang unseren alten Freund Carl Clarence von Rosen.«

Dieser Satz holte mich aus meinen Gedanken. Der Prinz machte eine dramatische Pause, als erwarte er irgendeine Reaktion. Ein Schauer durchzog mich. Clarence von Rosen.

»Mittlerweile liegt sein Tod vierzehn Jahre zurück, doch sein Wirken setzt sich in unseren hervorragenden Reitern fort. Wenn wir unsere Besten in drei Jahren nach München schicken, wird auch er in unseren Herzen dabei sein. Ihm haben wir zu verdanken, dass der schwedische Pferdesport Weltrang erreicht hat.«

»Er hätte es sicher geliebt, nach Deutschland zurückzukehren«, flüsterte Carinsson neben mir. »Wo er doch so begeistert von Nürnberg war.«

Ich runzelte die Stirn. »Nürnberg?«, fragte ich.

Er schüttelte den Kopf. »Nicht jetzt. Ich erzähle es Ihnen nachher.«

Prinz Bertil setzte seine Rede fort und würdigte die Verdienste von Rosens. Tatsächlich hatte er als Mitglied des Nationalen Olympischen Komitees viel für den Reitsport getan. Er hatte Erfahrungen in der Wiener Hofreitschule gesammelt und versucht, diese auf die schwedischen Rennpferde anzuwenden. Er hatte den Pferdesport in Schweden aufgebaut.

Als das Buffet eröffnet wurde, erhoben sich die Bikelunds und strebten der langen Tafel zu, an der es sich langsam zu stauen begann.

»Eine schöne Rede, nicht wahr?«, fragte Carinsson spöttisch.

»Ich muss zugeben, dass von Rosen viel für den Sport getan hat. Allerdings muss ich ihn deswegen nicht mögen.«

»Das ist Ihr gutes Recht«, entgegnete er. »Kommen Sie, holen wir uns ein Häppchen vom Buffet.«

»Gern, aber vielleicht erzählen Sie mir vorher, was Sie mit Nürnberg meinten.«

»Ich glaube, wir sollten uns dazu ein wenig von den anderen absondern. Das, was ich zu sagen habe, ist nur für Ihre Ohren bestimmt.«

Wir verließen den Ballsaal und zogen uns ins Foyer zurück. Die Garderobenfrau schien gerade Pause zu machen, jedenfalls war niemand da.

»Ich habe ein wenig geforscht«, begann Carinsson, als er sicher war, dass uns niemand zuhörte. »Es war ziemlich schwer, an Informationen zu kommen, besonders, weil sein Sohn ein geachteter Mann war und seine Enkelin ebenfalls einen hohen Stand beim SOK hat. Doch ich habe meine

Quellen und Freunde. Und Sie hatten mir erzählt, dass er Sie wegen Ihrer Weigerung, den Nazis Pferde zu verkaufen, in Misskredit gebracht hat.«

»Das hat er.«

»Wie es aussieht, verband ihn mit den Nazis noch viel mehr. Nach den Olympischen Spielen in Berlin 1936 soll er Gast beim Reichsparteitag in Nürnberg gewesen sein. Er soll sich mit den Nazis prächtig verstanden haben. Außerdem soll er wohl auch die Gründung einer schwedischen nationalsozialistischen Partei unterstützt haben.«

Auf diese Informationen hin musste ich erst einmal tief durchatmen.

»Und wenn man das an die Öffentlichkeit bringen würde?«, hörte ich mich sagen.

Carinsson schüttelte den Kopf. »Das halte ich für keine gute Idee. Von Rosen ist sehr angesehen, und seine Familie würde alles dafür tun, den Ruf ihres alten Patriarchen zu schützen. Sie halten sämtliche Schriftdokumente unter Verschluss. Es war ein Wunder, dass mein Freund überhaupt etwas herausfinden konnte. Ich bin sicher, dass viele Leute in diesem Saal davon wissen, es aber nicht zugeben würden. Die Loyalität zu ihm geht übers Grab hinaus, weil man sich Vorteile von seiner Familie verspricht.«

»Nun, wir sind keine Nutznießer dieser Vorteile«, erwiderte ich. Wenn ich Großmutter berichtete, wie man diesen Mann hier ehrt, würde sie rasend werden vor Zorn.

»In diesem Augenblick sind Sie dabei, sich langsam wieder auf diese Kreise zuzubewegen«, fuhr Carinsson fort. »Ihre Position ist alles andere als gefestigt, und die von Rosens haben viele Freunde. Freunde, die sich vielleicht nicht mehr an Sie erinnern, die Ihnen aber große Schwierigkeiten bereiten könnten. Eher würde man Sie diskreditieren, als zuzugeben, dass der Held des schwedischen Reitsports der Freund einer Ideologie war, die so viele Menschen das Leben gekostet und so viel Leid über Europa gebracht hat.«

Schweigen zu müssen kam mir so feige vor. Ich blickte in den Raum, zu den Männern in den schwarzen Anzügen und den Frauen mit den glitzernden Juwelen. Ich fühlte mich ihnen nicht im Geringsten zugehörig, auch wenn einige von ihnen ebenfalls aus Grafenfamilien stammten oder noch höher gestellt waren. Was ich soeben gehört hatte, verschlimmerte dieses Gefühl noch.

Carinsson griff nach meiner Hand. »Was geht Ihnen durch den Kopf?«, fragte er.

»Ich denke daran, dass man mit Ehrlichkeit manchmal nicht weiterkommt auf dieser Welt.«

»Ja, diesen Anschein hat es bisweilen. Doch glauben Sie mir, niemand, der Unrecht begeht, kann für immer damit fortfahren. Irgendwann macht er einen Fehler. Und dann werden jene, die unter ihm zu leiden hatten, rehabilitiert. Aber lassen Sie uns doch wieder reingehen, ehe die Bikelunds noch glauben, dass wir beide uns ein Zimmer genommen haben.« Er zwinkerte mir zu.

Bei unserer Rückkehr waren die Bikelunds wieder am Tisch. Herr Bikelund hatte am Buffet keine Kostprobe ausgelassen.

»Da sind Sie ja!«, begrüßte er uns. »Der jungen Dame ist doch wohl nicht übel geworden?«

»Nein, mir war nur ein wenig warm«, zog Carinsson die Aufmerksamkeit auf sich. »Ich habe nach einer Möglichkeit gesucht, diskret mein Jackett loszuwerden, aber die Garderobiere war leider nicht da.«

»Wahrscheinlich hat sie Rauchpause«, bemerkte Bikelund und schaufelte das Essen weiter in sich hinein.

Den Rest des Abends verbrachten wir damit, von Tisch zu Tisch zu wandern und mit wichtigen Entscheidern des SOK zu plaudern. Ich lächelte und verhielt mich höflich, aber die ganze Zeit über ging mir nicht aus dem Sinn, dass diese Leute hier alle Teil des Netzes waren, in dessen Mitte Clarence von Rosen wie eine fette Spinne gehockt hatte.

Prinz Bertil verabschiedete sich leider schon recht früh, weil er am kommenden Tag zu einer Reise nach Deutschland aufbrechen musste. Wir hatten keine Gelegenheit, mit ihm zu reden. Vielleicht war das gut so, denn ich wusste nicht, ob ich angesichts meines neuen Wissens den Mund über von Rosen hätte halten können.

Zu vorgerückter Stunde waren die Gäste weinselig genug, um sich auf die Tanzfläche zu wagen. Auch Carinsson forderte mich auf.

»Ich muss Sie warnen«, sagte ich, als wir Aufstellung nahmen. Carinsson legte seine Hand sanft auf meine Taille und hielt meine Hand so vorsichtig wie einen Spatz. »Ich bin beim Tanzen wahrscheinlich noch schlechter als meine Mutter. Mein Vater hat immer Probleme, sie zu führen.«

»Das kommt daher, dass Ihre Mutter eine starke Frau ist.«

»Und wahrscheinlich auch davon, dass wir nicht viel Übung hatten in den vergangenen Jahren. Natürlich feiern wir auf dem Löwenhof, aber die Zeit der Bälle ist vorüber.«

»Das klingt, als würden Sie sie vermissen«, sagte er, während wir die ersten Schritte machten. Zum Glück war es ein recht einfacher Tanz, dem man leicht folgen konnte. Aber ich bezweifelte, dass man hier den Twist tanzen würde.

»Ich habe diese Zeiten nie miterlebt«, sagte ich. »Ich kenne sie nur aus Geschichten. Als Kind bin ich manchmal nachts in unseren Tanzsaal geschlichen und habe mir vorgestellt, wie es damals gewesen sein muss.«

Carinsson überlegte eine Weile, dann sagte er: »Sie wissen ja, dass ich ein großer Freund von Zukunftsmusik bin. Vielleicht sollten wir die Tradition der Bälle in Ihrem Herrenhaus wieder aufleben lassen.«

»Und zu welchem Anlass?«

»Nun, für eine der Sportgalas. Ich bin sicher, dass eine kleine Landpartie eine willkommene Abwechslung wäre.«

»Das wäre eine wunderbare Idee!«

Carinsson lächelte.

»Was ist?«, fragte ich.

»Sie haben sich wirklich gut gemacht«, sagte er. »Ich erinnere mich noch an eine Zeit, in der Sie meinen Vorschlag kategorisch abgelehnt hätten.«

»Sie vergessen, dass ich nun die Geschäftsführerin des Löwenhofes bin.«

Er betrachtete mich einen Moment lang, dann hob er die Hand, um mir eine Strähne zurückzustreichen, die sich aus meiner Frisur gelöst hatte. Dabei berührte er ganz vorsichtig mein Gesicht.

Mein Herz begann zu pochen, und meine Hände zitterten ein wenig. Gleichzeitig hatte ich das Gefühl, dass uns hier alle anstarrten. »Wollen wir nicht irgendwo hingehen, wo wir unter uns sind?«, fragte ich. »Wenn ich ehrlich bin, brauche ich vom Tanzen eine kleine Pause.«

Er nickte. »In Ordnung. Ich hoffe, ich habe nicht …«

»Nein, nein, es liegt nicht an Ihnen. Ich würde mich jetzt nur gern ein wenig ausruhen und reden. Was meinen Sie?«

Jonas bot mir den Arm an und führte mich von der Tanzfläche herunter.

Wir gingen zu einem der Balkons, von denen man einen herrlichen Blick auf die Stadt hatte.

»Sie erinnern sich hoffentlich, dass Sie jetzt an der Reihe sind und zu unserem Krebsessen kommen müssen«, begann ich.

»Ich habe es nicht vergessen«, antwortete er sanft.

»Sie sollten besser legere Kleidung tragen, die Butter macht Flecken.«

»Das ist überhaupt kein Problem«, sagte er. »In der Nähe meiner Wohnung gibt es einen Waschsalon. Das Waschmittel dort ist so stark, dass es sogar verstopfe Wasserleitungen säubert.«

»Haben Sie das ausprobiert?«

Er lachte auf. »Nein, natürlich nicht. Aber im Waschsalon funktioniert der Abfluss hervorragend.« Er machte eine kurze Pause, dann fügte er hinzu: »Ich werde Sie schon nicht vor Ihren Freunden blamieren und ein ganz vorbildlicher Landmann sein.«

»Das heißt, Sie kommen in Stiefeln und Latzhose?«

»Nur, wenn Sie eine Kittelschürze tragen und ein Kopftuch.«

»Tut mir leid, da muss ich passen«, gab ich zurück. »Also gut, kommen Sie, wie Sie möchten. Hauptsache, Sie kommen.«

»Darauf können Sie sich verlassen!«

Er sah mich noch eine Weile an, dann legte er sanft den Arm um mich und zog mich an sich. Mein Herz klopfte, und mein Körper prickelte, und eigentlich gab es keinen Grund, ihn nicht gewähren zu lassen. Während der vergangenen

Monate war er mehr als ein Freund geworden. Doch in dem Augenblick, als seine Lippen meine berührten, zuckte ich zurück.

Carinsson schaute mich verwundert an. »Habe ich etwas falsch gemacht?«

»Nein, das nicht, aber ...«

Wie sollte ich ihm sagen, dass es wieder die Erinnerung an Sören war, die mich davon abhielt, ihn zu küssen?

»Entschuldigen Sie, ich wusste nicht ... Ich wollte Sie nicht ...«

»Es hat nichts mit Ihnen zu tun«, sagte ich, während mir die Tränen in die Augen schossen. Verdammt, warum spielte mir mein Körper immer noch einen Streich? Wogegen wehrte ich mich? »Ich ... ich kann nur nicht. Jetzt noch nicht ...« Doch wann dann?, fragte mich eine kleine Stimme im Hinterkopf. Wann wirst du je wieder einem Mann erlauben, dir nahezukommen?

Ich blickte Carinsson durch den Tränenschleier an. Er wirkte verletzt, und ich konnte es ihm nicht mal übel nehmen. Schon wieder wies ich ihn ab. Und das, obwohl mein Herz sich nach ihm sehnte.

»Vielleicht sollte ich Sie besser zu Ihrem Hotel zurückbringen«, sagte er. »Es ist spät ...«

Ich nickte und wischte mir die Tränen von den Wangen. Es war dumm zu heulen, besonders, weil ich meine Augen geschminkt hatte und nun alles verlief. Aber ich konnte mir nicht helfen. Ich schämte mich so sehr. Carinsson hatte so viel für mich getan. Und mir war schon seit Längerem klar, dass er Gefühle für mich hatte. Noch schlimmer war es, dass ich diese Gefühle ebenfalls hatte, aber nicht imstande war, sie ihm zu zeigen.

Wir verließen das Hotel und gingen schweigend zu seinem Wagen. Auch während der Fahrt sagte keiner von uns ein Wort.

»Es tut mir wirklich leid«, begann Carinsson, nachdem er das Cabrio vor dem Hotel zum Stehen gebracht hatte.

»Nein, mir tut es leid«, gab ich zurück. »Ich hätte nicht so reagieren sollen.«

»Sie wollten mich nicht küssen. Das hätte ich erkennen müssen.«

»Nein, so ist es nicht, es ist nur ...« Mein Innerstes verkrampfte sich.

»Sie lieben Ihren Verlobten noch immer, nicht wahr?«, fragte er. Dann nickte er. »In Ordnung, ich werde das akzeptieren.« Er presste die Lippen zusammen und blickte nach unten. »Gute Nacht, Fräulein Lejongård. Danke, dass Sie mich begleitet haben.«

Der förmliche Ton brach mir das Herz. Warum waren wir nicht schon lange beim Du angekommen? Warum taten wir immer noch so, als wären wir nur Geschäftspartner?

»Gute Nacht, und danke für alles«, wisperte ich, dann stieg ich aus.

Carinsson ließ den Motor an und fuhr ohne ein weiteres Wort zu sagen davon.

Verwirrt saß ich wenig später auf der Kante des Hotelbetts und schaute auf das Foto in meiner Hand. Sören in der Badehose, ein Abbild eines längst vergangenen Sommers. Einer vergangenen Liebe. Warum hing mein Herz noch so sehr daran?

Meine Tränen waren mittlerweile getrocknet und meine Scham dem Nachdenken gewichen. Jonas Carinsson war nicht nur ein guter Freund geworden, er war viel mehr. Und doch hielt mich Sören immer noch davon ab, ihn näher an mich heranzulassen. War es Zeit, sich endgültig von ihm zu verabschieden?

Als die Tür ging, zuckte ich zusammen. Mutter trat ein und wirkte überrascht, mich zu sehen.

»Solveig, was ist los?«, fragte sie. Die Spuren des Weinens waren noch auf meinem Gesicht. »Ist etwas passiert?«

Ich schüttelte den Kopf. »Nein, aber ...« Sollte ich es ihr erzählen? Sie würde vielleicht denken, dass Carinsson ein Wüstling war.

»Was denn?«, fragte sie und setzte sich neben mich. Als sie sah, dass ich das Foto von Sören in der Hand hielt, streichelte sie mir sanft übers Haar.

»Immer noch?«, fragte sie. »Es sind mehr als zwei Jahre vergangen.«

»Aber ich kann ihn einfach nicht loslassen. Vorhin ... vorhin wollte mich Carinsson küssen. Und ich bin zurückgeschreckt. Schon wieder.«

»Carinsson wollte dich küssen?« Mutter runzelte besorgt die Stirn. »Gegen deinen Willen?«

»Nein, es wäre nicht gegen meinen Willen gewesen. Ich mag ihn. Ich mag ihn sogar sehr. Und doch stelle ich mich so an ... Ich habe irgendwie das Gefühl, Sören zu betrügen. Dabei würde er doch wollen, dass ich glücklich bin, oder?«

Mutter schwieg eine Weile, dann nahm sie mir vorsichtig das Bild aus der Hand. »Ein schönes Foto«, sagte sie. »Woher hast du es?«

»Kurz nach meiner Rückkehr an die Veterinärschule hat Frau Lundgren mir ein paar Bücher von Sören gebracht. Am ersten Tag habe ich die Bücher durchsucht, nach Notizen, die er sich gemacht hat. Ich wollte so gern Spuren von ihm finden. Und dann fand ich dieses Bild. Es steckte zwischen den Seiten.«

In meinen Fingerspitzen kribbelte es, während Mutter das Foto hielt. Ich fühlte mich wie eine Süchtige, der man gerade ihre Droge entzogen hatte.

»Es war eine sehr nette Geste von Sörens Mutter«, sagte Mama. »Aber ich fürchte, sie hat dir damit keinen Gefallen getan.« Mutter seufzte schwer und legte das Foto auf die Bettdecke. Wie von allein griffen meine Hände danach. Ja, ich war süchtig. Schlimmer noch als Jim Morrison von The Doors.

»Ich verstehe, was dieses Bild dir gibt«, fuhr Mutter sanft fort. »Aber vielleicht ist es Zeit loszulassen. Schau mal, in den vergangenen Monaten haben wir so viele Neuerungen angepackt. Du hast mir gesagt, dass wir die neue Zeit hereinlassen sollen. Ich finde, das gilt auch für dich. Sören war ein wunderbarer Mann und ein guter Begleiter für dich. Aber er ist tot. Nichts, was du tust, wird ihn wiedererwecken. Du kannst die Vergangenheit nicht festhalten, und es wäre auch nicht gut, weiter in ihr zu leben. Lass Sören los. Lass ihn gehen. Wenn du wirklich Gefühle für diesen Herrn Carinsson hast, dann lass sie zu. Trage das Bild nicht mehr weiter bei dir. Lege es irgendwohin, wo es ruhen kann.«

Diese Worte meiner Mutter waren richtig, doch ich spürte meinen inneren Widerwillen dagegen. Sörens Bild hatte mich bei allen wichtigen Entscheidungen begleitet. Es war mein Anker gewesen. Wenn ich es jetzt weggab …

»Ich werde darüber nachdenken«, antwortete ich und strich mit dem Daumen über Sörens Gesicht.

»Ist gut«, sagte Mutter, denn sie spürte, dass es nichts bringen würde, mich zu drängen. Sie gab mir einen Kuss auf die Schläfe und erhob sich dann.

21. Kapitel

Die Organisation des Krebsessens ließ mich meine Sorgen wegen Carinsson ein wenig vergessen. Andererseits konnte ich nur daran denken, ob er sein Versprechen einlösen und erscheinen würde. Ich sehnte mich danach, ihn wiederzusehen. Seit der Party herrschte Funkstille zwischen uns. Carinsson rief mich nicht an, und ich traute mich nicht, mich bei ihm zu melden.

Tagelang hatte ich über Mutters Ratschlag gegrübelt, das Bild von Sören verschwinden zu lassen. Doch ich konnte mich nicht dazu durchringen. Es gelang mir bestenfalls, es für ein paar Stunden in eine Schublade zu legen, meist dann, wenn ich über meinen Büchern saß. Aber wenn ich fertig war, holte ich es wieder hervor und warf einen Blick darauf.

Glücklicherweise lenkte mich die Vorbereitung des Essens ein wenig ab. Einladungen mussten verschickt und Lieferanten angerufen werden. Wir brauchten Krebse und vieles andere wie Stühle und Tische.

Großmutter, die sich zunächst nicht mit dem Gedanken hatte anfreunden können, die Sachen auf dem Dachboden loszuwerden, schlug vor, einen kleinen Flohmarkt zu veranstalten und vielleicht einige Dinge bei einer Tombola zu verlosen. »Du sagtest doch, dass wir den Krempel, der auf dem Dachboden steht, verkaufen sollten.«

»Ja, aber glaubst du wirklich, dass das Krebsessen der richtige Anlass dazu ist?«

»Warum denn nicht? Wo sonst kommen so viele Leute zusammen? Und vielleicht sind die Gäste ja dankbar für etwas Abwechslung, nachdem sie sich den Bauch vollgeschlagen haben.«

»In Ordnung, Großmutter. Dann werde ich die Stücke aussortieren, und du kannst anschließend entscheiden, was du davon noch aufheben willst und was nicht.«

Eigentlich war ich froh darüber, den Auftrag von ihr erhalten zu haben, aber während ich den Dachboden durchsuchte, kehrten die Gedanken an Carinsson wieder zurück. Ich fragte mich, was er wohl machte und ob er an mich dachte.

Mein Herz fühlte sich furchtbar schwer an. Als ich am Abend fertig war, war ich wie erschlagen. Mit dem Bild von Sören neben meinem Bett schlief ich ein und träumte davon, dass ich ihn ein zweites Mal zu Grabe trug. Diesmal war der Sarg nicht geschlossen, sondern offen. Sören sah aus, wie ich ihn zum letzten Mal gesehen hatte. Er trug die Kleider vom Tag unserer Verlobung. In seinen Händen hielt er einen Strauß mit Wiesenblumen. Ich wollte die Sargträger davon abhalten, ihn so in die Grube hinunterzulassen, da schlug er seine Augen auf. »Lass sie ruhig machen, es ist richtig«, sagte er.

Ich widersprach ihm. »Das geht nicht. Du wirst völlig schutzlos sein!«

»Es ist in Ordnung. Lass mich gehen«, sagte er leise und lächelte. Daraufhin senkten die Männer den offenen Sarg hinab.

Erschrocken fuhr ich hoch und blickte mich um. Der Friedhof war verschwunden, nur die Stille unseres Hauses umgab mich. Keuchend ließ ich mich wieder in die Kissen sinken. Er war nicht hier. Das Grab war seit Jahren verschlossen, seine Asche ruhte in einer Urne. Und was er zu mir gesagt hatte ...

Lass mich gehen.

Konnte es sein, dass ich seinen Geist unabsichtlich in dieser Welt hielt? Oder wollte mir mein Verstand sagen, dass es Zeit war?

Am Morgen des Krebsessens wirkte unsere Küche, als hätten wir einen Großwaschtag. Mehrere alte Zinkwannen waren dort und in der Waschküche aufgestellt worden, um die Krebse zu beherbergen, die uns ein Fischer der Gegend bringen wollte. Er fing sie frisch in den umliegenden Flüssen, wir brauchten sie nur noch zu kochen.

»Es ist ein Jammer, dass wir hier keinen Fluss haben«, sagte Frau Johannsen zu mir, als ich kam, um nachzuschauen, ob alles in Ordnung war. »Meine Mutter stammt aus Småland, dort hat sie die Krebse immer selbst gefangen.«

»Ich glaube, dazu hätte ich keine Lust«, sagte ich. »Die Scheren können ziemlich unangenehm werden, wenn sich die Krebse wehren.«

»Es ist nur eine Frage der Technik«, sagte die Köchin. »Man muss sie richtig halten, dann zwicken sie einen auch nicht.«

Ein paar Stunden später erschien der Fischer mit seinem blauen Lastwagen. Auf die Plane war ein großer blauer Anker gemalt. Herr Nyehus war stolz darauf, dass sein Vater früher einmal richtig zur See gefahren war. Er besaß zwar auch einen Kutter, hatte damit aber noch nie die Ostsee verlassen. Der Anker war so etwas wie ein Familienwappen für ihn.

Ich begrüßte ihn und führte ihn in die Küche. Über die Zahl der Wannen war selbst er erstaunt.

»Ich glaube, die brauchen Sie nicht alle«, sagte er.

»Die Tiere sollen es gut haben«, erklärte ich.

»Wozu? Die werden doch ohnehin bald gegessen. Übrigens hatte meine Mutter ein wunderbares Rezept für Krebse. Wenn Sie wollen, gebe ich es Ihnen.«

Frau Johannsen stemmte die Hände in die Seiten. Doch bevor sie etwas erwidern konnte, sagte ich schnell: »Das Rezept Ihrer Mutter ist sicher hervorragend, aber wir haben hier unsere eigene Art, sie zuzubereiten. Tradition, wenn Sie verstehen.«

Der Fischer nickte, brummte etwas in seinen Bart und ging dann nach draußen.

»Eine Frechheit!«, murrte Frau Johannsen. »Als ob ich nicht selbst Krebse kochen könnte!«

»Natürlich können Sie das«, versuchte ich, sie zu beschwichtigen. »Er hat es nicht böse gemeint. Sie wissen ja, wie stolz er auf seine Familie ist.«

»Und ich bin stolz auf meine!«, gab sie zurück. »Meine Mutter hat die besten Krebse in der Gegend gekocht, und ich habe ihr Rezept!«

»Ich bin sicher, dass die Gäste begeistert sein werden.«

Wenig später erschien Herr Nyehus wieder mit Eimern voller Krebse, die er in die Wannen beförderte.

Während sich zwischen ihm und Frau Johannsen ein Disput entwickelte, wie Krebse richtig zubereitet werden mussten, schaute ich nach dem Flohmarkt, den wir neben dem Haus aufgebaut hatten. Da niemand von uns über die Waren wachen konnte, hatten wir zwei junge Frauen aus dem Dorf gebeten, den Verkauf zu übernehmen. Als Lohn bekamen sie jeweils ein Schmuckstück ihrer Wahl. Ich war gespannt, wie es laufen würde. Wir hatten alle kleineren Sachen auf Tischen aufgereiht. Es gab reihenweise hübsche Schachteln, Schmuck, Schleifen, kleine Bilder, für die Männer Krawattennadeln sowie altes Spielzeug. Die besten Stücke hatten wir einbehalten, um sie irgendwann einmal versteigern zu lassen. Dennoch war es eine wunderbare Sammlung.

Mutter trat neben mich. »Es wird wirklich Zeit, dass diese Sachen das Haus verlassen, nicht?«

»Ja«, antwortete ich. »Damit schaffen wir Platz für Neues.«

»Und vor allem schaffen wir Luft im Haus. Ich glaube, es tut dem alten Gemäuer gut, mal wieder richtig atmen zu können.« Mutter sah mich an. »Wie geht es dir?«, fragte sie dann unvermittelt.

»Wie soll es mir gehen?«, antwortete ich. »Eigentlich sehr gut.«

»Eigentlich?«

Ich nestelte an den Ärmeln meines Kleides. »Ich habe Angst, dass er nicht kommt«, sagte ich dann.

»Hat er sich denn nicht gemeldet?«

Ich schüttelte den Kopf. »Nein. Und ich glaube, er hat jetzt die Nase voll von mir.«

»Nur, weil du dich einmal nicht hast küssen lassen?«, fragte Mutter zurück und schüttelte den Kopf. »Wenn es ihm ernst mit dir ist, wird er dir das verzeihen.«

»Ich glaube nicht. Er hat so verletzt ausgesehen. Es war nicht das erste Mal, dass ich ihn von mir weggehalten habe. Möglicherweise hat er eingesehen, dass es nichts bringt.«

»Oder er wartet auf ein Zeichen von dir. Warum rufst du ihn nicht an?«

»Weil ich fürchte, dass er mir dann erklärt, dass er kein Interesse mehr hat.«

»Ach, Solveig.« Mutter schloss mich in ihre Arme. »Ich bin sicher, dass du irgendwann eine neue Liebe findest.«

»Ich hoffe es«, sagte ich, doch eigentlich hoffte ich darauf, dass Jonas Carinsson meine neue Liebe werden würde.

»Hast du das Bild denn schon fortgetan?«, fragte sie dann.

Ich schüttelte den Kopf. »Nein, das konnte ich noch nicht. Aber ich schwöre, wenn Carinsson hier auftaucht, werde ich es tun.«

»Schwöre lieber nicht. Und mache das Vorangehen auch nicht von etwas abhängig. Es muss sich für dich richtig anfühlen.« Sie fügte hinzu: »Ich hatte auch so einen Gegenstand, der mir geholfen hat.«

»Du meinst das alte Feuerzeug?«

Mutter nickte. »Ich habe es schon seit Jahren nicht mehr angerührt. Ich bewahre es immer noch auf, denn es ist die letzte Erinnerung an den Mann, der zwölf Jahre meines Lebens für mich da war. Aber nach einer Weile wurde mir klar, dass ich es nicht brauchte. Ich konnte meinen Weg im Leben auch so gehen.« Sie sah mich prüfend an. »Wenn die Zeit gekommen ist, lass das Foto los. Lass ihn ziehen. Aber nur, weil du es willst, und nicht, weil du dir davon etwas erhoffst. Das hätte Sören nicht verdient.«

»Du hast recht«, sagte ich, auch wenn ihre Antwort nicht das war, was ich erwartet hatte.

Am Nachmittag war es mit dem fröhlichen Schwimmen der Krebse vorbei. Einer nach dem anderen landete in Frau Johannsens Kochtöpfen, nach dem Rezept ihrer Mutter, während wir uns auf die ersten Gäste einstellten.

Ich war aufgeregt. Zwar war es nicht das erste Mal, dass wir ein Fest gaben und ich eine Rede halten musste. Bereits beim Mittsommerfest hatte ich als neue Geschäftsführerin die Anwesenden begrüßt. Dennoch fühlte ich mich wie in einer Prüfung an der Universität.

Nacheinander trafen die Gäste ein. Wir nahmen sie alle herzlich in Empfang und begleiteten sie in den Garten. Der Einzige, der nicht erschien, war Carinsson. Beunruhigt blickte ich auf meine Uhr. Würde ich mit meiner Vermutung recht behalten, dass er nicht kommen würde?

»Du wirkst ein wenig unruhig«, stellte Großmutter fest, als sie mich vor der Tür stehen sah. Ich konnte mich nicht dazu durchringen, das Fest zu eröffnen. Ein paar Augenblicke hatte ich ja auch noch.

»Es ist komisch, aber ich komme mir vor wie bei der Abschlussprüfung«, sagte ich. Ihr hatte ich noch nicht anvertraut, dass ich Gefühle für Jonas Carinsson hatte.

»Du hast doch schon mal vor Leuten gesprochen«, sagte Großmutter.

»Ich weiß, dennoch habe ich Lampenfieber.«

»Warum? Wegen der Menschen, die du seit deiner Kindheit kennst? Sag einfach: ›Haut rein!‹ Sie werden dich dafür lieben. Es ist ja nicht so, dass das Königshaus zugegen wäre.« Das Brummen eines Motors folgte ihren Worten. Hastig wirbelte ich herum.

Doch es war nicht Carinssons Cabrio. Ein großer schwarzer Wagen, begleitet von einem weiteren, erschien. Es sah aus, als hätten wir Zivilfahnder von der Polizei zu Besuch. Mein Magen krampfte sich zusammen. Was hatte das zu bedeuten? Ich stürmte zur Tür und sah einige Männer aussteigen. Einer von ihnen war Jonas Carinsson.

»Mit wem kommt er denn da?«, fragte Großmutter, die mittlerweile hinter mir stand, und kniff die Augen zusammen.

Ich griff nach Großmutters Hand. »Das ist Prinz Bertil!« So viel dazu, dass niemand aus dem Königshaus zugegen war.

»Wirklich?«, fragte Mutter, die ebenfalls zu uns getreten war, und schlug sich die Hand vor den Mund. »Ja, tatsächlich, es ist Prinz Bertil! Was sucht er denn hier?«

»Möglicherweise ist er der Tischherr deines Freundes«, bemerkte Großmutter spöttisch.

Ich spürte, wie ich innerlich erstarrte. Carinsson brachte den Prinzen zu unserem Krebsessen mit! Ich wusste nicht, was mir peinlicher war: Dass es nur ein sehr einfaches Fest war oder dass wir den Prinzen nicht von uns aus eingeladen hatten. Aber bei solchen Festen war das eigentlich nicht üblich, und nachdem das Königshaus früher jedes Mal abgesagt hatte, hatten wir es irgendwann bleiben lassen.

»Und was machen wir nun?«, fragte ich und blickte mich panisch um. Carinsson und der Prinz kamen bereits die Freitreppe herauf.

»Sie begrüßen, was sonst?«, sagte Großmutter, straffte sich und ging voran. Die Pailletten auf ihrem Kleid blitzten auf, als sie ins Sonnenlicht trat. Von den Feldern her wurde der Duft trockenen Heus zum Haus geweht.

»Wie in alten Zeiten«, murmelte Mutter ganz gerührt. »Ich erinnere mich noch gut, als wir die Jagd ausgerichtet haben. Da war es zwar Herbst, aber dennoch war das Eintreffen des Königs etwas Besonderes. Auch wenn ich damals zu jung war, um die Bedeutung zu erkennen.«

Wir folgten Großmutter nach draußen. Der Prinz und Jonas Carinsson hatten die obersten Stufen beinahe erreicht.

Als sich unsere Blicke trafen, lächelte er kurz, setzte dann aber wieder eine würdevolle Miene auf.

»Herzlich willkommen in unserem Haus«, sagte Großmutter.

»Es freut mich, Sie wiederzusehen, Gräfin Lejongård«, entgegnete Carinsson, verneigte sich und gab Großmutter einen Handkuss. Ich bewunderte sie dafür, dass sie keine Miene verzog, auch wenn sie vor Aufregung vergehen musste. »Bitte verzeihen Sie mir, dass ich mir die Freiheit herausgenommen habe, einen weiteren Gast mitzubringen, aber als Seine königliche Hoheit davon hörte, dass Sie eines Ihrer berühmten Feste feiern, wünschte er sich, mich zu begleiten. Ich bin diesem Wunsch sehr gern gefolgt und hoffe, es macht Ihnen nichts aus.«

»Die Mitglieder des Königshauses sind uns stets willkommen«, sagte sie, reichte Prinz Bertil die Hand und vollzog den elegantesten Hofknicks, den ich je gesehen hatte. »Es ist schön, Sie nach so langer Zeit wiederzusehen, königliche Hoheit.«

Der Prinz wirkte ein wenig befangen, was meine Zweifel daran nährte, dass es seine Idee war, uns zu besuchen. Aber ich wusste selbst, wie überzeugend Carinsson sein konnte. »Sie sind zu gütig, Gräfin Lejongård. Ich freue mich auch sehr, an einen Ort meiner Kindheit zurückkehren zu dürfen. Soweit ich weiß, haben Sie früher immer das Mittsommerfest gefeiert, und mein Vater war hin und wieder zur Jagd bei Ihnen.«

»Die Jagd gibt es nicht mehr, wir sehen aus Naturschutzgründen davon ab«, antwortete Großmutter. »Stattdessen haben wir vor vielen Jahren dieses neue Fest ins Leben gerufen. Ich hoffe nur, dass es Ihnen trotz seiner Einfachheit Vergnügen bereiten wird.«

»Daran habe ich keinen Zweifel«, entgegnete der Prinz und wirkte nun doch ein wenig gelöster. Er wandte sich nun an meine Eltern und sprach ein paar Worte mit ihnen, dann richtete er seinen Blick auf mich. »Wir beide hatten schon einmal das Vergnügen miteinander, nicht wahr?«

Ich nickte. »Ja, königliche Hoheit, und ich freue mich, dass Sie uns besuchen. Soweit ich weiß, war königlicher Besuch auf unserem Gut immer ein bedeutsames Ereignis.«

Der Prinz neigte geschmeichelt den Kopf. Das brachte mich dazu, einen kühnen Vorstoß zu wagen. »Wenn Ihnen unser bescheidenes Fest gefällt, würde ich mich sehr freuen, Sie auch zu unseren anderen Festivitäten einladen zu dürfen. Es ist sehr bedauerlich, dass diese schöne Tradition ein wenig in Vergessenheit geraten ist.«

Ich spürte Mutters erschrockenen Blick, aber ich sah dem Prinzen weiterhin lächelnd ins Gesicht.

»Es wäre mir ein Vergnügen«, gab Prinz Bertil zurück. »Es ist an der Zeit, dass sich die Beziehungen zwischen unseren Familien wieder vertiefen, finden Sie nicht?«

»Da bin ich ganz Ihrer Meinung, königliche Hoheit.«

Einen Moment lang sahen wir uns an, und ich spürte, dass sein Panzer ein wenig aufbrach und den herzlichen Bertil, den alle Welt kannte, hervorscheinen ließ.

Nun wandte ich mich Carinsson zu. »Wie schön, dass Sie gekommen sind«, sagte ich und reichte ihm die Hand. Er ergriff sie und lächelte.

»Ich habe es Ihnen doch versprochen.«

Dass wir in Begleitung des Prinzen in den Garten hinaustraten, sorgte bei den bereits Anwesenden für einiges Erstaunen. Als die neuen Gäste Platz genommen hatten, wandte sich Mutter an mich. »Solveig, würdest du mich bitte in die Küche begleiten?«

Ich blickte zu Carinsson, der mich die ganze Zeit über nicht aus den Augen ließ. Ich nickte ihm zu und lächelte. Er wusste wahrscheinlich gar nicht, dass mich sein Kommen noch viel mehr freute als das des Prinzen.

»Ja natürlich«, sagte ich und folgte Mutter ins Haus.

»Dieser Carinsson ist doch immer für eine Überraschung gut«, sagte sie, als wir außer Hörweite der Gäste waren.

»Das ist er wirklich«, erwiderte ich.

»Und du hast nichts davon gewusst?«

»Nein, woher denn? Wir haben nicht mehr miteinander gesprochen seit Stockholm.«

Mutter murmelte etwas, das ich nicht verstand, dann betraten wir die Küche. Unsere Köchin hatte die Speisen auf dem großen Tisch aufgereiht, an der früher die Dienstboten gegessen hatten. Auf der Platte stapelten sich Krebse, Kartoffeln, Salate und Brot. An einem schattigen Platz draußen standen schon die Bierfässer bereit.

»Was hat das zu bedeuten?«, fragte Mutter, nachdem sie einen Moment lang nervös mit einer Serviette gespielt hatte.

»Dass der gute Herr Carinsson immer ein Ass im Ärmel hat«, sagte ich. »Wahrscheinlich hofft er, dass die Anwesenheit des Prinzen uns gute Presse einbringt. Möglicherweise sitzen die Fotografen bereits in den Büschen, und wir haben sie nur noch nicht bemerkt. Möglicherweise will Carinsson ihm auch die Fortschritte zeigen, die wir mit unserem Hof machen.«

»Dann können wir ja froh sein, dass es gut vorangeht.« Mutter wischte sich fahrig über die Stirn. »Mit allem hätte ich gerechnet, aber nicht damit. Und dann haben wir auch noch diesen Flohmarkt!«

»Ich glaube nicht, dass Prinz Bertil sich daran stören wird. Vielleicht entdeckt er ja selbst noch etwas, das er haben möchte.«

»Oh Gott, und womöglich will er es dann auch noch bezahlen!«

Ich griff nach Mutters Hand. »Es wird alles gut werden. Glaube mir. Der Prinz wird nicht die Flucht ergreifen angesichts nicht zusammenpassender Teller oder Trödelkram. Wahrscheinlich ist er hier, weil er mal wieder wie früher ein paar unbeschwerte Stunden verbringen will.«

»Vermutlich hast du recht.« Mutter atmete tief durch.

»Ich sollte langsam mal das Fest eröffnen, was meinst du?«, fragte ich.

»Natürlich«, sagte Mutter. »Geh nur, ich komme gleich nach.«

Draußen verweilte ich einen Moment lang und schaute auf die Gäste. Unterschiedlicher konnten sie kaum sein, aber sie alle waren an einer langen Tafel vereint. Großmutter hatte sie gebeten, ein wenig auf den Bänken zusammenzurutschen, damit der Prinz und auch seine Leibwächter Platz hatten. Es war, als blickte ich auf ganz Schweden.

Die Ansprache kam mir überraschend gut über die Lippen. Meine Nervosität war fast vollständig gewichen, und wo die Angst zuvor noch ein Loch in meinen Bauch gebohrt hatte, breiteten sich jetzt Wärme und Zuversicht aus. Jonas war gekommen! Natürlich war das keine Garantie dafür, dass er mir mein Verhalten auf der Party nicht mehr übel nahm, aber er war hier und lächelte. Mehr brauchte ich für den Moment nicht.

Der Prinz schien sich an der Tafel jedenfalls wohlzufühlen und wirkte wesentlich gelöster als damals bei der Party. Er redete fröhlich mit seinen Sitznachbarn. Ich blickte zu Carinsson. Er war wirklich ein Zauberer.

»Was halten Sie davon, wenn einige Reiter, die zum Olympiakader gehören, im kommenden Jahr hier Trainingsstunden absolvieren würden?«, fragte Prinz Bertil, nachdem wir die ersten Krebse, die Frau Johannsen ganz hervorragend zubereitet hatte, probiert hatten.

Mutter verschluckte sich. Während sie versuchte, gegen den Hustenreiz anzukämpfen, fragte ich: »Darüber denken Sie tatsächlich nach?«

»Ja. Wie ich sehe, ist der Löwenhof dabei, sich der modernen Zeit anzupassen, aber im Kern ist er immer noch derselbe. Hier könnten die Reiter ihre Pferde trainieren und wären gleichzeitig nicht im Fokus der Weltöffentlichkeit. Die Zeit bis zur Olympiade wird sehr anspruchsvoll sein, und hier könnten sie ihre Arbeit mit ein wenig Entspannung verbinden.«

Mutter blickte zu Großmutter, ich sah zu Carinsson hinüber. Der tat unbeteiligt, aber ich ahnte, dass diese Idee von ihm stammte. Dies musste auch der Anlass für den Besuch gewesen sein.

»An welche der Olympioniken haben Sie gedacht?«, fragte ich. »Pferdesport besteht ja aus vielen Kategorien.«

»Ich bin der Meinung, dass der Löwenhof sich für unsere Dressurmannschaft eignen könnte. Für das Springreiten benötigt man einen Parcours, den Sie leider nicht haben, aber der neue große Reitplatz wäre für die Dressur wie geschaffen. Außerdem könnte ich mir auch vorstellen, dass die Vielseitigkeitsreiter hier gute Trainingsmöglichkeiten fänden.«

Ich blickte zu Mutter und Großmutter. Die beiden wirkten

ein wenig skeptisch, doch ich erkannte, was für ein großes Geschenk uns da gemacht wurde.

»Damit liegen Sie vollkommen richtig, königliche Hoheit. Der Reitplatz ist zum Einreiten gedacht, bietet aber tatsächlich viel Platz. Und unsere schöne Landschaft hier wird die Vielseitigkeitsreiter fordern. Ich bin begeistert von Ihrem Vorschlag!«

Bertil lächelte. »Das freut mich sehr. Und was meinen die anderen beiden Damen dazu?«

Ich blickte Mutter an. So ein Angebot konnten wir nicht ablehnen, auch wenn es bedeutete, dass doppelte Arbeit auf uns zukam.

»Meine Enkelin hat recht«, meldete sich Großmutter zu Wort. »Es ist eine wunderbare Gelegenheit, die wir gern annehmen. Wenn die Olympioniken nichts dagegen haben ...«

»Das werden sie auf keinen Fall!« Bertil klatschte in die Hände. »Perfekt! Ich werde gleich nach meiner Rückkehr mit ihnen Kontakt aufnehmen. Seit Ihre Enkelin bei der Sportgala aufgetaucht ist, reden viele vom Löwenhof und können es scheinbar gar nicht abwarten, das Gut in Augenschein zu nehmen.«

Ich spürte Mutters Blick auf mir. Als ich ihn erwiderte, sah ich Stolz in ihren Augen. »Geben Sie uns bitte Bescheid, wenn Sie Näheres wissen, königliche Hoheit«, sagte Mutter schließlich. »Wir werden alles zur Zufriedenheit Ihrer Sportler herrichten.«

»Davon bin ich überzeugt«, sagte Bertil und hob sein Glas mit Aquavit. »Auf den Löwenhof und die Familie Lejongård!«

»Auf den Löwenhof!«, tönte es von allen Seiten zurück.

Als das Fest ein wenig fortgeschritten war und der Abend heraufdämmerte, zog ich mich zurück, um einen kleinen Spaziergang zu machen. Mein Kopf schwirrte. Heute Morgen noch war ich davon ausgegangen, dass es eine einfache, fröhliche Feier werden würde und dass ich Jonas Carinsson, so er kommen würde, mal etwas anderes als seine Art von Partys zeigen könnte. Und jetzt waren wir dabei, zu einem der Trainingsorte für Olympia ernannt zu werden.

»Hier sind Sie!«, sagte eine Stimme, begleitet von einem Knacken.

Ich blieb stehen und wandte mich zur Seite. Carinsson kämpfte sich durchs Gestrüpp, offenbar hatte er versucht, eine Abkürzung zu nehmen. »Passen Sie auf, dass Sie sich nicht das Hemd zerreißen«, warnte ich ihn. »Abseits der Wege kann es gefährlich werden.«

»Meinen Sie? Na, dann bin ich froh, dass ich Sie gefunden habe. Sie kennen sich hier ja sicher aus, nicht wahr?«

»Ein wenig«, gab ich zurück, dann lächelte ich. »Das war eine große Überraschung, die Sie uns bereitet haben. Vielen Dank.«

»Ach.« Carinsson winkte ab. »Das war doch gar nichts. Der Prinz brauchte mal ein wenig Abwechslung, und da war ich zur Stelle.«

»Ein wenig Abwechslung?«, fragte ich. »Und was ist mit dem Vorschlag, die Olympioniken hier trainieren zu lassen? Ich glaube nicht, dass Prinz Bertil da eine Abwechslung im Sinn hatte.«

»Wenn man es genau nimmt, schon«, sagte Carinsson. »Die Olympioniken hierherzuschicken ist eine Abwechslung.«

»Das war nicht seine Idee, nicht wahr?«

»Offiziell schon. Aber ich muss zugeben, dass ich ein wenig mitgewirkt habe.«

»Wusste ich es doch!«, sagte ich.

»Allerdings stimmt es, was der Prinz gesagt hat. Sie haben bei den beiden Veranstaltungen, zu denen Sie mich begleitet haben, wirklich einen sehr guten Eindruck hinterlassen. Die Leute sind beeindruckt von Ihnen und Ihren Plänen.« Er machte eine kurze Pause, dann fügte er hinzu: »Eines Tages werden Sie die Herrin vom Löwenhof sein. Und mittlerweile glaube ich, dass dieses Gut schon bald wieder aus den roten Zahlen heraus ist.«

»Weil ich auf Sie gehört habe?«

»Nein, weil Sie den Mut hatten, zu mir zu kommen.« Carinsson musterte mich einen Augenblick lang, dann fragte er: »Fräulein Lejongård, wir arbeiten jetzt schon eine Weile zusammen, und ich glaube, wir verstehen uns recht gut.«

»Das tun wir«, gab ich zurück, und ein seltsames Kribbeln durchzog mich. Carinsson verband alles immer mit vielen Worten, aber irgendwie gefiel mir das.

»Würden Sie mir erlauben, Sie Solveig zu nennen? Als Gegenleistung könnte ich Ihnen anbieten, mich Jonas zu nennen.«

»Wie der Bursche in dem Wal?«

»Ich weiß nicht, ob meine Mutter gerade die Bibel im Sinn hatte, als sie im Kreißsaal war. Aber mir persönlich gefällt mein Vorname.«

Meine Wangen begannen zu feuern, als hätte ich zu viel Aquavit getrunken. »Also gut«, sagte ich schließlich. »Nennen Sie mich Solveig.«

»Wirklich? Keine Diskussionen oder Nachdenken darüber?«

»Nein, diesmal bin ich mir ziemlich sicher.«

Wir lächelten uns zu, dann griff er nach meiner Hand. »Und wie sieht es mit einem Du aus? Nachdem ich Sie mit meinem Einfall, den Prinzen mitzubringen, schon beeindruckt habe, wäre das doch vielleicht auch nicht schlecht, oder?«

»Herr Carinsson ... ich meine, Jonas«, sagte ich und stockte. Noch stärker als damals auf dem Balkon des Palais spürte ich seinen Wunsch, mir näherzukommen.

»Ja?«, fragte er. »Bin ich vielleicht zu dreist?«

»Nein, ich ... Es ist nur ...« Warum zögerte ich? Sören war jetzt schon über zwei Jahre tot! Auch wenn ich sein Bild immer wieder betrachtete, spürte ich, dass meine Trauer längst nicht mehr so groß war wie damals. Ich predigte meinen Eltern und meiner Großmutter, dass wir vorangehen und eine neue Zukunft finden mussten. Und jetzt stand ich hier mit einem Mann, dem mein Wohl und das meiner Familie am Herzen lagen. Und da konnte ich nicht einmal ein Du annehmen?

»Wissen Sie, Sie müssen das nicht tun«, sagte Carinsson ein wenig verschnupft. »Wir können auch beim Sie bleiben. Immerhin sind wir Kollegen, nicht wahr?«

»Nein, Jonas, ich ... Sie dürfen ruhig Du zu mir sagen. Ich meine, wir kennen uns ja schon ein Weilchen.«

»Wirklich?« Seine Miene hellte sich ein wenig auf. »Ist es Ihnen wirklich recht, oder sagen Sie das nur, um mich nicht zu enttäuschen?«

»Es ist mir recht, ehrlich. Ich habe nur wegen meines Verlobten gezögert.« Es fühlte sich ein wenig merkwürdig an, das so zu sagen. Und im nächsten Augenblick wurde mir klar, wie die Worte auf Jonas wirken konnten. »Des verstorbenen

Verlobten«, fügte ich hinzu. »Ich habe Ihnen ... dir die Geschichte erzählt.«

Jonas nickte. »Ja, das hast du. Ich hoffe, dieser Kerl wusste zu schätzen, was er an dir hatte. Solche Treue über den Tod hinaus ist mir bisher sehr selten begegnet. Ich glaube, meine Mutter hätte meinem Vater derart die Treue gehalten, aber sonst fällt mir niemand ein.«

Er hielt meine Hand noch eine Weile und sah mich an. Seine Wärme verwirrte mich. Ein Kribbeln zog durch meinen Bauch, diesmal viel stärker noch als damals auf dem Balkon. »Eigentlich ist es doch Brauch«, sagte er dann, »ein Du mit einem Kuss zu besiegeln, oder nicht?«

»Wenn man mit irgendwas anstößt, schon.«

»Nun, ich habe eigentlich schon genug Aquavit intus und würde sehr gern gleich zu dem Kuss übergehen.« Er lächelte mich an, und vielleicht lag es daran, dass ich ebenfalls viel Aquavit getrunken hatte. Jedenfalls bewegte ich mich auf ihn zu, und als er das bemerkte, zog er mich sanft an sich. Unsere Lippen trafen sich, nicht besonders leidenschaftlich, eher züchtig, und doch war da ein Prickeln in der Berührung, die durch meinen gesamten Körper zog.

Ich lehnte mich gegen seine Brust, und seine Arme umfingen mich. Unser Kuss wurde inniger und leidenschaftlicher. Ein wenig wartete ich auf irgendeine Reaktion meines Verstandes, doch Sören blieb mir fern. In diesem Augenblick war ich froh darüber.

»Wenn ich gewusst hätte, dass ich einen Prinzen mitbringen muss, damit du mich küsst ...«, sagte er, als wir uns wieder voneinander lösten.

»Ich hätte dich ganz sicher auch ohne Prinzen geküsst.« Meine Wangen glühten, und meine Knie wurden weich. Ich war froh, dass er mich weiterhin festhielt. »Bitte verzeih mir, dass ich gezögert habe. Ich … Es fiel mir so schwer, ihn loszulassen. Er war meine erste große Liebe.«

Jonas zog mich an sich. »Ich kann das verstehen. So etwas geht sehr tief.« Er küsste mich erneut und streichelte meine Wangen. »Du bist eine wunderbare Frau, weißt du das? Solch eine Treue gegenüber einem Mann ist bemerkenswert. Ich hoffe, ich bin eines Tages genauso würdig wie …«

»Sören. Sein Name war Sören.« Es war merkwürdig, seinen Namen auszusprechen, aber es fühlte sich richtig an. Es war, als hätte ich seiner Bitte aus dem Traum stattgegeben. »Und das bist du. Ich wusste es schon seit einer Weile, aber ich musste bereit sein, mich von seinem Bild zu lösen.«

Jonas nickte und hielt mich noch ein bisschen.

»Und, was meinst du, sollen wir Arm in Arm zum Fest zurückkehren?«, fragte er dann mit einem schelmischen Lächeln.

»Lass es uns langsam angehen. Meine Mutter ist noch immer schockiert vom Auftauchen des Prinzen, da wollen wir sie nicht weiter aufregen.« Ich streichelte über seine Brust. »Sei mir nicht böse. Ich würde es gern noch ein Weilchen geheim halten.«

»In Ordnung«, sagte er. »Wir lassen uns Zeit.«

Wieder küsste er mich, und ich spürte deutlich sein Begehren. Ich fühlte es auch, mein Herz begann zu rasen. Am liebsten hätte ich mich mit ihm ins Gras sinken lassen.

»Kehren wir zurück, oder wollen wir noch ein wenig spazieren gehen?«, fragte er.

Ich griff nach seiner Hand. »Gehen wir ein Stück.«

»Und wenn uns jemand sieht?«

»Hände halten ist doch nicht verboten, oder?« Lächelnd zog ich ihn mit mir.

An diesem Abend nahm ich ihn mit auf mein Zimmer. Auf Zehenspitzen schlichen wir über den Teppich und verschwanden dann hinter der Tür. Was die Bekanntgabe unserer Beziehung anging, würden wir uns Zeit lassen, aber was die brennende Begierde unserer Körper betraf, gab es keinen Grund, ihr nicht sofort nachzugeben.

Wir zogen uns gegenseitig aus, erkundeten uns vorsichtig und spielerisch, und als wir uns schließlich vereinten, war es für mich, als würde die Mauer, die ich um mich herum aufgebaut hatte, zu Staub zerfallen. Ich gab mich ganz in seine Arme, und er liebte mich vorsichtig, obwohl da nichts war, worauf er Rücksicht nehmen musste. Ich wollte ihn voll und ganz, das war mir nun klar, und als wir kurz nacheinander den Höhepunkt erreichten, wusste ich, dass mir diese Nacht für immer im Gedächtnis bleiben würde.

Danach lagen wir eng aneinandergeschmiegt und betrachteten den Raum aus dieser neuen Perspektive.

»Die Dekoration der Wände ist sehr interessant«, bemerkte Jonas, während er seinen Daumen um meinen Bauchnabel kreisen ließ. »Habt ihr sie bemalen lassen?«

»Einer der Flüchtlinge aus Norwegen hatte Motivwalzen in seinem Gepäck«, erzählte ich. »Aus Dankbarkeit, dass wir ihn aufgenommen haben, hat er dieses Zimmer gestaltet.«

»Sehr schön«, sagte Jonas. »Es ist schade, dass solch eine Art der Raumgestaltung in Vergessenheit geraten ist.«

»Wirklich? Wo du doch sonst alles magst, was modern ist.«

»Das stimmt, aber ich habe eine Schwäche für kunstvolle Dinge. Wenn es so weit ist, werde ich jemanden für dich finden, der dein Zimmer wieder in einen Märchenwald verwandelt. Die Wände erinnern mich ein wenig an die Rosenhecken in ›Dornröschen‹.«

So hatte ich das noch nie gesehen. »Tatsächlich?«, fragte ich. »Ich habe es immer für Blumenranken gehalten.«

»Es sind Blumenranken. Aber wenn man genau schaut, erkennt man die Dornen dazwischen. Es ist ein Kunstwerk für sich.«

Ich blickte ihn an. »Dann bin ich froh, dass du gekommen bist und mich wach geküsst hast. In vielerlei Hinsicht.«

»Und ich bin froh, dass ich mich entschieden habe, Roscoe zu begleiten. Eigentlich hatte ich keine Lust dazu, aber einem alten Freund konnte ich es nicht abschlagen.« Er umschlang meine Taille und zog mich an sich.

»Es war gut, dass du ihn begleitet hast. Auch wenn ich dich im ersten Moment überhaupt nicht leiden konnte. Ich glaube, ich war noch nicht bereit für die Wahrheit.«

»Ich gebe zu, dass ich netter hätte sein können. Ich wusste da nur noch nicht …« Er stockte.

»Dass dies hier aus uns werden könnte?« Es hörte sich seltsam an. Was war aus uns geworden? Wir hatten uns geküsst und miteinander geschlafen. Wenn man den Studenten glaubte, die überall auf die Straße gingen und demonstrierten, bedeutete das noch nichts.

»Ja. Ich hätte nie gedacht, dass ich dein Herz gewinnen könnte.«

Hatte er mein Herz gewonnen? Ich wusste es nicht. Ich wusste nur, dass es sich gut anfühlte, bei ihm zu liegen. Dass es sich gut anfühlte, ihn zu küssen und ihn zu lieben.

22. Kapitel

Die folgenden Monate verbrachte ich wie auf Wolken. In meinem Bauch flatterten Tausende Schmetterlinge, besonders dann, wenn Jonas mich anrief. Unter der Woche telefonierten wir viel, und an mindestens zwei oder drei Wochenenden im Monat sahen wir uns. Dennoch war jedes Mal, wenn ich seine Stimme hörte, so, als wäre es das erste Mal. Obendrein beflügelte mich die Vorbereitung auf das Olympia-Training. Es war noch viel zu tun, bis die Sportler zu uns kommen konnten, aber wir waren sicher, dass wir es schaffen würden.

Im Frühjahr 1970 erhielt ich von Kitty eine Einladung zur Kindstaufe. Ihre Arbeit hatte sie fürs Erste aufgegeben, aber das schien sie nicht sehr zu bekümmern. Wenn sie mich anrief, klagte sie lediglich darüber, dass die Schwangerschaft ihr nicht nur die Figur ruiniere, sondern auch Elefantenfüße verschaffe. Doch das war vergessen, als ich sie, Marten und die kleine Frieda besuchte. Die Taufe wurde im familiären Rahmen gehalten und war wunderschön. Natürlich fragte mich Kitty, wann es denn bei mir so weit sein würde. Als sie von Jonas hörte, griff sie nach meinen Händen und drückte sie. »Diesmal wird es gut gehen«, sagte sie. »Ich habe es im Gefühl. Du wirst dein Glück finden!«

Mein Optimismus schien auch Großmutter zu beflügeln. Voller Elan machte sie sich ans Werk, die Vergangenheit hinter sich zu lassen. Zu meiner Überraschung begann sie, Onkel Ingmars Zimmer auszuräumen und seine Besitztümer in Kisten zu verstauen. Sie teilte ein, was auf den Dachboden sollte und was wir eventuell verkaufen konnten. Ingmar war kein Mann gewesen, der Wert auf Luxusgüter legte. Allerdings hatte er viele Bildbände über das Fliegen besessen. Die Modelle, die er gebaut hatte, waren allesamt kleine Kunstwerke. Eines davon, das erste, das er je angefertigt hatte, fand seinen Platz in der Bibliothek, doch mehr wollte Agneta in den Wohnräumen nicht behalten.

Die Tapete, die sie für den Raum aussuchte, war überraschend modern und bunt. Wir holten ihre alte Staffelei vom Dachboden herunter, und ich besorgte aus Kristianstad Leinwände und Farben. Möglicherweise würde Großmutter in Gedanken bei Ingmar sein, wenn sie diesen Raum aufsuchte, aber sie würde dabei etwas tun, was sie liebte, anstatt immerfort in die Vergangenheit zu schauen.

Mit der Umgestaltung des Raumes schien auch eine Wandlung im Haus selbst vor sich zu gehen. Es schien, als wäre der dunkle Schleier, der über dem Löwenhof gehangen hatte, endlich verschwunden. Jetzt konnte das Glück hier einziehen.

Am Tag der Ankunft der Olympioniken Ende Juni war unser Haushalt in hellem Aufruhr. Die Mädchen, die wir als Aushilfen angestellt hatten, verhielten sich, als würde der König persönlich erscheinen. Ständig steckten sie die Köpfe zusammen und tuschelten. Einmal bekam ich mit, dass sie sich über das Aussehen der mitreisenden Männer austauschten.

Wussten sie nicht, dass hauptsächlich Frauen kommen würden? Die Dressurmannschaft bestand sogar ausschließlich aus Frauen – allen voran Maud von Rosen.

Großmutter hatte sichtlich Bedenken gehabt, als ich ihr von dem Zusammentreffen auf der Party erzählt hatte. Doch ich war hoffnungsvoll. Maud war eine freundliche Frau, ganz anders als ihr Großvater. Ich war gespannt, wie sich ihr Aufenthalt bei uns gestalten würde.

Da es Großmutter bei der Wärme nicht besonders gut ging, hielt sie sich viel im Salon auf, der eine recht angenehme Temperatur hatte. Sie lag inmitten der riesigen Pflanzen auf einer Chaiselongue, die Vater mithilfe der Stallburschen nach unten getragen hatte. In ihrem halblangen blaugrünen Kleid wirkte sie wie eine Königin.

»Na, sind unsere Gäste schon eingetroffen?«, fragte sie.

»Bisher noch nicht, aber ich denke, es wird jede Minute so weit sein.«

»Du hast es weit gebracht innerhalb dieses Jahres.«

»Ohne die Hilfe von Jonas wäre das nicht möglich gewesen.«

»Wie es aussieht, tut dir der Bursche wirklich gut.«

»Ach, Mormor«, versuchte ich abzuwiegeln, doch ihr konnte ich nichts vormachen. Sie wusste, dass sich unsere Beziehung vertiefte. Immerhin waren wir jetzt schon fast ein Jahr zusammen.

»Ich sehe ja, wie du strahlst.«

»Wir … ich …«, stammelte ich. »Es läuft sehr gut mit uns.«

»Gut genug, um bald zu heiraten?«

Ich spürte, dass ich rot wurde. »Was das angeht, haben wir uns noch keine weiteren Gedanken gemacht. Wir genießen einander einfach und sehen dann, was kommt.«

»Das ist schön«, sagte Großmutter und griff nach meiner Hand. »Aber sei bitte trotzdem vorsichtig.«

»Wieso?«

»Weil manchmal hinter dem besten Mann ein Geheimnis stecken kann, das einem das ganze Leben durcheinanderwirbelt. Lernt euch richtig kennen, ja?«

Ich runzelte verwundert die Stirn. »Wie meinst du das?«

»Nun, ich hatte in meinem Leben zwei Männer, bei denen ich auch glaubte, dass sie die Liebe meines Lebens wären. Ich dachte tatsächlich an Heirat. Der eine hat mich fallen lassen, und der andere ... Er war nicht der, der er zu sein vorgab. Und er hat mein Leben auch noch auf eine andere Weise beeinflusst, wie du weißt.«

Ich nickte. Mutter hatte mir irgendwann einmal erzählt, dass Magnus und Ingmar nicht von Lennard waren. Dass dies der Grund gewesen war, warum Magnus sich ganz von seiner Mutter entfernt hatte.

Das Hupen eines Transporters unterbrach uns. »Das müssen sie sein!«, sagte ich. »Ich werde dann mal rausgehen und sie in Empfang nehmen.«

»In diesen Hosen?«, fragte Großmutter und deutete auf die Jeans, die Kitty mir von einer Reise aus Amerika geschickt hatte.

»Die Gäste werden es aushalten. Sie sollen uns doch modern finden, nicht wahr?« Ich gab ihr einen Kuss auf die Stirn und eilte davon.

Die erste Olympionikin war Ulla Håkansson, deren Liebe zu ihrem Pferd Ajax beinahe schon legendär war. Als der Transporter zum Stehen gekommen war, schritt ich die Treppe hinunter.

Ulla Håkansson entstieg der Kanzel des Transporters, was

379

ich ein wenig ungewöhnlich fand. Sie trug rustikale Stiefel, eine Latzhose und ein grobes Hemd. Ihre Haare versteckte sie unter einem bunten Kopftuch. Es passte zu den Geschichten über sie, dass sie ihr Pferd nicht gern allein ließ.

»Freut mich, Sie begrüßen zu dürfen, Frau Håkansson«, sagte ich und reichte ihr die Hand. »Ich hoffe, Sie hatten eine angenehme Anreise.«

»Danke, es war nur wenig Verkehr, wenngleich die Strecke schon beträchtlich war. Ich freue mich, hier zu sein, Ihr Gut ist ja wirklich idyllisch.«

»Das ist sehr freundlich von Ihnen. Wir hoffen, Sie werden alles finden, was Sie für das Training Ihres Pferdes brauchen. Ich habe schon so viel über Ajax gehört.« Jonas hatte mir den Tipp gegeben, viel von ihrem Pferd zu sprechen. Die Entscheidung darüber, wer ihr sympathisch war, traf sie nach dem Interesse für ihren Lieblingshengst.

»Nun, dann wird es wohl Zeit, dass ich ihn Ihnen vorstelle.« Sie wandte sich um und gab dem Fahrer ein Zeichen. Der Mann stieg aus, ließ sich kurz von mir begrüßen und folgte uns zur Laderampe. Als er die Türen öffnete, strömte uns Heu- und Pferdeduft entgegen.

Ajax war ein reines Schwedisches Warmblut mit dunkelbraunem Fell und weißen Abzeichen an den Beinen sowie einer breiten Blesse am Kopf. Seine Muskeln zeichneten sich definiert unter dem glänzenden Fell ab. Von der Erscheinung her konnte er es sogar mit unserem Sonnenkönig aufnehmen.

Neben Ajax hatte Ulla noch ein zweites Pferd dabei. Sollte Ajax irgendetwas zustoßen, das eine Teilnahme am Wettbewerb verhinderte, würde das andere einspringen müssen. »Allerdings nur im äußersten Notfall«, betonte Ulla, während sie den Hals von Ajax tätschelte.

»Wollen wir uns den Stall ansehen?«, fragte ich, worauf sie nickte. Stolz führte ich sie in den Neubau, der wesentlich besser klimatisiert war als die alten Ställe. Ulla wirkte dennoch ein wenig enttäuscht.

»Ich dachte, wir würden die Pferde in den alten Ställen unterbringen. Sie wirken so romantisch. Man glaubt fast, dass sich auf dem Heuboden die Stallburschen tummeln.«

»Wir haben die neuen Ställe ausgewählt, weil wir Ihren Tieren die beste Atmosphäre bieten wollen. Die alten Ställe sind romantisch, da stimme ich Ihnen zu, aber die Belüftung ist hier wesentlich besser. Unsere eigenen Pferde sind das gewohnt, aber die müssen vorerst auch noch keine Höchstleistungen bringen.«

»Dennoch würde ich gern einen Blick hineinwerfen, wenn Sie erlauben.«

»Natürlich. Ich zeige Ihnen die Ställe gern. Außerdem können Sie sich auf dem Gelände frei bewegen und überall hineinschauen, wo eine Tür offen steht.«

Wenig später erschienen die Damen von der Dressur, wobei Maud von Rosen bereits ihr Reiterkostüm trug, als wollte sie sofort mit dem Training beginnen. Doch ich spürte, dass ihr Aufzug einen anderen Sinn hatte. Sie wollte allen zeigen, dass sie der Star des Trainings war. Bescheidenheit war noch nie eine Stärke der von Rosens gewesen. Ihr Pferd trug den klangvollen Namen Lucky Boy.

Ninna Swaab folgte ihr nur wenig später. Eigentlich war sie in Kopenhagen geboren, doch sie lebte schon eine ganze Weile in Schweden und ritt für den hiesigen Reitverband. Sie war ein wenig lockerer und nicht so offensichtlich auf den Sieg versessen wie Maud von Rosen. Ihr Pferd trug den Namen Casanova, das zweite hieß Caspar. Außerdem hatte sie zwei Männer mitgebracht, die sie als »Berufsreiter« vorstellte und die dafür zuständig waren, die Pferde vor der Dressur einzureiten.

Ich war mir dessen nicht bewusst gewesen und hatte immer geglaubt, dass die Pferde von den jeweiligen Reiterinnen warmgeritten wurden. Die Männer machten einen ziemlich sympathischen Eindruck, und ich war sicher, dass sie auch unseren Mädchen gefallen würden.

Während die Pferde aus dem Wagen geführt wurden, kam Maud zu mir. »Ich würde gern mit Ihrer Großmutter sprechen«, sagte sie und wirkte dabei seltsam nervös. »Es wäre mir wichtig.«

»Aber natürlich«, gab ich zurück. »Ich frage sie gleich einmal. Da ihre Gesundheit etwas angeschlagen ist, geht sie derzeit nicht viel raus, aber sie wird sich freuen, Ihre Bekanntschaft zu machen.«

»Danke.«

Ich bedeutete ihr mitzukommen und war gespannt, wie diese Begegnung verlaufen würde. Vor dem Salon bat ich Maud, einen Moment zu warten.

Vorsichtig öffnete ich die Salontür und ging zu der Chaiselongue. Großmutter sortierte einen Satz Spielkarten. Früher einmal hatte sie für das »Glücksspiel«, wie sie es nannte, nur wenig übrig gehabt. Das war Sache der männlichen Bewohner des Hauses gewesen, eine Tradition, die nicht mehr fortgeführt wurde, seit sie die Leitung des Hofes übernommen hatte. Doch seit sie im Krankenhaus gewesen war, ertappte ich sie hin und wieder mit einem Päckchen Karten. Was genau sie damit anstellte, wusste ich nicht. Meist sah ich, wie sie sie sortierte, nach Werten und nach Farben.

»Großmutter, hättest du einen Moment Zeit?«, fragte ich und hockte mich neben sie auf das Möbelstück, dessen Polster unter meinem Gewicht ein wenig knarzten.

»Für dich immer, mein Schatz«, antwortete sie und raffte die Karten zusammen, beinahe ein bisschen beschämt, als hätte ich sie bei einer intimen Handlung gestört.

»Maud von Rosen ist angekommen. Sie würde dich gern sprechen.« Großmutter sah mich an, ohne eine Miene zu verziehen, und sagte nichts darauf. Das verunsicherte mich ein wenig, also plapperte ich weiter. »Ich weiß nicht, was sie will, aber es schien ihr wichtig zu sein.«

»Es ist eigentlich schon freundlich genug von mir, sie in meinem Haus zu beherbergen, nachdem ihr Großvater dafür gesorgt hatte, dass wir uns in dieser Misere befinden.«

»Mormor, das kannst du so nicht sagen. Die aufgekündigten Lieferverträge sind nicht allein schuld daran, dass es wirtschaftlich bergab ging. Wir hätten schon viel eher modernisieren und Kontakt zum Reitsport aufnehmen müssen. Die Zeiten der Kavalleriepferde waren lange vorbei.«

Großmutter presste die Lippen zusammen.

»Hör mal, Mormor«, sagte ich leise und griff nach ihren Händen. »Es ist nur ein Gespräch. Wer weiß, vielleicht will sie ja geraderücken, was zwischen unseren Familien schiefhängt. Tu mir den Gefallen, und rede mit ihr.«

Großmutter überlegte noch einen Moment lang, dann nickte sie. »Vielleicht ist es gut, am Ende seines Lebens noch ein paar Sachen zu bereinigen«, sagte sie dann.

»Ach, Mormor, das Ende deines Lebens ist das noch lange nicht.«

»Das hoffe ich«, entgegnete sie mit einem feinen Lächeln. »Aber dennoch halte ich es für angebracht, Dinge aus der

Welt zu schaffen, bevor der Tag kommt. Du hast recht, ich sollte mit dieser Frau reden. Wer weiß, ob ich noch einmal die Gelegenheit erhalte, mit einer von Rosen zu sprechen.«

Ich nickte und erhob mich. »Ich sage ihr Bescheid.«

Als ich mit Maud von Rosen zurückkehrte, stand Großmutter vor der Chaiselongue. Ihr Körper war gespannt, und ihre Augen blitzten. Sie gab sich keine Mühe, freundlich oder untertänig zu wirken. Sie wollte Maud zeigen, dass eine Gleichrangige vor ihr stand.

»Gräfin Lejongård«, sagte Maud und machte einen Knicks vor Großmutter. Das hätte sie eigentlich nicht tun müssen, Adelige knicksten nur vor dem König.

»Fräulein von Rosen«, gab Großmutter mit einer kleinen Verbeugung zurück und reichte ihr die Hand. »Meine Enkelin sagte mir, dass Sie mich sprechen möchten.«

»So ist es, und ich freue mich, dass Sie mir die Gelegenheit geben.«

»Hätten Sie etwas dagegen, wenn Solveig bei dem Gespräch anwesend ist?«

»Oh, ich kann auch draußen warten«, sagte ich, denn ich wollte nur ungern Zeugin eines Streits werden.

»Nein, lassen Sie nur, Sie können genauso gut hören, was ich zu sagen habe«, sagte Maud.

»Bitte, nehmen Sie Platz«, sagte Großmutter und deutete auf die Stühle jenseits des Tisches, während sie sich wieder auf die Chaiselongue niederließ. »Hatten Sie eine angenehme Reise?«

»Ja, sehr angenehm. Und ich freue mich sehr, dass ich an diesem wunderbaren Ort sein darf. Ich habe vieles darüber gehört.«

»Ihr Großvater hat sicher von den Jagden berichtet, an denen er teilgenommen hat.« Großmutters Worte brachten meinen Magen zum Kribbeln. Würde es zum Konflikt kommen?

»Ja, das hat er.« Maud von Rosen machte eine kleine Pause, dann fuhr sie fort: »Wir alle haben so unsere Geschichten, nicht wahr? Und leider ist nicht alles so gelaufen, wie es sich jeder von uns gewünscht hätte.«

Ich bemerkte, dass Großmutter sich weiter anspannte. Ihr Blick lag nun unverwandt auf Mauds Gesicht.

»Ich weiß, dass mein Großvater Ihnen Schaden zugefügt hat. Seine ... Ideologie ...«

»Sie meinen seine Sympathie für die Nazis«, sagte Großmutter, deutlich um Ruhe bemüht.

Maud neigte den Kopf. »Wenn Sie es so nennen wollen. Ja, seine Sympathie für die nationalsozialistischen Ideen hat ihn zu der Annahme verleitet, dass es ein Zeichen von Schwäche sei, Hitler nicht zu unterstützen. Diese Meinung hatte er auch vom König, als dieser sich weigerte, in den Krieg einzutreten.«

»Nur hat er es dem König gegenüber nicht erwähnt, nicht wahr? Und er hat auch nicht dafür gesorgt, dass er vom Thron gestoßen wurde.«

»Nein, natürlich nicht«, gab Maud zurück. »Ich weiß, worauf Sie hinauswollen. Und Sie haben recht. Mein Großvater glaubte, dass der Löwenhof nicht stark genug für die Anforderungen einer neuen Welt sei.«

»Einer Welt, die er sich ausgemalt hat, die aber so niemals existierte. Zum Glück.«

»Das ist richtig«, sagte Maud von Rosen. »Und glauben Sie mir, ich bin froh darüber, dass sich seine Ansichten in Schweden nicht durchgesetzt haben. Nichtsdestotrotz ist dadurch ein Schaden entstanden, der nicht so leicht wieder ausgeglichen werden konnte.«

»Besser gesagt, es hat sich niemand die Mühe gemacht, ihn auszugleichen, nachdem Ihr Großvater gestorben ist.«

Maud nickte zerknirscht. »Ja, so ist es. Nach dem Krieg entwickelte sich alles so rasant, und nach dem Tod des Königs ...«

»Man hat uns vergessen. Ihre Familie stellte nicht mehr den Hofstallmeister, doch der neue Mann in diesem Amt wusste nichts mehr von den Lejongårds und dem jahrhundertealten Band zwischen den Bernadottes und uns.«

Maud schwieg betreten. Sie konnte nichts für das, was ihr Großvater getan hatte. Und was er damit in Gang gesetzt hatte.

»Es tut mir von ganzem Herzen leid«, sagte Maud schließlich. »Und ich möchte mich bei Ihnen für das Unrecht entschuldigen, das meine Familie der Ihren angetan hat.«

Großmutter ließ sich ein wenig Zeit mit der Antwort. Nicht, weil es ihr Spaß machte, sondern weil ein paar Worte möglicherweise nicht reichten, um den Ärger der vergangenen Jahrzehnte wettzumachen.

»Es ist sehr anständig von Ihnen, zu mir zu kommen«, begann sie schließlich. »All die Jahre habe ich mich gefragt, wann man den Fehler, der begangen wurde, einsehen würde. Jetzt stehe ich am Ende meines Lebens.« Sie blickte Maud lange an, dann fuhr sie fort. »Ich kann nichts gegen das tun, was geschehen ist, doch vor einigen Monaten haben das Königshaus und wir wieder begonnen, Beziehungen zu knüpfen. Sie sind ein Teil davon, denn Prinz Bertil hat sich gewünscht, dass Sie und Ihre Kolleginnen hier trainieren dürfen. Wir erfüllen diesen Wunsch mit Freude. Und ich nehme Ihre Entschuldigung an.«

Maud atmete erleichtert auf. »Ich danke Ihnen.«

Fast erwartete ich, dass Großmutter ihr Pardon an eine Bedingung knüpfen würde. Aber was sollte sie fordern? Dass sich die von Rosens von unseren Angelegenheiten fernhielten? Möglicherweise würden wir durch sie an neue Geschäftspartner kommen. Das schien auch Großmutter zu denken, und deshalb schwieg sie.

»Ich wünschte, ich könnte Ihnen die Lieferverträge zurückgeben«, sagte Maud ein wenig verlegen. »Aber ich bin nur eine Dressurreiterin. Der Einfluss unserer Familie reicht nicht mehr so weit.«

»Ich würde lügen, wenn ich behauptete, dass die Lieferverträge nicht wichtig seien«, entgegnete Großmutter. »Aber wie mir meine Enkelin klargemacht hat, ist es heutzutage ratsam, nach neuen Wegen zu suchen. Ich hoffe, Sie verleben eine gute Zeit hier. Früher hatten wir die Königsfamilie zu Gast, jetzt ist es uns eine Freude, Sie und Ihre Kolleginnen und Kollegen zu beherbergen. Lassen Sie es uns wissen, falls Sie etwas brauchen.«

Mit diesen Worten erhob sich Großmutter wieder. Ich sah ihr an, wie sehr sie das Gespräch angestrengt hatte. Dennoch reichte sie Maud mit festem Blick die Hand und signalisierte ihr so, dass sie jetzt allein sein wollte.

»Ich danke Ihnen, Gräfin«, sagte Maud und erwiderte ihren Händedruck. »Ich würde mich freuen, wenn wir erneut miteinander sprechen könnten.«

»Das werden wir mit Sicherheit. Sie werden ja eine Weile bleiben, nehme ich an.«

»Natürlich.«

Die beiden lächelten sich an, dann begleitete ich Maud zur Tür.

»Ich danke Ihnen«, sagte ich, als wir durch das Foyer zur Treppe schritten. »Die Sache mit Ihrem Großvater war meiner Großmutter sehr wichtig.«

»Ich weiß. Und ich kann mir den Ärger vorstellen, den er ihr verursacht hat. Großvater hat nur selten über seine Zeit als Stallmeister gesprochen. Darauf, die Lejongårds aus der Gunst des Königshauses vertrieben zu haben, war er allerdings stolz. Er war der Meinung, dass das Gut niemals unter die Herrschaft einer Frau hätte kommen dürfen und dass Ihr Großvater ein Schwächling gewesen sei.«

Auch wenn sie damit nur die Meinung des alten von Rosen wiedergab, spürte ich, wie mich diese Worte aufbrachten. Was hatte sich dieser Kerl dabei gedacht?

»Wie jedes Kind liebe ich meinen Großvater«, fuhr sie fort, »aber mit manchen seiner Ansichten komme ich gar nicht zurecht. Dazu gehört auch seine Meinung über Ihre Familie.«

»Wer hat den Liefervertrag eigentlich erhalten?«, fragte ich.

»Einer seiner Freunde natürlich. Dadurch ist die Sache doppelt verwerflich. Und dass der König nichts dazu sagte, zeigt, dass sich Großvater immerhin nicht in ihm geirrt hatte. Er war schwach. Einen ehemaligen Verbündeten fallen zu lassen zeugt nicht gerade von Charakter.«

»Nun, wir waren immer der Ansicht, dass Ihr Großvater eigenmächtig gehandelt hat.«

Maud schüttelte den Kopf. »Nein, das hat er nicht, und teilweise hat sich der König von dem ideologischen Gerede meines Großvaters anstecken lassen. Glücklicherweise endete der unselige Krieg rechtzeitig. Hätte er noch länger angehalten, wer weiß, vielleicht wären wir dann auch zum Kriegsschauplatz geworden.«

Mauds Worte verfolgten mich, während ich sie zu ihrer Unterkunft brachte.

»Da wären wir«, sagte ich schließlich, als wir im östlichen Flügel des Hauses angekommen waren. »Die Räume wurden früher als Gästezimmer genutzt.« Ich öffnete die Tür. Das Zimmer wirkte wie in alten Zeiten, allerdings hatten wir für moderne Kissen, Decken und Bettzeug gesorgt, damit sich die Gäste nicht wie in einem Museum fühlten.

»Hat mein Großvater hier übernachtet?«, fragte sie und blickte sich im Raum um. Wir hatten einen Teil des alten Anstrichs belassen, damit man eine Idee davon bekam, wie es früher einmal hier ausgesehen hatte.

»Nein, nicht in diesem Zimmer, jedenfalls, wenn sich meine Großmutter richtig erinnert. Aber hier haben schon viele hohe Herren ihr Haupt auf die Kissen gebettet.«

»Ein Gespensterproblem haben Sie hoffentlich nicht.« Maud hob eine Augenbraue.

»Nun, hin und wieder geistern ein paar schonische Rebellen aus dem 17. Jahrhundert herum und nehmen das Haus unter Beschuss, aber sonst ist es hier sehr ruhig.«

Wir sahen uns an und brachen dann in Gelächter aus.

In den folgenden Stunden erschienen auch die Vielseitigkeitsreiter, unter ihnen Jan Jönsson, ein hochgewachsener, äußerst attraktiver Mann mit markanten Gesichtszügen, der den Dienstmädchen sicher reichlich Gesprächsstoff liefern würde. Auch ich musste zugeben, dass er sehr anziehend wirkte. Wäre er vor Jonas in mein Leben getreten, wer weiß …

Ich begrüßte die Männer und ließ sie von den Mädchen

auf ihre Zimmer führen. Kurz darauf kam einer der Trainer auf mich zu. »Wir benötigen eine passende Querfeldeinstrecke, wären Sie so freundlich, uns ein wenig die Gegend zu zeigen?«

»Mit dem größten Vergnügen«, antwortete ich.

Nachdem ich mich vergewissert hatte, dass auch die Männer gut untergebracht waren, machte ich mich mit dem Trainer auf den Weg. Dazu nahmen wir Pferde aus unserem Stall, und mein Begleiter zeigte sich beeindruckt.

»Es ist wirklich ein Jammer, dass man bisher noch keines dieser wunderbaren Tiere auf irgendeinem Turnier gesehen hat. Sie sind herrlich gezogen, sehr wendig und stark. Genau das, was man für unsere Equipe brauchen würde.«

»Leider sind unsere Pferde auf Ihre Bedürfnisse nicht trainiert«, sagte ich.

»Das macht nichts. Das könnte man ihnen beibringen. Ihre Wendigkeit im Gelände weckt jedenfalls Hoffnungen. Ich werde Herrn Jönsson fragen, ob er nicht eine Trainingsrunde auf einem Ihrer Pferde absolvieren möchte. Er ist unser bester Reiter, und ich könnte mir vorstellen, dass es eine passende Herausforderung für ihn ist. Außerdem könnte er so feststellen, ob eines Ihrer Pferde für ihn zu gebrauchen wäre.«

Die Worte brachten mein Innerstes zum Flirren. Wenn Jönsson eines unserer Pferde kaufte, wäre das ein großer Schritt vorwärts. Andere Reiter würden von uns erfahren. Andere Trainer ebenso und möglicherweise auch die Presse. Es würde natürlich eine Weile dauern, bis das Pferd trainiert war, aber eines Tages nahm er es vielleicht zu einer Meisterschaft mit. Oder zu den Olympischen Spielen.

»Fräulein Lejongård?«, riss mich die Stimme des Trainers aus meinen Träumen.

»Ja, oh, verzeihen Sie mir, ich habe gerade überlegt, welches Pferd am besten für Herrn Jönsson geeignet wäre.«

»Nun, das sollten wir ihm überlassen. Er hat ein Auge dafür. Das Pferd, auf dem ich sitze ...«

»Windsbraut«, nannte ich ihm den Namen der Stute.

»Sie ist wirklich sehr gängig und stark. Ich werde sie ihm ans Herz legen, aber möglicherweise möchte er einen Hengst.«

»Ich bin mir sicher, dass er auf unseren Weiden etwas Passendes finden wird«, sagte ich. »Und es wäre uns eine große Ehre.«

Wir ritten eine Weile durch das Gelände, bis wir zu einem Graben kamen, der genutzt wurde, um die Felder bei zu viel Regen zu entwässern.

»Der hier erscheint mir sehr geeignet für die Strecke.«

»Er ist allerdings auch gefährlich«, gab ich zu bedenken. Mutter hatte mir erzählt, dass Onkel Ingmar in diesen Graben gestürzt war, als er ihn mit seinem Pferd überspringen wollte. Allein schon der Gedanke daran ließ einen Schauer über meinen Rücken laufen. »Sehen Sie sich die Tiefe an. Wenn da jemand hineinstürzt?«

Der Trainer lachte. »Bei Wettbewerben gibt es manchmal wesentlich tiefere Gräben und auch höhere Hindernisse. Ich könnte mir eine Kombination aus der Hecke dort hinten und diesem Graben gut vorstellen. Die Herren sollen sich ein wenig anstrengen.«

Am Abend versammelten sich alle in unserem Garten. Wir saßen zusammen an einer großen Tafel, während über uns der Abend hereinbrach. Es war beinahe, als würden wir ein zweites Mittsommer feiern. Die Stimmung bei den Reitern war gut, es wurde viel gelacht, und mit vorrückender Stunde tauten auch die etwas zurückhaltenderen auf.

»Mein Ehemann glaubt, dass er mit der niederländischen Mannschaft weiter kommt«, erklärte Ninna Swaab, die mir anfangs eher ruhig und scheu erschienen war, redselig bei Tisch. »Er glaubt nicht, dass die schwedische Mannschaft imstande ist, eine Medaille zu holen.« Sie blickte zu ihren Mannschaftskolleginnen. »Wir werden ihm zeigen, dass er sich irrt, nicht wahr?«

»Nun, die Gründe deines Mannes sind nachvollziehbar«, erklärte Jan Jönsson. »Die Chancen stehen tatsächlich höher, innerhalb der niederländischen Mannschaft Karriere zu machen.«

»Und warum sitzt du dann an unserem Tisch?«, fragte Maud von Rosen provokativ.

»Weil ich annehme, einer der besten Reiter Schwedens zu sein. Außerdem würde ich niemals mein Land verraten.« Damit nahm er sein Glas und prostete Maud zu.

»Ich habe mir jedenfalls vorgenommen, meinen Mann im Wettkampf zu schlagen«, setzte Ninna hinzu. »Danach habe ich etwas, das ich ihm unter die Nase reiben kann, wenn er wieder der Meinung ist, etwas besser zu wissen als ich.«

Nach dem Essen kam Jönsson zu mir. »Nils hat mir erzählt, dass er Ihre Pferde für geländetauglich hält«, sagte er. »Dürfte ich Sie vielleicht für den morgigen Tag um eine Besichtigung Ihrer Stallungen bitten?«

»Aber sicher doch«, antwortete ich. »Allerdings verbleibt während des Sommers ein großer Teil der Herde auf der Weide. Nur unsere Reitpferde und trächtigen Stuten, bei denen es jeden Augenblick mit der Geburt losgehen kann, sind in den Ställen.«

»Ich würde mir gern alle Tiere ansehen. Es sei denn, sie stehen nicht zum Verkauf.«

»Viele tun es«, gab ich zurück. »Allerdings sollten Sie die Pferde erst einmal ausprobieren, ob sie für Ihre Zwecke taugen. Wenn wir sie reiten, finden wir sie ganz ordentlich, aber jemand wie Sie hat natürlich andere Ansprüche.«

Jönsson lächelte. »Das ist wohl wahr. Aber ich bin sicher, dass wir die eine oder andere Perle finden.« Er blickte mich einen Moment lang an, dann fragte er: »Wie wäre es, wenn wir beide einen kleinen Ausritt machten?«

»Morgen nach dem Frühstück?«, fragte ich zurück.

»Einverstanden«, sagte Jönsson. »Ich freue mich!«

»Wir treffen uns in der Halle. Gute Nacht!«

Als ich in meinem Zimmer war, pochte mein Herz wie wild. Die ganze Zeit über hatte ich mich den Annäherungen der Männer verschlossen. Als hätten sie das bemerkt, hatte auch niemand gewagt, sich um mich zu bemühen. Jetzt hatte ich eine Beziehung mit Jonas begonnen. Und prompt stürzte mich dieser Jönsson in Verwirrung. Was war nur los mit mir?

Ich ließ mich auf die Bettkante sinken. Mein Blick wanderte zur Schublade meines Nachtschrankes, in der ich das Bild von Sören wusste. Dieses wollte ich nicht anrühren. Ein Bild von Jonas besaß ich nicht. Nichts, woran ich mich während unseres Getrenntseins festhalten konnte. Aber brauchte ich das denn? Alles hier ringsherum atmete seinen Geist, seine Ideen. Ohne ihn wäre ich nicht so weit gekommen.

Entschlossen erhob ich mich und trat vor den Spiegel. Die Frau, die mich ansah, war nicht mehr die junge Studentin, die sich von Männern leicht beeindrucken ließ. Sie war die Herrin des Gutes. Sie bestimmte hier. Sie bestimmte auch, welcher Mann ihr nahekommen durfte und welcher nicht.

Jönsson war ein vorüberziehender Gast, nichts weiter. Ich würde meine Beziehung mit Jonas nicht für ihn aufs Spiel setzen.

Vogelgezwitscher tönte laut über den Hof und begleitete meine Schritte über die knirschenden Kiesel. Ich war schon sehr früh wach gewesen, nachdem mich meine Gedanken bis in den Schlaf verfolgt hatten. Doch nun fühlte ich mich wach und klar. Stolz brannte in meiner Brust, als ich die Transporter betrachtete, die neben den neuen Ställen parkten. Alles wirkte so groß und weitläufig und vor allem modern. Und es würde in den kommenden Jahren noch viel besser werden.

Noch war die Pferdeklinik ein Traum, aber wenn ich meinen Blick schweifen ließ, wusste ich genau, wo ich sie bauen würde. Den Platz hatten wir bei unseren Planungen freigelassen. Während ich ihn ansah, entstand vor meinem geistigen Auge ein zweistöckiges Gebäude, das ein Mittelding war zwischen Modernität und alter Bauweise. Möglicherweise konnte man im oberen Teil sogar eine Wohnung einrichten für den Fall, dass ein weiterer Veterinär notwendig wurde. Auch Wohnraum für die Pfleger konnte gebaut werden, denn ohne Personal ging es in einer Tierklinik nicht.

Ich lächelte versonnen in mich hinein, dann betrat ich unseren alten Stall, wo die Reitpferde standen. Unsere Stallburschen hatten alles gut auf Vordermann gebracht, dennoch war es nicht zu übersehen, dass wir ihn eines Tages nur noch dazu würden benutzen können, um Pferde abzusondern, die sich von Krankheit erholen mussten. Die neue Anlage, in der momentan nur die Pferde der Gäste standen, würde auch wegen der besseren Sicherheitsmaßnahmen wesentlich geeigneter sein, unsere kostbaren Tiere zu beherbergen. So hatten wir einen Mechanismus einbauen lassen, durch den sich bei Gefahr nicht nur die Außentür öffnen ließ, sondern auch die Boxen entriegelt wurden, damit die Tiere flüchten konnten. Es war eine ganz neue Idee, die auch Jonas gut gefallen hatte.

Ich überlegte kurz, welches der Pferde ich heute bei dem Ausflug reiten sollte, und entschied mich für einen isabellfarbenen Hengst, den ich bisher nur selten geritten hatte, der aber wunderbar lief.

»Und ich dachte schon, ich bin zu früh«, sagte Jönsson hinter mir. Ich wandte mich um und sah ihn am Stalltor stehen.

»Sie sind schon wach?«, fragte ich.

»In neuen Umgebungen brauche ich eine Weile, um gut und lange schlafen zu können«, antwortete er und trat näher. »Vermutlich wird es mir so auch im olympischen Dorf gehen.«

»Ich könnte mir vorstellen, dass das für das Training nicht besonders förderlich ist.«

»Ist es nicht, und der Teamarzt wird sehr unzufrieden mit mir sein.« Er ließ seinen Blick über die Boxen schweifen. »Sie haben wunderbare Pferde.«

»Das hier sind unsere Reit- und Zuchtpferde, mit denen wir in den nächsten Tagen und Wochen zu arbeiten gedenken«, antwortete ich, froh darüber, dass er jetzt über Pferde und nicht über Betten reden wollte. Er hatte eigentlich nichts Anzügliches von sich gegeben, aber der Gedanke von ihm im Bett machte mich irgendwie nervös. »Alle anderen sind draußen auf der Weide.«

»Die weniger wertvollen Tiere?«, wollte er wissen.

»Die Nutzpferde und auch ein paar ältere Tiere, von denen wir wissen, dass wir für sie keinen Käufer mehr finden.«

»Erhalten denn diese Pferde hier keinen Auslauf?«, fragte er weiter.

»Doch, aber auf einer gesonderten Weide. Wir trennen außerdem die Hengste von den Stuten, um die Zucht besser kontrollieren zu können.«

»Das heißt, die Pferde auf der Weide dürfen sich ungehindert paaren.« Er warf mir einen Blick zu, der das Kribbeln in meinem Unterleib verstärkte.

»Das dürfen sie, allerdings auch nicht unbegrenzt. Sonst haben wir in einem Jahr Dutzende Fohlen und müssen anbauen.«

Ich brachte ein wenig mehr Abstand zwischen mich und ihn, indem ich die Tür der Box öffnete. »Schauen Sie hier, das ist Miracle«, sagte ich. »Er ist einer unserer besten Zöglinge.«

»Ich hoffe, er macht seinem Namen alle Ehre.«

»Wir werden sehen«, gab ich zurück.

»Ich bin ein sehr geübter Reiter«, sagte er und kam wieder etwas näher. »Und ein sehr sanfter.«

Seine Hand legte sich auf meine. Ich verharrte einen Moment lang, dann atmete ich tief durch. Ich war Geschäftsfrau und nicht zum Vergnügen der Gäste da. Auch wenn ich zugeben musste, dass ich Jönsson sehr anziehend fand, war solch ein Verhalten unpassend.

»Hören Sie«, sagte ich und entzog ihm meine Hand. »Sie sind ein attraktiver Mann, aber mein Herz ist leider schon vergeben, und ich habe nicht vor, daran etwas zu ändern.«

Jönsson lächelte ertappt. »War ich so deutlich?«, fragte er dann.

»Überdeutlich«, antwortete ich. »Und es schmeichelt mir sehr, aber ich bin keine Frau, die sich gern auf Abenteuer dieser Art einlässt. Ich kann Ihnen ein gutes Geschäft anbieten. Und möglicherweise auch meine Freundschaft. Es kommt ganz darauf an, wie diese Woche verläuft.«

»Ich wollte Sie nicht beleidigen ...«, begann er.

»Das haben Sie nicht«, gab ich etwas milder zurück. »Aber ich habe auch das Recht, Ihnen deutlich zu sagen, was ich empfinde. Ich bin Geschäftsfrau und nicht auf der Suche nach einem Ehemann. Ich habe Ihnen den Ausflug vorgeschlagen, weil ich Ihnen die Strecke und meine Pferde zeigen möchte, zu nichts anderem. Ich hoffe, Sie können das akzeptieren.«

Ich sah ihm geradewegs in die Augen. Er wirkte verwirrt und auch ein wenig erschrocken, doch ich spürte, dass ich das Richtige getan hatte. Ein Mann wie er mochte es gewohnt sein, dass ihm die Frauen zu Füßen lagen. Doch ich wollte nur Jonas. Und ich würde die Beziehung zu ihm nicht aufs Spiel setzen.

»Dann bleibt mir wohl nichts anderes übrig?«, sagte Jönsson ein wenig bedauernd.

»So ist es. Sehen wir uns nach dem Frühstück?«

Jönsson nickte und wandte sich um. Als er fort war, atmete ich tief durch. Miracle streckte den Kopf zu mir und berührte mich an der Schulter, als spürte er, wie aufgewühlt ich war. Ich tätschelte ihm sanft den Hals und schloss dann die Box wieder.

Nach unserem Gespräch im Stall rechnete ich eigentlich nicht damit, dass Jönsson auftauchen würde. Möglicherweise hatte er sich ausgerechnet, dass wir den Ausritt mit einem Schäferstündchen krönen würden, aber den Zahn hatte ich ihm gezogen.

Dennoch ging ich in den Stall und holte Miracle aus seiner

Box. Er war wirklich ein prachtvolles Tier. Wenn Jönsson sich nicht für ihn interessierte, würde ich dafür sorgen, dass andere Reiter auf ihn aufmerksam wurden. Solch einen Rohdiamanten bekam man nicht alle Tage. Ich sattelte ihn und zäumte ihn sehr sorgfältig auf.

Als ich fertig war, hörte ich das Knirschen von Schritten. Jönsson erschien tatsächlich in Reitkleidung. In gebührendem Abstand zu mir machte er halt. Ich unterdrückte ein Lächeln.

»Wo ist Ihr Pferd?«, fragte ich.

»Ich dachte, ich könnte mir eines von Ihnen ausleihen. Vielleicht dieses Prachtstück hier.«

»Gern«, sagte ich und reichte ihm die Zügel. »Machen Sie sich miteinander bekannt, ich hole mir ein anderes.« Damit wandte ich mich um und ging in den Stall zurück, um einen der Hengste zu holen, denn Mira, meine alte Stute, würde mit ihrem Sohn Miracle nicht mehr mithalten können.

Als mein Pferd gesattelt war, führte ich es nach draußen. Dabei beobachtete ich, wie Miracle seine Nase bereitwillig in die Hand von Jönsson stupste. Das war ein gutes Zeichen und zeigte, dass Jönsson einen guten Draht zu Pferden hatte und jemand war, der sich auskannte.

»Wie ich sehe, haben Sie einen Freund gefunden«, sagte ich.

»Ja, er ist sehr zutraulich. Mal schauen, ob es so bleibt, wenn ich auf seinem Rücken sitze.« Damit schwang er sich in den Sattel.

Der Ritt verlief angenehmer, als ich es zunächst erwartet hatte. Jönsson war mir, was die Reittechnik anging, weitaus überlegen. Er ritt auf Miracle so leicht durch das Gelände, als hätten die beiden schon ewig miteinander trainiert. Als wir die große Pferdeweide erreichten, auf der gut hundert Pferde grasten oder im Schatten der Bäume lagen, zeigte er sich beeindruckt.

»Früher waren es noch viel mehr«, erklärte ich. »Zu Zeiten meines Großvaters hatten die Herden die doppelte Stärke. Aber Pferde werden im normalen Leben nicht mehr so gebraucht wie damals. Wir sind gezwungen, uns zu spezialisieren.«

»Ich denke, dass Ihre Pferde gute Chancen haben, im Sport groß herauszukommen. Es ist ein Jammer, dass ich nicht schon eher von Ihrem Gut gehört habe.«

»Lieber spät als nie, nicht wahr?«, sagte ich.

Jönsson sah mich an. »Ich beneide den Mann, dem Sie Ihr Herz geschenkt haben, wirklich.«

»Doch nicht nur wegen der Pferde.« Wollte er schon wieder anfangen, Süßholz zu raspeln?

»Nein, wegen der Art, wie Sie die Dinge anpacken. Ich bin fasziniert von willensstarken Frauen. Dass Sie eine sind, habe ich schon auf den ersten Blick gesehen.«

»Danke, das freut mich sehr.«

»Ich würde mich freuen, wenn Sie Miracle in meine Obhut geben würden. Für Wettkämpfe kann man ihn natürlich noch nicht einsetzen, er braucht erst Training. Aber ich könnte mir vorstellen, dass er in ein paar Jahren bereit ist, Furore zu machen.«

»Das klingt sehr gut«, gab ich zurück. »Reden wir doch nach der Rückkehr darüber – wenn Ihr Trainer Sie nicht allzu sehr in Beschlag nimmt.«

»Oh, das wird er auf jeden Fall, aber ich werde die Zeit finden.« Er machte eine Pause, dann sagte er: »Bitte verzeihen Sie mir die Sache von heute Morgen. Ich war nicht bei mir.«

Ich sah ihn an. »Es ist nichts passiert, was ich Ihnen verzeihen müsste«, erwiderte ich. »Wir haben darüber gesprochen, und damit ist die Sache für mich erledigt.«

23. Kapitel

Die Tage mit den Reitern vergingen wie im Flug. Wir hatten alle Hände voll zu tun, die Abläufe im Hintergrund zu organisieren und außerdem die Fotografen abzuwehren, die immer wieder versuchten, Bilder vom Training zu erhaschen. Doch die Reiter bekamen davon nichts mit. Sie waren versunken in ihrer Welt aus Training und Medaillenhoffnungen.

Glücklicherweise versuchte auch Jönsson nicht noch einmal, sich mir zu nähern. Ich spürte seine Blicke und wusste, dass er sich mit dem Angebot, Geschäfte mit mir zu machen und vielleicht meine Freundschaft zu erringen, noch nicht ganz abgefunden hatte. Aber es gab kaum Gelegenheit, allein zu sprechen, und bei Tisch saßen wir meist mit allen anderen Gästen. Was Miracle betraf, war er jedenfalls fest davon überzeugt, ihn zum Star kommender Wettbewerbe zu machen. Sein Trainer ging mit der Ansicht konform, und so war ich zuversichtlich, dass das Geschäft zwischen uns zustande kommen würde.

Mutter und Vater waren inzwischen wieder nach Ekberg abgereist, um dort nach dem Rechten zu schauen, also kam mehr Arbeit auf mich zu. Doch wenn ich zwischendurch etwas Luft hatte, schaute ich den Dressurreiterinnen zu. Ich war fasziniert von dem »Tanz«, den die Tiere aufführten. Ich hatte geglaubt, Pferde zu kennen, und ich wusste auch, dass sie sehr intelligent und gelehrig waren. Dennoch erschien es mir wie ein kleines Wunder zu sehen, wie die Pferde wie von allein den Schritt wechselten, zur Seite liefen, dann wieder Kapriolen ausführten.

Kurz vor Ende der Trainingszeit kam Jonas auf den Hof. Sein rotes Cabrio sorgte bei den Dienstmädchen für einiges Getuschel.

»Ich muss dir danken«, sagte ich, nachdem ich ihn begrüßt hatte.

»Wofür?«, fragte er.

»Dafür, dass du mir einen Grund gegeben hast, wieder zu träumen.«

»Tatsächlich? Dabei hast du die wirklich interessanten Seiten von mir noch nicht mal gesehen.« Angesichts seines unverschämten Lächelns wusste ich, was er meinte.

»Ich meinte die Pferde«, sagte ich. »Stell dir vor, Jönsson trägt sich mit dem Gedanken, eines oder zwei unserer Tiere zu kaufen. Der Trainer hat festgestellt, wie gut sie im Gelände sind, und denkt, dass sie schon in ein paar Jahren bei Turnieren starten könnten.«

»Das ist ja großartig!«, sagte Jonas und zog mich in seine Arme. »Allerdings solltest du dich vor Jönsson hüten. Er ist ein Frauenheld.«

»Das habe ich bereits bemerkt«, gab ich zurück.

»Wieso, hat er es bei dir versucht?«

»Er hat versucht, mir Avancen zu machen«, sagte ich. »Ich habe ihn aber sofort in die Schranken gewiesen und ihm erklärt, dass ich mein Herz schon vergeben habe. Und wie du weißt, vergebe ich mein Herz nicht leichtfertig.«

»Oh ja, das weiß ich.« Er küsste mich. »Du weißt gar nicht, wie glücklich mich das macht.«

An diesem Abend zogen Gewitterwolken auf. Kein Wunder nach der andauernden Hitze, die wir in den vergangenen Tagen erlebt hatten.

Ich drehte noch eine abschließende Runde über den Hof und kehrte dann ins Haus zurück. Oben erwartete mich Jonas. Er lag bereits im Bett. Offiziell war er im Gästezimmer mit dem Hummerbild untergebracht, denn auch wenn meine Eltern und Großmutter wussten, dass wir zusammen waren, wollten wir vor ihnen nicht unmoralisch wirken. In Wirklichkeit aber verbrachte Jonas die Nächte bei mir.

»Sieh an, Herrenbesuch«, sagte ich und schloss die Tür hinter mir. »Sie wissen aber doch hoffentlich, dass es gegen die Grundsätze der Moral verstößt, unbekleidet im Bett einer Frau zu warten.«

»Wer sagt denn, dass ich nackt bin?«, fragte er lächelnd, dann griff er zur Seite und holte ein kleines Tütchen hervor.

»Du hast Kondome dabei?«, fragte ich und knöpfte meine Bluse auf.

»Natürlich! Ich bin ein verantwortungsbewusster Mann!«

»Aber ich habe mir doch vor Kurzem die Pille verschreiben lassen.«

Ich hatte Mutter nichts davon erzählt, denn ich wusste, wie sie darüber dachte. Doch das neue Medikament gab den Frauen eine Freiheit, die frühere Generationen nicht kannten. Ich schlüpfte aus meiner Hose und kickte sie zur Seite.

»Weißt du, dass du mich ungemein anregst?«, fragte Jonas und schlug dann die Decke zurück.

Ich zog die Augenbrauen hoch. Meine Wirkung auf ihn

musste tatsächlich groß sein. Ich ging zu ihm und setzte mich rittlings auf seine Schenkel. Er erhob sich, umarmte mich und küsste mich dann leidenschaftlich. Ich spürte, wie er vor Erregung zitterte. Seine Hände wanderten nach unten, er streichelte mich, und als ich ihm erlaubte, in mich einzudringen, bewegten wir uns im Einklang miteinander, hielten uns, küssten und genossen uns. Ich stöhnte auf und spürte den Orgasmus bereits nahen, aber es gelang mir, mich noch ein wenig zu beherrschen. Ich ritt ihn langsam weiter und konnte dabei den Blick nicht von ihm lassen. Es war so wunderbar, ihn hier zu haben, so wunderbar, ihn zu spüren.

Als wir beinahe zeitgleich den Höhepunkt erreichten, schmiegte ich mich an ihn und küsste ihn.

Dann klopfte es an der Tür, und ich schreckte hoch. »Einen Moment!«, rief ich und warf mir meinen Morgenmantel über. Als ich öffnete, blickte ich in das Gesicht eines unserer Stalljungen, die im ehemaligen Dienstbotenquartier wohnten. Als er bemerkte, dass ich einen Morgenmantel trug, wurde er bis über beide Ohren rot.

»Entschuldigen Sie bitte, dass ich störe, aber es gibt ein Problem.«

»Was für ein Problem?«, fragte ich.

»Die Pferde sind ausgebrochen!«

»Welche Pferde?«, fragte ich, während die Panik durch meinen Körper peitschte.

»Die der Sportreiter. Ich ... ich habe keine Ahnung, wie das passieren konnte. Sie sind einfach durch die Tür, nachdem ein Ast bei ihnen aufs Dach gekracht ist.«

Ein Ast?, schoss es mir durch den Kopf. Die Sicherheitstüren!, war mein zweiter Gedanke. Wir hatten sie einbauen lassen, um den Pferden bei einem Feuer die Flucht zu ermög-

404

lichen. Sie waren mit einem Schalter versehen, den man von außen betätigen konnte. Hatte jemand die Pferde rausgelassen? Oder hatte der Schalter versagt?

»Du meine Güte!«, presste ich hervor. »Einen Moment, ich komme sofort.«

Der Stallbursche nickte und lief nach unten. Ich kehrte ins Schlafzimmer zurück und riss die Türen des Kleiderschranks auf.

»Was ist passiert?«, fragte Jonas, während er sich im Bett aufsetzte.

»Die Pferde sind aus dem neuen Stall entlaufen. Durch irgendwas müssen die neuen Sicherheitstüren aufgegangen sein.« Hastig sprang ich in eine Hose und warf einen Pullover über. Dass er kratzte, ignorierte ich. Mein Herz raste, und mir gingen all die Konsequenzen durch den Kopf, die uns erwarteten, wenn den kostbaren Tieren etwas passierte. Das Gut würde ruiniert sein!

»Ich komme mit dir und helfe suchen«, sagte Jonas, während er sich ebenfalls erhob. Ich war bereits an der Tür.

»Du kannst doch gar nicht reiten.«

»Aber ich habe ein Auto!« Rasch suchte er seine Kleider zusammen und zog sich an. »Geh schon mal vor, ich komme nach.«

»Ich habe Angst«, gestand ich und sah mich noch einmal nach Jonas um.

»Ich weiß«, entgegnete er. »Aber du wirst es schaffen. Ich bin gleich bei dir!«

Aus dem Fenster sah ich, dass sich unten sämtliche Stallburschen und Mitarbeiter der Reiter auf der Rotunde zusammengefunden hatten. Die meisten hatten bereits Pferde bei sich.

Im Foyer begegnete ich Maud von Rosen und Ninna Swaab. Ulla Håkansson und Jan Jönsson waren nirgendwo zu sehen, aber sicher würden sie auch gleich erscheinen. Die Reiterinnen waren kreidebleich.

»Was ist mit den Pferden?«, fragte Maud, die offenbar schon über das Geschehen informiert war. »Welcher Stall ist betroffen? Wir haben einen Knall gehört.«

Ich schüttelte den Kopf. »Ich werde mir gleich einen Überblick verschaffen«, versprach ich. »Bleiben Sie ruhig, und warten Sie am besten hier, ich möchte nicht, dass Ihnen etwas passiert.«

Die beiden Frauen nickten, und ich lief hinaus in den Regen. Blitze zuckten über den Himmel, und der Donner hallte laut von den Wänden des Herrenhauses wider.

»Wir müssen die Pferde suchen!«, rief ich den Männern zu. »Sie werden wahrscheinlich auf die Wiesen gelaufen sein, möglicherweise auch auf die Felder. Fahren Sie mit den Transportern so weit wie möglich heran, damit die Pferde gesammelt werden können. Geben Sie allerdings gut acht, damit Ihnen keines vor den Wagen gerät! Herr Bergmann wird die Aktion leiten. Ich komme gleich nach.«

Die Männer nickten, und der Stallmeister übernahm das Ruder. Er teilte die Gruppen ein, die sich wenig später auf die Suche machten. Ich lief derweil zu den Ställen. Um den Männern zu folgen, brauchte ich ein Pferd. Der Wind zerrte an meinen Kleidern, und Regen peitschte mir ins Gesicht. Noch immer flogen Blätter und kleines Geäst umher. Auf dem Weg zu unserem alten Stall kam ich auch an dem Neubau vorbei.

Die Bö, die den großen Ast von einem der Bäume abgerissen und zum Stalldach getragen hatte, musste gewaltig gewesen sein. Im Lichtschein der Hoflampen konnte ich erkennen, dass er den vorderen Teil des Daches getroffen hatte. Ich trat durch die Tür. Die Lampen schwankten ein wenig unter dem Luftzug, aber Schäden im Innern waren nicht zu erkennen. Der Stall war allerdings nicht komplett leer. Zwei Pferde standen noch in ihren Boxen, Lucky Boy und Ajax. Aus irgendeinem Grund hatte der Mechanismus die Türen ihrer Boxen nicht geöffnet. So froh ich im ersten Moment über diesen Anblick war, so wütend war ich auf die Technik. Wenn es wirklich zu einem Brand gekommen wäre, hätten diese Tiere es nicht geschafft. Doch ich war erleichtert, dass immerhin Mauds und Ullas wertvollste Pferde da waren. Ich tätschelte den beiden den Kopf, dann verließ ich den Stall wieder.

In unseren alten Stallungen hatten ein paar Pferde die Boxentüren beschädigt. Hier ähnliche Sicherungsmaßnahmen einzubauen wie nebenan würde sicher sinnvoll sein. Aber diesen Gedanken schob ich erst einmal beiseite. Wir hatten fünfundzwanzig flüchtige Pferde, die über die ganze Gegend verstreut sein konnten. Die Ländereien des Gutes waren zwar eingezäunt, aber Pferde in Panik konnten solche Hindernisse leicht überspringen.

»Hier bist du!«, hörte ich Jonas sagen. »Die Männer sind schon weg.«

»Sie kennen die Tiere und wissen, wo sie zu suchen haben.« Ich sah ihn an. »Kannst du dich hinter mir auf dem Sattel halten?«

»Nein, aber ich kann dir anbieten, mit dem Auto zu fahren.«

»Und wenn uns ein Pferd vor den Wagen läuft? Außerdem kannst du mit dem Cabrio nicht in unwegsames Gelände!«

»Das werden wir dann schon sehen. Immerhin werden wir schneller vor Ort sein, wenn es nötig ist. Und wegen der Pferde passe ich auf.« Er nahm meine Hand. »Los, wir schaffen das!«

Wenig später fuhren wir vom Hof.

Das Gewitter grollte noch immer, und hin und wieder zuckten Blitze über den Himmel, die die Landschaft in grelles Licht tauchten. Der Scheinwerfer des Wagens vertrieb die Dunkelheit, während ich versuchte, Ausschau nach Lichtern zu halten, die auf meine Leute hindeuteten. Nach einer Weile sahen wir den ersten Suchtrupp. Dieser hatte einige Pferde eingekreist und versuchte nun, sie einzufangen.

»Sie kommen zurecht«, sagte Jonas, nachdem wir kurz angehalten hatten. »Lass sie ihre Arbeit machen.«

Wir fuhren weiter, bis wir einen kleinen Seitenweg erreichten, der rechts vom Feld abging. An den Fähnchen erkannte ich, dass er zur Übungsstrecke der Vielseitigkeitsreiter gehörte. Wir folgten ihm eine Weile, ganz langsam, denn es war möglich, dass eines der verängstigten Tiere aus dem Gebüsch schoss.

»Da vorn!«, rief Jonas schließlich. Ich dachte zunächst, dass er ein Pferd gesehen hatte, doch dann entdeckte ich unsere Männer. Wir hielten an, und einer von ihnen kam mir entgegen und winkte aufgeregt.

Jonas brachte den Wagen zum Stehen, und ich sprang hinaus.

»Eines der Pferde ist in den Graben gestürzt«, berichtete der Stallbursche von Jönsson. »Wir brauchen einen Veterinär. Und die Feuerwehr.«

»Ich bin Tierärztin«, gab ich zurück.

Die Männer standen an beiden Seiten des Grabens und

leuchteten hinein. Ich hörte das hilflose Wiehern des gefangenen Tiers.

Jonas folgte mir zum Graben, der etwa zur Hälfte mit Wasser gefüllt war.

Eines der Ersatzpferde von Ninna Swaab lag dort, ich erkannte es deutlich an seiner grauen Färbung. Bei dem Anblick hätte ich vor Verzweiflung beinahe aufgeheult. Doch in diesem Augenblick musste ich den Kopf beisammenbehalten.

»Leuchten Sie!«, rief ich den Männern zu.

Ich kletterte den Graben hinunter und näherte mich langsam dem Pferd. Das Wasser war eiskalt und unangenehm, rasch saugten sich meine Kleider damit voll. Doch das machte mir nichts aus. Schlimmer war die Angst, die in meinem Bauch wühlte und mein Herz rasen ließ. Kopf und Hals des Tiers waren immerhin noch weit genug draußen, aber wenn sich der Graben weiter füllte, würde es womöglich ertrinken. Es musste sofort hier raus!

Ich hörte deutlich seinen Atem. Es schnaufte nervös. Als ich es berührte, zuckte es zusammen. Es versuchte, seine Beine zu bewegen, aber die Enge des Grabens verhinderte dies. Ängstlich wieherte es auf.

»Wir brauchen Seile und etwas zum Abpolstern!«, rief ich. »Wir müssen es vorsichtig aus dem Graben ziehen!«

Sofort kam Bewegung in die Männer. Zwei ritten los, um das Benötigte zu holen. Ich versuchte derweil, beruhigend auf das Pferd einzuwirken. Meine Gedanken rasten. Wenn nun seine Beine gebrochen waren oder es sich innerlich verletzt hatte … Was sollte ich dann tun? Doch unsere größte Sorge war es, dem Tier aus dem Graben zu helfen. Ich versuchte, meine Tränen zurückzuhalten. Was für ein Schlamassel!

Noch immer grollte das Gewitter. Es schien abzuziehen, aber der Wind war nach wie vor heftig. Vom Regen war nur noch feiner Niesel übrig geblieben, der unangenehm auf unsere Haut einstach. Meine Füße kribbelten, und mein Körper verlangte danach, diesem feuchten Loch zu entfliehen. Doch ich spürte, dass meine Nähe dem Pferd guttat.

»Ist alles in Ordnung bei dir?«, fragte Jonas von oben. »Soll ich mit runterkommen?«

»Nein, bleib ruhig da«, antwortete ich. »Das Pferd ist völlig verschreckt.«

»Kannst du sehen, ob es verletzt ist?«

»Nein, das geht erst, wenn wir es draußen haben.« Ich spürte Jonas' Hilflosigkeit. Ich fühlte sie ebenso. Aber in diesem Augenblick konnten wir nur warten.

Nach einer Zeitspanne, die mir wie eine Ewigkeit erschien, kamen meine Leute endlich zurück. Sie hatten Decken, Riemen und die geforderten Seile dabei.

»Macht die Riemen an den Seilen fest, dann legen wir sie dem Pferd unter den Bauch«, wies ich sie an und fragte dann: »Wie viele sind Sie da oben?«

»Zehn!«, tönte die Antwort durch das Donnergrollen.

»Das ist zu wenig«, rief ich zurück. »Wir brauchen noch ein paar Leute mehr, das Tier ist schwer.«

»Wir könnten die Pferde zu Hilfe nehmen!«, schlug einer der Berufsreiter vor. »Sie können mehr wegziehen als wir.«

»In Ordnung, dann bringen Sie sie in Stellung und die Männer ebenso.«

Ich wandte mich wieder dem Hengst zu. »Du bist gleich draußen, das verspreche ich dir«, wisperte ich ihm zu. Mir war klar, dass er mich nicht verstand, aber wenigstens war er nicht allein hier unten.

»Fräulein Lejongård, Sie sollten aus dem Wasser kommen!«, rief der Stallmeister, der jetzt ebenfalls hier eingetroffen war und am Rand des Grabens stand. »Ich kann hinuntersteigen.«

»Was ist mit den anderen Pferden?«

»Wir haben die, die zum Dorf gelaufen sind, gefunden. Und auch noch ein paar andere. Sie waren auf unseren Weiden, als hätten sie gewusst, dass dort ihre Artgenossen sind.«

»Also sind sie in Sicherheit.«

»Das kann man so sagen. Von dem anderen Trupp habe ich noch nichts gehört, aber ich glaube, das hier ist wichtiger. Soll ich Ihnen raushelfen?«

»Noch nicht«, sagte ich. »Das Pferd vertraut mir. Ich lege ihm die Gurte um und komme dann raus.«

Nachdem ich die Gurte um den Bauch des Hengstes geschlossen hatte, kletterte ich aus dem Graben. Jonas und Herr Bergmann halfen mir hinaus. Die Windböen, die durch meine feuchten Kleider pfiffen, brachten meine Zähne zum Klappern. Aber ich riss mich zusammen.

Sämtliche Männer stellten sich an den Seilen auf, während ich an den Graben trat, damit ich das Pferd gleich in Empfang nehmen konnte. Der Stallmeister gab den Männern das Kommando anzuziehen. Die Seile ächzten unter der Last, und das Pferd im Graben schnaubte beunruhigt. Es wäre besser gewesen, ihm ein Beruhigungsmittel zu geben, aber das hatte ich nicht zur Hand.

Das Pferd wieherte ängstlich, als es angehoben wurde. Ein schmatzendes Geräusch ertönte von unten. Wenig später sahen wir den Kopf des Hengstes auftauchen. Die Männer zogen weiter, während über ihnen der Donner grollte. Am Horizont leuchtete es hell auf, und der Sturm ließ die Bäume und das Gebüsch rascheln. Stöhnen ertönte, dann wieder Schnauben und Wiehern. Der Stallmeister führte nun persönlich die Leine, um den Kopf oben zu halten.

Minuten später erschien auch der restliche Körper. Das vormals graue Fell war jetzt dunkel vom Schlamm. Wasser tropfte von ihm herunter, und jetzt sah man, dass das Pferd vor Erschöpfung zitterte. Ich ging zu ihm, vorsichtig, doch das Pferd blieb liegen, schwer atmend. Ein böser Verdacht kam mir. Hatte es sich die Wirbelsäule verletzt?

Langsam kniete ich neben seinem Kopf nieder. »Schon gut«, redete ich leise auf den Hengst ein. »Ruh dich aus. Du kommst wieder in Ordnung.« So sanft wie möglich betastete ich seinen Hals. Im Scheinwerferlicht von Jonas' Wagen konnte ich nicht viel erkennen, aber es sah nicht so aus, als wäre das Genick betroffen. Das Pferd gab einen tiefen Laut von sich, beinahe ein Grunzen. Dann machte es plötzlich Anstalten, sich aufzusetzen. Ich wich zurück, als es den Kopf schüttelte. Ich fühlte mich ein wenig erleichtert, aber dass sich das Tier aufsetzte, bedeutete noch lange nicht, dass auch die Beine in Ordnung waren.

»Ruhig, ruhig«, redete ich auf den Hengst ein und strich über seinen Hals. Um das Maul hatte er immer noch das Halfter, das ich ihm angelegt hatte.

»Herr Bergmann, würden Sie bitte das Halfter halten?«, fragte ich und erhob mich langsam. »Wenn es aufsteht, will ich versuchen, es zu untersuchen.«

Der Stallmeister nickte. Während er die Leine nahm, erhob ich mich. »Möglicherweise hat es sich etwas gebrochen«, mutmaßte er. »Bei der Tiefe des Grabens.«

»Wir werden sehen«, gab ich zurück, denn ich wollte nichts beschreien.

Minuten verstrichen. Das Pferd atmete heftig. Ringsherum schien jeder der Anwesenden den Atem anzuhalten. Ich blickte zu Jonas, der zwischen den anderen Männern stand. Es mochte am Licht liegen, aber er wirkte etwas blass.

Nach einer Weile ging ein Ruck durch den Pferdekörper. Wir wichen zurück, als sich das Tier auf die Beine stellte. Diese zitterten noch ein wenig, doch sie wirkten stabil. Ich näherte mich dem Hengst vorsichtig, streichelte sein Fell und begann dann, behutsam seine Beine abzutasten. Die Knochen fühlten sich normal an, bei einem Bruch hätte es anders ausgesehen. Die Sehnen waren gespannt, und ein wenig zuckte das Pferd zusammen, als ich sie berührte.

»Führen Sie ihn bitte ein paar Schritte«, wies ich den Stallmeister an. Als er es tat, atmete ich auf: Die Beine schienen keine ernsthaften Verletzungen erlitten zu haben, denn der Hengst ging, als wäre nichts gewesen. Hier und da gab es ein paar Schrammen im Fell, und ich war sicher, dass er sich einige Prellungen geholt hatte. Aber es war vermutlich nichts, was die Karriere des Pferdes beendete.

»Bringen Sie ihn zurück in den Stall«, sagte ich zu dem Stallmeister. »Und reiben Sie ihn ab, bevor die Besitzerin ihn sieht.«

»Natürlich«, antwortete Bergmann und führte ihn zu dem Transporter, der etwas entfernt bereitstand.

Die Müdigkeit legte sich schwer über mich, als ich zu Jonas ging. Die anderen Männer wandten sich wieder den Pferden zu. »Wir sollten den Graben zuschütten lassen«, sagte ich zu Jonas. Ich fühlte mich schwach, und meine Kleidung klebte an meinem Körper. Der Wind war zwar nicht kalt, dennoch zitterte ich am ganzen Leib, vor Kälte, vor Verzweiflung, vor Kraftlosigkeit. Solch ein Unglück hatte es seit

413

dem Jahr 1913 nicht mehr gegeben. »Mutter hat erzählt, dass mein Onkel Ingmar dort hineingestürzt war, als er versuchte, ihn zu überspringen. Er ist viel zu breit für ein Pferd und zu tief.«

Jonas legte den Arm um mich. »Darüber kannst du morgen noch nachdenken. Lass uns erst mal nach Hause zurückkehren, du bist ja völlig durchgefroren.«

»Kannst du mir einen Gefallen tun?«, fragte ich.

»Jeden, den du willst.«

»Würdest du nach Kristianstad fahren und den Veterinär aus dem Bett klingeln? Ich habe oberflächlich nichts Gravierendes an Ninnas Pferd feststellen können, aber sie wird sicher auf einer Röntgenaufnahme bestehen. Frage ihn, ob er mit seinem mobilen Röntgengerät rauskommen könnte.«

»Das mache ich, wenn du mir sagst, um welchen Arzt es sich handelt.«

»Es ist Dr. Borlind, ich schreibe dir die Adresse auf.« Ich lehnte mich gegen ihn. »Alles hat so gut ausgesehen, und jetzt das. Wer weiß, ob die andere Gruppe alle Pferde einfangen konnte.«

»Ich bin sicher, dass sie es geschafft haben. Oder noch schaffen werden. Schau mal, das Gewitter ist abgezogen, und der Wind legt sich. Die Pferde beruhigen sich bestimmt bald wieder. Am Morgen sieht alles wieder besser aus.«

Ich wollte ihm gern glauben, doch ich fürchtete mich vor der Reaktion der Reiter. Dass Pferde ausbrachen, konnte passieren – nur durfte es nicht passieren, wenn man Gäste hatte.

»Sollen wir nachsehen, was die anderen machen?«, fragte Jonas und küsste mich.

»Nein, fahr du lieber zum Tierarzt.«

»Aber erst bringe ich dich nach Hause. So kannst du hier nicht rumlaufen.« Er deutete auf meine Kleidung, die mittlerweile etwas getrocknet, aber immer noch klamm war.

»In Ordnung«, sagte ich, gab den Männern noch ein paar Anweisungen und folgte ihm zum Auto.

Nachdem Jonas mich am Hof abgesetzt hatte, machte er sich auf den Weg. Ich winkte ihm nach und schleppte mich dann die Treppe hinauf. Innerlich wappnete ich mich gegen die Vorwürfe der Reiter. Ihre Pferde waren in Gefahr gebracht worden, und ich trug die Verantwortung dafür. Schlechtestenfalls standen wir damit wieder ganz am Anfang. Oder nein, noch schlimmer: Vorher hatten wir keinen Ruf zu verlieren gehabt, aber wenn wir jetzt in Verruf gerieten, würde alles noch schwieriger werden.

Im Foyer erwarteten mich die Dressurreiterinnen. Jönsson war etwas abseits bei den Ersten seiner Leute, die bereits zurück waren. Mit ihm würde ich nachher reden. Die Frauen trugen Hosen und Pullover, ihre Haare waren wirr. Als sie mich sahen, kamen sie auf mich zugestürzt. »Was ist mit den Pferden?«, fragten sie wie aus einem Mund. »Sind sie in Sicherheit?«

»Ja, aber eines Ihrer Pferde, Frau Swaab, ist in einen Graben gefallen.«

Ninna schlug erschrocken die Hand vor den Mund. »Welches?«, fragte sie ängstlich. »Ist es Casanova?«

»Nein, ein grauer Hengst.«

»Caspar!«, rief sie aus.

»Wir haben ihn vorsichtig aus dem Wasser gezogen, und bei meiner ersten Untersuchung konnte ich keine schwerwiegenden Verletzungen erkennen. Ein paar Kratzer und

Schürfwunden, mehr nicht. Der Graben hat Wasser geführt, das hat seinen Sturz gebremst.«

»Oh mein Gott!«, rief sie aus und begann zu schluchzen. »Er hätte ertrinken können!«

»Außer einem kleinen Schock geht es ihm gut«, sagte ich. »Herr Carinsson ist auf dem Weg, um meinen Kollegen aus Kristianstad zu holen. Er hat ein mobiles Röntgengerät. So können wir auf Nummer sicher gehen. Aber ich bin zuversichtlich, dass er keinen großen Schaden genommen hat.«

Ninna krümmte sich zusammen, dann begann sie, nervös auf und ab zu schreiten. Ich berichtete derweil, dass die anderen Pferde auf dem Weg zurück seien. Meine Stallburschen sowie das Personal der Reiter brachten die Tiere wieder in den Stall.

»Keine Sorge, es wird alles gut«, wandte ich mich noch einmal an Ninna. »Caspar hat Glück im Unglück gehabt.«

Ninna blieb stehen und schaute mich wütend an. »Wie konnte das nur passieren? Ich dachte, Ihre Stallungen sind sicher!«

»Das sind sie auch«, sagte ich. Ich spürte, wie aufgebracht sie war. Ihre Augen glühten förmlich.

»Ich fürchte, die Schuldige bin ich«, meldete sich Ulla Håkansson zu Wort. »Ich habe vor dem Schlafengehen noch einmal nach Ajax sehen wollen. Dabei habe ich wohl das Schloss nicht ganz einrasten lassen.«

»Ich glaube nicht, dass es Ihre Schuld war«, sagte ich. »Die Türen unserer Ställe haben einen speziellen Sicherheitsmechanismus. Wenn es zu einem Brand kommt, können wir die Boxen von außen entriegeln und den Pferden die Möglichkeit zur Flucht geben. Irgendwie muss der Schalter betätigt worden sein. Möglicherweise hat der Ast, der auf das

416

Dach niederging, auch etwas an dem Mechanismus beschädigt. Die Türen sind aufgesprungen, und die Tiere, die ohnehin schon durch das Gewitter und den Knall beunruhigt waren, haben das Weite gesucht.«

Ich machte eine kleine Pause, dann fügte ich an Ninna Swaab gewandt hinzu: »Ich werde unsere Versicherung anrufen. Sie wird für den Schaden an Ihrem Pferd aufkommen. Ich gehe aber davon aus, dass es keine Beeinträchtigungen erlitten hat.« Ich fühlte, wie die Müdigkeit schwer auf meine Schultern sank. Was für eine Nacht! »Übrigens sind Lucky Boy und Ajax nicht davongelaufen«, fuhr ich fort. »Die beiden standen noch seelenruhig im Stall.« Ich verschwieg ihnen, dass die Türen sich nicht geöffnet hatten, wie sie es eigentlich sollten. Dieses Problem würden wir beheben. Außerdem musste das Sicherheitskonzept noch einmal überdacht werden.

Maud und Ulla sahen sich verwundert an, doch dann huschte ein Lächeln über ihre Gesichter. »Sieht so aus, als wüssten sie, was sie an uns haben«, sagte Ulla. »Darf ich nach ihm sehen? Und den anderen?«

»Ja natürlich.« Ich wandte mich an Ninna. »Caspar ist mittlerweile auch hier, kommen Sie, wir schauen nach ihm.«

Auf dem Weg nach draußen wandte ich mich kurz an Jönsson, doch der war durch seine Männer bestens ins Bild gesetzt worden und nahm es glücklicherweise mit Humor. Beinahe alle Pferde waren mittlerweile zurück auf dem Gut. Als wir zum Stall gingen, wurde der letzte Transporter entladen. Ninnas Hengst stand wieder an seinem Platz. Die Stallburschen hatten ihn gründlich abgerieben, sodass er wirkte, als wäre nichts passiert.

Ninna trat zu ihm, barg ihren Kopf an seinem Hals und streichelte ihn. »Was machst du bloß für Sachen?«, fragte sie leise.

Auch Maud und Ulla gingen zu ihren Pferden. Ich war froh, die Tiere gesund zu sehen. Falls sie von ihrem kleinen Ausflug etwas derangiert gewesen waren, hatten die Stallburschen gleich dafür gesorgt, dass sie in einem guten Zustand in den Stall zurückgekehrt waren. Ich war stolz auf meine Leute.

Während sich Maud und Ulla schließlich ins Bett begaben, wartete ich mit Ninna auf Jonas und den Kollegen mit dem Röntgengerät. Wir saßen in dem Quartier, in dem früher einmal die Kutscher und Chauffeure gewohnt hatten, und versuchten, uns mit Kaffee wach zu halten. Viel redeten wir nicht. Ninna spielte möglicherweise in Gedanken durch, was alles hätte geschehen können.

»Eines Tages werde ich hier meine eigene Klinik errichten«, sagte ich, um die besorgte Reiterin ein wenig abzulenken. »Dann werden wir unsere eigene Röntgenanlage haben. Wir sind gerade dabei, das Gut zu erneuern, und ich wünschte mir, es würde schneller voranschreiten.«

Ninna nickte. »Eine eigene Klinik ist eine gute Idee«, sagte sie etwas kurz angebunden.

Ich seufzte und drehte den Kaffeebecher in der Hand. Das starke Getränk vertrieb die Müdigkeit aus meinem Kopf, aber nicht aus meinem Körper. »Ich mache mir große Vorwürfe«, gab ich dann zu. »Die Stalltüren hätten sich nicht öffnen sollen.«

»Das Unwetter war höhere Gewalt«, sagte Ninna. »Ein System, das Pferde in die Freiheit entlässt, wenn es brennt oder sonst ein Unglück passiert, ist eigentlich sehr gut.«

»Nur ist es störanfällig, wie wir gesehen haben.« Ich atmete tief durch. »Ich verspreche Ihnen, so etwas wird sich nie mehr ereignen.«

Ninna griff unvermittelt nach meinen Händen. »Sie haben das gut hinbekommen«, sagte sie. »In meinem eigenen Stall passieren manchmal auch Dinge, die keiner vorhersieht. Solche Situationen beherrscht man, oder man tut es nicht. Die Pferde sind alle wieder da. Und auch wenn ich immer noch ein wenig Sorge wegen Caspar habe, bin ich froh, dass nichts Schlimmeres passiert ist.«

»Danke, dass Sie das sagen«, erwiderte ich. »Aus jeder Erfahrung lernen wir, nicht wahr?«

Ninna nickte. »Das tun wir. Und sogar schlechte Erfahrungen sind etwas wert.«

Im nächsten Augenblick vernahm ich ein Brummen. Jonas fuhr vor, neben sich den Veterinär aus Kristianstad.

»Ich glaube, unser Warten hat ein Ende«, sagte ich zu Ninna. »Schauen wir, was der Kollege sagt.«

Dr. Borlind wirkte ein wenig aufgebracht, was ich durchaus verstehen konnte. »Ah, da ist ja die Gutsherrin. Sie haben Nerven, mich um diese Uhrzeit aus dem Bett zu jagen!«

»Entschuldigen Sie bitte, Dr. Borlind. Herr Carinsson hat Ihnen doch sicher von dem Vorfall auf dem Gut berichtet.«

»Das hat er. Und er war sehr … kompromisslos.« Er warf Jonas einen bösen Blick zu. Ich konnte mir vorstellen, dass er nicht lockergelassen hatte, bis der Arzt angezogen in der Tür erschienen war.

»Verzeihen Sie, aber wir hatten keine andere Wahl. Ein Pferd ist in den Graben gestürzt, und obwohl ich es gleich untersucht habe, halte ich es für besser, einen Röntgenbefund zu bekommen. Bei einem verunfallten Menschen würde man das ja auch tun, nicht wahr?«

»Das stimmt. Ich vergaß, Sie sind ja praktisch eine Kollegin«, brummte Borlind.

»Ja, aber eine ohne die entsprechende Ausrüstung. Und ich habe leider keine Röntgenaugen wie diese Superhelden aus den Comicheften.«

»Nun, dann schauen wir uns den Patienten mal an.«

Ninna und ich führten Borlind in den Stall, wo Caspar stand. Ich erläuterte ihm kurz, was ich untersucht haben wollte, und bat ihn um eine zweite Meinung.

Während Ninna anschließend auf die Bilder wartete, lief ich nach oben. Noch immer hatte ich es nicht geschafft, mich umzuziehen. Der Schmutz war auf der Haut getrocknet, und ich brauchte eine warme Dusche. Auf halbem Weg kam mir Großmutter entgegen, vollständig angezogen, denn für eine Lejongård gehörte es sich nicht, im Morgenmantel unter die Leute zu gehen.

»Was ist los?«, fragte sie. »Ihr wart alle weg. Die Frauen unten sagten mir, dass Pferde ausgebrochen seien.«

»Stimmt, sie waren ausgebrochen, aber wir haben sie wieder eingefangen.«

»Und wie geht es den Tieren? Ist eines zu Schaden gekommen?«

»Eines von Ninna Swaabs Pferden ist in den Graben am Feldrand gestürzt. Allerdings ist es wohl nicht so schlimm, ich habe es untersucht. Ein paar Schürfwunden, vielleicht Prellungen. Der Veterinär aus Kristianstad ist gerade da und röntgt das Tier zur Sicherheit.« Ich atmete tief durch. »Wir sollten darüber nachdenken, diesen Graben zuzuschütten oder anderweitig zu sichern.«

»Eigentlich fällt dort nie jemand rein«, erwiderte Großmutter.

»Bis auf Ingmar, weißt du nicht mehr? Mutter hat mir diese Geschichte erzählt.«

»Das stimmt. Aber er war übermütig.«

»Das Pferd hat den Graben im Dunkeln nicht gesehen. Auch wenn ich hoffe, dass wir solch einen Ausbruch niemals wieder haben werden, müssen wir Maßnahmen ergreifen.«

Großmutter nickte. »Du hast recht. Wir werden uns etwas ausdenken. Ist mit dir alles in Ordnung?«

Ich streckte die Arme aus. »Sehe ich nicht aus, als würde ich gleich auf einem Märchenball tanzen?«

Großmutter schmunzelte. »Geh dich duschen und umziehen. Sobald Frau Johannsen da ist, werde ich ihr helfen, das Frühstück zu machen.«

»Leg dich doch lieber wieder hin, Mormor. Ich glaube, die Leute brauchen erst einmal eine große Mütze Schlaf.«

»Ich fürchte, die kriege ich nach dieser Nacht nicht mehr. Aber gut, wenn du darauf bestehst, werde ich mich noch ein wenig hinlegen.«

Ich küsste Großmutter auf die Wange.

»Die Natur ist manchmal unser größter Feind«, sagte sie nachdenklich. »Einen Moment lang hatte ich Angst, dass es brennen könnte.«

»Zum Glück war es kein Feuer und auch nicht der Blitz. Es war ein großer Ast, der auf das Dach gekracht ist.«

Großmutter griff nach meiner Hand und drückte sie. »Bis nachher, Solveig«, sagte sie, und in ihren Augen sah ich Tränen schimmern. Ich wusste, dass sie wieder an damals dachte, als ein Feuer ihren Vater und ihren Bruder getötet hatte. Auch nach so vielen Jahren wurde man seine Ängste offenbar nicht los.

»Bis nachher, Mormor. Und mach dir keine Sorgen, alles wird gut.«

»Eigentlich habe ich das früher immer zu dir gesagt, wenn du dich vor einem Gewitter fürchtetest«, bemerkte sie lächelnd, dann wandte sie sich um.

Es tat gut, unter dem Wasserstrahl zu stehen und zu spüren, wie der Schmutz von meiner Haut herunterlief. Für einen Moment fühlte ich mich losgelöst von allen sorgenvollen Gedanken. Doch diese kehrten zu mir zurück, als ich wieder angezogen war und die Treppe hinunterging. Die Röntgenbilder waren mittlerweile wohl schon fertig.

Als ich den Stall betrat, sah ich, dass Dr. Borlind seine Ausrüstung einräumte.

»Der Bursche hatte großes Glück«, erklärte er. »Keine Brüche und auch keine angerissenen Sehnen. Ich würde ihn noch zwei bis drei Tage in Ruhe lassen, denn Pferde sind klug und vergessen einen Schreck nicht so einfach. Aber ich sehe keinen Grund, warum Sie ihn danach nicht wieder normal reiten sollten.«

Ninna atmete erleichtert auf. Auch ich fühlte mich etwas ruhiger. Jetzt kam es darauf an, was die Reiter von unserem Hof berichteten. Einerseits konnten sie kritisieren, dass unsere Stallanlagen nicht in Ordnung waren, andererseits konnten sie unser schnelles Eingreifen loben. Was es sein würde, musste sich zeigen.

Erleichtert entließ ich den Kollegen. Dann wünschte ich Ninna eine gute Nacht, obwohl nicht mehr viel davon übrig blieb, und machte mich auf zu einer letzten Runde über den Hof. Jonas schloss sich mir an.

»Das war sehr beeindruckend«, sagte er.

»Was?«, fragte ich.

»Du. Wie du die Sache angegangen bist.«

»Reden wir noch einmal darüber, wenn wir wissen, wie die Reiterinnen das alles aufgenommen haben.« Ich atmete tief durch. »Ich meine, wir haben die schwedischen Olympiateilnehmer hier, und die Pferde brechen aus. Das ist eine Katastrophe!«

»Die ihr schnell in den Griff bekommen habt.«

»Aber eines der Pferde ist in einen Graben gestürzt!«

»Das hätte genauso gut auch woanders passieren können. Ich glaube nicht, dass man dem Löwenhof daraus einen Strick dreht.«

»Dein Wort in Gottes Ohr«, sagte ich und lehnte mich an ihn. Jonas umarmte mich und barg meinen Kopf an seiner Schulter. »Es hätte noch viel schlimmer kommen können.«

»Richtig, das hätte es. Aber es ist nichts passiert. Das Schließsystem der Türen hat gezeigt, dass es funktioniert. Wäre jetzt ein Feuer ausgebrochen, hätten alle Pferde gerettet werden können.«

»Alle bis auf zwei«, entgegnete ich. »Zwei Türen sind nicht aufgesprungen. Hätte es wirklich gebrannt, wären Mauds Lucky Boy und Ullas Ajax in den Flammen umgekommen.« Ein Schauer überlief mich. »Ich darf gar nicht daran denken.«

»Es ist kein Feuer ausgebrochen«, sagte Jonas und strich über mein Haar. »Denk nicht an Dinge, die nicht passiert sind. Freue dich lieber, dass alles so glimpflich abgegangen ist.«

Ich schmiegte mich noch fester an ihn. Seine Wärme durchfloss mich, und ich wollte in diesem Augenblick nur in seinen Armen liegen und träumen.

Er küsste meinen Scheitel. »Gönn dir noch etwas Ruhe,

bevor der Tag wieder richtig beginnt. Ich werde Herrn Borlind zurück nach Kristianstad fahren.«

»Ich hoffe, er ist jetzt ein wenig umgänglicher.«

»Ach, das war er auch vorhin schon. Er mag laut tönen, aber im Grunde gefällt es ihm, wenn man ihn braucht. Es wird ihm weitaus weniger gefallen, wenn du eine eigene Pferdeklinik hier aufziehst.«

»Ich würde ihn jederzeit anstellen«, sagte ich. »Dann bräuchte ich wenigstens kein eigenes Röntgengerät zu kaufen.«

Wir küssten uns kurz, und Jonas verschwand mit dem mürrischen Tierarzt. Ich ging hoch in mein Zimmer, legte mich aufs Bett und versank innerhalb weniger Augenblicke im Reich der Träume.

Am Morgen fanden wir uns zum Abschied in der Halle ein. Großmutter wirkte ein wenig übernächtigt, doch ich hatte das Gefühl, dass sie von allen am frischesten aussah. Die Nacht steckte uns in den Knochen, aber die Verabschiedung fiel überraschend herzlich aus.

»Danke für die wunderbare Zeit«, sagte Ulla Håkansson, die offenbar von den anderen Reitern zur Sprecherin erkoren worden war. »Wir haben uns auf Ihrem Gut sehr wohlgefühlt. Wenn Sie es uns erlauben, werden wir in einigen Wochen oder Monaten wegen weiterer Trainingsaufenthalte an Sie herantreten.«

Das überraschte mich nach dem Tumult zunächst, doch dann wurde mir klar, dass wir tatsächlich in allem unser Können gezeigt hatten – sogar in einer Ausnahmesituation.

Bevor sie mit dem Verladen der Pferde begannen, unterhielt sich Maud von Rosen noch einmal mit Großmutter. Ich war diesmal nicht zugegen, doch ich hatte das Gefühl, dass ihr Verhältnis sehr entspannt war.

»Wie geht es Caspar?«, fragte ich Ninna Swaab, die als Erste mit dem Packen fertig war.

»Den Umständen entsprechend gut«, antwortete sie, immer noch ein wenig verhalten.

»Es tut mir wirklich leid, dass er das erleben musste.«

»Auch Dressurpferde folgen hin und wieder ihrer Natur. Aber er wird darüber hinwegkommen.« Sie rang sich ein Lächeln ab.

Wir sahen uns eine Weile an, dann fragte ich: »Darf ich Sie um etwas bitten?«

Ninna zog die Augenbrauen hoch. »Um was?«

»Dass Sie, wenn Sie doch Anlass für eine Schadenersatzforderung sehen, sich sofort an mich wenden«, sagte ich. »Mein Gut kann keine schlechte Publicity gebrauchen. Wenn ich Ihnen etwas zu begleichen habe, mache ich das gern.«

Ninna blickte mich eine Weile nachdenklich an. Dann sagte sie: »Ich muss zugeben, dass ich, als ich von Caspars Sturz hörte, einen Moment lang böse auf Sie war. Hätte er sich die Beine gebrochen, hätte ich Sie womöglich verklagt. Aber Sie haben sich so gut um ihn und die anderen Pferde gekümmert. Letztlich ist ihm nichts passiert. Von daher habe ich keinen Grund, Ihnen zu grollen. Sie haben ein wunderbares Gut und wunderbare Leute, die für Sie arbeiten. Das möchte ich Ihnen nicht verderben. Betrachten Sie die Sache als erledigt.«

»Das ist sehr großzügig von Ihnen!«

»Wissen Sie, was das Beste an dem Aufenthalt hier war?«, setzte sie hinzu. »Ich habe das Gefühl, dass Casanova hier große Fortschritte gemacht hat.«

Ich erinnerte mich an den hellbraunen Hengst. Auch ohne Ahnung vom Dressursport zu haben, war ich beeindruckt gewesen von seiner Eleganz.

Sie blickte zu den anderen Reiterinnen, die sich wieder vor dem Haus versammelt hatten. »Ich würde mich freuen, wenn ich Sie bei den Olympischen Spielen in München wiedersehen würde. Nach unserem Sieg.«

»Ich werde auf jeden Fall versuchen zu kommen. Und wenn das nicht klappt, bin ich am Fernsehgerät bei Ihnen.« Wir umarmten uns. »Alles Gute!«

»Ihnen auch«, entgegnete Ninna und ging dann zu den anderen.

Wenig später verließen die Transporter das Gelände. Die Reiterinnen und ihr Stab folgten ihnen. Als Letzter verließ Jönsson den Löwenhof, allerdings nicht, ohne mir seine Visitenkarte dazulassen. »Für den Fall, dass Sie sich in Stockholm einmal ein wenig einsam fühlen und Gesellschaft möchten«, setzte er hinzu. Ich dankte ihm, wusste aber gleichzeitig, dass ich dieses Angebot nicht annehmen würde. Mein Herz gehörte allein Jonas.

Als alles wieder still geworden war auf dem Löwenhof, ging ich zu dem Freigehege und lehnte mich an die Bande. Vor meinem geistigen Auge sah ich wieder Ulla Håkansson auf ihrem Ajax, der Pirouetten und Piaffen ausführte, ohne dass man die Einwirkung der Reiterin sah. Ulla war eine faszinierende Frau, und man nahm es ihr ab, dass Ajax die Dressuraufgaben aus Liebe zu ihr absolvierte. Maud ließ ihr Pferd vorher von einem Berufsreiter gefügig reiten, doch Ulla hatte das nicht nötig. Ihr Ajax war Teil ihrer Seele und Teil ihres Körpers.

Während ich die Reiterinnen beobachtet hatte, hatte ich mich immer wieder gefragt, was man mitbringen musste, um derart gut mit Pferden umgehen zu können. Würde es ein Pferd vom Löwenhof jemals schaffen, eine derartige Grazie zu erlangen? Konnten wir einen Reiter oder eine Reiterin gewinnen, die uns auf internationalen Turnieren vertrat?

Immerhin schien Herr Jönsson neben Miracle tatsächlich noch einige andere unserer Pferde für das Geländereiten kaufen zu wollen. Das war ein großer Erfolg für uns, aber dennoch nicht dasselbe wie die feinfühlige Dressur.

»Jetzt haben wir das Haus wieder für uns«, hörte ich Großmutter hinter mir sagen. Ich wandte mich um. »Es ist komisch, nicht? Als die Reiter hier waren, wirkte alles wesentlich lebendiger.«

»Ja«, antwortete ich. »Aber dennoch bin ich für etwas Ruhe dankbar.«

»Nun, möglicherweise wird das nicht mehr lange so bleiben.«

»Was meinst du damit?«

»Ich habe mit Maud geredet. Sie war sehr angetan von uns und hat versprochen, uns zu empfehlen. Nicht nur bei schwedischen, sondern auch bei ausländischen Reitern. Es gibt da ein paar Engländer, die Lust auf eine Ortsveränderung haben.«

»Das wäre wunderbar«, sagte ich. »Allerdings werden wir sehen müssen, ob sie sich an dieses Versprechen erinnert, wenn sie erst einmal zurück in Stockholm ist.«

»Das wird sie.« Ein feines Lächeln trat auf Großmutters Gesicht. »Sie kommt glücklicherweise nur im Aussehen nach ihrem Großvater.«

Ich nickte. Clarence von Rosen war mir nie persönlich begegnet, aber wenn man den Geschichten glaubte, stimmte Großmutters Aussage. Maud war eine willensstarke, aber auch sehr ehrliche und freundliche Person. Das hatte man vor allem in ihrem Umgang mit den Pferden gesehen.

»Ich frage mich, ob wir jemals an irgendwelchen Turnieren teilnehmen können«, sagte ich schließlich. »Ich meine, bei der Dressur. Denkst du, dass unsere Pferde geeignet sein könnten?«

»Warum denn nicht? Weil sie einer Blutlinie von Kavalleriepferden entstammen?«

»Jönsson meinte, die Pferde seien wie geschaffen für das Vielseitigkeitsreiten.«

»Das sind sie. Aber nur, wenn man ihnen diese Aufgabe gibt«, sagte Großmutter. »Ich bin nun wirklich nicht die Pferdeexpertin dieser Familie, mein Vater und auch mein Bruder hatten dafür wesentlich mehr Talent. Aber nach meiner Einschätzung könnte man unsere Pferde überall einsetzen. Dressur sollte bei ihrer Gefügigkeit kein Problem sein.«

Ich blickte auf die Spuren der Pferdehufe im Sand vor mir. Die Pferde vom Löwenhof bei Turnieren. Es würde ein weiter Weg werden, denn ein bekannter Dressurstall wurde man nicht über Nacht. Aber wir könnten es schaffen.

»Warum habt ihr euch eigentlich nie für den Sport interessiert?«, fragte ich. »Schon damals gab es doch Olympische Spiele. Und Turniere.«

Großmutter seufzte. »Wir haben die Möglichkeiten nicht erkannt. Wir waren immer nur Pferdezüchter und haben Pferde verkauft. Einige von ihnen sind auch auf Turnieren gelaufen. Bei Pferderennen oder beim Springreiten. Aber es waren keine bekannten Reiter, die sich der Tiere angenommen hatten. Wir haben es … als nicht so wichtig erachtet.

Ich weiß, das war ein Fehler. Und als es bergab ging mit dem Löwenhof, hatten wir nur noch damit zu tun, die Löcher zu stopfen.« Sie sah mich an. »Deine Mutter ist eine gute Geschäftsführerin, aber auch sie hat keinen wirklichen Hang zu den Pferden. Wäre sie auf dem Löwenhof groß geworden, wäre sie in ihre Rolle hineingewachsen, würde das anders aussehen. Die Welt deiner Mutter sind die Zahlen. Aber du bist anders. Du kommst von hier, kennst die Pferde, liebst sie. Ich bin sicher, dass du schaffen wirst, was Mathilda und mir nicht gelungen ist.«

»Ich hoffe es«, sagte ich.

»Nein, du wirst es«, sagte Großmutter und legte mir die Hand auf den Arm. »Ich weiß es. Und vielleicht wirst du aus unserem Gut etwas machen, was noch keinem Lejongård vor dir gelungen ist.«

Am Nachmittag hieß es auch Abschied nehmen von Jonas. Ich hätte ihn am liebsten nicht ziehen lassen, aber sein Büro und seine Termine verlangten nach ihm. Ich fragte mich, wie lange wir das wohl durchhalten würden. Manchmal betrübte es mich ein wenig, dass es so wenige Chancen für ein gemeinsames Leben gab. Dann lag ich wieder in seinen Armen, und alles schien so wunderbar, als müsste ich mir keine Gedanken machen. Aber eines Tages, das wusste ich, würde diese Frage aufkommen. Möglicherweise musste sich einer von uns schon bald entscheiden.

24. Kapitel

Während des gesamten Jahres konnten wir zusehen, wie der neue Löwenhof wuchs. Im April 1971 meldete sich ein Journalist bei uns, der in einer renommierten Zeitschrift für Reitsport gern über uns berichten wollte.

»Ist so was möglich?«, fragte Großmutter erstaunt, als ich ihr den Brief vorlas. Sie saß wieder an ihrer Staffelei in Ingmars ehemaligem Zimmer, vor sich ein Bild mit blassblauen Lilien. In letzter Zeit malte sie mit Vorliebe Blumen und schickte mich ab und zu los, ihr neue Anschauungsmodelle zu holen.

»Wie du siehst, schon«, antwortete ich. »Unsere Mühen zahlen sich aus. Wenn wir erst einmal in der Zeitschrift stehen, wird uns das ganze Land kennen. Na ja, zumindest die Leute, die sich für Pferdesport interessieren. Aber das ist doch auch schon was, oder nicht?«

Großmutter nickte und strich dann fast schon liebevoll über den Brief. »Wir müssen alles hübsch machen, wenn der Mann kommt«, sagte sie. »Ich möchte, dass wir uns von der besten Seite zeigen.«

»Das tun wir doch immer.« Ich legte meinen Arm um sie. In den vergangenen Wochen war es ihr nicht besonders gut gegangen. Ihr Körper schien immer schwächer zu werden, so als hätte er sich aufgebraucht. Wenn sie unterwegs war, dann nur noch sehr vorsichtig und mit Stock, denn sie hatte große Angst davor, zu fallen und sich die Hüfte zu brechen. An manchen Tagen schaffte sie es nicht, die Treppe hinunterzugehen.

Ich fragte mich manchmal, ob sie es nicht vermisste zu reiten. Als jüngere Frau war sie oft mit dem Pferd draußen gewesen. Ich erinnerte mich daran, dass sie zu meiner Kinderzeit noch geritten war. Doch dann hatte sie es sein lassen. Ich bemerkte aber immer eine gewisse Sehnsucht in ihrem Blick, wenn sie auf die Pferdeweiden sah. Wünschte sie sich, noch einmal jung zu sein? Wie gern hätte ich ihr diesen Wunsch erfüllt!

Der Journalist erschien wenige Tage später und machte Fotos vom gesamten Gelände. Auch von der Baustelle. Als er Zweifel anmeldete, ob sich eine Pferdeklinik mitten auf dem Land lohnen würde, antwortete ich ihm: »Wo denn sonst? In der Stadt gibt es sehr viele Tierärzte, und hier haben wir die Möglichkeit, uns zu spezialisieren. Sie glauben gar nicht, wie viele Probleme die landwirtschaftlichen Betriebe in der Gegend mit ihren Tieren haben. Wir werden uns zwar auf Pferde konzentrieren, aber auch Rinder, Schafe und anderes Nutzvieh behandeln.«

Nach einem Interview, bei dem wir drei Kannen Kaffee verbrauchten, fuhr er wieder von dannen, mit dem Versprechen, dass er mir ein Exemplar der Zeitschrift zukommen lassen würde. Ich war gespannt. Wie würden die Leser uns aufnehmen?

Ich rief Jonas an, um ihm davon zu berichten. Jetzt, wo die Vorbereitungen für den schwedischen Olympiaauftritt auf

Hochtouren liefen, sahen wir uns nur selten. Wir telefonierten regelmäßig, aber das ersetzte nicht seine Nähe. Wenn mich die Sehnsucht sehr schlimm packte, fuhr ich nach Stockholm, damit ich wenigstens ein paar Stunden oder ein Wochenende mit ihm verbringen konnte.

»Manchmal hatte ich das Gefühl«, erzählte ich ihm jetzt, »dass der Reporter nicht daran glauben wollte, dass eine Frau das Gut zum Erfolg führen kann. Es ist seltsam, dass manche Männer immer noch so denken. Schon meine Großmutter hat ähnliche Gespräche erlebt.«

»Einige Menschen werden sich wahrscheinlich nur schwer ändern«, gab Jonas seufzend zurück. »Die Väter geben ihre Ansichten an die Söhne weiter und diese wieder an ihre Söhne. Was soll man dagegen tun?«

»Da habe ich ja Glück, dass du es mir zutraust.«

»Ich bin felsenfest davon überzeugt«, sagte er und fragte dann: »Wann sehen wir uns wieder?«

»Leider erst nächste Woche.«

»So spät? Ich dachte, wir feiern deinen Triumph ein wenig.«

»Ich habe am Freitag einen wichtigen Termin.« Ich seufzte. Wie gern hätte ich ihn wieder bei mir gehabt.

»Und wenn ich zu dir käme? Du besitzt doch ein nettes Häuschen am Meer. Das würde ich sehr gern sehen.«

»Und ich würde es dir auch sehr gern zeigen«, sagte ich und spürte, wie ein warmes Gefühl meine Brust durchströmte. »Allerdings sind meine Eltern diese Woche verreist, und ich möchte Großmutter nur ungern allein lassen. Wie wäre es mit der Woche nach meinem Geburtstag? Dann könnten wir ein wenig miteinander feiern.«

»Stimmt, da war doch was«, entgegnete Jonas scherzhaft.

432

»Leider werde ich an deinem Geburtstag selbst nicht da sein können, weil ich nach London muss, aber die Woche danach klingt gut für mich.«

»Das freut mich sehr. Auch wenn ich ein wenig traurig bin, dass du nicht kommen kannst.« Bisher hatte er mich zu meinem Geburtstag stets auf dem Löwenhof besucht. Wir hatten mit einem schönen Abendessen zu zweit in Kristianstad gefeiert und den Abend dann mit leidenschaftlichen Umarmungen und Küssen ausklingen lassen. Er schenkte mir immer eine Kleinigkeit, im vergangenen Jahr waren es Diamantohrringe gewesen.

Dass er dieses Jahr nicht konnte, war aber abzusehen gewesen, denn in letzter Zeit war er sehr häufig unterwegs, auch im Auftrag des SOK. Ich vermisste ihn furchtbar.

»Ich werde das wiedergutmachen, versprochen«, sagte er. »Ich lasse mir etwas Wunderbares für dich einfallen. Und dann erzähle ich dir alles über London und das Modehaus, für das ich eine Werbekampagne entwerfen soll. Ein junges Modemacher-Paar will ein neues Label etablieren. Ich soll ihnen auf die Sprünge helfen.«

»Möglicherweise haben sie ja ein paar Musterstücke für dich.«

»Dazu sage ich erst mal nichts.«

»Du wirst also versuchen, etwas für mich zu bekommen?«

»Ja, aber ich kann es dir nicht versprechen. Außerdem hat die Geschäftsführerin des Löwenhofs wohl einen vollen Kleiderschrank, oder nicht?«

»Kleider hat eine Frau nie genug«, gab ich zurück. »Und das ist kein Spruch von meiner Großmutter.«

»Aber ein guter Spruch für eine Werbekampagne. Darf ich ihn benutzen?«

»Wenn du mir dafür einen guten Preis zahlst«, bemerkte ich scherzhaft. Ach, könnte er nur hier sein – oder ich bei ihm!

»Wie ich sehe, hast du mittlerweile verstanden, wie es in der Wirtschaft läuft, gratuliere!«

»Ich bin kurz davor, die Abendschule abzuschließen, also spotte nicht.«

»Das würde mir nie einfallen.« Er machte eine kurze Pause, dann sagte er: »Weißt du eigentlich, wie sehr ich dich liebe?«

»Ich weiß«, sagte ich. »Es wäre nur schöner, du könntest es mir mal wieder zeigen.«

»Das werde ich, versprochen. Dann haben wir die Zeit ganz für uns.«

»Und wir haben das Seehaus ganz für uns allein.« Ich dachte zurück an die Ferien, die wir dort verbracht hatten.

»Ich freue mich. Am meisten auf dich. Aber jetzt muss ich erst mal Schluss machen. Kannst du mir verzeihen?«

»Natürlich verzeihe ich dir«, sagte ich. »Pass auf dich auf, und melde dich, wenn du zurück bist.«

»Oh, ich werde mich sicher noch viel früher melden.« Er schickte mir einen Kuss durch den Hörer und verabschiedete sich dann.

Tatsächlich packte ich eine gute Woche später für den Urlaub mit Jonas in Åhus. Ich freute mich darauf, die hübsche Stadt mit ihren fröhlich-bunten alten Häusern wiederzusehen. Jemanden aus der Großstadt würden das gelbe Rathaus und die alten Kaufmannskontore nicht beeindrucken, aber ich stellte mir gern vor, wie es damals, als diese Häuser errichtet wurden, hier zugegangen war.

Um diese Jahreszeit standen die Gärten und die Blumen vor

den Fenstern in voller Blüte. Neben den Kuttern, die das ganze Jahr über auf die Ostsee hinausfuhren, würden zahlreiche Boote, die aus ihren Winterquartieren zurückgekehrt waren, an den Anlegeflächen des kleinen Hafens schaukeln. Unser Seehaus war im Gegensatz zu den mondänen Villen, die sich an der Küste reihten, bescheiden, dennoch brauchte es sich nicht zu verstecken. Mein Herz pochte aufgeregt, wenn ich daran dachte, dass ich Jonas diesen Ort, an den ich als Kind in den Sommerferien mein Herz verloren hatte, zeigen würde.

Während meiner Abwesenheit würden sich meine Eltern um das Gut kümmern.

»Genießt eure freie Zeit«, sagte mein Vater. »Und versuche, nicht an das Gut zu denken. Hier geht alles seinen Gang. Wenn etwas Außergewöhnliches passieren sollte, können wir dich ja im Seehaus anrufen.«

Jonas kam sehr früh am Morgen, als die Sonne gerade über dem Gut aufging. Er musste noch gestern Nacht losgefahren sein. Ich hatte etwas später mit ihm gerechnet, aber ich war froh, ihn endlich zu sehen, und eilte nach draußen.

»Du bist schon wach?«, wunderte er sich. »Ich wollte mich eigentlich in dein Bett schleichen.«

»Meine Eltern sind hier. Da wärst du gar nicht unbemerkt ins Haus gekommen.«

»Bist du sicher?«, fragte er und zog mich in seine Arme. »Ich kann sehr leise sein, wenn ich das will.«

Er küsste mich leidenschaftlich, und für einen Moment war ich versucht, ihn tatsächlich mit nach oben zu nehmen. Meine Familie wusste ja, in welchem Verhältnis Jonas zu mir stand. Doch hin und wieder ließ Mutter Bemerkungen dazu fallen, dass wir vielleicht demnächst einmal heiraten sollten. Das wollte ich nicht befeuern.

»Wir werden im Seehaus genug Zeit für uns haben«, sagte ich. »Vielleicht magst du mir jetzt mit dem Proviant helfen? Frau Johannsen glaubt anscheinend, dass wir einen Monat in Åhus bleiben, und hat dementsprechend alles vorbereitet.«

»Du meine Güte, dann brauche ich einen neuen Anzug«, sagte Jonas lachend. »Aber ich helfe dir gern.«

In der Küche erwarteten uns zwei große Körbe mit Obst, Dosen voller Gebäck und Kuchen sowie zahlreiche belegte Brote. Es sah aus, als würden wir unterwegs noch eine Wagenladung Studenten aufgabeln. Jonas schien dasselbe durch den Sinn zu gehen, aber er hütete sich, gegenüber unserer Köchin etwas Derartiges zu erwähnen.

»Ich hoffe, es reicht«, sagte Frau Johannsen. »An Ihnen beiden ist viel zu wenig dran. Außerdem wird der Kühlschrank des Seehauses leer sein, und wenn man eine Reise hinter sich hat, braucht man eine ordentliche Mahlzeit. Soweit ich weiß, gibt es dort nur einen kleinen Supermarkt.«

Ich schmunzelte in mich hinein. Auch hier waren die Supermärkte nicht größer, und wir mussten ziemlich weit zum Einkaufen fahren. Nur gut, dass mein Vater diesen Transporter hatte.

»Wir wissen Ihre Mühe sehr zu schätzen«, sagte ich und drückte Jonas einen der Körbe in die Hand, während ich den anderen nahm.

»Wir könnten damit eine ganze Kompanie versorgen«, bemerkte Jonas, als wir zum Wagen gingen. »Oder das gesamte Bürogebäude, in dem ich sitze.«

»Ein Abstecher nach Stockholm würde viel zu lange dauern«, gab ich zurück. »Wir werden schon eine Verwendung finden, das meiste verdirbt nicht so schnell. Frau Johannsens Kekse sind auch eine Woche später noch genießbar.«

»Ich hatte eher daran gedacht, dich auszuführen. In Åhus lassen sich doch sicher ein paar gute Restaurants finden.«

»Kommt drauf an«, sagte ich. »Wenn du den Standard erwartest, der in Stockholm herrscht, wird es schwierig, aber es gibt hübsche kleine Lokale und sehr viel Fisch.«

»Das soll mir recht sein. Ich mag verwöhnt sein, aber eigentlich bin ich sehr bodenständig.« Er beugte sich zu mir rüber und küsste mich. »Außerdem brauche ich nur dich für mein Glück. Das Essen ist da zweitrangig.«

Wir luden den Proviant in den Wagen, dann holte Jonas meine Koffer. Er war verwundert, dass ich so wenig eingepackt hatte. »Normalerweise nehmen Frauen doch viel mehr mit.«

»Andere Frauen vielleicht, aber ich weiß genau, was ich im Seehaus brauche. Du hast doch eine Badehose dabei?«

Jonas grinste. »Ich dachte, ich versuche es mit dem Adamskostüm.«

»Untersteh dich!«, rief ich aus, wohl wissend, dass er Spaß machte. »Großmutter würde mich nie mit einem Mann fahren lassen, der keine Badehose dabeihat!«

»Untersucht sie vorher meinen Koffer?«, fragte er lachend.

»Vielleicht. Ich gehe gleich mal zu ihr und frage sie, was sie dazu meint.« Damit verschwand ich im Haus.

»Jonas ist also schon da?«, fragte Mutter, die gerade die Treppe herunterkam.

»Ja, soeben eingetroffen.«

»Habt ihr den Proviant gesehen?«

»Ja, Frau Johannsen glaubt, wir brechen zu einer Arktisexpedition auf. Sie hat uns schon die Fellmäntel hingelegt.«

»Du nimmst mich auf den Arm.«

Ich lachte auf. So glücklich wie in diesem Augenblick hatte ich mich schon lange nicht mehr gefühlt. »Natürlich, Mama, was denn sonst?«

Ich lief hoch zu Großmutters Zimmer und klopfte an die Tür. »Mormor, bist du schon wach?«

»Wer ist da?«, fragte es verschlafen hinter der Tür. Offenbar hatte ich sie geweckt.

»Solveig«, antwortete ich. »Ich wollte dich noch mal sehen, bevor ich losfahre.«

»Worauf wartest du dann, komm rein!«

Als ich eintrat, rappelte sich Großmutter gerade in ihrem Bett auf. Ich fragte mich, warum sie sich nie ein anderes zugelegt hatte. Das alte Ehebett, in dem sogar schon ihre Eltern und Großeltern geschlafen hatten, war sehr unbequem und hart. Wie gern hätte ich ihr eine von diesen neuen Matratzen gekauft, aber sie weigerte sich, das Möbelstück fortzugeben.

»Ist dein Kavalier schon da?«

»Eben gekommen. Ich bin aufgeregt. Es ist das erste Mal, dass wir eine ganze Woche miteinander haben.«

»Warum seid ihr denn nicht schon eher miteinander verreist? Ihr seid ein Herz und eine Seele.«

»Du weißt doch, die Arbeit«, sagte ich. »Umso mehr freue ich mich, dass es jetzt klappt.«

»Vielleicht ist es die beste Gelegenheit, um endlich Nägel mit Köpfen zu machen«, sagte sie, nachdem sie einen Moment überlegt hatte.

»Nun, wir haben noch nicht übers Heiraten gesprochen«, sagte ich. »Wir wollen es langsam angehen lassen.«

»Wie lange seid ihr jetzt schon zusammen?«

»Fast zwei Jahre. Aber es war in der ersten Zeit sehr locker.«

»Und jetzt? Ist es etwas Ernstes?«

»Möglicherweise.«

»Dann solltest du vielleicht mal horchen, was er sagt. Als ich jung war, dachte ich eine Zeit lang, ich würde ohne Mann an meiner Seite auskommen. Aber mit Lennard neben mir wurde mein Leben besser. Ich habe den Eindruck, dass Jonas ein ähnlich guter Mann wie Lennard ist.«

»Den Eindruck habe ich auch – obwohl ich Großvater niemals kennengelernt habe.«

»Er war ein sehr sanfter und rücksichtsvoller Mann. Nicht meine große Liebe auf den ersten Blick, aber doch jemand, der mir im Herzen geblieben ist. Er war da, als es mir schlecht ging, er hat mich immer unterstützt und geliebt. Kannst du das von deinem Jonas auch sagen?«

»Ich denke schon. Immerhin hat er uns sehr geholfen.«

»Er hat es deinetwegen getan. Allein darin ist er deinem Großvater schon sehr ähnlich. Auch wenn sie äußerlich nicht viel gemein haben.«

Ich kannte das Bild von Großvater und musste ihr zustimmen.

»Ich glaube, ich lasse mich überraschen«, sagte ich. »Erst einmal will ich eine schöne Zeit mit ihm verbringen. So können wir sehen, ob wir uns länger als ein Wochenende vertragen.«

»Ich bin sicher, das werdet ihr.« Großmutter streckte die Arme nach mir aus. »Gebt gut auf euch acht.«

»Sobald wir angekommen sind, rufe ich an.« Ich küsste Großmutter und löste mich dann von ihr.

»Zum Frühstück werdet ihr nicht mehr da sein?«, fragte sie.

»Nein, wir werden gleich fahren. Frau Johannsen hat uns genug Proviant mitgegeben, wir werden also nicht verhungern.«

»Ja, was wären wir nur ohne unsere gute Seele.«

Ich ging nach unten. Meine Eltern hatten derweil Jonas in die Mangel genommen. Als er mich sah, wirkte er erleichtert. Er war es nicht mehr gewohnt, elterliche Fürsorge abzubekommen.

»Hast du dich von Großmutter verabschiedet?«, fragte Mutter.

»Natürlich. Ich habe ihr versprochen, anzurufen, nachdem wir eingetroffen sind.«

»Das wird sie sehr zu schätzen wissen!« Damit gingen wir nach draußen.

»Fahrt vorsichtig«, mahnte uns Mutter, dann umarmte sie mich und reichte Jonas die Hand. Nachdem ich mich auch von Vater verabschiedet hatte, setzte ich mich in den Wagen.

Dank der frühen Uhrzeit erreichten wir Åhus noch vor dem Berufsverkehr. Da Jonas das Verdeck des Cabrios heruntergeklappt hatte, konnten wir das Rauschen des Meeres deutlich hören. Jonas fuhr so weit wie möglich an den Strand heran.

»Wenn man das hier so sieht, wünscht man sich, eine Campingausrüstung dabeizuhaben.«

»Glaub mir, im Seehaus ist es wesentlich schöner. Und es regnet nicht rein wie in einem Zelt.«

»Du bist verwöhnt.«

»Nein, ich mag keine Unhygiene«, sagte ich und lehnte mich an seine Schulter. Die Aussicht auf die Wellen, die träge an das Ufer schwappten, ließ meine Seele zur Ruhe kommen und klärte meinen Verstand.

»Was würdest du davon halten, wenn wir eines Tages nach Marseille reisen würden?«, fragte Jonas. »Du warst noch nie am Mittelmeer, oder?«

»Nein, da war ich noch nicht«, gab ich zurück. »Das wäre wunderbar. Allerdings muss ich sehen, was dann aus dem Hof wird. Ich kann Großmutter nicht mehr allein lassen, und meine Eltern werden auf Ekberg gebraucht.«

»Vielleicht solltest du dir eine Assistentin anstellen. Oder Dienstmädchen, wie früher.«

»Dienstmädchen sind teuer, ebenso eine Assistentin.«

»Eines Tages wirst du nicht mehr ohne Personal auskommen.«

»Eines Tages ist der Löwenhof wieder berühmt genug, dass wir uns Bedienstete leisten können. Die Bauarbeiten gehen erst einmal vor.«

»Nun, aber eine Assistentin wäre sicher eine gute Investition. Sie könnte deine Geschäfte überwachen, während du mit mir auf einer Jacht durch das Mittelmeer kreuzt.«

»Warte erst einmal ab, ob du es diese eine Woche mit mir aushältst.«

»Oh, da habe ich keine Bedenken«, sagte er und küsste mich.

Ich ließ den Gedanken an die Assistentin sacken, dann sagte ich: »Ich werde es mir überlegen. Aber jetzt sollten wir zum Haus fahren und nicht mehr ans Geschäft denken. Es ist das erste Mal, dass wir so viel Zeit am Stück miteinander haben.«

»Da hast du recht«, sagte er und ließ den Motor wieder an.

Das Seehaus hatte sich seit unserem letzten Aufenthalt kaum verändert. Ein Paar aus der Nachbarschaft schaute nach dem Haus, im Gegenzug durften dessen Kinder hier Urlaub machen. Während ich die Fenster öffnete, um frische Luft hereinzulassen, wurde mir klar, wie selten wir hier waren.

Der Gedanke, eine Assistentin anzustellen, gefiel mir immer besser.

Nachdem wir uns gestärkt hatten, machten wir uns daran, die Koffer auszupacken und uns einzurichten.

»Dieses Haus könntet ihr bestens als Feriendomizil vermieten«, sagte Jonas. »Ich hätte nicht gedacht, dass es so groß ist ...«

»Ich glaube nicht, dass ich das will. Wenn mich Freunde oder Bekannte darum bitten, hier wohnen zu dürfen, sage ich gern zu, aber ich würde es nicht übers Herz bringen, es zu vermieten. Es ist der Zufluchtsort unserer Familie. Wir machen viel zu wenig Gebrauch davon, ich weiß, aber es ist schön zu wissen, dass es diesen Ort gibt.«

»Und in welchem Schlafzimmer sollen wir nun übernachten?«

»Nun, ich glaube, das werden wir ausprobieren müssen«, entgegnete ich. Ein angenehmes Kribbeln durchzog meinen Körper, und ich spürte, dass Jonas genauso Lust auf mich hatte wie ich auf ihn. Ich nahm ihn bei der Hand und fügte hinzu: »Ich weiß genau, wie wir das beste Zimmer herausfinden können.« Damit zog ich ihn mit mir die Treppe hinauf.

Wir liebten uns zum Rauschen des Meeres und lagen anschließend eng aneinandergeschmiegt auf dem Bett und genossen die Aussicht.

»Hast du eigentlich jemals mit dem Gedanken gespielt zu heiraten?«, fragte Jonas, während er meine Schulter streichelte.

»Ich war verlobt«, erwiderte ich. Ein leichter Nachhall der Trauer durchzog mich, doch er verschwand schnell wieder.

»Das meine ich nicht. Ich meine, ob du mit dem Gedanken gespielt hast, mich zu heiraten«, präzisierte er.

»Ja«, gestand ich. »Das habe ich. Aber wie soll das gehen? Ich bin auf dem Löwenhof und du in Stockholm. Keiner von uns kann sein Geschäft so einfach aufgeben.«

»Nun, in den heutigen Zeiten gibt es so einige Möglichkeiten. Ich könnte mein Büro auf den Löwenhof verlegen. Das wäre eine sehr exklusive Adresse.«

»Und was ist mit deinen Kunden aus Stockholm?«

»Die können den Weg auf sich nehmen.«

»Und die Kunden aus Übersee? Kristianstad hat zwar einen Flughafen, aber dieser hat nur eine Verbindung nach Stockholm.«

»Na bestens!«, sagte er und sah mich an. »Mir wäre jede Unannehmlichkeit recht, wenn ich nur bei dir sein kann.«

»Das geht mir genauso.« Ich blickte Jonas an. Er war alles, was ich mir wünschen konnte. Er sah gut aus, war klug, ließ mir meine Freiheit. Die Sache mit den verschiedenen Wohnorten würden wir hinbekommen. Warum also nicht?

Ich schmiegte mich an ihn und versuchte, erst einmal an nichts weiter zu denken als an seine Wärme und die Berührung seiner Haut. Alles andere würde sich zeigen.

Als ich am nächsten Morgen erwachte, war der Platz neben mir leer. Jonas musste bereits einige Zeit vorher aufgestanden sein, denn das Bettlaken war erkaltet. Ich blickte mich um. Helles Sonnenlicht fiel in das Schlafzimmer. Wie spät mochte es sein? Hatte ich verschlafen und Jonas nicht die Absicht gehabt, mich zu wecken? Hatte er einen kleinen Spaziergang machen wollen?

Ich wälzte mich herum und schmiegte mein Gesicht an

sein Kopfkissen, um seinen Duft aufzusaugen. Dann erhob ich mich und griff nach meinem Bademantel. »Jonas?«, rief ich die Treppe hinunter. Doch niemand antwortete. Er musste tatsächlich unterwegs sein. Vielleicht plante er ein Frühstück im Bett? Dann würde es vielleicht nicht schlecht sein, wenn ich ihn nach Rosen duftend empfing.

Ich ging ins Badezimmer und duschte mich, legte ein wenig von meinem Lieblingsparfüm auf, das ein zartes Rosenaroma verströmte, und kehrte ins Schlafzimmer zurück. Noch immer war nichts von Jonas zu hören.

Das beunruhigte mich ein wenig. Vom Bäcker hätte er eigentlich längst schon wieder zurück sein müssen …

Ich schlüpfte in mein weißes Sommerkleid, band meine Haare zu einem Knoten zusammen und ging dann nach unten.

Eigentlich hatte ich damit gerechnet, ein Tablett vorzufinden oder zumindest einen gedeckten Tisch. Doch die Tischplatte war leer. Lediglich ein weißer Umschlag mit der Aufschrift »Solveig« lag darauf.

Verwundert betrachtete ich ihn, dann öffnete ich ihn. Was hatte das zu bedeuten?

In dem Umschlag steckte ein Blatt Papier. Ich faltete es auseinander und las nur ein einziges Wort darauf: »Marina«.

Marina? Im ersten Moment fiel mir nur der Frauenname ein, doch dann wurde mir klar, dass Jonas die Bootsanlegestelle im Hafen meinte.

Ich betrachtete seine Handschrift noch einen Moment lang, dann schob ich den Zettel wieder in den Umschlag und eilte zur Tür, um in meine Schuhe zu schlüpfen. Kein Zweifel, Jonas wollte mich an der Marina treffen.

Ich verließ das Haus und folgte dem kleinen Weg zum Strand. Wir hatten ihn vor ein paar Jahren mit kleinen Feldsteinen einfassen lassen. Ein wenig kam ich mir vor wie Dorothy auf dem Weg zum Zauberer von Oz. Nur wo waren mein Löwe, mein Blechmann und die Vogelscheuche?

Ich eilte an einigen Spaziergängern vorbei, die mit nackten Füßen durch den Sand stapften. Schließlich tauchte der Hafen vor mir auf. Den würzigen Geruch nach Salz und Fisch nahm ich nur beiläufig wahr, denn mein Herz pochte vor Aufregung. Was für eine Überraschung mochte Jonas geplant haben?

An der Marina angekommen, reckte ich meinen Hals, konnte ihn aber nirgends entdecken. Auch schien alles so wie sonst. Die Boote schaukelten einträchtig auf dem Wasser. Ein paar Männer, die eines der größeren Motorboote mit Proviant beluden, blickten zu mir herüber.

Ich lief weiter den Bootssteg entlang, beinahe verzweifelt, weil sich Jonas partout nicht zeigen wollte. Dann stockte ich plötzlich.

Fast hätte ich übersehen, dass hinter einer kleinen Jacht ein mit rosa Rosen geschmücktes Boot vertäut war.

Ich wandte meinen Kopf zur Seite. War das Jonas' Werk? Möglicherweise hatte hier noch jemand anderes eine romantische Bootsfahrt geplant …

»Und ich dachte schon, du würdest nicht kommen«, sagte eine Stimme hinter mir. Ich hatte keine Ahnung, woher Jonas so plötzlich aufgetaucht war.

Ich wandte mich um. »Schleichst du mir etwa nach?«, fragte ich, während ich in seine Arme sank.

»Schon seit einer Weile. Ich wusste nicht, wie lange du schlafen würdest. Du hast tief und fest geschlummert.«

»Nach der gestrigen Nacht ist das wohl kein Wunder.« Wir küssten uns und sahen uns einen Moment lang in die Augen.

»Na, bist du bereit?«, fragte er dann.

»Wofür?«

»Dafür.« Er deutete auf das Boot. »Ich habe es einem alten Fischer für den Tag abschwatzen können. Und die nette Frau im Blumenladen am Marktplatz hat mir freundlicherweise alle rosafarbenen Rosen überlassen, die sie dahatte.«

»Dann ist das Boot also unser?«

»Ja, was denkst du denn, wer sonst noch auf die Idee kommt, seine Freundin mit einer romantischen Rudertour zu überraschen? Ich dachte, der heutige Tag sollte etwas Besonderes werden.«

Er half mir ins Boot, stieg selbst ein und machte es dann los. Kraftvoll legte er sich in die Riemen.

»Soll ich dich später ablösen?«, fragte ich, doch er schüttelte den Kopf.

»Nein, das ist nicht nötig. Lehn dich einfach zurück, und genieße die Fahrt.«

Das versuchte ich zu tun, doch durch meinen Kopf schwirrten tausend aufgeregte Gedanken. War das meine nachträgliche Geburtstagsüberraschung? Bisher hatte er mir noch kein Geschenk überreicht, also wäre das durchaus möglich …

Wir fuhren eine Weile in Ufernähe übers Meer. Ab und zu begegneten wir anderen Bootslenkern, die uns ein wenig verwundert ansahen.

»Warum hast du kein Motorboot gemietet?«, fragte ich.

»Ich denke, du magst es altmodisch«, gab er lächelnd zurück, worauf ich ihm einen Klaps ans Knie versetzte. »Nein, im Ernst«, fügte er hinzu. »Ich wollte es so. Es ist doch viel schöner, als in einem knatternden Boot zu sitzen, in dem man sein eigenes Wort nicht versteht. Hin und wieder weiß selbst ich die alten Sachen zu schätzen.«

Ich betrachtete ihn und spürte, wie mein Herz vor Liebe für ihn überquoll. Warum nur hatten wir nicht öfter die Gelegenheit, so etwas zu tun?

An einer etwas versteckt liegenden Stelle des Ufers machten wir halt. Hier gab es dichte Wildrosenbüsche, die ihre Knospen allerdings noch nicht entfaltet hatten. Eine Weide ließ ihre Zweige ins Wasser hängen wie eine Nixe ihre Haare, nachdem sie sich an den Strand gesetzt hatte.

In dem Boot selbst war kein Picknickkorb, aber ich konnte mir vorstellen, dass Jonas vorgesorgt hatte. Nachdem er das Boot an einem der Bäume festgemacht hatte, krempelte er sich die Hose hoch und sprang ins seichte Wasser.

Ich wollte ihm gerade folgen, als seine Arme mich umfingen. »Nichts da!«, sagte er. »Eine Königin muss an Land getragen werden.«

»Ich bin nur eine Gräfin«, wandte ich ein, während er mich hochhob und ich meine Arme um seinen Nacken schlang.

»Das hat nichts zu bedeuten, wo du doch die Königin meines Herzens bist.« Wir küssten uns, und an seine Schulter geschmiegt ließ ich mich an Land tragen. Doch er setzte mich auch nicht ab, als wir bereits wieder festen Boden unter den Füßen hatten. Er trug mich noch ein Stück weiter, bis wir schließlich an einer großen Decke ankamen, deren Ränder über und über mit Rosen bedeckt waren.

Ich war überwältigt. All die Rosen! Und daneben stand ein großer brauner Picknickkorb, an den ebenfalls ein Rosensträußchen gebunden war.

»Du meine Güte!« Ich stieß die Luft aus, denn vor Überraschung hatte ich sie angehalten. »Das sind aber viele Rosen!«

»Ich sagte doch, ich habe den gesamten Bestand aufge-
kauft.«

»Und das alles hast du heute Morgen vorbereitet?«

»Gefällt es dir?«, fragte er mit dem Lächeln eines Mannes,
der spürte, das Richtige getan zu haben.

»Ja«, antwortete ich. »Ja, es ist wunderschön! Noch nie
habe ich solch eine wunderbare Geburtstagsüberraschung
bekommen.«

Jonas lächelte in sich hinein. »Ich hatte heute Nacht einen
Traum«, sagte er. »Ich habe ihn für eine gute Idee gehalten,
also dachte ich mir, ich setze ihn um.«

Ich wollte mich gerade auf der Decke niederlassen, da sagte er: »Warte einen Moment.«

Ich zog die Augenbrauen hoch. »Hast du vielleicht auch
noch mit Rosen bestickte Sitzkissen?«

»Etwas viel Besseres«, gab er zurück und zog etwas aus
seiner Hosentasche, das die Form eines Würfels hatte. War
das mein Geburtstagsgeschenk?

Dann kniete er sich vor mich.

»Solveig Lejongård, Liebe meines Lebens. Ich kann dir gar
nicht sagen, wie glücklich du mich machst seit dem Tag, an
dem du mein Werben angenommen hast. Mein erster und
mein letzter Gedanke eines Tages gilt dir. Und viele andere
Gedanken auch. Du hast mein Leben mit Sonne und Gefüh-
len erfüllt, die ich nicht zu kennen glaubte. Ich frage dich,
willst du meine Frau werden?« Mit diesen Worten klappte er
das kleine Kästchen auf.

Einen Moment lang war es mir, als würde der Boden unter
meinen Füßen schwanken. Dann explodierte das Glück in
meiner Brust.

»Ja! Ja, ich will.«

Ich fiel auf die Knie, zog ihn in meine Arme und küsste ihn. »Ich liebe dich.« Tränen des Glücks liefen mir über die Wangen. »Ich liebe dich so sehr.«

»Ich liebe dich auch. Und im Moment gibt es auf der Welt keinen glücklicheren Mann als mich.«

25. Kapitel

Noch Tage nach dem Picknick auf der Rosendecke kam ich mir vor, als würde ich auf Wolken gehen. Mein Körper pulsierte vor Glück, und selbst über plötzlich einsetzendes Regenwetter hätte ich jetzt einfach nur gelacht. Aber die Sonne blieb und schien auf unser Glück herab.

Wir verlebten eine wunderbare Zeit voller Liebe, gutem Essen und langen Spaziergängen am Strand. Während wir auf der Veranda des Hauses saßen, schmiedeten wir Zukunftspläne, ohne bereits richtig zu wissen, wie wir unsere beiden Leben zusammenfügen sollten. Aber es würde uns gelingen. Der Verlobungsring steckte an meinem Finger, ich war die glücklichste Frau der Welt, und alles andere würde sich finden. Stolz betrachtete ich die feine Gravur und den kleinen Diamanten, der in der Mitte strahlte. Es war der schönste Ring, den ich je gesehen hatte.

Ein wenig hatte ich mit dem Gedanken gespielt, gleich zu Hause anzurufen, um meinen Eltern und Mormor die gute Nachricht mitzuteilen, doch ich entschied mich dagegen. Am Wochenende würde genug Zeit bleiben, um ausführlich darüber zu reden. Am Sonntag musste Jonas zwar wieder zurück nach Stockholm, aber er hatte zugesagt, am Samstag noch zu bleiben und ganz klassisch bei meinen Eltern um meine Hand anzuhalten. Ich war sicher, dass sie sich freuen würden, denn sie mochten ihn. Aber der Antrag würde sie überraschen.

Während der gesamten Rückfahrt pochte mein Herz aufgeregt. Und es wurde noch schlimmer, als wir uns dem Gut näherten. Jonas bemerkte das natürlich.

»Keine Sorge, ich werde mich gegenüber deinen Eltern wie ein richtiger Gentleman benehmen«, sagte er, als wir Åhus hinter uns ließen. »Allerdings muss ich sagen, dass ich ebenfalls aufgeregt bin. Immerhin halte ich zum ersten Mal um die Hand einer Frau an. Wenn es nicht ganz perfekt wird ...«

Ich berührte leicht seinen Arm. »Ich bin sicher, es wird perfekt. Mach dich nicht verrückt.«

»Das sagt die Frau, die schon seit Stunden kaum etwas von sich gegeben hat und so ängstlich aus dem Fenster blickt, als würden wir auf einen Sturm zufahren.«

»Ich bin nicht ängstlich«, entgegnete ich. »Ich gehe nur alle Eventualitäten durch.«

»Du meinst, deine Eltern würden mir deine Hand verweigern?«

Ich schüttelte den Kopf. »Nein. Es ist nur ...« Ich überlegte kurz und schob dann meine Zweifel beiseite. »Nichts«, sagte ich dann. »Es ist nichts. Ich bin einfach nur aufgeregt. Immerhin werden wir heiraten!«

Jonas griff nach meiner Hand, führte sie an seine Lippen und küsste sie. »Das werden wir.«

»Du siehst aus, als wolltest du Werbung für einen Urlaubskatalog machen«, bemerkte Mutter, als sie uns an der Tür entgegenkam. »Ich wusste gar nicht, dass es in Åhus so viel Sonne gibt.«

»Wir hatten Glück mit dem Wetter.« Ich umarmte sie. »So konnten wir viel draußen sein.«

»Das Seehaus ist wirklich wunderschön«, sagte Jonas und reichte Mutter die Hand.

»Wo sind Vater und Großmutter?«, fragte ich und spähte über ihre Schulter.

»Im Haus. Warum?«

»Wir haben euch etwas Wichtiges zu sagen.«

Mutter zog die Augenbrauen hoch.

»Wäre es vielleicht möglich, dass wir uns alle irgendwo treffen? Nachher.«

»Natürlich.« Mir entging nicht, dass Mutters Stimme ein wenig besorgt klang. »Aber eigentlich können wir uns auch gleich zusammensetzen. Ich sage Agneta und Paul Bescheid.«

»Im Salon?«, fragte ich zitternd, worauf sie nickte und sich umwandte.

Meine Knie wurden weich. Panisch griff ich nach Jonas' Hand. Er wirkte so unglaublich ruhig, auch wenn es sicher auch in ihm brodelte.

»Es wird schon«, sagte er mit einem aufmunternden Lächeln. »Hab keine Angst, ich bin bei dir.«

Ich wünschte, ich hätte Mutter bereits jetzt von dem wunderbaren Antrag erzählen können, den er mir gemacht hatte. Aber das musste noch warten. Wenn man die Eltern schon fragte, konnte man nicht mit der Tür ins Haus fallen, dass die Braut bereits Ja gesagt hatte.

Nach einer Weile erschienen sie: Vater und Mutter, zusammen mit Großmutter. Sie alle wirkten ein wenig beunruhigt. Was, dachten sie, würde jetzt passieren?

Wir gingen in den Salon und nahmen Platz, wobei Jonas stehen blieb. Ich blickte ihn erwartungsvoll an.

»Gräfin Lejongård, Frau und Herr Lejongård«, begann er. »Ich muss sagen, auch wenn es vielleicht nicht so aussieht, bin ich doch aufgeregt, denn dies ist ein wichtiger Augenblick in meinem Leben.« Er atmete tief durch, räusperte sich und fuhr fort: »Ich liebe Ihre Tochter, und sie liebt mich. Wir sind schon seit einer Weile zusammen und sind uns sicher, dass wir auch den Rest des Lebens miteinander verbringen möchten. Aus diesem Grund möchte ich Sie gern um die Hand Ihrer Tochter beziehungsweise Enkelin bitten.«

Meine Eltern und Mormor starrten ihn an. Sie hatten offenbar noch weniger damit gerechnet als ich vor einigen Tagen.

»Endlich!«, rief meine Großmutter plötzlich aus.

In den Augen meiner Mutter erschienen Tränen, und mein Vater erhob sich. »Ich nehme an, dass Sie meine Tochter bereits gefragt haben, richtig?«

Jonas sah mich an.

»Ja, Papa«, antwortete ich. »Das hat er. Mit einem Antrag, wie er traumhafter nicht hätte sein können.«

»Und willst du ihn heiraten?«

»Ja!«, antwortete ich wie aus der Pistole geschossen. »Ja, das will ich.«

Vater blickte zu Mutter. Eigentlich war sie immer die Sprecherin von ihnen beiden, aber offenbar konnte sie jetzt nichts sagen. Tränen liefen ihr über die Wangen, während ihr Mund breit lächelte.

»Dann würde ich sagen: Willkommen in der Familie!« Mit diesen Worten reichte er Jonas die Hand und zog ihn in eine kräftige Umarmung.

»Eure Verlobung muss offiziell bekannt gegeben werden«, bemerkte Großmutter, nachdem sie uns beide beglückwünscht und mich lange in ihren Armen gehalten hatte. »Dessen seid ihr euch sicher bewusst, nicht wahr?«

»Natürlich«, gab ich zurück.

»Und ihr wisst auch, dass man nicht einfach Knall auf Fall heiraten kann.«

»Du meinst, dass wir nicht durchbrennen sollen?«

Großmutter lächelte. »Immerhin ist dies ein angesehenes Haus. Wir werden Vorbereitungen treffen müssen.«

»Selbstverständlich, Gräfin Lejongård«, sagte Jonas. »Wir sind mit allem einverstanden. Und wir versprechen, dass wir nicht durchbrennen.«

»Da bin ich beruhigt!«, sagte Großmutter und erhob sich. »Wir werden die schönste Hochzeit feiern, die der Löwenhof je gesehen hat.« Sie wirkte ein wenig unsicher, wahrscheinlich plagte sie irgendein Gliederreißen. Als sie den Raum verließ, fing sie sich aber wieder, und ihr Gang wurde fester.

Bis spät in die Nacht saßen wir in dem kleinen französischen Restaurant und feierten unsere Verlobung. Dabei sprachen wir auch über die Hochzeit und darüber, dass es eine richtig große Sache werden würde – allein schon, weil unser Name in der Gegend bekannt war und wir auch weiterhin daran arbeiten wollten, das Gut zu altem Glanz zurückzuführen.

In der Nacht hatten Jonas und ich endlich Zeit für uns allein. Obwohl der Tag sehr lang gewesen war, liebten wir uns und lagen anschließend verträumt nebeneinander. Ich hätte ihm gern gesagt, dass ich seit Sörens Tod nicht mehr so glücklich gewesen war, aber ich wollte meinen ehemaligen Verlobten jetzt nicht erwähnen. Es war an der Zeit, nach vorn zu schauen, auch wenn ich Sören nie vergessen würde.

Am nächsten Morgen, nach dem Frühstück, musste ich Jonas wieder ziehen lassen. Die Arbeit rief, und Stockholm würde ihn jetzt wieder für eine Weile verschlucken.

»Nicht mehr lange, dann kann uns nichts und niemand mehr trennen«, sagte er, als wir Arm in Arm zu seinem Wagen gingen.

»Auch deine Arbeit nicht?«

»Mit meiner Arbeit verdiene ich unseren Lebensunterhalt.«

Ich zog die Augenbrauen hoch. Wenn unser Gut erst einmal wirtschaftlich stabil war, würde er das nicht mehr nötig haben. Aber ich wusste, dass er an seiner Firma hing und sie nicht so einfach aufgeben würde. Das sollte er auch nicht, denn ich wollte, dass er glücklich war.

»Na gut, ich trage zu unserem Lebensunterhalt bei«, korrigierte er sich, als hätte er meine Gedanken lesen können. »Aber auch die Arbeit wird mich nicht allzu lange von dir fernhalten können.«

»Das hoffe ich sehr.« Ich küsste ihn und drückte ihn fest an mein Herz. Eine Weile hielten wir uns noch, doch dann musste ich ihn freigeben. Es fühlte sich an, als würde er einen wichtigen Teil meines Körpers und meiner Seele mit sich in den Wagen nehmen.

»Ich rufe dich an, wenn ich angekommen bin«, sagte er und warf mir noch einen Handkuss zu, bevor er die Fahrertür zuzog.

Ich schaute ihm nach, bis ich seinen Wagen nicht mehr ausmachen konnte, dann ging ich ins Haus. Mutter war gerade dabei, im Esszimmer die Teller zusammenzustellen. Dabei summte sie leise vor sich hin. Offenbar war sie ähnlich glücklich wie ich.

Papa hatte sich wahrscheinlich wieder seinen Erledigungen zugewandt, und auch Großmutter war nicht mehr da. Sie war mir heute Morgen ein wenig still erschienen, also wollte ich schauen, ob sie sich nicht wohlfühlte. Durch die kleine Feier gestern hatten wir keine Gelegenheit gehabt, unter vier Augen zu sprechen.

»Wo ist Großmutter?«, fragte ich. Mama unterbrach ihr Summen und lächelte mich an.

»In ihrem Refugium, nehme ich an«, antwortete sie. »Wir beide sollten uns nachher mal zusammensetzen und über die Verlobungsanzeige sprechen. Ich kann gar nicht sagen, wie stolz ich auf euch bin. Du weißt, ich habe Sören sehr gemocht und wäre glücklich gewesen, wenn er mein Schwiegersohn geworden wäre. Aber Jonas ist eine gute Wahl. Und er liebt dich, das ist eindeutig.«

»Ich liebe ihn auch. Du hättest mal sehen sollen, wie er um meine Hand angehalten hat. So viele Rosen überall!«

»Erzähl es mir gleich. Ich spreche nur kurz mit Frau Johannsen, dann treffen wir uns im Salon, in Ordnung?«

»In Ordnung.« Ich küsste Mutter auf die Wange, dann verließ ich das Esszimmer und eilte die Stufen hinauf.

Großmutter saß tatsächlich in ihrem Malzimmer. Mittlerweile verbrachte sie dort mehr Zeit als im Salon. Als ich eintrat, schaute sie aus dem Fenster. Welchen Gedanken sie wohl gerade nachhing?

»Guten Morgen, Mormor«, sagte ich.

Sie wollte sich von ihrem Sitz hochmühen, aber ich bat sie, sitzen zu bleiben, und schloss sie in meine Arme.

»Er ist wieder gefahren, nicht wahr?«

Ich nickte. »Ja, und er fehlt mir bereits jetzt. Die Woche war so schön mit ihm.«

»Das glaube ich dir. Aber ich bin froh, dass du zurück bist, meine kleine Sonne. Du siehst wunderbar aus.«

»Danke«, sagte ich. »Du aber auch.«

»Ach was, ich bin eine alte Frau. An mir sieht nichts mehr fabelhaft aus. Doch du strahlst wie der frische Morgen. Wie eine Braut es tun sollte.«

»Was redest du denn, Mormor?«, winkte ich ab. »Alles, was du brauchst, ist ein bisschen frische Luft. Vielleicht solltest du mich das nächste Mal begleiten.«

»Ich fürchte, dazu wirst du keine Zeit haben.« Sie lächelte vielsagend.

Ich sah sie an. »Komm ein bisschen mit mir in den Garten. Ich möchte dir gern von Jonas' Heiratsantrag erzählen. Und irgendwie habe ich noch gar keine Lust, aus dem Urlaub zurückzukehren.« Ich bot Großmutter meinen Arm an. Ein wenig zögerte sie noch, aber dann hakte sie sich bei mir unter.

Das warme Sommerwetter schien ihr gutzutun, denn sie ging heute wesentlich geschmeidiger als gestern, und auch die Treppe schien kein allzu großes Problem darzustellen. Unten trafen wir auf Mutter, die uns erstaunt anblickte.

»Also doch kein Malen heute?«, fragte sie mich. »Sie wollte mit mir die ganze Woche nicht rausgehen. Aber kaum ist unsere junge Braut hier ...«

»Ich bin eben ihre kleine Sonne«, sagte ich.

»Ja, sie hat einfach nicht lockergelassen«, fügte Großmutter hinzu. »Deine Tochter ist noch schlimmer als du!«

»Aber du liebst sie, und nur darauf kommt es an, nicht wahr?« Mutter lächelte Mormor an und ging davon. Ein Lächeln huschte auch über Großmutters Gesicht. Sie schaute Mutter eine Weile nach, und ein wenig Wehmut erschien in ihren Augen. Schließlich wandte sie sich mir zu.

»Gut, dann erzähle mir alles über die letzte Woche und deinen Kavalier. Die pikanten Details kannst du für dich behalten, aber alles andere möchte ich wissen.«

Wir gingen zum Pavillon, der von zahlreichen Wildblumen umgeben war.

»Wir hatten wirklich eine gute Zeit in Åhus«, begann ich, nachdem ich einen Grashalm abgepflückt hatte.

»Kein Wunder«, sagte Großmutter. »Der Mann, den du liebst, hat dir einen Antrag gemacht. Da wäre selbst schlechtes Wetter zu Sonnenschein geworden.« Sie lachte auf, dann fuhr sie fort. »Ich bin so froh, dass du endlich einen Menschen gefunden hast, der auf dich achtgibt.«

»Ich glaube, das beruht auf Gegenseitigkeit. Ich gebe auch auf ihn acht.«

Großmutter lächelte, dann blickte sie zum Herrenhaus. Warum wirkte sie auf einmal so nachdenklich? Gestern hatte sie sich doch so überschwänglich gefreut! »Wartet nicht allzu lange mit der Hochzeit«, sagte sie dann. »In meinem Alter ist jeder Tag kostbar, und ich würde dich so gern noch vor den Altar schreiten sehen.«

»Keine Sorge, Mormor, wir werden schnell einen Termin finden. Du weißt doch, dass man ein paar Vorbereitungen treffen muss.«

»Bei mir haben die Vorbereitungen nur wenige Wochen gedauert«, erwiderte sie mit einem hintergründigen Lächeln. »Aber wir durften ja auch keine Zeit verlieren. Wenn mein Zustand offenbar geworden wäre, hätte es einen Skandal gegeben. Glücklicherweise herrschen jetzt andere Zeiten …«

»Ja, und ich bin froh darüber. Es macht die Sache so viel leichter. Auch wenn ich fürchte, dass die Feier unsere Kasse stark belasten wird.«

»Sei nicht knauserig bei deiner eigenen Hochzeit«, sagte Mormor. »Dir passiert etwas Wunderbares! Deine Mutter hat lange auf ihr Happy End warten müssen. Und bei dir kommt es so schnell.«

»Nun, ich hoffe, dass es nicht das Ende ist«, sagte ich scherzhaft.

»Nein, es wird der Anfang einer wunderbaren Zeit.« Großmutter seufzte schwer, dann lächelte sie. »Ich kann es kaum erwarten, meinen Urenkel zu sehen.«

»So weit sind wir noch nicht!«, erwiderte ich. »Erst wollen wir heiraten. Den Wunsch nach einer raschen Hochzeit kann ich dir vielleicht erfüllen, aber um deinen Enkel zu sehen, musst du noch etwas bei uns bleiben.«

»Das werde ich auf jeden Fall versuchen.« Wieder schweifte ihr Blick zum Herrenhaus. »Ich hatte nicht gedacht, dass mich das Leben so reich beschenken würde. Denke immer daran: Egal, wie aussichtslos etwas erscheint, das Leben hält immer Schönes für einen bereit. Manchmal dauert es, aber es kommt.« Sie hob die Hände und legte sie mir auf die Wangen. »Ich wünsche dir alles Glück der Welt, meine Solveig.«

»Danke, Mormor«, sagte ich. »Und ich bin sicher, das werde ich haben. Es ist wunderbar, dass ihr alle uns euren Segen gebt.«

Großmutter schmunzelte. »Was bleibt uns auch anderes übrig? Liebe fragt nicht nach dem Einverständnis der Alten. Sie lebt in den Herzen derer, die lieben, und denen ist es meist egal, was andere denken.«

»Eure Meinung ist mir nicht egal«, protestierte ich.

»Ich weiß. Umso besser, dass wir deinen jungen Mann mögen, nicht wahr?« Sie gab mir einen Kuss auf die Stirn, dann blickten wir eine Weile in den Garten hinaus. Der Wind strich über das Gras, und die Bäume rauschten. Gern hätte ich diesen Moment festgehalten, aber ich wusste, dass das unmöglich war.

26. Kapitel

In dieser Nacht weckte mich heftiges Klopfen an meiner Tür. Benommen blickte ich zum Fenster in dem Glauben, dass bereits Morgen sei. Aber es war immer noch tiefe Nacht.

»Ja«, rief ich und versuchte, meine Augen aufzubekommen.

Die Tür wurde aufgerissen, und ein Schatten fiel ins Zimmer.

»Solveig, komm schnell«, rief meine Mutter und verschwand wieder im Gang. Für einen Moment glaubte ich, dass ich das nur geträumt hätte, doch dann wurde mir klar, dass es Wirklichkeit war. Und dass etwas Schlimmes passiert sein musste. Mein Instinkt führte mich geradewegs zur Schlafzimmertür von Großmutter. Ein heller Lichtschein fiel aus dem Türspalt. Drinnen rumorte es. Hatte sie etwa einen Rückfall erlitten?

Als ich eintrat, sah ich Großmutter im Bett liegen. Die Arme hatte sie auf der Bettdecke gefaltet, die Augen waren geschlossen. Im ersten Moment wirkte sie, als würde sie schlafen, doch dann schluchzte Mutter auf. »Ich wollte nach ihr schauen«, sagte sie. »Und da habe ich bemerkt ...« Sie sprach nicht zu Ende.

Als ich um das Bett herumging, bemerkte ich, dass sich Großmutters Brust nicht mehr hob und senkte. Mein Herz zog sich schmerzvoll zusammen. »Mormor«, sagte ich und griff nach ihrer Hand. Sie war bereits ganz kühl. Erschrocken wich ich zurück.

»Sie ...« Mutter schluchzte auf. »Sie muss gestorben sein, kurz nachdem sie sich hingelegt hat.«

Ich umfasste die Schulter meiner Mutter. Noch wütete der Unglaube in mir. Großmutter konnte uns doch nicht so einfach verlassen haben!

»Wir sollten den Arzt holen«, hörte ich mich selbst sagen. »Ich rufe ihn an.«

Mutter nickte schluchzend, dann lief ich los. Dabei spürte ich, wie langsam, aber sicher die Erkenntnis durchsickerte. Großmutter war gestorben! Ohne ein letztes Wort hatte sie die Welt verlassen. Im Arbeitszimmer rang ich mit meiner Beherrschung, dann wählte ich die Nummer. Dr. Hansson meldete sich und versprach, so schnell wie möglich zu kommen.

Als ich aufgelegt hatte, brach ich in Tränen aus. Großmutter war fort! Ich hatte mich nicht mal von ihr verabschieden können!

Ich verließ das Arbeitszimmer wieder und kehrte zu Großmutters Schlafzimmer zurück. Vater war jetzt auch da. Er hielt sich ein wenig abseits, während Mutter neben Großmutter auf dem Bett saß und ihre Hand hielt. Weinend lief ich zu ihr und setzte mich auf die andere Seite. Großmutter lag still und bleich auf den Laken und schien immer weiter zu schrumpfen. Es zerriss mir das Herz, sie so zu sehen, und ich begann, laut zu schluchzen und zu klagen. Nach einer Weile kam Mutter zu mir herüber und umfasste mich.

»Ich bin sicher, dass sie jetzt ihren Frieden hat«, sagte sie. »Und du weißt, dass sie dich sehr geliebt hat. So wie sie wusste, dass du sie sehr geliebt hast.«

Die Worte prasselten über mich wie warmer Regen, doch sie konnten nichts an dem Schmerz ändern, den ich in meiner Brust fühlte. Es war wie damals, als ich erfahren hatte, dass Sören gestorben war. Nein, es war schlimmer. Sörens Tod war für mich eine abstrakte Behauptung gewesen und geblieben, denn ich hatte ihn nicht mehr mit eigenen Augen gesehen. Hier sah ich Großmutter, die nur noch eine Hülle war, nachdem ihr wunderbarer Geist davongeschwebt war. Und das so kurz, nachdem wir von der Hochzeit gesprochen hatten. Sie hatte mich doch vor den Altar schreiten sehen wollen! Warum hatte der Tod sie jetzt schon geholt?

Dr. Hansson kam eine Viertelstunde später beim Gut an. Er sprach uns zunächst noch nicht sein Mitgefühl aus, als wollte er sich mit eigenen Augen davon überzeugen, dass es hier für ihn nichts mehr zu tun gab. Doch bevor er Großmutters Schlafzimmer verließ, reichte er uns die Hand.

»Mein aufrichtiges Beileid zu Ihrem Verlust.« Er machte eine Pause, dann fügte er hinzu: »Ihre Großmutter ist an Herzversagen gestorben. Es muss sehr schnell gegangen sein.«

Ich schluchzte auf.

»Hätten wir noch etwas tun können?«, hörte ich Mutter fragen.

»Nein, wie es aussieht, ist der Tod plötzlich eingetreten. Ihre Mutter wird nicht einmal mehr die Gelegenheit gehabt haben, jemanden zu rufen. Es war sehr rasch vorüber.«

Auch wenn es ein Trost war, dass Großmutter nicht lange Todesangst hatte ausstehen müssen, zerrissen mich die Worte des Arztes völlig. Die Hand vor den Mund gepresst, rannte ich nach unten, aus dem Haus und die Treppe hinab. Erst, als ich den Pavillon erreichte, blieb ich stehen. Vor meinem geistigen Auge erschien Großmutters Bild, wie sie neben mir gesessen hatte. »Ich werde es versuchen«, hatte sie gesagt, als wir davon sprachen, dass sie noch ihren Enkel sehen wollte. Das würde sie jetzt nicht mehr können. Warum hatte sie mir nicht gesagt, dass es ihr nicht gut ging? Sie musste doch irgendwas geahnt haben ...

Weinend schleppte ich mich die Stufen hinauf, setzte mich auf die Bank und legte die Hand auf den Platz neben mir. Warum musste der Tod immer gerade dann kommen, wenn das Leben besser zu werden schien?

Der Abend dämmerte herauf, ohne dass ich viel von dem restlichen Tag mitbekommen hatte. Ich war zugegen, als Mutter mit dem Bestatter sprach, doch es war mir, als beobachtete ich mich aus weiter Ferne.

Gegen acht fand ich mich am Küchentisch wieder und blickte hinaus auf den Himmel, der rot und violett strahlte. Ich fühlte mich schwach und leer. Als Schritte hinter mir ertönten, wandte ich mich um. Mutter kam die Treppe hinunter, mit hängenden Armen und müdem Gesicht. Sie sagte nichts, als sie sich mir gegenübersetzte.

Ich griff nach ihrer Hand. »Immerhin scheint sie keine Schmerzen gehabt zu haben. Und sie hat noch erfahren, dass ich heiraten werde.«

Mutter blickte mich an, presste die Lippen zusammen und nickte. In ihren Augen glitzerte es feucht. »Ja. Wenigstens das konnte sie noch in den Himmel mitnehmen«, sagte sie dann. »Aber ich habe gehofft, dass sie noch ein wenig bei uns bleiben kann. Nur noch ein paar Jahre.«

»Das wünschte ich mir auch. Es ist furchtbar, aber wir können es nicht ändern.«

»Nein, das können wir nicht.«

Meine Augen füllten sich ebenfalls. Sie brannten schon vom vielen Weinen, aber in diesem Moment fühlte es sich sogar tröstlich an.

»Es scheint, als hätte Großmutter auf mich gewartet«, sagte ich, während ich die Tränen vom Gesicht wischte. »Wäre sie in meiner Abwesenheit gestorben ...«

»Nichts hat darauf hingedeutet, dass sie sterben würde«, gab Mutter zurück. »Absolut nichts. Sie war nachdenklich, aber sonst wie immer.«

»Sie hat davon gesprochen, dass wir uns mit der Hochzeit nicht so viel Zeit lassen sollten«, sagte ich. »Möglicherweise hat sie etwas geahnt. Auch wenn sie sicher nicht geglaubt hat, dass es so schnell gehen würde.«

Mutter schüttelte den Kopf. »Ich glaube nicht, dass sie etwas geahnt hat. Es war so ein schöner Moment, als ihr uns von eurer Verlobung erzählt habt. Sie hat so glücklich gewirkt ...«

Schwerfällig erhob ich mich. »Ich rufe Jonas an. Er muss wissen, was passiert ist.« Ich ging um den Tisch herum und legte meine Hand kurz auf Mutters Schulter, dann stieg ich die Treppe hinauf.

Im Arbeitszimmer sah ich den Stapel Briefe, die sich während meiner Abwesenheit auf dem Schreibtisch angesammelt hatten, aber ich hatte keine Lust, sie zu öffnen. Ich setzte mich an den Schreibtisch und griff nach dem Hörer. Während es klingelte, schweifte mein Blick zu dem alten Gemälde, das meine Großmutter gemalt hatte. Es war gut, dass etwas bleiben würde. Durch ihre Bilder hatte sie uns einen Teil ihres Wesens, ihrer Seele dagelassen. Das Klingeln verhallte ohne Antwort. Sicher hatte Jonas noch zu tun. Vielleicht war es wirklich besser, wenn ich ihm nicht den Abend verdarb. Gerade als ich auflegen wollte, hörte ich ein Knacken in der Leitung.

»Carinsson?«, meldete er sich ein wenig atemlos. Offenbar war er die Stufen zu seiner Wohnung hochgerannt.

»Ich bin's, Solveig«, meldete ich mich.

»Schatz, was ist passiert?«, fragte er besorgt. »Du klingst traurig.«

Ich sammelte mich einen Moment lang. »Großmutter ist letzte Nacht gestorben«, sagte ich dann. »Wir ... wir haben sie am Morgen gefunden. Sie ist fortgegangen, einfach so.«

Stille folgte meinen Worten. Im Hörer rauschte es.

»Jonas?«, fragte ich. Manchmal kam es vor, dass Gespräche unterbrochen wurden.

»Das tut mir so leid«, sagte er schließlich. Seine Stimme klang belegt. Ich konnte seinen Schock nur zu gut verstehen. »Das muss schrecklich für dich sein.«

»Das ist es auch. Ich habe am Abend noch mit ihr gesprochen. Nichts hat darauf hingedeutet, dass so etwas passieren würde.«

Jonas seufzte. »Das ist eine schlechte Angewohnheit des Todes. Er kommt, wenn man ihn nicht gebrauchen kann.«

»Ja.« Ich spürte, wie mir die Tränen heiß übers Gesicht liefen. »Ihr Herz ist einfach so stehen geblieben. Diesmal war es wohl nicht mal ein Blutgerinnsel.«

»Wie alt war sie genau?«

»Vierundachtzig.«

»Das ist ein gutes Alter«, gab er zurück. »Natürlich ist jedes Alter zu jung für den Tod, aber sie hatte diese Zeit.«

Ich zog die Schublade auf und fischte nach den Papiertaschentüchern, die ich darin aufbewahrte. »Ich hätte mir so sehr gewünscht, dass sie unsere Hochzeit hätte miterleben können.«

»Das hätte ich mir auch gewünscht«, sagte er. »Wenigstens wusste sie von unserer Verlobung.«

Ich begann wieder zu schluchzen. »Aber warum? Warum ist das Leben so grausam? Es hätte ihr die Hochzeit doch noch gönnen können ...«

Jonas seufzte schwer. »Leider können wir uns das Leben nie wirklich erklären. Und alles Handeln nützt nichts, es tut, was es will. Wäre ich sehr religiös, würde ich sagen, dass es Gott gefallen hat, sie in diesem glücklichen Moment zu sich zu rufen. Aber ich glaube nicht wirklich daran. Auch meinen Eltern hätte es gefallen, mich heiraten zu sehen, aber sie werden es nie erfahren.«

»Stimmt, immerhin wusste sie es ... Sie hat von Urenkeln gesprochen, weißt du? Und sie wollte, dass wir schnell heiraten. Sie wollte all das noch miterleben.«

»Sie wird es. Weil sie in unseren Herzen ist. Wir werden sie nicht sehen können, aber sie wird bei uns sein. Immer.«

Ich schnäuzte mir die Nase und versuchte, meine Augen zu trocknen, aber die Tränen liefen und liefen.

»Brauchst du etwas?«, fragte Jonas schließlich. »Ich weiß, ich bin weit weg, aber kann ich irgendwas für dich tun?«

Am liebsten hätte ich gesagt, dass er herkommen sollte und ich ihn halten wollte. Doch konnte ich das von ihm verlangen? »Deine Stimme zu hören reicht mir schon«, sagte ich schließlich.

»Wirklich?«, erwiderte er zweifelnd.

»Nein, aber ich kann nicht erwarten, dass du jetzt durch die Tür trittst, oder?«

»Wenn ich mein Superheldencape anlege ...«, sagte er, worauf ich kurz auflachte. »Wenn du irgendwas brauchst oder reden möchtest: Ich bin da für dich«, fuhr er fort. »Auch wenn es um Mitternacht ist. Ruf mich einfach an, ja?«

»Das mache ich«, gab ich zurück.

»Ich liebe dich«, sagte er und blieb danach noch so lange in der Leitung, bis ich bereit war aufzulegen.

Da ich in der Nacht nicht schlafen konnte, lief ich noch ein wenig durch das Herrenhaus. Es war schön, wenn alles so still war, aber auch ein wenig beängstigend. Mutter und Vater bereiteten ihren Umzug auf Ekberg vor, wenn sie dort waren, würde ich hier ganz allein sein. Angst vor einem Überfall hatte ich eigentlich nicht, aber mir grauste vor der Einsamkeit. Bis zur Hochzeit mit Jonas würde ich mich gedulden müssen. Möglicherweise war es altmodisch, aber wegen der Trauerzeit würden wir nicht gleich heiraten können. Vielleicht sollte ich mir wirklich Angestellte suchen, die bereit waren, auf dem Hof zu leben. Oder das Gutshaus aufgeben und einen Verwalter dafür bestellen? Nein, das kam nicht infrage. Nicht jetzt, wo wir begonnen hatten, hier so vieles neu zu machen.

An der Tür des Zimmers meiner Großmutter blieb ich stehen. Beinahe war es mir, als wäre sie noch dort, als müsste ich nur die Tür öffnen, um sie im Bett liegen zu sehen. Meine Hand wanderte ganz automatisch zu der Klinke und drückte sie herunter.

Mutter hatte mit der Hilfe von Frau Johannsen das Bett neu bezogen, anschließend hatten wir aufgeräumt, so gut es ging. Ihre Kleider hingen wieder auf den Bügeln im Schrank, ihre Schuhe standen sorgfältig aufgereiht neben der Tür. Obwohl gründlich gelüftet worden war, schwebte noch immer ein Hauch ihres Parfüms in der Luft. Mir schnürte sich das Herz zusammen beim Anblick des leeren Bettes. Unglaube beschlich mich. Obwohl ich sie doch gesehen hatte, war es mir, als würde sie gleich hereinkommen und fragen, was ich hier machte. Ich ging eine Weile umher, berührte die alten Bettpfosten, die Decke und die Kissen.

Tränen liefen mir übers Gesicht, und mein Herz schmerzte, doch zum ersten Mal fühlte ich, wie es Großmutter ergangen sein musste, wenn sie in Ingmars altem Zimmer war. Die Berührung seiner Kleider, seiner Sachen musste ihr das Gefühl gegeben haben, dass er bei ihr war. Schließlich ließ ich mich auf den Sessel sinken, auf dem sie am Tag oft gesessen und aus dem Fenster geschaut hatte. Er war sehr alt, möglicherweise stammte er noch aus der Zeit, in der ihre Eltern jung gewesen waren. Hier und da war der Polsterbezug etwas abgewetzt und verblichen, aber es war ihr Lieblingsplatz gewesen.

Ich blickte hinaus in die Nacht, die dunkel war und nicht einmal Mondlicht zum Trost anbot. Während ich darüber nachdachte, wie es in den kommenden Tagen werden sollte, und der Geruch meiner Großmutter mich umfing, wurden mir schließlich die Augenlider schwer, und ich versank in der Dunkelheit.

Am Morgen wurde ich von Motorengeräusch geweckt. Zunächst war ich ein wenig überrascht, dass ich im Sessel meiner Großmutter geschlafen hatte, dann fiel mir meine nächtliche Wanderung wieder ein. Etwas an dem Brummen da draußen kam mir bekannt vor, also erhob ich mich und blickte aus dem Fenster, von dem aus man eine gute Sicht auf den Hof hatte. Als ich das rote Cabrio sah, schnappte ich nach Luft.

»Das gibt es doch nicht«, sagte ich und schüttelte ungläubig den Kopf. Gleichzeitig wusste ich, dass es kein Traum war. Jonas war gekommen. Offenbar war er die ganze Nacht durchgefahren.

Ich beobachtete, wie er ausstieg und ein wenig unschlüssig vor der Treppe stehen blieb. Ich löste mich vom Fenster und lief aus dem Raum. Mein Herz klopfte mir bis zum Hals. Er war hier! Und das, obwohl ich ihn nicht darum gebeten hatte!

Ich lief die Treppe hinunter und stürmte durch die Eingangshalle.

»Jonas!«

Als er mich sah, rannte er die Treppe hinauf. Auf halbem Weg trafen wir uns und fielen uns in die Arme.

»Du bist da!«, schluchzte ich. »Du bist gekommen!«

»Was hätte ich denn sonst tun sollen?«, fragte er. »Ich werde bald dein Mann sein und kann dich doch nicht allein lassen in dieser schweren Zeit!« Er küsste mich, und ich konnte nicht anders, als in Tränen auszubrechen vor Trauer, aber auch vor Glück, dass er Teil meines Lebens war.

»Es bedeutet mir so viel, dass du da bist!« Weinend krallte ich mich in sein Jackett.

»Ich bin da für dich«, sagte er, während er mich fest an sein Herz drückte und mich einfach weinen ließ. »Ich bin immer da für dich.«

Als ich mich wieder beruhigt hatte, führte ich Jonas die Treppe hinauf. Meine Mutter war mittlerweile auch auf den Beinen und kam uns im Foyer entgegen.

»Es tut mir so leid, Frau Lejongård«, sagte er und reichte

470

ihr die Hand. »Ihre Tochter hat mich gestern angerufen, und ich habe alle Termine für heute abgesagt.«

»Das ist sehr freundlich von Ihnen«, gab Mutter zurück und zog ein Taschentuch hervor. Wieder liefen Tränen über ihr Gesicht. Auch meine Sicht verschwamm. »Kommen Sie doch rein, das Frühstück müsste gleich fertig sein.«

Am Frühstückstisch wurde nur wenig geredet. Hin und wieder sprachen wir von Großmutter, und Mama berichtete, wie sie sie zum ersten Mal getroffen hatte. Papa schwieg beinahe die ganze Zeit.

»Ich wünschte, mir wäre mehr Zeit mit ihr vergönnt gewesen«, bemerkte Jonas. »Ich habe darauf gehofft, dass sie mir noch ein paar Geschichten aus ihrem Leben erzählt.«

Ich legte meine Hand auf seinen Arm und drückte ihn. »Ich werde sie dir erzählen. Soweit ich sie kenne.«

»Kann ich vielleicht irgendetwas tun?«, fragte Jonas schließlich und blickte zwischen meiner Mutter und mir hin und her.

Mama nickte und überlegte eine Weile, dann sagte sie: »Wie wäre es, wenn Sie mit Solveig in die Stadt fahren? Jemand muss noch mit dem Floristen sprechen. Ich könnte ihn anrufen, aber ein persönliches Gespräch hilft sicher, Missverständnisse zu vermeiden.«

Ich wollte schon protestieren, doch dann wurde mir klar, dass sie wollte, dass Jonas und ich ein wenig allein sein konnten.

»Das mache ich mit dem größten Vergnügen«, entgegnete er.

»Aber die Arbeit ...«, setzte ich an, doch Mutter schüttelte den Kopf.

»Das schaffe ich schon. Sag dem Floristen, dass wir auch Blumen für die Gruft benötigen. Rosen. Die hatte sie immer am liebsten.«

Rosen. Es war schon seltsam, dass diese Blume zu vielen Anlässen passte. Einmal machte einem ein geliebter Mensch mit ihnen einen Heiratsantrag, und dann trug man mit ihnen einen anderen geliebten Menschen zu Grabe.

»Ist gut«, sagte ich und blickte zu Jonas. »Nach dem Frühstück fahren wir.«

Am Nachmittag kehrten wir zum Löwenhof zurück. Mit dem Floristen war alles besprochen, und wir hatten die Zeit genutzt, um noch ein bisschen durch Kristianstad zu spazieren. Ich hatte Jonas die Läden gezeigt, die Agneta gern mit mir besucht hatte. Es tat mir gut, über sie zu sprechen und die Wege zu gehen, die sie mit mir gegangen war.

»Wie lange wirst du bleiben?«, fragte ich, als er den Wagen auf der Rotunde zum Stehen brachte.

»Ich fürchte, ich werde nachher wieder zurückfahren müssen«, entgegnete er. »Ich habe morgen früh wichtige Termine, außerdem geht es übermorgen auf Geschäftsreise nach Frankreich.«

»Paris?«, fragte ich.

»Nein, zu einem Weingut in der Bretagne. Deshalb werde ich wohl auch nicht zu Agnetas Trauerfeier kommen können.« Er seufzte schwer. »Ich wünschte, ich könnte dich mitnehmen.«

»Wir werden das ein anderes Mal nachholen.« Dass er nicht da sein würde, machte mich traurig. Er küsste mich und hielt mich eine Weile, dann zog ich ihn mit mir.

Der Abschied von Jonas fiel schwer, aber er versprach mir, mich gleich am nächsten Tag anzurufen. Ich ließ ihn nur ungern ziehen, wusste aber, dass mir die folgenden Tage kaum Zeit für Sehnsucht lassen würden. Die Geschäftswelt mochte mir momentan egal sein, aber es gab vieles, das organisiert werden musste. Ich wünschte, ich hätte damals bei Sörens Tod auch die Möglichkeit erhalten, an seiner Trauerfeier mitzuwirken. Und mir wurde klar, dass ich die Lundgrens mal wieder kontaktieren sollte. Seit dem letzten Telefonat waren zwei Jahre vergangen.

Als er fort war, bat Mutter mich ins Arbeitszimmer. Sie hatte bereits einen Großteil der Briefe, die wir an Mormors Freunde und Bekannte schicken wollten, fertig.

»Hast du Magnus auch schon geschrieben?«, fragte ich.

»Natürlich«, sagte sie. Ohne hinzusehen, zog sie einen Umschlag aus dem Stapel und reichte ihn mir. »Hier. Dieselbe Notiz wie für alle anderen.«

»Nichts Persönliches?«, fragte ich.

»Was hätte ich ihm denn schreiben sollen? Dass es mich freuen würde, ihn wiederzusehen?«

»Ich weiß auch nicht«, sagte ich. »Es ist furchtbar schwierig.«

»Das ist es. Es hat nie nette Gespräche zwischen uns gegeben. Für mich ist es undenkbar, ihm eine Umarmung anzubieten oder ihn einzuladen. Du erinnerst dich doch noch, wie seine Besuche hier abgelaufen sind.«

»Ich habe als Kind nicht glauben wollen, dass er nur böse ist.«

Mutter schüttelte den Kopf. »Er ist nicht böse. Er hat absolut keine Empathie. Er ist selbstsüchtig und wer weiß was noch. Nicht einmal sein Bruder hat ihn in späteren Jahren mehr verstanden.«

»Ich werde die Briefe morgen in die Post geben, dann sollten alle rechtzeitig Bescheid bekommen. Die Trauerfeier ist ja erst am Samstag.« Ich legte meiner Mutter die Hand auf den Arm. »Würdest du dir wünschen, dass es anders wäre zwischen dir und Magnus?«

»Auf jeden Fall!«, sagte sie. »Er ist das Einzige, was noch an Ingmar erinnert. Er war sein Bruder, sein Zwilling. Von Anfang an hatte ich gehofft, dass sich unser Verhältnis bessern würde. Aber das war nicht der Fall. Es ist mit den Jahren immer schlimmer geworden. Ich habe es schon lange aufgegeben, auf ihn zuzugehen.«

»Vielleicht ändert sich durch Großmutters Tod etwas.«

Mutter schüttelte den Kopf. »Das wird es nicht. Und du solltest es auch nicht hoffen. Magnus war nie ein Onkel, wie ihn andere Leute haben. Er hat dich schon immer angesehen, als wärst du Dreck. Dabei hatte er keinerlei Grund, das zu tun. Wir sind genauso gut wie er. Wir teilen sogar ein Stück unseres Schicksals. Auch er hat einen unehelichen Vater, ebenso wie ich. Doch er hat sich schon immer für etwas Besseres gehalten, und daran wird sich nichts ändern. Du solltest dich, wenn es geht, von ihm fernhalten.«

Zwei Tage nach Jonas' Abreise fuhr ein schwarzer Wagen den Weg hinauf und machte auf der Rotunde halt. Zunächst glaubte ich, dass es der Bestatter sei, doch als ich aus dem Fenster sah, blieb mir beinahe das Herz stehen. Aus dem Wagen stiegen Onkel Magnus und sein Sohn Finn. Beide in dunklen Anzügen. Wie es aussah, hatten sie sich sofort nach Erhalt der Nachricht auf den Weg gemacht.

Magnus und Finn gingen gerade die Treppe hinauf, als ich an der Tür erschien. »Guten Morgen«, grüßte ich.

»Ah, Solveig, verzeih, ich habe dich für eines der Dienstmädchen gehalten«, sagte Magnus spöttisch.

»Das macht nichts«, gab ich mit einem gespielten Lächeln zurück. »Ich bin mir dessen bewusst, dass im fortgeschrittenen Alter die Sicht oft ein wenig getrübt ist. Was führt euch zu uns?«

Mein Cousin grinste mich schief an. Es war mir klar, dass er kein bisschen traurig über den Tod seiner Großmutter war, denn er hatte nie wirklichen Kontakt zu ihr.

»Ich hatte es meiner Mutter versprochen«, sagte Magnus mit blitzenden Augen. »Ich sagte, dass ich den Löwenhof wieder betreten würde, wenn sie die Augen für immer schließt. Und da bin ich.«

»Was suchst du hier?«, fragte eine Stimme hinter mir. Ich hatte nicht bemerkt, dass Mutter aufgetaucht war. »Die Trauerfeier ist erst übermorgen.«

»Ah, Cousine Mathilda, es ist stets eine Freude, dich wiederzusehen.«

»Eine, die nicht auf Gegenseitigkeit beruht, aber das weißt du ja. Wir beide waren zueinander immer sehr ehrlich, nicht wahr?«

Magnus' Blick verfinsterte sich. »Du freust dich sicher schon auf das Erbe, das du dir erschlichen hast«, kam es unvermittelt aus seinem Mund.

Ich musste zugeben, dass ich auf etwas Derartiges nicht gefasst war. Ebenso wenig Mutter. Ich sah ihr an, dass sie ihn am liebsten die Treppe hinuntergestoßen hätte.

»Wenn du auf diese Weise mit mir reden willst, kannst du auch gleich wieder verschwinden«, fauchte Mutter zurück. Die Spannung zwischen ihnen war augenblicklich greifbar.

»Warum sollte ich?«, gab er zurück. »Meine Mutter ist gestorben. Da ist es doch nur angemessen, dass ich als ihr einziger Sohn Abschied von ihr nehmen möchte.«

»Wie du vielleicht weißt, sind die Zeiten, in denen man Tote zu Hause aufbahrte, vorbei. Wenn du Abschied nehmen willst, kannst du das wie alle kurz vor der Trauerfeier tun.«

Magnus blickte Mutter lange an. Ich erinnerte mich wieder an die Geschichten, die sie von ihm erzählt hatte. Wie er sie wegen ihrer Herkunft gedemütigt hatte, ohne zu wissen, dass sie die Tochter seines Onkels war.

»Komm, lass uns fahren, Vater«, sagte Finn da und griff nach dem Arm seines Vaters, doch Magnus schüttelte ihn ab. Ich wusste nicht, was ich davon zu halten hatte. Offenbar war Finn vernünftiger als sein Vater. »Sie ist es doch nicht wert«, fügte er im nächsten Augenblick hinzu und zerstörte damit meine Illusion. Nein, er war genau wie sein Vater. Finn war drei Jahre jünger als ich, Magnus' einziges Kind.

»Nun gut, lassen wir das«, sagte Magnus, schien aber nicht die Absicht zu haben zu gehen. »Ihr erinnert euch sicher noch an Finn, nicht wahr?« Magnus legte den Arm über seine Schultern. »Es ist schön, ihm wieder einmal den Löwenhof zeigen zu können.«

»Du hast auf dem Hof nichts zu suchen«, brummte Mutter.

»Aber es ist doch mein Elternhaus!«, gab er gespielt beleidigt zurück, blickte sich um, und ein Lächeln trat auf sein Gesicht, das mir überhaupt nicht gefiel. »Es scheint aufwärtszugehen mit dem Gut«, bemerkte er und blickte sich um. »Wie ich sehe, sind neue Stallanlagen dazugekommen. Ich frage mich, woher ihr das Geld habt, wo man doch munkelt, dass ihr nicht mehr das Königshaus beliefert.«

»Das ist überhaupt nicht dein Problem«, sagte ich. »Wir haben andere Wege gefunden, den Hof zu stabilisieren.«

»Hast du etwa reich geheiratet?«, fragte er. »Sind Glück-
wünsche angebracht?«

»Du scheinst vergessen zu haben, dass sich die Zeiten geändert haben. Glaubst du wirklich, Frauen könnten kein Geschäft führen?«

»Nun, wir werden sehen. Möglicherweise wird sich hier
in nächster Zeit einiges ändern.« Er blickte zu seinem Sohn.
Ich wurde das Gefühl nicht los, dass das etwas zu bedeuten
hatte.

»Deine Mutter hat dich enterbt, daran erinnerst du dich
hoffentlich noch«, sagte Mutter. Ich bemerkte, dass ihre
Knöchel weiß wurden.

»Ja, daran erinnere ich mich noch gut. Aber es gibt Mittel
und Wege. Und du kannst mir glauben, ich werde alles tun,
um den Löwenhof nicht in den Händen eines Bastards zu belassen.«

Mutter wirkte nun, als würde man ihr den Boden unter
den Füßen wegziehen. Ich ballte wütend die Fäuste. Wie
konnte er sie als Bastard beleidigen? Genau genommen war
er auch einer. Und war die Zeit, in der man unehelich schwan-
gere Frauen verurteilte, nicht eigentlich vorbei?

In dem Augenblick fuhr mein Vater auf die Rotunde. Er
war im Dorf gewesen, um mit dem Pastor zu sprechen. Wahrscheinlich hatte er Magnus und Finn bereits bemerkt. Er
stieg aus und kam mit langen Schritten auf uns zu. Es freute
mich, dass Magnus zusammenzuckte. Meinem Vater war er
körperlich deutlich unterlegen.

»Ah, Magnus, ich habe ja schon fast mit deinem Auftauchen gerechnet«, sagte er, ohne ihn zu begrüßen, und
stemmte die Hände in die Seiten. »Belästigt er euch?«, wandte er sich dann an uns.

»Wie ich sehe, ist der Tischler auch immer noch da«, sagte Magnus.

»Gibt es damit ein Problem?«, fragte mein Vater drohend. Er war kein Mann, der rohe Gewalt anwendete, aber Magnus kannte ihn wahrscheinlich nicht gut genug, um das zu wissen. Sein Auftritt und der finstere Blick, mit dem Vater ihn musterte, jagten Magnus wohl doch Respekt ein.

»Nein, keineswegs. Da meine Mutter nicht mehr hier ist, erübrigt sich meine Anwesenheit«, erwiderte er. »Allerdings bin ich sicher, dass wir uns schon bald wiedersehen werden. Komm, Finn, wir gehen. Wenn die Luft hier besser ist, kehren wir zurück.«

»Was soll das heißen?«, brauste mein Vater auf, doch ich legte ihm die Hand auf den Arm. Innerlich zitterte ich vor Wut, doch in diesem Augenblick durfte niemand die Beherrschung verlieren.

Magnus zog seinen Sohn mit sich, wenig später stiegen beide in den Wagen.

Erst als er diesen von unserem Hof lenkte, löste sich die Spannung aus Mutters Körper. »Das hat uns gerade noch gefehlt«, sagte sie. »Ein Streit mit Magnus. All die Jahre war Ruhe. Ich hätte wissen sollen, dass er es wieder versucht.«

»Er wollte nur mal wieder Unruhe stiften, das ist alles«, versuchte ich, sie zu beruhigen. »Wir kennen das ja.«

»Ja, aber diesmal gibt es keine Agneta, die ihn in die Schranken weisen kann.«

»Wir tun es«, sagte ich. »Aber bedacht und unaufgeregt. Ich hätte ihn für seine Bemerkungen ohrfeigen können, doch ich nehme an, das wollte er erreichen.«

»Ja, das wollte er«, pflichtete mir mein Vater bei.

»Wir hätten ihn nicht benachrichtigen sollen«, sagte Mutter, doch ich schüttelte den Kopf.

»Es war richtig. Anständig. Er gehört zur Familie. Wenn er es aus der Zeitung erfahren hätte, wäre es noch schlimmer gewesen. So kann er uns nichts anlasten. Dass wir ihn mit offenen Armen empfangen würden, hat er sicher nicht erwartet. Aber wir haben es geschafft, keine Dummheit zu begehen. Er ist gegangen. Wahrscheinlich werden wir ihn erst zur Trauerfeier wiedersehen.«

»Ich wünschte, er würde nicht kommen«, sagte Mutter bitter.

»Doch, er muss kommen. Das ist er seiner Mutter schuldig. Er würde sich selbst schaden, wenn er es nicht täte.« Ich machte eine Pause und blickte zu Vater, der immer noch aufgebracht wirkte. »Wir werden das schaffen. Der Tag wird vorbeigehen, und dann haben wir Ruhe vor ihm.«

»Darauf würde ich nicht wetten«, entgegnete Mutter. »Aber ich stimme dir zu, wir haben jetzt erst einmal Besseres zu tun, als uns um ihn zu kümmern.«

»So ist es«, sagte ich. »Lass uns wieder reingehen und einen Kaffee trinken. Danach sehen wir weiter.«

27. Kapitel

Trübes Morgenlicht begrüßte den Tag, an dem Agneta Lejongård zu Grabe getragen wurde. Mir war das Herz so schwer wie schon lange nicht mehr. Dazu kam, dass ich mich in dem schwarzen Kleid eingesperrt fühlte. Ich hatte so gehofft, dass ich so schnell an keiner weiteren Trauerfeier teilnehmen musste.

Meiner Mutter ging es nicht viel besser. Ich wusste, dass sie sich vor dem Zusammentreffen mit Magnus fürchtete. Sein Auftritt auf unserem Hof hatte sie dazu gebracht, stundenlang im Salon vor sich hin zu brüten. Es schien, als spiele sie alle möglichen Szenarien durch, um vorbereitet zu sein.

Ich betrachtete mich im Spiegel. Großmutter zu Ehren trug ich die Kette, die sie mir für den Sportlerball gegeben hatte. Ich hatte wieder in den Ohren, was sie gesagt hatte: Ich war die erste Lejongård, die grüne Augen hatte – dank meines Vaters, von dem ich diese seltene Farbe geerbt hatte. Ich wusste nicht, warum mir gerade dies einfiel. Es gab so vieles, aber jetzt konnte ich nur daran denken. Ich rückte das Schmuckstück gerade, strich über den Rock und verließ dann mein Zimmer.

Unten saß Mutter auf einem Stuhl im Esszimmer und

blickte gedankenverloren aus dem Fenster. Sie trug ein schwarzes Kostüm, schwarze Strümpfe und Pumps. Ihre Haare waren im Nacken zu einem strengen Knoten geschlungen.

Als sie mich bemerkte, beendete sie ihre Betrachtung. »Du siehst schön aus«, sagte sie.

»Du auch«, gab ich zurück, worauf sie abwinkte.

»Ich bin eine alte Frau.«

»Warum sollte ein Mensch im Alter nicht mehr schön genannt werden?«, fragte ich. »Auch Großmutter war schön. Bis zuletzt.«

»Das war sie. Aber ich komme mir so müde vor.« Sie atmete tief durch. »Wenn doch dieser Tag bloß schon zu Ende wäre.«

»Er wird vorübergehen«, sagte ich und nahm sie in meine Arme.

»Ja. Ich hoffe nur, dass Magnus sich wenigstens einmal zurückhalten kann.«

»Das wird er, da bin ich sicher. Und wenn du nicht willst, brauchst du auch nicht mit ihm zu reden. Ich übernehme das.«

»Du bist ihm nicht gewachsen«, sagte Mutter besorgt.

»Ich denke schon, dass ich das bin.« Ich küsste meine Mutter auf die Wange. Sie roch nach Rose und Bergamotte, ihr Lieblingsparfüm. Neben den Maiglöckchen war das der Duft, den ich am meisten mit ihr verband.

»Seid ihr fertig?«, fragte Vater, der an der Tür erschienen war. Ihn in einem schwarzen Anzug mit Krawatte zu sehen war ein ungewohnter Anblick für mich.

Als wir die Dreifaltigkeits-Kirche in Kristianstad betraten, fiel mein Blick auf den schönen Sarg aus rotbraunem Holz,

den wir für Großmutter ausgesucht hatten. Das Blumenge-
binde darauf bestand aus Rosen, deren Farbe an einen Son-
nenuntergang erinnerte. Ihr schwerer, süßer Duft erfüllte
die Luft. In der Mitte des Ganges verharrten wir und sprachen ein stilles Gebet, dann gingen wir weiter. Zu meiner
großen Überraschung waren Magnus und seine Familie bereits anwesend. Sie hatten auf der rechten Seite Platz genommen. Mutter bugsierte uns nach links.

»Das ist typisch für ihn«, flüsterte sie und warf ihm einen
bösen Blick zu.

Er tat so, als gäbe es uns nicht. Lediglich seine Frau nickte uns zu. Rosa war früher einmal recht hübsch gewesen. Zu
ihrer Hochzeit waren weder Agneta noch meine Mutter eingeladen gewesen, aber kurz darauf war ein Brief eingetroffen,
in dem ein Foto von ihm und seiner Frau steckte. Ich war
damals noch sehr klein gewesen, zu klein, um mich daran
zu erinnern, wie Großmutter darauf reagiert hatte. Irgendwann, als ich alt genug war, um die Zusammenhänge innerhalb unserer Familie zu verstehen, hatte ich das Bild einmal
gesehen und gefragt, wer die beiden seien. Ich hatte den
Mann im ersten Moment für Ingmar gehalten, dessen Bild
bei uns präsent war, doch da sagte Großmutter, dass es mein
Onkel Magnus und seine Frau seien.

»Was meinst du?«, fragte ich Mutter, als wir Platz genommen hatten.

»Er hat die rechte Seite gewählt. Er weiß, dass wir nicht
neben ihm sitzen würden, also bleibt uns nur die linke Seite.«

»Und was ist daran so schlimm?«, fragte ich. »Es gibt dort
ohnehin nur vier Plätze.«

»Es geht nicht um die Plätze, sondern um die Seite. Sagt
dir der Begriff ›zur linken Hand‹ etwas?«

Das tat er. Zur linken Hand hatten früher die Mätressen gesessen. Die Frauen, die nicht standesgemäß waren. Die linke Seite war in den Augen der Menschen damals die Seite des Bösen. Aber würde Magnus so weit gehen, uns auf diese Weise mitteilen zu wollen, dass wir nicht in diese Familie gehörten? Oder hatte er sich ganz einfach nichts dabei gedacht?

Ich sah zu ihnen hinüber. Finn starrte auf den Boden und nestelte an seinem Jackett, als wäre das alles hier eine lästige Angelegenheit, die er schnell hinter sich haben wollte. Rosa blickte immer wieder verstohlen zu uns rüber. Magnus hielt seinen Blick starr auf das Kreuz gerichtet, das über dem Altar hing. Nichts deutete darauf hin, dass irgendeine Bosheit gegen uns geplant war. Aber ich wusste, was Mutter dazu sagen würde. Dass genau dies die Absicht von Magnus war.

Mutter berührte mich am Arm. »Schau nicht so offensiv zu ihnen hin. Möglicherweise kommt er noch auf die Idee, die Trauerfeier mit einem Skandal anzureichern.«

»Mutter«, sagte ich. »Warum sollte er das tun? Bleib bitte ruhig, ich bin sicher, dass nichts geschehen wird. Ignorier ihn einfach.« Ich umfasste ihre Hand. »Lass dir von ihm nicht den Moment verderben. Wir werden Großmutters Leben würdigen. Magnus soll uns das nicht kaputt machen.«

Mutter nickte. »Du hast recht«, sagte sie, aber ihr Körper blieb weiterhin gespannt. »Es wäre ungerecht gegenüber Agneta, wenn wir unsere Gedanken diesem Kerl da drüben zuwenden würden.«

Wenig später strömten die anderen Trauergäste herein. Aus dem Augenwinkel heraus beobachtete ich, wie sie im Gang haltmachten. Einige Männer neigten die Köpfe.

Der Gottesdienst war ruhig und würdevoll. Der Pastor erinnerte an die wichtigsten Momente in Agnetas Biografie, und ich war von Neuem fasziniert, was für ein interessantes Leben sie gehabt hatte. Gleichzeitig fragte ich mich, ob es nicht auch vieles gab, das Großmutter gern anders gemacht hätte. Wenn sie Malerin geworden wäre, hätte sie dann mehr für die Frauenrechte einstehen können? Wenn sie Lennard nicht geheiratet hätte und frei geblieben wäre? Wenn sie auf die Idee gekommen wäre, den Löwenhof mit dem Turniersport zusammenzubringen?

Aber ich wusste, dass sie in einer Sache nichts bereut hatte: meine Mutter auf den Löwenhof zu holen, sie zu ihrer Nachfolgerin zu bestimmen und mir eine wunderbare Großmutter zu sein. Mein Herz quoll über vor Liebe zu ihr, und auch wenn mir Tränen über die Wangen liefen und meine Brust schmerzte, fühlte ich doch Wärme in mir.

Als die Zeremonie vorbei war, wurde der Sarg unter dem Klang der Orgel aus der Kirche getragen. Wir würden nun zu unserem Dorffriedhof fahren.

Ich blickte zu Magnus, der sich erhob. Einen Moment lang meinte ich, echte Trauer auf seinem Gesicht zu sehen. Doch dieser Eindruck verschwand sofort, als sich unsere Blicke trafen. Augenblicklich wurde seine Miene zu einer undurchdringlichen Maske. Er schaute weg und tat so, als wäre ich nicht da.

Nachdem wir die Kirche verlassen hatten, kam eine alte Frau auf uns zu. Sie wurde von einer Pflegerin im Rollstuhl geschoben und hatte ihre Hände auf dem Schoß gefaltet, der von einer dunklen Karodecke bedeckt wurde.

Mutter berührte mich am Arm, und ich wappnete mich schon gegen eine Hiobsbotschaft, doch dann wisperte sie mir zu: »Das gibt es doch nicht.« Im nächsten Augenblick war die Frau bei uns.

»Frau Andersson?«, fragte meine Mutter ein wenig ungläubig. »Sie sind doch Marit Andersson, nicht wahr?«

Die Frau nickte. »Jedenfalls ist das mein Mädchenname. Dass Sie sich noch an mich erinnern ...«

Mutter blickte zu mir und sagte: »Das ist meine Tochter Solveig.«

Die Frau hob zitternd ihre Hand. »Freut mich, Sie wiederzusehen. Beim letzten Mal sind Sie durch den Salon gekrabbelt und haben auf Bauklötzchen herumgekaut.«

Ich ergriff die Hand der Frau. »Die Freude ist ganz meinerseits. Sie sind die Freundin meiner Großmutter, nicht wahr?«

»Ja, die bin ich«, sagte sie, machte eine kleine Pause und lächelte dann. »Und ich werde es immer sein. Allerdings hätte ich erwartet, dass ich als Erste abtreten würde. Jetzt hat sich Agneta aus dem Staub gemacht, ohne mich mitzunehmen. Aber ich bin sicher, dass ich ihr bald folgen kann.«

Ich musste sie aufgrund ihrer Worte erschrocken angesehen haben, denn sie fügte hinzu: »Schauen Sie mich nicht so an, Kindchen. Ich weiß, wenn man so jung ist wie Sie, denkt man nur ans Leben und nicht an den Tod. Aber glauben Sie mir, in meinem Alter ist man bereit für die Reise in eine andere Welt.«

»Denken Sie denn, dass Sie meine Großmutter dort wiedersehen werden?«

»Natürlich werde ich das! Und dann bin ich auch endlich diese kranke Hülle los, und wir beide können wieder wie früher herumtollen.«

Damit wandte sie sich an Mathilda. »Wissen Sie, ich bin sehr froh, dass Sie mich damals angehört und nicht weggeschickt haben mit dem Brief. Sie haben Agneta damit so viel gegeben, und dafür danke ich Ihnen.«

»Standen Sie denn noch in Kontakt mit ihr?«, fragte Mutter ein wenig überrascht. Großmutter hatte hier und da etwas von Marit erzählt, und ich wusste auch, dass sie ihr hin und wieder schrieb.

Frau Andersson gab ihrer Begleiterin ein Zeichen, worauf diese ihr eine kleine Tasche reichte. Es fiel ihr ein wenig schwer, den Inhalt hervorzuziehen, doch als es ihr schließlich gelungen war, erkannte ich einen Packen Briefe.

»Das hier sind die letzten, die Agneta mir geschickt hat. Der allerletzte kam vor einer Woche bei mir an. Ich hatte keine Gelegenheit mehr, ihn zu beantworten. Aber ich sage Ihnen, Agneta hat von Ihnen beiden stets mit großer Liebe gesprochen.«

Sie reichte der Pflegerin die Briefe wieder zurück.

»Tja, nun werde ich mir das, was ich Agneta schreiben wollte, merken müssen und es ihr sagen, wenn ich ihr begegne, nicht wahr?« Sie zwinkerte uns zu, dann sagte sie: »Es war schön, Sie beide wiederzusehen. Ein wenig von Agneta bleibt noch auf der Welt, das ist gut zu wissen.«

»Kommen Sie noch mit zum Löwenhof?«, fragte Mutter, doch Frau Andersson schüttelte den Kopf. »Nein, die Fahrt hierher war anstrengend, und ich brauche jetzt eine Weile für mich. Macht es gut, ihr Frauen vom Löwenhof.«

»Sie auch«, sagte ich, dann verabschiedeten wir uns von ihr.

Großmutter wäre sicher sehr erfreut gewesen, dass sich das gesamte Dorf auf dem Friedhof versammelt hatte. Während der Pastor darüber sprach, dass Agneta endlich mit ihrem Ehemann Lennard vereint sei, schaute ich in die Gesichter der Leute. So viele Generationen! Einige Leute waren im gleichen Alter wie Großmutter, andere jünger als ich. Manche von ihnen trugen ihre Kinder auf dem Arm.

Wie mochte es aussehen, wenn ich eines Tages starb? Würde ich den Erwartungen der Menschen hier gerecht geworden sein? Wir hatten andere Zeiten, sicher, aber dennoch bedeutete die Herrin des Löwenhofes viel für die Menschen in der Gegend.

Als der Sarg meiner Großmutter schließlich in die Gruft getragen und in das für sie vorgesehene Fach gestellt wurde, ging ich zu Mutter und umarmte sie. Wir beide hielten uns und weinten, bis schließlich Vater zu uns kam und uns beide in die Arme nahm.

Auf der Trauerfeier, die auf dem Löwenhof stattfand, hielt ich Ausschau nach Magnus, doch glücklicherweise konnte ich ihn nicht entdecken. »Ist Magnus mit seiner Familie nicht mit ins Dorf gekommen?«, fragte ich meinen Vater. Der schüttelte den Kopf.

»Offenbar nicht. Ich habe gesehen, wie er in Kristianstad in seinen Wagen gestiegen ist. Mathilda hatte mir aufgetragen, ein wenig die Augen offen zu halten.« Er blickte mich an und fragte dann: »Hast du ihn hier irgendwo bemerkt?«

Ich schüttelte den Kopf. »Nein, bisher nicht. Also haben sich Mutters schlimmste Befürchtungen doch nicht bewahrheitet.«

»Gott sei Dank!«, sagte Vater. »Das hätte uns noch gefehlt.«

Als die Trauerfeier sich dem Ende zuneigte, bedankten wir uns bei den Gästen und gingen dann in die Küche, wo Frau Johannsen uns einen starken Kaffee brühte.

»Vielen Dank, Frau Johannsen«, sagte ich. »Vielleicht mögen Sie Feierabend machen? Sie waren schon lange genug hier.«

»Das ist kein Problem«, sagte sie. »Es ist das Mindeste, was ich für Ihre Großmutter tun konnte. Und für Sie.«

»Und dafür danken wir Ihnen sehr.« Mutter zog einen kleinen Umschlag aus der Tasche. »Hier, das ist für Sie.«

»Ach was, lassen Sie nur!«, sagte die Köchin. »Ich brauche dafür nichts extra.«

»Wirklich nicht?«, fragte Mutter. »Sie haben einen ganzen Samstag auf dem Gut verbracht.«

»Es war für einen guten Zweck. Wir sehen uns dann am Montag.«

»Nehmen Sie ruhig frei, wenn Sie mögen«, sagte ich. »Wir können uns selbst etwas zaubern.«

»Nichts da, ich bin Montag hier. Ich wünsche Ihnen einen schönen Abend.«

»Ihnen auch, Frau Johannsen.«

Die Köchin schälte sich aus ihrer Schürze und verließ die Küche. Wir schauten noch eine Zeit lang in unsere Tassen, dann sagte Mutter: »Du wirst jetzt eine Weile allein hier sein. Meinst du, du schaffst das?«

»Mutter«, protestierte ich. »Ich bin alt genug. Ich kann auf mich selbst achtgeben.«

»Das weiß ich. Doch das Haus ist so groß und nachts voller Schatten. Ich frage mich, ob du dich darin nicht einsam fühlst.«

»Der Stallmeister und die Stallburschen sind im Gebäude nebenan. Es ist immer jemand auf dem Hof, an den ich mich im Notfall wenden kann. Und irgendwann werden wir hier auch wieder mehr Personal haben.«

Ich konnte Mutter ansehen, dass sie etwas anderes meinte. »Dass dein Verlobter gekommen ist, um dich zu trösten, rechne ich ihm hoch an. Vielleicht ...«

Ich zog die Augenbrauen hoch. »Meinst du, dass Jonas möglichst schnell auf den Löwenhof ziehen sollte?«, fragte ich direkt.

Mutter seufzte. »Mir wäre wohler, wenn ich wüsste, dass jemand bei dir ist. Jemand aus der Familie. Jemand, den du liebst. Gerade jetzt, wo Agneta nicht mehr da ist.«

Ich streckte meinen Arm über den Tisch und griff nach ihrer Hand. »Ich werde es schon schaffen, glaube mir. Und ihr seid ja noch mindestens bis zur Testamentseröffnung hier.«

»Ja. Auch wenn ich daran lieber nicht denken will«, sagte Mutter und nahm einen Schluck Kaffee. »Magnus hat es diesmal auf sich beruhen lassen, aber das heißt nicht, dass er nicht schon den nächsten Schritt plant.«

»Was soll er denn tun?«, fragte ich. »Er will uns Angst einjagen, das ist alles. Aber wir lassen uns nicht unterkriegen.«

»Er wird versuchen, an sein Erbe zu gelangen.«

»Aber Großmutter hat ihn enterbt.«

»Dennoch wird er es versuchen. Er ist sehr klug, Solveig. Wie er seine Intelligenz einsetzt, ist eine andere Frage, aber man darf ihn nicht unterschätzen. Er wird wiederkommen. Er wird etwas von uns fordern.«

Am Tag der Testamentseröffnung war ich so nervös wie noch nie in meinem Leben. Ich hasste meinen Onkel Magnus dafür, dass er es erreicht hatte, dass die Sorge um seine Ansprüche die Trauer um meine Großmutter überwog. Was, wenn er wirklich Recht erhielt? Wenn ein Anwalt irgendetwas durchsetzen konnte? Es ging uns wirtschaftlich besser, aber die Bauvorhaben ließen uns keinen großen finanziellen Spielraum. Wenn wir Magnus auszahlen mussten, würden wir von Neuem gezwungen sein, Schulden zu machen.

Die Briefe auf dem Schreibtisch fielen mir wieder ein. Inzwischen waren neue hinzugekommen. Es würde bestimmt einen ganzen Tag dauern, um alle zu öffnen und zu sichten. Gerade als ich mit dem Gedanken spielte, ins Arbeitszimmer zu gehen, klopfte es an meine Tür.

»Bist du so weit?«, fragte meine Mutter von draußen.

»Ja, Mama«, antwortete ich. »Komm ruhig rein.«

Mutter sah aus, als wollte sie zu einem Geschäftstermin. Ihr schwarzes Kostüm ähnelte dem meinen, war aber noch ein bisschen strenger geschnitten. Sie hatte kaum Make-up aufgelegt, und ihre Haare waren zu einem strengen Knoten geschlungen. Ein wenig erinnerte sie mich an eine der Lehrerinnen im Gymnasium.

Ich selbst trug mein Haar etwas lockerer zusammengesteckt. Einerseits, weil es mir besser gefiel, andererseits, weil ich das Gefühl gehabt hatte, mir beim Schlingen des Knotens die Finger zu verbiegen.

»Mir graut vor dem Notar«, sagte sie. »Es ist schon sehr lange her, dass ich das letzte Mal in einer Kanzlei war. Doch jedes Mal endete es mit einem kleinen Schock.«

Ich kannte die Geschichte ihrer Notarbesuche sehr gut. Beim ersten Mal erhielt sie Agneta als Vormund, dann erfuhr sie, dass sie eigentlich Agnetas Nichte war. Das Testament von Lennard machte sie zur Miterbin von Gut Ekberg, das von Ingmar erklärte sie zur Alleinerbin seines Gutes. Und beim letzten Mal wurde sie Agnetas Tochter. Nicht immer waren es negative Überraschungen, aber jedes Mal nahm ihr Leben eine Wende.

»Das haben Testamente wohl so an sich«, sagte ich. »Ich weiß gar nicht, womit ich rechnen soll.« Ich nahm meine Handtasche und hakte mich bei ihr unter. Gemeinsam verließen wir das Zimmer und stiegen die Treppe hinab. Vater wartete bereits am Wagen.

In Kristianstad herrschte dichter Verkehr, der Vater nervös auf dem Lenkrad herumtrommeln ließ.

»Es wird alles gut werden«, sagte ich. »Ihr werdet sehen. Alles wird sich klären.«

Es ging zwar langsam voran, doch schließlich erreichten wir das Notarbüro. Die Zeiger der Uhr standen auf fünf vor zehn.

Im Warteraum saßen wir wie auf Kohlen. Immerhin war Magnus nicht anwesend, das schien meine Eltern ein wenig zu erleichtern. Und auch ich war froh, denn unter diesen Umständen wollte ich nicht noch einen Streit. Oder wartete er schon im Büro? Hatte er sich ausgebeten, nicht mit uns zusammen vorgelassen zu werden? Vielleicht war er aber auch nicht gekommen, wollte es sich ersparen, noch einmal durch das Verlesen seiner Enterbung gedemütigt zu werden.

Kurz nach zehn erschien der Notar. Er war ein gut aussehender Mann in den Vierzigern mit dem klangvollen Namen Daniel Ekengren. Sein Aftershave roch ziemlich teuer, und mit seinem Anzug hätte er sogar einige höhere Sportfunktionäre neidisch gemacht. Er begrüßte uns mit einem nonchalanten Lächeln und bat uns in sein Büro, das schlicht in Schwarz und Weiß gehalten war. Ich fragte mich, wie Großmutter dazu gekommen war, diesen Notar zu wählen.

»Zunächst möchte ich Ihnen mein tief empfundenes Mitgefühl aussprechen«, sagte er. »Ich hatte das Glück, Ihre Mutter und Großmutter noch persönlich kennenzulernen, nachdem ich die Kanzlei von Herrn Jensen übernommen hatte. Da jetzt alle beteiligten Personen anwesend sind, werde ich mit der Verlesung des Testaments beginnen.«

Er brach das Siegel, das einen großen Umschlag verschlossen hielt, und zog das Papier heraus. Es waren zwei Seiten.

Ekengren begann mit der Standardformel für seine beisitzende Sekretärin, wonach heute das Testament von Agneta Sophie Lejongård eröffnet werde. Danach begann er:

»Liebe Mathilda, liebe Solveig,

wenn ihr diese Worte hört, wisst ihr bereits, dass ich die Welt verlassen habe. Es tut mir leid, euch diesen Schmerz zufügen zu müssen, aber ich habe keine andere Wahl. Man kann vieles im Leben zu seinen Gunsten beeinflussen, aber der Tod ist ein sehr schlechter Handelspartner. Von daher bleibt mir nur, euch ein paar letzte Dinge mit auf den Weg zu geben.

Zum Ersten: Egal, was kommen mag, genießt euer Leben und versucht, es so positiv wie möglich zu durchschreiten. In den vielen Jahrzehnten meines Lebens habe ich gelernt, dass es nicht viel nützt, mit dem Schicksal zu hadern. Man muss das Beste daraus machen. Menschen kommen und gehen, aber die Liebe bleibt. Das müsst ihr euch immer vor Augen halten. Ich habe es durch euch gelernt.

Mathilda, ich mag dir in deinem Leben unrecht getan haben, aber es war einer der schönsten Momente, als du mir verziehen hast. Ich wüsste nicht, was ich ohne dich hätte tun sollen. Du warst die Tochter, die ich nie hatte, und durch dich war der Verlust meines geliebten Ingmar erträglich. Du gehörtest immer auf den Löwenhof, und du hast einen festen Platz in meinem Herzen. Ich danke dir für die vielen schönen Jahre, die wir gemeinsam hatten.

Solveig, weißt du, dass dein Name ›Weg der Sonne‹ bedeutet? Ich bin mir nicht sicher, ob ich es einmal erwähnt habe. Wenn ja, verzeih mir, dass ich es wiederhole, ich bin eine alte Frau, deren Gedächtnis nicht mehr das ist, was es einmal war.

Du bist an einem Tag geboren, als Frieden in Europa einzog. Und du bist die Zukunft des Löwenhofes. Aber noch viel mehr: Du bist einer der Menschen, die ich am meisten auf dieser Welt liebe. Ich hoffe, dass der Schmerz, den du erleiden musstest, dich nicht davon abhält, fröhlich zu sein. Ich wünsche dir Liebe und Zufriedenheit und hoffe, dass du ein langes Leben hast. Wenn es einen Himmel gibt, werde ich versuchen, über dich zu wachen, kleine Sonne.

Ihr beide seid die wichtigsten Menschen meines Lebens. Gebt auf euch acht, und sollten wir uns irgendwann einmal wiedersehen, freue ich mich auf die Geschichten, die ihr mitbringt.

In Liebe, Agneta.«

Der Notar war sichtlich bewegt, als er den Brief beiseitelegte. Doch schnell fing er sich wieder. Er räusperte sich und griff nach dem nächsten Blatt.

»Im Vollbesitz meiner geistigen Kräfte erkläre ich Solveig Lejongård zur Haupterbin meines Vermögens und des Titels der Gräfin von Lejongård. Sämtliche im Anhang aufgezeichnete Besitztümer gehen in ihren Besitz über, abzüglich des Anteils für die weitere Erbin.

Diese ist meine Adoptivtochter Mathilda Lejongård, geborene Wallin. Sie erhält aus meinem Vermögen eine einmalige Summe von hunderttausend Kronen. Meinen leiblichen

Sohn Magnus Thure Lejongård erkläre ich hiermit für enterbt.«

Mutter atmete nicht auf, doch ich spürte ihre Erleichterung. Magnus würde also nichts bekommen. Oder doch? Angesichts des Gesichtsausdrucks des Notars kam ich nicht umhin nachzufragen. »Bedeutet das, dass mein Onkel keinen Anspruch auf einen Erbanteil hat?«

Ekengren legte den Zettel auf dem Schreibtisch ab. »Bedaure, aber ganz so einfach ist es nicht.«

»Wie bitte?«, fragte Mutter.

»Eine Enterbung umfasst nur den gesetzlichen Anteil des Erbes. Doch nach dem Noterbrecht ist es dem Enterbten möglich, einen Pflichtteil geltend zu machen.«

»Pflichtteil?«, fragte ich, während ich sah, wie Mutter das Blut aus dem Gesicht wich. »Was hat das zu bedeuten?«

»Es bedeutet, dass der Enterbte einen gesetzlichen Anspruch in Höhe der Hälfte des Anteils hat, den er erhalten hätte, wäre das Erbe zu gleichen Teilen verteilt worden. Berechnet wird dieser Anteil an dem Wert des Besitzes der Erblasserin.«

»Das ist doch nicht möglich!«, sagte Mutter aufgebracht. »Agneta wollte nicht, dass ihrem Sohn etwas zugesprochen wird. Haben Sie eine Ahnung, wie er seine Mutter behandelt hat?«

Vater und ich legten ihr beinahe gleichzeitig die Hand auf den Arm. Mich schockierte es auch, dass Magnus trotz allem einen Anspruch hatte. Aber ich wollte erst einmal wissen, wie die genaue Gesetzeslage war. »Sie meinen also den Wert des Vermögens meiner Großmutter.«

»Den jetzigen Wert, ja. Es kann passieren, dass Erblasser ihren Besitz höher einschätzen, als er ist. In dem Fall gilt der steuerliche Wert des Erbes. Ich muss hinzufügen, dass er diesen Pflichtteil allerdings innerhalb eines halben Jahres geltend zu machen hat. Ansonsten verfällt der Anspruch.«

»Wird er denn darüber in Kenntnis gesetzt werden?«, fragte ich.

»Ja, die Enterbung wird ihm mitgeteilt. Es ist gesetzlich vorgeschrieben. Auch bin ich leider verpflichtet, ihn auf die Frist der Geltendmachung hinzuweisen.«

»Das ist doch nicht rechtens!«, brauste Mama jetzt endgültig auf. »Dieser Mann ist die Plage unserer Familie, und wir sollen ihm jetzt auch noch Geld zahlen?«

Ekengren atmete tief durch. »Ich bedaure, aber genau so ist es. Das Gesetz nimmt leider keine Rücksicht auf die Verhältnisse innerhalb einer Familie. Und auch nicht auf charakterliche Qualitäten. Es schaut lediglich darauf, dass niemand benachteiligt wird. Ich fürchte, eine Auszahlung wird sich nicht vermeiden lassen, sofern Ihr Verwandter Anspruch erhebt.«

Mutter blickte den Notar an, als hätte man ihr den Boden unter den Füßen weggezogen. Mein Herz pochte wie wild gegen meinen Brustkorb, während ich zu realisieren versuchte, was das für uns bedeuten konnte.

Mutter mochte nur darauf schauen, dass sie und Magnus verfeindet waren und dass er in ihren Augen nichts vom Löwenhof verdiente. Doch ich sah es von einem anderen Standpunkt aus. Wenn Mutters Anteil schon hunderttausend waren, bekam Magnus wahrscheinlich ebenfalls eine erhebliche Summe. Das würde bedeuten, dass wir eines unserer Bauvorhaben erst einmal einstellen mussten. Von allen Projekten war die Tierklinik das, worauf unser Hof am ehesten verzichten konnte ...

Der Notar beendete die Testamentseröffnung, doch ich war sicher, dass Mutter es ebenso wenig mitbekam wie ich. Irgendwann verabschiedeten wir uns von Ekengren, der uns zusicherte, uns die entsprechenden Unterlagen so schnell wie möglich zuzusenden.

Mutter, die vor Zorn kochte und der es immer schwerer fiel, die Contenance zu bewahren, stapfte durch das Büro und verabschiedete sich knapp von der Sekretärin. Vater warf ihr einen entschuldigenden Blick zu.

Ich hakte mich bei ihm unter. Mutter hatte die Kanzlei bereits verlassen.

»Dieser verdammte Mistkerl weiß es!«, wetterte sie im Foyer, das zwar menschenleer war, aber dennoch so gut hallte, dass man ihre Worte in den Büros sicher noch hören konnte. »Er wusste es schon, als er bei uns war.«

»Das Gesetz schreibt es so vor«, sagte Vater in ruhigem Tonfall. »Wir können nichts dagegen tun.«

»Nichts wird er bekommen!«, fauchte Mutter, ohne auf seine Worte einzugehen. »Er hat es einfach nicht verdient!«

Vater schaute zu mir.

»Du hast es gehört: Laut Gesetz muss er etwas bekommen, wenn er diesen Anspruch innerhalb eines halben Jahres stellt«, sagte ich. »Vater hat recht, wir haben keine Wahl.«

»Aber es ist nicht rechtens!«

»Mama«, sagte ich. »Bitte. Wir wissen doch noch gar nicht, ob er Ansprüche stellt.«

»Denkst du, Magnus wird es sich entgehen lassen?«

»Nein, das denke ich nicht. Aber wir sind Leute, die sich an Gesetze halten. Wir können nichts anderes tun.«

Mutter sah mich böse an. Dann legte Vater seinen Arm um sie. »Lasst uns später darüber reden. Es wird sich eine Lösung finden.«

Zu Hause verschwand Mutter sofort im Schlafzimmer. Offenbar war ihr nicht nach Reden zumute. Auch während der Fahrt hatte sie kaum etwas gesagt. Aber ich hatte die Gedanken, die durch ihren Verstand wirbelten, beinahe hören können.

Und sie hatte recht. Der Wert des Löwenhofes beruhte auf dem Haus und dem Land, das geblieben war, auf den Pferden und den Stallgebäuden. Der Betrag auf dem Konto war in den vergangenen Monaten etwas gewachsen, aber immer noch überschaubar. Mutter hatte mir schon im Vorfeld erklärt, dass sie vorerst darauf verzichten würde, das Erbe ausbezahlt zu bekommen. Wenn allerdings Magnus die Forderung stellte, wäre der Bau einer Pferdeklinik vorerst vom Tisch.

Ich ging ins Arbeitszimmer und rief Jonas an. Er schien bereits darauf gewartet zu haben, denn er nahm sofort ab.

»Und, wie ist es gelaufen?«, fragte er, ohne sich mit dem Namen zu melden.

»Woher weißt du, dass ich es bin?«, fragte ich. »Es hätte doch auch jemand anderes anrufen können!«

»Ich hatte so eine Ahnung. Die zwei Kunden, denen ich dieselbe Frage gestellt habe, waren zwar ein wenig verwundert, aber ich konnte das Missverständnis schnell aufklären.« Er schien darauf zu warten, dass ich eine Bemerkung dazu machte, aber danach war mir im Moment nicht. »Also?«, fragte er. »Was ist herausgekommen?«

»Eigentlich etwas Gutes, aber leider mit einem Beigeschmack.«

»Inwiefern?«

»Großmutter hat mich zur Erbin des Löwenhofes bestimmt.«

»Das ist der gute Teil, nehme ich an.«

»Ja. Der schlechte ist, dass sie Magnus zwar tatsächlich enterbt hat, ihm aber ein Pflichtanteil zusteht. Was das bedeutet, kannst du dir ja denken.«

»Ja«, antwortete Jonas. »Leider kann ich es mir nur zu gut denken.« Er seufzte und fügte hinzu: »Du wirst Gelder für ihn freimachen müssen. Das wird einen herben Rückschlag für euch bedeuten. Möglicherweise wird deine Mutter noch einmal Land verkaufen müssen.«

»Oder ich verzichte auf die Pferdeklinik.«

»Das wird wahrscheinlich nicht reichen.«

»Mutter wird kein weiteres Land verkaufen. Nicht für Magnus.«

»Auch nicht für ihre Tochter?«

»Glaube mir, der Hass auf ihren Cousin überwiegt. Natürlich würde sie versuchen, mir zu helfen, aber nicht, wenn es Magnus zugutekommt. Auch wenn sie sicher weiß, dass es keine Alternative gibt, würde sie eher darauf bestehen, dass wir ein Gerichtsverfahren gegen ihn anstrengen.«

»Was ebenfalls hohe Kosten mit sich bringt.«

»Du sagst es.«

Jonas schien einen Moment lang zu überlegen. »Wenn du möchtest, kann ich einen meiner Freunde anrufen«, sagte er dann. »Er ist Anwalt und kennt sich mit Erbrecht aus.«

»Und was soll das bringen?«, erwiderte ich seufzend. »Der Notar hat uns klargemacht, dass wir keine Wahl haben.«

»Wir werden das hinbekommen«, hörte ich ihn sagen. »Du hast jetzt andere Dinge zu durchdenken. Du bist die neue

Herrin des Löwenhofes. Die neue Gräfin Lejongård. Das ist eine ziemliche Verantwortung.«

Auch das machte mir Angst. Mormor war immer das Oberhaupt der Familie gewesen. Jetzt sollte ich es sein?

»Ja, früher konnte ich meine Großmutter vorschützen. Jetzt werde ich allein für das Gut verantwortlich sein.«

»So traurig der Verlust deiner Großmutter ist, du hast nun einen größeren Spielraum. Du bist nicht mehr die Geschäftsführerin, die Bericht erstatten muss. Auch wenn ihr das sicher bei einem netten Tässchen Kaffee getan habt. Du bist jetzt die Gräfin. Du entscheidest, was passiert. Mit all dem, was bisher schon von unseren Ideen umgesetzt wurde, kann es nur gut werden.«

»Ich versuche, es so zu sehen«, sagte ich. Auf einmal war mir wieder zum Weinen zumute. Nicht so sehr wegen Magnus, sondern wegen des Drucks der Verantwortung, den ich ganz deutlich spürte. Wie würde es werden? Wenn ich scheiterte, würde alles, wofür meine Ahnen gelebt und gearbeitet hatten, untergehen. Das durfte auf keinen Fall passieren!

»Hör zu«, sagte er. »Wenn du etwas brauchst, werde ich dir helfen und dich unterstützen. Ich könnte dir einen Privatkredit geben. Oder wir finden eine andere Lösung. Es gibt nichts, wovor du Angst haben musst.«

»Danke«, sagte ich, doch gleichzeitig hoffte ich darauf, eine Lösung zu finden, die Jonas nicht belastete.

28. Kapitel

Um mich abzulenken, nahm ich mir die Post der vergangenen Woche vor. Dabei fiel mir ein Umschlag auf, der ein Wappen trug. Es war allerdings nicht das schwedische Königswappen. Der Brief kam aus Dänemark, und der Absender war ein Graf Svaneholm, der eines der größten dänischen Gestüte besaß. Dessen Wappen besaß eine sehr entfernte Ähnlichkeit mit den drei Kronen unserer Könige. In der Mitte befand sich ein Schwan. Ich kannte den Namen Svaneholm vom Hörensagen, denn Jonas hatte sich über die dänische Equipe kundig gemacht und den Mann am Rande erwähnt. Der Brief war in Englisch verfasst und beinhaltete eine Einladung nach Kopenhagen. Graf Svaneholm trug sich mit dem Gedanken, seine Zucht mit unseren Pferden aufzufrischen. Voraussetzung war, dass ich ihm eine aussagekräftige Präsentation vorlegte.

Ein wenig erschrak ich, als ich das Datum las. Bis Anfang dieser Woche hätte ich Bescheid geben sollen. Ich schaute auf das Datum. Der Brief war zwei Tage nach Jonas' Heiratsantrag aufgegeben worden. Rasch griff ich zum Telefonhörer und wählte die Nummer, die auf dem Briefbogen stand. Das Telefon klingelte mehrfach, doch niemand hob ab. »Mist«, schimpfte ich leise, als ich den Hörer wieder auflegte. Ich hätte mich viel früher melden sollen. Möglicherweise glaubte Svaneholm, wir hätten kein Interesse.

Ich schaute auf die Uhr. Es war möglich, dass der Sekretär gerade Mittagspause machte. Ich erhob mich und nahm den Brief mit, um ihn Mutter zu zeigen. Allerdings fand ich sie weder im Schlafzimmer noch im Esszimmer und auch nicht im Salon. Als ich aus dem Fenster blickte, entdeckte ich eine dunkle Gestalt im Pavillon. Ich ging hinaus. Mutter saß tatsächlich auf der schmalen Bank und starrte ins Leere.

»Hier bist du«, sagte ich, worauf sie aufsah. In ihren Händen hielt sie ein zusammengeknülltes Taschentuch. Sie musste geweint haben, denn ihre Augen waren verquollen. »Ich habe eben die Post durchgesehen und das hier gefunden.«

»Was ist das?«, fragte Mutter.

»Eine Einladung nach Dänemark. Ein Gestütsinhaber möchte eventuell Pferde von uns kaufen, zur Auffrischung seiner Blutlinie. Dazu muss ich aber schon Ende dieser Woche fahren. Falls ich denn den Sekretär erreiche.«

Mutter sah mich mit feuchten Augen an. Eine Reaktion auf meine Worte war zunächst nicht zu erkennen. »Du bist die neue Gräfin«, sagte sie schließlich. »Es ist deine Pflicht, dein Haus zu repräsentieren.«

»Und das werde ich. Aber ist das nicht großartig? Wir haben wieder einen ausländischen Kunden! Einen von Rang und Namen. Wenn ich es richtig anstelle, werden wir einige Pferde ziemlich gut verkaufen können.« Bei diesen Worten spürte ich ein Kribbeln in der Magengrube. Natürlich bedeutete es Druck, aber ich freute mich auch auf die Reise. Doch Mutters Enthusiasmus blieb aus. »Bist du etwa böse auf mich? Oder auf Großmutter?«, fragte ich und ließ mich neben ihr auf die Bank nieder.

Einen Moment lang reagierte sie überhaupt nicht, dann schüttelte sie den Kopf. »Nein, ich bin böse auf das Schicksal«, antwortete sie. »Damals ... Es hätte Magnus sein sollen, der umkommt. Nicht Ingmar. Alles wäre leichter geworden, wenn Ingmar nicht gestorben wäre.«

»Weil du dann nicht die Verantwortung gehabt hättest?«, fragte ich sanft. Eigentlich war sie nie so, dass sie jemandem etwas Schlechtes wünschte. Magnus war wahrscheinlich der einzige Mensch, den sie wirklich hasste.

»Ich habe die Verantwortung nicht, sondern du«, gab sie zurück. »Du wirst dich jetzt mit Magnus auseinandersetzen müssen. Ich wäre in der Erbfolge gar nicht vorgesehen gewesen.«

»Das stimmt nicht. Ekberg ist dir von Großvater zu gleichen Teilen wie Ingmar vermacht worden.«

»Ekberg, aber nicht der Löwenhof. Niemand hätte uns Ekberg streitig machen können. Doch Magnus wird immer da sein. Er wird uns immer in die Quere kommen.«

»Nun, so wie ich das sehe, erhält er nur seinen Pflichtanteil, nichts weiter.«

»Und wovon willst du den bestreiten? Schau mal auf die neuen Gebäude, die gebaut werden!«

»Notfalls werden wir den Bau fürs Erste stoppen.«

Mutter ballte die Fäuste um das Taschentuch.

»Mama, sieh ein, wir sind in dieser Sache hilflos. Wir können nicht gewinnen. Das Recht ist, wie es ist. Wir könnten einen Prozess riskieren, aber das wird zu teuer und hat keine Aussichten auf Erfolg. Wir würden nur einem Anwalt unnötig Geld zuschieben.«

»Dann willst du ihn also auszahlen?«

Ich nickte. »Das werde ich. Allerdings erst, nachdem der Wert des Hofes genau bestimmt wurde. Er mag seinen Anteil bekommen, aber der wird auf die Öre genau sein. Wir haben nichts zu verschenken.« Mutter nickte und tupfte sich die Augen ab. Ich streichelte über ihren Rücken. »Sag dir eines: Wenn wir ihn auszahlen, werden wir Ruhe vor ihm haben. Auf ewig.«

»Glaubst du daran?«, fragte Mutter bitter. »Magnus ist zu allem fähig. Sogar dazu, uns zu sabotieren, wenn er mit der Summe nicht zufrieden ist.«

»Ich glaube nicht, dass er das tun wird.«

»Er hat damals seinen eigenen Vater verprügeln lassen!«

»Hast du das selbst gesehen?«, fragte ich. Die Geschichte kannte ich bereits, aber ich wollte nicht daran glauben, dass er damit durchgekommen war.

»Er hat es erzählt. Förmlich geprahlt hat er damit.«

»Du vergisst, dass er Schriftsteller ist. Er hat eine blühende Fantasie. Es wäre auch möglich, dass er dir Angst machen wollte, hast du daran schon mal gedacht?«

»Nimmst du ihn jetzt etwa in Schutz?«

Ich schüttelte den Kopf. »Nein. Ich will dir nur zeigen, dass er wahrscheinlich harmloser ist, als er sich gibt. Er mag dir schlimme Dinge angetan haben, aber es wäre doch auch möglich, dass er ein zahnloser Hund ist, der einfach nur gern bellt. Wir sollten abwarten und uns von ihm nicht ins Bockshorn jagen lassen.«

Am Nachmittag erreichte ich endlich Svaneholms Sekretär. Dieser war zunächst verwundert, dass ich mich erst jetzt meldete, doch ich erklärte ihm, dass meine Großmutter gestorben war und ich keine Möglichkeit gehabt hatte, die Post durchzusehen.

»Ich werde mit dem Grafen sprechen und rufe Sie zurück«, sagte er. »Es wäre möglich, dass er an dem Tag bereits Termine hat, aber unter diesen Umständen ist die Verzögerung Ihrerseits natürlich entschuldbar.«

»Vielen Dank«, sagte ich, und ich war sicher, dass der Graf keine Termine hatte. Er wollte mich nur ein wenig hinhalten dafür, dass ich mich so spät meldete.

Die nächsten Stunden verbrachte ich im Arbeitszimmer, aus Angst, den Anruf zu verpassen. Doch er kam nicht. Ich war sicher, dass dies ein schlechtes Zeichen war. Ich hatte den Graf warten lassen, und nun machte er es genauso – oder er hatte kein Interesse mehr. Ich blickte auf die Uhr. Mittlerweile war es sieben. Gerade als ich mich anschickte, den Raum zu verlassen, klingelte das Telefon.

Tatsächlich war es der Sekretär des Grafen Svaneholm. Er teilte mir kurz und bündig mit, dass der Graf den Termin in zwei Tagen angesetzt habe, danach sei er geschäftlich unterwegs. Ich bedankte mich, spürte aber, wie sich sofort die Nervosität in mir zusammenballte. Mir blieb nur noch der morgige Tag, um das Treffen vorzubereiten. Doch ich sagte nichts. Das Gespräch mit dem Grafen war wichtig.

»Ich fahre übermorgen nach Kopenhagen«, erklärte ich Mutter am Esstisch.

»Übermorgen?«, fragte sie verwundert, als wäre ihr unser Gespräch im Pavillon entfallen.

»Ja, der dänische Graf. Ich habe es dir doch vorhin erzählt.«

»Ach so, ja, stimmt«, gab sie zurück.

»Würdet ihr so gut sein und mit dem Bauleiter wegen der

Tierklinik sprechen? Er wollte eigentlich übermorgen herkommen, um über die Grundsteinlegung mit mir zu reden. Allerdings werden wir diese erst einmal verschieben müssen.«

»In Ordnung, ich werde das mit ihm klären«, sagte Vater. »Ich werde ihm schon begreiflich machen, wie es im Moment aussieht.«

»Danke, Papa.«

»Du solltest wirklich eine Assistentin anstellen«, setzte mein Vater hinzu. »Jetzt, da du die Alleinherrscherin hier bist.«

»Darüber werde ich nachdenken, wenn ich zurück bin und wenn wir wissen, woran wir mit Magnus sind.«

»Es wäre ein Jammer, wenn der Erlös des Pferdeverkaufs Magnus in den Rachen geworfen werden müsste«, bemerkte Mutter.

»Erst einmal muss ich sie verkaufen, dann sehen wir weiter.«

Nachdem ich den Abend damit verbracht hatte, die aktuelle Version unseres Zuchtbuches nach geeigneten Kandidaten zu durchsuchen, kümmerte ich mich am darauffolgenden Vormittag um das Angebot, das ich dem Grafen unterbreiten wollte. Sicher, seine Anfrage war ein wenig vage gewesen, aber warum nicht gleich Nägel mit Köpfen machen?

»Na, sieh mal einer an, die junge Gräfin sorgt anscheinend auch über die Grenzen hinaus für Furore«, bemerkte Jonas, als ich ihm kurz vor meiner Abreise nach Kristianstad am Telefon davon erzählte.

»Dann steckst du also nicht hinter der Anfrage?«, fragte ich. Mein nächster Tipp war der Artikel in der Reitsportzeitschrift. War sie auch in Dänemark erhältlich?

»Nein, ich wasche meine Hände in Unschuld. Aber ich

könnte mir denken, dass es sich bezahlt gemacht hat, die besten Reiter Schwedens bei sich zu beherbergen. Ninna ist Dänin. Ich hätte sie in Verdacht.«

»Nachdem ihr Pferd bei uns in den Graben gefallen ist?«, fragte ich. »Will sie die Olympiachancen ihrer eigenen Landsleute schmälern?«

»Das glaube ich nicht. Und ich glaube auch nicht, dass sie nachtragend ist. Ihrem Pferd ist nichts passiert, ich habe gehört, dass Caspar ihre Nummer zwei bei Olympia wird.«

»Das freut mich«, gab ich zurück. Auch wenn Ninna mir versichert hatte, mir keine Schwierigkeiten zu machen, war ein wenig Angst geblieben.

»Vielleicht wollen die Dänen bei euch ein Trainingscamp abhalten«, riss mich Jonas aus meinen Gedanken.

»Es geht um den Kauf von Pferden und Zucht, aber möglicherweise kommen wir auch darauf zu sprechen.«

Jonas schwieg darauf, und ich fragte mich plötzlich, was los war. Gefiel es ihm nicht, dass ich allein reiste? Oder hatte er sich ausgemalt, dass wir am Wochenende etwas unternehmen würden?

»Weißt du eigentlich, wie stolz ich auf dich bin?«, fragte er dann.

»Nein, bisher nicht«, antwortete ich scherzhaft. »Aber ich habe gewisse Vermutungen.«

»Nun, dann weißt du es jetzt. Ich bin verdammt stolz auf dich! Auch wenn deine Reise bedeutet, dass ich kein wunderbares Wochenende mit dir verbringen kann.« Bevor ich etwas entgegnen konnte, fügte er rasch hinzu: »Aber ich will nicht jammern. Immerhin war ich derjenige, der dich angestiftet hat, etwas aus dem Löwenhof zu machen. Und jetzt tust du es. Du nimmst die Zügel in die Hand.«

»Nun ja, als neue Gräfin Lejongård ...« Ich atmete tief durch. Mit dem Grafentitel verband ich immer noch meine Großmutter.

»Solveig?«, fragte er sanft. »Ist alles in Ordnung?«

»Ja«, antwortete ich. »Es ist nur ... sie fehlt mir so sehr. Ich wünschte, sie hätte das hier noch mitbekommen. Das und alles, was folgen wird.«

»Deine Großmutter wusste den Löwenhof in guten Händen«, sagte Jonas. »Sie wusste, dass du es schaffen wirst. Mit diesem Wissen ist sie gegangen. Und wer weiß, vielleicht ist ihr Geist noch irgendwo in diesem alten Haus und schaut dir zu. Du wirst sehen, wenn es einen Himmel gibt, wird sie dafür sorgen, dass du glücklich wirst. Und hier auf Erden werde ich versuchen, dich glücklich zu machen.«

Meine Brust brannte plötzlich vor Sehnsucht. Wie gern hätte ich ihn jetzt bei mir gehabt! »Das ist eines der schönsten Dinge, die du je gesagt hast.«

Er lachte auf. »Ich bin Werbefachmann, was erwartest du?«

Am nächsten Morgen machte ich mich auf den Weg und setzte mich in den Zug nach Kopenhagen. Am Bahnhof wurde ich von einer schwarzen Limousine erwartet, mit einem gut aussehenden Chauffeur hinter dem Lenkrad.

Das Gut Svaneholm war erheblich größer als der Löwenhof. Das Herrenhaus war eigentlich keines, sondern ein richtiges Schloss. Seine trutzigen Türme hoben sich strahlend weiß vor dem blauen Hintergrund des Vormittagshimmels ab. Ich war nervös. Meine Hände zitterten, und mein Gesicht glühte. Die Tasche neben mir schien mehr zu wiegen als noch vor ein paar Stunden. Die riesenhafte, sehr gepflegte Anlage schüchterte mich schon ein wenig ein. Der Name Lejongård mochte in Schweden mal etwas gegolten haben, aber Svaneholm schien hier wesentlich bedeutender zu sein. Und seine Familie hatte sich offenbar gut durch den Krieg, dessen Folgen in Dänemark noch gravierender gewesen waren, gerettet.

Der Chauffeur fuhr auch an den Stallgebäuden vorbei, bei denen es mir den Atem verschlug. Sicher, die Bausubstanz schien wie das Schloss selbst aus dem 17. Jahrhundert zu stammen. Doch alles machte einen hochmodernen Eindruck. Auch wenn wir in den vergangenen Jahren viel geschafft hatten, wirkten unsere Stallanlagen mickrig dagegen. Das trug nicht gerade dazu bei, mich zu beruhigen.

Der Chauffeur hielt vor dem Haupteingang. Während ich ausstieg, erschien ein Mann an der Treppe. In seinem gut geschnittenen dunklen Anzug konnte man ihn für den Grafen halten, doch er stellte sich als sein Sekretär vor. »Es freut mich, Sie kennenzulernen, Gräfin Lejongård«, sagte er und deutete eine leichte Verbeugung an. »Graf Svaneholm erwartet Sie bereits.«

Er bedeutete mir mitzukommen. Ich versuchte, in seiner Gegenwart nicht wie ein staunendes Mädchen zu wirken, auch wenn mir die Augen übergingen. Allein schon die Eingangshalle erschlug den Betrachter förmlich mit all dem Stuck und Gold. Porträts von den Ahnen gab es hier nicht, dafür großflächige Landschaftsgemälde.

Wir erklommen die Treppe und machten schließlich vor einer hohen Flügeltür halt. Der Sekretär klopfte kurz und verschwand dann im Innenraum. Wenig später kehrte er wieder zurück und bat mich einzutreten.

Graf Svaneholm kam hinter seinem großen Mahagonischreibtisch hervor, um mich zu begrüßen. Er war nur wenig größer als ich selbst, strahlte aber beachtliche Souveränität aus. Sein silbergraues Haar war dicht und üppig, sein Gesicht kantig, und seine dunklen Augen musterten mich interessiert und wachsam. Er war ein attraktiver Mann – und schien sich dessen auch bewusst zu sein.

»Herzlich willkommen auf Schloss Svaneholm«, sagte er und reichte mir die Hand. »Ich freue mich, dass wir uns endlich treffen.«

»Die Freude ist ganz auf meiner Seite«, entgegnete ich. »Vielen Dank, dass Sie sich die Zeit für mich nehmen.«

Der Graf führte mich zu der ledernen Sitzgruppe unterhalb der Fenster, von denen aus man auf den prachtvollen Barockgarten schauen konnte.

»Mein Beileid für Ihren Verlust«, sagte der Graf, als wir Platz nahmen. »Ich kannte Ihre Großmutter nicht, aber ich kann nachvollziehen, welches Leid das Verscheiden eines geliebten Menschen bringt.«

»Vielen Dank, das weiß ich zu schätzen. Leider haben die Beerdigungsvorbereitungen dazu geführt, dass ich Ihren Brief erst spät gesehen habe.«

»Das macht doch nichts. Obwohl ich zugeben muss, ein wenig enttäuscht gewesen zu sein.« Er sagte es nicht, doch ich konnte ihm ansehen, dass er es nicht gewohnt war, dass man ihn warten ließ. »Nehmen Sie doch bitte Platz.«

Er fragte, ob er mir etwas zu trinken anbieten könne. Ich entschied mich für Sodawasser mit etwas Zitrone, denn ich hatte das Gefühl, dass mir die Zunge am Gaumen klebte.

»Es ist ungewöhnlich, dass eine Frau wie Sie allein reist«, begann er, nachdem er ein schillerndes Kristallglas vor mir abgestellt und selbst Platz genommen hatte.

»Wieso ungewöhnlich?«, fragte ich, während ich gegen das Zittern meiner Hände ankämpfte, indem ich meine Unterlagen hervorzog. »Es ist mein Geschäft, also muss ich unterwegs sein, nicht wahr?«

»Natürlich. Ich meinte es auch eher hinsichtlich eines Assistenten. Beinahe alle Geschäftsleute, die ich kenne, haben einen, der die Termine für sie vereinbart und sie begleitet.«

Ich wurde rot. War es ein Zeichen von Unprofessionalität, wenn man keinen Assistenten hatte? Ich war bisher immer gut allein zurechtgekommen. »Ich denke, das liegt an der Selbstständigkeit, die ich mir beim Studium zugelegt habe«, entgegnete ich und merkte, dass ich damit genau das Richtige gesagt hatte.

»Sie haben also studiert?«, fragte er. »In Stockholm?«

»Ja. An der Veterinärhochschule.«

Svaneholm lachte kurz auf. »Dann sind Sie also Tierärztin?«

»Ja«, antwortete ich. »Mein Gut züchtet Pferde, was ist daran so abwegig?« Schaute er etwa auf mich herab, weil ich Veterinärin war?

Svaneholm hob beschwichtigend die Hände. »Nichts, bitte verstehen Sie mich nicht falsch. Die meisten Zöglinge von Adelshäusern werden erst einmal für fünf Jahre nach Amerika geschickt, um Ökonomie zu studieren.«

»Nun, meine Eltern haben mir die Wahl gelassen. Ich habe mich von Kindesbeinen an für Pferde interessiert und bin auch mit ihren Krankheiten konfrontiert worden. Außerdem sind medizinische Kenntnisse für die Zucht von Nutzen. Also gab es für mich keinen anderen Weg, den ich beschreiten wollte.« Ich machte eine kurze Pause und sah Svaneholm in die Augen. Ich hatte ja schon gemerkt, dass er sich einiges auf seinen Status einbildete. Aber dass er amüsiert sein würde, weil eine Adelstochter Tierärztin war, hätte ich nicht erwartet. »Was die Ökonomie angeht, kann ich mich auf die Hilfe meiner Mutter verlassen. Sie führt ihr eigenes Gut und hat mir besonders in der Anfangsphase meiner Geschäftsführertätigkeit viele hilfreiche Ratschläge gegeben.«

Ich spürte, dass das nichts daran änderte, dass Svaneholm in mir wohl nur so etwas wie eine einfache Bäuerin sah. Merkwürdigerweise fühlte ich mich dadurch etwas sicherer. So brauchte ich ihm nichts mehr vorzumachen.

»Nun gut, dann zeigen Sie mir mal, was Ihr Gut zu bieten hat«, sagte er schließlich, wofür ich ihm sehr dankbar war. Wenn meine Person schon nicht für den Löwenhof sprach, dann vielleicht unsere Pferde.

Die Unterhaltung mit dem Grafen verlief geschäftsmäßig freundlich, auch wenn ich spürte, dass Svaneholm mich nicht als gleichrangig ansah. Ich zeigte ihm unser Zuchtbuch, erklärte ihm die Verbesserungen, die in der Zucht erzielt worden waren, und ließ nebenbei auch fallen, dass einer der besten schwedischen Springreiter Pferde von uns gekauft hatte, um sie für Vielseitigkeitswettbewerbe zu trainieren. Außerdem erwähnte ich die Pferdeklinik, auch wenn noch in den Sternen stand, wann wir sie in Betrieb nehmen konnten.

Svaneholm wirkte beeindruckt, was ihn allerdings nicht dazu veranlasste, sich auf der Stelle festzulegen. »Ihre Tiere sind wirklich wunderbar, aber ich befinde mich auch in Verhandlung mit anderen Anbietern«, sagte er schließlich. »Das verstehen Sie sicher.«

»Natürlich«, erwiderte ich und versuchte, meine Enttäuschung zu verbergen. Andere Anbieter? War das eine Hinhaltetaktik? Er konnte mich doch nicht herbestellen, um mir ein »Vielleicht« mit auf den Weg zu geben.

Ich hätte den Preis heruntersetzen können, doch das wollte ich nicht. Unsere Pferde waren kostbar! Und auch wenn der Löwenhof gegen Svaneholm wie ein kleines Landgut wirkte, hatten wir unsere Tradition, unseren Stolz und konnten uns auf unsere Zuchterfahrung stützen. Der einzige Wermutstropfen daran war nur, dass uns das alles nicht viel nützte, wenn wir keine Pferde verkauften.

»Lassen Sie mir doch einfach Ihr Angebot da, ich melde mich dann, sobald ich eine Entscheidung getroffen habe.«

Diese Worte verpassten mir einen weiteren Dämpfer. Normalerweise setzte man sich mit einem Geschäftspartner noch zum Essen zusammen, aber Svaneholm entschuldigte sich mit einem weiteren Termin und teilte mir mit, dass sein Fahrer mich wieder zum Bahnhof bringen würde. Ich fragte mich, ob Svaneholm es anders gehandhabt hätte, wenn ich ein Mann gewesen wäre.

So verabschiedete ich mich mit dem Wissen, dass weitere Tage des Wartens auf mich zukamen. Der Sekretär begleitete mich nach draußen, wo der Fahrer bereits auf mich wartete. Ich hätte am liebsten gefragt, ob sein Chef mit Geschäftspartnern immer so kurz angebunden umging, aber das wagte ich nicht. Meine Chancen standen ohnehin wohl recht schlecht, da wollte ich nicht noch mehr aufs Spiel setzen.

29. Kapitel

Bei meiner Rückkehr zum Löwenhof war es bereits Nacht. Ich leerte den Briefkasten und trug die Briefe nach oben ins Arbeitszimmer. Mutter schlief bestimmt schon lange, immerhin war es schon nach Mitternacht. Ich würde sie morgen begrüßen. Eigentlich hatte ich nicht vorgehabt, die Post jetzt näher anzuschauen, doch beim Durchblättern fiel mir auf, dass einer der Briefe von der Kanzlei Ekengren stammte. Dessen Rechnung hatte ich beglichen, was konnte er von uns wollen? Mit einem merkwürdigen Gefühl in der Magengrube riss ich ihn auf.

Als ich den Namen Magnus Lejongård sah, schlug ich die Hand vor den Mund.

Und tatsächlich, der Notar teilte uns mit, dass der Anwalt meines Onkels dessen Ansprüche auf den Pflichtteil seines Erbes geltend machte. So, wie er es uns angekündigt hatte.

Ich ließ mich auf den Stuhl vor dem Schreibtisch fallen. Mutter hatte recht behalten. Einen Moment lang starrte ich vor mich hin. Wenn Graf Svaneholm tatsächlich unsere Pferde kaufte, würden wir den gesamten Gewinn in die Summe hineingeben müssen, die Magnus zustand.

Eigentlich war ich viel zu müde, um jetzt noch etwas zu

tun, doch ich musste meine Hilflosigkeit vertreiben. Also nahm ich unsere Steuerunterlagen zur Hand. Ich zog den letzten Bescheid hervor, anhand dessen unsere Steuerlast berechnet worden war. Dann machte ich mich an die Arbeit.

Es dauerte eine Weile, doch schließlich kam ich auf den Wert des Löwenhofes und die Höhe von Magnus' Anteil. Es war eine hohe Summe, aber doch etwas weniger, als ich erwartet hatte. Allerdings war es mir nicht möglich, Magnus auf einmal auszuzahlen. Außerdem würden wir nicht umhinkommen, den Beginn der Bauarbeiten an der Klinik bis auf Weiteres zu verschieben. Wenn Svaneholm bezahlt hatte, konnte es weitergehen – falls er denn überhaupt Pferde kaufte. Aber ich war zuversichtlich. Ich betrachtete das Blatt, dann erhob ich mich. Viele Stunden waren es nicht mehr bis zum Morgen, aber ich brauchte jetzt ein wenig Schlaf.

Zum Frühstück nahm ich die Berechnungen der vergangenen Nacht mit hinunter. Mutter blickte mich überrascht an.

»Was soll das?«, fragte sie und stellte vorsichtig die Kaffeetasse neben dem Papier ab.

»Das ist meine Berechnung von Magnus' Pflichtanteil, der ihm nach dem Noterbrecht zusteht. Ich werde gleich morgen zu ihm fahren.«

»Du willst dich persönlich mit ihm treffen?«, sagte Mutter.

»Warum denn nicht?«, fragte ich. »Er ist kein zähnefletschendes Monster.«

»Das sagst du. Du kennst ihn nicht richtig.«

Ich atmete tief durch. »Mama, jetzt übertreibe es nicht. Magnus ist mein Onkel. Kein guter, aber er gehört zur Familie. Er wird mir nichts antun. Vielleicht sieht er es sogar als Geste der Versöhnung.«

»Möglicherweise wird er dir erst einmal alles aufzählen, was falsch ist an mir. Und an dir.«

»Ich kenne das. Wenn er Spaß daran hat, soll er es tun. Das ändert aber nichts daran, dass die Summe die Summe bleibt. Und dass er darüber hinaus nichts weiter bekommen wird.« Ich atmete tief durch.

»Wie ist eigentlich dein Gespräch mit dem dänischen Grafen verlaufen?«, wechselte Vater das Thema.

»Nicht besonders gut«, antwortete ich. »Nun ja, er war höflich, jedenfalls größtenteils.«

»Größtenteils?«

»Es amüsierte ihn, dass ich nicht fünf Jahre lang in Amerika Ökonomie studiert habe, wie es wohl andere Adelssprösslinge tun. Eine Tierärztin war in seinen Augen wohl nicht würdig genug, mit ihm zu reden.«

»Warum denn nicht?«, fragte Vater unverständig. »Veterinär ist ein ehrenwerter Beruf! Und wichtig, wenn man Pferde hält und züchtet.«

»Das sehen wir hier so, aber in den Kreisen, in denen sich jemand wie Svaneholm bewegt, ist das offenbar ganz anders.« Ich seufzte. »Du hättest mal sein Schloss sehen sollen und die Stallanlagen! Wir wirken dagegen wie heruntergekommener Landadel.«

»Na ja, genau genommen sind wir nichts weiter als heruntergekommener Landadel«, bemerkte Mutter traurig, dann blickte sie mich entschlossen an. »Aber wir haben gute Pferde und in den vergangenen Jahren viel geleistet. Du hast es geleistet«, präzisierte sie und fuhr fort: »Niemand hat das Recht, die Nase über uns zu rümpfen, nur weil wir ein wenig Pech gehabt haben. Und niemand macht sich über meine Tochter lustig.«

Ich lächelte ihr zu. »Ich weiß. Und ich habe dennoch versucht, uns so gut wie möglich zu verkaufen. Svaneholm kennt unser Angebot und meinen Preis. Vielleicht wollte er mich herunterhandeln, aber das habe ich nicht zugelassen. Ökonomiestudium oder nicht, wenn ihm die Pferde nicht gefallen, wird er absagen. Und wenn er nur wegen mir absagt, wird es sein Schaden sein. Seine Pferde haben offenbar ein leichtes Inzuchtproblem. Er braucht gutes neues Blut, um das auszugleichen.«

»Ja, sonst bekommt er eines Tages Fohlen mit zwei Köpfen oder ohne Ohren«, bemerkte Mutter giftig. Ich ärgerte mich zwar auch, aber bei diesen Worten konnte ich nicht anders, als aufzulachen.

Am nächsten Morgen machte ich mich in aller Frühe auf den Weg nach Stockholm. »Sie sind ja schon wieder unterwegs«, sprach mich der Kontrolleur an, während er meine Fahrkarte prüfte.

»Ja, wenn man ein Geschäft hat, muss man immer emsig sein«, antwortete ich, denn ich wollte ihn inmitten der anderen Passagiere nicht darüber aufklären, dass ich in einer Familienangelegenheit reiste.

Während der Fahrt ging ich durch, was ich meinem Onkel sagen wollte. Ich hatte ihn nur als abweisenden und gehässigen Menschen kennengelernt und mir nie groß Gedanken um ihn gemacht. Doch jetzt fragte ich mich, ob er meine Mutter wirklich hasste.

Am Bahnhof in Stockholm nahm ich ein Taxi. Magnus wohnte in einem Mietshaus in der Altstadt, nicht weit von der Brännkyrkagatan, in der Mutters Geburtshaus stand. Das Haus wirkte ein wenig heruntergekommen, verströmte aber dennoch den Charme früherer Zeiten mit seinen Fenster-rosetten und den Stuckornamenten am First. Ein wenig erinnerte es mich an das ehemalige Von-Rosen-Palais, auch wenn Magnus' Haus wesentlich kleiner war.

Die Haustür öffnete sich, und ich blickte in ein gerötetes Frauengesicht. Ihre Augen weiteten sich überrascht.

»Guten Tag, Rosa«, sagte ich. »Erinnerst du dich noch an mich? Ich bin die Tochter von Mathilda Lejongård.«

»Oh, natürlich erinnere ich mich. Ich habe dich bei der Beerdigung gesehen«, antwortete sie und schaute dann et-was unsicher über die Schulter.

»Ich würde gern mit Onkel Magnus sprechen. Ist das mög-lich?«

»Ich weiß nicht, ob er gerade in der Stimmung ist«, sagte sie und nestelte nervös am Ärmel ihres Pullovers. »Er schreibt gerade und möchte dabei eigentlich nicht gestört werden.«

Darauf konnte ich keine Rücksicht nehmen. »Es ist wich-tig«, entgegnete ich. »Es geht um das Erbe seiner Mutter.«

Rosa blickte mich beinahe furchtsam an. »Er hat deswegen ziemlich schlechte Laune.«

Ich lächelte ihr aufmunternd zu. »Dann ist es ja genau der richtige Zeitpunkt, um ihm eine gute Nachricht zu bringen. Darf ich hochkommen?«

Rosa begleitete mich die Treppe hinauf in den dritten Stock. Das Erklimmen der Treppe machte ihr sichtlich Mühe. Ich fragte mich, warum Magnus nicht selbst nachschauen ging, wenn es an der Tür klingelte. Aber wahrscheinlich wür-de ihn das nur aus seinem Schaffensprozess reißen.

An der Wohnungstür hörte ich bereits das Klappern der Schreibmaschine. Rosa hatte die Wahrheit gesagt, er schrieb. Ich hatte nie den Willen gehabt, eines seiner Bücher zu lesen, doch ich wusste, dass er sich auf Kriminalliteratur verlegt hatte, die unter einem Pseudonym erschien. Ob er beim Verfassen seiner Geschichten manchmal an uns dachte?

Rosa führte mich ins Wohnzimmer. Dieses war mit schweren Holzmöbeln eingerichtet und wirkte ein wenig vollgestopft. Neben dem Heizkörper unter dem Fenster standen Buchstapel. Das Zentrum des Raumes nahm ein riesiges blaues Sofa ein. Aus der Kaffeekanne auf dem Glastisch davor strömte ein würziger Duft. Auf dem bunt gemusterten Teppich stand ein Korb mit Wollknäuel sowie einer angefangenen Strickarbeit, von der man noch nicht erkennen konnte, was es werden würde.

Wie mochte Rosas Leben hier aussehen? Wartete sie nur darauf, seine Wünsche zu erfüllen, während sie sich ansonsten mit Hausarbeit und Stricken die Zeit vertrieb?

»Einen Moment bitte«, sagte sie. »Ich sage Bescheid.«

Sie klopfte und schob dann einen Flügel der Glastür zur Seite. Das Klappern der Schreibmaschine ging noch etwas weiter, verstummte dann aber. Mit ein wenig zitternder Stimme verkündete Rosa, dass ich da sei. Zu gern hätte ich gesehen, wie er darauf reagierte. Wenig später kam Rosa zurück, gefolgt von ihrem Mann.

Magnus trat zu mir und nahm die Brille ab, die ein wenig windschief auf seiner Nase saß. »Was willst du hier?«, fragte er, ohne mich zu begrüßen. »Schickt dich deine Mutter, um mir klarzumachen, dass ich enterbt wurde? Dann kannst du gleich wieder gehen, das Recht ist auf meiner Seite.«

»Ich weiß«, gab ich zurück. »Deshalb bin ich hier. Ich möchte mit dir über deinen Anteil am Erbe sprechen.«

Der harte Zug um seinen Mund verschwand kurz. Er wirkte tatsächlich überrascht, und für einen Moment erlebte ich ihn sprachlos. »Also gut«, sagte er dann. »Wo ist mein Geld?«

»Wollen wir uns nicht setzen?«, fragte ich und blickte mich um. Das Sofa sah aus, als würde man darin versinken, aber ich hatte keine Lust, mir die Beine in den Bauch zu stehen.

»Natürlich. Immerhin habe ich Manieren, nicht wahr?« Ich wusste, dass er damit darauf anspielte, dass wir ihn nicht hereingebeten hatten. »Setz dich, aber fasse dich kurz. Ich habe zu tun.«

Ich ließ mich auf das Sofa nieder und legte meine Handtasche auf den Schoß. »Ich bin gekommen, um dir mitzuteilen, dass ich damit einverstanden bin, dir den Pflichtteil deines Erbes auszuzahlen.«

Magnus hob eine Augenbraue. »Na, sieh einer an! Und was sagt deine Mutter dazu?«

»Möglicherweise weißt du es nicht, aber meine Großmutter hat mich zur Erbin des Gutes und des Titels gemacht. Meine Mutter hat zwar einen finanziellen Anteil erhalten, aber sie ist nicht die Haupterbin. Aus diesem Grund bin ich hier und nicht sie.«

Ein seltsames Lächeln huschte über Magnus' Gesicht, während er sich gegen die Seitenlehne des Sessels neigte und die Hände vor dem Körper faltete. »Dann ist ihr Plan also nicht aufgegangen.«

»Welcher Plan?«, fragte ich.

»Sich das Gut unter den Nagel zu reißen.«

»Meine Mutter hatte keinen derartigen Plan. Sie besitzt selbst ein Gut.«

»Das Gut meines Bruders, ja, ich erinnere mich. Ein Jammer, dass Ingmar ins Meer gestürzt ist. Das hätte ich eher deiner Mutter gegönnt.«

Eine heiße Welle des Zorns durchzog mich. Am liebsten hätte ich ihm etwas Gebührendes an den Kopf geworfen, aber ich zwang mich zur Ruhe. Wenn ich mein Vorhaben durchsetzen wollte, brauchte ich einen kühlen Kopf.

»Das Schicksal hat entschieden, nicht meine Mutter«, gab ich zurück, ohne den Blick von ihm zu lassen. »Niemand trägt die Schuld daran, dass Ingmar gegangen ist.«

»Unsere Mutter hat ihn weggetrieben durch ihre Lüge!«, brauste er auf. »Sie hat uns im Unklaren darüber gelassen, wer unser wirklicher Vater war! Und als er dann auftauchte …«

»Wäre euer ›Vater‹ nicht aufgetaucht, hättet ihr nie etwas erfahren!«, fiel ich ihm ins Wort. »Er hat eure Mutter sitzen lassen. Lennard war euch ein guter Vater. Wahrscheinlich wollte dieser Max oder Hans oder wie er hieß mit seiner Rückkehr alles zerstören. Hast du auch schon mal versucht, es so zu sehen?«

Magnus' Augen brannten, und ich rechnete ein wenig damit, dass er mich jetzt rauswerfen würde. Rosa streckte die Hand aus, um sie ihrem Mann auf die Schulter zu legen, doch bevor sie ihn berühren konnte, schreckte sie zurück.

»Ich habe keine Ahnung, wie es damals wirklich gewesen ist. Ich weiß nur, was meine Großmutter erzählt hat«, fuhr ich fort. »Demnach muss Lennard ein guter Vater für euch gewesen sein. Der Mann, den du eben Vater genannt hast, war jemand, der eure Mutter im Stich gelassen hat. Du hast kein Recht, über deine Mutter zu urteilen.«

Magnus atmete tief durch. Seine Gesichtsfarbe hatte einen leicht grauen Schimmer angenommen.

»Aber wie gesagt, ich bin nicht hier, um das mit dir auszudiskutieren. Das hättest du mit Großmutter tun sollen. Ich glaube, es wäre euch bekommen, wenn ihr miteinander geredet hättet. Diese Chance hast du nun nicht mehr. Und ich habe nichts mit deiner Geschichte zu tun. Also, können wir über das Geld sprechen?«

Hinter meinen Augen zog leichter Kopfschmerz herauf. Mutter hatte wirklich nicht übertrieben, was Magnus anging. Er war so voller Groll auf alles in seiner Welt, dass es unmöglich schien, ihn davon abzubringen. Dafür tat er mir beinahe leid.

Er brauchte eine Weile, um sich wieder abzuregen. Ich hatte keine Ahnung, welches Szenario er in seinem Kopf durchspielte. Möglicherweise ließ er mich gerade grausam durch eine seiner Romanfiguren umkommen. Dann sog er kurz den Atem durch die Nase ein, als wollte er ein Schluchzen unterdrücken, und sagte: »Also gut. Rede.«

Ich versuchte, mich zu fassen. Das fiel mir nicht leicht, denn das, was ich vorzubringen hatte, würde ihn nach diesem kurzen Ausbruch sicher nicht freuen.

»Wie ich schon sagte, bin ich bereit, dir deinen Anteil am Erbe auszuzahlen«, begann ich. »Allerdings wird es mir nicht möglich sein, dir den gesamten Betrag auf einmal zu überweisen. Das würde das Gut ruinieren, und davon hätten wir letztlich beide nichts.«

»Warum sollte mich das kümmern? Meine Mutter hat mich so früh vom Gut entfernt, dass mir dessen Schicksal egal ist.«

»Aber dein eigenes Schicksal und das deiner Familie sind dir hoffentlich nicht egal«, gab ich zurück und warf einen Blick durch das Wohnzimmer. Es wirkte beinahe so antiquiert wie das Zimmer von Ingmar damals. Nur mit dem Unterschied, dass der Bewohner noch lebte und durchaus die Möglichkeit gehabt hätte, die Vergangenheit ziehen zu lassen.

»Wie meinst du das?«, fragte er spöttisch. »Glaubst du wirklich, dass du zu meiner Familie gehörst? Du bist die Tochter eines Bastards, nichts weiter.«

Ich zwang mich zur Ruhe. »Ich bin die Enkelin deines Onkels. Wir sollten besser nicht schon wieder anfangen, unsere Herkunft näher zu erläutern, Onkel Magnus, oder?« Ich machte eine Pause und versuchte, mich zu sammeln. Meine Gesichtsmuskeln schmerzten bereits von der ganzen Anstrengung. »Ich meine mit Familie nicht mich oder meine Mutter. Ich meine deine Frau und deinen Sohn.«

»Was hat Finn damit zu tun?«, fragte er. Rosa schien für ihn offenbar nicht zu existieren.

»Du könntest natürlich versuchen, den gesamten Betrag einzuklagen. Doch dazu müsstest du den Anwalt bezahlen. Da ich nicht unwillig bin, dir deinen Anteil zu überlassen und lediglich um eine Ratenzahlung bitte, wird der Anwalt nicht wesentlich mehr erreichen. Aber er wird dir eine Honorarnote ausstellen. Und die verschlingt möglicherweise einen Teil deines Erbes, den du gut gebrauchen könntest.«

Magnus sah mich an. Seine Gedanken schienen zu rasen, aber es war nicht ersichtlich, welcher Art sie waren.

»Ich zahle dir für den Anfang fünfundzwanzigtausend Kronen.« Mit diesen Worten zog ich den Scheck hervor. »Die restlichen fünfundzwanzigtausend bekommst du im kommenden Jahr.«

»Fünfzigtausend Kronen?«, protestierte Magnus, nachdem er alles andere wortlos in sich aufgenommen hatte. »Das Gut ist viel mehr wert!«

»Das war es einmal. Die Zeiten haben sich geändert. Wenn du mit deiner Mutter geredet hättest, hättest du erfahren, dass der Krieg die Dinge neu geordnet hat. Außerdem gilt in deinem Fall das Noterbrecht. Somit steht dir die Hälfte dessen zu, was dir als Anteil im eigentlichen Erbfall zugestanden hätte. Meine Mutter und ich sind als Erbinnen eingesetzt. Wärst du im Normalfall hinzugekommen, stünde dir ein Drittel des Betrages zu. Da du enterbt wurdest, ist es aber nur ein Sechstel.«

»Das ist doch Unsinn!«, rief Magnus aus. »Ich bin sicher, dass ein Anwalt das ganz anders sehen wird!«

»Ich habe diese Informationen von einem Notar«, gab ich zurück. »Jeder andere Anwalt wird es dir bestätigen können. Wir mussten Land verkaufen, um den Betrieb zu sanieren. Aus diesem Grund ist der Steuerwert ebenfalls gesunken. Nach diesem richtet sich die Berechnung.«

»Ihr habt Land verkauft?«, fragte Magnus ungläubig.

»Ja, es war notwendig.«

»Es war Land, das mir gehörte!«, fuhr er mich an. »Wie konntet ihr nur! Ich wusste ja, dass deine Mutter nicht wirtschaften kann.«

»Du verdrehst die Tatsachen. Es war nicht dein Land, es war Agnetas Land. Sie hat dem Verkauf zugestimmt, weil er notwendig war.«

»Sie war wohl schon nicht mehr ganz richtig im Kopf!«

»Magnus, bitte«, sagte ich. Ich hielt ihm wieder den Umschlag hin. »Das ist ein Scheck über fünfundzwanzigtausend Kronen. Im kommenden Jahr, wenn wir die Einnahmen überblicken können, zahle ich dir denselben Betrag noch einmal. Du hast mein Ehrenwort darauf!«

»Als ob das etwas wert wäre!«, höhnte er.

»Es ist das Ehrenwort der Gräfin von Lejongård«, erwiderte ich. »Wenn du willst, können wir auch einen Vertrag aufsetzen. Der würde dich im Falle der Nichtzahlung berechtigen, pfänden zu lassen.« Ich schaute ihn an. »Was du mit meiner Mutter hast, interessiert mich nicht. Hier geht es nicht um meine Mutter, es geht um mich. Ich bin die neue Herrin des Löwenhofes. Und als solche behandle ich meine Verwandten fair. Das hier ...«, ich hielt ihm den Brief ein drittes Mal entgegen, »das hier ist ein faires Angebot. Du wirst deinen Anteil bekommen, aber in zwei Raten. Du kannst zu einem Anwalt gehen, aber damit schmälerst du deinen Anteil. Wenn du ihn annimmst, gehören dir fünfzigtausend Kronen. Ein guter Betrag, um deinen Lebensunterhalt abzusichern.«

»Und was wollt ihr im Gegenzug? Dass ich meinen Namen ablege?«, ätzte Magnus, aber ich spürte, wie ihm die Munition ausging.

»Nichts dergleichen. Du kannst als Gast jederzeit auf den Hof kommen. Das gilt auch für deine Familie. Aber löse dich von dem Gedanken, dass du der Herr des Löwenhofes bist. Es war der Wille meiner Großmutter, dass ich es werde. Über deinen Anteil hinaus schulde ich dir nichts. Wenn du diesen Umschlag annimmst, stimmst du der Vereinbarung zu.«

Magnus rang sichtlich mit sich.

Ich blickte über seine Schulter hinweg zu seiner Frau. Diese sah mich beinahe entschuldigend an. Und noch etwas sah ich in ihrem Gesicht: den Wunsch, dass er das Angebot annehmen sollte.

Magnus mahlte mit dem Unterkiefer, dann hob er die Hand, ergriff den Umschlag und zog ihn mir aus den Fingern. Langsam öffnete er ihn und holte den Scheck heraus. Nachdem er ihn betrachtet hatte, fragte er: »Soll ich dir eine Quittung schreiben?«

»Wenn es dir nichts ausmacht.«

Magnus verschwand hinter der Schiebetür. Ich bemerkte, dass seine Frau aufatmete. Sie wirkte, als wollte sie etwas zu mir sagen, aber da kehrte er schon wieder zurück.

»Hier«, sagte er und reichte mir einen Zettel. Es war das erste Mal, dass ich ein Schriftstück von ihm sah, und ich wunderte mich, dass ein Mann wie er solch eine schöne Handschrift hatte.

»Danke«, sagte ich und ließ die Quittung in meiner Handtasche verschwinden.

»Wenn du nächstes Jahr um diese Zeit nicht hier bist, werde ich den Anwalt verständigen«, setzte er hinzu.

»Das wird nicht nötig sein, der Scheck wird dich pünktlich erreichen. Leb wohl, Onkel Magnus.« Damit erhob ich mich.

»Auf Wiedersehen, Rosa, es war mir eine Freude.«

»Auf Wiedersehen«, antwortete sie scheu.

Mit hoch erhobenem Kopf verließ ich die Wohnung und ging die Treppe hinunter. Für den Fall, dass er mir vom Fenster aus nachsah, versuchte ich, mich weiterhin gerade zu halten. An der nächsten Hausecke blieb ich allerdings stehen, lehnte mich gegen die Steine und atmete tief durch. Mir war ein wenig schwindelig, und ich konnte es nicht glauben, dass ich das getan hatte. Ich hatte Magnus tatsächlich dazu gebracht, die Ratenzahlung zu akzeptieren. Auch wenn wir viel Geld verloren, konnten wir sicher sein, dass nichts Schlimmeres geschah.

Bei meiner Rückkehr auf den Löwenhof sah ich, dass noch Licht im Salon brannte. Jonas war für zwei Tage in den Norden gereist, um einen Kunden zu treffen, sodass ich mich entschlossen hatte, sofort wieder zurückzufahren. Allein wollte ich in seiner Wohnung nicht sein.

Mutter war offenbar noch wach, obwohl sie morgen in aller Frühe nach Ekberg fahren wollte. Als ich eintrat, vernahm ich leise Musik. Es war ein uralter Jazz-Song, der sanft durch das Foyer auf mich zuschwebte. Ich schloss die Tür hinter mir und blieb einen Moment lauschend stehen.

Es war irgendwie seltsam, Musik in diesem Haus zu hören. Natürlich hörten wir Radio, aber nur selten legte jemand eine Schallplatte auf. Wir besaßen nicht mal einen Plattenspieler, sondern nur das alte Grammofon, das Großmutter angeschafft hatte. Man konnte kaum wagen, die dazugehörigen Schellackplatten abzuspielen, sie schlummerten in der dunkelsten und kühlsten Ecke der Bibliothek vor sich hin.

Und nun hörte ich eine, und es war, als würden all die Bilder ringsherum zum Leben erwachen. Die Menschen, die mich aus diesen Rahmen ansahen, hatten einst zu diesen Klängen getanzt. Sogar Urgroßmutter Stella, die »Eiskönigin«, wirkte etwas weicher und weniger unnahbar. Es war, als würde ihre Seele ein wenig Frieden finden. Vielleicht sollte ich öfter Musik spielen lassen, einfach so.

Als das Lied zu Ende war, betrat ich den Salon. Mutter hatte es tatsächlich bewerkstelligt, das Grammofon dort aufzustellen. Auf dem Korbsofa neben ihr lag ein Stapel Platten.

»Hallo, Mama«, sagte ich. »Du bist so spät noch auf?«

Mutter blickte auf. »Solveig! Schon zurück?« Sie klang ein wenig sentimental. »Ich dachte, ich schaue mal die alten Platten durch«, erklärte sie. »Einige von ihnen sind schon so schlecht, dass man sie nicht mehr abspielen kann.«

Ich stellte meine Handtasche auf die Kommode neben der Tür, etwas, das Großmutter nicht gefallen hätte. Dann schälte ich mich aus meinem Trenchcoat. »Willst du sie wirklich wegtun?«, fragte ich. »Es sind Erinnerungsstücke.« Einen Moment war ich versucht, ihr meinen Eindruck zu schildern, als ich das Haus betreten hatte.

Doch da sah sie mich an und fragte: »Wie ist es mit Magnus gelaufen?«

Ich ließ mich auf den Korbstuhl ihr gegenüber nieder. »Gut«, sagte ich, worauf sie überrascht die Augenbrauen hochzog.

»Gut?« Sie schüttelte den Kopf. »Ich kann mich nicht an eine Gelegenheit erinnern, bei der es gut mit ihm lief.«

»Nun, es war schwierig. Und eigentlich war es auch interessant. Noch nie zuvor habe ich länger mit Magnus geredet. Wenn er herkam, wurde gestritten, und er fuhr wieder. Weißt du noch, als Finn meiner Puppe die Haare abgeschnitten hat? Einfach so? Magnus war mit ihm nicht mal eine Viertelstunde hier, und schon hat er Schaden gestiftet. Doch dieses Gespräch hat mir die Gelegenheit gegeben, ihn näher kennenzulernen.«

Mutter schien noch immer nicht zu glauben, was sie da hörte.

»Er ist voller Bitterkeit, Mama. Ich habe keine Ahnung, warum das so ist, aber er kann sich einfach nicht von dem, was geschehen ist, lösen. Er kann nicht verzeihen.«

»Er verzeiht nicht, dass ich in dieses Haus gekommen bin.«

»Vielleicht. Aber wärst du nicht in dieses Haus gekommen, wäre er sicher auch nicht glücklicher. Er scheint alles um sich herum zu verabscheuen, sogar seine Frau. Ich glaube, Magnus ist ein Mensch, der zu keiner anderen Emotion fähig ist. Er kann nicht freundlich sein. Lieben kann er wahrscheinlich auch nicht wirklich. Oder besser gesagt, er ist nicht fähig, es auszudrücken.«

»Ingmar meinte einmal, dass er nicht ganz richtig im Kopf sei. Dass Ärzte ihn anschauen sollten.«

»Das kann ich nicht beurteilen. Alles, was ich sehe, ist ein Mensch, der einfach nicht glücklich sein kann. Und wenn er es wider Erwarten doch ist, so verbirgt er das sehr gut.« Ich machte eine kurze Pause und hatte plötzlich wieder sein Bild aus der Kirche vor Augen. »Bei Großmutters Beerdigung habe ich etwas gesehen. Wahrscheinlich hat es niemand sonst bemerkt, aber … Für einen Moment, als er sich unbeobachtet wähnte, waren Rührung und Trauer auf seinem Gesicht. Es verschwand schnell wieder, als er merkte, dass ich ihn ansah, aber es war da.«

»Du täuschst dich«, sagte meine Mutter kopfschüttelnd. »Es ist Wunschdenken.«

»Nein, es war da«, beharrte ich. »Ich bin sicher, dass er Gefühle hat. Aber ich fürchte auch, dass er sie nie jemandem zeigen wird.«

Schweigen folgte meinen Worten. Mutter dachte nach, und ich fragte mich, wie man es aushalten konnte, immer nur sein Missfallen zu äußern. Immer nur zu hassen.

»Und was meinte er nun zu dem Geld? Hat er sich darüber wenigstens gefreut?«

»Er hat sich zähneknirschend darauf eingelassen, es in zwei Raten zu bekommen, nachdem ich ihm klargemacht habe, dass eine Klage nur zu unnützen Anwaltskosten führen würde.«

»Dennoch wünschte ich, du hättest ihm das Geld nicht einfach so gegeben«, bemerkte Mutter bitter.

»Ich bin gesetzlich dazu verpflichtet, ihm seinen Anteil auszuzahlen«, entgegnete ich. »Auch wenn Großmutter es anders gewollt hat. Sie hat nicht bedacht, dass es dieses Gesetz des Noterbes gibt. Wenn sie ihn richtig hätte strafen wollen, hätte sie ihm irgendwas Wertloses vermachen müssen, ein Stück Acker vielleicht, mit dem er nichts hätte anfangen können. Sie hat ihn jedoch enterbt, und da greift nun mal das Gesetz. Aber ich bin sicher, dass er Ruhe geben wird. Er wird nicht ganz aus unserem Leben verschwinden, aber er wird auch nicht weiter versuchen, uns zu schaden. Außer, er macht uns zu Helden eines seiner Bücher.« Ich musste plötzlich schmunzeln. »Wahrscheinlich hat er uns schon mehrfach und ohne unser Wissen umgebracht. Wenn, dann scheint es ihn jedenfalls nicht wesentlich glücklicher gemacht zu haben.«

»Jemand wie Magnus gibt keine Ruhe, du wirst es sehen. Möglicherweise kommt er schon bald wieder hier an.«

Ich griff nach ihren Händen. Sie waren kühl und fühlten sich trocken an von all den Papphüllen, aus denen sie die Platten gezogen hatte. »Ich bin sicher, dass es das Richtige war. Nur so konnten wir ihn loswerden. Wenn er nächstes Jahr seine zweite Rate erhalten hat, wird es vorbei sein. Dann kann er keine Ansprüche mehr stellen.«

»Ich hoffe, du hast recht«, sagte Mutter und nahm mich in ihre Arme. Sie hielt mich eine Weile, dann sagte sie: »Geh nur, ich mache noch ein Weilchen mit den Platten weiter. Ich kann im Moment sowieso nicht richtig schlafen.«

»Wirf bitte nicht alle weg. Ich würde mir die, die noch in Ordnung sind, gern einmal anhören.«

»Ist gut«, sagte Mutter. »Gute Nacht, Liebes.«

»Gute Nacht.« Ich wandte mich um, griff nach Mantel und Tasche und ging dann nach oben.

30. Kapitel

Die Wochen vergingen, und der Herbst hielt Einzug. Die Baustelle für die Tierklinik lag noch immer brach. Jeden Tag stand ich davor und schaute auf das abgesteckte Areal. Das Begrenzungsband schaukelte im Wind. Fußabdrücke schmückten den Sand. Eigentlich hätte der Grundstein längst gelegt werden sollen. Aber die Baufirma war vertröstet worden und hatte mittlerweile einen anderen Auftrag angenommen. Jonas bemühte sich allerdings sehr um mich und versuchte, mich aufzumuntern.

Vielleicht lag es nur an herbstlicher Schwermut, aber irgendwie hatte ich das Gefühl, dass sich seit Großmutters Tod alles wieder zum Schlechten für uns wendete. Die Hochzeit lag noch in der Ferne, wir hatten uns bisher nicht auf einen Termin einigen können. Beim Anblick einer Hochzeitszeitschrift, die ich aus der Stadt mitgebracht hatte, war Mama in Tränen ausgebrochen. Sie meinte, dass es im Winter angebracht sei, dann sei genug Zeit ins Land gegangen. Aber es erschien mir noch so weit weg.

Immerhin hatte ich es inzwischen geschafft, eine Assistentin zu finden, die mich, vorerst nur halbtags, unterstützte. Karin Sommer war gerade zwanzig Jahre alt und kam frisch von der Handelsschule. Da sie sich nebenbei um ihre kranke Mutter in Kristianstad kümmern musste, war sie einverstanden gewesen, von Mittag bis in den Abend bei mir zu arbeiten. Sie hatte anfangs keine Ahnung gehabt, wie es auf einem Gut zuging, doch sie lernte schnell und wurde mir eine echte Hilfe.

An einem Mittwoch, als ich gerade von der Gruft zurückkehrte, um die Blumen an Großmutters Grab auszutauschen, kam Karin schon im Foyer auf mich zugelaufen. Ihr haselnussbraunes Haar wirkte ein wenig zerzaust, als hätte sie im Sturm gestanden. »Fräulein Lejongård, vorhin kam ein Anruf für Sie. Der Sekretär von einem Graf Svaneholm wollte Sie sprechen.«

Die Worte ließen mich erstarren. An den dänischen Grafen hatte ich in der ersten Zeit nach dem Termin oft gedacht, die Hoffnung auf eine Zusage nach so langem Stillschweigen aber inzwischen aufgegeben. Mittlerweile waren drei Monate vergangen, seit ich Svaneholm auf seinem Schloss besucht hatte.

»Hat er eine Nachricht hinterlassen?«

»Er bat um Rückruf, sobald Sie wieder da sind. Ich wollte mir gerade einen Kaffee holen, als ich Sie gesehen habe.«

Mein Magen krampfte sich zusammen. Dass der Sekretär anrief, konnte alles bedeuten. Möglicherweise wollte er mehr Informationen oder mir einfach nur mitteilen, dass sich der Graf anderweitig entschieden hatte. Ich wählte seine Telefonnummer. Es klingelte dreimal, dann wurde abgenommen. Der Sekretär des Grafen meldete sich auf Dänisch. Als ich meinen Namen nannte, wechselte er sofort ins Englische.

»Meine Assistentin informierte mich, dass Sie angerufen hätten«, sagte ich.

»Ja, das habe ich. Der Graf lässt Ihnen Grüße ausrichten und würde gern nächste Woche zu Ihnen kommen, um die avisierten Pferde zu begutachten.«

Nächste Woche? »Hat sich Graf Svaneholm für mein Angebot entschieden?«

»Bisher nicht, aber Sie sind, salopp gesagt, eine Runde weiter. Er macht die Kaufentscheidung davon abhängig, ob ihm die Pferde in natura zusagen.«

Eine Runde weiter? Ich wusste zunächst nicht, was ich dazu sagen sollte.

»Meinen Sie, Sie können für nächste Woche einen Termin ermöglichen?«, hakte er nach.

»Natürlich«, antwortete ich. »Wann wäre es dem Grafen recht?«

»Am Wochenende ist er ins Königshaus eingeladen, also wäre es gut, wenn der Termin zwischen Dienstag und Donnerstag läge.«

Königshaus. Ich spürte, dass der Sekretär damit Eindruck schinden wollte. Doch ich konnte schlecht erwidern, dass Prinz Bertil mal bei uns zu Besuch war.

»Dann würde ich mich freuen, wenn ich Sie am Mittwoch hier begrüßen dürfte. Ein Hotelzimmer benötigen Sie nicht, wir können Sie auf dem Gut beherbergen. Es sei denn, Sie wünschen ein anderweitiges Arrangement.« Ich ging davon aus, dass der Sekretär mitkommen würde.

»Das wird nicht nötig sein. Ich werde mit dem Grafen sprechen und melde mich noch einmal bei Ihrer Assistentin.«

»So können wir verbleiben, vielen Dank!« Ich legte auf und wandte mich an Karin. »Er wird sich noch einmal melden.

Geben Sie mir dann bitte Bescheid, und bereiten Sie sich darauf vor, dass wir nächsten Mittwoch Besuch erhalten.«

Als ich Mutter am Abend am Telefon von dem Anruf erzählte, reagierte sie ungehalten. Svaneholms Sekretär hatte mir den vorgeschlagenen Termin inzwischen bestätigt, sodass ich mich an die Arbeit machen konnte.

»Wie kommt er nur dazu, dich auf die Schnelle um einen Termin zu bitten?«, fragte sie. »Nach so langer Zeit!«

»Offenbar scheinen ihm die anderen Angebote doch nicht so ganz zuzusagen, wenn er sich mit unserem Gut abgeben will.«

»Das meinst du doch hoffentlich nicht ernst.«

Ich seufzte. »Nein, das meine ich nicht ernst. Natürlich weiß ich, dass unser Angebot gut ist. Ich bin nur sauer, dass er uns so lange hat hängen lassen und dann Knall auf Fall hier erscheinen will.«

»Immerhin lässt er dir eine Woche Zeit für die Vorbereitungen. Brauchst du etwas? Sollen wir kommen und dir helfen?«

»Nein, vielen Dank, das möchte ich allein machen. Karin unterstützt mich. Auf diese Weise lernt sie gleich, wie wir auf dem Löwenhof Besuch empfangen.« Ich machte eine Pause. »Wahrscheinlich wird er Dienstboten erwarten.«

»Damit werden wir nicht dienen können. Hatte er denn welche?«

»Oh ja, er hatte Personal. Sehr dezentes Personal, aber man spürte seine Präsenz.«

»Dann musst du jetzt zusehen, dass du es so gut wie möglich hinter dich bringst. Wenn du mich brauchen solltest, melde dich einfach.«

»Das mache ich«, erwiderte ich und wünschte ihr eine gute Nacht.

Als der Tag des Besuchs heranrückte, waren die Zimmer blitzblank, die Betten neu bezogen, und nur wenig unterschied unser Haus von einem altertümlichen, aber guten Hotel. Auch Frau Johannsen wusste Bescheid und hatte sich schon vorbereitet. Ich dagegen fühlte mich erschöpft und war beinahe versucht, meine Mutter herzubitten. Ich wusste nicht, wie ich es allein mit Karin Sommer hinbekommen sollte.

Nachdem ich Jonas am Telefon mein Leid geklagt und er mir versichert hatte, dass ich es schaffen würde, wanderte ich durchs Haus.

Zweifel überfielen mich. Was wollte ich Svaneholm vorspiegeln? Dass unser Haus es mit seinem aufnehmen konnte? Das konnten wir nicht, und er würde es merken. Auch wenn ich für die zwei Tage Dienstmädchen engagierte, hätte man ihnen angesehen, dass sie nicht ständig hier arbeiteten. Den Reitern gegenüber hätte ich das offen sagen können, aber Svaneholm ... Er dachte ohnehin schon geringschätzig von mir.

Ich blieb vor dem Bildnis meiner Urgroßmutter und meines Urgroßvaters stehen. Sie waren imposante Gestalten, von Großmutter wirkungsvoll in Szene gesetzt. Sie hätten gewusst, wie sie mit einem Mann wie diesem Svaneholm umgehen sollten. Ich dagegen war eine normale Frau, die ohne den adeligen Drill aufgewachsen war. Ich war die Tochter eines gutbürgerlichen Hauses, der gewisse Freiheiten gelassen worden waren. Aber hätte ich das anders gewollt? Nein, ganz sicher nicht. Man hatte mir Freiheiten eingeräumt, und die würde ich mir auch von einem Gast nicht madig machen lassen. Das begann bei meinem Studium und endete bei der Art, wie ich meinen Haushalt führte. Würde nur nicht so viel von dem Handel mit dem dänischen Grafen abhängen! Ach, Großmutter, wenn du noch hier wärst …

Eine Weile verharrte ich vor den Bildern, als erwartete ich ein Zeichen von meinen Ahnen. Doch nichts geschah. Nur der Wind drückte gegen die Fenster und brachte sie dazu, leise zu knarren. Ich wandte mich um. Der morgige Tag würde kommen, ob ich nun ausgeschlafen war oder nicht. Ich sollte immerhin versuchen, meine Aufregung zu bekämpfen und mich auszuruhen.

Ich hatte erwartet, dass Svaneholm mit einer Limousine vorfahren würde, doch gegen zehn Uhr am Vormittag erschien ein Taxi. Ich begrüßte unseren Gast auf der Treppe, flankiert von Karin, der ich aufgetragen hatte, sich ein wenig mit dem Sekretär zu unterhalten. Ich wollte nicht, dass er bei unserer Unterredung wie ein Hund um seinen Chef herumscharwenzelte.

»Herzlich willkommen auf dem Löwenhof«, sagte ich und reichte dem Grafen die Hand. »Ich hoffe, Sie hatten eine angenehme Reise.«

»Sie war sehr angenehm, danke«, erwiderte er höflich. »Und es ist interessant, Ihren Hof endlich mal mit eigenen Augen zu sehen. Ein wirkliches Kleinod. Rustikal und charmant.«

Kleinod. Rustikal. Er machte sich keine Mühe zu verschleiern, was er tatsächlich mit diesen Worten meinte. Natürlich war unser Haus wesentlich kleiner als sein Schloss. Aber davon würde er doch hoffentlich seine Kaufentscheidung nicht abhängig machen …

»Karin wird Sie zu Ihrer Unterkunft begleiten, und ich

würde mich freuen, wenn ich Sie danach zu einer kleinen Fika einladen dürfte. Nach der Reise ist Ihnen eine Erfrischung doch sicher recht.«

»Und ob sie das ist«, sagte der Graf und bedeutete seinem Sekretär, seine Taschen ins Haus zu tragen.

Während ich ihnen nachsah, konnte ich mir ein Lächeln nicht verkneifen. Der Sekretär wirkte nun wie ein Kammerdiener. Ob er dem Grafen auch die Socken rauslegte und am Abend das Jackett abbürstete? Wenigstens hatten wir dafür gesorgt, dass er nicht auf der Fußbank vor dem Bett seines Herrn schlafen musste ...

Eine halbe Stunde später waberte köstlicher Kaffeeduft durch den Salon. Die Etagere auf dem Glastisch vor uns war prall gefüllt mit sieben Sorten Gebäck, die Frau Johannsen gestern vorbereitet hatte. Wenn man daran dachte, dass ich lediglich ein Glas Wasser mit Zitrone bekommen hatte und dann gleich wieder nach Hause geschickt worden war ...

Wie Jonas es mir geraten hatte, begann ich das Gespräch mit einer allgemeinen Unterhaltung über den bevorstehenden Winter, das Wetter und die Erwartungen an das neue Jahr und die Olympischen Spiele. Svaneholm schien ein klein wenig verunsichert. Wie es aussah, hatte er damit gerechnet, dass ich gleich zur Sache kommen würde. Aber ich wollte nicht so wirken, als hätte ich seine Zusage nötig.

Schließlich verließen wir das Haus und begannen den Rundgang über den Hof. Natürlich bemerkte er sofort die Schwachstellen an unserem Haus.

»Was ist eigentlich mit Ihrem Ostflügel?«, fragte er, nachdem er das Herrenhaus eingehend betrachtet hatte. »Er wirkt im Gegensatz zum westlichen ein wenig derangiert.«

»Nun, während des Krieges sind viele notwendige Arbeiten aufgeschoben worden«, sagte ich. »Es wurden andere Prioritäten gesetzt. Renovierungen waren nicht ohne Weiteres möglich.«

»Ich dachte immer, der Weltkrieg hätte Schweden nicht ganz so gravierend zugesetzt.«

»Das hat er auch nicht. Jedenfalls nicht so, wie es in Ihrem Land der Fall war. Aber wir haben die Auswirkungen ebenfalls zu spüren bekommen. Materialknappheit, junge Männer in Bereitschaft und bei der Armee. Wir haben uns geweigert, am Krieg zu verdienen, und hatten dementsprechend nicht so viele Mittel, um das Haus angemessen in Schuss zu halten.«

»Sie hatten wirtschaftliche Schwierigkeiten?«

Oh ja, und wie wir die hatten! »Wir brauchten die Gelder für die Stallungen. Außerdem haben wir versucht, so gut es geht zu helfen. Eine Zeit lang haben wir norwegische Bürger beherbergt, die vor der deutschen Invasion geflohen waren.«

»Das war sehr großzügig von Ihnen.«

»Mein Onkel war beim norwegischen Widerstand«, fuhr ich fort. »Er ist im Einsatz ums Leben gekommen.«

Svaneholm schaute mich überrascht an. »So etwas hätte ich nicht erwartet. Das war sicher schwer für Ihre Familie.«

»Jemand sagte mal zu mir, dass gerade der Geschäftsmann der beste ist, der auch Niederlagen eingesteckt und verkraftet hat.«

»Dieses Sprichwort kenne ich nicht, aber es klingt weise.« Svaneholm blickte mich prüfend an. »Das war aber gewiss vor Ihrer Zeit, nicht wahr? Sie erscheinen mir zu jung, um das alles selbst miterlebt zu haben.«

»Ich wurde am Tag der deutschen Kapitulation geboren«,

gab ich zurück. »Aber meine Mutter hat mir davon erzählt und Bilder gezeigt. Bei uns wurde stets viel Wert darauf gelegt, dass die Nachkommen mit der Familiengeschichte vertraut sind. Und dass wir eine große Liebe zu Pferden entwickeln.« Damit deutete ich auf die Ställe. »Wollen wir?«

Die Pferde drehten die Köpfe, als wir eintraten. Ich hörte, dass die Hengste die Luft in die Nüstern einsogen, als wollten sie allein an unserem Geruch erkennen, was wir vorhatten.

»Prächtige Tiere haben Sie da«, sagte Svaneholm, nachdem er sich umgesehen hatte.

»Es stehen nicht alle zum Verkauf, nur die hier vorn«, sagte ich ihm und deutete auf die Boxen auf der rechten Seite. »In diesem Stall sind außerdem die Zuchthengste untergebracht.« Ich blickte zu Svaneholm. »Da wir unter uns sind: Sie sprachen von einem Inzuchtproblem bei Ihren Tieren. Können Sie mir dazu spezifische Angaben machen?«

»Ich wüsste nicht, was das mit unserem Geschäft zu tun haben sollte«, antwortete er ein wenig gereizt. Offenbar war es ihm peinlich, dass in seiner Zucht Fehler gemacht wurden.

»Nun, wie Sie wissen, bin ich Tierärztin. Wenn ich weiß, was der Erbfehler in Ihrer Zucht anrichtet, kann ich Vorschläge machen, wie man mit meinen Tieren gegensteuern könnte. Sind es eher organische Schäden wie zum Beispiel an der Lunge?«

»Meine Tiere haben eine ausgeprägte Bänderschwäche«, erklärte er schließlich, während er mich finster musterte. »Wir hatten durch das gezielte Verpaaren von Cousins ersten Grades versucht, die Ausdauer zu stärken, aber uns ist dabei ein Missgeschick unterlaufen, das zunächst nicht sichtbar war. Doch jetzt wird es immer deutlicher, und das könnte dazu führen, dass wir schon bald nicht mehr am Turniersport teilnehmen können.«

»Warum haben Sie nicht schon eher Maßnahmen ergriffen?«

»Weil die Ausdauer tatsächlich gestiegen ist«, sagte Svaneholm.

»Und Sie haben damit Erfolge gefeiert.« Eigentlich war es unverantwortlich, Tiere so zu verpaaren. Aus diesem Grund führten große Gestüte Zuchtverzeichnisse und Stammbäume, um dergleichen zu vermeiden. Aber ich wusste, dass einige Züchter gezielt auf Inzucht setzten, um unerwünschte Merkmale zu eliminieren. Nur dass dabei manchmal neue unerwünschte Effekte entstanden.

»Ja, das haben wir. Bis einem unserer Rennpferde mitten im Lauf die Sehnen gerissen sind.«

Ich verzog das Gesicht, denn ich wusste genau, wie das aussah.

»Nun, als Tierärztin würde ich Ihnen raten, die Träger der größten Sehnenschwächen aus der Zucht zu nehmen. Wir haben bei der Zucht unserer Pferde stets darauf geachtet, dass sie keine zu nahe Verwandtschaft haben. Und wir haben sie eher auf Eigenschaften gezüchtet. Bereits damals, als meine Vorfahren noch Pferde für die Kavallerie gestellt haben. Ein mutiger Hengst und eine Stute, der Lärm nichts ausmachte, ergaben das ideale Pferd für die Schlacht. Seit unsere Pferde nicht mehr für den Kriegseinsatz verkauft wurden, haben wir auf andere Merkmale geachtet. Aber das Verfahren ist ähnlich geblieben.«

»Sie haben eine riesige Auswahl an zuchttauglichen Pferden, wie mir scheint.«

»Wir haben nie so sehr Wert auf Farben gelegt, sondern

darauf geschaut, dass die Körper der Tiere stark bleiben. Jedes unserer Pferde könnte auf lange Sicht den Sehnenschaden Ihrer Zucht ausgleichen, vorausgesetzt, Sie rücken von der Inzucht ab. Sonst werden die Nachkommen meiner Pferde genau dieselben Schäden ausbilden, wie es Ihre jetzigen Fohlen tun.«

Svaneholm wirkte auf einmal, als würde er von seinem hohen Ross herabsteigen. Doch dieser Eindruck verschwand, als sein Blick auf unseren besten Hengst fiel.

»Das ist ein Prachtexemplar«, sagte er, ohne sich weiter zu meinem Ratschlag zu äußern.

»Sein Name ist Sonnenkönig«, entgegnete ich. »Er ist der Vater vieler unserer Pferde, die in den Verkauf gingen. Allerdings ist er nicht verkäuflich.«

Svaneholm näherte sich ihm und strecke die Hand nach seinen Fesseln aus. Wie er den Hengst anpackte, zeigte, dass er Erfahrungen mit Pferden hatte. »Sehr starke Bänder, wie mir scheint.«

Svaneholm richtete sich wieder auf. Sein Blick, mit dem er den Hengst musterte, wirkte beinahe schon fieberhaft begehrlich.

»Kommen Sie, ich zeige Ihnen die Stuten«, sagte ich, um ihn von Sonnenkönig abzulenken. Er sollte sich gar nicht erst in ihn verlieben, denn diesen Wunsch würde ich ihm nicht erfüllen.

Wenig später betraten wir den Nachbarstall. Die Sicherheitsmaßnahmen waren inzwischen in Ordnung gebracht worden, und der Auslöser wurde nun von einem Gitter gegen unabsichtliche Betätigung geschützt. Ich hoffte, dass Svaneholm das bemerken würde, doch er hatte nur Augen für die Stuten. Eine davon war gerade trächtig.

»Stammt das Fohlen von Sonnenkönig?«, fragte der Graf mit begehrlichem Blick.

»Nein, von Neptun, einem weiteren Zuchthengst. Wir versuchen, das Erbgut so vielfältig wie möglich zu kombinieren.«

Svaneholm blickte sich noch einmal um. »Ich will Sonnenkönig«, sagte er dann zu mir. »Und noch weitere fünfzig Pferde. Zehn Hengste, vierzig Stuten.«

Bisher war noch nicht von Zahlen die Rede gewesen. Die Menge der Pferde erstaunte mich, obwohl es kein Wunder war. Wenn er Inzuchtschäden hatte, würde er seine Zucht neu aufziehen müssen. Doch mehr noch als die Anzahl der Tiere überraschte es mich, dass der Graf offenbar nicht zugehört hatte.

»Es tut mir leid, aber wie ich vorhin schon sagte, Sonnenkönig ist nicht verkäuflich«, sagte ich und dachte wieder an diesen Amerikaner, durch den ich Jonas kennengelernt hatte. »Er ist der Grundstock unserer Zucht. Ich erlaube Ihnen gern, dass er Stuten für Sie deckt, aber er bleibt im Besitz unseres Hauses.«

»Und wenn ich das Geschäft von ihm abhängig machen würde?«

Mein Pulsschlag beschleunigte sich. Glaubte er wirklich, ich würde ihm unser bestes Pferd einfach so überlassen?

»Es wäre eine sehr unkluge Entscheidung«, sagte ich. »Ihnen würden fünfzig unserer besten Pferde und damit der Grundstock für einen neuen Zuchtbeginn entgehen. Ich wäre sogar gewillt, Ihnen Dauphin zu überlassen. Er ist der Sohn von Sonnenkönig und steht ihm in nichts nach. Außerdem ist er jünger und wird Ihrem Stall viel Freude machen.«

»Aber es ist nur der Sohn dieses großartigen Hengstes.«

»Wenn er auf die richtigen Stuten trifft, könnten wunderbare Pferde dabei herauskommen. Turniersieger.« Ich machte eine kurze Pause, dann fügte ich hinzu: »Ich mag nicht Ökonomie studiert haben, aber ich kann rechnen, Graf Svaneholm. Der Verlust von Sonnenkönig würde unser Gut viel kosten. Einen derartigen Hengst würden auch Sie nicht verkaufen. Ich denke, wir sollten einander gegenüber Fairness walten lassen. Sie erhalten fünfzig Pferde und einen aufstrebenden Zuchthengst, ich behalte das Flaggschiff unserer Zucht und bin offen dafür, Ihre Stuten gegen eine angemessene Summe von ihm decken zu lassen. Und wenn Sie wollen, können Sie, sofern Sie Turnierambitionen haben, Ihre Reiter auch zu uns ins Trainingscamp schicken.«

Svaneholm sah mich mit regloser Miene an und schien die Hoffnung zu haben, dass ich den Blick abwenden würde, aber ich blickte ihm geradewegs in die Augen. Er hatte es nicht mit einem kleinen Mädchen zu tun, sondern mit der Gräfin Lejongård. Ich war sicher, dass Großmutter es nicht anders gemacht hätte.

»Lassen Sie uns das doch beim Abendessen besprechen«, sagte er schließlich.

»Das ist eine hervorragende Idee«, erwiderte ich. »Ich werde meiner Köchin Bescheid geben, dass sie uns etwas Besonderes zaubert.«

»Oh, ich dachte, wir würden in die Stadt fahren«, sagte er. »Ist das nicht ein wenig zu viel Aufwand? Ich habe bisher kein Personal gesehen.«

Diese Worte fühlten sich an wie ein Schlag in die Magengrube. Nur weil ich kein Personal hatte, glaubte er, dass es hier nichts Vernünftiges zu essen gab?

»Keine Sorge, wir haben uns gründlich vorbereitet«, erwiderte ich, während ich versuchte, meinen Ärger mit einem Lächeln zu übertünchen. »Vielleicht laufen die Dinge hier etwas anders als bei Ihnen, aber wir haben einen gewissen Standard. Ich würde mich freuen, wenn Sie mir die Ehre erwiesen, heute Abend in diesem Haus mein Gast zu sein.«

Svaneholm schien das nicht zu gefallen, aber er wollte auch nicht unhöflich sein, also neigte er den Kopf. »Mit Vergnügen, Gräfin Lejongård.«

»Dieser Mistkerl«, brummte ich, als ich ins Arbeitszimmer zurückkehrte. »Immer nur hinhalten, hinhalten ...«

»Was ist passiert?«, fragte Karin. »Ist das Gespräch nicht gut gelaufen?«

»Er will Sonnenkönig, aber den werde ich ihm nicht geben. Entweder er nimmt die Tiere, die ich ihm angeboten habe, oder er lässt es.«

Gern hätte ich behauptet, dass ich sein Geld nicht brauchen würde, aber das entsprach nicht der Wahrheit. Ich brauchte es, denn die Tierklinik baute sich nicht von allein. Und ein weiterer Kunde dieses Formats war vorerst nicht in Sicht.

»Und was werden Sie nun tun?«

»Mit ihm essen, heute Abend. Und ich würde Sie bitten, mit im Haus zu bleiben, für den Fall, dass er auf dumme Gedanken kommt.« Ich sah sie an. »Wäre Ihnen das möglich? Ich weiß, Ihre Mutter braucht Gesellschaft, aber vielleicht könnte Ihre Schwester einspringen?«

Ich bemerkte, dass diese Frage sie ein wenig erschreckte, doch dann nickte sie. »Ja, das wird sich einrichten lassen.«

»Vielen Dank, das freut mich! Vielleicht können Sie den steifen Sekretär dazu bringen, ein wenig aufzutauen.« Ich zwinkerte ihr zu und ging dann runter in die Küche. Ich hatte Frau Johannsen bereits instruiert, dass es am Abend ein Essen geben würde. Doch jetzt würde es ein Essen allein nicht tun – wir mussten Svaneholm etwas zum Staunen geben.

Ein Diner wie zu Zeiten meiner Urgroßeltern aufzufahren war ohne Personal nicht ohne Weiteres möglich, aber Frau Johannsen nahm die Herausforderung an.

»Es wäre gut, wenn Sie Dienstmädchen zum Auftragen hätten«, bemerkte sie seufzend, als ich in der Küche nach dem Fortschritt ihrer Arbeiten sah. »Meine Großmutter erzählte mal, dass zeitweise vier oder fünf Diener für das Servieren des Essens in einem feinen Haus notwendig waren. Dieser Graf ist es sicher gewohnt, dass er bedient wird. Und wenn Sie das Essen hereintragen ...«

»Ich weiß«, antwortete ich und bedauerte es ein bisschen, dass ich mir nicht die Dienste der Mädchen, die während des Aufenthalts der Sportler hier ausgeholfen hatten, gesichert hatte. Da flammte in den Tiefen meiner Erinnerung etwas auf, das ich zunächst nicht greifen konnte. Erst als ich wieder zum Arbeitszimmer ging, fiel es mir ein. Ein Berufsreiter, den ich vor ein paar Wochen neu eingestellt hatte, hatte einen Punkt in seinem Lebenslauf angegeben, der uns vielleicht nützlich werden konnte.

»Thomas, Sie haben doch als Kellner gearbeitet, bevor Sie in die Landwirtschaft gingen«, begann ich, nachdem der Reiter bei mir im Arbeitszimmer erschienen war. Thomas Haraldsson, der dafür zuständig war, junge Pferde zuzureiten, sah mich verwundert an.

»Ja, das habe ich. Ich habe in Stockholm gelernt.«

»Wäre es Ihnen möglich, heute Abend das Essen zu servieren?«, fragte ich. »Ich weiß, da haben Sie Feierabend, aber unser Gast ist ein wenig ... eigen.«

»Dieser Graf, der in den Ställen war?«, fragte er, worauf ich nickte. »Der ist ein Schnösel.«

»Thomas!«, mahnte ich ihn. »So reden wir nicht über potenzielle zahlende Kunden. Auch wenn es genau der Wahrheit entspricht.«

Der Reiter grinste mich an.

»Ich möchte, dass Sie am Abend so tun, als würden Sie im Grand Hotel servieren. Bekommen Sie das hin?«

»Ich kann es versuchen.«

»Ich zahle Ihnen für den Abend auch das Honorar eines Kellners im Grand Hotel – vorausgesetzt, es geht alles glatt.«

»Es wird glattgehen. Ich erinnere mich noch sehr gut an diese Zeit. Sie müssten mir nur etwas besorgen, was ich anziehen kann.« Er blickte an sich herunter, auf seine Arbeitshose und sein Karohemd.

»Ich denke, wir haben noch etwas Passendes in unserer Kleiderkammer. Einige Anzüge unserer früheren Bediensteten müssten noch dort sein.«

Ich war froh, dass meine Mutter meinem Wunsch nachgekommen war und nicht alle Grammofonplatten aussortiert hatte. Die Spieldauer war sehr gering, aber so konnte ich dem Grafen wenigstens einen besonderen Empfang im Esszimmer bereiten. Nach einem Aperitif begaben wir uns an die Tafel. Auch jetzt ging es nicht ums Geschäft.

Die Ungeduld zerriss mich, aber ich zwang mich zur Ruhe. So wie ich Svaneholm kennengelernt hatte, würde er sich nicht dazu herablassen, mir bei Tisch seine Entscheidung mitzuteilen. Er würde mich weiterhin zappeln lassen. Da war es vielleicht besser, so zu tun, als sei das alles nicht wichtig.

Thomas gab in seinem Anzug aus dem Kleiderfundus des Löwenhofes eine sehr gute Figur ab, und ich war erstaunt, wie gut er sich als Hausdiener machte. Mit dem gleichen Fingerspitzengefühl wie für die Pferde ging er auch mit dem Geschirr um.

Svaneholm zeigte sich natürlich nicht beeindruckt, er war es gewohnt, bedient zu werden. Ich dachte an die Frau, deren Bildnis im Foyer hing, und versuchte, mich zu verhalten, als wäre ich Stella Lejongård. Als wäre ich das alles ebenfalls gewohnt.

Ich versuchte, die Konversation auf allgemeine Themen zu lenken, doch Svaneholm hatte offenbar einige brennende Fragen.

»Müsste ein Gut wie Ihres nicht eigentlich wesentlich mehr Land besitzen?«, fragte er, nachdem er von der Lammkeule probiert hatte.

Ich versuchte, mein Erschrecken zu verbergen. Hatte er irgendwie in Erfahrung gebracht, dass wir Land verkauft hatten?

»Wir hatten früher einmal mehr Land«, gab ich zu. »Allerdings haben wir schon vor einer Weile beschlossen, uns auf die Pferdezucht zu konzentrieren. Früher wurden die Flächen zur Futterproduktion genutzt, aber das ist nicht mehr notwendig. Wir haben andere Quellen. Außerdem ist noch genügend Grund vorhanden, um die Pferde zu halten und Reitern ein Trainingsgelände zu bieten.« Ich blickte ihn an. In seinen Augen sah ich wieder diese leichte Belustigung darüber, dass wir alles so anders machten als er. Alles so falsch. »Die schwedischen Olympiateilnehmer waren im vergangenen Sommer hier, und soweit ich gehört habe, waren sie sehr zufrieden mit den Ergebnissen des Trainings.« Ich beschloss, noch einen Schritt weiterzugehen. »Kennen Sie Ninna Swaab?«

Ein abschätziger Ausdruck trat auf sein Gesicht. »Frau Swaab hätte es ihrem Mann gleichtun und für die Niederlande starten sollen.«

»Wieso?«, fragte ich. »Glauben Sie, der schwedische Reitsport bietet keine Chancen?«

»Das habe ich nicht behauptet.«

»Schwedische Reiter haben über die Jahrzehnte nicht nur bei Olympia für Furore gesorgt, sie haben auch andere Wettbewerbe erfolgreich bestritten«, antwortete ich und begann dann, ihm einige Erfolge aufzuzählen.

Das brachte Svaneholm dazu zurückzurudern. »Verzeihen Sie, so habe ich das nicht gemeint. Natürlich sind die Erfolge der schwedischen Mannschaft unbestritten.«

»Ninna Swaab ist der festen Überzeugung, dass sie ihren Ehemann übertrumpfen wird«, setzte ich hinzu. »Nach dem, was ich von ihren Pferden gesehen habe, sollte das möglich sein. Und auch die anderen Reiterinnen und Reiter sind in bester Verfassung.«

»Dennoch sind die Deutschen sehr stark. Liselott Linsenhoff gilt als unbesiegbar.«

»Das werden wir sehen«, sagte ich, nahm einen Schluck Wein und fragte dann: »Haben Sie Kontakte zu den dänischen Olympioniken?«

»Ja, allerdings habe ich diesmal leider nicht das Glück, Pferde für sie zu stellen.« Er blickte mich nachdenklich an. »Ich hoffe, das wird sich ändern, wenn ich neue Zuchtpferde gefunden habe.«

Ich hob mein Glas. »Trinken wir darauf, dass sich die Dinge für unsere Häuser stets zum Besten wenden.«

Svaneholm nickte und prostete mir ebenfalls zu.

Als sich der Graf und sein Sekretär schließlich zur Nacht verabschiedeten, wirkten sie müde, aber zufrieden. Mehr konnte ich mir in diesem Augenblick nicht wünschen.

»Wir haben es geschafft«, sagte ich zu Karin, die in einem meiner Kleider und mit hochgestecktem Haar eine wirklich gute Figur gemacht hatte.

»Ja, das haben wir. Und dem Grafen scheint es gefallen zu haben.«

»Wir haben unser Bestes gegeben. Es liegt in seiner Hand, ob aus dem Geschäft etwas wird.«

Am nächsten Morgen verabschiedete ich Svaneholm. Er wirkte wie immer höflich und gelassen, und nichts in seiner Miene verriet, ob er eine Entscheidung getroffen hatte. Ich dachte wieder an das, was Jonas gesagt hatte, und versuchte, mir nichts anmerken zu lassen.

»Sie sind also im Königshaus zu Gast«, bemerkte ich, während ich ihn zu dem Taxi begleitete.

»Ja, die Königin veranstaltet ein Herbstfest. Wir sind sehr gut mit der Familie bekannt, es ist Tradition, dass wir zu allen Festen geladen werden.«

»Nun, da sind Sie in einer ähnlichen Position wie ich«, sagte ich. »Unsere Verbindung zum Königshaus geht bis ins 17. Jahrhundert zurück.«

»Ja, ich habe die Porträts Ihrer Ahnen bewundern dürfen.«

»Wir erhielten das Gut nach dem Schonischen Krieg, was nicht gerade einen Glanzpunkt der Beziehungen zwischen Schweden und Dänemark darstellt, das muss ich zugeben.

Aber jede Familiengeschichte hat ihre Schattenseiten, und wir bemühen uns, stets achtsam mit dem uns übertragenen Besitz und den Menschen, die hier wohnen, umzugehen. Die Königsfamilie verbringt traditionell einen Teil ihrer Sommerferien hier. Sie liebt den ›rustikalen Charme‹, wie Sie es ausdrückten.« Ich flunkerte, doch ich ging davon aus, dass er sich mit den Lieferverträgen und privaten Beziehungen der schwedischen Könige nicht auskannte – auch wenn die beiden Häuser enge Beziehungen pflegten. »Erst kürzlich durften wir Seine Hoheit Prinz Bertil bei uns zum Krebsessen begrüßen. Ich kann mich gut in die Verpflichtungen, die Sie haben, hineinversetzen.« Das war nicht geflunkert.

Graf Svaneholm sah mich an, als hätte der Blitz eingeschlagen. Aus dem Augenwinkel heraus bemerkte ich, dass auch der Sekretär sichtlich verwundert war.

»Nun, dann haben wir mehr gemeinsam, als ich erwartet hätte.« Svaneholm reichte mir die Hand. »Ich melde mich bei Ihnen, sobald ich wieder in Kopenhagen eingetroffen bin.«

»Ich zähle darauf«, antwortete ich. »Kommen Sie gut nach Hause.«

Als das Taxi davonbrauste, atmete ich tief durch.

Kurz nach Svaneholms Abreise rief mich Jonas an. »Na, wie ist es gelaufen?«, fragte er. »Ich habe gehofft, dass du dich gestern melden würdest, und mir schon Sorgen gemacht.«

»Wir hatten mit Graf Svaneholm noch alle Hände voll zu tun«, sagte ich. »Stell dir vor, unser Berufsreiter hat tatsächlich das Zeug zum Oberkellner.«

»Wie bitte?«, fragte Jonas.

»Wir haben den Grafen zum Essen eingeladen. Ich wollte mich nicht lumpen lassen und habe einen Butler aus dem

Hut gezaubert. Thomas war sehr überzeugend in seiner Rolle. Und Svaneholm wollte mir Sonnenkönig abschwatzen. Erinnerst du dich noch, dass dein Freund Roscoe auch ein Auge auf den Hengst geworfen hatte?«

»Oh ja, und ich glaube, er ist immer noch traurig darüber, dass er ihn nicht bekommen hat.«

»Nun, da befindet er sich jetzt in bester Gesellschaft. Auch Svaneholm wird ihn nicht bekommen. Er hat daraufhin natürlich den Beleidigten gespielt und seine Entscheidung wieder vertagt. Ich glaube, es macht ihm Spaß, die Leute hinzuhalten.«

»Offenbar ist das ein Hobby des Adels.«

»Des dänischen Adels«, gab ich zurück. »Wir haben unsere Geschäftspartner stets fair behandelt und nicht lange warten lassen, wenn wichtige Entscheidungen anstanden.«

»Ihr seid ja auch schwedischer Adel. Der ist für seine Korrektheit bekannt.«

»Du nimmst mich auf den Arm!«, sagte ich, worauf er lachte.

»Aber immer gern. Besonders, wenn du bei mir bist.« Er machte ein Kussgeräusch, dann sagte er: »Ich bin sicher, dass er sich für euch entscheiden wird. Svaneholm versucht, deine Grenzen auszuloten. Bleib standhaft. Wenn er nicht interessiert wäre, hätte er die Reise nicht auf sich genommen. Ich bin sicher, dass du, wenn überhaupt, nur wenige Konkurrenten hast. Alles andere ist Show von diesem Grafen.«

Ich seufzte, und ein Lächeln huschte mir übers Gesicht. »Ich vermisse dich«, sagte ich.

»Ich dich auch. Wenn du diesen Abschluss hinter dir hast, feiern wir ausgiebig. Was sagst du?«

»Ja. Auf alle Fälle sage ich Ja dazu.«

Als kurz darauf das Telefon klingelte, nahm ich ab und meldete mich.

»Ah, Gräfin Lejongård, schön, dass ich Sie persönlich erreiche.«

Ich wunderte mich, Svaneholm selbst an der Strippe zu haben. Sonst rief doch eigentlich sein Sekretär an.

»Graf Svaneholm«, antwortete ich. »Sind Sie sicher in Stockholm angekommen?«

»Ja, danke.« Er lachte kurz auf. »Ich wollte noch einmal sagen, dass ich den Aufenthalt bei Ihnen sehr genossen habe.«

»Das freut mich.«

»Auf dem Weg nach Drottningholm hatte ich Gelegenheit, noch einmal alle Aspekte Ihres Angebots zu durchdenken.« Komm auf den Punkt, hätte ich ihm am liebsten zugerufen. »Auch wenn es mich schmerzt, dass Sie Sonnenkönig nicht verkaufen wollen, wäre ich mit der Option, Stuten von ihm decken zu lassen, zufrieden. Und mit Dauphin in der Hinterhand …«

»Heißt das, dass Sie mir den Zuschlag geben?«, fragte ich.

»Ja, das heißt es«, erwiderte er. »Vorausgesetzt, Sie bleiben bei den angegebenen Zahlen. Und sollte Ihr Hausdiener mal eine Veränderung wünschen, schicken Sie ihn bitte zu mir. Ich würde ihn sehr gern in meine Dienste aufnehmen.«

VIERTER TEIL

1972

31. Kapitel

Die Wintermonate brachten viel Schnee, aber auch wieder etwas Fröhlichkeit ins Haus. Es war das erste Weihnachtsfest ohne Großmutter, was mich sehr betrübte. Doch zum ersten Mal war Jonas bis zum Jahreswechsel da, und wir genossen diese Zeit sehr. Gemeinsam sprachen wir über die Zukunft und schmiedeten Pläne für das Gut und die Tierklinik. Dank Svaneholms Zahlung würden wir mit den Bauarbeiten im Frühjahr beginnen können.

Bei einem Besuch Mitte Februar brachte Mutter eine Überraschung für mich mit. »Hier«, sagte sie und streckte mir ein Hochglanzmagazin entgegen, auf dessen Cover eine junge Frau mit Brautschleier die Leserin anlächelte.

»Das ist ein Brautmagazin«, sagte ich.

»Du bist ja auch eine Braut«, sagte Mutter, während sie sich aus ihrem Mantel schälte. »Ich finde, es ist an der Zeit, dass wir uns auf die Suche nach einem Hochzeitskleid machen.«

Ich zog die Augenbrauen hoch. »Aber wir haben doch noch gar keinen Termin.«

Sie lächelte mich an. »Dann wird es Zeit, dass ihr einen findet. Rede doch bald mal mit ihm darüber.«

»Aber Mormor ist doch erst …«

Mutter schüttelte den Kopf. »Mach dir keine Gedanken darum. Deine Großmutter hätte gewollt, dass ihr noch vor Ablauf des Trauerjahres heiratet. Es gilt eigentlich für hinterbliebene Ehepartner und nicht für Enkelinnen, deren ganzes Leben noch vor ihnen liegt.«

Sie strich ihre Bluse glatt. »Außerdem wird der Termin doch sicher im Sommer sein, nicht wahr? Das Wetter ist dann schöner, und wir könnten draußen feiern.«

Ich strahlte sie an, dann fiel ich ihr um den Hals. »Danke, Mama.«

»Wofür?«, fragte sie verwundert.

»Dafür, dass du an die Zeitschrift gedacht hast«, gab ich zurück, aber es war so viel mehr, wofür ich ihr dankbar war.

Nach dem Mittagessen begaben wir uns in den Salon. Mutter hatte nicht nur ein Hochzeitsmagazin dabei, sondern insgesamt sieben.

»Du hast ja den ganzen Kiosk in Kristianstad leer gekauft«, staunte ich. »Ich wusste gar nicht, dass es so eine Auswahl gibt.«

»Offenbar besteht bei den jungen Damen Bedarf«, antwortete sie, während sie die Zeitschriften vor uns auf dem Glastisch aufreihte. Zwei blonde und zwei brünette Frauen lächelten in verschiedenen Ansichten direkt in die Kamera. Eine von ihnen trug einen bauschigen Schleier auf ihrem Kopf, eine weitere nur ein weißes Band um ihren Dutt. Nummer drei und vier hatten kleine Perlen in ihrem Haar.

Nichts davon gefiel mir so wirklich. Ich stellte mir eher einen Kranz vor, vielleicht mit einem kleinen Schleier. Aber der Kopfschmuck war erst einmal Nebensache.

»An was für ein Kleid hast du gedacht?«, fragte Mutter, als

sie das erste Blatt aufschlug. Ich konnte ihr nicht sofort antworten. Die Freude über Jonas' Heiratsantrag war durch Mormors Tod getrübt worden. Ich hatte mir bislang kaum Gedanken über mein Hochzeitskleid gemacht. Ich wusste nur eines.

»Ich möchte ein kurzes Kleid«, sprach ich es laut aus.

Mutter zog die Augenbrauen hoch. »Kurz?«

Ich nickte. »Ja. Ein kurzes Kleid. Keines, das über das Knie reicht.«

»Aber warum?«, fragte Mutter. »Jedes Mädchen träumt von einem Prinzessinnenkleid bei ihrer Hochzeit. Sogar Jackie Kennedy hat ein langes Kleid getragen.«

»Das war vor beinahe zwanzig Jahren.«

»Die meisten Hochzeitskleider sind aber immer noch lang und bauschig. Das scheint so etwas wie ein Gesetz zu sein. Wenn du ...«

»Mama«, unterbrach ich sie. »Bei dem Unfall ... habe ich geträumt. Von meiner Hochzeit. Alles war mir so real erschienen. Und dann ...«

Mutter atmete tief durch und legte die Hand auf meinen Arm. »Es ist so lange her. Und Jonas ist ein guter Mann. Irgendwann müssen die alten Geister ruhen.«

»Und ich lasse sie ja auch ruhen«, sagte ich und lächelte sie an. »Allerdings trug ich in dem Traum ein langes, wallendes Kleid – obwohl ich etwas anderes wollte.« Ich ergriff ihre Hand. »Keine Sorge, ich trauere nicht mehr. Ich möchte nur ein modernes Kleid, eines, das zur heutigen Zeit passt.«

Mutter blickte mich lange an, dann nickte sie. »In Ordnung. Ein kurzes Kleid.« Damit blätterte sie weiter.

Lange Zeit sah es so aus, als würden wir nicht fündig werden. Die ersten beiden Magazine schienen die Absicht zu haben, die Bräute in Tüll, Seide und Spitze zu ersticken. Die meisten Hochzeitskleider unterschieden sich nicht wesentlich von den Kleidern auf den Hochzeitsfotos meiner Mutter und Großmutter. Erst im dritten Magazin wurden wir fündig. Auf zwei verschämten Seiten trugen die Models schlichte, enge und sehr kurze Kleider. Mutter war entsetzt.

»Bist du sicher, dass du so etwas möchtest?«, fragte sie. »Das scheint mir das passende Kleid für den zweiten oder dritten Versuch zu sein, aber für die erste Hochzeit ...«

»Sie sind tatsächlich ziemlich schlicht«, gab ich zu. »Aber die Länge stimmt.«

Mutter betrachtete kopfschüttelnd die Fotos. »Ich glaube kaum, dass du in dieser Form etwas Prächtigeres finden wirst ...« Sie machte eine Pause, dann sagte sie: »Was hältst du davon, deine Tante Daga zu fragen?«

»Ich weiß nicht«, sagte ich. »Ich habe sie schon so lange nicht mehr gesehen. Wie alt war ich damals? Sechzehn?«

»Das könnte hinkommen«, erwiderte Mutter. Früher waren Daga und sie beste Freundinnen gewesen, doch durch ihre Heirat hatte sich der Kontakt gelockert. Auch wenn Dagas Kinder schon aus dem Haus waren, hatten sie es nicht geschafft, wieder näher zueinanderzufinden.

»Ich glaube kaum, dass sie begeistert sein wird, wenn ich sie nach einem Kleid frage.«

»Ich könnte das tun«, sagte Mutter.

»Ist das nicht ein bisschen selbstsüchtig?«, fragte ich. Mutter schrieb Daga hin und wieder und telefonierte mit ihr, aber zu einem Besuch hatte es seit Jahren nicht mehr gereicht. »Sie sieht mich jahrelang nicht, und dann soll sie mir ein Kleid nähen? Sie könnte mit Recht behaupten, dass sie mich kaum kennt.«

»Eine andere Schneiderin kennt dich noch weniger als sie.«

»Ja, aber die könnte mir auch nicht vorhalten, dass ich mich nie melde.« Ich schüttelte den Kopf. »Ich habe kein gutes Gefühl dabei. Laden wir sie zu der Feier ein, aber lassen wir sie mit irgendwelchen Wünschen zufrieden. Das steht uns nicht zu.«

»In Ordnung«, sagte Mutter, doch ich konnte sehen, wie es hinter ihrer Stirn arbeitete. Ich war sicher, dass sie es ansprechen würde, wenn sie das nächste Mal mit Daga telefonierte.

»Vielleicht sollte ich Jonas fragen, wie er ein kurzes Kleid findet«, versuchte ich, sie davon abzulenken.

Mutter zog die Augenbrauen hoch. »Du weißt doch, was die Leute sagen: Es bringt Unglück, wenn der Bräutigam seine Braut schon vor der Hochzeit in ihrem Kleid sieht.«

Ich griff nach dem Magazin und hielt es in die Höhe. »Das bin nicht ich. Und das wird auch nicht mein Kleid. Ich will nur wissen, was er dazu sagt.« Ich machte eine kurze Pause. »Außerdem gebe ich nichts auf solche Sprüche. Es ist alles Aberglauben, wahrscheinlich ist das Brautkleid ein Symbol für die Jungfräulichkeit, und die ist heutzutage wohl nicht mehr bei jeder Braut gegeben.«

Ich sah, dass Mutter rot wurde. Ich legte ihr den Arm um die Schultern. »Ach, Mama, lass es uns locker angehen. Ich verspreche, ich mache dir keine Schande mit dem Kleid. Was die Feier betrifft, lasse ich dich gern walten. Hauptsache, es gibt keine fünfstöckige Hochzeitstorte, bei der wir auf eine Leiter klettern müssen, wenn wir sie anschneiden.«

Am Abend lag ich noch lange wach und grübelte. Es war schon seltsam, dass ich keine klare Vorstellung von meiner

Hochzeit hatte. Damals hatte der Unfall all meine Träume zerstört, und jetzt hatte der Tod von Großmutter dafür gesorgt, dass ich mich noch nicht damit beschäftigt hatte.

Die Länge des Kleides und dass ich draußen feiern wollte waren das Einzige, das ich wusste. Ansonsten war noch alles möglich.

Wenige Tage später machte ich mich auf den Weg nach Stockholm. Ich war fest entschlossen, mit Jonas einen Hochzeitstermin zu finden. Ich wusste, dass er dies schon lange wollte, doch aus Rücksicht auf mich und meine Trauer um Mormor hatte er dazu nichts mehr gesagt. Am Stockholmer Bahnhof wurde ich von nasser Kälte empfangen. Jonas war um diese Zeit noch im Büro. Er hatte angeboten, mich abzuholen, doch ich zog es vor, den Bus zu nehmen. Ich wollte nicht, dass er seine Kunden vernachlässigte.

Obwohl es Tag war, mussten die Autos mit Licht fahren. Die Scheinwerfer spiegelten sich in großen Pfützen, die sich auf dem Bahnhofsvorplatz gebildet hatten. Die eisige Luft kroch unter meinen Mantel. Wie freute ich mich auf Jonas und die wohlige Wärme in seiner Wohnung! Mittlerweile hatte er eine Seite seines Kleiderschranks freigegeben, damit ich dort ein paar Sachen aufhängen konnte. Ich hatte es mir zur Angewohnheit gemacht, immer etwas mehr mitzunehmen, als ich brauchte, um bei der Abreise etwas dazulassen.

Diesmal hatte ich sogar einige Partykleider dabei, denn so kurz vor den Olympischen Spielen gab es hin und wieder Veranstaltungen, zu denen er gehen musste. Ich freute mich schon auf das Wiedersehen mit Ulla Håkansson und den anderen Reiterinnen.

560

Ich stieg in den Bus und ließ mich auf einem der Sitze nieder. Um diese Uhrzeit war nicht viel los, der Bus beinahe leer. Ich fuhr an Bürogebäuden vorbei, deren Fenster hell erleuchtet waren, bis ich endlich die Haltestelle in Jonas' Viertel erreichte. Ich stieg aus und ging auf den kleinen modernen Wohnblock zu, der so einen großen Kontrast zum Löwenhof bildete, aber bestens zu Jonas passte. Hoffentlich würde er sich auf dem Gut wohlfühlen. Er versicherte mir immer wieder, dass er sehr anpassungsfähig sei. Aber ich wünschte mir, dass es mehr als Anpassung war, die er fühlte, wenn er auf dem Löwenhof war.

Jonas hatte mir vor einigen Monaten seinen Schlüssel gegeben mit den Worten: »Damit du immer herkommen kannst, wenn dir der Sinn danach steht.« Ich schob den Schlüssel ins Schloss und öffnete die Tür.

Wie gewohnt ging ich als Erstes in die Küche, wo ich einen kleinen Umschlag auf dem Küchentisch fand, direkt neben einer Vase mit einem Strauß Rosen. Ein Lächeln huschte über mein Gesicht, als ich den Brief öffnete. Wenn ich ihn besuchte, hinterließ Jonas mir stets einen kleinen Gruß.

Auf die Karte, die ich aus dem Kuvert zog, war ein großes rotes Herz gemalt. Darunter stand geschrieben: »Ich freue mich schon auf dich, mein Herz. Bis nachher! Kuss, Jonas.«

Ich sog den Duft der Rosen ein, dann trug ich meinen Koffer ins Schlafzimmer. Nacheinander räumte ich die Kleider aus und verstaute sie im Schrank. Schließlich setzte ich mich aufs Bett und hing eine Weile meinen Gedanken nach. Wenn wir verheiratet waren, würde Jonas die Wohnung aufgeben, darüber waren wir uns bereits einig. Doch ein wenig würde mir unser Liebesnest fehlen. Natürlich hatten wir auch noch das Seehaus in Åhus, aber diese Räume hier waren erfüllt von Jonas, seinem Duft, seiner Wärme. Es war, als würde ich sein Herz betreten.

Nach einer Weile erhob ich mich und zog das Hochzeitsmagazin aus meiner Tasche. Ich wollte Jonas' Meinung zu dem kurzen Kleid. Aber vor allem wollte ich ihm gefallen.

Mit dem Magazin ging ich in die Küche, brühte mir einen Kaffee und setzte mich an den Küchentisch. Während ich durch die Seiten blätterte, stieg eine Vision in mir auf. Ich sah eine lange Tafel mitten in einem Garten, Lampions in den Bäumen und Blütengirlanden über der Tanzfläche. Das hatte nichts mit den Feiern zu tun, die in dem Heft dargestellt wurden. Dort empfahl man einen eleganten Saal oder das eigene Haus. Aber die fröhlichsten Feiern waren bei uns immer die, die draußen begangen wurden. Warum also nicht?

Zwei Stunden später hörte ich Schritte auf der Treppe. Wenig später klirrten die Schlüssel. Manchmal hatte ich mich versteckt, um ihn glauben zu lassen, ich sei noch nicht da, aber er spürte jedes Mal, dass ich in der Wohnung war.

Als ich ihm entgegentrat, öffnete er breit lächelnd die Arme.

»Heute kein Versteckspiel?«, fragte er, während ich mich in seine Umarmung sinken ließ und ihn küsste. Seine Lippen fühlten sich warm und seidig an, und ich spürte, wie mein Körper auf ihn reagierte. Ich sog seine Wärme förmlich in mich auf und wollte plötzlich keinen einzigen Zentimeter Stoff mehr zwischen uns haben.

Das schien er zu spüren, denn er ließ seine Tasche fallen, drängte mich sanft gegen die Wand und lehnte sich gegen mich, sodass ich ihm nicht mehr entkommen konnte. Doch das wollte ich auch nicht. Ich schlang meine Arme um ihn, streichelte seinen Nacken und griff spielerisch in sein Haar.

»Das ist aber eine nette Begrüßung«, raunte er, als sich unsere Lippen kurz voneinander trennten. »Womit habe ich das denn verdient?«

»Wir haben uns schon so lange nicht mehr gesehen«, entgegnete ich. »Du weißt gar nicht, wie sehr du mir gefehlt hast.«

»Und das, wo wir doch schon so lange zusammen sind.«

»Aber wir sind es nicht ständig«, entgegnete ich. »Ich weiß nicht, wie lange ich meine Sehnsucht noch aushalten kann.«

»Das geht mir ähnlich. Dann sollten wir wohl Abhilfe schaffen.«

Wieder küssten wir uns, und dabei zog er mich langsam mit in sein Schlafzimmer. Dort schälten wir uns fast schon ungeduldig aus unseren Kleidern und ließen uns schließlich in die Laken sinken. Wir liebten uns wie im Rausch, beinahe so wie beim ersten Mal. Wie schön würde es sein, ihn jeden Tag bei mir zu haben!

Wenig später lagen wir erschöpft keuchend beieinander.

»Und, wie steht es mit deiner Sehnsucht?«, fragte er.

»Die ist immer noch groß«, sagte ich. »Genauso groß wie vorher. Aber ich gönne dir eine kleine Pause.« Ich lächelte ihn an, dann fügte ich hinzu: »Wir sollten einen Hochzeitstermin festlegen, findest du nicht?«

Er wandte sich mir zu. »Im Ernst?«, fragte er.

Ich nickte. »Ja. Ich finde, wir sollten es tun. Seit Großmutters Tod ist ein halbes Jahr vergangen. Jetzt ist es an uns, die Zukunft zu planen.«

»Das sind wunderbare Nachrichten!«, sagte er und küsste mich.

»Warte, ich habe etwas für dich«, sagte ich und schälte mich aus den Bettlaken.

»Was könnte schöner sein als das, was du mir eben gegeben hast?«, fragte er und griff nach mir, um mich zurückzuhalten. Doch ich war schneller.

»Du wirst begeistert sein!«, versprach ich und lief in die
Küche. Inzwischen war es draußen dunkel. Ich machte Licht,
griff nach dem Magazin und trug es zurück ins Schlafzimmer.

»Warst du so in der Küche?«, fragte Jonas mit einem schelmischen Grinsen und zog mich an sich.

»Ja, wieso?«, fragte ich verwundert.

»Dir ist hoffentlich klar, dass dies hier nicht der Löwenhof
ist.«

»Ja natürlich«, gab ich zurück. Dann wurde mir klar, was
er meinte. Die Jalousien in der Küche waren nicht geschlossen gewesen.

Er bemerkte meinen Gesichtsausdruck und lachte. »Wenn
meine Nachbarn zufällig aus dem Fenster geschaut haben,
haben sie etwas zu sehen bekommen.«

»Es ist nicht gesagt, dass sie mich gesehen haben«, erwiderte ich, spürte aber, wie meine Ohren zu glühen begannen.

»Um diese Uhrzeit sind sie alle zu Hause. Ich würde mich
nicht wundern, wenn Frau Herven mich demnächst fragt,
wer das schamlose Weib ist, das nackt durch meine Wohnung rennt.«

»Dann antwortest du: meine zukünftige Frau.«

»Das wäre ja noch schlimmer. Für manche Leute ist Sex
vor der Ehe immer noch ein Kapitalverbrechen.«

»Nur eine Sünde, nichts weiter. Die Leute sollen sich nicht
so haben.« Damit zeigte ich ihm das Hochzeitsmagazin.
»Hier.«

»Was ist das?«, fragte er.

»Dieselbe Frage habe ich meiner Mutter auch gestellt, obwohl es doch eigentlich offensichtlich ist, oder?«

Jonas strahlte mich an. »Ein Hochzeitsmagazin. Dann wird es jetzt wohl konkret?«

Ich nickte. »Ja, das wird es. Wir werden heiraten, stell dir das mal vor!«

Jonas streichelte meine Wangen und küsste mich. »Ich fürchtete schon, es wird nie dazu kommen.«

»Wir haben uns ein Versprechen gegeben, nicht wahr?«, fragte ich. »Großmutter hatte sich so sehr auf die Hochzeit gefreut. Wir konnten nicht wissen …«

»Schsch«, machte er und legte einen Finger auf meine Lippen. »Es ist alles in Ordnung so. Die Trauerzeit musste sein. Ich möchte, dass du mit leichtem Herzen vor den Altar trittst und nicht mit einem Herzen voller Trauer.«

»Mit einem Herzen voller Liebe«, korrigierte ich ihn. »Ich werde mit einem Herzen voller Liebe vor den Altar treten.«

Er lächelte. »Ich auch.«

Wir blätterten uns durch die Seiten, bis ich schließlich bei meinem Vorschlag für ein Brautkleid angekommen war.

»Was würdest du davon halten?«, fragte ich.

»Kurz?«, entgegnete er und strich über die Knie des Models. »Bist du sicher?«

»Warum nicht?«

»Was würde denn deine Familie dazu sagen? All die alten Tanten und weit verstreuten Cousinen?«

»Davon gibt es weniger, als du glaubst. Vaters Schwester, Tante Daga, würde sicher nichts dagegen haben. Und meine Großmutter hätte ebenfalls nichts dagegen gehabt.«

»Und die Verwandten deiner Mutter?«

»Ich bin sicher, dass Magnus nicht zu meiner Hochzeit kommen wird. Mal davon abgesehen, dass ich nicht weiß, ob ich ihn überhaupt einladen soll. Seit ich ihm die erste Rate des Erbes ausgezahlt habe, verhält er sich bemerkenswert still. Die zweite Rate ist diesen Herbst fällig.«

»Vielleicht solltest du sie ihm früher zahlen. Dann bist du diese Last bis zu unserer Hochzeit los. Und möglicherweise würde er die Einladung annehmen.«

Ich seufzte tief. Magnus war der Letzte, über den ich jetzt reden wollte. »Lass uns lieber über den Termin nachdenken«, sagte ich. »Ich habe eine Idee: eine Hochzeit im Grünen, mitten in unserem Park.«

»Eine Bauernhochzeit also?«, fragte er. »Mit Strohballen und Tracht?«

»Tracht muss nicht sein. Aber gegen Strohballen habe ich nichts einzuwenden. Und Kornähren und Mohnblüten ... Denk daran, du heiratest eine Frau vom Land.«

»Dessen bin ich mir bewusst«, sagte er und küsste meine Schulter.

»Wir könnten den Park auch in einen Feenwald verwandeln«, spann ich weiter. »Mit Lampions in den Bäumen und kleinen Kristallen, die die Sonne einfangen.«

»Du sollst alles so bekommen, wie du es dir wünschst.« Er zog mich an sich und küsste mich. »Auch dein Kleid. Was macht es schon, wenn deine Verwandten schockiert von den Kirchenbänken kippen!«

»Sie werden das vertragen«, sagte ich. »Dann ist es wirklich in Ordnung für dich, dass ich kein wallendes weißes Kleid will?«

»Natürlich ist es das. Ich finde diesen Vorschlag sogar überraschend modern für eine Lejongård. Und letztlich zählt die Frau, die in dem Kleid steckt. Die würde ich sogar nackt heiraten.«

»Nun, vielleicht überlege ich es mir mit dem Kleid noch und trage nur einen Schleier«, erwiderte ich lachend. »Aber im Ernst, was hältst du von einem Termin im Sommer?«

»Das wäre schön«, sagte er. »Allerdings muss ich im August nach Deutschland, wie du weißt. Und davor werde ich terminlich sehr eingespannt sein.«

»Ich weiß. Aber nach der Olympiade bist du frei, nicht wahr? Dann könnten wir gleich im Anschluss auf Hochzeitsreise gehen.«

»Das klingt verlockend«, sagte er. »Machen wir es so!«

»Wirklich?«, fragte ich, worauf er strahlend nickte.

»Im September also. Mitte September sollte es noch warm genug sein für eine Hochzeit im Freien. Und es ist gerade Erntezeit ...«

»Dann wären die Strohballen ja kein Problem. Allerdings ist es bis dahin noch eine halbe Ewigkeit. Wir haben ja erst Februar.«

Da am nächsten Tag Samstag war und Jonas nicht ins Büro musste, beschlossen wir, einen Bummel durch die Stadt zu unternehmen. Am Frühstückstisch griff Jonas meine Hand und küsste sie. Überrascht zog ich die Augenbrauen hoch.

»Ich möchte dir einen Vorschlag machen«, begann er ein wenig nebulös. »Was hältst du davon, mich für ein paar Tage zur Sommerolympiade zu begleiten? Als kleine Reise vor unserer Hochzeit.«

»Das wäre sehr schön. Ich fürchte allerdings, dass ich nicht viel Zeit haben werde. Die Vorbereitungen für die Hochzeit, und dann auch noch die Bauarbeiten ...«

»Ach, komm schon«, sagte er und umfasste mich. »Du hast keine Zeit für deinen zukünftigen Ehemann? Ich sage ja nicht, dass du als Teamärztin mitreisen sollst.«

Ich ließ mir noch einen Moment Zeit, dann lächelte ich.

»Ah, du nimmst mich auf den Arm!«, sagte Jonas, worauf ich lachte.

»Natürlich habe ich Zeit für dich!«, gab ich zurück. »Ich würde mich freuen, wenn ich dich begleiten dürfte. Jedenfalls für ein paar Tage.«

»Die genügen mir schon«, sagte er. »Ich würde so gern vor den anderen mit meiner wunderschönen Braut angeben. Und ich glaube, du hast Ulla versprochen, im Publikum zu sein.«

»Ich habe gesagt, dass ich versuchen werde, es einzurichten. Aber jetzt bist du mir zuvorgekommen, und dafür danke ich dir!« Ich beugte mich vor und küsste ihn. »Ich glaube, ich werde nach den Hochzeitsvorbereitungen etwas Ruhe brauchen.«

»Ich bin mir nicht sicher, ob du in München viel Ruhe haben wirst. Es gibt so viel zu sehen, und wenn unsere Athleten gut abschneiden, auch einiges zu feiern.«

»Hin und wieder wirst du doch arbeiten müssen«, gab ich zu bedenken. »Ich werde mir dann die Wettkämpfe anschauen und die Parks und Schlösser ...«

»Willst du mich etwa loswerden?«, fragte er. »Du bringst es doch nicht etwa übers Herz, allein durch München zu wandern?«

»Wenn du Zeit hast, nehme ich dich gern mit!«, entgegnete ich und umfasste lachend seinen Nacken.

Bei meiner Rückkehr auf den Löwenhof rief ich sofort Mutter auf Gut Ekberg an. Die Freude darüber, dass es endlich einen

Termin für die Hochzeit gab, ließ tausend Schmetterlinge in meinem Bauch flattern.

»Wir haben uns für den 16. September entschieden«, sagte ich. »Das ist ein Samstag.«

»September?«, fragte sie ein wenig verwundert. »Aber das ist ja noch eine Ewigkeit hin! Ich dachte, ihr würdet so um Mittsommer heiraten.«

»Wir werden eine Weile brauchen, bis wir alles organisiert haben«, gab ich zurück. »Außerdem möchte ich eine Bauernhochzeit.«

»Bauernhochzeit?«, sagte Mutter erstaunt.

»Liegt das nicht auf der Hand?«, sprudelte es aus mir heraus. »Ich bin zwar eine Lejongård, aber wir sind der Natur hier sehr verbunden. Unser Park ist wunderschön und bietet sich dafür geradezu an. Außerdem ist das Wetter zur Erntezeit immer noch sehr gut. Und wir können mit allem schmücken, was die Natur zu bieten hat. Jonas findet es in Ordnung. Am 7. September ist der letzte Wettkampf der Olympiade, danach ist er nicht mehr ganz so eingespannt beim SOK. Außerdem können dann auch die Reiterinnen und Reiter kommen, die bei uns trainiert haben.«

Mutter schwieg noch einen Moment lang. »Also September«, sagte sie schließlich. Ich ahnte, was ihr durch den Sinn ging: Mormor würde seit einem Jahr nicht mehr bei uns sein.

»Ja«, entgegnete ich. »September. Du weißt gar nicht, wie sehr ich mich darauf freue!«

»Das ist die Hauptsache. Und du hast recht, uns bleibt genügend Zeit, alles vorzubereiten.«

Hörte ich da so etwas wie Enttäuschung heraus? »Wäre dir eine frühere Hochzeit lieber gewesen?«, fragte ich.

»Nein, es ist alles in Ordnung so.« Ich sah es nicht, doch ich wusste, dass Mama sich jetzt um ein Lächeln bemühte. »Hast du ihn denn wegen des Kleides gefragt?«

»Ja, das habe ich. Passend zu meinem Minikleid wird er in kurzen Hosen kommen.«

»Wie bitte?«

Ich lachte auf. »Nur Spaß, Mama! Ich mache nur Spaß. Natürlich wird er einen Anzug tragen. Und ich werde mir das schönste Hochzeitskleid der Welt besorgen.«

»Daga hat übrigens nichts dagegen, dir ein Kleid zu nähen«, sagte Mutter.

»Du hast sie gefragt?«

»Ja«, antwortete Mutter. »Und bei der Gelegenheit habe ich gleich ein Treffen mit ihr ausgemacht.«

»Aber du weißt doch gar nicht, ob ich überhaupt ein Kleid von Tante Daga möchte.«

»Wir treffen uns nicht wegen des Kleides«, entgegnete Mutter. »Ich will sie einfach so sehen. Mich mal wieder in Ruhe mit ihr unterhalten. Ich glaube, das wird uns beiden guttun. Jetzt, wo du bald schon verheiratet sein wirst ...«

»Aber Mutter, ich bin doch nicht aus der Welt«, sagte ich. »Außerdem hast du noch Papa.«

»Das stimmt. Dennoch tut es gut zu wissen, dass es noch jemand anderen gibt, mit dem man sprechen kann. Ich möchte euch in eure Ehe nicht reinreden. Das hat Agneta auch nie getan.«

»Dennoch, ich bin nicht aus der Welt, Mama. Und wenn Tante Daga möchte, kann sie mich auch gern besuchen. Wir haben einiges aufzuholen.«

»Ich werde es ihr ausrichten.«

»Was hältst du davon, wenn wir uns nächste Woche treffen, um die Gästeliste festzulegen?«, fragte ich. »Daga müssen wir unbedingt einladen, findest du nicht?«

»Doch, das finde ich auch«, gab sie zurück. »Also gut, nächste Woche. Ich komme zu dir, ich sehne mich nach dem Essen von Frau Johannsen.«

Ich lachte auf. »In Ordnung, ich freue mich auf dich!«

In der Woche darauf saßen wir im Salon und gingen die Listen unserer Verwandten, Bekannten und Freunde durch. Es waren mehr, als ich angenommen hatte.

»Also, Großtante Lisbeth kommt doch bestimmt mit ihrer Familie«, sagte ich zu Mutter. Lennards Schwester war zwar gesundheitlich etwas angeschlagen, aber immer noch ziemlich gut zu Fuß. Und sie konnte sich auf die Hilfe ihrer Kinder und Enkelkinder verlassen.

»Ich nehme es an«, entgegnete Mutter, während sie auf einem großen Notizblock die Namen notierte. »Viel Kontakt haben wir nicht mehr zu ihnen, aber sie gehören zur Familie und freuen sich vielleicht, den Löwenhof wiederzusehen.«

»Dann gehört Daga dazu ... Und Magnus mit seiner Familie ...«

Bei der Erwähnung von Ingmars Bruder zuckte Mutter förmlich zusammen.

»Magnus?« Eine Falte erschien auf ihrer Stirn. »Willst du ihn wirklich einladen? Nach dem Auftritt, den er sich nach Agnetas Tod geleistet hat?«

»Es wäre nur höflich«, sagte ich. »Auch wenn es zwischen uns Differenzen gibt, sollten wir ihn nicht ausschließen.«

»Nehmen wir an, er sagt zu und vergällt den Gästen die Laune.« Mutter schüttelte den Kopf. »Ich könnte es mir nie verzeihen, wenn wir uns das schöne Fest dadurch verderben würden.«

»Möglicherweise tut er das diesmal gar nicht«, sagte ich. »Immerhin hat er den ersten Anteil seines Erbes bekommen. Den zweiten werde ich ihm im April anweisen. Dann ist diese Sache aus der Welt. Da ist eigentlich nichts, was er dann noch gegen uns haben könnte.«

»Schatz, du kennst Magnus doch. Er wird immer etwas gegen uns haben.«

»Aber vielleicht freut sich Rosa darüber. Seine Frau erschien mir eigentlich ganz nett. Und Finn ... Na ja, der wird ohnehin nicht dabei sein wollen.«

Mutter seufzte schwer und betrachtete mich noch einen Moment lang.

»Bitte, Mama. Wir reichen ihnen damit die Hand. Es bleibt ihnen überlassen, ob sie sie annehmen wollen. Ich lasse mir von niemandem meine Hochzeit kaputt machen. Auch Magnus wird das nicht schaffen. Außerdem habe ich dann Jonas an meiner Seite.«

»Also gut«, lenkte Mutter ein. »Wir laden ihn ein. Aber wappne dich, dass er dir eine Absage erteilen wird. Das ist das Mindeste, was du erwarten kannst.«

Ich umarmte sie. »Denk ein bisschen positiv, Mama. Vielleicht überrascht dich Magnus ja. Ich sehe dem ganz gelassen entgegen. Und jetzt sollten wir uns um die anderen Gäste kümmern. Kitty wird meine Brautjungfer. Bleiben noch die Geschäftspartner.«

Mutter griff nach meiner Hand und sah mich an. »Ich bin stolz auf dich, mein Kind. Ich hoffe, du weißt das.«

»Ich weiß«, entgegnete ich lächelnd und zog das Buch mit den Geschäftsadressen hervor.

32. Kapitel

An einem Nachmittag Ende April kam ich erst spät aus Kristianstad zurück, wo ich mit dem Bauleiter über Änderungen am Dachstuhl der Pferdeklinik gesprochen hatte.

»Eine Katrina Ingersson hat angerufen«, berichtete Karin, als ich wieder nach oben kam.

Kitty? Wieso rief sie an? »Hat sie Ihnen eine Nachricht hinterlassen?«, fragte ich, doch Karin schüttelte den Kopf.

»Nein, sie sagte nur, dass sie sich wieder melden würde. Ich habe die Nummer aufgeschrieben.«

Das konnte alles Mögliche bedeuten. Ein mulmiges Gefühl beschlich mich. Was, wenn es etwas Ernstes war? Kitty war immer diejenige von uns beiden gewesen, die stets Glück zu haben schien. Man vermutete es nicht, aber möglicherweise war etwas passiert.

Ich griff zu dem Zettel auf der Schreibtischunterlage und wählte die Nummer. Der Ruf ging durch, und ich wartete, doch niemand nahm ab. Ich ließ es noch ein wenig länger klingeln, aber offenbar war niemand da. Ich blickte auf die Uhr. Zu dieser Tageszeit war Kitty normalerweise zu Hause, denn Marten kam von der Arbeit, und sie musste das Abendessen vorbereiten.

Mein Verstand tippte sogleich auf das Schlimmste. Dass sie vielleicht am Krankenbett von Marten saß. Ich schüttelte den Gedanken ab. Nein, an so etwas durfte ich nicht denken. Wenn man daran dachte, geschah es genau so.

Den restlichen Abend verbrachte ich wie auf Kohlen. Das Gespräch mit Karin über ihren Einzug in das Herrenhaus war das Einzige, das mich ein wenig ablenkte. Nachdem ihre noch immer kranke Mutter endgültig zu ihrer Schwester gezogen war und Karin damit nicht mehr für ihre Pflege aufkommen musste, hatte ich ihr vorgeschlagen, in Vollzeit für mich zu arbeiten, und ihr angeboten, auf dem Löwenhof zu wohnen. Der Gedanke, Angestellte in meinem Haus einzuquartieren, gefiel mir, und auch Mutter hatte nichts dagegen. Ohnehin war das Herrenhaus viel zu groß, und Bewohner würden den leer stehenden Räumen guttun.

»Lassen Sie uns für Sie eine Wohnung auf dem Löwenhof finden«, sagte ich zu Karin Sommer, während ich mit ihr in den Westflügel ging. »Sie können sich die besten Zimmer aussuchen.«

»Ich brauche eigentlich nur eines«, antwortete sie, doch ich schüttelte den Kopf. »Zwei sind das Mindeste. Eines zum Wohnen, eines zum Schlafen. Wir haben Zimmer mit Verbindungstüren, dann könnten Sie ungestört sein.«

Karin wirkte ein wenig überfordert. »Ich weiß gar nicht, wofür ich mich entscheiden soll. Ich hatte noch nie eine eigene Wohnung. Schon gar nicht eine, die so eingerichtet war.«

»Oh, wenn Ihnen die Möbel zu protzig erscheinen, können wir sie auch entfernen. Es müsste ohnehin renoviert werden.«

»Die Möbel gefallen mir schon«, sagte sie. »Außerdem habe ich kein Geld für eine ganze Wohnungseinrichtung ...

Bei meiner Großmutter hat es ähnlich ausgesehen. Zwar waren es nicht so kostbare Möbel, aber vieles davon war auch alt.«

Ich führte Karin zu zwei Zimmern am Giebel, die durch eine Tür verbunden waren, ein Bad hatten und obendrein sparsam möbliert waren. Hier hatten die Wände am wenigsten Schaden genommen, und Karin war weit genug entfernt, um sich von meiner Anwesenheit nicht gestört zu fühlen.

»Na, was sagen Sie hierzu?«, fragte ich, während ich die Tür aufhielt. »In diesen Zimmern hat einmal die Königsfamilie logiert. Es ist eines unserer besten, nein, es ist das beste Gästequartier in unserem Haus.«

»Aber wäre das nicht eher etwas für die Ärzte, die für die Klinik arbeiten sollen?«, fragte sie, denn ich hatte ihr bereits meinen Plan dargelegt, nach dem das Personal der Pferdeklinik ebenfalls hier einziehen konnte, wenn es das wollte.

»Sie sind meine Assistentin und somit eine der wichtigsten Personen in diesem Haus. Also, könnten Sie sich mit diesen Räumen anfreunden?«

Karin machte ein paar Schritte hinein. Es gab dort einen großen Schrank und ein Bett, im vorgelagerten Wohnraum standen ein Sofa, ein Glastisch und ein Schreibtisch samt Stuhl. Es war genug Platz, um eigene Möbel aufzustellen.

»Es gefällt mir sehr gut!«, sagte Karin schließlich. »Meine Mutter wird Augen machen, wenn ich ihr davon berichte, dass ich in Räumen wohne, in denen der König übernachtet hat.«

»Dann nehmen Sie es?«

»Ich nehme es.«

»Gut. Ich werde veranlassen, dass die Türen mit neuen Schlössern versehen werden. Und Sie können sich schon einmal überlegen, wann Sie einziehen möchten.« Damit reichte ich Karin die Hand.

Ich versuchte noch ein paarmal, Kitty zu erreichen, doch ohne Erfolg. Sie meldete sich am nächsten Tag.

»Ha, da bist du ja«, sagte sie. »Ich dachte schon, du wärst verreist.«

»Ich habe gestern den ganzen Abend versucht, dich zu erreichen«, gab ich zurück. »Ich wollte dich ohnehin schon anrufen, weil ich großartige Neuigkeiten habe. Wo warst du?«

»Ich ... ich musste mal ein wenig raus und bin zu einer Bekannten.«

»Bekannten?«, echote ich. »Und was ist mit Marten?«

»Es ist alles in Ordnung ... Eigentlich hätte er auch da sein sollen, aber ...« Kitty stockte. Ich spürte, dass jetzt der Moment der Wahrheit gekommen war. »Marten und ich haben derzeit ein paar Schwierigkeiten.«

»Schwierigkeiten?«, fragte ich erschrocken. »Finanzielle?«

»Nein, miteinander«, sagte sie. »Ich suche einen Ort, an dem ich mit Frieda eine Weile bleiben kann. Da ist mir dein wunderbares Gut eingefallen.«

»So schlimm ist es?« Es tat mir sehr leid, das zu hören, Kitty und Marten waren mir damals wie ein Traumpaar erschienen.

»Richtig übel«, antwortete sie. »Wir haben uns gestritten, und obwohl ich keinen Beweis dafür habe, glaube ich, dass er eine andere hat.«

»Das tut mir leid.«

»So kann man sich täuschen, nicht wahr?« Kitty zog die Nase hoch, und als sie weitersprach, klang sie bemüht tapfer.

»Aber ich bringe dich ganz von dem ab, was du mir erzählen willst. Schieß los!«

Ich zögerte. Damals nach dem Unfall war es mir schwergefallen, ihre Zweisamkeit mit Marten zu akzeptieren, obwohl ich ihnen das Glück gegönnt hatte. Konnte ich ihr jetzt von meiner Hochzeit berichten?

»Jonas und ich«, begann ich. »Wir haben einen Hochzeitstermin festgelegt. Den 16. September.«

Stille am anderen Ende der Leitung. Ich war sicher, dass Kitty sich für mich freute, aber wahrscheinlich verstärkte es den Kummer mit Marten nur noch.

»Das ist ja großartig!« Sie bemühte sich um Fröhlichkeit, doch mir entging nicht, dass sie erneut die Nase hochzog. »Endlich ist es so weit!«

»Ja, das ist es. Und falls du Zeit hast: Ich könnte eine gute Hochzeitsplanerin gebrauchen. Meine Mutter ist nicht so ganz davon überzeugt, dass ein kurzes Kleid das Richtige ist.«

»Aber natürlich!«, sagte Kitty und klang jetzt wieder etwas fröhlicher. »Ich bin gern deine Planerin. Und wenn du eine Brautjungfer suchst ...«

»Ich kann mir keine bessere als dich vorstellen.«

»Ich freue mich so sehr für dich!«, sagte sie. »Nach allem, was geschehen ist ... Du hast es verdient.«

Jetzt schluchzte sie auf, und ich konnte nicht sagen, ob vor Glück oder Trauer.

»He«, sagte ich. »Du sollst wissen, dass du und Frieda mir jederzeit willkommen seid. Wie wäre es, wenn ihr mich besucht? Ich würde mein Patenkind gern wiedersehen.« Ich erinnerte mich noch gut an die Taufe ihrer Tochter. Mittlerweile war Frieda zwei Jahre alt, und ich war gespannt, wie sie sich gemacht hatte.

»Danke, das ist lieb von dir«, sagte Kitty. »Am liebsten würde ich sofort losfahren, aber ich muss noch einige Dinge organisieren.«

»Lass dir so viel Zeit, wie du brauchst, und dann komm einfach her.«

Es klang so, als würde sie aufschluchzen. Nach einer kleinen Pause sagte sie: »Weißt du, wie froh ich bin, dich zu haben?«

»Das weiß ich. Du brauchst es nicht zu erwähnen. Wir sind füreinander da, ja?« Ich wünschte, ich hätte sie jetzt in die Arme nehmen können. Das Telefon war so unpersönlich. Aber ich würde es nachholen, wenn sie da war.

Der Frühling zog ins Land, und ich hatte das Gefühl, in der Arbeit zu versinken. Doch die Tage wurden länger, die Sonne vertrieb nach einer Weile die Maikühle, und ehe ich es mich versah, standen die Planungen für das Mittsommerfest an. Kitty und ich hatten einige Ideen für die Hochzeit gewälzt. Sie war begeistert von der Bauernhochzeit, auch wenn sie der Meinung war, dass ein langes Kleid für diese Umgebung besser geeignet sein würde.

»Du würdest wie eine Fee aussehen«, redete sie mir zu. »Jede Frau möchte auf ihrer Hochzeit wie eine Fee aussehen.«

»Warum sollen Feen keinen Mini tragen?«, fragte ich. »Denk mal an Tinker Bell aus dem Trickfilm …«

»Du willst also ein grünes Hochzeitskleid?«

»Warum denn nicht? Hauptsache, kurz.«

Kitty schnaufte. »Gut, du hast gewonnen. Und übrigens sieht die Frisur von Tinker Bell sicher auch sehr süß bei dir aus. Mit deinem Haar kannst du gut einen Dutt tragen. Den fassen wir mit einem Myrtenkranz ein und hängen einen Schleier daran, dann bist du perfekt.«

Anfang Juni erschien Kitty mit ihrem nagelneuen Ford, in den zahlreiche Umzugskisten gestapelt worden waren.

Sie hatte es mir gegenüber noch nicht zugegeben, doch ich war sicher, dass sie bei Marten ausgezogen war. Das bekümmerte mich. Die beiden waren immer so ein traumhaftes Paar gewesen. So wie sie bei der Hochzeitsfeier gestrahlt hatten, hatte ich geglaubt, ihre Liebe würde ewig halten.

Ich ging ihr entgegen, nachdem sie den Wagen auf der Rotunde zum Stehen gebracht hatte, und nahm sie in meine Arme. »Schön, dass du da bist!«, sagte ich. »War deine Fahrt gut?«

»Ein bisschen Stau in Kristianstad, aber sonst war es in Ordnung.«

»Ja, in der Stadt wird überall gebaut. Man ist darauf aus, das Zentrum von Südschweden zu werden, wie mir scheint. Erst wurde der Flughafen erweitert, und jetzt machen sie sich an die Straßen.«

»Du bekommst noch eine richtige Metropole in der Nähe.«

»Hoffentlich nicht«, gab ich zurück. »Das kleine und ruhige Kristianstad gefällt mir besser.«

Kitty wandte sich ihrem Mitpassagier zu, der unsere Unterhaltung mit großen Augen beobachtete.

»Erinnerst du dich noch an Frieda?«, sagte sie und hob das Mädchen auf den Arm. Es kam deutlich nach ihr und nur recht wenig nach Marten.

»Und ob!«, entgegnete ich. »Allerdings habe ich sie wesentlich kleiner in Erinnerung.«

Kitty lächelte, dann sagte sie zu ihrer Tochter: »Schau mal, das ist deine Patentante Solveig.«

Frieda sah mich mit großen Augen an und schob sich zwei Finger in den Mund.

»Hallo, Frieda«, sagte ich und streichelte über ihren Arm. Sie gab einen Unmutslaut von sich und drehte sich weg.

»Oh, das ist aber gar nicht nett«, sagte Kitty, doch ich winkte ab.

»Sie ist schüchtern. Ich bin sicher, wir werden noch gute Freunde.«

»Das hoffe ich.« Sie deutete auf die Ladung in ihrem Wagen. »Ist es in Ordnung, dass ich ein bisschen Kram mitbringe? Wenn es sich vermeiden lässt, möchte ich vorerst nicht in die Wohnung, und ich möchte auch Marten nicht behelligen, wenn ich etwas brauche. Also habe ich alles gleich mitgenommen.«

»Das ist kein Problem, ich habe sehr viel Platz, wie du siehst.«

»Ja, das Schloss ist immer noch so groß, wie ich es in Erinnerung habe.«

»Herrenhaus«, korrigierte ich sie. »Ein Schloss ist noch wesentlich größer.«

»Trotzdem, es ist ein riesiger Kasten.«

»Umso besser, dass er jetzt mit Leben gefüllt wird«, sagte ich. »Na, dann sollten wir uns mal euer Quartier anschauen. Was meinst du, Frieda?«, wandte ich mich an Kittys Tochter. Sie blickte mich weiterhin mit großen Augen an.

Ich hatte für Kitty ein Gästezimmer mit cremefarbenen Wänden vorbereitet, die über und über mit Rosen bedeckt waren. Frieda streckte sogar die Hand aus und versuchte, die Blumen zu berühren.

»Deiner Tochter gefällt es hier«, bemerkte ich.

»Nicht nur ihr. Das Zimmer ist wunderschön.«

»Und nicht weit von mir entfernt. Außerdem kannst

du von hier aus das Telefon hören. Für den Fall, dass Marten anruft.«

»Das wird er nicht«, sagte sie. »Und ich will auch nicht, dass er es tut. Das Beste wird sein, dass wir uns erst mal gegenseitig in Ruhe lassen.«

Ich nickte. »Und deine Tochter?«

»Frieda hat ihren Vater schon seit einigen Monaten kaum noch gesehen. An den Wochenenden, wenn er nicht für seine Firma auf Dienstreise ist, ja, aber sonst schlief sie immer schon, wenn er heimkam. Und schlief immer noch, wenn er wieder losging. Ich glaube nicht, dass sie ihn sehr vermisst.«

»Aber Marten will sein Kind doch sicher sehen.«

»Wenn er das wirklich will, werde ich es ihm nicht verwehren. Aber glaube mir, er interessiert sich nicht richtig für sie. Er ist ein völlig anderer Mann geworden.«

Ich nahm sie in meine Arme. »Das tut mir leid.«

»Das muss es nicht. Es ist, wie es ist. Würdest du mir helfen, die Kisten hochzutragen?«

Nach dem Abendessen, als Frieda schon tief und fest schlief, setzten wir uns in den Pavillon. Die meisten Kisten waren ausgepackt, und wir hatten festgestellt, dass noch eine Kommode im Zimmer fehlte. Gleich am nächsten Morgen wollte ich die Männer aus dem Stall bitten, sie vom Dachboden zu holen.

Umgeben von Natur und eingepackt in warme Strickjacken gegen die abendliche Maikühle, machten wir uns daran, einen Rotwein aus unserem Keller zu leeren. Man konnte nicht behaupten, dass die Lejongårds für ihre Weinkenntnisse bekannt waren, aber Frau Johannsen hatte ein gutes Händchen, wenn es darum ging, Wein für die Gäste auszusuchen.

»Es ist schon seltsam, wie alles kommen kann.« Kitty nahm einen Schluck aus dem Weinglas und blickte eine Weile auf das Herrenhaus, das sich im Abendsonnenschein rosa gefärbt hatte. »Vor fünf Jahren hätte ich mir nicht träumen lassen, dass es eines Tages mit Marten vorbei sein könnte. Weißt du noch, als wir bei diesem Jazzabend waren? Mensch, hatte ich da ein schlechtes Gewissen dir gegenüber. Ich hatte all das Glück, und du hattest alles verloren. Ich hätte mir damals nie vorstellen können, dass es mir mal ähnlich gehen würde.« Sie sah mich an. »Ich meine, jetzt bist du die Glückliche. Du hast den perfekten Mann gefunden und bist bald eine verheiratete Frau! Ich bin so froh, dass die Zeit der Trauer für dich endgültig vorbei ist.«

»Es klingt sicher komisch, aber als Sören gestorben war, habe ich geglaubt, nie wieder glücklich werden zu können. Doch es ist geschehen. Ich bin glücklich. Und mein Kopf ist so voll von Ideen und Träumen wie nie zuvor.«

»Das ist schön zu hören«, sagte sie und lehnte den Kopf an meine Schulter. »Mir sind mit der Zeit die Träume verloren gegangen.«

»Du wirst sie wiederfinden«, gab ich zurück.

»Meinst du?«

Ich legte den Arm um ihre Schultern. »Ich bin ganz sicher. Und vielleicht hast du ja Lust, für länger hierzubleiben. Und wieder mit der Arbeit zu beginnen.«

Kitty seufzte. »Ja, die Arbeit. Manchmal frage ich mich, ob unsere Probleme daher kommen, dass ich seit zwei Jahren immer zu Hause war.«

»Nein, bestimmt nicht«, sagte ich. »Doch ich bin sicher, dass es dir guttun wird, das wieder anzuwenden, was du gelernt hast. Ich bin seit einiger Zeit fast nur noch mit Verwaltung beschäftigt, was meinst du, wie mir die Arbeit mit Tieren fehlt.«

»Du hast doch deine Pferde.«

»Ja, aber es ist nicht dasselbe. Manchmal würde ich gern mehr mit ihnen arbeiten, doch dann wartet der Schreibtisch wieder auf mich.« Ich lächelte ihr zu. »Nun, ich beklage mich nicht. Und was ich eigentlich sagen wollte, ist Folgendes: Ich plane, eine Pferdeklinik zu eröffnen.« Ich deutete auf die Baustelle, die man von hier aus sehen konnte. »Schau mal, die Bauarbeiten sind in vollem Gange. Wenn alles klappt, werden wir sie im Herbst eröffnen können. Möglicherweise hast du ja Lust, hier zu arbeiten und zu wohnen.«

Kitty schaute nachdenklich in die Ferne. »Das würde bedeuten, dass ich alles, was ich bisher aufgebaut habe, aufgeben müsste. Dass ich Marten vollständig aufgeben müsste.«

Ich biss mir auf die Lippe. Glaubte sie, dass es mit Marten wieder so werden konnte wie früher? Ich wünschte es ihr, aber mir war klar, dass es sehr schwierig werden würde.

»Andererseits«, fuhr Kitty fort, »was habe ich schon aufgebaut? Ich habe in einer Praxis mitgearbeitet. Marten verdient den Löwenanteil. Für ein eigenes Haus hat es bisher noch nicht gereicht. Und Marten selbst ...«

»Du hast eine reizende Tochter«, erinnerte ich sie. »Und du hast dein Diplom. Du bist Tierärztin. Damit kannst du etwas anfangen.«

»Du hast recht. Aber im Moment kann ich vor lauter Trümmern nicht geradeaus schauen.«

»Ich dränge dich nicht«, sagte ich und streichelte ihren Arm. »Ich möchte dir nur eine Perspektive zeigen. Du kannst immer zu mir kommen. Und wenn du dich dagegen entscheidest, ist es auch in Ordnung. Ich möchte nur, dass du glücklich bist.«

»Das ist so lieb von dir.« Kitty wischte sich die Tränen aus den Augen. »Wenigstens einem Menschen liege ich am Herzen.«

»Nein, mindestens zweien, denn deine Tochter liebt dich auch, vergiss das nicht. Und vielleicht renkt sich die Sache mit Marten doch wieder ein.«

Sie schüttelte den Kopf. »Ich weiß nicht ... Ich bezweifle, dass er herkommen und eine rührende Entschuldigung vorbringen wird.«

»Hast du ihm gesagt, wo du bist?«

»Natürlich. Trotzdem rechne ich nicht damit.«

»Warte ab. Möglicherweise braucht er eine Weile und erkennt dann, was er an dir hat.« Ich atmete tief durch.

Kitty sagte nichts darauf und schaute einfach schweigend in den Garten.

»Vielleicht sind wir beide schon ein wenig zu beschwipst, um über Pläne zu sprechen«, begann ich schließlich, »aber ich habe vor, dieses Gutshaus mit einer Menge Menschen zu bestücken. Menschen, die hier leben und arbeiten. Mit meiner Assistentin fängt es an, und irgendwann wird es weitere Ärzte und Hilfspersonal geben.«

»Hoffentlich stellst du ein paar attraktive Männer ein.«

»Wenn sie sich bewerben: kein Problem«, gab ich zurück.

»Weißt du, ich wollte eigentlich nie auf dem Land leben«, sagte Kitty nachdenklich. »Ich war immer ein Stadtmensch. Aber wenn ich es mir hier so anschaue, könnte ich glatt schwach werden.«

»Dann wirst du es dir überlegen?«

Sie schaute in ihr leeres Weinglas. »Wenn ich mich morgen noch daran erinnere, sicher.«

Während Kitty sich einrichtete, machte ich mich an die Vorbereitungen des Mittsommerfests. Abends trafen wir uns zu langen Gesprächen und redeten über alles Mögliche – ausgenommen Marten.

Ein wenig hoffte ich darauf, dass sie sich zu meinem Angebot äußern würde, doch das tat sie nicht. Ich beschloss, sie nicht zu drängen. Möglicherweise wartete sie wirklich noch darauf, dass Marten sie bat zurückzukommen. Manchmal ertappte ich sie dabei, wie sie sehnsuchtsvoll aus dem Fenster schaute. Doch der erhoffte Wagen zeigte sich nicht.

Als das Mittsommerfest endlich heran war, schien Kitty ihren Kummer ein wenig zu vergessen. Es gab viel vorzubereiten, und sie half tatkräftig mit. Auch freundete sie sich mit dem Stallmeister an. Einmal beobachtete ich die beiden, wie sie zusammen neben der Weide saßen und rauchten. Mir gegenüber erwähnte sie Sven Bergmann nicht, aber seit sie sich ab und zu mit ihm unterhielt, wirkte sie ein wenig optimistischer.

Die Hochzeitsplanung schien ihr ebenfalls gutzutun. Sie sah Zeitschriften und Kataloge nach allem durch, was wir für die Feier gebrauchen konnten, um dann wieder sämtliche Pläne umzuwerfen und sich im Herrenhaus umzuschauen. Immerhin wussten wir bereits, von wem wir die Hochzeitstorte bekommen würden. Da Frau Johannsen alle Hände voll zu tun haben würde, das Bankett zu organisieren, hatte Kitty eine hübsche Bäckerei in Kristianstad ausfindig gemacht. Eine alte Dame namens Jolanda Benlund führte sie. Um uns zu verdeutlichen, wie ihre Torten aussahen, legte sie uns einen liebevoll gebundenen Ordner voller handgemalter Zeichnungen vor.

»Sie können sich darauf verlassen, dass es so aussieht wie auf den Bildern«, versicherte sie uns, als ich sie ein wenig skeptisch anblickte. »In jungen Jahren habe ich mal gemalt. Es hat nicht dazu gereicht, um an eine Kunsthochschule zu gehen, aber die Torten kriege ich recht gut hin. Manchmal zeichne ich welche einfach nur aus Spaß.«

Ich dachte wieder an Großmutter. Die Frau vor uns war etwas jünger als sie, aber sie hätten sich kennen können. Möglicherweise hatten sie sich beide an derselben Kunsthochschule beworben. Aber wahrscheinlich waren sie sich nie begegnet.

»Ihre Torten sind wunderschön«, sagte ich. »Und Sie haben Talent zum Malen.«

Frau Benlund lächelte geschmeichelt. »Ach, lassen Sie nur, junge Frau, ich weiß, dass ich nie eine große Künstlerin geworden wäre. Aber ich bilde mir ein, eine recht gute Konditorin zu sein. Ich verspreche Ihnen, ich erfülle Ihnen jeden Wunsch, den Sie an eine Torte haben.«

»Dann hätte ich gern diese hier«, sagte ich und deutete auf die Abbildung einer dreistöckigen Torte, die mit roten und gelben Astern sowie Herbstblättern verziert war und leuchtete wie ein Sonnentag in einem Herbstwald.

»Das ist etwas ungewöhnlich für eine Hochzeitstorte«, bemerkte Frau Benlund. »Für gewöhnlich wird diese Torte zu Erntedankfesten bestellt.«

Ich lächelte breit. »Meine Hochzeit findet an der Schwelle vom Sommer zum Herbst statt. Und ich bin sicher, dass das niedliche kleine Hochzeitspaar sich zwischen den Blumen wohlfühlen wird.«

Die Züge der älteren Dame wurden weich, und ihre Augen leuchteten vor Elan. »Ich werde mir für Ihre Hochzeit etwas ganz Besonderes ausdenken«, versprach sie, bevor wir uns verabschiedeten und den Laden wieder verließen.

»Deine Auswahl ist wirklich ungewöhnlich«, bemerkte Kitty, als wir in ihren Wagen einstiegen. »Eine orangefarbene Torte zur Hochzeit? Ich kenne sie nur in Weiß, Gelb oder Zartrosa.«

»Bei mir wird eben alles anders. Wer weiß, vielleicht trage ich ja ein Blätterkleid?«

Kitty stöhnte auf. »Stell mich doch nicht vor solch unlösbare Aufgaben!«

Als ich Jonas die Torte am Telefon beschrieb, konnte ich sein Lächeln förmlich hören. »Das klingt wunderbar. Ich bin gespannt, das Kunstwerk von Nahem zu sehen – und zu verspeisen. Es ist mal etwas anderes als die Prinzesstårta.«

»Das ist es«, pflichtete ich ihm bei. »Aber es ist ja auch unsere Hochzeit.«

Es durchströmte mich warm. Unsere Hochzeit. Ich würde wirklich bald verheiratet sein, mit dem besten Mann der Welt.

Die Suche nach einem passenden Hochzeitskleid gestaltete sich allerdings schwierig. Nicht, weil ich Blätter oder orangefarbenen Tüll haben wollte, sondern weil kein Brautmodeladen kurze Kleider anbot.

Nachdem wir in mehreren Geschäften waren, hatte ich das Gefühl, dass alle Kleider gleich aussahen. Überall dieselben Korsagenoberteile und Tüllröcke. Nichts, was ansatzweise modern wirkte.

Als ich am Abend meiner Mutter mein Leid klagte, sagte diese: »Du weißt, dass wir noch eine Option haben. Daga würde sich freuen.«

Mittlerweile hatte sich Mutter mit ihrer alten Freundin getroffen.

Ich seufzte. Konnte ich sie tatsächlich um diesen Gefallen bitten?

»Mir ist es ein wenig unangenehm«, gab ich zu.

»Das muss es nicht sein«, entgegnete Mutter. »Ihr redet miteinander, du setzt sie kurz ins Bild, wie es dir ergangen ist. Sie weiß ohnehin, was sich ereignet hat, also wird sie dir keine unangenehmen Fragen stellen.« Sie machte eine kurze Pause. »Sie möchte dich wirklich gern sehen. Ich glaube, das Einzige, was unangenehm wird, ist das Maßnehmen. Aus Erfahrung weiß ich, dass das dauert.«

»Also gut«, antwortete ich. »Lassen wir Tante Daga schauen, was sie tun kann.«

Eine Woche später stand ich in Unterwäsche vor Tante Daga, die extra auf den Löwenhof gekommen war und nun meine Maße nahm. Das Wiedersehen war unerwartet herzlich ausgefallen. Mein Bild von ihr war während all der Zeit verblasst, doch nun musste ich feststellen, dass sie noch immer eine sympathische und gut aussehende Dame mit hochgestecktem grauen Haar war, deren Wesen zwar energisch, aber auch sehr warmherzig wirkte.

Ein klein wenig hatte ich befürchtet, dass sie es mir vorhalten würde, mich so lange nicht mehr bei ihr gemeldet zu haben, aber das tat sie nicht. Sie erzählte mir, dass sie sich bereits Gedanken um eine Nachfolgerin machte. »In ein paar Jahren werde ich in den Ruhestand gehen. Dabei kommt es mir so vor, als hätte ich den Schneiderladen erst gestern eröffnet. Die Zeit rennt so schnell davon.«

»Gibt es denn niemanden, dem du deinen Laden anvertrauen könntest?«

»Die Mädchen heutzutage sind sehr leichtfertig«, sagte sie. »Das neue Lehrmädchen nimmt die Sache nicht so ernst, wie ich es gern hätte. Sie interessiert sich nur für den Burschen, der sie immer mit dem Mofa abholt.«

»Ich bin sicher, dass du eine gute Nachfolgerin finden wirst«, entgegnete ich und dachte, dass auch sie sich früher wohl eher für junge Männer interessiert hatte als für die Lektionen ihrer Ausbilderin.

»Ja, hoffen wir das Beste. Aber zum Glück ist es noch nicht so weit. Heb die Arme, Liebes, jetzt kommen wir zum anstrengenden Teil.«

Als Daga wieder abfuhr, sagte Mutter: »So schlimm war es gar nicht, was?«

»Nein. Aber wenn ich ehrlich bin, bevorzuge ich Sachen von der Stange. Mit all den Maßen könnte sie eine genaue Skulptur von mir formen.«

»Wenn man es genau nimmt, ist das Nähen eines Kleides kaum etwas anderes – nur dass sie Stoff verwendet anstelle von Stein.« Mutter lächelte zufrieden. »Es ist gut, dass wir den Kontakt zu ihr wieder intensivieren. Man bekommt immer eine zweite Chance, alles richtig zu machen, nicht wahr?«

Das Mittsommerfest wurde recht klein und gemütlich, wie es seit einigen Jahren Tradition auf dem Löwenhof war. Kitty und ihre Tochter hatten sich mittlerweile schon ein wenig eingelebt und sichtlich Spaß daran, und ich genoss die Tage und Nächte mit Jonas. Besonders die Nächte, auch wenn es nur wenige waren, denn er musste zurück an seine Arbeit.

»Nicht mehr lange, und wir beide werden nach München fahren«, sagte er, während wir Arm in Arm im Bett lagen und in die Nacht hinausschauten. »Freust du dich?«

»Und wie!«, gab ich zurück. »Ich kann es kaum erwarten, die Stadt zu sehen und all die Athleten. Und ich bin gespannt, ob Ninna ihr Vorhaben wahrmachen kann.«

»Ihren Mann zu übertrumpfen?«, fragte Jonas. »Wir werden sehen, ob ihr das gelingt. Aber ich bin zuversichtlich. Unsere Mannschaft ist hervorragend. Trainer und Funktionäre sind sehr zufrieden.«

»Jetzt kommt es nur darauf an, wie die anderen Mannschaften sind, nicht wahr? Könnt ihr da ein wenig Spionage betreiben?«

»Du meinst, das SOK stellt Leute ab, die sich als Stallburschen verkleiden und weltweit den Zustand der Pferde feststellen?«, fragte er scherzhaft.

»Ja, das meine ich. Es muss doch einen Weg geben zu erkennen, welche Chancen eine Mannschaft hat.«

»Nun, ich denke, die Wettbewerbe vor Olympia sind da schon aussagekräftig. Die Russen werden sehr stark sein, und wir werden uns auch vor den Deutschen hüten müssen. Deren Dressur ist wirklich gut.«

»Außerdem bekommen wir es gleich mit zwei deutschen Teams zu tun«, warf ich ein, »dem aus der BRD und dem der DDR.«

»Wenn du möchtest, fahren wir an die Grenze und schauen uns die Sicherungsanlagen an. Oder wir fahren gleich in den Osten. Ich habe von Kollegen so einige Geschichten gehört … Man kann wohl rein, wenn man aus dem Westen ist, aber die Leute dort dürfen nicht raus. Es würde mich nicht wundern, wenn es Sportler gäbe, die in München zu türmen versuchen.«

»Wenn es gute Reiter sind, solltest du versuchen, sie für Schweden zu gewinnen. Ich gebe ihnen in meinem Haus gern Asyl.«

Jonas lachte auf. »Das glaube ich. So wie deiner Freundin, nicht wahr?«

»Es ist schön, sie hier zu haben«, sagte ich. »Und wie du gesehen hast, ist sie ein sehr netter Mensch.«

»Das ist sie tatsächlich. Ich bin froh, dass sie damals meine Karte an dich weitergeleitet hat.«

»Und ich erst«, sagte ich, legte meinen Kopf auf seine Brust und lauschte einen Moment lang seinem Herzschlag. »Was hältst du eigentlich von meiner Idee, meine Angestellten und Freunde in diesem Haus zu beherbergen?«

»Habt ihr das nicht schon immer getan?«, fragte er zurück.

»Nicht so, wie ich es mir denke. Früher hat das Personal in den Dachkammern gewohnt. Ich stelle es mir jetzt eher so vor, dass jeder sein eigenes Zimmer bekommt.«

»Wie in einer großen Wohngemeinschaft. Das ist ziemlich progressiv.« Er streichelte über mein Haar. »Aber auch sehr schön. Stell dir vor, dass aus den einzelnen Personen Familien werden. All ihre Kinder könnten durch den Park tollen. Das alte Haus würde dann wirklich leben.«

Der Gedanke, dass dann auch meine Kinder Spielkameraden hätten, kam mir in den Sinn. Wie oft hatte ich mich früher nach gleichaltriger Gesellschaft in diesem Haus gesehnt. Nach jemandem, mit dem ich durch die Wiesen ziehen konnte. Meine Kinder würden es besser haben.

Ende Juli fuhr ein kleiner Umzugswagen bei uns vor. Karin hatte nicht viele Sachen, aber es war mehr, als ein Pkw fassen konnte. Ihre Schwester begleitete sie und machte mir gleich zu Beginn deutlich, wie froh sie darüber war, dass Karin nun einen eigenen Platz hatte.

»Sie war immer für unsere Mutter da«, sagte sie. »Jetzt ist es an der Zeit, dass sie endlich zu leben beginnt.«

Kitty und ich halfen Karin beim Einräumen, und ich hatte das Gefühl, dass sich meine Assistentin und meine Freundin gut verstanden.

Der August nahte dann auch im Geschwindschritt und mit ihm die Reise nach München. Meine Mutter hatte angekündigt, mich auf dem Löwenhof zu vertreten.

Als Mutter Kitty und ihre Tochter wiedersah, war sie entzückt. »Die Kleine ist ja ordentlich gewachsen«, sagte sie. »Schön, dass ihr wieder da seid. Endlich haben wir wieder ein Kind auf dem Löwenhof.« Ich spürte, dass sie mir einen Blick zuwarf. Erst die Hochzeit, hätte ich beinahe gesagt. Dann sehen wir weiter.

33. Kapitel

Am Tag vor meiner Abreise nach Stockholm war ich völlig durch den Wind. Ich packte meine Koffer, räumte sie um, versuchte, Ballast loszuwerden, um dann wieder festzustellen, dass ich doch einiges mehr benötigte. Als ich fertig war, schaute ich zufrieden auf die Tasche, auf der obenauf mein Pass mit dem Visum lag. Ich würde mit Jonas von Stockholm aus nach München fliegen! Dieser Gedanke ließ meinen Bauch freudig kribbeln.

Am Abend saßen meine Eltern, Kitty, Karin und ich zusammen im Garten. Frieda schlief bereits, und auch ich wollte nicht mehr sehr lange aufbleiben, weil ich am nächsten Morgen einen frühen Zug nach Stockholm nehmen wollte.

»Ich beneide dich«, bemerkte Kitty. »Die Olympischen Spiele. München! Ich wünschte, ich könnte dich begleiten.«

»Das könntest du«, gab ich zurück.

Kitty schüttelte den Kopf. »Frieda würde die Reise nicht bekommen. Und fliegen …«

»Deine Tochter ist robuster, als du denkst«, warf Mutter ein.

»Mag sein, aber ich würde nicht gern so eine lange Fahrt mit ihr machen. Und die Tickets für die Veranstaltungen sind sicher schon ausverkauft und alle Zimmer längst vermietet.«

Sie schaute mich an. »Außerdem möchte ich euch nicht im Weg sein.«

»Das wärst du nicht«, entgegnete ich, aber Kitty schüttelte den Kopf. »Doch, das wäre ich. Ihr sollt die Zeit miteinander genießen. Ich werde inzwischen versuchen, meine eigenen Dinge zu regeln.«

Damit meinte sie wohl Marten. Ich blickte zu meiner Mutter.

»Keine Sorge, ich bin da«, sagte sie. »Ich weiß, wie der Laden hier funktioniert, nicht wahr? Du machst dir ein paar schöne letzte Tage als unverheiratete Frau, und Kitty kümmert sich um ihre Angelegenheiten. Und wenn du zurück bist, feiern wir Hochzeit!«

Der Morgen begann ein wenig frisch, und ich war froh, meine Strickjacke mitgenommen zu haben.

Im Zug nach Stockholm blätterte ich in einem Reiseführer über Deutschland, außerdem hatte ich zwei Zeitungen dabei, in denen über die bevorstehende Eröffnung der Olympischen Spiele berichtet wurde. Besonders ein Artikel fiel mir ins Auge. Der Reporter schrieb über unsere Reiterequipe. Auf dem Foto sah ich Maud, Ulla und Ninna mit einem zuversichtlichen Lächeln auf den Lippen. Ich freute mich auf das Wiedersehen mit ihnen.

In Stockholm nahm ich den Bus zu Jonas' Wohnung. Dabei fuhr ich auch beim alten Campus vorbei. Nostalgie überkam mich. Es war noch gar nicht so lange her, dass ich hier gewohnt und studiert hatte. Und doch fühlte es sich wie eine Ewigkeit an.

Viel zu früh war ich bei Jonas, aber das war er ja mittlerweile von mir gewohnt. Als ich den Flur betrat, stutzte ich.

Das Kichern einer Frau tönte durch den Raum. Hatte Jonas Besuch? War er hier? Ich erstarrte einen Moment, dann setzte ich mich wieder in Bewegung.

Als ich um die Ecke zum Wohnzimmer bog, hielt ich inne. Das Erste, was ich sah, waren Rotweingläser. Als Nächstes fiel mir Jonas' Hemdsärmel ins Auge, gefolgt von einem Frauenbein in einem Seidenstrumpf, das ihm gegenüber in der Luft schwebte.

»Jonas?«, fragte ich und trat um die Ecke.

Zwei Köpfe flogen zu mir herum.

»Solveig, was machst du denn hier?«, fragte Jonas und erhob sich. Doch ich hatte nur Augen für die Frau.

Sie war kleiner als ich und trug ihr schwarzes Haar am Hinterkopf ziemlich stark toupiert. Ihr zierlicher Körper steckte in einem grün-weiß-blau gestreiften Etuikleid. Als sie mich sah, verschwand das Lächeln aus ihrem Gesicht.

»Ich dachte, ich komme etwas früher«, sagte ich, während ich den Blick nicht von der Frau lassen konnte. Ihr Lidstrich war so perfekt gezogen wie bei einem Mannequin, und auch sonst wirkte sie so, als wäre sie in der Modebranche tätig. Nur: Was machte sie hier?

»Ich glaube, du solltest besser gehen«, hörte ich Jonas sagen, und ich war mir nicht sicher, welche von uns beiden er meinte. Doch schließlich nahm die Fremde ihre Handtasche und setzte ein schiefes Lächeln auf. Noch einmal musterte sie mich von Kopf bis Fuß, dann erhob sie sich.

»Bis bald, Jonas«, sagte sie, dann wandte sie sich um und ging.

Ihre Schritte waren auf dem Teppich kaum zu vernehmen. Schließlich fiel die Tür ins Schloss.

Ich blickte Jonas an. Gedanken wirbelten in meinem Kopf

herum, doch noch konnte ich keinen von ihnen wirklich fassen.

»Wer war diese Frau?«, fragte ich verwirrt.

»Niemand, ich …« Jonas' Gesicht war auf einmal feuerrot. So verlegen hatte ich ihn zuvor noch nie gesehen.

»Niemand?«, fragte ich und spürte, wie sich etwas in meinem Magen zusammenzog. Mein Blick fiel auf die Weingläser. »Und warum trinkst du am späten Vormittag Wein mit ihr? Ist sie aus deiner Agentur? Eine Kundin?«

Jonas wirkte auf einmal wie ein in die Enge gedrängtes Tier. Er vermied es, mich anzusehen. »Sie ist keine Kundin«, antwortete er.

»Was dann?« Etwas in meiner Brust explodierte plötzlich. Nie hatte Jonas mir einen Grund für Eifersucht geliefert. Jetzt spürte ich, wie sie durch meinen Bauch kroch und in meine Brust biss wie eine giftige Schlange.

»Ava und ich …«

Verdammt, warum musste er bei jedem Satzbeginn stocken? Wut stieg in mir auf. »Warum erzählst du mir nicht ehrlich, was los ist? Dass du eine andere hast!«

»Das stimmt nicht, wir sind nicht mehr zusammen.«

»Nicht mehr?«, fragte ich und fühlte mich auf einmal, als würde mich ein schweres Gewicht in Richtung Boden ziehen.

Jonas rieb sich übers Gesicht. »Ich war mit ihr zusammen«, gestand er schließlich. »Eine ganze Weile sogar, bevor …«

Ich schüttelte den Kopf. Irgendetwas stimmte hier nicht.

»Bevor was? Bevor du mich kennengelernt hast?« Er hatte nie eine Freundin erwähnt.

»Es war nichts richtig Festes. Wir haben uns locker getroffen.«

»Und warum war sie heute hier?« Ich deutete auf die Weingläser.

»Sie wollte ein Gespräch. Sie konnte es damals nicht akzeptieren, dass es vorbei war. Wir haben uns im Streit getrennt, und jetzt, wo anderthalb Jahre vorbei sind, wollte sie noch einmal mit mir reden.«

»Anderthalb Jahre?«, fragte ich wie betäubt. Jonas und ich waren mittlerweile seit drei Jahren ein Paar. Das passte doch alles nicht zusammen.

Jonas senkte schuldbewusst den Kopf und wischte sich übers Gesicht. »Ich wünschte, du wärst später gekommen.«

»Später?« Ich schüttelte den Kopf. »Was hat das alles zu bedeuten?«

»Solveig, hör zu, ich wollte eigentlich nicht, dass du es auf diesem Wege erfährst.«

»Was? Nun rück schon raus mit der Sprache!« Ich ballte die Fäuste. Der Boden unter meinen Füßen schien zu schwanken, und mein Puls rauschte in meinen Ohren.

Jonas atmete tief durch. »Es tut mir leid. Ava und ich haben uns noch eine Weile getroffen«, gab er endlich zu. »Aber dann wurde mir klar, dass ich nur dich will. Zwei Monate, bevor ich dir den Heiratsantrag gemacht habe, war es aus zwischen uns.«

Jetzt fühlte ich mich, als würde mir der Boden ganz unter den Füßen weggezogen. Ich war im freien Fall, und es gab nichts, was mich auffangen konnte.

Ein wenig wünschte ich mir, dass ich tatsächlich später gekommen wäre. Das konnte doch nicht sein! Zwei Monate vor seinem Antrag hatte er erst mit ihr Schluss gemacht? Wo er doch zu mir gesagt hatte, dass er mich liebte?

Mein Herz begann zu rasen. Ich wollte am liebsten

schreien, aber ich bekam keinen Ton heraus. In meinen Ohren rauschte es.

»Doch jetzt ist es wirklich vorbei«, redete er weiter. »Du musst mir glauben, ich will nur dich, Solveig.«

Die Worte prasselten auf mich nieder wie Regen. Er hatte eine andere gehabt, die ganze Zeit über.

»Und für das Gespräch hast du eine Flasche Wein geöffnet?«, fragte ich. Meine Stimme klang kratzig, und Tränen stiegen mir in die Augen.

»Sie hat ihn mitgebracht. Was hätte ich tun sollen?«

»Sie nach Hause schicken. Nicht mit ihr reden.« Ich schüttelte den Kopf. »Worüber hat man nach anderthalb Jahren zu reden? Wollte sie dir eine gute Reise wünschen?«

Ich fühlte mich auf einmal so schwach. Mein Körper schrie danach, mich an ihn zu lehnen, doch mein Verstand sagte, dass es besser sein würde, wenn ich verschwand.

»Solveig.«

Ich schüttelte den Kopf, dann hob ich meinen Koffer wieder auf.

»Aber Solveig, wir ...«

»Gute Reise!«, sagte ich und wandte mich um. Ich ging durch den Flur, warf im Vorbeigehen den Schlüssel auf die Kommode.

Hinter mir hörte ich seine Schritte. Als ich die Hand auf die Türklinke legte, berührte er mich am Arm. »Bitte hör mich an. Es ist wirklich nichts mehr zwischen uns. Solveig!«

Aber ich wollte nicht stehen bleiben. Und es interessierte mich in diesem Augenblick auch nicht, ob noch etwas zwischen ihnen war oder nicht. Ich riss mich los und rannte mit meinem Koffer aus dem Haus. Meine Brust schmerzte, und mein Hals war wie zugeschnürt. Doch ich lief, und irgendwie schaffte ich es in den nächsten Bus.

Wie ich zum Bahnhof kam, wusste ich nicht mehr so genau. Erst als mich jemand anstieß, kam ich wieder zur Besinnung.

»Sie sind als Nächste dran!« sagte eine Männerstimme hinter mir. Ich starrte auf das Guckloch des Fahrkartenschalters.

»Junges Fräulein?«, fragte eine Frauenstimme von dort. Ich zuckte zusammen. Ich hatte gar nicht mitbekommen, dass ich an der Reihe war.

»Eine Fahrkarte nach Kristianstad bitte«, sagte ich. »Ähm, können Sie mir sagen, wann der nächste Zug geht?«

Sie fuhr mit dem Finger über einen Fahrplan, dann antwortete sie: »In einer Stunde.«

»In Ordnung«, sagte ich. »Den nehme ich.«

Wenig später ging ich mit dem Fahrschein in der Hand zu den Wartebänken. Als ich zur Bahnhofsuhr blickte, wurde mir klar, dass wir uns in diesem Moment eigentlich auf den Weg zum Flughafen machen wollten.

Hätte ich einfach über die Sache mit dieser Frau hinwegsehen sollen? Nein, das konnte ich nicht. Jonas hatte mir all die Zeit etwas vorgemacht und, was noch schlimmer war, geglaubt, dass ich es nie bemerken würde! Ich war noch nicht sicher, was ich tun sollte, aber vorerst wollte ich ihn nicht wiedersehen.

Als ich auf dem Löwenhof ankam, fühlte ich mich wie zerschlagen. Bis auf zwei Fenster in der oberen Etage war alles dunkel. Kitty war wohl noch wach. Meine Mutter musste bereits schlafen gegangen sein. Das war nur gut so, denn was würde sie sagen, wenn sie erfuhr, was vorgefallen war? Mit Kitty zu reden war für mich eher vorstellbar, aber durfte ich sie mit der Sache belasten?

Ich schleppte mich die Vortreppe hinauf. Nie zuvor war mir aufgefallen, dass es so viele Stufen waren. Das letzte Mal hatte ich mich so elend gefühlt, nachdem ich aus dem Krankenhaus gekommen war. Wobei diesmal die Verletzung nur mein Herz betraf.

Im Haus entledigte ich mich meines Mantels und stellte den Koffer neben der Treppe ab. Ich würde ihn später holen.

Ich ging nach oben, fühlte mich erledigt, und in meinem Herzen brannte immer noch die Enttäuschung. Ich brauchte jetzt jemanden, mit dem ich reden konnte. Jemanden, der mich verstand.

Hinter Kittys Tür vernahm ich leise Musik.

Ich klopfte und spürte, wie meine Gliedmaßen noch schwerer wurden. Als Kitty öffnete, wäre ich ihr am liebsten in die Arme gefallen.

»Solveig!«, rief sie überrascht aus. »Was machst du hier? Ist etwas passiert?« Sie fasste mich bei der Hand und zog mich in das Zimmer. Dann betrachtete sie mich von oben bis unten.

»Mir geht es gut«, sagte ich müde. »Zumindest körperlich. Aber sonst ...«

»Was ist? Du wolltest doch mit Jonas nach München! Ist er ...«

»Auch mit ihm ist alles in Ordnung. Allerdings ist etwas passiert, was ich nicht vorhergesehen habe.« Ich spürte, wie mir die Tränen in die Augen schossen. Die ganze Fahrt über war ich mehr betäubt als traurig gewesen, doch jetzt kehrten die Gefühle mit voller Wucht zu mir zurück.

»Was denn?«, fragte Kitty verwirrt.

»Er hatte eine Frau bei sich«, gab ich zurück, dann brachen alle Dämme, und ich begann zu schluchzen.

»Er hat dich betrogen?« Kitty führte mich zum Bett, wo ich mich setzte. Während ich von wilden Schluchzern geschüttelt wurde, erzählte ich ihr die ganze Sache.

Kitty hielt meine Hand und hörte mir kopfschüttelnd zu. »Das ist doch nicht möglich«, sagte sie anschließend. »Nach allem, was du von ihm erzählt hast. Wie er sich für dich eingesetzt hat ... Warum hätte er so was tun sollen? Er hat dir sogar einen Heiratsantrag gemacht!«

»Ich weiß es nicht«, sagte ich. »Ich weiß gar nicht, warum er mir den Antrag gemacht hat!«

»Weil er dich liebt.« Kitty streichelte meinen Rücken und strich mir das Haar aus dem Gesicht. »Ich kann mir nicht erklären, warum er sich mit der anderen getroffen hat, aber dass er dir den Antrag gemacht hat, zeigt doch deutlich, dass er sich für dich entschieden hat.«

»Ja, aber die Zeit davor?« Wieder krümmte ich mich zusammen und weinte. »Er wollte sich wohl alle Möglichkeiten offenhalten.«

Kitty sagte darauf nichts, sie streichelte nur über mein Haar. Womit hätte sie mich auch trösten sollen? Alles erschien so ausweglos ...

»Vielleicht solltest du dich etwas hinlegen«, sagte sie schließlich, nachdem wir eine Weile schweigend nebeneinandergesessen hatten. »Wenn du magst, kannst du hier schlafen. So, wie wir es damals manchmal gemacht haben.«

Ich nickte und ließ mich auf die Decken sinken. Das Weinen hatte mich erschöpft. Alles tat mir weh, am schlimmsten mein Herz.

Ich hörte, wie sich Kittys Tochter meldete, offenbar hatte ich Frieda geweckt. Ich schloss die Augen und hörte, wie Kitty zu ihr ging und leise auf sie einredete. Innerhalb weniger Minuten war die Kleine wieder ruhig und schlief weiter.

Ich spürte, wie sich Kitty neben mich auf die Matratze legte und mich dann notdürftig zudeckte. Wahrscheinlich vermutete sie, dass ich eingeschlafen sei, aber ich war immer noch wach. Jede Bewegung schien mir unmöglich. Irgendwann siegte dann doch die Erschöpfung und zog mich in den Schlaf.

Als ich gegen Morgen erwachte, schlief Kitty neben mir tief und fest. Auch ihr kleines Mädchen schlief. Das Geräusch ihres Atems begleitete die Stille im Haus. Ich schlug die Decke beiseite und erhob mich vorsichtig. Auf Zehenspitzen verließ ich das Zimmer. Meine Kleider klebten mir wie Fliegenpapier am Körper. Ich brauchte ein Bad und etwas Bequemeres zum Anziehen.

Der Nebel der Schlaftrunkenheit bewahrte mich noch einen Moment vor der bitteren Erkenntnis, dass alles, was gestern geschehen war, kein Traum war. Doch in meinem Zimmer traf mich die Realität mit voller Wucht. Jonas hatte mich hintergangen. Er hatte darauf gehofft, dass ich es niemals herausfinden würde. Er hatte mein Vertrauen gebrochen.

Zorn erwachte in meiner Brust, wie eine Flamme, die sich durch Papier fraß. Wütend riss ich mir die Kleider vom Leib und stellte mich unter das Wasser. Ich musste diesen schrecklichen Tag loswerden! Ich musste ihn mir von der Haut schrubben wie Schmutz. Vielleicht ging es mir dann ein wenig besser.

Als ich aus dem Bad kam, war das zornige Feuer in mir tatsächlich erloschen. Ich fühlte mich hilflos. Es gab nichts, was das Geschehene rückgängig machen konnte. Einerseits wünschte ich mir tatsächlich, später gefahren zu sein, ihn nicht ertappt zu haben, doch andererseits ... Keine Lüge und kein Geheimnis blieben für immer verborgen. Das wusste ich nur zu gut aus der Geschichte meiner Familie. Irgendwann hätte ich es erfahren. Und wer weiß, vielleicht hätte Jonas es wieder getan. Enttäuschung beinhaltete stets auch ein Stück Wahrheit. Man täuschte sich nicht mehr oder ließ sich nicht mehr täuschen.

Ich ging zum Kleiderschrank und zog eines meiner leichten Kleider heraus. In diesem Augenblick kam mir meine Haut so wund, so empfindlich vor, dass sie beinahe keine Berührung ertrug. Aber das Kleid, dessen kleines Blütenmuster fast ein wenig kindlich wirkte, konnte ich ertragen.

Als ich fertig war, verließ ich mein Zimmer und ging nach unten. Appetit hatte ich eigentlich nicht, doch mein Magen erinnerte mich daran, dass er seit gestern Morgen nichts bekommen hatte. Es war noch ein wenig zeitig für ein Frühstück, aber ich brauchte jetzt etwas, um das brummende Loch in meinem Bauch zu stopfen.

Schon als ich auf die Küche zuging, spürte ich, dass ich nicht allein war. Mutter war ebenfalls auf den Beinen. Wahrscheinlich hatte sie wieder einmal nicht richtig schlafen können. Ich ertappte sie vor dem Kühlschrank. Auf den ersten Blick wirkte sie unschlüssig, ob sie etwas herausnehmen sollte, aber dann merkte ich, dass sie sich kühle Luft ins Gesicht strömen ließ.

»Guten Morgen, Mama.«

Sie schreckte zusammen und schlug schnell die Kühlschranktür zu. Heftig durchatmend presste sie die Hand auf die Brust.

»Du meine Güte!«, presste sie hervor. »Hast du mir einen Schrecken eingejagt!«

»Entschuldige, das wollte ich nicht.«

»Was machst du überhaupt hier?«, fragte Mutter, die noch immer mit ihrem Schreck rang. »Ich dachte, du wolltest nach München! Was ist passiert?«

Ich schüttelte den Kopf. »Es ist nichts daraus geworden«, sagte ich. Die Worte »Es ist aus« brachte ich allerdings nicht über die Lippen, auch wenn es sich für mich so anfühlte. »Jonas und ich haben uns gestritten. Ich bin gestern Nacht noch nach Hause gekommen.«

»Und warum hast du mich dann nicht geweckt?«

»Ich wollte dich nicht beunruhigen. Außerdem war ich viel zu müde. Ich wollte einfach nur schlafen.«

Dass ich bei Kitty gewesen war, verschwieg ich ihr. Wahrscheinlich hätte sie es mir übel genommen, dass ich nicht sie aufgesucht hatte.

»Komm, ich mache uns einen Kaffee. Dann können wir reden.«

Ich ließ mich nieder und schaute auf die lange Tischplatte. Die Abnutzungsspuren vieler Jahrzehnte waren darauf zu erkennen.

»Solveig?«, fragte meine Mutter in meine Gedanken hinein.

Ich blickte auf. Offenbar hatte sie etwas gesagt, aber ich hatte es nicht mitbekommen. »Ja?«

»Ich habe gefragt, ob du Milch in deinen Kaffee möchtest.«

»Ja bitte«, antwortete ich. »Entschuldige, ich bin immer noch etwas müde.«

Mutter nickte und machte sich an die Arbeit. Wenig später dampfte der Kaffee in einem alten Keramikbecher vor mir. Der Duft belebte meine Sinne wieder ein wenig.

»Ihr habt euch also gestritten«, begann sie, während sie in ihrer Tasse rührte. »Darf ich fragen, worum es ging?«

»Um eine andere Frau«, antwortete ich. Ich erzählte ihr, was geschehen war, und versuchte, nicht allzu emotional zu werden, obwohl mir das sehr schwerfiel, denn erneut fühlte ich den Schmerz.

»Ich werde mich jetzt einfach in die Arbeit stürzen«, schloss ich meine Ausführungen. »In vier Jahren gibt es eine weitere Olympiade in Montreal, dann werde ich dorthin reisen. Vielleicht sogar schon mit unseren Pferden.«

Mutter sah mich mitleidig an. »Du weißt, dass du immer wieder mit ihm zu tun haben wirst«, sagte sie sanft. »Er ist dem SOK sehr verbunden.«

»Wir werden schon miteinander auskommen«, gab ich zurück und versuchte, tapfer zu sein. »Er kann so viele Freundinnen haben, wie er will, und ich werde den Hof voranbringen. Es ist wahrscheinlich besser so.«

Mutter schüttelte den Kopf. »Du klingst so verletzt …«

»Das bin ich auch«, sagte ich. »Aber daran kann man nichts ändern, nicht wahr?«

Ich atmete tief durch, dann trank ich meine Tasse leer. »Es wird schon gehen. Ich bin über Sörens Tod hinweggekommen, das war viel schlimmer. Mit einem Mann, der sich nicht entscheiden kann, will ich nicht zusammenleben.«

»Ich kann mir nicht vorstellen, dass Jonas dich nicht liebt. Er hat sich so für uns eingesetzt, allein nur, weil er sich in dich verliebt hatte. Er hat dich gebeten, seine Frau zu werden. Ich glaube kaum, dass er das leichtfertig getan hat.«

Ich schüttelte den Kopf. »So lange sind wir schon zusammen, und er bringt es nicht über sich, mir von der anderen zu erzählen! Und schlimmer noch, er hat es mir nicht einmal dann erzählt, nachdem er mich um meine Hand gebeten hatte. Spätestens da hätte er es mir sagen müssen.«

»Aber wärst du dann nicht verletzt gewesen?«, fragte Mutter. »Möglicherweise hatte er Angst, dass du seinen Antrag nicht annimmst, wenn er dir gesteht, dass es da noch eine andere gegeben hat.«

»Ich weiß es nicht«, antwortete ich. »Vielleicht wäre ich sauer gewesen. Aber es wäre besser gewesen, wenn er mich ins Bild gesetzt hätte. So werde ich ihm wohl nie wieder vertrauen können.«

Mutter schaute auf den Boden ihrer leeren Kaffeetasse. »Er hat einen Fehler begangen, ganz klar. Doch bevor du ein endgültiges Urteil triffst, solltest du bedenken, dass er mit ihr Schluss gemacht hat. Er hat sich für dich entschieden. Er will dich heiraten und nicht die andere.«

»Kannst du das wissen?«, fragte ich. »Ich habe den Rotwein auf dem Tisch gesehen. Den trinkt man nicht einfach nur mit einer Bekannten. Nicht in seiner Wohnung.«

»Oh, da irrst du dich aber! In der ersten Zeit, in der ich in Stockholm wohnte, habe ich das oft getan. Mit manchen Männern wurde es mehr, mit anderen wurde es nichts. Ich habe es dir nie erzählt, aber dein Vater und ich ... Als wir uns das erste Mal nach langer Zeit wieder begegneten, haben wir uns auch einmal getroffen und ...«

»Du meinst, du hast mit Papa geschlafen?« Ich schüttelte den Kopf. »War er da noch verheiratet?«

»Ja. Seine Frau war im Hotel und er bei mir. Ich habe dem nachgegeben, weil mich das Wiedersehen mit ihm so berührt hat. Danach habe ich ihn achtkantig rausgeworfen und mir geschworen, mich nie wieder mit ihm einzulassen. Und dann hat das Schicksal entschieden.« Mutter atmete tief durch. »Es ist in menschlichen Beziehungen nicht immer leicht zu erkennen, was richtig ist und was falsch. Jonas hätte natürlich mit offenen Karten spielen und dir sagen müssen, dass es da noch eine andere gab. Aber wahrscheinlich fürchtete er, dass er dich verlieren würde. Wie du an mir sehen kannst, erzählen einem selbst die Menschen, die einen lieben, nicht immer die Wahrheit, weil sie Angst vor dem Verlust haben.«

»Bei Großmutter und dir war es etwas anderes.«

»Stimmt, sie war meine Tante und mein Vormund. Jonas ist dein Verlobter. Der Verrat wiegt noch etwas schwerer. Doch auch Männer haben Angst. Und wenn er die Wahrheit gesagt hat, so wird er dir zumindest für anderthalb Jahre treu gewesen sein.«

»Wenn es denn stimmt«, sagte ich bitter. Meine Schläfen pochten schmerzhaft. Ich wollte eigentlich nicht mehr darüber reden. Was wirklich in Jonas' Kopf vorging, wusste nur er allein.

»Vielen Dank für den Kaffee«, sagte ich und erhob mich. »Wir sehen uns nachher beim Frühstück.«

Mutter nickte. »Bis nachher, Solveig.«

Ich verließ das Haus und wanderte über den Hof, an den Stallungen und dem Neubau vorbei, hin zu dem alten Pavillon. Auf halbem Weg fiel mir jedoch ein, dass ich dort mit Jonas gestanden hatte. Ich machte kehrt, aber im englischen Garten ging es mir genauso. Schließlich gab ich auf und kehrte ins Haus zurück. Doch auch hier gab es kaum einen Ort, an dem ich nicht mit ihm gewesen war.

Schließlich ging ich in Großmutters Malzimmer. Noch immer war dort alles so wie früher. Es schien in der Familie zu liegen, dass man nicht von Orten lassen wollte, an denen sich geliebte Menschen aufgehalten hatten. Auf der Staffelei stand das letzte Bild, das Großmutter vollendet hatte. Ein Feld blauer Lupinen vor einem Wald, über dem die Sonne unterging. Es war ein sehr altmodisch wirkendes Bild, aber es war dennoch wunderschön. Ich betrachtete es eine Weile und fühlte, wie sehr mir Großmutter fehlte. Was sie wohl zu der Geschichte mit Jonas gesagt hätte?

»Ach, Mormor, kann ich ihm noch trauen?«, fragte ich leise, während ich mit den Fingern über den Firnis strich. »Was hättest du in meiner Situation getan?«

Details ihres Liebeslebens hatte Mormor natürlich für sich behalten, mit einem Kind sprach man nicht darüber. Aber auch sie hatte Enttäuschungen erlebt. Magnus' und Ingmars Vater hatte sie sitzen lassen, um in den Krieg zu ziehen. Er hatte ihr eine falsche Identität vorgespielt und war verheiratet gewesen. Zu allem Überfluss war sie von ihm auch noch schwanger geworden.

Glücklicherweise konnte ich mir sicher sein, dass das bei mir nicht der Fall war. Aber mit Jonas verhielt es sich ähnlich. Auch er hatte mir etwas verheimlicht. Warum hatte er das getan? War er sich meiner so unsicher gewesen?

Obwohl ich Großmutters Stimme immer noch im Ohr hatte, konnte sie mir meine Frage nicht beantworten. Ich meinte, sie noch zu spüren, aber sie war zu fern, um mir zu helfen. Ich musste allein eine Lösung finden.

Die folgenden Tage verbrachte ich weitestgehend mit Kitty. Sie bei mir zu haben tröstete mich ein wenig, auch wenn in der Nacht meine Gedanken rasten.

»Tut es dir nicht doch ein wenig leid, dass du nicht nach München gefahren bist?«, fragte sie, als wir am Nachmittag eine Runde durch die Ställe drehten.

»Nein«, antwortete ich, spürte aber deutlich einen Stich in meiner Brust.

»Du lügst doch«, sagte Kitty, die sich bei mir untergehakt hatte. »Hat er denn keine Anstalten gemacht, dich anzurufen?«

Ich schüttelte den Kopf. »Du wärst die Erste gewesen, die davon erfahren hätte«, sagte ich. »Doch nichts. Wahrscheinlich hat er seine andere Liebste mitgenommen.«

»Das glaube ich nicht«, gab Kitty zurück. »So ist er nicht.«

»Das habe ich bis vor ein paar Tagen auch gedacht.«

Kitty überlegte eine Weile. »Vielleicht siehst du es wirklich viel zu eng. Wenn du nun die andere warst, neben seiner eigentlichen Beziehung ... Was macht es denn schon?«

Ich blieb stehen und schaute sie verwundert an. »Meinst du das im Ernst?«

»Wir leben nicht mehr in alten Zeiten«, erklärte sie. »Beziehungen sind nicht mehr das, was sie früher einmal waren. Schau dir mal die Berichte über die Hippiekommunen an. Da werden die Partner munter getauscht, und für alle ist es okay.«

»Seit wann interessierst du dich für Hippiekommunen?« Meine Freundin machte sicher einen Scherz, anders konnte ich mir ihre Aussagen nicht erklären.

»Ich will nur sagen, dass Beziehungen in heutiger Zeit fließend sind. Da hat man jemanden, merkt aber, dass es nicht der Mensch fürs Leben ist. Den trifft man später, ist sich aber nicht sicher und führt die Beziehung fort. Führt eventuell zwei Beziehungen, und dann entscheidet man sich.«

Ich schüttelte den Kopf. »Das macht es nicht besser.« Insgeheim war ich ein wenig ärgerlich auf Kitty. Wieso hieß sie auf einmal gut, was Jonas getan hatte?

»Vermutlich nicht. Aber versuch doch mal, dich in seine Lage zu versetzen. Er hat eine Beziehung, die gut und schön läuft. Nichts Festes. Dann trifft er dich. Er findet dich klasse, merkt aber, dass du ein spröder Brocken bist. Dennoch will er dich. Er sieht aber auch, dass du noch nicht bereit bist, Sören loszulassen. Also macht er erst einmal so weiter, weil er nicht weiß, ob du dich auf ihn einlassen möchtest. Aber das tust du. Die andere verblasst allmählich unter deinem Glanz. Er merkt, dass er mit dir die wahre Liebe gefunden hat. Und macht Schluss mit der anderen, um dich zu heiraten.«

»Aber dann trifft er sich mit ihr? Warum so kurz vor den Olympischen Spielen?«

»Vielleicht hat sie ihn wirklich um eine Aussprache gebeten. Dass er mit dieser Frau zusammengesessen hat, beweist gar nichts.«

Ich atmete tief durch. Wie gern hätte ich ihm verziehen. Doch das konnte ich nicht. Der Gedanke, dass er anderthalb Jahre lang zweigleisig gefahren war, schmerzte mich viel zu sehr. Ich war eifersüchtig, dass er nicht mir allein gehört hatte. Gleichzeitig wusste ich, dass es Unsinn war, weil es nichts mehr änderte.

»Wollen wir uns heute Abend die Übertragungen im Fernsehen anschauen?«, fragte Kitty schließlich. »Ich habe keine Ahnung von Sport, aber es könnte doch lustig sein. Vielleicht siehst du da die Dressurreiterinnen, von denen du mir erzählt hast.«

»Ich weiß nicht«, sagte ich. »Und wenn ich ihn nun im Publikum entdecke?«

»Dann weißt du, ob er die andere mitgenommen hat oder nicht. Komm, schauen wir uns die Spiele an. Vielleicht zeigen sie uns ein paar muskulöse Ringer oder andere Jungs in knappen Sporthosen. So kriegen wir wenigstens etwas zu sehen.«

Sie knuffte mich in die Seite, und obwohl ich immer noch ein wenig grollte, lachte ich angesichts der »Jungs in knappen Sporthosen« auf.

Beim Fernsehen ertappte ich mich dann doch dabei, dass ich nicht so sehr auf die Männer in ihren Turnhosen achtete, sondern die Zuschauerreihen absuchte. Der Apparat war mittlerweile schon etwas altersschwach und an einigen Stellen der Röhre unscharf, sodass es unmöglich war, Gesichter zu erkennen, die weiter entfernt waren.

»Du solltest dir vielleicht ein neues Gerät zulegen«, sagte Kitty, die an einem Apfel knabberte. »Eines mit Farbbildschirm. Hier kann man ja nur raten, was die Leute tragen.«

»Der Fernseher hat bisher immer seinen Dienst getan«, entgegnete ich.

»Ja, aber mittlerweile hat sich die Erde weitergedreht. Wann habt ihr ihn gekauft? Anfang der Sechziger?«

»Ja, das muss zu der Zeit gewesen sein«, sagte ich. Damals war die Anschaffung des Fernsehers eine Sensation gewesen. »Aber er kommt nicht weg, ehe es nötig ist. Erst wenn die Röhre durchbrennt, gibt es einen neuen.« Ich stockte. Die Übertragung war zum Springreiten gewechselt. Einen Moment noch hielt die Kamera auf den Parcours, dann fuhr sie sehr dicht an den Zuschauerreihen vorbei. Und für einen Moment meinte ich, Jonas zu sehen.

Kitty schien mich dabei beobachtet zu haben, wie ich zusammenzuckte, denn sie sagte: »Das war er nicht.«

»Wie?«, fragte ich ertappt.

»Der Mann eben. Er war es nicht. Nicht Jonas.«

Ich schaute noch einmal hin, aber da hatte die Kamera schon zurück zu den Reitern geschaltet, die ihre Pferde über den Parcours lenkten.

Als ich zu Kitty blickte, lächelte sie wissend. »Ich bin sicher, dass die Sache zwischen euch beiden zu kitten wäre«, sagte sie. »Überleg es dir doch noch einmal, ob du nicht doch nach Deutschland fliegst.«

Ich schüttelte den Kopf. Nein, das wollte ich nicht. Wenn überhaupt, dann konnten wir über seinen Verrat auch reden, wenn er wieder zurück war.

»Na gut«, sagte sie einsichtig. »Dann gründen wir eben einen Frauenklub hier auf dem Gut. Genau genommen sind wir doch ohnehin schon ein reines Weiberhaus.«

34. Kapitel

Am darauffolgenden Nachmittag, als ich gerade dabei war, ein paar Schecks zu schreiben, stürmte Karin ins Büro. »Da ist jemand, der Sie sprechen möchte!«

Jemand? War es Jonas? Er konnte mir gestohlen bleiben! Dennoch begann mein Herz, aufgeregt zu klopfen.

»Wer ist es?«, fragte ich.

»Eine junge Frau. Sie sagt, sie kommt aus Stockholm.«

Ich war eigentlich nicht in der Stimmung, mit jemandem zu reden, aber etwas für das Gut zu tun würde mich vielleicht von meinen kreisenden Gedanken abbringen. »Ist gut, ich bin gleich da«, sagte ich und erhob mich.

Die Besucherin stand noch draußen. Als ich mich näherte, sah ich nur ihre Silhouette. Sie war klein, trug ihr dunkles Haar unter einem Chiffon-Kopftuch, und das schmale Kleid war mit einem bunten Pucci-Muster bedruckt. Als ich die Türklinke herunterdrückte, wandte sie sich um. Ich erstarrte. Hinter der weiß gerandeten Sonnenbrille verbarg sich das Gesicht der Frau, die ich in Jonas' Wohnung gesehen hatte.

»Sie haben ein wirklich wunderbares Anwesen«, sagte sie. »Ich hätte nicht gedacht, dass es so etwas in heutigen Zeiten noch gibt. Ava Nordstrom.« Elegant streckte sie mir die Hand entgegen.

Ich versuchte, meinen Schreck über dieses Wiedersehen zu verbergen. »Was kann ich für Sie tun?«, fragte ich, ohne ihre Offerte anzunehmen.

»Ich würde gern mit Ihnen reden. Über Jonas.«

»Ich glaube nicht, dass ich das möchte«, entgegnete ich. »Woher haben Sie meine Adresse?«

»Von Jonas. Er hat mich gestern angerufen und mich um meine Hilfe gebeten.«

»Ihre Hilfe?« Ich schüttelte den Kopf. Das konnte doch alles nur ein schlechter Scherz sein! Ich rang die Übelkeit, die in mir aufstieg, nieder, aber es gab nichts, womit ich mein rasendes Herz beruhigen konnte.

»Er sagte, dass Sie ziemlich aufgebracht gewesen seien. Und dass er allein fahren musste.«

»Ach, das bespricht er mit Ihnen?« Ich verschränkte die Arme vor der Brust.

»Wir sind Freunde, nichts weiter. Er hat mich gebeten, Ihnen zu erklären, wie das Verhältnis zwischen uns beiden aussieht. Er meinte, Sie würden ihm nicht glauben, und da ich nicht will, dass er unglücklich wird, habe ich mich bereit erklärt, mit Ihnen zu reden. Also, was sagen Sie? Möchten Sie eine Erklärung, oder soll ich mich wieder in meinen Wagen setzen und nach Stockholm fahren?«

Ich blickte zu dem blitzenden olivgrünen Gefährt. Nicht zu fassen, dass sie den Weg auf sich genommen hatte! Doch obwohl Zorn, Eifersucht und gleichzeitig auch Angst in mir wühlten, nickte ich. »In Ordnung, kommen Sie rein.«

Ich führte sie ins ehemalige Raucherzimmer, das bereits meiner Großmutter als Empfangsraum gedient hatte. Ich hoffte ein wenig, dass es einschüchternd auf sie wirken würde, doch ich täuschte mich. Ava Nordstrom sah in keiner Weise beeindruckt aus.

»Man hat das Gefühl, ein Museum zu betreten«, sagte sie, und ich wusste nicht, ob sie es abwertend oder anerkennend meinte. »Jonas ist eigentlich nicht der Typ für so etwas. Er mag es sonst lieber modern.«

»Wollen Sie mit mir über Architektur reden?«, fragte ich gereizt. Ein wenig erinnerte mich ihre Art an die von Jonas, als er das erste Mal hier war. Er hatte auch abschätzig über das Alter unseres Hauses gesprochen. Ich fragte mich wirklich, was er an mir gefunden haben sollte.

»Nein, ich merke es nur an. Stockholm ist voll von diesen alten Palais, dort fühle ich dasselbe, wenn ich sie betrete. Es ist schon kurios, dass sich unsere Ahnen in solch erdrückenden Räumen wohlgefühlt haben.«

»Nehmen Sie doch Platz, und keine Angst, die Möbel brechen nicht zusammen. Sie wurden von meinen Vorfahren für die Ewigkeit gebaut.«

Ein mokantes Lächeln huschte über ihr Gesicht.

»Möchten Sie etwas trinken?« Rotwein, lag mir auf der Zunge, doch ich sprach es nicht aus.

»Da ich noch nach Stockholm zurückfahren muss, verzichte ich auf Alkohol, aber wenn Sie etwas Tonic oder Soda dahätten?«

»Natürlich«, sagte ich steif. Ich wandte mich der Globusbar zu, die wir aus der Bibliothek hierhergeschafft hatten, und öffnete die entsprechenden Flaschen. Dass sie mich beobachtete, machte mich nervös. Was sollte das Gespräch bringen? Ich konnte immer noch nicht fassen, dass sie auf Jonas' Wunsch hergekommen war.

»Es ist kaum zu glauben, wie Sie es schaffen konnten, ihn so zu verändern«, begann sie, nachdem ich die Gläser vor uns abgestellt und ebenfalls Platz genommen hatte. »Ich habe zunächst nichts davon bemerkt, aber dann erkannte ich die Zeichen. Er hatte weniger Zeit für mich, wollte mich weniger sehen, wollte nichts mehr mit mir unternehmen. Auf die Partys seiner Sportfunktionärsfreunde nahm er mich nicht mehr mit. Als ich ihn fragte, wieso, meinte er, dass er eine neue Klientin hätte, die etwas Hilfe benötigte. Ich glaubte ihm.«

»Was das angeht, hat er Ihnen die Wahrheit gesagt«, gab ich zurück. »Ich war nur eine Klientin, die ihn um Hilfe gebeten hat.«

»Aber daraus wurde dann mehr.« Sie nahm einen Schluck aus ihrem Glas, dann sah sie sich um. »Das hier war mal ein Zimmer, in dem die Gentlemen geraucht haben, nicht wahr? Ich kann den Rauch in den Tapeten noch immer riechen.«

»Bitte, lassen Sie uns zum Wesentlichen kommen«, sagte ich, denn ich hatte keine Lust, mit ihr über mein Haus zu reden.

Die Frau nickte. »Etwas mehr als zwei Jahre ist es her, dass mir klar wurde, dass er eine andere haben musste. Ich wusste nicht, wer es war, aber ich spielte mit. Jonas gab mir keinen Anlass zu glauben, dass sich zwischen uns etwas ändern würde. Wir sahen uns seltener, aber wenn wir uns sahen, liebten wir uns mit voller Leidenschaft. Allerdings bemerkte ich nach und nach eine Veränderung an seinem Wesen. Er wurde sanfter, nachdenklicher. Er begann plötzlich, sich für alte Dinge zu begeistern. Er blieb lange Zeit auf Dienstreise. Wir lebten nicht zusammen, also war das nichts Ungewöhnliches, doch ich nehme an, dass einige seiner Dienstreisen Ihnen gewidmet waren.«

Ich ballte die Fäuste. Ihr zuzuhören zerrte an meiner Geduld.

»Dann kam das Aus. Er traf sich noch einmal mit mir, bei sich zu Hause. Mit einer Flasche Rotwein. Er erklärte mir, was ich längst schon wusste. Dass er sich in eine andere verliebt hätte und dass es etwas Ernstes sei. Ich hätte ihn in diesem Augenblick umbringen können.« Sie machte eine dramatische Pause und musterte mich. Ich rang mit meiner Beherrschung.

»Nach einer Weile fanden wir aber zu einem Konsens und beschlossen, Freunde zu bleiben. Wir verblieben so, dass wir uns treffen würden, wenn ich wieder glücklich wäre. Das ist nun der Fall. Der neue Mann in meinem Leben macht mich glücklich. Ich wollte Jonas davon erzählen. Ihn freisprechen. An dem Tag, an dem Sie zu früh hereingeschneit sind, hatten wir uns zum ersten Mal seit anderthalb Jahren wiedergesehen. Er hatte mir gerade davon erzählt, dass er sich mit Ihnen verlobt hätte und bald heiraten würde. Dann sah ich Sie.«

Ihr Blick wanderte über meinen Körper.

»Mein erster Eindruck war, dass Sie eigentlich nicht sein Typ sind. Er hatte es zuvor eher mit dunkelhaarigen Frauen. Frauen, die etwas älter waren. Aber dann bemerkte ich, wie er Sie angesehen hat. Trotz des Erschreckens und des Ertapptseins blickte er Sie mit einer Wärme an, die er mir nur selten gezeigt hat.« Ihre Miene wurde ernst. »Ich stellte fest, dass Sie diejenige sind, die er will. Alle anderen vorher waren nur Begleiterinnen für ihn. Sie sind die Frau für sein Leben.«

Diese Aussage erschütterte mich zutiefst. Warum kam sie nicht von ihm? Warum sagte mir diese Frau das? Fürchtete er, dass ich ihm nicht glauben würde? Wahrscheinlich kannte er mich bereits gut genug, um zu wissen, dass ich ihm tatsächlich nicht glauben würde. Aber aus Avas Mund war es einfach nur merkwürdig.

»Ich versichere Ihnen, zwischen uns war nichts mehr«, sagte sie dann.

»Das glaube ich«, gab ich zurück. »Aber es verletzt mich, dass er mit Ihnen nicht schon eher Schluss gemacht hat. Dass er uns beide faktisch belogen hat. Dass er mir nichts von Ihnen erzählt hat.«

»Oh, aber von Ihnen war mir gegenüber auch nicht die Rede«, erwiderte sie. »Bis zuletzt hat er mir nicht sagen wollen, wer die Neue ist. Allein Ihr Erscheinen hat die Wahrheit ans Licht gebracht.« Sie schüttelte den Kopf. »Jonas war dumm. Er hätte es Ihnen sagen sollen. Aber er hatte Angst, dass Ihre Wertvorstellungen genauso ... altertümlich sein könnten wie dieses Haus.«

Ich atmete tief durch und versuchte, den Wunsch zu unterdrücken, sie an ihrem Kopftuch zu packen und aus dem Raum zu zerren.

»Meine Wertvorstellungen sind nicht altertümlich«, protestierte ich. »Ich bin nur ungern Teil eines Dreiecks.«

»Glauben Sie wirklich, anderen Menschen passiert das nicht?« Sie blickte sich um. »Glauben Sie, in diesem wunderbaren Haus hat es keine Affären gegeben? Keine gebrochenen Herzen, keinen verletzten Stolz? Glauben Sie nicht auch, dass es hier Geheimnisse gab? Liebe, die nicht sein sollte?«

Heißer Zorn schoss durch meinen Körper. Was maßte sie sich an?

Seltsamerweise hatte ich plötzlich Großmutter vor mir, als sie auf dem Dachboden das Medaillon an sich genommen und mir verwehrt hatte, einen Blick hineinzuwerfen. Was mochte sich darin befunden haben? Ein Bild des Mannes, der Urgroßmutter enttäuscht hatte? Etwas, das noch weiter reichte?

Dennoch ging es diesen aufgeputzten Fasan gar nichts an, welche Affären meine Familie gehabt hatte.

»Sie kennen unser Haus nicht«, sagte ich mühsam beherrscht. »Bitte unterlassen Sie Spekulationen. Hier geht es nur um uns beide.«

»Entschuldigen Sie«, gab Ava zurück. »Nun, soweit ich es sehe, sind Sie in diesem Spiel die Gewinnerin. Und das sagt Ihnen diejenige, die kapituliert hat. Wenn Sie wollen, verspreche ich Ihnen, dass ich Jonas nicht wiedersehen werde. Ich muss gestehen, dass das Treffen doch einiges in mir aufgewühlt hat.«

»Haben Sie noch Gefühle für ihn?«

»Natürlich«, erwiderte sie. »Aber ich habe auch Gefühle für meinen neuen Partner. Stärkere Gefühle, denn wir sind frisch verliebt. Ich werde Jonas immer als meinen Freund ansehen, egal, was er mir angetan hat. Vielleicht versuchen Sie, es aus meiner Warte zu sehen, bevor Sie ein Urteil fällen.«

Schweigen folgte ihren Worten. Doch ich spürte keine Veränderung in meinem Gefühl. Sie mochte recht haben, ihr war möglicherweise noch größeres Unrecht getan worden als mir. Ich war die Schuldige, die ihr den Mann ausgespannt hatte. Doch das änderte nichts daran, dass sich Jonas so verhalten hatte.

»Nun, ich will Sie nicht länger aufhalten«, sagte sie und erhob sich. »Ich habe noch einen langen Weg zurück. Reden Sie mit Jonas. Ich habe meinen Teil getan, und ich vermute, wir werden uns auch nicht wiedersehen.« Damit ging sie zur Tür.

Ich erhob mich und folgte ihr. »Warten Sie!«

Sie blieb stehen und wandte sich zu mir um.

»Danke, dass Sie gekommen sind«, sagte ich und reichte ihr die Hand. Auch wenn mir das Gespräch nicht gefallen hatte, war es dennoch eine große Sache, dass sie mich aufgesucht hatte. Ich war nicht sicher, ob ich dasselbe getan hätte. »Ich begleite Sie noch zur Tür.«

Ich brachte sie zurück in die Eingangshalle. »Kommen Sie gut nach Hause«, sagte ich in versöhnlichem Ton.

»Danke. Und machen Sie bitte nicht den Fehler Ihres Lebens, indem Sie Jonas abweisen. Er liebt Sie wirklich.«

»Auf Wiedersehen«, entgegnete ich, obwohl das sehr zweifelhaft war.

Nur wenige Augenblicke, nachdem Ava Nordstrom abgereist war, kamen Mutter und Kitty zurück. Sie waren mit Frieda in die Stadt gefahren, um ein paar Besorgungen zu machen. Ich war noch dabei, mich zu sammeln, denn das Gespräch mit Ava hatte mich aufgewühlt.

Die Autotüren öffneten sich, und die drei stiegen aus. Offenbar hatten sie eine sehr gute Zeit miteinander gehabt.

»Hallo, Solveig!«, sagte Kitty. »Was hattest du denn für einen Besuch? Das war ja ein nobler Wagen.«

Ich blickte zu meiner Mutter. Wenn sie erfuhr, dass die vorherige Freundin von Jonas hier gewesen war, würde sie sicher aus allen Wolken fallen.

»War es etwas Geschäftliches?«, fragte sie, und mir wurde klar, dass ich um eine Antwort nicht herumkommen würde.

»Es war die ehemalige Freundin von Jonas«, antwortete ich.

Mutter schien auf der Stelle einzufrieren.

Kitty zog die Augenbrauen hoch. »Die, die du in seiner Wohnung gesehen hast? Die hat ja Nerven!«

»Sie wollte nur mit mir reden, das ist alles.«

»Und dafür kommt sie den ganzen Weg her?«, fragte Mutter nun. »Sie hätte dich anrufen können.«

»Sie wollte es mir persönlich sagen.«

»Was denn? Dass sie ihn zurückwill?« Mutters Stimme klang aufgebracht.

Ich schüttelte den Kopf. »Sie wollte mir sagen, dass es endgültig vorbei ist.«

»Und das konnte er nicht selbst tun?« Kitty sah mich unverständig an. »Sie kommt, um für ihn um Gnade zu bitten?«

Mutters und Kittys Stimmen umschwirrten mich wie Raubvögel. Jede hatte eine Meinung dazu, doch ich wollte sie nicht hören. Ich wusste ja selbst nicht, was ich denken sollte!

»Es ist meine Sache!«, schrie ich beide an, wandte mich um und rannte ins Foyer zurück. Doch ich lief nicht nach oben. Ich strebte der Küche zu, durchquerte diese zum großen Erstaunen von Frau Johannsen und stürmte durch den Hintereingang wieder nach draußen. Ich wollte in diesem Augenblick einfach nur allein sein.

Ich lief an den Ställen vorbei, durch das hohe Gras zu der alten Hütte. Dort setzte ich mich auf die Veranda. Ich hatte keine Ahnung, warum ich gerade hierher geflüchtet war. Es war die Wohnung meines Vaters gewesen, aber auch der Unterschlupf von Magnus. Großmutter meinte immer, diese Hütte würde Unglück bringen. Vielleicht war sie gerade deshalb der perfekte Ort für mich.

Eine ganze Weile saß ich so da, starrte in den Wald und wickelte mir einen Grashalm um den Finger, den ich abgerissen hatte.

Zwei Stimmen redeten in meinem Kopf auf mich ein. Die

eine sagte, dass es nicht entschuldbar war zu verheimlichen, dass man noch eine andere Partnerin hatte. Die andere dagegen meinte, dass ich mir erst einmal anhören müsste, was Jonas zu sagen hatte. Dass er mir seine Beweggründe schildern sollte, bevor ich unsere Beziehung aufgab.

Ich sinnierte und sinnierte, bis der Abend hereinbrach. Da hörte ich ein Rascheln neben mir.

Ich hätte erwartet, ein Reh zu sehen, das sich aus der Deckung des Waldes herausgewagt hatte. Doch es war Kitty. »Hej«, sagte sie leise. »Was dagegen, wenn ich mich zu dir setze?«

Ich schüttelte den Kopf. »Nein, setz dich ruhig.«

Sie erklomm die Veranda und ließ sich wenig später neben mir nieder.

Für ein paar Minuten schaute sie ebenso wie ich einfach nur auf den Wald, dann begann sie vorsichtig: »Jonas' Ex war also bei dir?«

Ich blickte sie an.

»Wenn du nicht darüber reden willst, ist es okay«, sagte sie. »Aber ich finde es schon ziemlich seltsam …«

»Ich auch«, sagte ich. »Sie meinte, Jonas hätte sie darum gebeten, aber vielleicht hat sie sich das ausgedacht.«

Kitty schüttelte den Kopf. »Nein, sie muss gewusst haben, wo sie dich findet. Er hat mit ihr geredet. Möglicherweise hat sie ihm vorgeschlagen, die Sache zu bereinigen. Überhaupt den Mut zu haben … Du solltest zu ihm fahren.«

Derselben Meinung war ich mittlerweile auch. »Das wäre wohl das Beste, oder?«

Kitty nickte. »Du hast ein paar Tage verstreichen lassen, die erste Wut ist abgekühlt.« Sie griff nach meiner Hand. »Rede mit ihm. Ich bin sicher, dass er es erklären kann. Und dann machst du ihm klar, dass du Ehrlichkeit verlangst. Das Schlimme am Ende einer Beziehung ist nicht die Trennung an sich, sondern die Lüge, die sich wie ein Schatten auf ein Paar legt, bis sie nicht mehr ignoriert werden kann.«

Ich ließ mir ihre Worte durch den Kopf gehen und zog sie dann in meine Arme. »Danke.«

»Nichts zu danken. Mir fällt viel ein, wenn der Tag lang ist und ich im Grünen keine Ablenkung habe. Ich für meinen Teil habe mir vorgenommen, die Sache mit Marten zu bereinigen. Auch wenn es bedeutet, dass wir uns scheiden lassen. Nein, es ist sogar unvermeidlich, dass wir uns scheiden lassen. Aber ich will, dass es in Frieden geschieht und wir uns danach wieder in die Augen sehen können. Doch vorher bist du dran. Die Olympischen Spiele gehen ja noch eine Woche, nicht wahr?« Sie lächelte vielsagend. »Vielleicht wird es doch noch ein schönes Erlebnis.«

»Ich werde nach München fliegen«, überraschte ich Mutter zum Abendessen und stellte den Koffer neben meinem Platz ab. Der letzte Zug aus Kristianstad fuhr um zweiundzwanzig Uhr, das würde ich schaffen. Wenn ich Glück hatte, würde ich morgen früh schon im Flieger sitzen. »Mein Visum ist noch einige Tage gültig.«

Mutter sah mich an, als hätte ich den Verstand verloren. »Du willst was?«

»Ich muss mit Jonas reden. Das bin ich ihm schuldig.«

»Hat das nicht Zeit, bis er wieder da ist?«

Ich schüttelte den Kopf. »Er hat Ava gebeten, die Sache geradezurücken, aber es geht nur ihn und mich etwas an. Vor ein paar Tagen habe ich mich geweigert, mit ihm zu sprechen, doch jetzt werde ich es tun.«

»Du willst also nach wie vor heiraten?«, fragte Mutter entgeistert.

»Wir haben uns nicht getrennt. Ich habe ihm nur gesagt, dass er allein nach München fliegen soll, das ist alles.«

»Aber nach dem, was er getan hat, sagtest du, dass du nicht weißt, wie du ihm vertrauen sollst ...«

»Ja. Und ich weiß es auch jetzt noch nicht. Doch um Klarheit zu bekommen, muss ich mit ihm reden. In München wird sich entscheiden, was aus uns beiden wird.«

35. Kapitel

Die Flughafenhalle in München wirkte an diesem Vormittag ein wenig chaotisch. So dauerte es eine ganze Weile, bis ich endlich meinen Koffer bekam. Auch die Schlange am Taxistand war sehr lang. Sehnsüchtig blickte ich zu den Bussen, die ebenfalls Fluggäste vom Flughafen in die Stadt transportierten. Doch ich hatte keine Ahnung, wie ich zu Jonas' Hotel gelangen sollte. Alles, was ich hatte, waren der Name des Hauses und die Adresse.

Als ich schließlich an der Reihe war, hatte die Sonne ihren Zenit bereits überschritten. Der Fahrer war ein älterer Mann mit einer Schiebermütze, der mich in einem seltsamen Akzent auf Deutsch ansprach. Da ich ihn kaum verstand, wich ich auf Englisch aus. Glücklicherweise sprach er das. »Ah, sind Sie aus Amerika?«, fragte er, worauf ich den Kopf schüttelte.

»Nein, aus Schweden.«

»Das Land, aus dem Pippi Langstrumpf stammt«, gab er zurück, worauf ich ihn verwirrt ansah.

Dann fiel mir das alte Kinderbuch von Astrid Lindgren ein, das irgendwo noch in unserer Bibliothek stehen musste. Ich hatte eine Ausgabe davon bekommen, als ich zehn Jahre alt war. Großmutter hatte gleich hinzugesetzt, dass ich die Untaten des Mädchens mit den roten Zöpfen bloß nicht nachahmen sollte. Ich war fasziniert gewesen davon, dass Pippi ein Pferd hochheben konnte, und hatte mir überlegt, ob das auch einem normalen Menschen möglich sei. Als ich einen der Stallknechte fragte, ob er es könnte, hatte er gelacht.

»Haben Sie das Buch gelesen?«, fragte ich, während eine Welle von nostalgischer Wärme mich durchströmte.

»Nein, aber meine Enkelin liebt den Film«, entgegnete der Fahrer, während er sich in den Verkehr einfädelte. »Ich habe ihn mit ihr im Kino gesehen. Danach ist sie nur noch mit Zöpfen herumgelaufen.«

Ich lächelte in mich hinein. Ja, die Zöpfe hatte ich auch getragen, aber gelungen waren sie mir nie so gut wie der Pippi auf dem Titelbild.

»Ich mochte die Geschichte auch sehr gern. Ich kenne kein Kind, dem es nicht so geht.«

»Haben Sie selbst Kinder?«, fragte der Fahrer nach einem Blick zur Seite.

»Nein, bisher nicht«, antwortete ich und spürte ein ängstliches Kneifen in meinem Magen. Jonas und ich hatten nur selten darüber gesprochen, aber ich wünschte mir sehnlichst ein Kind. Allerdings wusste ich nicht, ob aus diesem Wunsch etwas werden würde.

»Na, das wird schon noch bei einer so hübschen Frau wie Ihnen! Vielleicht finden Sie hier ja Ihr Glück, es gibt viele fesche Burschen in Ihrem Alter in München. Besonders jetzt, zu den Olympischen Spielen.«

Ich wollte ihm nicht sagen, dass ich hier war, um mit meinem Verlobten zu reden. Dass ich vielleicht mein Glück finden würde – oder auch nicht.

Das Gespräch verebbte, und ich hatte Zeit, ein wenig die Straßen zu betrachten, durch die wir zum Hotel fuhren.

Der Verkehr war sehr dicht, und nicht nur einmal kamen wir auf dem Weg in die Innenstadt zum Stehen. Es war eine gute Gelegenheit, die wunderschönen alten Bauten und Parkanlagen zu bewundern. Ich staunte über herrliche Gründerzeithäuser und Brunnen, deren Fontänen im Sonnenschein glitzerten.

In der Nähe einer Geschäftsstraße kamen wir ein weiteres Mal zum Stehen. In einem der modernen Gebäude befanden sich zahlreiche Läden. An einem Schaufenster drückten sich die Passanten förmlich die Nasen platt. Die meisten von ihnen waren Männer in kurzärmeligen Hemden, aber auch ein paar Frauen waren dabei. Als wir uns näherten, bemerkte ich, dass es sich um einen Fernsehladen handelte, in dessen Schaufenster einige Geräte das derzeitige Programm zeigten. Eines hatte sogar ein Farbbild! Wahrscheinlich wollten die Leute die Wettkämpfe verfolgen.

Der Taxifahrer schaltete das Radio ein. Die letzten Akkorde eines Liedes verklangen, und eine Nachrichtensendung begann. Ich schaute aus dem Fenster und lauschte eher beiläufig, doch plötzlich vernahm ich bruchstückhaft etwas, das mein Herz stolpern ließ.

Es hatte einen Anschlag auf das olympische Dorf gegeben?

Mein Herz begann zu rasen.

»Entschuldigen Sie«, sprach ich den Taxifahrer an. »Habe ich das richtig verstanden, dass es einen Anschlag auf das olympische Dorf gegeben hat?«

»Ja, das haben Sie«, antwortete er. »Den ganzen Tag schon reden sie in den Nachrichten von nichts anderem. Wie es aussieht, haben ein paar Terroristen Geiseln genommen. Die Regierung verhandelt gerade mit diesen Mistkerlen. Ich bin sicher, dass die Polizei die Sportler bald frei hat.«

Seine Worte flossen wie Eis durch meine Adern. Ein Anschlag auf das olympische Dorf! Jonas wohnte nicht dort, denn er war nur ein Berater, aber dennoch war es möglich, dass er dort gewesen war, als es passierte. Was war überhaupt geschehen? War die Stimmung auf dem Flughafen deshalb so angespannt gewesen?

»Sie sehen so besorgt aus, Fräulein«, sagte er. »Haben Sie keine Angst, unsere Polizei kriegt das schon hin. Es wurde schon berichtet, dass einige Politiker sich austauschen lassen wollen.«

Ich hatte keine Ahnung von Geiselnahmen, aber das alles hörte sich nicht gut an. Sicher waren die Angreifer bewaffnet. Das war das Letzte, das ich erwartet hätte.

Gleichzeitig zog es mir den Magen zusammen. Jonas! Was, wenn er doch etwas abbekommen hatte? Wenn es eine Explosion gegeben hatte ...

Am liebsten hätte ich den Taxifahrer gebeten, an einer Telefonzelle anzuhalten, doch wen hätte ich anrufen sollen? Sollte ich Mutter in Besorgnis stürzen?

Als wir das Hotel erreichten, vernahm ich das Schrillen von Polizeisirenen. Das Geräusch ging mir durch Mark und Bein, während ich die Rechnung des Taxifahrers beglich. Ich trat auf den Gehsteig und blickte zum Hotel auf. Die Sonne spiegelte sich in den Fenstern, doch mir war so furchtbar kalt. Ob man mir hier drinnen mehr sagen konnte?

Ich wünschte, ich wäre mit Jonas gereist. Das hätte nichts an dem geändert, was passiert war, aber ich wäre bei ihm gewesen.

Ich trat durch die Drehtür ins weitläufige Foyer des Hotels. Der Schein des Kronleuchters traf beinahe grell meine Augen, ich spürte, dass meine Nerven zum Zerreißen gespannt waren. Es ist nichts passiert, versuchte ich, mir einzureden. Er war bei den Reitern. Die Reitturniere sollten etwas abseits stattfinden.

Doch der Anschlag war an diesem Morgen verübt worden. Wer wusste schon, wo Jonas da gerade unterwegs gewesen war …

An der Rezeption sprach ich den Concierge auf Englisch an. »Ist ein Jonas Carinsson hier abgestiegen?«, fragte ich sicherheitshalber. Er hatte dieses Hotel für uns gebucht, aber vielleicht hatte er seine Pläne geändert.

»Ja, das ist er«, gab der Concierge zurück und betrachtete mich genau. »Aber ich fürchte, er ist derzeit nicht da. Jedenfalls hängt der Schlüssel noch.«

Ich zwang mich zur Ruhe. Jonas hatte jetzt sicher anderes zu tun, als ins Hotel zu kommen. Wenn etwas passiert war, war er sicher bei den anderen Offiziellen.

»Wissen Sie, wann er für gewöhnlich zurückkehrt?«, fragte ich weiter. Bei den langen Terminen, die er hatte, war es anzunehmen, dass er nicht vor Mitternacht wiederkommen würde. Doch vielleicht hatte der Anschlag alles geändert.

»Das kann ich Ihnen leider nicht sagen, junges Fräulein. Aber ich hinterlege ihm gern eine Nachricht.«

»Darf ich auf ihn warten?«, fragte ich und blickte zu den Sofas. Diese waren besser als nichts, und außerdem würde ich hier vielleicht etwas über den Anschlag hören.

»Natürlich, aber möglicherweise wird es eine Weile dauern.«

»Das macht mir nichts aus«, erwiderte ich.

»Nun, wenn Sie etwas essen möchten: Ganz in der Nähe ist ein Café.«

»Haben Sie vielen Dank«, sagte ich und begab mich zu den Sofas. Ein Mann saß dort und steckte die Nase in die Zeitung. Ich ließ mich ihm gegenüber nieder. Mein Blick fiel auf mein Gepäck. Ich brauchte ein Zimmer. Vielleicht hätte ich den Concierge danach fragen sollen.

Nachdem ich eine Weile mit mir gerungen hatte, erhob ich mich und ging noch einmal zu ihm.

»Herr Carinsson ist leider noch nicht da«, sagte er ein wenig belustigt.

»Das weiß ich«, erwiderte ich. »Ich wollte fragen, ob Sie noch ein Zimmer frei haben. Dann könnte ich dort warten.«

»Tut mir leid, aber in München finden gerade die Olympischen Spiele statt. Wir haben nicht einmal eine Besenkammer mehr frei, wenn Sie verstehen, was ich meine.«

»Und die Chance, dass heute jemand auscheckt, besteht nicht?«

»Wenn jemand sein Zimmer heute überraschend räumt, reserviere ich es gern für Sie. Ansonsten muss ich Sie leider bitten, es in einem anderen Haus zu versuchen.«

Ich lächelte schief. »Wie schätzen Sie die Chancen ein, dort ein Zimmer zu bekommen?«

Die Antwort überraschte mich nicht.

»Nun, die Stadt ist voll. Es wäre ein Wunder, wenn Sie auf die Schnelle ein Zimmer finden würden.«

Wenn ich Pech hatte, würde ich noch heute wieder nach Hause fliegen. Wenn es angesichts der Geiselnahme überhaupt möglich war, einen Flug zu bekommen, und die Polizei nicht die gesamte Stadt absperrte.

»Entschuldigen Sie, eine Frage habe ich noch«, sagte ich

dann. »Ich habe gehört, dass es einen Anschlag auf das olympische Dorf gegeben hat. Können Sie mir sagen, was da genau passiert ist?«

Der Mann schaute mich überrascht an. »Es tut mir leid, ich hatte bisher keine Gelegenheit, Radio zu hören. Vielleicht besuchen Sie doch das Café, das ich Ihnen empfohlen habe. Dort können Sie sicher etwas in Erfahrung bringen.«

Ich seufzte auf. Hinter mir hatten sich weitere Gäste eingereiht, ich konnte den Concierge nicht mehr länger in Beschlag nehmen.

»Vielen Dank«, sagte ich und kehrte zu dem Sofa zurück. Der Mann mit der Zeitung war verschwunden. Ich schaute zu der Uhr, die an einer Wand angebracht war. Es war kurz nach vierzehn Uhr. Wann würde Jonas kommen? Sollte ich vielleicht doch in das Café gehen?

Ich griff nach der Zeitung, die der Mann auf dem kleinen Glastisch zwischen den Sofas hatte liegen lassen. Dort stand nichts über das Attentat, nur die Ergebnisse der gestrigen Wettbewerbe. Eine deutsche Hochspringerin, die gerade erst sechzehn Jahre alt war, hatte eine Goldmedaille gewonnen und wurde entsprechend gefeiert.

Ich versuchte, die deutschen Artikel zu lesen, aber ich war viel zu nervös und aufgewühlt. Nach einer Weile ließ ich die Zeitung wieder sinken. Doch die Gedanken, die ich mir machte, wühlten mich noch mehr auf. Es gab hier keinen Ort, den ich aufsuchen konnte, niemanden, den ich kannte.

Eine halbe Stunde später entschied ich mich, zum Schloss Nymphenburg zu fahren, wo die Dressurreiter trainierten, und Jonas dort zu suchen. Ich wollte wissen, wie es ihm ging – und ich musste unbedingt mit ihm reden. Vielleicht war er ja dort, oder jemand konnte mir etwas über ihn sagen.

Meinen Koffer wollte ich allerdings nicht mitnehmen. Ich wandte mich wieder an die Rezeption.

»Entschuldigen Sie, kann ich meinen Koffer bei Ihnen in Verwahrung lassen?«, fragte ich.

Der Mann warf mir einen genervten Blick zu, doch dann nickte er. »Geben Sie her, hier ist Ihr Koffer sicher.«

»Danke.« Ich wandte mich dem Ausgang zu.

Ein wenig hoffte ich, den Taxifahrer noch zu sehen, der mich gebracht hatte, doch er war verschwunden. Aber ich hatte Glück, dass einer der Wagen, die sich vor dem Hoteleingang reihten, frei war. Ich nannte dem Chauffeur die Adresse des Trainingslagers und stieg ein.

Das Schloss Nymphenburg reckte seine strahlend weiß-gelben Mauern in die Nachmittagssonne, und die Blumen im Garten übertrafen sich mit einem Feuerwerk der Farben, als das Taxi auf das Trainingsgelände fuhr. Die Sitzreihen der Zuschauertribünen waren verwaist, man sah nur vereinzelte Reiter, die die Pferde auf dem Gelände aufwärmten.

Ich hatte keine Ahnung, wie ich hinter die Absperrung kommen sollte, aber vielleicht machte man eine Ausnahme und ließ mich durch, wenn ich nach Jonas fragte.

Mein Herz klopfte mir bis zum Hals, als ich dem Eingang zustrebte.

Wie ich es erwartet hatte, erschien wenig später ein großer Mann in einem beigefarbenen Anzug vor mir.

»Zuschauer haben hier keinen Zutritt«, sprach er mich auf Deutsch an.

»Entschuldigen Sie«, sagte ich. »Mein Verlobter gehört zum SOK, und ich würde ihn gern sprechen. Wissen Sie, ob Herr Carinsson hier ist?«

Der Mann warf mir einen verwirrten Blick zu. »Ich kenne keinen Herrn Carinsson«, sagte er dann.

»Aber er muss hier sein!«, gab ich zurück. »Möglicherweise hat er irgendwo einen Termin, aber er gehört zum Olympiakader.«

Ich blickte an ihm vorbei in den langen Gang. »Können Sie mir vielleicht jemanden holen, mit dem ich reden kann?«, fragte ich verzweifelt. »Bitte, ich weiß, was derzeit im olympischen Dorf los ist. Deshalb muss ich unbedingt meinen Verlobten sprechen.«

»Fräulein Lejongård?«, fragte da eine überraschte Frauenstimme. In meiner Aufregung hatte ich nicht mitbekommen, dass hinter mir jemand das Quartier betreten hatte.

Als ich mich umwandte, sah ich Maud von Rosen, in voller Reitmontur. Verwundert blickte sie mich an.

»Jonas sagte, dass Sie in Schweden geblieben wären.«

»Maud, Gott sei Dank!«, rief ich aus. »Ich kann dem Sicherheitsmann nicht verständlich machen, dass ich nach Jonas suche. Ich habe gehört, dass es einen Anschlag im olympischen Dorf gegeben hat, und würde gern wissen, ob es ihm gut geht.«

Maud nickte, dann wandte sie sich an den Mann, der uns beide argwöhnisch beobachtete.

»Ist schon in Ordnung, sie ist eine Bekannte von mir.«

Mit diesen Worten legte sie ihre Hand auf meinen Arm und führte mich an dem Sicherheitsmann vorbei. »Kommen Sie, wir reden drinnen.«

Wir schritten den Gang entlang und kamen schließlich zu den Aufenthaltsräumen. Diese waren leer, aber der Geruch von Essen hing in der Luft.

»Jonas ist nichts passiert«, begann Maud, nachdem wir Platz genommen hatten. »Zum Glück keinem von uns. Es hat wohl nur die israelische Mannschaft getroffen. Ein Ringertrainer und ein Sportler sind erschossen worden, ihre Kollegen sind als Geiseln genommen worden. Einer von ihnen konnte wohl fliehen.«

»Das ist ja schrecklich«, entgegnete ich und schlug die Hand vor den Mund. Innerlich machte sich aber Erleichterung in mir breit. Jonas war unversehrt! Ich konnte gar nicht sagen, wie viel mir das in diesem Augenblick bedeutete.

»Ja, wir waren auch völlig erschüttert, als wir das gehört haben. Glücklicherweise haben wir heute keine Wettkämpfe, die finden erst in zwei Tagen statt. Wollen wir nur hoffen, dass es ein gutes Ende nimmt.«

Maud griff nach meiner Hand und lächelte mir aufmunternd zu. »Keine Sorge, ihm passiert nichts. Soweit ich weiß, ist er heute in der Stadt unterwegs, Treffen mit irgendwelchen Funktionären.«

Ich nickte und musste mich beherrschen, nicht vor Erleichterung loszuweinen.

»Herzlichen Glückwunsch übrigens zu eurer Verlobung«, sagte sie. »Ich freue mich sehr, dass ihr zueinandergefunden habt. Ihr seid so ein schönes Paar.«

»Danke«, antwortete ich, und mein Drang zu weinen wurde noch größer. Ich biss mir auf die Lippe. Offenbar hatte er mit niemandem über unseren Streit geredet – außer mit Ava.

»Und danke, dass ihr uns zu eurer Hochzeit eingeladen habt«, setzte Maud hinzu. »Ich fürchte, vor lauter Stress bin ich noch nicht einmal dazu gekommen, mich darauf zu freuen. Ninna und Ulla sind schon ganz aus dem Häuschen ... Endlich wieder ein wenig auf dem Löwenhof ausspannen. Die vergangenen Tage und Wochen waren unglaublich, und ich fürchte, die größte Aufregung steht uns noch bevor.«

Ob es diese Hochzeit noch geben würde, wenn ich nach Hause zurückkehrte? Ich mochte in diesem Augenblick gar nicht daran denken, dass all unsere Freude, unsere Hoffnungen und unsere Vorbereitungen vergebens waren.

»Ich drücke euch die Daumen«, sagte ich und erhob mich. »Danke, dass Sie mich mitgenommen haben.«

»Bleiben Sie doch noch ein Weilchen, und schauen Sie uns beim Training zu. Die Pferde dürften jetzt warm sein. So etwas bekommt sonst niemand bei den Spielen zu sehen.«

Eigentlich wollte ich nur zum Hotel zurück und auf Jonas warten. Aber wenn er gerade in irgendwelchen Terminen war, konnte ich genauso gut bleiben und den Reiterinnen zuschauen. Vielleicht tauchte er ja doch noch hier auf.

»Fein«, sagte ich. »Ich schaue gern ein wenig zu.«

»Prima! Dann kommen Sie, bevor der Ordner nachsieht, was der Eindringling macht. Bis heute gab es hier kaum Sicherheitskräfte, aber ich fürchte, dass sich mit den Ereignissen von heute Morgen alles ändert.«

Maud bugsierte mich zu den Zuschauerplätzen und verschwand dann in Richtung Pferdeställe. Wenig später erlebte ich, wie die Reiterinnen ihre Programme durchgingen, Pflicht und Kür. Ich war keine Kampfrichterin, aber was ich sah, faszinierte mich sehr. Die Tiere waren in Bestform. Ulla hatte sich für den Wettkampf natürlich wieder für Ajax entschieden, Maud ritt auf Lucky Boy und Ninna auf Casanova. Unterschiede waren bei ihnen kaum auszumachen, alle ritten auf höchstem Niveau.

Ihnen zuzusehen lenkte mich kurz von meinen Gedanken an Jonas ab. Die Sonne zog über das Schloss hinweg, und schließlich wurden die Pferde wieder in ihre Ställe geführt.

Ich beschloss, ebenfalls zu gehen. Gern hätte ich noch mit Ulla und Ninna gesprochen, aber diese hatten mit ihren Pferden und ihren Leuten zu tun. Ich wollte nicht stören.

Bevor ich das Trainingscamp verließ, bat ich den Mann am Eingang, Maud von mir zu grüßen. Das versprach er zu tun, und freundlicherweise gab er mir auch noch die Nummer eines Taxirufes. Ich fand eine Telefonzelle ganz in der Nähe des Schlosses und wartete dort auf einen Fahrer.

Im Wagen setzte sich meine Gedankenspirale erneut in Gang. Ob Jonas nun da war? Wie würde unser Gespräch verlaufen? Und wie würden wir uns entscheiden?

Zurück am Hotel, bezahlte ich den Fahrer und stieg aus. Meine Aufregung war auf dem Höhepunkt. Man hatte mir zwar gesagt, dass Jonas nichts passiert sei, dennoch fürchtete ich mich ein wenig vor der Konfrontation mit ihm. Ich strebte der Rezeption zu.

»Solveig?«, fragte da eine Männerstimme hinter mir. Ich erstarrte und wirbelte herum. Da sah ich ihn stehen, zusammen mit einem mir unbekannten Mann.

»Jonas!«

Ein Ausdruck von Ungläubigkeit erschien auf seinem Gesicht, dann kam er mit langen Schritten auf mich zu.

»Jonas!«, rief ich aus und fiel ihm um den Hals. Egal, was in der vergangenen Woche geschehen war, ich war nur froh, ihn zu sehen.

»Solveig, wo kommst du denn her?«, fragte er und strich mir übers Haar. »Seit wann bist du hier?«

»Seit heute Mittag. Ich habe von dem Anschlag und der Geiselnahme gehört und bin nach Nymphenburg rausgefahren. Maud hat mir gesagt, dass unsere Mannschaft nicht betroffen ist. Dass du in Ordnung bist.« In meiner Euphorie vergaß ich ganz, wie böse ich auf ihn gewesen war.

»Ja, das ist eine schlimme Sache, aber wir waren nicht in Gefahr.« Er verstummte einen Moment lang, dann fragte er: »Warum hast du nicht Bescheid gesagt, dass du kommst?«

»Weil es ein spontaner Entschluss war.« Ich wollte unser Gespräch über Ava nicht im Foyer führen, also fragte ich: »Und wie geht es dir?«

»Mir geht es gut. Müde, aber gut.«

Ich nickte und ließ ihn wieder los. Erst jetzt fiel mir auf, dass er meine Umarmung nicht erwidert hatte.

»Und du?«, fragte er.

»Ich bin ein wenig erschöpft«, sagte ich, »aber froh, dass dir nichts geschehen ist. Ich würde gern mit dir reden.« Ich blickte zu seinem Begleiter, der zu uns herübersah. »Aber wenn du jetzt eine Verabredung hast …«

»Nein, ich bin schon fertig. Herr Bergen ist auch hier untergebracht, also haben wir uns ein Taxi geteilt.« Jonas lächelte schief. »Wollen wir nach oben gehen?«

»Ja«, sagte ich und spürte, wie mein Magen zu flattern begann.

Im Fahrstuhl standen wir nebeneinander, als wüssten wir nicht, was wir tun sollten. In früheren Zeiten hätten wir diese Gelegenheit genutzt, um wild miteinander zu knutschen, doch diese Zeiten waren vorbei. Ich spürte, wie sich meine anfängliche Freude, ihn wiederzusehen, etwas legte. Noch immer stand im Raum, dass er mir Ava verheimlicht hatte. Noch immer bestand die Tatsache, dass er die Beziehung mit ihr weitergeführt hatte, anstatt sie zu beenden, sobald er mir nahegekommen war.

Schweigend gingen wir zu seiner Zimmertür. Er schloss

auf, und ich sah das Doppelbett. Obwohl es sorgfältig auf-
gebettet worden war, bemerkte ich, dass die eine Seite des
Bettes unbenutzt war.

Jonas schloss die Tür hinter mir. Noch immer sagte er
nichts. Ich trat weiter in den Raum hinein, ans Fenster. Von
hier aus hatte man einen guten Blick auf die Straße, die kaum
anders wirkte als die Straßen in Stockholm. Nur, dass am
Gebäude gegenüber bunte Wimpel hingen, wahrscheinlich
wegen der Spiele.

Ich wandte mich um. Jonas stand neben dem Bett. Sein
Jackett hatte er ausgezogen. Sein Gesichtsausdruck wirkte
zerknirscht, und offenbar wusste er nicht, wie er beginnen
sollte.

»Ava war gestern bei mir«, half ich ihm. »Sie hat versucht,
mir die Sache zu erklären.«

»Dann hat sie es also getan«, sagte Jonas. »Ich hatte sie
gebeten, aber sie hat abgelehnt. Sie wollte nicht mit meiner
zukünftigen Ehefrau sprechen.« Er verstummte, und ich sah,
dass eine nachdenkliche Falte auf seiner Stirn erschien.

»Sie sagte mir, dass es seit anderthalb Jahren zwischen
euch vorbei sei. Aber das wusste ich ja. Und ich glaube dir.
Was mich verletzt, ist die Zeit davor. Anderthalb Jahre, in
denen du sie ebenso getroffen hast wie mich.«

Jonas senkte den Kopf und atmete tief durch. »Ich weiß,
es gibt nichts, womit ich das entschuldigen könnte. Ich …
war unsicher. Ich wusste nicht, was ich tun sollte. Als wir
beide uns kennenlernten, hatte ich den Wunsch, dir näherzukommen. Ich erkannte, dass du eine kluge Frau bist und
dass der Weg zu dir über den Löwenhof führt. Also habe ich
mich entschlossen, dir zu helfen. Ich tat es, weil ich dich ken-
nenlernen und wissen wollte, wer du bist. In der ersten Zeit

war es nur Begehren, ich wollte dich, weil du attraktiv bist und eine Saite in mir zum Klingen gebracht hast. Doch dann merkte ich, dass es mehr wurde. Ich spürte, dass ich wirklich etwas für dich zu empfinden begann. Aber da war Ava ...«

»Und du wolltest sie nicht verletzen?«

»Solveig«, sagte er und griff nach meiner Hand. »Bitte glaube mir, du bist die einzige Frau, die ich liebe. Ich würde nie mehr eine andere wollen.«

»Sag das nicht«, gab ich zurück und blickte auf meine Schuhspitzen. »Es kann immer passieren, dass sich eine Beziehung verändert.« Ich blickte ihm in die Augen und setzte hinzu: »Dass eine Liebe erlischt. Ich möchte es wissen, wenn dem so ist, ganz offen und ehrlich.«

Jonas nickte und hielt meine Hand weiterhin fest. Ich spürte, dass er leicht zitterte. »Ich habe während der ganzen Tage darüber nachgedacht und eingesehen, dass es falsch war, dich im Unklaren zu lassen. Ich hätte es dir sagen sollen. Spätestens, nachdem ich dir den Antrag gemacht habe. Ich hätte sagen sollen, dass es eine Beziehung gegeben hatte, die ich noch nicht beendet hatte. Die ich aber in dem Augenblick beendete, als mir klar wurde, dass es nur eine Frau für mich gibt. Eine Frau, die ich heiraten will. Doch diese Chance habe ich vertan. Alles, was ich jetzt tun kann, ist, dich um Verzeihung zu bitten und dir zu versprechen, dass ich ehrlich zu dir sein werde. Dass ich es dir sagen werde, wenn meine Liebe zu dir erlöschen sollte.« Er sah mich abwartend an, dann fügte er hinzu: »Aber in diesem Augenblick steht es für mich fest, dass meine Liebe zu dir genauso stark ist wie in dem Moment, als mir klar wurde, dass ich mich in dich verliebt habe.«

»Das geht mir genauso«, erwiderte ich. »Und du kannst

mir glauben, dass ich dich an dieses Versprechen erinnern werde, wenn ich das Gefühl habe, dass etwas nicht stimmt.« Tränen liefen mir über die Wangen.

»Ich werde es nicht vergessen«, sagte er und öffnete seine Arme. »Solveig, willst du noch immer meine Frau werden? Denn ich will dich, nur dich und keine andere.«

Ich spürte, wie mein Körper überflutet wurde von Glück, wie die dunklen Gedanken fortgespült wurden.

»Ja!«, sagte ich und presste mich fest gegen seine Brust. Dann küssten wir uns so leidenschaftlich wie noch nie zuvor. Danach hielten wir uns eine Weile schweigend in den Armen. Ich spürte, wie die Anspannung aus meinem Körper wich. Wenn ich ehrlich war, machte es mir schon noch ein wenig zu schaffen, dass es in seinem Leben eine andere gegeben hatte, aber ich wollte ihm die Chance geben, es wiedergutzumachen. Und mir wollte ich die Chance geben, ihm zu verzeihen.

»Hast du etwas dagegen, wenn ich bleibe? Der Concierge meinte, sie hätten kein Zimmer mehr frei.«

Jonas verzog das Gesicht. »Ich wäre beleidigt, wenn du nicht bleiben würdest. Weiß deine Mutter, dass du bei mir bist?«

»Ja, Mutter, Karin und Kitty achten auf das Gut.«

»Wie geht es ihr? Ich meine, sie und ihr Mann ...«

Ich zuckte mit den Achseln. »Ich weiß nicht, was aus den beiden wird. Aber Kitty ist es zu verdanken, dass ich gekommen bin. Sie sagte mir, dass sie in der gleichen Situation wäre wie Ava damals.«

»Das tut mir leid.« Jonas strich mir eine Haarsträhne aus dem Gesicht. »Es wird nicht leicht für sie werden. Und für ihren Mann auch nicht.«

»Nein, so etwas ist für niemanden leicht.«

Ich blickte auf die beiden Betthälften. Hätte ich nichts von Ava erfahren, hätten wir uns hier wohl beinahe jeden Tag leidenschaftlich geliebt.

»Ich nehme die freie Hälfte des Bettes«, sagte ich. »Am Fenster gefällt es mir.«

»Wirklich?«, fragte er. »Du könntest auch meine haben.«

»Nein, ich nehme die am Fenster.« Ich lächelte ihm zu. »Aber ich kann nicht garantieren, dass ich nicht auf deine Seite wechsele.«

»Ich bitte darum«, gab er zurück und küsste mich erneut.

Während Jonas unter der Dusche war, um sich frisch zu machen, rief ich Mutter auf dem Löwenhof an und teilte ihr mit, dass ich für den Rest der Woche in München bleiben würde.

»Es freut mich, dass du dich mit Jonas versöhnt hast«, sagte sie. »Allerdings habe ich angesichts dessen, was man aus München hört, auch Sorge um dich.«

»Die Geiselnahme betrifft keine Schweden«, sagte ich. »Die Sportler sind in Sicherheit und die Funktionäre auch.«

»Und wenn sie irgendwo eine Bombe zünden?«

»Mach dich nicht verrückt«, gab ich zurück. »Die Polizei wird die Attentäter in Schach halten. Ich bin bei Jonas, dort passiert mir nichts.«

Ich wünschte ihr eine gute Nacht und verabschiedete mich dann.

Den Abend verbrachten wir vor dem Fernsehgerät und verfolgten die Berichterstattung über die Geiselnahme. Die meiste Zeit über hörte man den Reporter berichten, zwischendurch wurden Aufnahmen des Tages gezeigt. Auf der

Mattscheibe verfolgten wir mit, wie die Geiselnahme verlief, wie die Terroristen handelten und welche Maßnahmen die Polizei einleitete.

Die überlebenden israelischen Mannschaftmitglieder wurden nach Fürstenfeldbruck gebracht, wo ein Flugzeug auf die Entführer warten sollte.

»Ich frage mich, was die Angehörigen dieser Männer gerade tun«, sagte ich, während ich mich an Jonas' Schulter lehnte. »Ob sie zusehen?«

»Das vermute ich«, sagte er, sichtlich mitgenommen von den Bildern, die gezeigt wurden.

»Ich hatte solch eine Angst, dass dir etwas passiert sein könnte. Es hätte jeden treffen können.«

»Aber das hat es nicht. Es bringt nichts, sich Gedanken über etwas zu machen, das nicht eingetroffen ist.« Er küsste meinen Scheitel. »Was meinst du, wollen wir schlafen? Morgen werden wir erfahren, wie es ausgegangen ist.«

Ich nickte, denn ich war hundemüde. All die Anspannung der vergangenen Tage war von mir abgefallen, und ich wollte nur noch seine Wärme und Nähe genießen.

Ich schlief tief und traumlos, bis eine Hand meine Schulter berührte.

»Solveig.« Ich wälzte mich herum und versuchte, meine Augen zu öffnen, doch so recht wollte mir das nicht gelingen.

»Ist schon Morgen?«, fragte ich und kämpfte weiter gegen die Schwere meiner Lider an. Ich sah einen Lichtschein, bemerkte aber wenig später, dass dieser von einer Lampe im Hotelzimmer kam.

»Nein. Ich habe eben einen Anruf bekommen. Einer der Funktionäre war dran ... Petersen ...« Er klang geschockt. Ich konnte im ersten Moment mit dem Namen kein Gesicht verbinden, aber das war auch egal.

»Ist etwas passiert?« Mein Bauch begann, unangenehm zu kribbeln. Ich hatte so fest geschlafen, dass ich das Klingeln des Telefons nicht mitbekommen hatte.

»Die Geiseln ... Sie sind alle tot.«

»Was?«, fragte ich entsetzt. Das konnte doch nicht möglich sein! Es war doch berichtet worden, dass sie gerettet worden seien!

»Die Nachrichten hatten gegen Mitternacht ihre Befreiung gemeldet«, sagte Jonas traurig. »Aber das war eine Falschmeldung. In dem Augenblick waren sie alle schon tot.«

Ich schloss kurz die Augen. Dann umarmte ich ihn.

»Du weißt gar nicht, wie froh ich bin, dass du bei mir bist«, sagte er, und wir hielten uns fest, bis der Morgen heraufdämmerte.

36. Kapitel

Tags darauf saßen wir zwischen Sportlern und Funktionären im großen Stadion und verfolgten die Trauerfeier für die toten Athleten. Die Reiterinnen und Reiter waren ganz in Schwarz, Ulla Håkanssons Augen waren verquollen, Maud von Rosen wirkte wie erstarrt. Ninna Swaab schnäuzte in ihr Taschentuch.

Unweit von uns machte ich den schwedischen Kronprinzen Carl Gustaf aus, der während der Wettbewerbe zugegen war. Prinz Bertil saß an seiner Seite, umringt waren sie von einigen Sicherheitsleuten.

Kurz zuvor hatte Jonas mir erzählt, dass der Thronfolger wohl ganz vernarrt war in eine junge Hostess. Das hatte mich ein wenig zum Schmunzeln gebracht, doch das war nun vorbei. Genau wie die Leichtigkeit der Olympischen Sommerspiele. Jonas hatte mir auf dem Weg hierher erzählt, dass man dem Wettbewerb den Beinamen »die heiteren Spiele« gegeben hatte. Das war nur noch eine traurige Erinnerung.

Lediglich die Wimpel, mit denen die Tribüne geschmückt war, verrieten, dass es ein Davor gegeben hatte. Eine Unbeschwertheit und Freude, die durch den schrecklichen Verlauf der Geiselnahme erschüttert worden war.

Das Schweigen der Menge wurde beendet durch die Nennung der Namen der Toten und Ansprachen des Präsidenten des Deutschen Nationalen Olympischen Komitees und verschiedener Staatsmänner. Alle waren sich einig: Die Spiele mussten weitergehen. Und so sollten bereits morgen wieder die ersten Wettkämpfe starten.

Ich spürte, dass die Anwesenden keine so rechte Lust mehr auf fröhliche Spiele hatten, aber ich spürte auch Entschlossenheit. Sie würden weitermachen.

Beim Verlassen des Stadions waren die Leute zunächst sehr still, doch langsam flammten die ersten Gespräche auf. Selbst nach dem schrecklichsten Ereignis ging das Leben weiter. Ich wusste das nur zu gut.

Jonas und ich fuhren nicht gleich zum Hotel zurück, sondern begaben uns zum Englischen Garten, einem Meer aus Grün inmitten der Stadt. Hier befanden sich alte Gebäude wie der Chinesische Turm oder das Teehaus, durchzogen wurde er von einem Bach. Untergehakt schlenderten wir die Wege entlang. »Wenn du möchtest, kannst du dir morgen die Dressurwettkämpfe am Schloss Nymphenburg anschauen«, sagte er schließlich.

»Wirklich?«, fragte ich. »Das ist ja wunderbar!«

»Du sitzt übrigens ganz in der Nähe unseres Thronfolgers. Vielleicht könnt ihr euch ein wenig über Pferde austauschen. Oder über die alten Zeiten auf eurem Gut.«

»Ich denke, er hat es eher mit der Moderne«, gab ich zurück, worauf Jonas breit lächelte.

»Ja, ich denke auch. Ich bin gespannt, worüber ihr redet. Anschließend hole ich dich dann ab zur Party.«

»Party?«, fragte ich. »Ist das angebracht nach den schrecklichen Ereignissen von gestern?«

»Wir haben uns beim Geländereiten gut geschlagen. Wenn unsere Reiterinnen morgen eine Medaille holen, werden wir auf jeden Fall feiern.« Er blickte mich an. »Und dann werde ich zum ersten Mal vor den Augen aller mit meiner wunderschönen Verlobten tanzen.«

Nach einer Nacht voller Leidenschaft verließen wir am folgenden Morgen schon früh das Hotel. Jonas hatte Termine, wollte mich aber vorher zum Trainingscamp bringen.

»Meinst du, dass es möglich wäre, noch einmal mit Ulla und den anderen zu sprechen?«, fragte ich, als wir am Schloss Nymphenburg angekommen waren. »Vorgestern habe ich sie kurz gesehen, aber da waren sie alle mit dem Training beschäftigt.«

»Natürlich.« Jonas tippte auf seinen Anhänger, der ihn als Offiziellen auswies. »Ich glaube, so viel Zeit habe ich noch, um dich durchzuschleusen.«

Wir gingen an der Tribüne vorbei zu der Unterkunft der Pferde. Dort konnte ich erste Blicke auf die Konkurrenten werfen. Es waren wunderschöne Tiere, und ich ertappte mich dabei, wie ich unwillkürlich nach Merkmalen für ein gutes Dressurpferd Ausschau hielt. Eigenschaften wie Wendigkeit, Intelligenz und Geschmeidigkeit wiesen unsere Pferde auch auf.

Bei der schwedischen Mannschaft angekommen, stellte sich uns erneut der Ordner in dem beigefarbenen Anzug in den Weg, doch Jonas klärte die Situation schnell.

»Gräfin Lejongård!«, begrüßte mich Ulla Håkansson, die zusammen mit den anderen im Aufenthaltsraum saß. »Sie haben es also geschafft herzukommen!«

»Ich habe es doch versprochen«, antwortete ich. »Und sagen Sie bitte Solveig zu mir.«

»Nun gut, dann bin ich Ulla für Sie.«

Ich nickte, dann sagte ich: »Herzlichen Dank für Ihre An-
teilnahme, meine Mutter und ich waren sehr berührt von
Ihrem Brief und den Blumen.«

»Ich war am Boden zerstört, als ich vom Tod Ihrer Großmutter hörte«, gab Ulla zurück. »Sie war wirklich ein wunderbarer Mensch. Ich wünschte, ich hätte sie näher kennen-
lernen können.«

Wir schüttelten uns die Hände, dann wandte ich mich an
Ninna, die sichtlich nervös war. »Wie geht es Caspar?«

»Er hat sich vollständig erholt. Allerdings werde ich nachher auf Casanova reiten. Er ist einfach der Bessere von beiden.«

Das hatte ich schon beim Training gesehen. »Haben Sie
heute schon mit Ihrem Mann gesprochen?«

Ninna seufzte. »Ja, und er ist der Meinung, dass ich es
nicht schaffen werde. Nett, was?«

»Ich bin sicher, er hat nur Angst. Im Stillen wird er stolz
sein, wenn es Ihnen glückt.«

»Das hoffe ich.«

»Sonst suchst du dir einfach einen anderen Mann«, wandte Maud scherzhaft ein, die eben dazugekommen war, und
reichte mir die Hand. »Ich hoffe, es hat sich alles aufgeklärt.
Sie waren so schnell weg.«

Ich blickte zu Jonas. »Ja, es ist alles in Ordnung. Vielen
Dank noch mal, dass ich Mäuschen spielen durfte.«

»Ich bin sicher, dass Sie uns Glück bringen werden«, sagte Maud und setzte ihren Reitzylinder auf den Kopf.

»Das hoffe ich.«

Ich verabschiedete mich von den dreien und ließ mich von
Jonas zur Tribüne begleiten.

»Ich wünschte, ich könnte bei dir sein«, sagte er. »Aber der Termin ist wichtig.«

»Vielleicht schaffst du es am Samstag, dir auch mal etwas anzuschauen.«

»Das wäre schön.« Er gab mir einen Kuss und flüsterte mir dann vor dem Abschied zu: »Und achte auf unseren Thronfolger! Wie er jemanden Bestimmtes mit Blicken auszieht.«

»Jonas!«, sagte ich und knuffte ihn spielerisch an der Schulter. »Du bist drauf und dran, Majestätsbeleidigung zu begehen!«

»Keineswegs. Du hast die junge Frau noch nicht gesehen, aber ich!« Er lachte auf, winkte und ging davon.

Der Platz, den Jonas mir besorgt hatte, war wirklich wunderbar. Dass Carl Gustaf von Schweden irgendwen mit Blicken auszog, konnte ich nicht beobachten, aber wenn er sich hier in eine Frau verguckt hatte, war es kein Wunder. Er war jung und sah mit seinen dunklen Locken sehr attraktiv aus. Seine Auserwählte würde sicher wunderschön sein, und gut aussehende Hostessen hatte ich schon einige ausgemacht.

Die Tribüne befand sich direkt vor dem zauberhaften Schloss. Beim Training hatte ich es nicht richtig würdigen können, weil meine Gedanken immer wieder zu Jonas gewandert waren, aber nun fühlte ich die Schönheit in meinem Herzen.

Vor dieser Kulisse boten die Pferde einen pittoresken Anblick. Großmutter hätte daraus sicher ein wunderbares Gemälde machen können. Mir blieben nur Fotos, die ich schoss, aber sie würden Mutter auch einen guten Eindruck von dem geben, was ich hier erlebt hatte.

Einige Mannschaften waren bereits ausgeschieden, aber die Schweden hielten sich gut. Die Konkurrenz war überragend.

Mit schweißnassen Händen verfolgte ich, wie die Reiterinnen und Reiter ihre Pferde über den Platz tänzeln ließen. Dabei erkannte ich, wie viel Arbeit in diesem Wettkampf steckte. Das, was ich auf dem Hof beobachtet hatte, war nur ein Bruchteil dessen gewesen, was sie zu leisten imstande waren. Fasziniert sah ich zu, wie unsere Reiterinnen ihre Pferde führten, ohne dass es ein normaler Zuschauer mitbekam. Es erschien beinahe wie Zauberei.

So etwas konnte man sich nicht aus dem Ärmel schütteln. Bis Pferde vom Löwenhof bei einem so großen Wettbewerb teilnehmen konnten, würden sicher noch Jahre vergehen. Aber ich war sicher, dass wir es eines Tages schaffen würden. Ich nahm es mir fest vor. Sobald die Tierklinik lief, würde ich daran arbeiten, ebenfalls Pferde für die Dressur trainieren zu lassen. Möglicherweise wuchs dann bei uns eine Olympiasiegerin heran.

Die Westdeutschen und die Russen waren auf dem Reitplatz unheimlich stark, und es wurde unter den Zuschauern gemunkelt, dass man die Deutschen zu schlecht bewertet hätte.

Doch dann geschah ein Wunder: Die schwedische Dressurmannschaft holte Bronze! Ich wollte es gar nicht so recht glauben, aber bei der Siegerehrung sah ich unsere Reiterinnen auf das Podest steigen: Ulla, Maud und Ninna in ihren Anzügen und mit einem stolzen und freudigen Strahlen auf dem Gesicht.

Damit hatte Ninna Swaab ihr Vorhaben erreicht: Ihr Ehemann ging ohne Medaille leer aus, doch sie fuhr als Drittplatzierte nach Hause. Ich war sicher, dass es heute im Hause Swaab interessant werden würde.

Am Abend trafen wir uns alle zur Feier wieder, die in einem wunderschönen Hotel stattfand. Die Türen zur Terrasse waren weit geöffnet, und in der Luft hing ein süßer Hauch von Erdbeeren, die für manche der Speisen auf dem Buffet verwendet worden waren. Das Hotel hatte sich sogar die Mühe gemacht, einige schwedische Gerichte zuzubereiten, sodass man sich beinahe wie bei einer verspäteten Mittsommerfeier fühlte.

Ich war froh, dass ich ein leichtes hellblaues Sommerkleid trug, denn trotz der offenen Türen war es sehr warm in dem Raum.

Noch waren nicht viele Gäste da. Ein so frühes Erscheinen war eher untypisch für Jonas, meist gingen wir erst ein bisschen später zu solchen Anlässen.

»Wird Prinz Bertil auch kommen?«, fragte ich, während ich nach Mitgliedern der Königsfamilie Ausschau hielt.

»Das hoffe ich. Außerdem werden wir auch die Freude haben, den Kronprinzen zu begrüßen. Er hat seine Teilnahme fest zugesagt. Ihm bleibt nach dem tollen Erfolg auch nichts anderes übrig.«

Er blickte sich im Raum um und griff plötzlich nach meinem Arm.

»Ach, schau mal, wen wir da haben«, sagte Jonas und zog mich mit sich zu einer jungen, dunkelhaarigen Frau mit einem wunderhübschen Gesicht. Sie trug ein rosafarbenes Dirndl, was auf dieser Party eher ungewöhnlich erschien.

»Wer ist das?«, flüsterte ich.

»Das wirst du gleich sehen.«

Jonas trat zu ihr und begrüßte sie. »Hallo, Silvia, schön, dass Sie kommen konnten.«

»Ich freue mich auch«, gab sie in perfektem Schwedisch zurück, was in starkem Kontrast zu ihrer Kleidung stand.

Jonas wandte sich mir zu.

»Silvia, darf ich vorstellen: Gräfin Solveig Lejongård, die Besitzerin eines berühmten Pferdeguts in Schonen. Solveig, das ist unsere Chefhostess, Silvia Sommerlath. Sie betreut uns während der Spiele. Oder besser gesagt, sie weist die anderen Mädchen an.«

»Das klingt, als würde ich sie herumkommandieren«, entgegnete sie mit einem gewinnenden Lächeln und reichte mir die Hand. »Ich freue mich, Sie kennenzulernen, Gräfin Lejongård.«

»Die Freude ist ganz auf meiner Seite. Sie sprechen hervorragend Schwedisch.«

Sie lächelte geschmeichelt. »Mein Vater arbeitet in Schweden und hat darauf geachtet, dass wir viele Sprachen sprechen. Dafür bin ich ihm dankbar, denn sonst wäre ich wohl nicht hier.«

Jetzt bekam ich eine leichte Ahnung, warum Jonas mich ihr vorgestellt hatte.

»Haben Sie Pferde bei den Reitwettkämpfen?«, fragte Silvia mit ehrlichem Interesse. Ich war fasziniert von ihrer Selbstsicherheit.

»Noch nicht, aber das wird sich in den nächsten Jahren ändern«, antwortete ich. »Derzeit arbeite ich intensiv daran, das Gut auf den neuesten Stand zu bringen, danach konzentriere ich mich auf das Training. Kommen Sie mich doch einmal besuchen, wenn Sie in Schweden sind.«

»Diese Einladung nehme ich sehr gern an.« Sie lächelte

mich erneut so ehrlich und fröhlich an, dass ich zu verstehen begann, was ein Mann wie Carl Gustaf an ihr finden konnte, abseits von ihrer Schönheit.

Wenig später betrat der Kronprinz den Raum. Er trug einen leichten Sommeranzug, denn dieser Anlass war eher informell. Ich bemerkte, dass mit Silvia Sommerlath etwas geschah. Ihre Augen wanderten sofort zu ihm, als hätte sie seine Ankunft gespürt, und ein sehnsuchtsvolles Leuchten erschien in ihnen.

Carl Gustaf schüttelte einige Hände, dann kam er direkt auf uns zu.

Mein Herz begann zu pochen. Bei vorherigen Anlässen hatte ich immer nur mit Prinz Bertil zu tun gehabt. Den Kronprinzen selbst hatte ich noch nicht kennengelernt.

Er reichte Jonas die Hand und begrüßte Silvia mit Küsschen auf die Wange.

»Eure königliche Hoheit, das ist Gräfin Solveig Lejongård«, stellte Jonas mich vor. »Solveig, seine königliche Hoheit, Kronprinz Carl Gustaf.«

Plötzlich hatte ich wieder vor Augen, wie meine Großmutter sich mit einem Hofknicks vor Prinz Bertil verneigt hatte. Doch bevor ich noch überlegen konnte, wie ich ihn genauso formvollendet hinbekommen sollte, griff der Prinz bereits meine Hand und gab mir einen Handkuss.

»Freut mich, Sie kennenzulernen, Gräfin Lejongård. Mein Onkel erzählte mir von den Aufenthalten bei Ihnen. Er hat es immer sehr genossen, auf Ihrem Gut zu sein.«

»Das ist sehr freundlich«, antwortete ich. »Und ich kann nur sagen, dass nicht nur Prinz Bertil uns jederzeit willkommen ist, sondern auch Sie und die königliche Familie.«

»Wenn es meine Zeit zulässt, werde ich Ihnen sicher einen

Besuch abstatten. Mein Terminkalender ist zwar immer sehr voll, aber möglicherweise ergibt sich im Sommer einmal die Möglichkeit.«

Mir entging nicht, dass er dabei das Fräulein Sommerlath anschaute. Zwischen ihnen herrschte eine seltsame Vertrautheit. Ich wusste, wie der Blick von Verliebten aussah. Diesen entdeckte ich eindeutig in seinen und ihren Augen.

»Es war eine Tradition unseres Hauses, Ihre Familie bei uns zu begrüßen«, sagte ich. »Meine Großmutter hat mir viel darüber erzählt.«

»Mein Onkel fand Ihre Großmutter faszinierend«, gab Carl Gustaf zurück. »Es ist sehr bedauerlich, dass sie nicht mehr unter uns weilt. Aber ich denke, dass die Bande zwischen Ihrer und meiner Familie trotzdem weiter bestehen werden.«

»Das wünsche ich mir«, erwiderte ich. »Und uns.«

Der Prinz und Fräulein Sommerlath verabschiedeten sich von uns und wandten sich anderen Gästen zu. Jonas holte mir ein Glas Weinbowle.

»Hast du das gesehen?«, fragte er. »Ich sage dir, es würde mich nicht wundern, wenn die beiden heute gemeinsam von der Party verschwinden und privat weiterfeiern würden.«

»Es ist wohl ein offenes Geheimnis, dass sie miteinander angebandelt haben.«

»Ich bin sicher, dass es nur wenige wissen. Glücklicherweise bin ich einer von ihnen.« Jonas zog vielsagend die Augenbrauen hoch.

»Hab ich ein Glück, dass ich zu dir gehöre«, sagte ich scherzhaft, dann blickte ich zu Silvia, die sich mit einem der Funktionäre unterhielt. »Denkst du, dass aus den beiden etwas werden könnte? Ich meine, sie ist eine Hostess und bürgerlich ... Und für einen schwedischen Prinzen ist es nicht möglich, eine Bürgerliche zu heiraten, ohne sämtliche Titel und Ämter zu verlieren.«

»Ja, das ist ein großes Hindernis. Wenn man bedenkt, dass Bertil seine Lebensgefährtin als Haushälterin anstellen musste ... Aber die Zeiten ändern sich. Falls das zwischen den beiden nicht nur ein Strohfeuer ist, wird Carl Gustaf einen Weg finden.« Er sah mich an. »Liebe findet immer einen Weg, auch wenn die Zeiten schwierig sind.«

Ich erwiderte seinen Blick und streichelte ihm die Wange. »Das hast du schön gesagt.«

37. Kapitel

Als die Maschine auf dem Stockholmer Flughafen aufsetzte, schreckte ich aus dem Schlaf. Die Durchsage des Piloten tönte über unsere Sitzreihen hinweg. Er bedankte sich für den Flug und wünschte uns eine angenehme Weiterreise.

Ich rappelte mich in meinem Sitz auf. Da ich heute Morgen schon früh aufgestanden war, saß mir die Müdigkeit noch ein wenig in den Knochen, doch der Gedanke, bald wieder nach Hause zurückzukehren, belebte mich. Ich freute mich sehr darauf, Kitty alles zu berichten. Und noch schöner war es, dass wir jetzt mit den Vorbereitungen zur Hochzeit fortfahren konnten. Schade war nur, dass Jonas nicht bei mir war.

Er hatte mich mit den Worten »Wenn wir uns wiedersehen, werde ich mich nicht mehr von dir trennen, hörst du?« am Flughafen verabschiedet.

»Du wirst doch hin und wieder auf Reisen gehen müssen«, gab ich zurück.

»Das stimmt, aber da werde ich dich dennoch bei mir tragen – in meinem Herzen.«

Wir küssten uns, dann musste ich mich leider von ihm lösen, wenn auch nur vorübergehend. Bis zur Abschlussveranstaltung der Olympischen Spiele musste Jonas noch bleiben, dann würde er nach Stockholm zurückfliegen. Und ein paar Tage später würden wir endlich vor den Altar treten.

Als das Flugzeug zum Stehen gekommen war, stieg ich aus und begab mich zum Gepäckband. Glücklicherweise war mein Koffer einer der ersten, der erschien, sodass ich mich auf den Weg zum Bahnhof machen konnte.

Im Zug gönnte ich mir ein weiteres Nickerchen und stieg dann am Nachmittag hellwach und beinahe aufgekratzt ins Taxi, das mich zum Löwenhof fuhr. Dort hoffte ich auf Kitty, aber es war meine Mutter, die mir entgegenkam und mich mit einem freudestrahlenden Lächeln in die Arme nahm.

»Wie schön, dass du wieder da bist!«, sagte sie.

»Ich freue mich auch, wieder hier zu sein«, erwiderte ich. »Ist Kitty da? Ich habe euch beiden so viel zu erzählen!«

»Kitty ist gestern losgefahren. Sie sagte, sie wolle sich mit Marten aussprechen.«

Daran hatte ich in meinem Glück gar nicht mehr gedacht.

»Ich habe ihr allerdings erzählt, dass du dich mit Jonas ausgesöhnt hast und dass die Hochzeit stattfindet. Das wird sie doch, nicht wahr?«

»Natürlich!«, gab ich zurück. »Und du glaubst gar nicht, wie aufgeregt ich jetzt schon bin.«

»Gut, wenn das so ist, habe ich da etwas für dich.«

Ich zog die Augenbrauen hoch. »Und was?«

»Das wirst du gleich sehen«, antwortete sie und legte den Arm um meine Schultern. »Komm, es ist vorhin erst eingetroffen.«

Mutter führte mich durch die Eingangshalle in den Salon. Auf dem Korbsofa lag ein längliches Päckchen. Auf den ersten Blick sah es aus, als hätte mir jemand eine ganze Schachtel langstielige Rosen geschickt, doch dann erkannte ich, dass es sich bei dem weißen Karton nicht um die Lieferung eines Blumenladens handelte. Als Absender war die Adresse des Schneiderladens meiner Tante angegeben.

»Das ist von Daga?«, fragte ich verwundert, dann erst wurde mir klar, worum es sich handelte.

»Ja«, antwortete Mutter. »Es ist gerade fertig geworden. Daga hat ein großes Geheimnis darum gemacht, nicht einmal Fotos wollte sie mir schicken.«

Mein Herz begann, wild zu klopfen. Mein Hochzeitskleid! Kaum hatte ich mich mit Jonas versöhnt, traf es ein. Was für ein wunderbares Zeichen!

Meine Hände zitterten, als ich die Schachtel an mich nahm und versuchte, das Paketband aufzubekommen. Mutter zog eine Schere aus der Tasche.

»Hier, versuch es damit. Und mach langsam, es rennt dir nicht weg.«

Ich ließ mich auf das Sofa sinken und schnitt das Band durch. In meiner Brust wühlten die Freude und gleichzeitig auch die Sehnsucht nach Jonas. Wie gern würde ich ihm all das schon zeigen!

Aber das Brautkleid musste natürlich geheim bleiben.

Unter einigen Lagen fliederfarbenen Seidenpapiers entdeckte ich zarte weiße Spitze und eine Karte.

»Ich freue mich darauf, dich in dem Kleid vor dem Altar stehen zu sehen«, schrieb Tante Daga. »Du wirst die schönste Braut der Welt sein!«

Tränen stiegen mir in die Augen. Dieser Augenblick war so wunderschön.

Ich legte die Karte beiseite und zog das Kleid unter dem Seidenpapier hervor. Es war leicht wie eine Feder und raschelte geheimnisvoll. Mit Rosen bestickte weiße Spitze legte sich fein drapiert über cremefarbene Seide – und endete kurz unter einem ziemlich hoch angesetzten Rocksaum.

»Oh mein Gott!«, rief ich begeistert aus. »Sie hat es tatsächlich richtig kurz gemacht.« Ich erhob mich und hielt es mir an. Es reichte bis zu einer Handbreit oberhalb des Knies. Das Oberteil war schmal und schlicht, die Ärmel vollkommen aus Spitze. Am Ausschnitt leuchteten kleine Perlen.

»Hast du etwas anderes erwartet?«, fragte Mutter mit einem breiten Lächeln, während sie mich fasziniert betrachtete. »Das Kleid ist wirklich wundervoll geworden. Ich könnte mir vorstellen, dass einige junge Frauen dir nacheifern werden, wenn sie dich darin sehen.« Sie machte eine kurze Pause, dann fügte sie hinzu: »Großmutter hätte es gefallen.«

»Davon bin ich überzeugt«, gab ich zurück. »Und was ist mit dir?«

»Mir gefällt es auch«, sagte sie. »Die Zeiten ändern sich, es müssen nicht immer wallende Schleppen sein. Auch in einem kurzen Kleid kann eine Frau wie eine Königin aussehen.«

Als ich das Kleid nach oben in mein Zimmer trug, pochte mein Herz noch immer. Wie schade, dass Kitty nicht da war! Aber ich würde es ihr vorführen, wenn sie wieder zu Hause war. Ich breitete das Kleid auf meinem Bett aus und strich mit der Hand darüber. Meine Gedanken wanderten zu Jonas, der noch in Deutschland war. Ich war glücklich, dass wir wieder zueinandergefunden hatten. Und ich nahm mir vor, nichts und niemanden mehr zwischen uns treten zu lassen.

Nachdem ich es eine Weile betrachtet hatte, schälte ich mich aus den Kleidern. Ich hatte Mama gesagt, dass ich es morgen anprobieren würde, aber plötzlich überkam mich der dringende Wunsch, es gleich zu tun. Die Seide schmiegte sich weich an meinen Körper und ließ meine Haut aufre-

gend prickeln. Bei dem Reißverschluss im Rücken würde mir
jemand helfen müssen, aber auch so bekam ich schon einen
guten Eindruck, wie es aussah. Tatsächlich fühlte ich mich
wie eine Königin darin. Was wohl Jonas dazu sagen würde?
Er wusste nur, dass es ein kurzes Kleid sein würde. Dass es
so wunderschön sein würde, hätte selbst ich mir nicht träumen lassen.

Einen Moment lang spielte ich mit dem Gedanken, so
nach unten zu gehen, entschied mich aber dagegen. Dieser
Moment gehörte mir allein. Mama würde ich es morgen vorführen.

Vorsichtig zog ich das Kleid wieder aus und schlüpfte in
meine alten Sachen.

Am Abend saßen Mama und ich noch lange zusammen und
redeten über meine Versöhnung mit Jonas und über die
Hochzeit. Mutter kam gar nicht aus dem Schwärmen über
Kitty heraus. »Wenn sie nicht schon Tierärztin wäre, würde
sie sich als Hochzeitsplanerin gut machen.«

»Das finde ich auch«, stimmte ich ihr zu. »Allerdings glaube ich, dass ihr die Tiere mehr am Herzen liegen. Sie legt sich
nur für mich so ins Zeug.«

»Es ist wirklich schade, dass es um ihre eigene Beziehung
nicht so gut steht«, sagte sie und schaute in ihr Weinglas.

»Vielleicht ändert es sich nach dem Gespräch«, entgegnete ich. »Man sollte die Hoffnung nicht aufgeben. Aber wenn
Marten und sie sich anders entscheiden sollten, wird sie sicher ein neues Glück finden. Hast du bemerkt, wie Sven Bergmann sie ansieht? Wenn sie ganz auf den Löwenhof zieht, bin
ich sicher, dass sich zwischen den beiden etwas anbahnen
wird.«

Im Bett dachte ich dann noch eine Weile über Kitty und Marten nach, bis mir die Augen zufielen.

Das Geräusch eines herannahenden Wagens riss mich aus dem Schlaf. Ich erhob mich und trat ans Fenster. Es war Kitty. Sie stellte den Motor ab und stieg aus, dann hob sie die schlummernde Frieda vom Sitz.

Ich warf meinen Morgenmantel über und verließ das Zimmer. Als ich die Treppe hinunterging, schritt Kitty durch das Foyer. Sie sah sehr mitgenommen aus.

»Oh, du bist wieder da!«, sagte sie, als sie mich erblickte, und zwang sich zu einem Lächeln.

»Ja, seit heute Nachmittag«, gab ich zurück und raffte meinen Morgenmantel vor der Brust zusammen. »Stell dir vor, mein Hochzeitkleid ist heute angekommen!«

»Oh, das ist wunderbar. Ich kann es kaum erwarten, es zu sehen.« Sie schritt mit ihrem Mädchen auf dem Arm die Treppe hinauf.

»Mama sagt, du warst bei Marten?«, fragte ich, als ich sie oben in Empfang nahm.

»Ja«, antwortete sie. »Das waren wir.«

»Und?«

Sie schüttelte den Kopf. »Es ist aus. Er hat es zugegeben und mir gleichzeitig verkündet, dass er zu der anderen ziehen will.«

»Das tut mir leid.«

»Er schien froh zu sein, die Sache vom Tisch zu haben. Ich bin jedenfalls erleichtert, dass es vorbei ist. Über die Folgen für Frieda mache ich mir morgen Gedanken.«

Sie rang sich ein Lächeln ab, dann fragte sie: »Dein Hochzeitskleid ist also gekommen? Deine Mutter meinte, ihr hättet euch wieder versöhnt.«

Ich lächelte. »Ja, aber die ganze Geschichte erzähle ich dir morgen. Ruh dich erst einmal ein wenig aus. Und sag mir Bescheid, wenn du etwas brauchst, ja?«

Damit umarmte ich Kitty und Frieda und gab meiner Freundin einen Kuss auf die Stirn.

38. Kapitel

Am Tag unserer Hochzeit schlich ich mich in aller Frühe aus dem Haus.

Der Septembermorgen war frisch, aber es versprach ein sonniger Tag zu werden. Glücklicherweise war es noch warm genug, um draußen im Garten zu sitzen.

Ich ging an den Zelten vorbei, die bereits am Tag zuvor aufgestellt worden waren. Auch die lange Tafel, an der die Gäste Platz finden würden, stand schon. Flankiert war sie mit Strohballen, und über den Köpfen der Gäste würden Girlanden aus Wimpeln, Blumen und Blättern hängen. Während der Trauung in Kristianstad würden viele helfende Hände dafür sorgen, dass die Tafel mit weißen Tischdecken bedeckt und das Geschirr platziert wurde.

Unweit der Tafel gab es eine aus groben Holzbohlen zusammengezimmerte Tribüne, auf der eine Band spielen würde. Sie hatte sich mit einem Tonband bei uns beworben, und seitdem bekam ich ihre Lieder nicht mehr aus dem Ohr. Jonas hatte darüber geschmunzelt. »Dazu werden wir aber keinen Walzer tanzen können.«

»Müssen wir das?«, hatte ich zurückgefragt. »Es wird Zeit, dass die Moderne auf dem Löwenhof einzieht.«

Obwohl alles sehr gut geplant war – Kitty und Mutter hatten alles dreimal geprüft und zahlreiche Telefonate geführt –, war ich furchtbar nervös. Eigentlich würde sich überhaupt nichts ändern, und doch würde alles anders werden. Jonas würde endlich bei mir sein! Vor ein paar Tagen waren bereits die ersten seiner Möbel aus Stockholm gekommen. Wegen der Arbeit würde er seine Wohnung noch für einige Monate behalten, aber spätestens im kommenden Frühjahr wohnte er dann ausschließlich hier. Für seine Werbeagentur hatten wir bereits Büroräume in Kristianstad gefunden, in denen er nach dem Umzug arbeiten konnte. Glücklicherweise hatten sich einige seiner Mitarbeiter bereit erklärt, ihm zu folgen. Und dann? Das würde die Zeit zeigen.

Mein Blick schweifte hinüber zur Baustelle. Diese Woche hatte noch eine zweite Freude gebracht: Meine kleine Pferdeklinik war fertiggestellt worden! Das Einweihungsfest würde im Oktober stattfinden, wenn wir von unserer Hochzeitsreise nach Italien zurückgekehrt waren. Das Gebäude war genau so geworden, wie ich es mir vorgestellt hatte. Es gab ein freundliches Wartezimmer, in dem die Besitzer der Tiere eine Weile verschnaufen konnten. Weiter hinten war ein großer OP-Raum, in dem die Eingriffe vorgenommen wurden. Der Großteil der Behandlung würde im Stallraum stattfinden, eine Art Krankenstation für bis zu vier Pferde gleichzeitig.

Ich schloss die Tür auf und trat ins Wartezimmer, das gleichzeitig als Empfangsraum diente. Außer dem Nutzvieh, das wir neben den Pferden behandeln wollten, hatte ich vor, auch Kleintiere wie Katzen und Hunde als Patienten aufzunehmen. Ich wusste, dass sich die Hunde des Försters bei der Jagd manchmal verletzten. Früher hatten wir einen eige-

nen Förster gehabt, doch mittlerweile war der Wald an Jagd-
pächter vergeben. Diese würden es sicher begrüßen, wenn
sie ihre Hunde gleich vor Ort behandeln lassen konnten, falls
ihnen etwas zustieß.

Mit einer Mischung aus Stolz und ein wenig Wehmut
blickte ich mich um. An den Wänden hingen Pferdebilder,
die früher einmal das Zimmer von Hendrik Lejongård geschmückt hatten. Es waren wunderschöne kleine Gemälde,
Kupferstiche und Radierungen. Laut meiner Großmutter
hatte er Pferde über alles geliebt.

Eigentlich wollten wir den Hof moderner gestalten, aber
was die Bilder betraf, hielt ich an der Vergangenheit fest.
Hendrik hätte diese Tierklinik ebenso gefallen wie Agneta.
Und wahrscheinlich hätte er auch die Veränderungen begrüßt.

Mormor fehlte mir so sehr! Sie fehlte in allen Dingen, und
so gern hätte ich mich noch einmal mit ihr unterhalten. So
gern hätte ich sie jetzt bei meiner Hochzeit gehabt. Tränen
stiegen mir in die Augen. Am Vortag war ich bei ihrem Grab
gewesen und hatte mit ihr gesprochen, aber das war nicht
dasselbe, wie sie neben mir zu haben. Ich hoffte allerdings,
dass es einen Himmel gab, von dem aus sie mir zusehen und
diesen großen Tag miterleben konnte. Ich verharrte einen
Moment lang bei dem Gedanken an sie, dann wischte ich
mir übers Gesicht. Ich wollte nicht verheult im Haus erscheinen, nicht heute, wo es ein fröhlicher Tag werden sollte.

Bei der Hochzeitsfeier wollte ich eine kleine Ansprache
halten. Da würde ich Großmutter gebührend erwähnen.

Ich verließ das Wartezimmer wieder und schloss ab.
Schritte ertönten hinter mir. Noch immer brannten meine
Augen, aber ich versuchte sofort, meine Fassung wiederzu-

gewinnen. Ich rechnete damit, unseren Stallmeister zu sehen oder Kitty, die bemerkt hatte, dass ich nicht mehr in meinem Zimmer war.

Mir stockte der Atem, als ich den morgendlichen Besucher erkannte.

»Finn?«, fragte ich verwundert. »Was machst du denn hier?«

»Mutter schickt mich«, erklärte er ein wenig verlegen. »Sie kann nicht zur Hochzeit kommen, aber sie möchte, dass ich dir das hier gebe.«

Er öffnete die Umhängetasche an seiner Schulter und zog ein kleines Päckchen heraus.

Ich starrte ihn wie versteinert an. Auf mein Bitten hin hatte Mutter zugestimmt, auch Magnus und seine Familie zur Hochzeit einzuladen. Wir hatten keine Antwort erhalten, und ich hatte auch nicht mit Glückwünschen gerechnet.

»Hier. Als Hochzeitsgeschenk von uns.«

»Wie bitte?«, fragte ich verwirrt. Ein Hochzeitsgeschenk von Magnus? Ich traute mich gar nicht, das Päckchen anzunehmen.

»Ein Hochzeitsgeschenk«, wiederholte Finn. »Mutter meinte, ich soll Vater nichts davon sagen.«

Dann war es also doch eher ein Geschenk von Tante Rosa. »Und, wirst du es ihm sagen?« Bei Finn erwartete ich fast schon so etwas.

»Ich bin doch nicht verrückt!«, gab er zurück. »Mein Vater würde mir die Ohren vom Kopf reißen, weil ich auf Mutter gehört habe!« Er machte eine kurze Pause, dann fügte er hinzu: »Es war sehr anständig von dir, dich mit Vater nicht um das Erbe zu streiten. Er hat nach deinem Besuch nicht mehr davon geredet. Das ist viel.«

Das war tatsächlich viel. Eigentlich trug Magnus einem alles für immer nach.

»Deshalb mache ich das.« Er blickte mich an. »Alles Gute, Cousine.«

Ich nickte. »Danke, Finn.« Ich überlegte kurz, dann fragte ich: »Wollt ihr uns nicht mal besuchen, deine Mutter und du?«

»Das geht nicht. Vater ist da.«

»Und wenn er mal nicht da ist, irgendwann? Ihr seid jederzeit willkommen. Das gilt auch für deinen Vater, wenn er es denn will.«

Finn presste die Lippen zusammen. Ich ahnte, was ihm durch den Kopf ging. »Danke«, sagte er dann aber nur.

»Finn, ich ...« Die Worte saßen mir noch immer wie ein Kloß im Hals. »Es tut mir leid, dass es so geworden ist. Dass sich unsere Familien dermaßen entzweit haben.«

Finn nickte. »Mir tut's auch leid. Und ich finde es schade, dass ich euch nicht kenne. Aber vielleicht bekommen wir das irgendwie hin.«

»Irgendwie«, sagte ich, noch immer verwundert.

Finn nickte. »Nochmals alles Gute«, sagte er und wandte sich um.

Ich sah ihn in Richtung Toreinfahrt verschwinden, wie es aussah, hatte er seinen Wagen vorn geparkt.

Ich spürte das Gewicht des Päckchens in meiner Hand. Rosa hatte es liebevoll eingepackt. Was es wohl enthielt?

Und was noch viel wichtiger war: Würden sich unsere Familien doch einmal wieder annähern? Ich wusste es nicht und wollte auch nicht so weit in die Zukunft schauen. In diesem Augenblick zählte für mich nur das Hier und Jetzt, Jonas, meine Eltern, Kitty, die Tierklinik und der Löwenhof.

Ich lief zurück ins Haus, geradewegs hinauf zum Zimmer meiner Mutter. Auf dem Gang traf ich auf Frieda, die vergnügt unter dem Fenster spielte.

»Frieda, was machst du denn hier?«, fragte ich.

Frieda streckte mir ihren Stoffhasen entgegen, als hätte er sie zur Flucht aus dem Zimmer überredet. Wenig später erschien Kitty.

»Gott sei Dank, du bist hier!«, rief sie und hob Frieda auf ihre Arme. »Sie geht in letzter Zeit gern auf Wanderschaft.«

»Wahrscheinlich hat ihr Begleiter sie dazu überredet.« Ich deutete auf den Hasen. »Wenn du möchtest, können wir an der Treppe ein Sicherheitsgitter anbringen.«

»Das wäre keine schlechte Idee. Aber jetzt solltest du dich erst einmal darum kümmern, unter die Haube zu kommen.« Sie blickte auf meine Hand. »Wo hast du das denn her? Ist da dein Blütenkranz drin?«

»Ich habe es eben bekommen. Von meinem Cousin.«

Kitty hob die Augenbrauen. »Von dem Sohn deines furchtbaren Onkels?«

»Einen anderen Cousin habe ich meines Wissens nicht«, sagte ich.

»Und was ist drin?«

»Weiß ich noch nicht. Ich will es erst einmal Mutter zeigen. Ich glaube, sie fällt aus allen Wolken.«

»Hoffentlich nicht«, sagte Kitty lachend. »Ich erwarte dich nachher in deinem Zimmer!«

»Ich werde da sein!« Ich streichelte Frieda übers Haar. »Mach's gut, kleine Maus. Bis nachher!«

An der Tür des Gästezimmers angekommen, klopfte ich. Mutter hatte darauf bestanden, dorthin umzuziehen, weil das herrschaftliche Schlafzimmer nun Jonas und mir gehören würde.

»Herein!«, rief sie.

Als ich eintrat, sah ich sie vor dem Spiegel sitzen. Vater durchwühlte den Kleiderschrank.

»Guten Morgen«, sagte ich.

»Was gibt es, mein Schatz?«, fragte Mutter, den Puderpinsel in der Hand.

»Finn war eben bei mir.«

»Finn?« Mutter legte den Pinsel weg. »Du lieber Himmel, was wollte er? Warum hast du mir nicht Bescheid gesagt?«

»Es war nur eine kurze Begegnung. Er hat mir das hier im Namen seiner Mutter gegeben. Er sagt, das sei ein Hochzeitsgeschenk von ihnen.«

Mutter sah mich entgeistert an. Vater stieß sich beim Aufrichten den Kopf an einer offenen Schublade.

»Das gibt es doch nicht«, rief er aus und rieb sich über seinen Kopf.

»Doch«, erwiderte ich. »So hat er es mir gesagt. Und dass sein Vater nichts davon erfahren sollte.«

Mutter kam zu mir. Ihre Anspannung war deutlich zu fühlen. »Wer weiß, was da drin ist«, sagte sie. »Das letzte Geschenk von Magnus an mich war natürlich wie immer eine Gemeinheit.«

»Es ist nicht von Magnus, sondern von Rosa«, entgegnete ich und zog dann die Schleife auf. Unter dem Papier kam ein ledernes Etui zum Vorschein. Ich öffnete es und sah einen Satz Kuchengabeln und Löffel, die an ihren Griffen mit kleinen Löwenköpfen verziert waren.

Mutters Schultern senkten sich, und sie atmete hörbar aus. »Kuchengabeln und Kaffeelöffel.«

»Aus Silber«, kommentierte Vater, der hinzugekommen war und von dem ebenfalls die Anspannung abfiel, als hätte er erwartet, dass ein Kastenteufel aus dem Etui hervorspringen würde. »Schau dir die kleinen Löwenköpfe an.«

Ich lächelte. »Sie sind wunderschön.«

»Solch ein Geschenk traut man Magnus gar nicht zu«, sagte Mutter sichtlich bewegt.

»Es ist ein Geschenk von Rosa«, korrigierte ich sie erneut, dann klappte ich das Etui wieder zu. »Ich habe Finn gefragt, ob sie uns nicht einmal besuchen möchten.« Ich griff nach ihrer Hand. »Es ist vielleicht ein Zeichen. Möglicherweise bleibt es zwischen unseren Familien nicht so wie früher. Alles kann sich ändern, auch die Menschen.«

»Das hoffe ich.« Tränen glitzerten in Mutters Augen, dann schüttelte sie den Kopf und sagte zu mir: »Du solltest etwas essen und dich fertig machen. Die Friseurin kommt gegen acht Uhr, dann habt ihr genug Zeit.«

»Die Trauung ist doch erst um zehn«, gab ich zurück.

Mutter lachte auf. »Du wirst dich wundern, wie lange es dauern kann, bis die Brautfrisur sitzt.« Sie küsste mich auf die Stirn.

Vater umarmte mich. »Ich bin sicher, dass du eine wunderschöne Braut sein wirst. Und ich bin stolz, dich vor den Altar führen zu dürfen.«

In der folgenden Stunde erlebte ich vor dem großen Spiegel meines Schlafzimmers meine Verwandlung in eine Braut. Zunächst schlüpfte ich in mein Kleid, woraufhin ich mit zahlreichen Handtüchern bedeckt wurde, damit ja kein Schaden an der Spitze entstand. Dann begann die Friseurin mithilfe von Kitty und einer Brennschere, meine Brautfrisur zu formen.

Als ich mich schließlich mit hochgesteckten Haaren in meinem Kleid vor dem Spiegel betrachtete, durchflutete mich eine Welle des Glücks. Schon bald würde Jonas mich so sehen! Die Frau im Spiegel war immer noch die alte Solveig, aber auch eine neue, eine, die in die Zukunft blickte. Jene, die ich verloren hatte, würde ich nie vergessen, doch es war wichtig, nach vorn zu schauen.

»Du bist wunderschön«, sagte Kitty, als sie hinter mich trat. »Viel schöner, als ich es damals war. Und dein Kleid erst!«

»Was meinst du, wie hoch ist der Skandalfaktor?«, fragte ich lächelnd.

»Ziemlich hoch«, entgegnete sie. »Aber die Leute werden es überleben. Und vielleicht sehen sie auch nur das, was es wirklich zu sehen gibt: ein glücklich verliebtes Paar, das sein Leben miteinander teilen möchte.«

Ich umarmte sie. »Danke, dass du für mich da bist.«

»Das bin ich gern. Aber jetzt sollte ich mich auch mal umziehen. Deine Brautjungfer kann schließlich nicht in einer Jeans in die Kirche gehen.«

Damit verschwand sie aus dem Zimmer. Ich bedankte mich bei der Friseurin und stand noch einen Moment lang vor dem Spiegel. Meine Hände waren kalt vor Aufregung. Ich lauschte der Stille in dem Raum und dem Rascheln der Blätter, durch die der Wind strich, doch beruhigen konnte mich das nicht.

Nur wenig später klopfte es, und meine Mutter trat ein. Sie trug ein elegantes dunkelgrünes Kleid mit Spitze an Brust und Ärmeln. An ihren Ohren funkelten silberne Ohrringe in Form eines Löwenkopfes, die sie einst von Agneta geschenkt bekommen hatte. Ihr Haar war kunstvoll toupiert.

»Du siehst wunderschön aus, mein Schatz«, sagte sie, als sie die Tür hinter sich schloss. »Wie eine Prinzessin.«

»Nun ja, eigentlich bin ich ja eine Gräfin ...« Ich lächelte und atmete zitternd durch. »Meinetwegen könnte es schon losgehen.«

»Das wird es bald«, entgegnete sie. »Genieße noch ein wenig die Vorfreude. Die wirkliche Aufregung kommt nachher in der Kirche.« Sie berührte sacht den Schleier, den mir die Friseurin am Myrtenkranz um meinen Dutt befestigt hatte. »Ich weiß noch wie gestern, wie ich vor dem Altar gestanden habe. Du wirst diesen Tag dein Leben lang nicht vergessen. Und ich hoffe, er wird dir immer ein Anker sein, falls es in deinem Leben Sturm und Finsternis geben sollte. Aber ich hoffe natürlich, dass von nun an die Sonne für dich scheint.«

»Wolken gibt es immer«, erwiderte ich, dann fragte ich: »Meinst du, Großmutter hätte es gefallen?«

»Sie hätte es geliebt«, antwortete Mutter. »Ich bin sicher, wenn sie gekonnt hätte und wenn es Mode gewesen wäre, hätte sie sich damals auch für so etwas entschieden.«

»Schade, dass sie nicht da ist«, seufzte ich.

»Sie ist da«, sagte Mutter. »In deinem Herzen. Und in meinem. Bestimmt auch in Jonas' Herzen und erst recht im Herzen deines Vaters. Etwas von ihr ist geblieben, hier auf dem Löwenhof. Es wird dich heute vor den Altar begleiten und immer bei dir sein, solange du lebst.«

Unsere Blicke trafen sich im Spiegel, dann wandte ich mich um und umarmte sie.

»He, nicht so stürmisch, dein Kleid wird zerknittert.«

Ich schüttelte den Kopf. »Keine Sorge, Tante Daga hat dafür gesorgt, dass es hält.«

Wir schauten noch eine Weile gemeinsam in den Garten,

wo die letzten Girlanden und Laternen angebracht wurden. Schließlich griff sie nach meiner Hand. »Es wird Zeit. Ich werde vorausfahren und warte in der Kirche auf dich. Komm gut mit deinem Vater nach Kristianstad.«

»Das werde ich.«

Mutter küsste mich noch einmal, dann verließ sie den Raum. Ich folgte ihr nach unten und traf dort auf Kitty. Diese sah in ihrem hellrosa Brautjungfernkleid so strahlend aus, als würde sie selbst vor den Altar treten.

»Sven Bergmann wird Augen machen, wenn er dich so sieht«, flüsterte ich ihr zu.

Kitty wurde rot. »Warum sollte er?«

»Weil ich glaube, dass er dich ziemlich gut leiden kann. Oder etwa nicht?«

»Hm, möglicherweise«, antwortete sie ausweichend, aber ich war sicher, dass ich heute noch erleben würde, wie sie mit unserem Stallmeister tanzte. Und vielleicht würde sie ja diejenige sein, die meinen Brautstrauß fing.

Während der gesamten Fahrt zur Kirche hielt Vater meine Hand. Dabei spürte ich allerdings, dass er beinahe noch aufgeregter war als ich.

»Ich weiß noch genau, wie es damals bei meiner eigenen Hochzeit war«, sagte er. »Ich war ein nervliches Wrack. Und deine Mutter war so wunderschön. Da ihr Vater nicht mehr lebte, führte Agneta sie zum Altar. Es war einer der schönsten Tage meines Lebens.« Er sah mich an. »Ich hoffe, das wird es auch für dich. Trotz der Tatsache, dass du heute wohl deine Schuhe zertanzen wirst.«

»So soll es bei einer Hochzeit doch sein, oder nicht?« Ich atmete durch. In meinem Magen wühlte die Aufregung schlimmer als vor meinem Examen. Aber es war ein süßes Ziehen, und als schließlich die Heilige-Dreifaltigkeits-Kirche vor uns auftauchte, raste mein Herz, und meine Wangen fühlten sich an, als hätte ich Fieber.

»Achte bitte darauf, dass ich nicht stolpere«, bat ich ihn, als wir ausstiegen.

Vater lachte. »Aber du hast ja nicht mal einen Rocksaum, über den du stolpern könntest!«

»Halt mich trotzdem fest, ja?«

»Ich verspreche es dir.«

Orgelklang ertönte, als wir die Kirchentreppe hinaufschritten. An den Seiten standen zahlreiche Leute, meist Schaulustige, denn unsere Gäste hatten bereits in der Kirche Platz genommen. Meine Knie fühlten sich furchtbar weich an, und dennoch war es mir, als würde ich auf Wolken schweben.

Unter den Klängen des Hochzeitsmarsches betraten wir schließlich die Kirche. Aus den Augenwinkeln heraus sah ich, wie sich sämtliche Anwesende von den Kirchenbänken erhoben. Doch meinen Blick hatte ich nach vorn gerichtet, dorthin, wo Jonas neben seinem besten Freund und Trauzeugen stand. Auch Kitty hatte dort Aufstellung genommen, einen Blumenstrauß in der Hand. Sie lächelte mir breit zu.

Jonas wirkte in seinem grauen Frack mit dem weißen Hemd und dem dunkelroten Ascot-Tie wie ein englischer Lord. Schwarz hatte er nicht tragen wollen, weil es ihn zu sehr an die Beerdigung seiner Eltern erinnerte. Mir gefiel seine Wahl sehr gut.

Ich wusste nicht, wie die Leute ringsherum auf mich reagierten, aber als ich seine Miene sah, wusste ich, dass ich alles richtig gemacht hatte. Er wirkte bewegt und gleichzeitig stolz, seine Augen glänzten, und ein wenig verlegen drehte er den Zylinder in seiner Hand. Sein Freund lächelte, als er das bemerkte, doch Jonas sah nicht zu ihm, sein Blick verwob sich mit meinem und ließ das Glück in meiner Brust förmlich explodieren.

Am Altar übergab mich mein Vater an Jonas. Als seine Hand die meine berührte, spürte ich, dass auch er zitterte. Äußerlich wirkte er ruhig, aber das war nur Fassade. Es erleichterte mich ein wenig, dass auch er nervös war. Wir sahen uns an, und Jonas schien, als wollte er etwas zu mir sagen, doch da verstummte die Orgel, und der Pastor trat zu uns.

Er begann mit einem Bibelwort und sprach dann über die Verantwortung, die die Ehe mit sich brachte, und über die Liebe, die alle Hindernisse überdauerte. Ich musste daran denken, welche Hindernisse ich zu überwinden hatte, und war voller Freude, dass Jonas bei mir war, dass aus unserer geschäftlichen Beziehung Liebe geworden war.

Den Rest der Predigt bekam ich nur bruchstückhaft mit, denn ich versank in der Betrachtung meines zukünftigen Mannes und in Träume von unserem zukünftigen Leben. Doch als der Pastor schließlich zum Ende seiner Predigt kam, kehrte ich in die Wirklichkeit zurück, und mein Herz begann, wie wild zu pochen. Ich wusste, was jetzt folgte: die alles entscheidende Frage.

»Willst du, Jonas Carinsson, die hier anwesende Solveig Lejongård zu deiner Frau nehmen, sie lieben, ehren und achten, bis dass der Tod euch scheidet?«

Ein Lächeln huschte über Jonas' Gesicht, und seine Augen begannen, feucht zu glitzern. »Ja, ich will.«

»Und willst du, Solveig Lejongård, den hier anwesenden Jonas Carinsson zu deinem dir angetrauten Mann nehmen, ihn lieben, ehren und achten, bis dass der Tod euch scheidet?«

Ich blickte zu meinen Eltern und sah, dass sich Mutter eine Träne aus dem Augenwinkel wischte.

Dann sagte ich: »Ja, ich will.«

Bei unserer Ankunft auf dem Löwenhof wurden wir bereits erwartet. Frau Johannsen hatte das für diesen Tag engagierte Personal vor der Treppe Aufstellung nehmen lassen.

»So hat es sicher auch ausgesehen, als deine Großmutter geheiratet hat«, sagte Jonas, dann griff er nach meiner Hand und küsste sie. »Ich muss zugeben, dass dieser Anblick schon etwas für sich hat.«

»Wir können ja ein paar Bedienstete einstellen«, gab ich zurück. »Wie wäre es mit einem Kammerdiener?«

»Der neugierig an den Wänden lauscht, wenn wir beide im Schlafzimmer sind?« Er schüttelte den Kopf. »Nein, ich habe meine Frau lieber für mich.«

Unter dem Jubel und dem Beifall der Anwesenden stiegen wir aus dem Wagen. Ein paar kleine Mädchen aus dem Dorf erschienen und streuten Rosenblätter auf den Weg zum Haus, über den wir zur Treppe schritten.

Noch immer war mir ein wenig flau zumute, aber nur, weil mein Herz vor Glück überquoll.

An der Tür trat Frau Johannsen vor und reichte uns die Hand. »Ich freue mich so sehr für Sie!«, sagte sie mit tränenüberströmter Miene. »Ich wünsche Ihnen alles Glück der Welt!«

»Vielen Dank, Frau Johannsen«, antwortete ich. »Und danke für all die Mühe, die Sie sich gemacht haben.«

Sie winkte ab. »Ach, das ist doch selbstverständlich!«

Karin trat als Nächste zu uns. In ihrer Hand hielt sie ein kleines Päckchen. »Das hier ist für Sie«, sagte sie mit zittriger Stimme. »Ich weiß, Sie haben so viele Geschenke, aber ich wollte es Ihnen persönlich geben. Als Zeichen meiner Wertschätzung. Ich wünsche Ihnen beiden alles Gute.«

Ich umarmte sie. »Danke, Karin.«

Weitere Gratulanten folgten. Inzwischen trafen auch die Gäste ein, die in der Kirche mit dabei waren. Wir schüttelten unzählige Hände, umarmten unzählige Menschen, und ich war ganz trunken von den vielen Glückwünschen, die wir erhielten.

Die Kirchentreppe und der Platz vor der Kirche waren weiß gewesen von Rosenblättern, und nicht alle hatten die Gelegenheit gehabt, uns zu gratulieren. Das holten sie jetzt nach. Allen voran Maud von Rosen, Ulla Håkansson und Ninna Swaab. Das Erscheinen der erfolgreichen Olympiateilnehmerinnen erregte einiges Aufsehen.

»Ich wünsche euch beiden alles erdenklich Gute«, sagte Maud und umarmte uns. »Ihr seid ein so wunderbares Paar!«

Auch Ulla und Ninna schlossen uns in ihre Arme.

»Ich freue mich, dass ihr euch gefunden habt«, sagte Ulla, und Ninna fügte mit einem verschmitzten Lächeln hinzu: »Auf dass euch reicher Kindersegen beschert wird.«

Jonas blickte mich an. »An mir soll es nicht liegen.«

Ich stupste ihn spielerisch in die Seite. »Aber bis zur Hochzeitsnacht können wir sicher noch warten, oder?«

Zusammen mit den Gästen begaben wir uns an die lange Tafel, wo in den Gläsern bereits der Champagner perlte. Die Tische selbst wurden von Gebinden aus gelben Rosen, rosa Gladiolen und roten Astern geschmückt, nicht gerade der typische Hochzeitsschmuck, aber er strahlte wunderbar und passte gut zu der Gegend und zu uns. Und die Torte bildete den krönenden Höhepunkt. Die Konditorin war wirklich eine Meisterin und ihr Werk wie ein Gemälde. Zarte Blätter in leuchtenden Rot- und Gelbtönen waren über die ganze Torte verteilt, dazwischen schmale Bänder, die hinaufreichten zu dem kleinen Hochzeitspaar, das sich bei den Händen hielt.

Beinahe bedauerte ich, sie anzuschneiden. Doch das taten Jonas und ich gleichzeitig und unter dem Applaus der anwesenden Gäste. Seine Hand lag warm und schützend auf meiner, und als das Werk vollbracht war, schauten wir uns tief in die Augen. Die Liebe in Jonas' Blick ließ mich für einen Moment vergessen, dass wir hier nicht allein waren. Aber die Jubelrufe der Gäste holten mich zurück, und ich küsste Jonas leidenschaftlich.

Wenig später stießen wir an, und Mutter hielt eine kleine Rede über Liebe und Vertrauen. Als sie auf Mormor zu sprechen kam, stiegen mir die Tränen in die Augen.

»Agneta fehlt uns allen sehr. Besonders an diesem Tag hätte sie doch bei uns sein sollen. Aber ich tröste mich und uns mit dem Gedanken, dass sie da ist, in allem, was auf dem Löwenhof ist und lebt. Sie ist in uns, unseren Gedanken und unseren Herzen, und vom Himmel aus wird sie nicht nur dafür sorgen, dass ihr, Solveig und Jonas, glücklich werdet, sie wird sich auch über euer Glück aus ganzem Herzen freuen. Ebenso, wie wir alle es in diesem Augenblick tun!«

Applaus folgte ihren Worten, und ich griff gerührt nach Jonas' Hand und küsste ihn.

Nach dem ersten Gang des Hochzeitsmenüs war ich dann mit meiner Rede an der Reihe. Ich war furchtbar nervös.

»Als ich Kind war, erzählte Großmutter mir die Geschichte der Löwen an unserem Herrenhaus«, begann ich. »Zwei davon, Sture und Bror, hatten in ihrer Fantasie miteinander gesprochen und alles kommentiert, was auf dem Löwenhof passierte. Ich weiß nicht, ob jeder den Spott der Löwen verdient hatte, aber Großmutter behauptete, dass sie sie an dem Tag, als ich geboren wurde, zum ersten Mal lächeln sah. Viel Zeit ist seitdem vergangen, und ich weiß, dass Sture und Bror mit uns geweint haben, als meine Großmutter diese Welt verlassen hat. Der Schmerz über diesen Verlust hält immer noch an, aber die Freude darüber, dass ich einen Menschen gefunden habe, der mein Herz mit Liebe erfüllt, überwiegt heute. Und nicht nur das. Ich bin froh, dass meine Eltern bei mir sind, die ich sehr liebe und denen ich danken möchte für alles, was sie für mich getan haben. Von Herzen danke ich auch meiner besten Freundin Kitty, die mir nicht nur bei den Vorbereitungen zur Hochzeit zur Seite gestanden hat, sondern seit so vielen Jahren ein wichtiger Teil meines Lebens ist. Und ich danke dir, Jonas, meiner großen Liebe, dass du in mein Leben getreten bist und nicht lockergelassen hast, bis ich bereit war, dir mein Herz zu schenken.«

Ich blickte ihn einen Moment lang liebevoll an, dann fuhr ich fort: »So hoffe ich, dass die beiden Löwen an diesem Tag unser großes Glück spüren und wieder lächeln, anstatt spöttische Kommentare von sich zu geben. Und dass sie es auch dann tun werden, wenn eines Tages unsere eigenen Kinder über den Hof tollen.«

»Das werden sie!«, rief Vater und prostete mir ebenso wie die anderen Gäste zu.

Nach dem Essen war es Zeit für unseren Hochzeitstanz. Wir hatten ein wenig geübt, aber dennoch hoffte ich, dass ich Jonas nicht auf die Füße treten würde. An seiner Hand schritt ich auf die Tanzfläche und blickte in die Runde der

Gäste. Kitty stand in der Nähe von Sven Bergmann, der sich bemühte, sie nicht zu offensichtlich anzustarren. Mutter und Vater warteten Hand in Hand am Rand der Tanzfläche. Sie würden uns folgen, nachdem uns die ersten Takte ganz allein gehört hatten. Ich blickte zu Jonas. »Ich liebe dich, weißt du das?«, fragte ich ihn leise.

»Ja«, antwortete er. »Und ich liebe dich auch. Mehr als alles andere auf der Welt.«

»Dann hoffe ich, du liebst mich auch noch, wenn ich dich aus Versehen trete.«

Jonas lachte auf. »Keine Sorge, das wirst du schon nicht tun. Und ich bemühe mich, nicht über meine eigenen Füße zu stolpern.«

Auf ein Zeichen von meiner Mutter begann die Band zu spielen. Jonas führte mich auf die Tanzfläche. In diesem Augenblick kam ich mir vor, als hätte ich alle Tanzschritte, die ich je gelernt hatte, vergessen. Doch als Jonas' Hand auf meiner Taille lag, bewegten sich meine Füße wie von allein zu der Musik, und wir schwebten über den Tanzboden.

»Give me a kiss to build a dream on ...«, sang der Sänger, und ich konnte nicht anders, als in Jonas' Augen zu versinken, bevor er sich mir entgegenbeugte und mich küsste.

»Damit wir unseren Traum aufbauen können«, raunte er mir zu und legte seine Wange an meine.

Später, als die Hochzeitstorte schon stark abgenommen hatte und die Gäste eine Pause vom Tanzen einlegten, stahl ich mich kurz mit Kitty davon. Wir gingen zu dem alten Pavillon, der ebenfalls mit Blumen geschmückt war.

»Das hast du ganz wunderbar gemacht«, sagte ich, als ich über den Festplatz schaute. »Es ist perfekt.«

»Ich freue mich, dass du glücklich bist«, gab sie zurück und legte den Arm um mich. Der Wein hatte ihre Wangen gerötet, und auch ich fühlte mich ein wenig beschwipst, wenngleich ich nicht wusste, ob es vom Alkohol kam oder von all den schönen Augenblicken, die auf mich eingeströmt waren. »Und dein Kleid hat die Leute umgehauen, da kannst du sicher sein.«

»Ich hoffe, es gefällt ihnen morgen auch noch, wenn ihnen der Kater im Nacken sitzt.« Ich blickte sie an. »Du scheinst dich mit Sven Bergmann gut zu verstehen ...« Auf der Tanzfläche hatten die beiden eine ziemlich gute Figur gemacht, und es hatte nicht so ausgesehen, als hätten sie sich nicht amüsiert.

»Ja«, gestand sie. »Er scheint wirklich sehr nett zu sein. Aber ich lasse es langsam angehen. Noch ist die Sache mit Marten ja nicht durch.«

Ich strich ihr eine Haarsträhne aus dem Gesicht. »Schön, dass es etwas gibt, auf das du blicken kannst. Dennoch solltest du dabei sein, wenn ich den Brautstrauß werfe. Vielleicht erwischst du ihn.«

»Ich bin eigentlich nicht scharf darauf, so schnell wieder zu heiraten«, erwiderte sie. »Wir haben moderne Zeiten, da müsste es auch so gehen, oder?«

»Hauptsache, du bist glücklich«, sagte ich.

»Dafür hast du schon gesorgt. Ich freue mich sehr auf die Klinik. Und der Löwenhof ist mir fast so etwas wie eine zweite Heimat geworden.«

»Ich hoffe, er wird irgendwann deine richtige Heimat – wie er es für mich ist. Ich kann mir nicht vorstellen, an einem anderen Ort zu leben.«

In dem Augenblick gewahrte ich eine Bewegung. Mutter

kam auf uns zu. Offenbar hatte sie mein Fehlen an der Tafel bemerkt.

»Hier seid ihr beiden«, sagte sie. »Gehört die Braut nicht eigentlich auf die Tanzfläche?«

Ich lächelte sie an. »Ich fürchte, ich habe die männlichen Gäste müde getanzt«, antwortete ich und deutete auf meine Schuhe. Diese wirkten schon ziemlich mitgenommen.

Mutter ließ sich neben uns auf der Bank nieder. »Auch von der schönsten Feier braucht man mal eine Pause«, sagte sie seufzend und schlüpfte aus den Schuhen. Einen Moment lang schloss sie die Augen und lauschte dem Wind, dann sagte sie: »Es war wirklich eine schöne Ansprache. Agneta wäre stolz auf dich gewesen.«

Ich lächelte und sah sie eine Weile an. »Es ist seltsam«, sagte ich dann. »Du hast recht, irgendwie ist Großmutter bei mir. Sie wird es immer sein.«

»Das stimmt. Sie wird es immer sein. Und sie wäre stolz auf dich, besonders, weil der Löwenhof eine Zukunft hat. Die folgenden Jahre werden vielleicht arbeitsreich sein, aber du bist auf einem guten Weg. Und mit Jonas an deiner Seite sollte dieses Leben auch glücklich werden.«

»Ich hoffe es.«

»Ich weiß es«, gab Mutter zurück, dann schaute sie zur Seite. »Oh, schaut mal, wer da seine Frau vermisst!«

Jonas kam den Weg entlanggestapft. »Haben die Damen etwas dagegen, wenn ich mich ihnen hinzugeselle?«, fragte er und erklomm die kleine Treppe.

»Keineswegs«, antwortete Mutter und hakte sich dann bei meiner Freundin unter. »Ich wollte mit Kitty gerade eine kleine Runde drehen.«

Mit diesen Worten führte sie meine Freundin die Pavillontreppe hinunter. Jonas und ich blickten ihnen nach, dann schmiegten wir uns aneinander.

»Bist du glücklich?«, fragte er leise.

»Ja«, antwortete ich. »So glücklich wie noch nie in meinem Leben.«

»Ich bin es ebenso«, sagte er, dann lächelte er verschmitzt: »Und du bist dir darüber im Klaren, dass du mich jetzt nicht mehr loswirst, oder?«

»Natürlich«, entgegnete ich. »Darüber war ich mir schon in der Kirche im Klaren. Aber ich möchte es auch nicht anders. Ich will immer bei dir sein, hörst du?«

»Und ich will immer bei dir sein.«

Wir küssten uns, und ich spürte deutlich das Verlangen in Jonas. Mir ging es ähnlich, aber ein wenig mussten wir noch warten. Vor uns lagen das Abendbankett und eine lange Nacht unter den Lampions im Garten. Und ein ganzes Leben.

»Ich liebe dich, Solveig«, sagte er und hielt mich in seinen Armen.

»Ich liebe dich auch«, erwiderte ich und genoss noch einen Augenblick die Ruhe und seine Wärme, bis wir zur Feier zurückkehrten. Und in unser neues Leben.

Die große Familiensaga von Bestseller-Autorin Corina Bomann:
Die Frauen vom Löwenhof

Agnetas Erbe
1913: Unerwartet erbt Agneta den Löwenhof. Dabei wollte sie als moderne Frau und Malerin in Stockholm leben. Als ihre große Liebe sie verlässt, steht Agneta vor schweren Entscheidungen.

Mathildas Geheimnis
1931: Agneta nimmt die elternlose Mathilda auf dem Löwenhof auf. Sie verschweigt ihr den Grund. Als Mathilda ihn erfährt, verlässt sie das Landgut im Streit. Doch im Krieg begegnen sie sich wieder.

Solveigs Versprechen
1967: Der Löwenhof hat bessere Zeiten gesehen. Mathildas Tochter Solveig beginnt mutig, das jahrhundertealte Gut der Familie durch die stürmischen 60er-Jahre zu führen.

Alle Titel sind auch als E-Book erhältlich.

www.ullstein-buchverlage.de

Corina Bomann

Sturmherz

Roman.
Taschenbuch.
Auch als E-Book erhältlich.
www.ullstein-buchverlage.de

Eine große Liebe, eine Naturkatastrophe und ein lang ersehnter Neuanfang

Alexa Petri hat schon seit vielen Jahren ein schwieriges Verhältnis zu ihrer Mutter Cornelia. Doch nun liegt Cornelia im Koma, und Alexa muss die Vormundschaft übernehmen. Sie findet einen Brief, der Cornelia in einem ganz neuen Licht erscheinen lässt: als leidenschaftliche junge Frau im Hamburg der frühen sechziger Jahre. Und als Leidtragende der schweren Sturmflutkatastrophe. Als ein alter Freund von Cornelia auftaucht, ergreift Alexa die Chance, sich vom Leben ihrer Mutter erzählen zu lassen, die sie schließlich auch verstehen und lieben lernt.

Ruth Hogan

Mr. Peardews Sammlung der verlorenen Dinge

Roman.
Aus dem Englischen von
Marion Balkenhol.
Taschenbuch.
Auch als E-Book erhältlich.
www.ullstein-buchverlage.de

Wir warten alle darauf, gefunden zu werden ...

Auch Anthony Peardew, der auf seinen Streifzügen durch die Stadt Verlorenes aufsammelt. Jeden Gegenstand bewahrt er sorgfältig zu Hause auf. Er hofft, so ein vor langer Zeit gegebenes Versprechen einlösen zu können. Doch ihm läuft die Zeit davon. Laura übernimmt sein Erbe, ohne zu ahnen, auf welch große Aufgabe sie sich einlässt. Überrascht erkennt sie, welche Welt sich ihr in Anthonys Haus eröffnet.

Ein Roman über verlorene Dinge und zweite Chancen. Über einzelne Handschuhe, schönes Teegeschirr, begabte Nachbarinnen, unerwartete Freundschaften und zeitlose Liebe.